LOVE NAKED

LAURIE ESCHARD

LOVE NAKED

Luv

À Aurore, le petit bout de femme
plein d'énergie qui m'a donné la vie.
Une femme forte, la plus grande guerrière
que j'ai rencontrée dans ma vie...

À Sanjay,
l'homme qui fait partie de ma vie
depuis si longtemps.
Mon mari, mon meilleur ami, mon âme sœur.
Mon Ben...

PROLOGUE

Ben

Il paraît qu'il faut de tout pour faire un monde mais j'ai compris qu'il me fallait juste *elle* pour faire le mien.

Un soir, alors que rien ne présageait cette rencontre, Selena est entrée dans ma vie. Elle m'a laissé cette drôle d'impression de bien-être et de magie, un peu comme un soir d'été où la nuit noire est illuminée par le passage d'une étoile filante. L'instant ne dure qu'une seconde mais c'est un moment que l'on oublie jamais. Une fois que l'étoile a disparu, nous sommes toujours aveuglés par sa beauté et sa lumière. Et cette seconde, c'est le temps qu'il a fallu à Selena pour m'ensorceler. Elle m'a touché en plein cœur, a chamboulé mon quotidien et changé mon futur. Pour toujours.

Avant elle, je n'étais qu'un homme sur Terre, persuadé qu'il profitait de chaque moment de la vie. Alors qu'en réalité, je n'avais pas conscience du monde autour de moi. C'est comme si je découvrais pour la première fois l'éclat des couleurs, que mon ouïe s'affinait et que je touchais réellement le monde du bout des doigts. Tous mes sens sont en alerte quand je la vois.

Oui, la vie est bien plus belle quand elle est à mes côtés.

1

Selena

Je pensais que ce serait une bonne journée aujourd'hui. Il faut croire que le destin s'amuse à mettre des obstacles sur mon chemin pour mieux m'achever. Je me suis pourtant réveillée ce matin avec cet agréable sentiment et quand je suis sortie de chez moi, j'ai eu la chance de ne pas croiser mon concierge et j'ai même trouvé un billet d'un dollar par terre.

Pourtant, quand cette femme face à moi me tend mon CV, un sourire incertain aux lèvres, je comprends que je me suis complètement gourée. Cette journée est horrible.

Elle fait mine d'être désolée mais je ne suis pas dupe et je comprends très bien qu'elle est loin de l'être. Je le vois très bien à la façon dont elle semble me juger du regard.

– Je vous remercie, passez une bonne journée, dis-je sans reprendre mon CV pour autant.

Je déteste faire mauvaise impression et je me dois de rester polie et courtoise.

Je tourne les talons, réajuste la bretelle de mon sac à main sur mon épaule et pars en direction de la porte de ce salon de coiffure réputé.

– Mademoiselle Suarez ?

Je me retourne, espérant que la responsable du salon ait soudainement changé d'avis. Je pivote rapidement sur moi-même et me tourne vers elle, pleine d'espoir.

– Vous avez oublié vos clés.

Ma déception se lit aussitôt sur mon visage. Je me presse vers son comptoir et saisis mes clés d'une main ferme. Je la remercie puis sors du salon, encore plus accablée.

Dehors, le soleil tape toujours autant. Il faut dire que le présentateur du journal télévisé nous a annoncé le week-end le plus chaud de la saison, enregistrant un pic de chaleur inégalé depuis plus de quarante ans.

Je jette un dernier coup d'œil derrière moi. Quelle idée ai-je eue de postuler dans le salon de coiffure le plus réputé de la ville ? Je croyais quoi ? Cette femme m'a vue venir à des kilomètres. Elle a dû voir une pauvre fille se pointer dans le meilleur salon de la ville, réclamant un poste alors qu'elle a autant de fric dans sa poche que d'expérience sur son CV. Je devrais me frapper tellement je suis pathétique.

Je sors de mes pensées quand je heurte un corps dur et que mon sac à main tombe à mes pieds, son contenu se renversant sur le trottoir.

– Vous pourriez faire attention ! m'aboie un homme.

Je plisse le front et le regarde s'éloigner. Je le vois longer le trottoir puis entrer dans le salon de coiffure, habillé d'un costume qui a dû coûter aussi cher que mon loyer annuel. Il ne m'a même pas jeté un regard. À croire que je suis transparente. Je peste intérieurement contre ce crétin et fourre rapidement mes affaires dans mon sac.

Ce n'est pas ma journée. J'aurais mieux fait de rester couchée. Mais il est impossible pour moi de m'apitoyer sur mon sort. On compte beaucoup trop sur moi pour que je me laisse abattre.

Je m'empresse de rejoindre ma voiture et constate avec horreur qu'un agent est en train de me verbaliser. Non, ce n'est définitivement pas ma journée. Je cours jusqu'à lui, préparant mentalement tous les arguments possibles et imaginables pour éviter cette contravention. Vu sa mine renfrognée, je sens que je vais devoir jouer les pleure-misère et sortir les grosses larmes.

– C'est bon, monsieur l'agent ! Je suis là !

L'homme lève les yeux de son carnet de contravention et me regarde avec dédain.

– Ouais ? Et ?

– Et vous n'êtes plus obligé de…

– Trop tard ! me dit-il, provocateur.

Il m'offre un sourire hypocrite et coince sa contravention derrière l'essuie-glace de ma voiture sans me quitter des yeux. Il s'éloigne de moi alors que je récupère l'amende. Il ne m'a même pas laissé le temps de dire quoi que ce soit et son attitude m'a laissée penaude.

Je monte dans ma voiture sans y jeter un œil. Je préfère ne pas me déprimer encore plus en voyant le montant de la nouvelle tuile qui m'est tombée dessus. J'en ai suffisamment comme ça !

Je tourne la clé et dois insister pour que cette saloperie de voiture se décide enfin à démarrer. Cette poubelle roulante ne va pas tarder à me lâcher, ce qui ajouterait un nouveau problème à ceux que j'accumule. Je n'ai pas les moyens de m'acheter un désodorisant alors une nouvelle voiture, c'est impossible.

Une fois engagée sur la route, traversant le quartier des affaires de la ville, je me laisse aller à mes pensées, me disant que cette foutue journée ne peut pas être pire. Parfois, j'aimerais être suffisamment folle pour avoir le courage de braquer une banque. Je partirais d'ici, de cette ville, et je filerais aussi loin que possible de Miami. Je me verrais bien sur une plage de sable blanc, à l'autre bout de la planète, à siroter des cocktails toute la journée en ne pensant à rien d'autre qu'au dîner du soir et au maillot de bain que je mettrais le lendemain.

Arrivée devant mon immeuble, je ne prends pas la peine de verrouiller ma voiture. De toute façon, personne ne serait assez fou pour essayer de voler cette épave.

Little Havana. Tout m'évoque mon pays natal ici. Calle Ocho sent bon le café, les cigares cubains qui me rappellent mon père et les chips de banane plantain dont je raffolais quand j'étais enfant. Par mon origine, j'ai été très bien acceptée dans ce quartier et j'aime l'ambiance qui y règne. Ici, je me sens comme chez moi.

Je prends mon courrier dans ma boîte aux lettres, salue Mme Garcia, ma voisine du premier, et grimpe les deux étages en silence, espérant ne pas tomber sur le propriétaire de mon appartement. J'ai deux mois de loyer en retard et vu comme c'est parti, il n'est pas près de voir son argent.

J'entre dans mon appartement, essoufflée. Depuis le salon, j'entends le générique d'un dessin animé et me dirige lentement vers ce son qui me fait penser à *lui*.

Allongé au sol, Sam est concentré sur sa feuille, un pastel vert à la main. Il tire la langue en baladant son crayon, coloriant ce qui semble représenter de l'herbe. Je reste un instant à l'observer. Il est magnifique. Ma plus grande fierté. Ma seule fierté, en réalité. Et je remercie chaque jour Dieu de l'avoir à mes côtés.

Je toque sur le bâti de bois et la tête de Sam se tourne aussitôt vers moi. Dès qu'il me voit, son visage s'illumine. Je suis prête à parier que j'ai le même visage. Il lâche son pastel et saute sur ses pieds pour courir vers moi.

– Maman !

Je me baisse aussitôt et il me saute au cou. Je m'enivre de son odeur et souris en me disant que l'homme qui partage ma vie est parfait.

– Tu m'as manqué, maman ! Beaucoup, beaucoup, beaucoup !

Oui ! Parfait !

– Toi aussi, tu m'as manqué, mon bébé.

– Je ne suis pas un bébé, réplique-t-il, boudeur.

– Pardon ! Mon petit homme, rectifié-je pour lui faire plaisir.

Toujours accroché à mon cou, mon fils me pose une série de bisous humides sur la joue et me serre le cou, heureux de me voir. Au bout d'un moment, il me relâche et je me relève.

– Où est Lola ? demandé-je.

– Dans la cuisine, me répond Sam, qui est déjà retourné à son dessin.

Je pénètre dans la cuisine et vois Lola concentrée sur ses exercices de maths.

– Salut !

– Oh ! Salut, Selena.

– Ça va ? Sam a été sage ?

– Oui. Comme d'habitude. Un vrai petit ange.

J'aime quand les gens me disent que j'ai un petit garçon sage et poli. Ça me réconforte et je me dis que j'aurai au moins réussi une chose dans ma vie.

– Il a pris ses médicaments ? demandé-je.

– Oui, oui.

Lola se lève de sa chaise, abandonnant son stylo et ses devoirs et s'approche du placard de la cuisine. Elle sort un des flacons et me dit en grimaçant :

– Il n'en reste plus beaucoup. Il faudrait que tu retournes à la pharmacie.

Déjà ?

J'ai l'impression d'y être allée il y a deux jours. Je me concentre de nouveau sur Lola qui referme ses cahiers et livres qu'elle fourre dans son sac.

– Oh ! Et son inhalateur refait des siennes !

– D'accord. Je vais regarder ça.

Je n'ai pas vraiment le choix. Sam a autant besoin de son inhalateur que l'homme a besoin de se nourrir. Et puis, ce n'est pas comme s'il y avait un charmant papa pour s'en occuper. Je suis seule. J'ai juste Sam. Et j'ai dû apprendre à me démerder avec le temps.

– Tu te rappelles que je vais au ciné ce soir ?

– Oui, oui.

– Tu es sûre ? Je peux annuler si tu as besoin que je garde Sam.

– Non, il n'y a pas de souci, je m'en occupe. Va t'amuser avec tes amis.

Elle me sourit, me souhaite une bonne soirée et quitte la cuisine. Je l'entends saluer Sam depuis le salon.

– À demain, le monstre.

– À demain, Lola.

Sam adore Lola. C'est une jeune fille super. Bonne élève, responsable et indispensable à mes yeux. Chaque soir, elle s'occupe de garder Sam alors que je suis au travail. Ça lui permet surtout de s'évader de chez elle, ne serait-ce que quelques heures, et d'être au calme pour ses devoirs. La vie n'est pas facile pour elle non plus, alors elle a trouvé refuge chez moi.

Mais je vais devoir bientôt chercher une autre solution. Lola a décroché une bourse d'études dans une université d'Atlanta et dans quelques semaines, elle partira de l'atmosphère néfaste de chez ses parents : une mère alcoolique, un père junkie et une dizaine de mioches qui braillent là-dedans. La vie n'est pas simple pour tout le monde.

– Mon poussin, tu te prépares ?

– On va où ? demande Sam en relevant la tête de son dessin.

– Maman doit aller travailler.

– Lola va venir me garder ?

J'attrape les chaussures de mon fils et commence à les lui passer. Je galère à faire entrer son pied. Je crois qu'il est temps que je lui en achète une nouvelle paire. Ces chaussures sont officiellement trop petites.

– Non, mon chéri. Lola doit sortir ce soir et elle ne peut pas te garder. Alors tu viens avec moi au travail.

Je déteste emmener Sam au 3G, mais je n'ai pas vraiment le choix. Ce n'est clairement pas la place d'un enfant et j'espère que, même plus vieux, Sam ne sera pas un habitué de ce genre d'endroits.

– Pourquoi ?

– Parce que Lola a le droit d'aller voir ses amis de temps en temps.

– Et elle va faire quoi ?

Qu'est-ce qu'il est indiscret, ce n'est pas possible.

– Quelque chose qui ne te regarde pas, vilain curieux. Allez, va chercher ton sac à dos. Maman va être en retard.

Il court vers l'entrée, passe difficilement les bretelles sur son dos et je l'aide tout en enfilant mes talons. J'attrape ma mallette et verrouille l'appartement. Je soupire à l'idée de ne pas avoir encore fini ma journée mais aller couper les cheveux des filles me permet de gagner un peu d'argent. Et vu que les pieds de Sam ont grandi, je ne peux pas me permettre de cracher dessus.

Ce soir, je gagnerai soixante dollars, ce qui me permettra de payer aussi ma contravention. Moi qui pensais que ce serait pour remplir mon frigo, il va falloir que je me débrouille autrement. Comme souvent.

***

Je me gare rapidement en prenant soin de ne pas me prendre une nouvelle contravention surprise. Ce n'est pas le moment de rajouter un autre problème à tous les autres. J'en ai suffisamment. Bien trop.

Je fonce dans la ruelle et entre par l'entrée de service. Je longe le long couloir plongé dans le noir, ma mallette dans une main et celle de Sam dans l'autre. Je déteste cet endroit et chaque fois que je passe cette maudite porte, j'en ai la nausée. Mais je n'ai pas le choix. Aussi ingrat que soit ce boulot, il m'assure une rentrée d'argent suffisante pour payer mon appartement, mes factures et surtout les médicaments de Sam. Couper les cheveux des filles est un extra qui me permet de payer les vêtements de Sam. Pour le reste, je me débrouille mais j'aimerais tant trouver un autre travail et ne plus jamais entrer ici.

Je passe discrètement devant le bureau du manager, qui est occupé à compter une épaisse liasse de billets contenant suffisamment de fric pour régler toutes mes factures du mois. J'arrive à peine dans la loge des danseuses que Sam lâche ma main et s'empresse de grimper sur Becky.

Becky est mon sauveur, mon pilier. Sans elle, j'aurais sûrement confié mon fils aux services sociaux et j'aurais fini prostituée ou camée. Voire les deux.

– Oh ! Mais c'est le petit homme de ma vie !

– Oui, dit Sam, un peu timide.

J'ai toujours eu des doutes mais je crois que Becky est le premier coup de cœur de mon fils. Je trouve ça mignon. Il lui saute au cou et se blottit contre elle.

– Salut, ma belle, me dit-elle.

Je lui fais un petit signe de la main et me positionne derrière elle. Je caresse ses longs cheveux blonds avant de prendre une brosse et de les démêler.

– Mais dis donc, toi, dis-moi la vérité. Tu t'es fait tout beau pour venir voir tatie Becky !

– Oui. Et regarde comme je sens bon.

Sam tend son cou à Becky qui s'empresse d'y fourrer son nez. Elle en profite pour le chatouiller en lui soufflant dans le creux du cou et Sam rit aux éclats. Quand je le vois comme ça, je me dis qu'il est heureux et que le peu que j'arrive à lui apporter le satisfait. Les enfants sont parfois si simples à contenter.

Sam a toujours été un petit garçon attachant, et ce depuis qu'il est né. Du haut de ses 5 ans, il est vif, intelligent et s'intéresse à tout. Il est très curieux, un peu timide avec les hommes mais n'hésite pourtant pas à aller accoster les gens dans la rue. Tout le monde le trouve mignon, ce qui me remplit de fierté. Eh oui, je fais partie des mamans qui bavent littéralement devant leur progéniture.

– Eh ! La Terre appelle Selena ! me fait Becky en claquant les doigts devant mes yeux.

Je reporte mon attention sur elle. Elle me sourit, malicieuse.

– Tu étais en train de penser à ton prince charmant ?

– Quel prince ? Celui qui me décevra, comme ils le font tous si bien ? dis-je, légèrement agressive.

Becky roule des yeux. Ma meilleure amie fait partie des amoureuses de l'amour, comme j'aime les appeler. Le principe est simple : elle tombe amoureuse toutes les deux heures et à chaque rencontre, elle se voit déjà mariée, filant le parfait amour avec son prince charmant. Soit elle est folle, soit elle regarde trop de dessins animés. Moi, j'ai fait une croix sur les hommes depuis bien longtemps. Depuis *lui*.

Je préfère ne pas laisser l'occasion à Becky de me relancer sur le sujet. Elle ne cesse de me dire depuis quatre ans que je devrais rencontrer quelqu'un. Tomber amoureuse.

– Tu devrais rencontrer quelqu'un, Selena, tomber amoureuse, dit-elle, comme si elle me soufflait le meilleur des conseils.

Je ris intérieurement. Je connais ma meilleure amie par cœur. Même ses répliques.

– Je suis déjà amoureuse.

Ses yeux se relèvent et elle croise mon regard à travers le miroir. J'affiche un petit air satisfait quand elle se retourne rapidement.

– Attends, attends. Tu as rencontré quelqu'un ? Depuis quand ? C'est qui ?

Je souris encore plus, me retenant d'exploser de rire. Elle pousse un petit cri de joie et frappe dans ses mains plusieurs fois en sautillant sur sa chaise. Sam rit devant son comportement, bien qu'il ne semble pas comprendre grand-chose.

– Qu'est-ce qui la rend aussi heureuse ? entends-je derrière moi.

Je me retourne et vois Amber entrer tel un boulet de canon dans la loge. Elle dépose un baiser sur ma joue et attrape Sam dans ses bras.

– Coucou, mon amoureux !

– Coucou, tatie Amber.

Sam parsème de bisous la joue de mon autre amie alors que je sors ma paire de ciseaux de ma mallette.

– Alors ? fait Amber en se laissant tomber devant sa coiffeuse.

Becky me fixe dans le reflet du miroir.

– Selena est amoureuse, dit-elle, joyeuse.

– Non ! lâche Amber, abasourdie par sa révélation.

C'est à son tour d'afficher un grand sourire.

– Eh bien, alléluia, ma sœur ! J'étais à deux doigts de t'emmener dans un couvent.

– Tu m'étonnes ! J'avais peur qu'elle ne revoie plus le loup avant… En fait, j'étais persuadée qu'elle ne le reverrait plus jamais de sa vie.

Les pestes ! Parce que je ne suis pas une fille légère, elles pensent que je finirai vieille fille.

– Bon, dis-nous tout ! demande Becky.

Je hoche la tête, bien décidée à me venger de leurs paroles qui m'ont légèrement blessée. Les deux filles miaulent entre elles, impatientes d'avoir les derniers potins.

– Qui est-ce ?

– Tu l'as rencontré où ?

– Il est riche ?

– C'est un bon coup ?

Je ne peux m'empêcher de lever les yeux au ciel. Vu comment elles me cuisinent, je ne suis pas près de leur dire, le jour où je rencontrerai quelqu'un. Je regarde mes deux amies et ne peux m'empêcher d'éclater de rire. Elles se regardent, ne comprenant pas ma réaction.

– Putain, mais c'est qui ? lâche Amber, impatiente.

Je sermonne mon amie du regard. Elle sait que je déteste quand elle dit des gros mots devant Sam. Heureusement, il semble n'avoir rien entendu et joue avec ses petites voitures.

– OK, je vous raconte. Je l'ai rencontré il y a un peu plus de cinq ans maintenant.

– Oh ! J'adore quand deux personnes se revoient après plusieurs années, c'est comme dans les films d'amour. C'est si romantique, fait Becky.

Becky soupire d'aise alors qu'Amber grimace. Elles reportent leur attention sur moi.

– Dès que je l'ai vu, j'ai eu le coup de foudre pour lui.

– Oh, mon Dieu ! C'est trop mignon. Et on le connaît ? demande Becky, impatiente.

Je hoche la tête et vois que mes deux pestes préférées sont au summum de l'excitation.

– Qui c'est ?

Je finis par baisser mon regard vers Sam, allongé sur le sol, qui s'amuse à imiter un accident entre deux de ses petites voitures. Mes amies tournent la tête vers mon fils et Amber laisse échapper un juron. Je la sermonne de nouveau du regard.

– Petite peste ! Tu nous as fait croire que…

– C'est vous, les pestes, à dire que je finirai vieille fille ou dans un couvent.

– Ne te vexe pas, Selena, mais tu ne penses pas qu'il est temps que tu trouves quelqu'un et que tu lui files la clé de ta ceinture de chasteté ?

– Amber a raison. Il te faut un homme qui t'aimera pour ce que tu es, qui aimera Sam et qui t'aidera avec lui, dit Becky.

– Et s'il a un gros portefeuille et un corps d'apollon et qu'il sait utiliser sa B.I.T.E, tu auras décroché le gros lot, ma belle, renchérit Amber.

Je souris en secouant la tête.

Autant Becky est une éternelle romantique, prête à tomber amoureuse à chaque coin de rue, autant Amber est une femme qui aime le sexe et la compagnie des hommes, et qui l'assume. C'est une femme moderne, qui vit avec son temps et profite des joies de la vie. En réalité, je l'admire pour ça. Elle s'assume et se fout de ce que les gens peuvent penser d'elle. Pour moi, c'est juste impossible. Ma dernière relation m'a tellement traumatisée que je ne suis pas sûre de vouloir risquer de tenter l'expérience de nouveau. Et être une mère célibataire à mon âge n'est déjà pas vu d'un très bon œil.

– Non, sans rire, Selena. Tu mérites de trouver quelqu'un d'aussi bien que toi. Un homme qui se réveillera chaque matin en se disant qu'il a de la chance de t'avoir, dit Becky.

– Qu'est-ce que tu peux être naïve, ma pauvre, fait Amber, navrée. Et dans ton monde enchanté, le mec sait où est le panier à linge sale et fait de bons petits plats tous les soirs ?

– Bah ouais, répond Becky en haussant les épaules.

Amber met une frappe derrière la tête de Becky, qui laisse échapper une plainte.

– Réveille-toi, ma belle. Un mec comme ça, ça n'existe pas. Alors arrête de le chercher. Non, ce qu'il faut pour Selena, c'est un bon mari qui la mettra à l'abri du besoin, elle comme Sam.

– Mais pourquoi tu dis ça ? Tu crois que Selena va vouloir se remettre sur le marché si tu dis des choses pareilles ?

– C'est un conseil. Je la prépare à tomber sur un salaud qui se foutra d'elle et…

Je secoue la tête. Avec ces deux folles, c'est toujours comme ça. Quand il est question de savoir si je dois refaire ma vie, elles m'ignorent complètement et je n'ai pas mon mot à dire. Elles devraient travailler dans une agence matrimoniale. C'est sûrement pour ça que je ne cherche pas à trouver quelqu'un. Je ne supporte pas qu'elles veuillent contrôler ma vie. Je suis bien seule. Je n'ai pas besoin d'un homme. Juste de mon petit homme.

Ma tête se tourne vers la porte et j'aperçois Tony. Il paraît surpris de me voir ici et ne daigne même pas me saluer.

– Ah ! Ça tombe bien que tu sois là ! dit-il sans préambule.

Je ferme les yeux, préparée à ce qu'il va m'annoncer.

– Jody n'est pas là, elle est malade. Tu la remplaces.

Et merde !

– Je suis off ce soir, dis-je en donnant un dernier coup de ciseaux aux cheveux de Becky. Et j'ai mon fils.

Tony tend le cou et voit Sam, toujours occupé à jouer avec ses petites voitures. Mon fils est imperturbable, dans ces cas-là.

– Putain, vous me faites chier à ramener vos mioches quand vous êtes en service.

– Je te répète que je ne travaille pas ce soir, râlé-je.

– Ouais, mais tu es là, donc ça veut dire que tu as sûrement besoin de fric, sinon tu ne traînerais pas ici. Prépare-toi, tu entres en scène après Becky.

Il ne me laisse pas répondre, il a déjà tourné les talons. Je souffle de rage. Je me fais avoir à chaque fois.

Becky me sourit, désolée, alors qu'Amber se lève de son siège, prête pour son show. Elle nous souffle un baiser et quitte la pièce.

– J'ai Sam, soufflé-je. J'en fais quoi ?

Becky se tourne vers moi.

– Pas de soucis. Avec Amber, on le surveillera.

Je finis par opiner, bon gré, mal gré. Tony a raison, j'ai besoin d'argent.

Et avec Becky et Amber, Sam est en de bonnes mains. Elles sont géniales avec lui et j'ai une confiance aveugle en mes deux meilleures amies.

Je pose ma paire de ciseaux et m'installe devant ma coiffeuse, résignée. Je prends un pinceau et commence à me maquiller. Je déteste mon boulot. Mais sans lui, je ne pourrais pas payer les médicaments de Sam.

Une fois que je suis maquillée, Becky me tend mon « uniforme » et quitte la pièce à son tour. J'observe Sam. Il est tellement concentré qu'il n'a pas remarqué que Becky et Amber étaient parties. Je me déshabille rapidement et enfile ce costume que je déteste tant.

Depuis le couloir, j'entends déjà la musique du show de Becky. Je prends une grande inspiration en me disant que dans quelques minutes, ce sera mon tour. Amber revient dans la loge et me sourit, satisfaite.

– Vas-y, ma grande, dit-elle. Je surveille ton petit homme.

J'attrape ma perruque blonde, la passe et lui souris, plus pour me donner du courage que pour la remercier. Je sors à mon tour de la loge, longe le couloir et arrive dans les coulisses. Je tente de calmer mon rythme cardiaque en prenant de grandes inspirations. Je déteste tellement ce boulot. Cela fait maintenant trois ans que je le fais et je tremble toujours autant avant d'entrer en scène. Quand Tony m'aperçoit, il tourne la tête vers moi mais je l'ignore.

Alors que mon regard est fixé sur la scène, aucun de nous ne parle. Je sais qu'il ne m'apprécie pas et c'est réciproque. Tony est un con de première. La salle est pleine. Rien d'anormal pour un vendredi soir. L'ambiance est déjà survoltée et je sens ma gorge se nouer à l'idée que dans quelques secondes, ce sera mon tour. Dans quelques secondes, ce sera sur moi que seront braqués tous ces regards. Le trac m'envahit, comme chaque fois que les dernières notes de la musique du show de Becky se font entendre. Je tourne alors ma tête vers Tony.

– Je te préviens, je veux être payée dès que je sors de scène.

Il opine d'un signe de tête.

– Et je veux du cash, lâché-je.

Becky sort à ce moment de la scène en souriant.

– Ils sont chauds, ce soir ! dit-elle, toute joyeuse, avant de partir vers les loges.

Tony profite du moment où elle passe devant lui pour lui claquer les fesses. Je déteste quand il fait ça et je l'esquive toujours quand c'est moi qui sors de scène. Je ne supporte pas qu'il me touche. Il reporte son attention sur moi et finit par hocher la tête.

– OK. Allez, va les éblouir, Shania !

Ce nom ! Je le déteste !

Tout comme ce job. Me dandiner sur scène cinq soirs par semaine devant des hommes de Néandertal n'a rien de glorieux. Chaque fois que je dois monter sur scène, la nausée me prend. Pourtant, je dois faire comme si de rien n'était devant le client. Je dois jouer mon rôle, celle d'une femme accessible, prête à réaliser chacun des fantasmes de ces hommes qui coincent des billets dans mon string.

Sur scène, je ne suis plus Selena, la petite brune timide de Little Havana. Je suis Shania, la blonde pulpeuse et prête à satisfaire les exigences des clients. La Shania que je déteste tant !

2

Ben

Je regarde ces séries de chiffres et n'arrive pas à me concentrer. Franchement, les chiffres, ce n'est pas bandant ! C'est d'un ennui mortel et je me demande quel con a bien pu inventer cette connerie. Le fric, ça va, ça vient. Alors pourquoi s'emmerder avec ça ?

Je relève les yeux et vois par la cloison de verre le boulet qui me sert d'assistante. Non, je n'exagère pas. La petite et timide Mindy est aussi douée pour son travail que pour le choix de ses tenues. Plus je l'observe et plus je trouve que cette fille a autant de sex-appeal qu'un lamantin. Elle n'a rien d'intéressant. Tignasse bordélique, aucun goût pour la mode et une paire de lunettes en culs-de-bouteille. On peut même voir les cicatrices sur son front dues à son acné juvénile. Clairement, c'est une *nerd* et je comprends mieux pourquoi mon père était tout sourire quand il m'a annoncé qu'il m'avait trouvé une nouvelle assistante. C'est sûr qu'elle, je ne pourrai pas la baiser.

Mes yeux croisent ceux de mon assistante et je lui fais signe d'approcher. Puisqu'elle ne fait rien, autant qu'elle se casse. Et je compte faire pareil dans pas longtemps, de toute façon. Elle se lève de sa chaise et je me surprends à mieux la regarder. Peut-être que si je ferme les yeux et pense que je suis en compagnie de Megan Fox, j'arriverai à l'avoir suffisamment dure pour la sauter.

Putain, je suis pathétique ! J'en viens à vouloir sauter un boudin pour m'en débarrasser.

Mindy frappe. Elle entre dans mon bureau, manquant de se vautrer en se prenant les pieds dans l'encadrement de la porte.

Et en plus, elle est empotée.

– Oui ? Vous avez besoin de quelque chose, monsieur Lawson ?

Oui, d'une nouvelle assistante.

– Non, c'est bon. Vous pouvez partir.

Je baisse la tête et retourne à mon analyse financière. Mon père m'a demandé mon avis sur le dossier du rachat d'une grande chaîne de salons de beauté. C'est soporifique et je n'ai qu'une hâte : me casser pour aller faire la fête.

Quand je relève la tête, Mindy est toujours dans mon bureau, droite comme un piquet. Elle se tord les doigts, nerveuse et clairement mal à l'aise. Je lève un sourcil, me demandant ce qu'elle attend.

– Oui ?

– Partir où, monsieur ?

J'écarquille les yeux en entendant sa question.

Mais quelle conne !

– Où vous voulez. Chez vous. À une soirée pyjama. À votre club de tricot. Chez votre mec si vous en avez un. Je m'en fous. Je n'ai plus besoin de vous.

Elle semble réfléchir puis sa bouche forme un « O » parfait. Putain, ça en a mis du temps pour arriver jusqu'à son cerveau, dans l'éventualité où elle en ait un.

– D'accord. Bon week-end, monsieur Lawson.

Je la chasse d'un signe de la main et reporte mon attention sur mon dossier. Cette fille a réussi à me donner la migraine en deux secondes. Elle est franchement conne.

Mes yeux se déportent sur le journal que mon père a jeté sur mon bureau le matin même. Je souris en repensant à ma soirée de la veille. Elle était grandiose. Je ne me suis jamais autant éclaté de toute ma vie. Non, en fait, j'ai déjà fait bien pire. Disons que c'était ma meilleure soirée de la semaine.

La veille, comme à notre habitude, nous avons été au CanCan Room avec Hunter, Luke, Aaron et Jason. Nous sommes des habitués. Comme chaque soir de la semaine, l'alcool coulait à flots, les billets de vingt dollars pleuvaient et les strip-teaseuses étaient chaudes comme la braise. Belle soirée en perspective jusqu'à ce que Hunter, un peu trop éméché, commence à faire chier son monde, comme souvent. Une heure plus tard, il s'est battu avec le propriétaire du club et nous avons fini par nous faire interdire l'entrée. C'est con, j'adorais cet endroit. J'y avais mes habitudes, mes danseuses et serveuses préférées.

Bien évidemment, notre bagarre a fait le tour de la ville en moins de temps qu'il n'en faut pour le dire et quand la police est intervenue, j'ai été mitraillé par les journalistes. Et j'ai aussi eu droit à un joli article dans ce journal et aux foudres de mon père à ma sortie de garde à vue.

Mon téléphone se met à sonner et je souris quand je vois le nom de mon meilleur ami. Je décroche rapidement, trop heureux de trouver un prétexte de me détourner de mon travail.

– Salut.

– Le 3G, mon pote, ça te tente ? répond-il sans préambule.

– Le 3G ?

– Ouais. Le Girls of Glitter Gulch.

Mes lèvres s'étirent. Je ne connais pas ce club, juste de nom, et j'espère qu'il est aussi bien que le CanCan Room.

– Vingt heures ?

Je regarde ma montre. Dans une heure, ça risque d'être

compliqué. Je dois retourner chez moi, prendre une douche, me changer et traverser la ville jusqu'à Wynwood.

– Vingt heures trente, plutôt.

– OK, ça marche. On se rejoint au club directement.

– OK, pas de problème.

Il raccroche rapidement et je me lève sans tarder. Rien à foutre de ce dossier. Si mon père me demande, et il le fera, je lui dirai que l'affaire semble prometteuse. Il comprendra ce qu'il comprendra.

Je quitte précipitamment mon bureau, descends jusqu'au sous-sol où je retrouve mon bijou. J'adore cette caisse. Elle est comme ma meuf. Je grimpe rapidement à l'intérieur et tourne la clé. Le rugissement du moteur me donne aussitôt le sourire.

Je sors en trombe du parking souterrain et m'insère dans la circulation. J'accélère, grille plusieurs feux rouges. Le voilà, mon kif : l'adrénaline ! Y a que comme ça que je me sens vivant et libre. Bon, quand une femme me chevauche, je suis tout aussi bien, mais la vitesse, je l'ai dans la peau !

Je passe chez moi dare-dare afin de prendre une douche et d'enfiler un pantalon et une chemise propres. Le trajet jusqu'au quartier de Wynwood se fait aussi rapidement et dans les mêmes conditions. En chemin, j'appelle Hunter qui m'informe qu'il est déjà sur place en compagnie de Jason et Luke.

Quand j'arrive devant le club, tous les regards sont attirés par les ronronnements de mon bolide. Je me gare devant le club, toujours sous les regards envieux des personnes alentour. J'adore faire cet effet. Tout le monde me regarde, tout le monde m'envie. Tout le monde veut être Ben Lawson.

Je jette les clés au videur, le prenant carrément pour le voiturier.

– Tu prends soin de ma caisse, mon pote !

Je lance cette phrase en m'approchant de mes amis. Ces trois-là rient comme des crétins en lorgnant des filles, de l'autre côté du trottoir, qui les fixent avec intérêt. Je les rejoins, les saluant avec plaisir et pressé de passer une nouvelle soirée avec eux.

– Eh, mon pote ! Ça va ?

– Super ! Il est pas là, Aaron ?

– Non, il est avec une meuf. Je n'ai pas tout compris mais tu connais ce débile, dit Luke.

– Howard ne t'a pas tué ? demande Hunter.

– Pff ! M'en parle pas. Mon père m'a fait une leçon de morale digne de ta mère. Je plaisante.

Mieux vaut dédramatiser la situation. Mon père, toujours aussi aimant, m'en a foutu plein la gueule. « Irresponsable », « honte » et « déception » sont les termes qui sont le plus souvent revenus dans notre conversation, où je n'ai pas pu placer un mot, bien sûr.

Nous décidons de rentrer dans le club et je glisse un billet de cent dans la poche avant de la veste du vigile pour le remercier de surveiller mon bolide.

À peine sommes-nous entrés qu'un homme s'approche de nous, tout mielleux. La nouvelle que nous nous sommes fait interdire l'accès de notre club habituel a déjà fait le tour de la ville et tous les gérants des boîtes de strip-tease ont dû prier toute la journée pour que leur club devienne notre nouveau QG.

– Monsieur Lawson, c'est un plaisir de vous voir ! dit le mec d'une voix doucereuse.

Je souris de plus belle, comprenant son petit manège.

– Je suis Tony, le manager du 3G, et vous êtes bien sûr le bienvenu ici, vous et vos amis.

Je le prends par le bras et l'éloigne des clients qui patientent à la caisse pour entrer.

– Écoute, Tony, je vois où tu veux en venir. Et je vais te faciliter la tâche. Si tu t'assures que j'aie tout le temps un verre à la main et que tes filles soient suffisamment chaudes pour me filer la trique toute la soirée, tu peux espérer que je fasse de ton club mon nouvel endroit préféré. À toi de te plier en quatre pour que je sorte de chez toi en homme heureux car j'aurai eu affaire à tes filles les moins farouches. OK ?

Tony étire ses lèvres en un sourire pervers et victorieux. Je fourre un billet dans la poche de sa veste et lui tapote le torse. Il nous fait alors signe de le suivre et nous fait entrer. Il traverse la salle principale où plusieurs filles, tétons à l'air, dansent déjà sur les différentes scènes. Tony nous fait asseoir sur une banquette devant la scène principale et mes amis, déjà dans l'ambiance, sortent leur portefeuille.

– Tu as fait le bon choix, Tony. Tu seras sûrement un homme très riche prochainement, dis-je.

Le manager tourne les talons. Mes amis sont déjà en train d'appeler une métisse qui les aguiche, le string dans le nez de Hunter. C'est une belle femme et franchement, elle a un corps de rêve. Musclé mais pas trop. Sa paire d'obus est carrément bandante. Sa chanson se termine alors et elle sort de scène, des billets plein le string, sous les protestations de mes amis.

Une petite blonde entre à son tour en scène et commence son show. Je détourne aussitôt la tête. Je n'aime pas les blondes. Je les préfère plus exotiques et brunes. Bien évidemment, il m'est déjà arrivé de coucher avec une blonde ou avec deux, parfois en même temps. Mais mon truc, c'est les brunes. Je ne sais pas pourquoi et parfois, il n'y a aucune explication à certaines choses. C'est comme ça, point.

Une serveuse arrive à notre table, un plateau à la main. Elle dépose quatre coupes de champagne.

– De la part de Tony, en vous souhaitant une agréable soirée.

Hunter la remercie alors que Jason fait déjà sauter le bouchon de la bouteille. Ce n'est pas trop tôt. J'étais sur le point de mourir de soif. Du champagne coule sur la table et Jason remplit nos coupes, que nous attrapons presque aussitôt. Hunter lève son verre et nous fixe, joyeux. Mon ami est toujours ainsi. Il ne se prend jamais la tête, rit de tout et profite de la vie depuis un accident de voiture qui a brisé sa carrière.

– À cette soirée ! Qu'elle soit aussi folle que celle d'hier !

Il n'y a rien à rajouter. Il a raison. Hier, malgré notre passage au poste, nous avons passé une soirée mémorable. Nous trinquons puis buvons nos verres. La blonde se déhanche toujours au son de la musique et quand elle termine enfin, j'espère que la prochaine fille sera une belle brune.

À ma grande déception, une nouvelle blonde entre en scène et s'approche déjà de la barre d'une démarche langoureuse. Elle porte un petit ensemble violet avec de la dentelle noire. Elle commence à bouger au rythme de la musique, tournant autour de la barre. Mes yeux ne cessent de la fixer. Elle bouge bien et, contrairement aux autres danseuses, elle n'est pas vulgaire. Elle est sexy et drôlement souple. Son visage passe alors dans le rayon de lumière d'un projecteur. Il est parfait.

Putain, j'arrive à trouver une blonde attirante. C'est bien la première fois.

Quand je prends conscience que je ne fixe que ses grands yeux noirs, mon regard descend sur sa bouche pulpeuse. J'en frémis d'excitation. Ses lèvres doivent avoir un goût divin et je me demande ce qu'elles feraient autour de ma queue. Mon entrejambe commence sérieusement à me serrer.

Je descends encore plus mon regard. Son cou semble confortable et je m'y blottirais bien, rien que pour sentir son parfum que j'imagine sensuel et agréable.

En bon mec que je suis, mes yeux se posent sur sa poitrine. Ni trop grosse, ni trop petite. Juste parfaite. Et on devine tout de suite que c'est naturel. Elle tourne toujours autour de la barre, adoptant des positions de plus en plus équivoques. Elle est souple, très souple. Je me mets à envier cette barre. J'aimerais avoir la chance d'être entre ses deux cuisses, moi aussi. Elle relâche la barre et, dans une position très sexy, elle passe ses deux mains dans son dos.

Quand elle libère sa poitrine de son soutien-gorge, dévoilant ses seins, la pression de ma bite s'intensifie.

Bordel ! Je crois que je pourrais tomber amoureux de ses seins.

Ils sont juste divins et comme pour ses lèvres, je me dis qu'ils doivent avoir un goût délicieux.

– Tout se passe bien, monsieur Lawson ? entends-je alors.

Le manager du club est penché vers moi, attendant ma réponse. Je râle.

Il ne va pas me lâcher, ce connard ?

– J'aimerais une danse avec cette fille !

Je pointe la scène du doigt et Tony suit mon geste.

– Avec Shania ? Je vais pouvoir vous arranger ça.

En temps normal et pour tout client, le manager se soucie toujours de savoir si le client a de quoi payer. Tony ne me demande rien. Il sait que je suis le fils de Howard Lawson, un riche investisseur et un homme respecté à travers tout le pays. Mon père pèse des millions et il me semble avoir déjà lu mon nom dans une rubrique d'un magazine mentionnant les dix hommes les plus fortunés du monde.

Tony repart, satisfait, alors que mes amis me regardent, surpris et amusés.

– Eh bien, eh bien ! Le grand Ben Lawson vient de tomber raide dingue d'une petite pute en string, fait Hunter en rigolant.

Je ne réponds rien à sa remarque, me contentant de lever mon majeur dans sa direction, et me lève quand Tony me fait signe de le suivre. Ma coupe à la main, je le suis jusqu'à un salon privé.

– Je veux de l'intimité, dis-je. Alors coupe-moi les caméras. Et je ne veux pas de vigile.

Tony se fige en entendant ma demande mais quand je lui fourre une épaisse liasse de billets dans la poche, il se détend aussitôt. À croire que le fric est bien plus important que les règles. En soi, il a raison. L'argent fait tout et les règles sont faites pour être enfreintes avec intelligence.

Dans les clubs de strip-tease, chaque salon privé a ses caméras de sécurité. Pour m'être fait déjà avoir, je sais qu'une vidéosurveillance serait facile à vendre à un journal. Et je n'ai pas envie que mes prouesses sexuelles soient à la merci de ces connards de journalistes une nouvelle fois.

– Je t'avais dit que tu serais un homme riche grâce à moi, Tony.

Il me fait patienter dans le salon privé et m'informe qu'il me fait venir la fille et une nouvelle bouteille de champagne.

Au bout de plusieurs minutes qui me paraissent des heures, la porte s'ouvre mais mon sourire retombe quand je vois une serveuse entrer et déposer le champagne sur une petite table basse.

– Shania arrive dans quelques instants, monsieur Lawson.

Je souffle d'agacement. Je déteste attendre et encore plus sachant que cette fille ne va pas tarder à arriver. La serveuse s'occupe de servir le champagne avant de s'éclipser silencieusement.

Quand la porte s'ouvre une deuxième fois, ma gaule réapparaît soudainement. Elle est là, encore plus près, et je peux la détailler à ma guise. Je m'humidifie les lèvres, savourant le plaisir de voir cette créature.

– Bonsoir, me dit-elle, son regard dans le mien.

Elle ne paraît pas très rassurée et je devine qu'elle ne doit pas être habituée aux shows privés mais je ne m'en formalise pas. C'est son job, personne ne la force à se déshabiller.

Elle tourne le bouton de l'interrupteur et tamise la lumière. Elle s'approche alors de moi dans une démarche sensuelle et allume la chaîne stéréo en passant devant. Ma gorge se contracte alors et mon rythme cardiaque s'emballe.

Merde ! Aucune femme ne m'a jamais mis dans cet état. Et encore moins une blonde !

C'est la première fois que ça m'arrive. D'ordinaire, je ne me soucie pas des femmes. Cela peut paraître primaire mais je ne veux pas d'attaches. Ça ne m'a jamais intéressé et je ne sais pas ce que c'est de vivre en couple. Mais elle, cette Shania, me laisse une impression de nouveauté. Hormis son petit corps métissé qui ferait soulever l'organe de plus d'un homme, elle a un petit truc en plus, par rapport à toutes les autres femmes que j'ai croisées, qui me rend curieux.

Et elle est blonde, bordel ! Une blonde !

Moi qui ne les trouve pas attirantes, limite fades !

Elle commence à se déhancher et mes mains se tendent aussitôt vers elle. Elle me donne une tape et étrangement, j'aime ça.

– Pas touche, mon chou, me dit-elle.

Je retiens mon rire. J'aime sa repartie. Elle semble ne pas se laisser faire. Elle impose ses règles, elle a raison, mais les règles ne sont-elles pas faites pour être contournées ? Elle pose son genou près de ma cuisse, puis le deuxième de l'autre côté. Mon érection devient encore plus douloureuse. J'ai une forte envie de la prendre, là, maintenant, sur le divan de ce salon privé.

Quand son corps commence à se cambrer d'avant en arrière, je me sens vraiment trop à l'étroit. Mes mains se posent sur ses hanches et je la vois se raidir un instant. Elle plante ses grands yeux noirs dans les miens et me sermonne du regard.

– Si tu bouges tes mains, je serai dans l'obligation d'appeler mon manager.

J'opine de la tête, me contentant de prendre ce qu'elle m'offre.

Elle n'est pas docile mais je n'ai pas dit mon dernier mot. D'ordinaire, un client n'a pas le droit de toucher une fille mais celle-ci paraît conciliante si je ne dépasse pas les bornes. Elle impose ses conditions et je le comprends, même si je ne supporte pas les règles.

On ne m'a jamais dicté de règles. Et bien que mon père s'évertue à le faire depuis trente ans, j'ai toujours été une tête brûlée qui aime frôler les limites. Je suis un provocateur, c'est ainsi.

Son bassin commence à onduler, mimant le geste du va-et-vient. Putain, j'ai encore plus envie d'être dans cette fille.

Je resserre mon emprise sur ses hanches et je la vois faire tomber sa tête en arrière en fermant les yeux. Je crois que je pourrais avoir un orgasme rien qu'en la regardant. Elle est magnifique et je ne regrette plus de m'être fait virer du CanCan Room. Sinon, je n'aurais jamais rencontré cette belle blonde.

Sa tête se redresse et elle plante une nouvelle fois ses yeux sombres dans les miens. Son regard exprime la passion et le désir. Je sais pourtant que c'est son job. Juste son job. Mais ce regard me rend encore plus fou. Je tente de me contrôler.

– Tu sembles bien trop sérieux, mon chou. Tu n'aimes pas ce que tu vois ?

Je peux seulement hocher la tête comme un crétin. Bien sûr que j'aime ce que je vois. Quel homme n'aimerait pas ? Shania est une belle femme, elle est attirante, magnétique.

– Je vais être obligée de t'en montrer un peu plus…

Sa remarque me fait encore plus bander.

Oh oui !

Quand ses deux mains, glissant dans son dos, frôlent les miennes au passage, je souris encore plus. Elle dégrafe les attaches de son soutien-gorge et dévoile ses magnifiques seins. Oui, ça y est ! Je suis amoureux de sa poitrine.

Elle se redresse alors. Ses seins passent tout près de mon visage, sans me frôler, à mon plus grand regret. Je ne peux détourner le regard. Ses tétons semblent m'appeler, me provoquer. Ils pointent vers moi et j'aimerais avoir le plaisir de les titiller avec ma langue.

Je réagis au quart de tour et mes mains remontent dans son dos, la serrant encore plus. Elle ne s'attendait sûrement pas à ça. Mes lèvres se posent alors sur son cou quand je la rapproche de moi. Elle se raidit alors et s'arrête complètement. Elle s'agite dans mes bras et se recule.

– Mais ça va pas ! aboie-t-elle.

Je me fige alors.

Merde, j'ai été trop loin. Mais la baiser devient presque vital, là !

– Je suis prêt à payer, si…

Elle incline la tête en fronçant les sourcils et comprend le sens de ma demande. Elle se relève rapidement de mes genoux sans que je puisse la retenir. Je n'aurais pas dû dire ça comme ça. J'ai clairement manqué de tact.

– Tu m'as prise pour une pute ou quoi ?

Sa question me laisse con. Elle se baisse, reprend son soutien-gorge qu'elle remet rapidement. Qu'est-ce qu'elle fait ? Elle se casse ? Ça, c'est hors de question. J'ai payé pour ce show, généreusement. Et je veux en avoir pour mon argent.

– Eh ! Tu vas où ?

Elle ne répond rien, m'ignorant totalement, et ça me fait aussitôt monter en pression. Je déteste qu'on m'ignore. Et je n'aime pas l'air suffisant qu'elle se donne. C'est la première femme à me tenir tête et je déteste ça. Personne n'a jamais osé. Ce que Ben Lawson demande, exige, convoite, Ben Lawson l'obtient. Je sais que ça peut sembler puéril mais il en a toujours été ainsi.

Je m'approche d'elle et lui saisis le bras. Son visage se relève vers moi et elle me fusille du regard.

D'un geste brusque, elle se défait de mon emprise, le regard toujours aussi menaçant.

– Ne me touche pas, connard !

Elle tourne rapidement les talons, abaisse la poignée de la porte et sort comme une furie, me claquant la porte au nez.

Petite peste ! Je vais lui faire comprendre qu'on ne me parle pas ainsi. Elle ne sait pas qui je suis, je crois, mais elle ne va pas tarder à le savoir. Je sors à mon tour rapidement du salon privé.

Dans le couloir, son manager lui tient fermement le bras et la secoue. Elle semble apeurée. Est-ce que son patron lui fait peur ? Je ne peux m'empêcher de serrer les poings. Je n'aime pas l'expression affolée de cette fille, même si je suis toujours aussi énervé contre elle.

Quand ses yeux rencontrent les miens, son visage change du tout au tout. Il se tord de colère. Tony se retourne rapidement.

– Ta fille me doit une danse ! craché-je.

– Je ne te dois rien ! lâche-t-elle.

– Ta gueule, Shania !

Elle se fige à la remarque de son manager. Tony lâche la fille et s'approche de moi rapidement, complètement paniqué. Ce mec se pisse dessus à l'idée qu'il y a eu un problème entre Shania et moi. Il sait qu'il a tout intérêt à ce que mes passages ici se passent bien. Et je crains que ma visite de ce soir ne soit la dernière.

– Que s'est-il passé ? Qu'est-ce qu'elle vous a fait ?

Rien. Et c'est là toute ma frustration. C'est bien la première fois qu'une fille ne cède pas à la tentation. Et c'est bien là le problème. On ne m'a jamais refusé quoi que ce soit et cette fille vient de le faire. Je déteste ça.

– Si elle vous a manqué de respect, je peux la virer sur-le-champ ! aboie Tony.

– Non mais ça va, oui ? Il ne manquerait plus que ça ! Ce connard m'a touchée et…

– Fais-le ! Qu'est-ce que j'en ai à foutre ! je réponds en même temps qu'elle.

Derrière lui, la fille paraît choquée. Ses yeux se baladent entre moi et son manager. Elle porte alors sa main à ses cheveux qu'elle tire en arrière, ôtant une perruque blonde. Une cascade de boucles brunes descend sur ses épaules et son regard me fusille sur place.

Furibonde, elle pivote sur elle-même et je me rends compte de ma connerie. C'est moi qui ai été déplacé. Elle avait fixé les règles et je ne les ai pas respectées.

Elle tourne à l'angle d'un mur, furieuse. La dernière chose que je vois d'elle est son petit cul bandant, seulement habillé de ce petit string en dentelle noir. Le plus beau cul qu'il m'ait été donné de voir.

3

Selena

Mes yeux ne peuvent se détacher de la cage thoracique de Sam. Elle monte et descend dans un mouvement régulier. C'est fou comme ce geste si anodin m'angoisse. Le pédiatre passe son stéthoscope sur son petit corps frêle et fragile, se concentrant sur sa respiration. Ses yeux, qu'il a hérités de moi, ne cessent de fixer la poche de la blouse du docteur Morris avec envie.

Quand le docteur se redresse, il ébouriffe les cheveux de Sam.

– Tu as été un grand garçon, Samy !

Il passe son stéthoscope autour de son cou et me sourit. J'attrape le tee-shirt de Sam et le lui passe sans attendre.

– J'ai été sage ? demande Sam.

– Oui, répond le pédiatre tout en contournant son bureau et en s'asseyant dans son fauteuil.

– Alors, est-ce que j'ai droit à une sucette ?

Le docteur Morris laisse échapper un petit rire et j'en fais autant. Sam est malin et quand il s'agit de confiseries, il l'est encore plus.

– Tu ne perds pas le nord, toi. Allez, viens par ici !

Sam tourne la tête vers moi comme pour me demander la permission. Je lui fais un petit clin d'œil et l'aide à descendre de la table d'examen.

Le pédiatre se penche légèrement vers Sam et l'expression

« regarder comme une friandise » prend tout son sens quand je vois les yeux pétillants de mon petit homme. Il semble réfléchir, hésitant entre la sucette à la fraise et celle à la pomme.

– Si je te dis que tu as été très sage et que tu as droit à deux sucettes, ça peut t'aider à choisir ? finit par dire le pédiatre.

Les yeux de Sam brillent encore plus. Il attrape une sucette rose et une verte.

– Qu'est-ce qu'on dit, Sam ? le sermonné-je.

– Merci, docteur Morris.

Le pédiatre paraît amusé. Il se redresse et note des informations sur le dossier de mon fils tandis que je m'assois face à lui. Sam, lui, a déjà ouvert l'une de ses sucettes et l'a fourrée dans sa bouche.

– Et si tu allais faire un beau dessin pour ta maman ? suggère le docteur.

Sam opine et part vers une petite table où il attrape tout de suite un crayon vert. Je sais d'avance ce qu'il va dessiner. Une grande maison avec un toit rouge et plein de fenêtres. Un chien, une tortue, des arbres et un grand jardin. Il y aura aussi une balançoire et je sais que quand il me dessinera, il me fera des cheveux violets car il sait que c'est ma couleur préférée. Il fait souvent ce dessin car c'est son rêve. Une maison et un jardin. J'aimerais tant pouvoir lui donner un jour.

– Mademoiselle Suarez ?

Je sors de mes pensées et lève la tête vers le médecin. Il me regarde, l'air inquiet, et je me mords les lèvres en sentant ma gorge se nouer. Je ne peux pas pleurer, c'est impossible. Pas devant Sam. Je ne dois pas pleurer devant lui.

– Je ne vous cache pas que je suis inquiet. L'état de Sam ne s'améliore pas.

– Je veille à lui donner ses médicaments tous les jours et…

– Je sais, Selena. Mais comme je vous l'ai déjà expliqué, les médicaments ne sont pas efficaces à cent pour cent. Selon les patients, ça peut entraîner une amélioration ou pas.

– Oui, mais pour Sam, ça ne s'aggrave pas ? dis-je, inquiète.

Le docteur m'offre un sourire rassurant.

– Non. Ça n'aggrave pas le cas de Sam. Mais ça ne l'améliore pas pour autant.

– Qu'est-ce que vous suggérez, docteur ? Que j'arrête de lui donner son traitement ?

Il secoue la tête.

– Non. Il est important que Sam ait son traitement au quotidien. Ça stabilisera son état.

Qui est déjà critique…

– Vous vous souvenez quand nous avons parlé d'une greffe ? reprend le médecin.

J'opine de la tête. Bien sûr que je m'en souviens. Ce jour-là, j'étais en pleurs et effondrée. Anéantie. Je ne savais pas quoi faire. J'étais impuissante et mes peurs se sont intensifiées.

– Ça reste la solution la plus efficace pour guérir votre fils.

– Je sais, vous me l'avez déjà dit, mais je n'ai pas les moyens de payer cette opération.

– Je sais, Selena, je sais. Vous m'avez expliqué votre situation et j'en suis désolé. Mais tant que vous n'avez pas de Sécurité sociale, Sam ne pourra jamais être inscrit sur la liste des demandeurs d'organes. Et il ne pourra donc jamais recevoir un nouveau cœur.

Je baisse la tête.

Parfois, la vie est si cruelle. Sam et moi, nous sommes nés du mauvais côté de la barrière.

– Et dans votre pays ? Peut-être pourriez-vous faire une demande d'aide ?

Je secoue la tête. Impossible pour moi de retourner là-bas. J'ai déjà eu tellement de mal à en partir.

Impuissante, je sens une larme couler le long de ma joue et l'essuie rapidement avant que Sam ne la voie. Le docteur se lève alors, contourne son bureau et s'assoit près de moi. Il me fixe, le regard désolé.

– Écoutez, Selena…

Il prend ma main dans les siennes et je remonte mon visage vers lui.

– Il ne faut pas que vous perdiez espoir. Sam est un petit garçon courageux et je suis sûr qu'il tient ça de sa maman.

Je hausse les épaules. Je ne sais pas si je suis courageuse. Je suis avant tout une mère qui se bat pour son enfant.

– On va trouver une solution. Ce pays n'abandonne pas ses habitants dans ces conditions, qu'ils aient la nationalité américaine ou pas. J'ai entendu parler d'une association qui aide les parents en difficulté financière et si vous le souhaitez, je peux me charger de la contacter pour qu'elle voie le dossier de Sam.

Je souris, me disant que ce médecin est un homme qui vaut tout l'or du monde.

Je me souviens quand j'ai toqué à la porte de son bureau, presque cinq ans plus tôt, mon bébé dans les bras, en lui expliquant ma situation. Il a été le seul à ne pas me claquer la porte au nez. Il m'a aidée, s'est occupé de Sam et a même refusé que je lui paie ses consultations. Il fait partie des bonnes âmes de la vie et l'existence de mon fils dépend de cet être généreux et altruiste.

Mais je ne peux pas le laisser m'aider une fois de plus. Il en fait déjà suffisamment pour nous. C'est à moi de faire les démarches, je suis la mère de Sam.

– Merci, docteur, mais je vais m'en charger.

– Très bien. Je vais vous donner les coordonnées de cette association. Et n'hésitez pas à leur donner mon numéro, je défendrai le dossier de Sam bec et ongles.

Je hoche la tête, de nouveau motivée par le docteur Morris. Il a raison, je dois être courageuse pour Sam.

– Vous êtes super, docteur ! Merci.

– Oh ! Ça ! répond-il modestement. Dites-le plutôt à ma femme, elle dit que je travaille beaucoup trop.

– Elle ne sait pas la chance qu'elle a.

Et je le pense vraiment. Le docteur Morris est génial et sa femme devrait s'en rendre compte. J'aimerais avoir quelqu'un d'aussi travailleur et généreux que lui dans ma vie.

– Je ne fais que lui dire, pourtant, plaisante-t-il.

Le docteur Morris rit aux éclats et arrive à me faire décrocher un sourire.

Nous nous levons alors ensemble, mettant fin à la consultation. J'appelle Sam, qui ronchonne car il n'a pas terminé son dessin mais obéit tout de même et va saluer le docteur Morris.

Quand je tire la porte de son cabinet, je remarque qu'une fine pluie tombe sur le bitume du trottoir, dégageant cette odeur particulière que j'affectionne tant. Il était temps. Cette chaleur devenait insoutenable. Soudainement, la pluie s'intensifie. Je rentre les épaules dans mon cou.

– Vite, maman, il faut y aller, me dit Sam. On va être tout mouillés.

Il tire son bras et me force à avancer. J'étire encore plus les lèvres, savourant la fraîcheur de la pluie.

***

Je souffle sur mon thé et porte la tasse à mes lèvres. Face à moi, Becky me regarde, les lèvres pincées. J'ai l'impression de lui faire pitié et, mon Dieu, je déteste ça.

– Ne me regarde pas comme ça !

– Comme quoi ?

– Comme si j'allais mourir demain.

Becky grimace et s'apprête à répliquer quelque chose. Pourtant, elle s'abstient quand la porte d'entrée se fait entendre. Amber arrive tel un boulet de canon et dépose ses paquets sur le canapé, près de moi. Je me décale et lui fais de la place.

– Ça va, ma belle ?

– Oui, oui, dis-je, loin d'être crédible.

– Mouais, répond-elle en grognant, loin d'être dupe.

Elle se penche et attrape ses paquets qu'elle laisse sur ses genoux. Je plisse le front quand je vois qu'elle me fixe lourdement.

– Avant que tu t'énerves, sache que je n'ai pas dépensé un centime.

Je plisse encore plus le front. Alors là, je ne pige pas. Elle sort des vêtements du paquet et me tend la pile. Je comprends enfin.

– Non, non, non. Je refuse que tu paies quoi que ce soit…

– Je t'ai dit que je n'avais rien dépensé.

Mes yeux s'écarquillent.

– Attends ! Tu les as volés ? dis-je, consternée.

Elle roule des yeux, comme si je venais de dire la pire connerie du monde. Ce ne serait pourtant pas une nouveauté. Amber est une véritable kleptomane et elle s'est déjà fait pincer plusieurs fois par les flics.

– Je te rassure, je n'ai rien volé. Pas depuis hier, du moins.

Becky laisse échapper un rire en secouant la tête. Je les sermonne du regard. Jamais de ma vie je n'ai volé quoi que ce soit, je n'en ai pas le courage. Mais c'est surtout mon éducation qui m'en empêche. Pourtant, j'ai eu plusieurs occasions.

– Comment tu…

– Roberto, me coupe-t-elle. Tu sais, le mec que j'ai rencontré à l'église.

– Que tu as rencontré au 3G, oui, intervient Becky.

Je me retiens de rire. Je sais que Becky a sûrement raison. Je ne suis même pas sûre qu'Amber soit déjà entrée dans une église une fois.

– On s'en fout de comment je l'ai rencontré. Enfin, bref. J'avais rendez-vous avec lui et je lui ai menti en disant que c'était l'anniversaire de mon neveu. Je te jure, c'est lui qui a insisté pour tout payer, me dit-elle rapidement.

Bien sûr, je ne la crois pas une seconde.

– Eh bien, ton Roberto est très généreux, mais tu vas aller rapporter ça au magasin.

– Oh, zut ! J'ai perdu le ticket de caisse ! fait-elle, mentant très mal.

Je laisse échapper un rire devant son attitude. Elle a de la chance de faire partie de mes amies, sinon, je l'étranglerais bien sur place.

Elle me tend toujours le tas de vêtements que je finis par prendre. Je n'ai jamais acheté de vêtements neufs à Sam. Il récupère toujours les fringues des friperies ou des collectes de vêtements. Je fixe l'étiquette et pour la première fois, je l'arrache d'un vêtement. Ça me fait un bien fou. C'est dingue, comme la petite étiquette d'un vêtement peut faire autant de bien?

– J'ai pris du 6 ans. Ce sera un peu grand mais il pourra les garder un moment.

Je sens un frisson et des larmes traîtresses commencent à apparaître. En une phrase, tout a basculé. Je fais tellement pitié que ce sont mes amies qui achètent des vêtements à Sam.

– Merci, soufflé-je.

Amber me saisit par le cou et m'attire vers elle. Il ne m'en faut pas plus pour fondre en larmes sur son épaule. Elle me caresse lentement mes cheveux tout en m'assurant que ça va aller.

– Non, Amber, ça ne va pas aller. J'ai deux mois de loyer en retard. Ma voiture est sur le point de rendre son dernier soupir, je me suis fait virer du seul job que j'avais et pour couronner le tout, le pédiatre de Sam vient de m'annoncer que son état ne s'améliore pas bien qu'il prenne ces putains de médicaments à cent dollars le flacon.

Mon amie paraît navrée. Quand je suis sortie de chez le pédiatre, tout à l'heure, j'étais pourtant remontée à bloc mais quand je suis arrivée dans mon immeuble et que le concierge m'est tombé dessus, réclamant les deux mois d'impayés, mon moral a vite retrouvé le fond de mes chaussettes. J'ai prétexté aller chercher la somme au distributeur de billets, chose impossible étant donné que je n'ai pas de compte en banque, et nous avons filé rapidement dans le seul endroit où je me sente bien, hormis mon appartement.

Quand Becky m'a ouvert la porte, j'ai fondu en larmes. Je lui ai tout expliqué, à quel point ma vie était compliquée. Ce n'est pas vraiment l'argent, le problème. Je peux très bien me démerder comme je le fais depuis cinq ans. Non, le véritable souci, c'est Sam. Je m'inquiète, comme n'importe quelle mère, et le fait qu'il soit malade majore mes inquiétudes.

Parfois, au réveil, je m'imagine que la solution miracle à cette maladie vient d'être découverte. Je m'imagine dire à Sam qu'il va avoir un nouveau cœur, qu'il ne prendra plus les médicaments qu'il déteste tant et qu'il va pouvoir jouer au foot comme n'importe quel enfant de son âge.

Mes amies me fixent, le visage triste. Becky essuie même une larme sur sa joue.

– Chaque jour qui passe se révèle être une déception. Alors la seule chose à faire, c'est attendre qu'un cœur soit disponible. Et vous savez le plus frustrant dans l'histoire ? C'est que ce jour n'arrivera pas. Parce que je suis en situation irrégulière ici, et parce que je n'ai pas de Sécurité sociale. Sam et moi, on n'existe pas dans ce pays.

La main de Becky se pose alors sur moi et me caresse lentement. Mes amies sont là, elles me soutiennent, mais parfois, ce n'est pas suffisant. Parfois, j'aimerais que l'on soit deux à se battre pour Sam. Ce serait peut-être beaucoup plus simple, moins dur de partager cette épreuve à deux.

– Ce jour arrivera, Selena. Et quand Sam aura son nouveau cœur tout neuf, je te promets que je lui achèterai un super ballon de foot, me dit Amber.

Je souris. Quand il est question de claquer du fric, Amber est la première. Même si son penchant pour le vol est bien plus jouissif pour elle.

– Je l'espère, soufflé-je. Il me faudrait un miracle.

– Ou un mari, lâche Becky.

Amber et moi tournons nos têtes vers elle. Voilà qu'elle va encore me faire chier avec ça ! Quand va-t-elle se rentrer dans le crâne que je n'ai pas le temps pour un mec ? J'ai déjà suffisamment de problèmes sans y ajouter un macho insatiable au lit.

– Euh, Becky, là, ce n'est pas le moment, tu ne crois pas ?

Becky sourit et secoue la tête.

– Non, non. Je ne dis pas qu'elle doit trouver l'amour. Juste qu'elle doit trouver un mari.

– Euh… OK. Tu nous éclaires ? Parce qu'on ne parle pas le blond, dit Amber.

– C'est pourtant simple. Elle trouve un mec, se marie et bim, elle a une Sécurité sociale !

Je la regarde, désabusée. Elle croit que la vie est si simple ? Qu'un mec se trouve aussi facilement ? Elle vit vraiment dans un rêve. Il faut qu'elle arrête de regarder les Disney.

– Je ne plaisante pas. Il y a beaucoup de monde qui le fait. C'est arrivé à Destiny. Elle avait besoin d'une couverture sociale et elle a trouvé un mec pour se marier. Une fois ses implants posés, ils ont divorcé !

– Attends ! Elle a fait ça pour des seins ? demandé-je, choquée.

– Je savais qu'ils étaient faux, crache Amber. Bien qu'elle dise le contraire.

Becky rit à belles dents.

– Mais le pauvre, elle a carrément profité de lui.

– Mais non. Il était au courant. Je crois que le gars était gay. Il s'est marié pour rassurer sa mère ou sa grand-mère. Enfin bref, il n'empêche que grâce à ça, elle a doublé ses pourboires au 3G.

– Et ? Elle a eu une couverture sociale ? demande Amber.

– Oui. Et comme elle était mariée, ses enfants ont également été pris en charge. Vous comprenez enfin ? fait Becky.

Je comprends surtout que les gens sont fous.

– Tu devrais faire ça, Selena, dit alors Amber, toute joyeuse.

– Pardon ? réponds-je, choquée.

– Oui, tu trouves un mec, tu lui expliques ta situation et tu te maries. Sam fait partie de la liste des receveurs et tu n'as plus de soucis à te faire pour son traitement.

– Et en plus, tu obtiens la carte verte, ajoute Becky.

– Qui te donnera la nationalité américaine et droit à une couverture sociale après ton divorce, continue Amber.

Elles me regardent toutes les deux, enjouées, comme si elles venaient d'avoir l'idée la plus brillante du monde. Sont-elles vraiment en train de me suggérer de faire un mariage blanc pour une couverture sociale ?

– Mais vous êtes folles ! lâché-je.

Leurs sourires s'effacent.

– Carrément folles, continué-je, abasourdie par ce que j'entends.

– C'est toi qui es folle. Tu devrais y réfléchir.

Réfléchir ? Mais c'est déjà tout réfléchi. Je ne vais pas me marier pour ça ! Où est l'amour dans l'histoire ? Parce que je ne me rappelle pas avoir entendu une seule fois ce mot dans leurs arguments.

– Je ne coucherai jamais avec un mec dont je ne suis pas amoureuse, dis-je.

– On ne te demande pas de coucher avec lui. Destiny ne l'a pas fait. C'est juste un arrangement entre adultes consentants, fait Becky.

– C'est illégal, m'écrié-je.

– Réfléchis-y, Selena.

Elles continuent à me fixer, le visage sérieux, cette fois-ci.

– Je vais surtout réfléchir à comment je vais payer mon loyer. Il me faut un job, dis-je.

– Mon offre tient toujours, Selena, dit Amber.

– Quelle offre ? intervient Becky.

– Le strip-tease, annonce Amber.

Je lève les yeux au ciel. La semaine dernière, le soir où je me suis fait virer, plus précisément, Amber m'a proposé de travailler avec elle et de faire des strip-teases à domicile. J'ai refusé sa proposition aussitôt. Je déteste l'idée d'aller chez des hommes pour y faire des shows. J'aurais l'impression de me « prostituer » encore plus. Et je me suis surtout fait la promesse de ne plus faire de strip-teases. C'est relativement bien payé mais ce n'est plus pour moi. Je me dois d'être responsable et m'être fait virer m'a ouvert les yeux.

Shania, c'est fini ! Il ne reste plus que Selena !

– C'est bien payé ? demande Becky.

– Bien plus qu'au 3G. Si je n'aimais pas ce que je fais, je me barrerais du club et ne ferais que des shows à domicile. Mais ça se limiterait à montrer mon cul deux ou trois fois par semaine.

– C'est payé combien ? continue Becky.

– Ça dépend de ce que le client veut. Ce soir, j'ai un show. Mille dollars.

J'écarquille les yeux. Mille dollars ! C'est trois fois plus qu'au club.

– Ouais. Et si tu viens avec moi…

– Et pourquoi tu ne me le proposes pas à moi ? la coupe Becky, un brin jalouse.

– Tu as des loyers en retard, toi ? Tu as une bouche à nourrir ? Des médicaments à payer ?

– Bah non.

– Alors voilà pourquoi je ne te le propose pas à toi, espèce de débile !

Amber tourne la tête vers moi et me fixe, attendant ma réponse.

– Si tu n'y vas pas, j'y vais à ta place ! lâche Becky. Mille dollars, bordel ! Mille dollars !

Ma promesse s'envole aussitôt. Pour mille dollars, je suis prête à l'oublier. Et je viens de trouver comment payer mon loyer.

4

Ben

Je souris fièrement. Tous les regards sont tournés vers moi et me prouvent une fois de plus que c'est génial d'être Benjamin Lawson. Même quand je sors des chiottes, les gens m'envient et aimeraient être à ma place.

Je marche vers mon bureau, satisfait de savoir que dans moins d'une heure, je serai enfin en week-end, après une semaine de pur calvaire entre les réunions et les conseils d'administration en tout genre. Honnêtement, si je n'étais pas l'héritier de cet empire, je me serais déjà cassé depuis longtemps de ce boulot soporifique et sans intérêt. Mais je n'ai pas le choix. Travailler ici est un marché que j'ai conclu avec mon père il y a maintenant trois ans. Après ce foutu accident qui a pourri la vie de bien trop de monde.

Quand j'ouvre la porte de mon bureau, je sursaute en voyant que mon père est assis sur mon propre siège, derrière mon bureau. Ma lèvre supérieure se lève instinctivement. Entre lui et moi, c'est la guerre. Je ne sais pas lequel des deux peut le moins piffer l'autre. Sûrement lui.

Dans la vie, il y a deux types de parents. Ceux qui sont dingues de leurs gosses, qui escaladeraient le mont Everest ou se tailleraient les veines pour eux. Et il y a la deuxième catégorie. Ceux qui ont honte de leur progéniture au point d'avoir des haut-le-cœur rien qu'en la voyant. Mon père fait partie de la deuxième catégorie. Mais il a besoin de moi. Il n'a pas le choix, tout comme moi. Je suis le seul disponible pour reprendre les rênes de son précieux empire. Il n'a plus personne d'autre.

– Assieds-toi ! m'ordonne-t-il sèchement.

Je prends place face à lui, conscient qu'il vient de m'inviter à m'asseoir à mon propre bureau. Je ne pipe pas mot. Lui non plus. Cela fait des années que nous ne nous parlons plus, tous les deux. La plupart du temps, quand nous sommes dans la même pièce, nous nous contentons de nous fusiller du regard, alors nous évitons de nous voir. Je ne me rappelle même plus la dernière fois où je suis allé au manoir.

– Benjamin.

– Howard.

C'est mon petit côté rebelle qui parle. Mon père déteste quand je l'appelle par son prénom et j'avoue que je prends un certain plaisir à le faire.

– Savannah Pierce, ça te parle ?

Je pose mon coude sur le dossier de mon fauteuil et commence à me masser la tempe. Je sens que cette conversation sera, une fois de plus, houleuse et pénible, comme chaque conversation que j'ai avec lui.

– Rapidement.

– Rapidement ? demande-t-il, mi-choqué, mi-agacé. J'espère pour toi que tu ne parles pas de tes performances au lit avec cette fille.

– Ah oui, c'est vrai ! J'ai sauté cette fille !

Alors que je m'attendais à ce qu'il souffle d'agacement, il attrape un journal, le balance sur moi et je le laisse tomber au sol sans le quitter du regard. Je le toise un instant jusqu'à ce qu'il me fasse signe de prendre le journal. Je m'abaisse, non sans souffler d'énervement, et le ramasse. Je lis le titre aussitôt :

« Benjamin Lawson en compagnie juvénile. »

Je ne peux m'empêcher de sourire. Elle ne faisait pas moins de 18 ans pourtant, et pour une mineure, elle en savait, des choses, et était loin d'être farouche. Je relève mon regard vers mon géniteur qui, lui, ne semble pas rire.

– Efface-moi ton sourire de petit merdeux de tes lèvres.

En bon provocateur, je continue à le défier. Mon père finit par secouer la tête de gauche à droite, navré.

– Tu ne me laisses pas le choix, Benjamin.

Cette phrase, je ne l'aime pas. Il l'a utilisée peu de fois et la dernière en date m'a donné droit à un aller simple pour une pension près de Genève, quand j'ai été surpris, à 15 ans avec de la marijuana sur moi. Marijuana qui n'était même pas à moi, d'ailleurs, mais à Hunter. Je l'ai couvert sur ce coup mais je ne compte plus les fois où il m'a rendu la pareille.

– Il est temps que tu te calmes. Ton comportement est vu d'un mauvais œil par les investisseurs.

– Ah oui ? Qui ?

– Certains me font des remarques et j'en ai marre de justifier les comportements de mon fils devant la police, les journalistes ou les avocats. Il faut que tu te ranges, Benjamin.

– Me ranger ?

Je ne supporte pas la mentalité de mon père. Selon lui, les gens doivent tous être mis dans des cases.

– Oui, te ranger.

Qu'est-ce qu'il veut dire par là ? Ma situation me convient et je ne compte pas changer mon mode de vie. Je vis au jour le jour, m'éclate avec mes amis, possède plus d'argent qu'il ne m'en faut. Il n'y a que deux choses que je devrais changer : mon job et mon père.

– Cela fait des années que Bowman me tanne en me disant

que sa fille et toi iriez bien ensemble. Et je pense qu'il a raison.

Je fronce les sourcils. Ça fait plusieurs fois que j'entends parler de ça. J'étais à Harvard avec sa fille qui faisait partie d'un club de pucelles à colliers de perles.

– Attendez ! Qu'est-ce vous voulez dire, père ?

– Je veux dire que ce n'est pas une si mauvaise idée. Julia Bowman est un bon parti et te marier avec elle redorera ton image.

– Putain, mais elle est vierge.

Et conne, moche, inintéressante et...

Non, il n'est pas sérieux. Mon père a subitement trouvé un sens de l'humour et il va exploser de rire dans quelques secondes. Ça ne peut être que ça.

– Fais attention à ce que tu dis de ta future femme. Et c'est justement le point positif de tout ça.

Je tressaille rien que de l'entendre.

Future femme.

Ça sonne tellement faux. Et je ne veux pas me marier, bordel ! Sauter la même femme jusqu'à sa mort, c'est complètement invraisemblable. Sérieusement, qui fait ça ? Les mecs amoureux ?

– Vous annoncerez vos fiançailles à la journée des employés de l'entreprise, dans trois semaines...

– Non, attendez ! Je ne peux pas me marier à Gemma Bowman.

– Julia, rectifie mon père.

– Ouais, peu importe comment elle s'appelle. Je ne peux pas. Et je ne veux pas.

Mon père joint ses deux mains sous son menton et me fixe, les yeux plissés. Il semble réfléchir et je sens que la suite ne va pas me plaire.

– Très bien. C'est ton choix. Tu comprendras que tu ne peux plus faire partie de la société Lawson, alors.

Je ris intérieurement. Il menace de me virer. Soit. Son boulot est pourri et je m'emmerde. La seule distraction que j'avais ici était de sauter les petites assistantes, chose qu'il m'a enlevée en engageant Mindy le lamantin.

– OK. J'en profiterai pour voyager. J'ai toujours eu envie de retourner à Ibiza ou à…

– Et avec quel argent ? Car si tu quittes Lawson Enterprise, tu te doutes que tu n'auras plus accès à tes comptes.

Le col de ma chemise rétrécit soudainement. Je tire dessus et déglutis. Putain, si je n'ai plus d'argent, je suis mort. Et je vais devoir trouver un travail, un vrai… chose impensable !

– Il est temps que tu mûrisses, Benjamin. Que tu cesses d'être le petit branleur que tu t'obstines à être depuis ta naissance, que tu deviennes plus responsable et qu'on voie enfin en toi l'héritier de l'empire Lawson.

Serait-ce un semblant de compliment ? Non. Pas venant de mon père. Je suis sûr que s'il tente d'être un minimum gentil avec moi, la foudre s'abattra sur lui.

– Je suis responsable et mâture, fais-je, pas vraiment convaincu par mes propres dires.

– Alors prouve-le-moi le jour des employés et accepte de te ranger sérieusement.

– Non, je ne peux pas me marier avec Gemma Bowman. Elle a autant de sex-appeal qu'un pingouin sur la banquise. Je préférerais encore me marier avec Mindy.

– Mindy ? Ton assistante ? Es-tu en train de me dire que tu n'as pas pu te retenir, encore une fois ?

Je grimace en imaginant cette fille nue.

– Même pas en rêve ! Mais ce que j'essaie de vous expliquer, c'est que Gemma est aussi sexy que Mindy.

– Julia ! Quand vas-tu te décider à retenir le nom de la mère de mes petits-enfants !

– Ah ! Parce qu'il va falloir que je la saute, aussi ? Hors de question, Howard. Ça, ce sera techniquement impossible.

– De toute façon, tu n'as pas le choix. Dans trois semaines, tu annonceras ton mariage avec Julia Bowman et ce jour-là, tu montreras le sourire d'un homme amoureux et heureux.

Bordel ! Il ne va pas entendre raison, en plus. J'ai bien envie d'envoyer tout voler sur le bureau mais je me rappelle que c'est le mien.

Je me lève rapidement, ne pouvant détacher mon regard de sa personne. Non, je ne me marierai pas avec cette nonne. Si je dois me marier, bien que je doute de le vouloir un jour, c'est moi qui choisirai avec qui.

***

Face à moi, Hunter ne peut plus s'arrêter de rire. Un verre de scotch de quarante ans d'âge à la main, il est dans cet état depuis plusieurs minutes. J'apprécie de voir que mon meilleur ami me soutient. Je bois mon verre d'une traite, espérant faire passer le goût de l'amertume dans ma gorge. Mon père ne se rend vraiment pas compte de ce qu'il me demande. Il veut que je me marie, moi, Benjamin Lawson, le mec le plus allergique à l'amour sur cette planète.

La porte de la villa s'ouvre et Luke entre, une bouteille à la main.

– Oh ! On s'amuse sans moi, à ce que je vois ! dit-il.

Hunter repart de plus belle dans son hilarité. Je le hais.

– Pas vraiment, sifflé-je, la mâchoire serrée.

– Qu'est-ce qu'il se passe ? demande Luke, qui prend une mine inquiète.

Je lève les yeux au ciel alors qu'il s'assoit sur le sofa et me fixe, attendant les détails.

Je lui raconte tout. De la menace de mon père à sa proposition qui n'en est pas une car il ne me laisse pas vraiment le choix. Quand je lui annonce le nom de ma future épouse, Luke se met aussitôt à rire nerveusement.

Putain, y'en a pas un pour me soutenir.

– Merci à vous d'être des gros cons ! lâché-je.

Hunter rit encore plus alors que Luke reprend son sérieux.

– Avoue que c'est risible, dit-il. Toi, Ben Lawson, te marier. Les gens croient plus au retour de Michael Jackson d'entre les morts qu'à tes noces.

– Bah c'est bon ! Je suis dans la merde.

Luke sourit encore plus.

– Pas nécessairement. Dans la vie, il y a deux types de personnes. Les débiles, comme Hunter…

– Eh, je t'emmerde, intervient mon ami en lui faisant un magnifique doigt d'honneur.

– … Et y a les gars qui sont suffisamment intelligents pour ne pas se laisser imposer les choses et se faire baiser. Dans quelle catégorie te situes-tu ?

Je jette un coup d'œil à Hunter.

– Pas dans la sienne, ça, c'est sûr ! lâché-je en fixant mon ami.

– Bien. Ce qui veut dire que tu vas devoir agir au lieu d'attendre que la petite sainte-nitouche se voie avec la bague au doigt et engrossée le quart d'heure d'après.

Mes lèvres s'étirent. Luke est le plus intelligent de nous tous, pas étonnant que ce soit lui, l'avocat.

– Et c'est quoi, l'idée ? demandé-je.

– Il faut que tu te maries !

Hein ? Qu'est-ce qu'il raconte ?

– Je crois que tu n'as pas bien compris quand j'ai dit que je ne voulais pas me marier avec Gemma ?

– Oh si, ça, j'ai compris. Tu n'as pas eu besoin de le dire, on ne peut que te comprendre. Non, je pensais que si tu étais déjà marié, tu ne pourrais pas te marier une deuxième fois.

Mes lèvres s'étirent en un sourire mutin. Oui, il a raison. Si je choisis moi-même ma femme, mon père ne pourra pas m'imposer ce boudin.

– Maintenant, il faudrait trouver quelqu'un de suffisamment fou pour accepter de devenir Mme Lawson.

– Facile. Je suis tellement beau gosse et plein de fric que toutes les femmes me rendraient ce petit service.

– Hum… désolé de te dire ça, mais étant donné que tu t'es tapé la moitié de la ville sans jamais rappeler personne, je ne suis pas sûr que ce soit si facile que ça, s'excuse Luke.

Il a raison. Si j'avais su, j'en aurais rappelé au moins une ou deux.

– Il te reste donc que les moches, intervient Hunter. Ce qui voudrait dire que Gemma Bowman en fait partie.

Luke et Hunter rient. En fait, ils s'amusent de mon malheur. Je sors de mes pensées quand un téléphone se met à sonner. Hunter se fige un instant puis se lève pour aller répondre. Il part en direction du couloir.

– Tu sais, ce n'est pas une si mauvaise idée, lâché-je.

– Quoi donc ? De te marier ?

– Ouais. Si je trouve une fille, je me marie vite fait et je divorce dans quelques mois, quand Howard se sera calmé.

Luke hausse les deux sourcils.

– Eh ! On se foutait de toi, mon pote. Tu ne peux pas te marier comme ça.

– Pourquoi pas ? Ce n'est pas comme si je croyais en ces conneries d'amour et d'union « jusqu'à ce que la mort nous sépare ». Il doit bien y avoir une fille qui a besoin d'un bon parti dans cette ville pour accepter un mariage blanc.

– Stop ! En tant qu'avocat, je n'ai rien entendu. Ce mot ne devrait même pas être prononcé devant moi, je ne sais même pas ce que ça veut dire et…

Je l'ignore totalement. Il me faut une fille désespérée et dans l'urgence pour me rendre ce service. Cette fille doit bien exister. Elle est forcément quelque part.

– Et en plus, ça énervera bien Howard ! ajouté-je.

– Il s'est souvenu que c'était ton anniversaire aujourd'hui ? demande Luke.

Je lève la tête vers lui.

– À ton avis ?

Luke laisse échapper un rire. Lui aussi n'y croit plus depuis des années. Mon père n'a jamais été présent et je suis une déception pour lui depuis ma naissance.

– Mouais ! Le père de l'année. Mais t'inquiète, tes potes n'ont pas oublié qu'aujourd'hui, tu as 30 ans !

Ouais ! 30 ans ! L'âge de la maturité, paraît-il. L'âge de me ranger dans une petite case selon mon père.

– Et on va fêter ça dignement.

– J'espère bien, dis-je.

Luke rit alors que Hunter revient vers nous.

– Mauvaise nouvelle, les gars ! Aaron sera en retard, dit Hunter.

– Il fait chier, bordel, lâche Luke. Jamais fichu d'être à l'heure, celui-là.

– Mais la bonne nouvelle, c'est que Jason arrive et qu'il n'est pas seul.

– Putain ! On avait dit qu'on faisait mon anniversaire entre potes, protesté-je.

– Mais c'est le cas !

L'Interphone de la villa se fait alors entendre et Hunter se charge d'aller ouvrir. Aaron arrive en riant avec Hunter.

– Je croyais que tu serais en retard, lâché-je.

– Pas de chance, je suis à l'heure, me dit le plus jeune d'entre nous.

– Il est où, Jason ? Il ne devait pas venir avec des potes ? demandé-je.

– Ah, ça t'intéresse, tout compte fait, dit Luke.

Ouais. J'ai besoin de me mettre la tête à l'envers, en réalité, histoire de digérer la grande nouvelle du jour. Et si, pour ça, je dois prendre la pire cuite de ma vie, quitte à être malade pendant trois jours, je prends.

– Bon, comme tes potes sont les mecs les plus géniaux du monde, dit Hunter, nous avons décidé d'un commun accord de t'offrir quelque chose de mémorable. Et je suis sûr que tu vas nous aimer quand tu découvriras les cadeaux que nous t'offrons pour tes 30 ans.

Il pointe du doigt l'entrée de ma maison. Jason ouvre la porte mais ne la ferme pas pour autant.

– Messieurs, je vous demande d'accueillir comme il se doit Amanda, Stacy, Pearl, Vanessa, Ashley, et j'en passe… Bref, trente filles rien que pour toi ! Et voici les cinq premières. Joyeux anniversaire, mon pote !

Un défilé de filles arrive vers moi et je ne peux m'empêcher de sourire. Putain, mes potes sont géniaux et Hunter a raison, je les aime. Quoi de mieux pour remonter le moral à un jeune trentenaire qui doit se marier que trente créatures plus appétissantes les unes que les autres.

– Fais-toi plaisir, mon pote. Celles-là, elles ne sont pas farouches, fait Luke.

– Et n'oublie pas d'en faire profiter tes potes ! continue Hunter.

5

Selena

Amber gare sa voiture devant une grande villa du quartier de Coconut Grove et je fixe la grande maison. Ce quartier est génial mais ça pue le fric, ici. Bien plus que dans mon quartier, c'est une certitude.

Dehors, il a cessé de pleuvoir depuis plusieurs heures mais on sent toujours l'odeur de la pluie sur le bitume. L'air est plus frais et plus respirable aussi.

J'ai été tellement stressée que je ne me suis même pas rendu compte du trajet. Je n'ai vraiment pas envie d'y aller, je déteste l'idée de montrer mon cul pour de l'argent, mais je me motive en me disant que je gagnerai trois fois plus d'argent qu'au club. Et j'ai besoin de ce fric. Je ne peux pas retourner chez moi tant que je n'aurai pas payé mes loyers en retard.

Je mets un certain temps à sortir de mes pensées et je reprends contact avec la réalité quand Amber pose délicatement sa main sur ma cuisse.

– Prête à aller te faire du fric ?

J'opine et ouvre la portière après avoir pris une grande inspiration. Amber me rejoint rapidement sur le trottoir et passe son bras sous le mien pour m'attirer vers l'entrée.

Trois filles y patientent déjà et quand je vois, au visage de certaines, qu'elles ne sont pas plus enchantées que moi de se trouver ici, je me décrispe légèrement. Elles ont sûrement des loyers à payer et des bouches à nourrir, elles aussi.

– Il paraît qu'ils sont chauds, là-dedans ! lâche une rousse.

– Ouais, c'est les 30 ans d'un riche héritier et croyez-moi, il veut fêter ça, dit une brune.

– Ils sont combien ? demandé-je, inquiète.

Amber me jette un petit coup d'œil réprobateur.

– Cinq, il me semble. Tous plus canons les uns que les autres, à ce qu'il paraît. Bon, je crois que c'est l'heure, dit une Asiatique.

Elle sonne et je prends une grande inspiration. Je me motive comme je peux, me répétant inlassablement le nom de mon fils.

Sam. Sam. Sam. Sam. Sam.

Quand la porte s'ouvre, un brun plutôt bien bâti nous gratifie d'un grand sourire.

– Salut, les filles ! Prêtes à grimper aux rideaux ?

Je n'aime pas sa remarque. Je ne suis pas là pour autre chose qu'un show.

J'entre la dernière dans la grande villa. Une musique d'ambiance se fait entendre. Je dois reconnaître que l'endroit est sympa. La décoration est chic et épurée, moderne et tendance. Sur ma gauche, je découvre une grande cuisine équipée de l'électroménager dernier cri. Je pourrais vivre dans cette cuisine. Elle fait d'ailleurs la taille de mon appartement.

Le salon est encore plus impressionnant. Ce que je remarque est l'immense écran plat qui recouvre le mur. Un écran aussi grand est à la limite de l'indécence.

Mes yeux se posent alors sur un blond d'une trentaine d'années, assez mignon. Il attrape ma main sans que je puisse réagir et m'attire dans le salon. Il s'assoit sur une chaise alors que l'Asiatique nous rejoint. Elle commence déjà à l'aguicher et je me souviens de la raison de ma venue. Je commence à mon tour à jouer mon rôle. Ce soir, Amber m'a prêté une tenue de flic et je dois me mettre dans la peau du personnage.

– Je tiens à vous annoncer que l'une d'entre vous aura le droit de lécher ma bite, ce soir, annonce le beau blond.

Charmant !

Voilà pourquoi je déteste ce boulot. Et ce beauf vient de me le rappeler. Je préfère ne pas répondre et me retiens de lever les yeux au ciel, me contentant de sourire mécaniquement. L'Asiatique, elle, paraît satisfaite.

Et bien je lui cède ma place sans problème.

– Mais si vous êtes chaudes, les filles, on peut se faire un petit trio, suggère-t-il.

Bordel, qu'il ferme sa bouche ! Ce mec me fait pitié. Je suis à deux doigts de vomir.

Je grimace une nouvelle fois puis m'assois sur ses genoux. Il doit avoir une vue parfaite sur mes fesses mais je m'en fous. Je ne compte plus le nombre de connards qui ont vu mon cul en trois ans.

Je commence à me déhancher, toujours assise sur lui. Dieu merci, il semble plus concentré sur l'autre fille. Ses mains sont carrément sous sa chemise et il a déjà pris l'initiative de lui fourrer sa langue dans la bouche.

Je continue à jouer le jeu pendant un moment. En réalité, je compte les secondes. J'ai hâte que cette heure passe pour rentrer et retrouver mon petit homme.

Amber s'approche alors de moi et me pose une clé dans la main.

– Va libérer ce beau gosse ! dit-elle en me montrant un mec d'un signe de tête.

***

Ben

Le supplice est terrible. Ça fait presque trois heures que j'ai une gaule d'enfer et mon choix est cornélien. C'est frustrant parfois de devoir choisir. Trop de choix tue le choix. Eh bien là, j'hésite entre la belle rouquine et la black aux jambes interminables. Elles ont chacune de très beaux arguments, il faut dire. Une paire d'obus ou un cul bien rebondi.

Je pose mes mains sur le cul d'une brune qui ne semble pas s'offusquer de mon geste. Elle va même jusqu'à prendre mes mains pour les poser sur sa poitrine. Putain ! C'est encore mieux que dans un club.

À mes côtés, Luke a déjà la tête coincée dans les seins d'une fille et Jason fixe une jeune femme avec grand intérêt. Quant à Hunter, ça fait déjà bien longtemps qu'il est parti s'enfermer dans une chambre avec une fille. Le petit frère de Luke, Aaron, a carrément sa langue dans la bouche d'une fille et ne va pas tarder à nous lâcher, lui aussi.

Luke tourne sa tête vers moi, un grand sourire aux lèvres.

– Alors ? Ça te plaît, mon pote ? me demande-t-il.

– Carrément. Et j'ai l'impression qu'à toi aussi, d'ailleurs.

– Tu m'étonnes ! Encore bon anniversaire !

Je lève mon verre vers lui, l'entrechoque avec le sien et prends une gorgée de mon meilleur scotch, celui que je me réserve pour cette journée depuis des années.

Quand l'Interphone sonne pour la sixième fois de la soirée, Aaron s'empresse de se lever et part dans l'entrée. C'est ça, le deal ! Trois heures de pur plaisir, cinq nouvelles filles arrivant toutes les demi-heures. J'adore mes potes et cette connerie de mariage s'est envolée de mon esprit depuis un bon moment déjà.

La brune face à moi se lève de mes genoux en même temps

que celle qui est sur Jason. Elle me tend une carte qu'elle sort de je ne sais où !

Les strings ont des poches maintenant et j'aurais loupé cette information ?

– Appelle-moi ! me dit-elle.

Ouais, un soir où il n'y aura rien à la télé, je pense que je pourrai occuper ma soirée avec elle.

Elle ramasse son soutien-gorge, me fait un clin d'œil et s'éloigne déjà de moi. Une autre fille, en tenue de flic, s'approche d'une démarche assurée. J'ai envie de tirer sur sa cravate et de l'approcher de moi encore plus. Putain, au risque de me répéter, j'aime mes potes.

– Il paraît que vous avez été un très vilain garçon, me dit-elle, aguicheuse.

Il ne m'en faut pas plus pour bander encore plus fort. Cette métisse est forte, très forte. J'ai eu droit à presque tous les styles de filles mais la flic nymphomane, pas encore, et ça m'excite.

Elle sort une paire de menottes et la balance devant moi, un regard coquin sur le visage. Je ne vais pas pouvoir toucher mais ça m'est égal. J'ai tellement touché de seins pour la soirée que j'en suis rassasié. Non mais qu'est-ce que je raconte ? Je ne pourrai jamais l'être.

Elle me contourne et, en bon garçon, je joins mes deux mains dans le dos sans qu'elle me l'ait demandé. Je sens le métal froid des menottes encercler chacun de mes poignets. Elle me contourne et finit par s'asseoir sur mes genoux. La métisse se déhanche déjà sur moi. C'est agréable. Elle est professionnelle et sait y faire, ça ne fait aucun doute. Ma queue semble en accord avec mon cerveau. Elle fait glisser lentement la fermeture Éclair de sa veste de flic, saisit les deux pans et l'ouvre rapidement, laissant dévoiler un soutien-gorge floqué aux initiales de la police de Miami. L'effet escompté est là. Je bande tellement que ça en devient presque douloureux.

– Putain, ma belle, tu as de la chance que je sois attaché !

Elle bascule la tête en arrière puis approche son visage de moi et pose ses lèvres à quelques centimètres de moi.

– Je n'ai pas les clés, me murmure-t-elle.

Elle rit en reculant son visage. Je suis… Je ne sais même pas. Amusé ? Dubitatif ? Excité ?

– C'est ma collègue qui les a.

Son regard se porte vers sa droite et ma tête se tourne aussi. Une autre fille, habillée elle aussi en flic, est assise sur les genoux de Hunter. Il est revenu, lui ? J'étais tellement obnubilé par la métisse que je ne l'ai pas vu arriver. La fille est dos à lui et sa tête est calée sur son épaule. Je ne peux voir que ses longues boucles brunes qui cachent une partie de son corps. Une autre fille est carrément penchée sur lui.

Putain, l'enfoiré, moi aussi, j'en veux deux !

Je pivote la tête vers la métisse et crache sèchement :

– Va me la chercher !

La métisse obéit et s'approche de Hunter. Ce dernier semble heureux à l'idée d'avoir trois filles sur lui mais sa déception se lit sur son visage quand la métisse chuchote quelque chose à l'oreille de son amie et que cette dernière se lève de ses genoux.

– Putain, c'est la meilleure soirée de toute ma vie, me dit Luke.

Je le regarde. Il affiche un putain de sourire qui est aussitôt caché par les bonnets D de sa strip-teaseuse qui lui fourre ses seins sur le nez.

Je sens alors des mains frôler mes épaules. Je sursaute légèrement quand des lèvres, à quelques centimètres de mon oreille, me lancent :

– Tu seras sage si je te retire tes menottes ?

Oh putain, non ! Je ne peux pas lui promettre ça !

Je hoche seulement la tête. Elle me susurre un « Brave garçon » qui réveille ma queue. Putain, elle ne m'a dit que quelques pauvres mots et je suis déjà au taquet. Mes mains sont libérées du métal des menottes. Les doigts de la jeune femme passent alors sur mes clavicules puis disparaissent. Cette fille me rend folle. Mes mains n'ont toujours pas bougé. Je suis figé.

Au bout d'un instant, elle desserre ma cravate avant de la retirer complètement.

– Fais-moi confiance ! me chuchote-t-elle.

Oh, putain, oui ! J'ai confiance. Je sais qu'elle va m'exciter à un point inimaginable.

Elle pose ma cravate sur mes yeux et la noue derrière mon crâne. Je sens qu'elle se déplace. Je ne vois rien. Je suis totalement aveugle et je suis encore plus excité.

Ses mains se mettent à descendre sur mon torse et je la sens s'asseoir sur mes genoux. Je déglutis. Être privé de ma vue est excitant. Cela a un goût d'aventure et j'aime ça. Je ne sais pas ce qu'elle va me faire, bien que j'aie ma petite idée. Elle se met à se déhancher sur mon sexe dur et bien éveillé.

Oh, bordel de merde ! Je veux la toucher.

Mes mains sont attirées et se déplacent vers elle.

– Attention à ce que vous faites, monsieur, ou je serai obligée de vous repasser les menottes.

Je souris.

Douce menace !

Je suis le genre d'homme à attacher les femmes mais inverser les rôles est un programme tout aussi intéressant.

Ses mains saisissent alors les miennes. Elle a la peau douce, très douce, et j'imagine aussitôt ses doigts autour de ma queue. Sa peau est brûlante et j'aime ça. Elle se contente de poser ma paume gauche sur sa cuisse dévêtue. L'autre main se déplace alors et je sens le contact froid de la fermeture Éclair. Son corps se cambre vers moi et elle m'aide à descendre le Zip de sa tenue. Ou du moins, c'est moi qui l'aide, sous son contrôle.

Je me mets à imaginer son corps. Je le suppose tout petit, hâlé par le soleil ou par ses origines. Elle lâche ma main et je pose aussitôt la mienne sur son ventre plat. Sa peau est douce, chaude. Elle n'a pas de bijou ou autre fantaisie que je n'aime pas chez les femmes. J'attrape ses hanches alors qu'elle ondule toujours son corps sur moi. Sa taille est si fine que j'arriverais sûrement à l'encercler de mes deux mains sans problème. Elle ne fait rien. Ça n'a pas l'air de lui déplaire. J'ose saisir ses fesses.

– Attention, je…

Je ne lui laisse pas le temps de finir e proférer sa menace et je la soulève.

– Si je ne peux pas te voir, j'ai le droit de te toucher, lâché-je.

Je la sens se tendre. Elle semble avoir peur. Mes deux mains se posent de chaque côté de son visage et je l'approche du mien. J'ai besoin de goûter ses lèvres. Elle détourne pourtant sa tête et je regrette de ne pas pouvoir me perdre dans son regard. Les yeux d'une femme ne mentent jamais.

J'ai besoin de savoir ce qu'elle ressent.

– Vous essayez de corrompre un flic ? me dit-elle.

Putain, je n'ai jamais autant désiré une femme. Si, la strip-teaseuse du 3G, peut-être, bien qu'elle m'ait soûlé la semaine dernière.

Ses mains se posent alors sur l'arrière de mon crâne. Je la sens galérer à défaire le nœud de la cravate. Je vais enfin voir celle qui ne m'a jamais autant fait bander. Tout en elle éveille mes sens. La sensation de ses doigts sur mon torse, sa voix sensuelle, l'odeur florale de son parfum. Je rêve de la voir et encore plus de la goûter.

Quand elle y arrive enfin, je ne suis pas déçu en voyant celle qui se montre à moi. Elle est magnifique, plus encore que la semaine dernière.

***

Selena

Je joue un rôle et c'est ce que je déteste le plus. Quand je me déshabille, je ne suis pas moi. Je dois jouer le jeu, aguicher un tas d'hommes et les exciter. Et prendre sur moi. Ce job m'oblige à être une femme attirante. Une femme que Selena ne sera jamais mais que Shania doit être. Je me souviens de ce que m'a dit Amber lorsque j'ai commencé ce travail, il y a trois ans maintenant : « Sois le fantasme qu'ils veulent que tu sois. Une séductrice, une dominatrice, une femme accessible. Crée-leur le besoin de te désirer ». Sauf que je n'y arrive pas. Je ne serai jamais pleinement à l'aise dans le rôle de cette femme.

J'abaisse sa cravate, les doigts tremblants. Ma bouche s'entrouvre légèrement quand je croise ses yeux sombres.

Putain, c'est lui ! C'est le connard de la semaine dernière ! Et c'est à cause de lui que j'ai perdu mon job.

Je me relève de ses genoux rapidement, ne pouvant détacher mon regard du sien. Lui aussi paraît surpris. La colère m'envahit et mon rythme cardiaque s'accélère. Putain, je m'en veux ! J'ai trahi ma promesse de ne plus faire de strip-teases à cause de ce connard et le soir où je reprends, bon gré, mal gré, c'est pour lui. Pour lui faire un show chez lui. Alors que c'est à cause de lui que je me suis fait virer et que je ne gagne plus d'argent pour mon fils. Je refuse de me faire toucher ou même de parler à ce connard qui se fout de faire perdre son job à une personne. Les riches sont comme ça, égoïstes et sans cœur.

Quand je le vois commencer à se lever, je tourne rapidement les talons. Je savais que je n'aurais pas dû venir, que j'aurais dû tout arrêter. Je me dirige rapidement vers l'entrée et récupère mon imperméable. Je ne peux pas sortir à moitié à poil dans la rue.

Quand j'ouvre la porte, je sens une main s'enrouler autour de mon poignet. Je me retourne rapidement et le vois, le regard perdu. Il ne semble pas comprendre que je ne veux pas avoir affaire à lui.

– Lâche-moi !

– Attends, tu…

– Lâche-moi ! répété-je avec plus de hargne. Maintenant !

Ses doigts relâchent légèrement leur pression autour de mon poignet et je me dégage aussitôt de son emprise.

Je tire la porte brusquement et sors de la villa rapidement. La porte claque derrière moi et je suis soulagée de n'entendre aucun bruit. Dieu merci, il ne m'a pas suivie. Je me laisse tomber sur le trottoir. Il est froid et humide mais je m'en contrefous. Je ne veux qu'une chose, qu'Amber arrive vite et que je retrouve la chaleur de mon petit homme dans mes bras.

Une larme roule sur ma joue sans que je m'en aperçoive. La libérer me fait du bien et j'en laisse échapper d'autres. Je sanglote comme une conne dans le charmant quartier de Coconut Grove. Ce n'est pas un spectacle que l'on doit voir souvent, par ici. Les riches ne pleurent sûrement pas.

C'est un truc de pauvre, ça !

– Tu pleures ? entends-je alors.

Je me raidis. Je sais que c'est lui. Je n'ai pas besoin de me retourner pour le savoir. J'ai reconnu son timbre de voix grave et sexy. Je le sens s'asseoir près de moi, à même le trottoir. Il a tout de même veillé à garder une certaine distance de sécurité.

– Shania ?

Je souffle d'agacement. Suffisamment fort pour qu'il comprenne qu'il m'énerve et que je continue de l'ignorer. C'est sûrement la meilleure chose à faire. Et je ne veux pas qu'il me voie pleurer. Ce mec a dû faire pleurer un tas de femmes et je ne veux pas être une fille de plus.

– Shania ? répète-t-il.

J'essuie mes larmes et me retourne, furieuse.

– Arrête de m'appeler comme ça ! Je ne m'appelle pas Shania ! craché-je.

– Ah bon ? Pourtant, au club…

– C'est un nom de scène qu'on m'a donné, le coupé-je. Mon prénom ne devait pas faire assez pute, apparemment.

Il se fige à ma remarque, mal à l'aise, et je détourne le regard. Je le sens s'approcher de moi.

– Tu t'appelles comment, alors ?

– Qu'est-ce que ça peut te foutre ?

– Bah, ça m'intéresse.

– Permets-moi d'en douter !

– Sinon, je ne te le demanderais pas.

Je grimace. Il semble sincère mais je ne peux m'empêcher de le considérer du regard. J'ai appris à être méfiante avec les hommes. Ils sont tous les mêmes. Bon, en même temps, il n'y a pas de mal à donner mon prénom.

– Moi, c'est Ben, continue-t-il.

Il me tend sa main. J'hésite un instant. Non, je ne veux pas qu'il me touche, bien que ce soit déjà trop tard.

– Selena, dis-je sans prendre sa main.

– Selena, répète-t-il. C'est joli.

L'homme se recule, pose ses mains sur le sol en étendant ses jambes devant lui et lève la tête. Il regarde le ciel étoilé. Moi, j'espère qu'il se casse au plus vite. Je ne sais même pas ce qu'il fout ici. Ne devrait-il pas profiter de sa fête d'anniversaire, choisir quelle dinde il va sauter ?

– Il fait plutôt frais, finit-il par lâcher.

Mon visage se tourne vers lui. Ça y est, il m'agace de nouveau.

– Tu es sérieux ? Tu me parles de la météo ?

– Bah ouais, il faut bien que je fasse la conversation, vu que tu ne sembles pas vouloir la faire.

Je me raidis aussitôt à sa remarque.

– Je n'ai pas envie de parler avec toi.

– Pourquoi ?

Il ne m'en faut pas plus pour exploser. Ce mec a un culot monstre, à moins qu'il ne soit un débile profond.

– Je n'ai pas envie de faire copain-copine avec le mec qui m'a fait perdre mon boulot, sifflé-je, la mâchoire serrée.

– Oh, ça ! Tu en trouveras un autre…

Je prends une grande inspiration et me pince l'arête du nez. Ce mec est vraiment con. Il ne comprend pas ma situation.

– Je vais sûrement t'apprendre quelque chose, mais la vie n'est pas toute rose pour certains. Je ne suis pas née avec une cuillère en argent sertie de diamants dans la bouche, moi ! J'ai un loyer à payer, des factures à régler et quelqu'un qui compte sur moi. Sans ce boulot, je n'ai pas de fric et si je n'ai pas de fric, je suis à la rue !

Il baisse la tête et fixe le trottoir.

– Ouais, je comprends.

Je souffle d'agacement. S'il y avait bien quelque chose qu'il ne devait pas dire, c'est ça ! Comment peut-il comprendre ? Ce mec n'a jamais été dans ma situation. Il ne sait pas ce que c'est de galérer pour vivre. Lui a tout. Moi, je n'ai rien.

– Non, tu ne comprends pas ! Tu ne pourras jamais comprendre. Travailler est vital pour les gens de mon espèce. Toi, tu as juste à respirer pour que ton compte en banque gonfle sans que tu aies besoin de lever le petit doigt. Alors ne me dis pas que tu comprends. Tu es juste un connard qui se croit supérieur et qui n'hésite pas à faire virer le petit peuple. Tu te prends pour Dieu mais tu oublies juste que personne ne t'attend dans ce monde. Tu es aussi insignifiant que moi.

Il ne dit pas un mot, me laissant extérioriser ce que je pense tout bas depuis tant d'années. Me décharger sur lui me fait du bien. Et lui, il encaisse sans broncher.

– Vis ma vie pendant un mois, galère à trouver un job ou du fric ou même à te nourrir, comme moi, je le fais depuis des années, et là, tu pourras me dire que tu comprends.

Je tourne la tête, ne voulant pas que ce connard me voie pleurer.

Je me lève alors rapidement quand j'aperçois Amber s'approcher discrètement. Je fonce sur elle en essuyant mes larmes.

– On peut y aller, s'il te plaît ? l'imploré-je.

Mon amie me regarde, visiblement inquiète, et finit par acquiescer d'un signe de tête.

Nous passons devant ce connard arrogant sans un regard, sans un mot. Je grimpe rapidement dans la voiture de mon amie et boucle ma ceinture. Je tourne ma tête vers lui. Il est toujours assis sur le trottoir et me fixe, le visage indéchiffrable.

Je ne me suis jamais sentie aussi libérée. Pour la première fois de ma vie, j'ai réellement dit ce que je pensais. J'ai osé le faire. Et à un homme. Il faut dire que son arrogance, ses remarques de gosse de riche m'ont mise hors de moi. Je me souviens très bien de son petit air supérieur et condescendant quand Tony m'a virée, la semaine dernière. Ce mec doit croire que tout lui est dû dans la vie et je n'ai jamais supporté ça. Me défouler sur lui m'a soulagée, mon cœur semble plus léger.

Amber démarre et m'éloigne de ce connard prétentieux. J'espère bien que c'est la dernière fois que je le vois.

6

Ben

J'ouvre les yeux péniblement. Dehors, les rayons du soleil traversent les persiennes de ma chambre, annonçant que cette journée sera bien plus ensoleillée que la veille. Je me lève rapidement et prends conscience de l'heure qu'il est.

Je n'ai pas réussi à m'endormir avant le lever du soleil. Je n'ai pas eu mon quota d'heures et honnêtement, dans ces cas-là, je suis plutôt d'humeur exécrable. Machinalement, je fonce vers la cuisine, pressé de prendre mon café matinal.

Dans le salon, je me rends enfin compte de l'étendue des dégâts. Putain, jamais je n'aurais pensé que trente filles et cinq mecs pouvaient foutre autant le bordel ! Et je déteste le bordel !

Je m'approche de ma machine à café, la mets en marche en bâillant vulgairement. Je sors une tasse du placard quand la voix de Luke se fait entendre depuis le canapé où il a dû passer la nuit.

– Salut ! me dit-il.

Il passe près de moi, le visage encore endormi et sa tignasse brune en bordel. Je grogne quelque chose et il se met à rire. Autant il est jovial dès le réveil, autant on ne doit pas me parler tant que je n'ai pas ma dose de caféine.

– Toujours aussi matinal, à ce que je vois, plaisante-t-il.

Luke fouille dans mes placards, prend un verre puis fonce vers le frigo d'où il sort une brique de jus d'orange. Je le regarde s'affairer, me disant que mes potes se croient vraiment chez eux, parfois.

J'ai emménagé ici il y a moins d'un an. Le stress urbain ne m'a jamais vraiment convenu et quand, par un heureux hasard, j'ai visité cette villa, j'ai eu un véritable coup de cœur. Elle est spacieuse, fonctionnelle et moderne. Je m'y sens bien.

Mes potes, eux, vivent toujours en ville. Quand je leur ai dit que je venais d'acheter loin du centre, ils se sont bien foutus de ma gueule, me disant que c'était le début d'une vie de père de famille. Il n'empêche qu'un an plus tard, ils squattent chez moi tous les week-ends. La pollution sonore de Brickell ou de SoBe doit être incompatible avec la gueule de bois des lendemains de fête. Luke sort un paquet de céréales d'un placard et lève les yeux vers moi.

– Tu en veux ? me demande-t-il comme si j'étais son invité.

Je hoche la tête et mon ami me sert, en bon hôte qu'il est. Je m'étonne d'arriver à être sarcastique au réveil.

Je m'assois sur le tabouret face au plan de travail, plonge ma cuillère dans mon bol et Luke m'apporte mon café avant de s'asseoir face à moi. Il sait que je déteste qu'on me parle le matin et préfère se concentrer sur la bande dessinée à l'arrière de la boîte de Captain Crunch.

En mâchant mes céréales, je repense à elle. Je n'ai pensé qu'à elle toute la nuit. Ce petit bout de femme au tempérament de feu. Putain, je me suis quand même fait dégommer par elle en quelques secondes. Suis-je cinglé de penser que son discours moralisateur était ce que je devais entendre ? Je ne sais même pas si cette fille m'énerve ou non. Elle a le mérite de m'avoir fait réfléchir, au moins.

On ne m'a jamais parlé comme ça, hormis mon père, bien sûr. Ils feraient bien la paire tous les deux avec leurs discours moralisateur. Ils devraient se marier.

Je me fige aussitôt. Putain ! Pourquoi je n'y ai pas pensé plus tôt ? La voilà, la femme suffisamment responsable pour calmer mon père. Cette fille a quoi, 25 ans, et elle paraît bien mature pour son âge. Et si ça peut m'éviter Gemma, non, Julia Bowman, je prends. En plus, elle est sexy. Bien plus que Julia, quoiqu'on ne puisse pas les comparer, l'une et l'autre. Elles ne jouent pas dans la même catégorie. Selena a du caractère. Ce n'est pas une plante verte qui dit « amen » à tout. J'aime ça et même si ça me fait chier de le reconnaître, j'aime encore plus le fait qu'elle me tienne tête. C'est la seule qui ose. Une vraie tigresse. Peut-être le serait-elle aussi au lit ?

Je regarde Luke, qui paraît obnubilé par les petits personnages de la boîte de céréales. Il relève son visage vers moi et me fixe, dubitatif.

– Quoi ? Pourquoi tu fais cette gueule ? Tu as bouffé le jouet de la boîte de céréales, ou quoi ?

Putain, qu'est-ce qu'il est con !

Mes lèvres s'étirent et je le vois froncer les sourcils.

– Putain ! Y a quoi dans ces céréales, sérieux ? Une dose de bonne humeur ?

– Non, je… je sais avec qui je vais me marier !

Il me fixe, étonné.

– Ouais, avec cette cruche de Gemma Bowman.

– Julia, rectifié-je.

– Ouais, si tu le dis.

– Non, je pense savoir quelle fille acceptera de se marier avec moi. Il faut que j'aille au 3G !

Je me lève rapidement, sous le regard consterné de mon ami. Il ne pige rien mais je n'ai pas le temps de lui expliquer.

– À midi ? Au 3G ? C'est quoi ton délire ?

– Ne cherche pas ! Je… Rangez le bordel avant de vous barrer, il faut que j'y aille. Et pas un mot aux autres.

Je tourne les talons sans faire attention à ses remarques. Ouais, il faut que j'aille voir ce con de manager.

***

Quand j'arrive à Little Havana, je me dis qu'il aurait été plus judicieux de prendre un taxi. Ma voiture risque de se faire dépouiller en dix minutes, montre en main. Je sors de la voiture et tous les regards se tournent aussitôt vers moi.

Ouais, peut-être cinq minutes, en fait.

Je sais qu'ici, il y a une forte population de Cubains et même si le quartier craint moins que Little Haiti, je reste sur mes gardes. Les gens me fixent et doivent sûrement se demander ce que je fous ici.

Sur le trottoir, j'aperçois deux jeunes qui regardent ma voiture avec grand intérêt. Ils doivent avoir une vingtaine d'années et leur ressemblance me fait croire qu'ils sont frères. D'origine cubaine, ça ne fait pas de doute. Je m'approche rapidement d'eux, les mains dans les poches.

– Sympa, la caisse ! me lance l'un d'entre eux, sûrement le plus vieux.

– Ouais. J'y tiens énormément.

– Tu m'étonnes. Moi aussi, j'y tiendrais si j'avais les moyens de m'offrir ce bijou.

Les deux gamins bavent littéralement sur la carrosserie. Je les comprends. Mon petit joujou a des chevaux sous le capot.

– Ça vous dit de vous faire cinq cents dollars ? demandé-je.

Leurs yeux se détachent de ma caisse et se portent sur moi. Le plus jeune me sourit alors que le plus vieux semble perplexe.

– Ouais, carrément, dit le jeune.

– OK. Je dois monter voir une amie. J'en ai pour dix minutes, quinze grand max.

Je sors un billet de cinq cents de la poche de ma veste en cuir et le déchire en deux. Les gamins n'ont pas l'air de cautionner mon acte. C'est vrai que j'y suis allé un peu fort mais mon geste était indispensable pour m'assurer de retrouver ma voiture entière.

Je fourre la moitié du billet dans la main d'un des gamins. Je sais que l'appât du gain est trop fort pour eux et ils savent que sans l'autre moitié du billet, ils ne pourront rien en faire.

– Je vous donne l'autre moitié dans quinze minutes !

Je n'attends pas leur réponse et pénètre dans l'immeuble. Des prospectus traînent au sol sous la rangée de boîtes aux lettres et le vieux lino d'une trentaine d'années aurait besoin d'être changé. Où suis-je ? Je ne comprends pas que des gens puissent accepter de vivre dans un quartier aussi craignos et dans ces conditions. Ça change des endroits que je fréquente.

Je monte les trois étages quatre à quatre. Qu'est-ce qu'il ne faut pas faire pour la revoir ! J'ai déjà dû batailler avec ce Tony pour avoir son adresse. Malheureusement, il ne l'avait pas et a accepté de me donner celle de son amie contre un petit dessous-de-table.

Quand j'arrive devant la porte du 3G, je souris. Une fille qui travaille au 3G et qui habite au 3G, c'est assez marrant. Je prends une grande inspiration et toque à la porte.

Au bout d'un instant, une grande métisse m'ouvre la porte. Elle sursaute légèrement alors que je me souviens d'elle, et surtout de la danse qu'elle m'a faite hier. Elle porte un petit short qui dévoile ses interminables jambes. Mes yeux se baladent sur elle et je remarque ses tétons qui pointent sous son débardeur gris. Je souris à l'idée qu'elle ne porte pas de soutien-gorge.

– Merde ! Tu es là pour ta montre ?

Je plisse légèrement le front.

Putain, la garce !

Elle m'a piqué ma montre et je ne m'en suis même pas rendu compte.

– OK. Je vais te la chercher mais n'appelle pas les flics, s'il te plaît.

Elle tourne les talons, me laissant seul sur le palier, et je souris intérieurement. Une porte s'ouvre alors de l'autre côté et je vois une vieille femme sortir de son appartement. Elle me regarde, surprise, et passe devant moi en me saluant d'un signe de tête respectueux. La métisse revient alors, ma montre à la main.

– Je suis désolée, c'est compulsif. Tu ne vas pas appeler les flics ?

– Ça dépend.

– De quoi ?

– De ce que tu peux faire pour moi.

Ses lèvres s'élargissent et une lueur s'anime dans son regard sombre. Elle empoigne rapidement le col de mon polo, m'attire dans son appartement et me plaque contre le mur.

Oh ! On ne s'est pas bien compris, je crois.

Cette fille est carrément sexy et je ne serais pas contre l'idée de la prendre contre le mur, mais je suis assez pressé et j'ai un peu peur pour ma caisse.

– Attends, attends ! Je veux juste l'adresse de ta copine.

Elle se fige et me regarde, étonnée.

– Ma copine ?

– Ouais. Selena.

– Oh !

Elle se recule et lâche mon col. Elle le remet en place.

– Tu ne sais pas ce que tu loupes ! me dit-elle, hautaine.

Cette fille n'a pas froid aux yeux.

Et oui, je dois sûrement louper quelque chose d'incroyable…

– Qu'est-ce que tu lui veux, à Selena ? Parce que ça m'étonnerait qu'elle t'ait piqué quelque chose…

– M'excuser. Juste m'excuser.

Ça passe toujours mieux que de lui dire que je compte l'épouser. Elle plisse le front et ne semble pas me croire un instant.

– Mouais. Je crois que tu lui en dois, des excuses.

– Je sais.

– Elle t'intéresse, dis-moi ?

Elle affiche un grand sourire puis lâche :

– OK. Je te dis où elle est mais à une condition.

– Laquelle ?

Putain, je sens que je vais devoir encore casquer.

– Promets-moi que tu ne la feras pas souffrir.

Je hausse un sourcil.

C'est ça, sa demande ?

– Je n'en ai pas l'intention, je réponds rapidement.

Elle plisse les yeux et me scrute, méfiante. Je vois qu'elle tente de savoir si je compte tenir parole.

– Je suis sérieuse. Si j'apprends que mon amie a versé ne serait-ce qu'une larme à cause de toi, ce n'est pas ta montre que je te vole, c'est tes couilles. Et là, je ne te les rendrai pas. Pigé ?

Je hoche la tête, pas convaincu par sa menace pathétique. Elle croit qu'elle me fait peur, peut-être.

– Elle est à la laverie, juste en face.

Je ne prends pas le temps de la remercier, dévale les escaliers en courant et sors de l'immeuble.

Dehors, les deux gamins sont en pleine séance de selfies devant ma caisse. Plusieurs mecs s'émerveillent devant mon bolide et vantent ses mérites. Quand l'un de mes gardiens me remarque, il s'approche de moi.

– Elle est trop bien, ta caisse, mec !

Je sais. C'est pour ça que je l'ai achetée. Son acolyte me rejoint et tend la main vers moi, le regard menaçant.

– On avait dit quinze minutes, les gars. Il en reste encore un peu. Je dois aller vite fait à la laverie.

– Quoi ? Avec le fric que tu as claqué pour cette merveille, tu ne vas pas nous faire croire que tu laves tes slips toi-même !

– Ouais, tu n'as pas les moyens de t'acheter une machine à laver ? dit l'autre. Ou de te payer une femme de ménage ?

Je ris à leurs remarques. Si seulement ils savaient que je n'ai jamais eu à laver mes vêtements de ma vie.

– Encore dix minutes, les mecs !

– Ouais, vas-y. On prend soin de cette beauté.

Je les remercie brièvement et tourne les talons.

– Regarde, tatie Becky, la voiture, elle est trop belle, dit un petit garçon qui tend son doigt en souriant alors que je traverse la rue.

J'approche de la laverie et depuis la vitre, je la vois, fourrant du linge dans une machine. Je prends une grande inspiration et pousse la porte de la laverie.

À l'intérieur, plusieurs personnes sont présentes, s'affairant à plier du linge ou à attendre que leur machine se termine en lisant un magazine ou en profitant de ce temps pour dormir.

Je m'approche d'elle lentement et en profite pour l'observer. Elle est habillée d'une petite robe d'été fleurie et porte des sandales roses. Des mèches s'échappent de son chignon désordonné. Elle est magnifique et paraît si concentrée sur sa tâche banale. Je la trouve superbe et même sans son uniforme, au naturel, elle est désirable. Je m'approche encore plus et m'arrête derrière elle.

– Salut, dis-je.

Elle sursaute, se retourne et se fige en me voyant. Elle semble tendue mais ne dit rien. Elle ne paraît pas agacée de me voir ici, juste surprise. L'air de rien, elle finit par pointer son index derrière moi.

– Passe-moi la lessive, me dit-elle sèchement.

Je me retourne et saisis le bidon que je lui tends.

– Ça va ?

– Jamais quand je fais la lessive. Je déteste ça.

Ouais, ça doit être chiant et je suis bien heureux d'avoir une femme de ménage qui s'occupe de ces corvées. Elle ouvre le bidon, en verse dans le tiroir de la machine. Elle ferme la trappe de la machine un peu trop brutalement et tourne plusieurs boutons. Elle soupire puis cogne plusieurs fois la machine avant que celle-ci se lance.

– C'est un cycle court alors dis-moi ce que tu as à me dire et retourne à ta petite vie dorée.

Son ton sec me montre sa mauvaise humeur. Non, elle ne semble pas heureuse de me voir. Je la comprends. Hier, je l'ai fait pleurer. Elle met son bidon de lessive dans son panier à linge vide et s'abaisse pour le prendre.

– Ça te dit d'aller boire un café ? lui proposé-je, le cœur battant.

Elle secoue la tête.

Et merde !

Ça semble compromis. Je sens que je vais me faire rembarrer en deux secondes. Et j'aurai sûrement droit à une autre leçon de vie juste après. Mais je n'ai pas dit mon dernier mot pour autant.

– Juste cinq minutes.

Si elle refuse, je crois que mon ego ne le supporterait pas. Je ne sais comment l'expliquer mais ce petit bout de femme me trouble. Elle n'est pas comme toutes les autres qui disent oui à tout. Avec elle, je ne sais pas comment agir pour qu'elle s'ouvre à moi et ça me rend vulnérable. Mais ça, il est hors de question que je le lui montre.

– Non, me dit-elle, catégorique. Je ne veux pas prendre le risque qu'on me pique mon linge.

Je me raidis et plisse le front.

– Sérieux ? Y a des gens qui piquent le linge des autres ?

– Eh oui, mon grand ! Bienvenue dans la vraie vie. Certains n'ont pas suffisamment de fric pour s'acheter des fringues, alors ils saisissent les occasions.

Merde ! Le monde va mal ! Et je savais que j'aurais droit à ma petite leçon de vie du jour ! À ce rythme, ça va devenir une habitude ! Je suis peut-être dingue mais j'aime ça, en réalité. Je tourne la tête vers un coin de la laverie.

– On peut s'asseoir ? demandé-je.

Elle hésite, soupire puis hoche la tête. Elle me fait signe de la suivre et je la laisse s'asseoir. Je prends place auprès d'elle. Elle est silencieuse et je sais qu'elle attend d'entendre ce que j'ai à lui dire.

– Écoute, Selena, je suis désolé.

Je lève mon visage vers elle. Un rayon de soleil frappe son visage et éclaircit ses yeux. Elle est magnifique. La peau de son visage est fine et lisse. Ses lèvres, charnues, me donnent autant envie d'y goûter que la première fois que je les ai vues.

– Dis donc, j'ai l'impression que tu as dû cogiter toute la nuit !

– Ouais. J'ai pensé à toi.

Elle semble soudainement gênée. Je me sens légèrement con car, pour une fois, il n'y avait aucun sous-entendu.

– À ce que tu m'as dit, je veux dire, rectifié-je rapidement.

– Eh bien ! Je pensais que les miracles ne se produisaient qu'à Noël. Dois-je m'attendre à voir une invasion de sauterelles demain ?

Je laisse échapper un rire. Qu'elle compare mes excuses aux dix plaies d'Égypte me fait rire. Elle est marrante comme fille.

– Non, je te promets que demain sera une journée comme toutes les autres.

– Alors qu'est-ce que tu me veux ?

– Juste me faire pardonner. Je me suis rendu compte que j'avais déconné. J'aimerais réparer mes erreurs et même si je sais que tu as peur que des sauterelles ou des grenouilles déboulent ici…

Elle s'esclaffe alors et je souris en l'entendant. Son rire est presque magique.

Au bout d'un instant, je comprends qu'elle se fout de ma gueule et je me renfrogne.

– Écoute, t'es mignon mais je doute que tu puisses faire quoi que ce soit. Et ne te vexe pas, mais je ne veux pas être l'œuvre de charité d'un beau gosse bourré de fric qui s'emmerde un peu trop dans la vie.

Alors c'est comme ça qu'elle pense que je la considère ?

Parce que pas du tout. Je ne connais rien de cette fille. Juste son prénom. Mais je la trouve attachante et intéressante. Bon, attirante aussi, j'avoue.

– Et si tu as besoin d'expier tes péchés, je ne suis pas prêtre. Mais il y a une église au coin de Calle Ocho et de la Septième Rue, dit-elle en se levant de son siège. Elle est très bien et le père Thomas t'aidera.

Elle avance d'un pas et je la saisis par le poignet. Elle se tend à mon contact. Délicatement, je la force à se rasseoir, sans trop la brusquer.

– Tu n'es pas mon œuvre de charité. J'ai entendu ce que tu m'as dit hier soir. Et tu as raison. Je n'avais pas à te faire virer de ton travail.

– Ni à me prendre pour une pute, renchérit-elle.

– Ouais, je m'excuse aussi pour ça. Je veux faire quelque chose pour toi. Vraiment. Tout ce que tu veux. Je ne bougerai pas d'ici tant que tu ne me diras pas ce que je peux faire pour toi.

Elle me fixe, méfiante et hésitante. Elle doit croire à une blague car elle secoue la tête au bout de quelques secondes.

– Si tu veux, je peux rappeler ton manager et lui dire de te rendre ton travail, suggéré-je.

Elle se met alors à rire nerveusement.

– Non merci, j'ai donné. Le strip-tease, c'est terminé pour moi.

– Ah oui ? C'est con, tu es douée, pourtant, dis-je.

Elle se met à rire une deuxième fois, mais cette fois-ci, amusée.

Mon ego se gonfle. J'ai réussi à la faire rire. Et on connaît le dicton : « Femme qui rit, à moitié dans son lit ».

– Tu crois que je faisais ce boulot pour le plaisir ? Eh bien, je vais t'avouer un petit truc. La plupart de ces filles font ce boulot pour payer leur loyer, leur dose de cocaïne. Certaines le font pour payer la dose de leur mec, pour rembourser des dettes ou pour payer leurs études.

Cette fille est en train de me donner une nouvelle leçon de vie. Elle est définitivement très mature et, bordel, j'aime ça. Peut-être un peu trop.

– Mais rares sont celles qui le font pour le plaisir. Il n'y a rien de valorisant à montrer son cul dix fois par soir et à se faire peloter par des pervers.

– Et pour quelle raison tu fais ça ?

– Je faisais ça.

– Oui, pardon. C'est pour tes études ? Pour un mec ?

Elle sourit et son regard se remplit d'amour. Oui, j'aurais dû m'en douter. Cette fille a un mec. Un gros con qui la laisse se déshabiller tous les soirs, sûrement pour rembourser ses dettes de jeu ou sa dose d'héroïne. Je ne sais pas pourquoi, mais savoir ça me fait ressentir une rage dont je ne me pensais pas capable. Cette fille ne mérite pas ça.

– En quelque sorte. Je t'ai dit que quelqu'un comptait pour moi. Je ne peux pas le laisser. Il est malade et ses frais médicaux coûtent cher.

Qui est ce mec ? Un père ? Un frère ?

– Les assurances ne te remboursent pas ?

Elle rit encore. Elle se fout de ma gueule ? Si ça se trouve, elle me raconte des craques depuis tout à l'heure. Pourtant, j'ai bien vu son regard quand je lui ai demandé si elle faisait ça pour un homme.

– Je n'ai pas de couverture sociale. Je ne suis même pas américaine.

Elle semble embarrassée par ces aveux. Pourtant, elle ne devrait pas avoir honte.

– Je ne sais même pas pourquoi je te raconte tout ça. Si ça se trouve, tu travailles au service de l'immigration et là, je serais dans une merde pas possible. Je ne peux pas me faire expulser. J'ai trop besoin des services médicaux de ce pays.

– C'est pour ça que tu es venue ici ?

– Oui. Je ne pouvais pas rester à Cuba.

Ce que cette fille vient de me dire me laisse sans voix et je suis encore plus impressionné par ses confessions. La machine à laver se met alors à sonner. Elle vérifie sa montre et se lève. Elle reprend son bac à linge vide et se dirige vers la machine à laver qu'elle ouvre aussitôt, non sans la martyriser de nouveau. Je me lève à mon tour et m'approche d'elle.

– Pour qui tu fais ça, Selena ?

Elle lève son visage vers moi et étire ses lèvres. Son sourire est si beau, si pur. C'est la première fois qu'elle me sourit ainsi et mon cœur se met à battre la chamade.

Quand elle pointe son doigt derrière mon épaule, je comprends que son sourire ne m'était pas destiné.

– Pour lui.

Je me retourne alors et vois un petit garçon, pas plus haut que trois pommes, courir vers nous. Je le reconnais, c'est celui que j'ai croisé sur le trottoir avant d'entrer dans la laverie.

– Maman ! s'écrie-t-il.

Elle s'abaisse pour que le jeune garçon se blottisse dans ses bras. Elle dépose un baiser sur le bout de son nez puis se relève. Ses yeux croisent alors les miens et son visage reprend son sérieux.

– Rentre chez toi, beau gosse. Ne te donne pas bonne conscience avec moi.

Elle attrape son panier à linge et passe près de moi. Elle sort de la laverie, la main de son fils dans la sienne, et je la suis du regard jusqu'à ce qu'elle tourne au coin d'une rue.

Putain ! Elle est maman !

7

Selena

Becky tire le rideau pour la sixième fois en une heure. Elle soupire, un petit air triste sur le visage. Elle me fatigue. Ça fait trois jours qu'elle passe ses journées devant cette saleté de fenêtre.

– La petite moche vient de lui apporter un dossier, m'informe-t-elle.

– Je m'en fous.

– Je me demande ce qu'il fait dans la vie.

– Je m'en fous aussi.

– Tu crois qu'il est…

– Becky ! m'écrié-je.

Elle tourne sa tête vers moi, surprise.

– Je m'en fous. Vraiment.

Elle me fait la moue puis vient me rejoindre sur le canapé. Sam s'est endormi sur le canapé devant la télé depuis une bonne demi-heure et j'ai laissé son dessin animé tourner. Sam adore aller chez Becky. Cette fille est aussi dingue du monde féerique de Disney que mon fils et possède une collection de dessins animés impressionnante, pour le plus grand plaisir de Sam.

– Selena, ça fait trois jours qu'il n'a pas bougé de la laverie.

– Eh bien, il doit sacrément puer !

– Non, il prend des douches dans l'arrière-boutique. Il a demandé à Antonio.

Je tourne la tête vers elle.

– Comment tu le sais ?

– Euh… je… je… bafouille-t-elle.

– Becky… la sermonné-je.

Elle affiche un petit air navré.

– C'est Imelda Torres qui me l'a dit.

– Tu te renseignes sur lui ou quoi ?

– Bah, comme tout le monde. Ça fait trois jours qu'il est là. Tout le monde a vu sa super bagnole. Et il faut dire qu'il est tenace. Tout comme toi.

Je grimace. Je ne suis pas tenace. Je m'en fous de savoir qu'il veut soulager sa conscience. J'ai un enfant dont je dois m'occuper et un nouveau job à trouver. Je n'ai pas le temps pour les caprices d'un fils à papa.

– Tu devrais y aller, Selena.

– Non !

– Si !

– Non !

– Mais tu es têtue, c'est pas possible. Qu'est-ce qu'il te veut, à la fin ?

– Honnêtement, je n'en sais rien, mais ça aussi, je m'en fous.

Et c'est vrai !

Il finira bien par se lasser. Et j'espère au plus vite. Ça jase beaucoup trop dans le quartier et je déteste ça.

– Il paraît qu'il a payé les frères Perez pour surveiller sa voiture. Ils se relaient jour et nuit.

– Il a fait ça ?

Mais quel connard ! Il n'a pas pu s'empêcher de prendre les gens pour ses larbins. Encore une fois.

– Les gamins sont contents. Ils ont pu rembourser l'hypothèque de la maison de leur mère.

Bon, c'est un connard mais il a le mérite d'avoir fait une bonne action, même si je doute qu'il le sache.

La porte de l'appartement s'ouvre alors et Amber entre, les bras encore chargés de paquets. Je crains qu'elle n'ait encore eu un épisode de kleptomanie.

– Selena !

– Oui ?

– Ton beau gosse est toujours à la laverie.

Elle joue avec ses sourcils, affichant un grand sourire.

– Je sais. Becky se charge de me le rappeler tous les quarts d'heure, pesté-je.

Elle se laisse tomber sur le fauteuil, retire ses chaussures et étend ses jambes sur la table basse.

– Il m'a chargée de te dire qu'il attend toujours et qu'il ne bougera pas.

– Tu as été le voir ?

– Bah ouais. J'avais du linge à laver.

– Dit la fille qui revient sans linge, fait Becky.

Amber lui fait les gros yeux et je secoue la tête, navrée.

– Je me demande combien de temps il va tenir ? fait Becky.

– Tout le monde se le demande. Les paris sont ouverts, paraît-il, dit Amber.

Je souffle de rage.

C'en est trop !

Son petit manège a suffisamment duré. Il doit retourner chez lui, et au plus vite ! Je me lève du canapé, prête à le renvoyer chez lui, sous les yeux d'une Becky ahurie et d'une Amber satisfaite. Je le dégagerai moi-même s'il le faut.

– Tu vas où ? me demande Amber.

– Comme si tu ne le savais pas, râlé-je. Je vous laisse surveiller Sam.

J'enfile ma paire de sandales et sors de l'appartement. Je dévale les escaliers rapidement et passe devant la voiture de cet abruti. En chemin, je croise Mme Goncalves, la commère du quartier, qui me jette un regard navré.

– Eh, ma petite, il va falloir que tu te décides à aller voir ce pauvre garçon…

Je l'ignore totalement et traverse la rue. Il faut que j'arrête son petit jeu. Il va finir par me rendre folle. Et je ne veux pas être mêlée à son petit caprice d'enfant trop gâté par la vie.

Je pousse la porte de la laverie avec un peu trop de force et tous les regards convergent vers moi. Peu de personnes s'y trouvent et je repère aussitôt ce débile, un ordinateur portable sur les genoux et des lunettes coincées sur le nez. Il est assis au même endroit que lorsque nous nous sommes parlé, quelques jours plus tôt.

Je ne sais pas ce qui m'a pris, ce jour-là. Je me suis ouverte à lui alors qu'il est un parfait inconnu. La seule chose que je sais de lui est son prénom. Ben. Sûrement un diminutif de Benjamin. Étrangement, lui confier tout ce que j'avais sur le cœur m'a fait un bien fou. Il a au moins le mérite de m'avoir écoutée.

Je m'approche de lui et il lève lentement la tête vers moi. Sa bouche forme un « O » parfait, signe de sa surprise. Ses yeux descendent alors sur moi et se relèvent lentement. J'ai l'impression qu'il me passe aux rayons X. Je me sens aussitôt mise à nu et je n'aime pas ça.

– Salut, me dit-il, heureux de me voir plantée devant lui.

– Salut.

Il referme son ordinateur et le pose sur le siège libre, à sa droite. Je prends le temps de l'observer. Une barbe de trois jours a poussé sur ses joues et je dois reconnaître que ça lui va bien. Il est déjà bel homme mais cette barbe lui donne encore plus de maturité. Et de sex-appeal.

Je me laisse tomber près de lui et constate qu'il sent bon, comme le jour de notre rencontre. Imelda Torres n'a pas dit de conneries, on dirait. Ce qui est bien étonnant. Elle qui aime colporter les ragots, qu'ils soient vrais ou faux…

Il se tend légèrement et je comprends qu'il ne s'attendait pas à me voir aujourd'hui, bien qu'il soit là pour ça. Je l'observe un moment. Ben semble ne pas aimer qu'on lui dise quoi faire et la manière forte n'a jamais fonctionné jusque-là. Je vais devoir changer de tactique. Avec un peu de chance, une façon plus douce lui rendra la raison.

– Ben, tu ne crois pas qu'il est temps que tu rentres chez toi ? commencé-je.

– Je suis plutôt bien ici. Les gens sont sympas.

Je suis surprise. Je ne m'attendais pas à cette réponse. J'espérais qu'il me donne raison et qu'il rentre enfin chez lui.

– Waouh, tu te mélanges au petit peuple, maintenant ?

Il s'esclaffe. J'aime le son de son rire. Je le trouve communicatif et sincère.

– Je n'ai pas vraiment le choix. Ça fait trois jours que je t'attends.

– Arrête de m'attendre et rentre chez toi. S'il te plaît.

– Alors tu as un petit garçon ?

Il change carrément de sujet en lançant le plus beau à mes yeux.

– Oui. Il a 5 ans.

– Comment il s'appelle ?

La porte de la laverie s'ouvre alors et Mme Rodriguez entre. J'adore cette femme. Elle est tellement gentille et généreuse. Elle me fait penser à ma grand-mère, avec plusieurs années en moins, bien sûr. Elle est douce et toujours de très bon conseil. Elle s'approche de nous, une boîte en plastique à la main.

– Ils sortent du four, dit-elle. Mange-les tant qu'ils sont chauds, ils seront encore meilleurs.

– Merci, Maria. Tu es une mère pour moi, lui dit Ben.

Elle lui sourit puis porte son regard vers moi.

– Selena, comment vas-tu ?

– Super, mens-je.

Techniquement, ça va. J'ai juste tous mes petits problèmes habituels en plus d'un crétin un peu trop persévérant.

– Ben, tu es toujours d'accord pour vendredi soir ?

Vendredi soir ? À son barbecue ? Elle l'a invité ?

– Bien sûr, je serai là avec plaisir.

– Très bien. Dix-huit heures ?

– C'est parfait.

Maria Rodriguez se tourne une nouvelle fois vers moi.

– Je vous laisse discuter, me dit-elle. Bonne soirée.

Je hoche la tête et elle tourne les talons, satisfaite. Je reporte mon attention sur Ben.

– Elle t'a invité vendredi soir ?

– Ouais. Elle est super, cette femme. Elle m'a fait des *papas rellenas*. Il paraît que c'est super bon.

– Ça l'est ! Crois-moi.

Il ouvre la boîte et l'odeur familière de coriandre et de paprika me chatouille les narines. Ben tend sa boîte vers moi et j'en prends un aussitôt. Je croque dedans en fermant les yeux. Je ne peux pas résister à ces petits beignets. Ils me rappellent ma mère.

Quand je rouvre les yeux, Ben me fixe, ce qui me met mal à l'aise. Je n'aime pas être observée ainsi, et encore moins par un homme.

– Tu… Tu n'en manges pas ?

– Si.

Il prend un beignet et croque à son tour dedans. Il sourit, satisfait.

– C'est vrai que c'est bon.

– C'est mon péché mignon.
– Tu sais en faire ?
– Bien sûr. J'en fais assez souvent. Mon fils les adore autant que moi.
– J'aimerais goûter les tiens, me dit-il.
Mon sourire s'efface aussitôt. Je crois que cet homme s'attend à quelque chose que je ne pourrai jamais lui offrir.
– Écoute, Ben. Tu fais fausse route. Je… je n'ai pas le temps pour un mec, ou pour m'amuser, ou…
– Ça te dit d'aller ailleurs ? me coupe-t-il.
– Je…
Il se lève, me tend déjà la main et me supplie du regard.
– J'aimerais te proposer quelque chose, dit-il.
Je plisse le front. Que me veut-il ? D'ordinaire, mon instinct me pousserait à refuser. J'ai appris depuis longtemps que les propositions des hommes ne sont jamais sans intérêt. Mais étrangement, et pour la première fois depuis longtemps, mon instinct et ma curiosité me soufflent de me lever de cette chaise et d'écouter cette proposition.

***

Un serveur nous apporte nos boissons et les dépose sur la table. Ben ne cesse de me fixer et je suis toujours aussi tendue à son contact. C'est assez déconcertant. Chaque fois qu'il pose son regard sur moi, j'ai l'impression qu'il m'analyse, tente de lire en moi ou pire, essaie de me mettre à nu. Je souffle sur mon chocolat chaud et en prends une gorgée.
– En fait, tu ne m'as toujours pas dit comment s'appelait ton fils ?
Mon cœur s'emballe, comme chaque fois qu'on parle de lui.
– Sam, soufflé-je.

Je perçois un léger froncement de sourcils. Il ne devait pas s'attendre à ce prénom.

– Samuel, plus exactement. C'était le prénom de mon père.

– C'était ?

– Oui. Mon père est décédé il y a presque vingt ans. J'avais l'âge de Sam.

– Il est mort de quoi ? Si ce n'est pas indiscret, bien sûr.

– Ça ne l'est pas. D'une cardiomyopathie hypertrophique.

– Oh !

Son petit « Oh ! » était triste. Je déteste quand les gens ont pitié de nous. C'est pour ça que je parle rarement de la maladie de Sam. Seulement quand j'y suis obligée. Car en dehors de cette maladie, c'est un petit garçon normal et je préfère qu'on le voie ainsi. Comme un petit garçon vif, plein de vie et intelligent.

– Sam a hérité de ce gène.

– Ton fils a la même maladie ?

– Elle a été détectée à sa naissance.

– Tu m'expliques ?

Je plisse le front. Est-il vraiment intéressé ou fait-il cela uniquement pour combler le silence trop pesant qui pèse sur nos épaules depuis que nous nous sommes installés à cette table ?

– Ça t'intéresse ?

– Bien sûr.

Je laisse échapper un petit rire. Oui, je vois que ça l'intéresse vraiment. Il semble curieux d'en savoir plus et au plus profond de moi, ça me touche. Peu d'hommes voient Sam. Souvent, ils ne voient que moi et oublient que j'ai des responsabilités de maman.

– C'est une maladie complexe et malheureusement, il n'y a pas de remède miracle contre cette saloperie. C'est une maladie du muscle cardiaque.

– Et il n'y a pas de traitement pour ça ?

Si seulement…

– La recherche a fait beaucoup de progrès. Samy a un traitement quotidien. Mais ses médicaments sont chers, très chers. Environ cent quarante dollars par semaine. Tout comme les séances de kiné et le diététicien. J'ai de la chance d'avoir un pédiatre génial et conciliant qui ne me fait pas payer ses consultations. L'idéal pour Sam serait d'avoir une greffe de cœur.

– Et ces médicaments, ça marche ?

– Oui et non. Ça maintient son état mais ça ne l'améliore pas. Si demain, il n'a pas son traitement, sa santé se dégradera.

Ben me fixe toujours. Il semble analyser chacun de mes mots, décrypter chacune de mes informations. Et pour la première fois, j'ai l'impression de ne pas voir un gamin irresponsable et capricieux. Il semble concerné, compatissant.

– Tu comprends mieux pourquoi je suis obligée de gagner de l'argent comme je peux, reprends-je. Même si je détestais mon job, il me permettait de payer le traitement de Sam et mon loyer. Pour le reste, je me démerdais.

– Tu ne peux pas rester dans cette situation plus longtemps, Selena.

Je hausse les épaules. Je le sais. Mais c'est la vie et je ne peux pas faire autrement.

– Je n'ai pas vraiment le choix. Sans cette saloperie de carte verte, je ne peux pas avoir de couverture sociale. Et sans couverture sociale, Sam ne peut pas faire partie de la liste des receveurs d'organes. Et du coup, je suis obligée de montrer mon cul à des connards six soirs par semaine.

Il se raidit à ma remarque mais je m'en moque. S'il croit que c'est facile, il se trompe lourdement.

– Est-ce que je peux faire quelque chose pour toi ? me demande-t-il.

Ce mec est dingue. Que pourrait-il faire ? Absolument rien.

– Ben, je te remercie de m'avoir écoutée encore une fois mais à moins que tu aies un cœur tout neuf dans les poches de ton costard à trois mille dollars, tu ne peux rien faire pour moi. Si tu t'en veux de m'avoir fait perdre mon job, je te pardonne. En fait, c'est peut-être ce qui pouvait m'arriver de mieux. Alors maintenant, Ben, je t'en prie, non, je t'en supplie, rentre chez toi. C'est bien mieux ainsi.

Je me lève de ma chaise sans le quitter des yeux. Il est temps que je parte et j'espère sincèrement qu'il va m'écouter.

Je rentre ma chaise sous la table alors qu'il se lève à son tour. Ses yeux n'ont toujours pas quitté les miens.

– Je n'ai pas de cœur dans mes poches mais je peux faire quelque chose pour toi.

Je me fige à sa remarque. Je plisse le front. Si seulement il pouvait me dire qu'il est un chercheur qui vient de trouver le remède miracle que j'attends depuis cinq ans…

– Marie-toi avec moi, Selena.

Je me raidis aussitôt et fronce les sourcils en inclinant ma tête.

– Qu… quoi ?

Il continue à me fixer. Il plaisante ? Il… ce mec est fou !

– Marie-toi avec moi !

Je ne peux retenir mon rire. C'est officiel, ce mec est dingue !

Ben me fixe toujours puis incline légèrement la tête, ce qui provoque mon hilarité. Moi ? Me marier ? Avec lui ? Il est sous héroïne ou quoi ?

Oh, putain ! Si ça se trouve, ce mec est un psychopathe !

– Tu n'es pas sérieux, j'espère ?

– Je n'ai jamais été aussi sérieux de toute ma vie. Et crois-moi, je ne le suis pas souvent.

Il continue à me fixer et mon sourire retombe aussitôt. Si, il est sérieux. Il vient vraiment de me proposer de me marier avec lui.

Pourquoi ? Pour toutes les choses que je lui ai confiées ? Non, je ne peux pas me marier parce que je lui fais pitié.

– Non, réponds-je, résolue.

– Non ?

– Non !

Ses yeux ne trahissent aucune émotion, à part de la détermination. Je me demande ce qu'il voit dans les miens. De la peur ? Car, oui, là, je flippe carrément.

– Au risque de me répéter, Ben, je ne suis pas une œuvre de charité.

– Je sais. Je ne te vois pas comme ça. Je te trouve touchante, attachante. Je veux t'aider. Et Sam aussi.

– Tu fais ça par pitié, alors ?

– Non, par altruisme.

Je ne vois pas vraiment la différence. Pour moi, l'altruisme cache une part de pitié. Les gens ne sont pas bons sans arrière-pensées. Et encore moins un homme.

– Assieds-toi, s'il te plaît.

Il contourne la table, tire ma chaise et m'invite à m'asseoir. Il me fixe, plein d'espoir. Je croise les bras sur ma poitrine, bien décidée à ne pas le laisser m'exposer sa proposition ridicule et encore plus à ne pas me faire embobiner par un mec.

– Non ! répété-je. Je n'ai pas le temps pour tes conneries. J'ai un job à trouver, un fils dont je dois m'occuper. Je n'ai pas le temps d'écouter les caprices d'un gosse de riche.

– Laisse-moi t'expliquer et…

– Non ! Je ne veux rien entendre. Rentre chez toi, Ben. Oublie-moi.

– Je ne peux pas…

– Stop ! Tu m'énerves, là ! Alors maintenant, je vais sortir de ce café et je te souhaite une belle vie. Je ne veux pas te revoir ou…

Je m'interromps. Je ne sais même pas ce que j'allais dire. Sa proposition est si folle que j'en perds mes mots. Pourquoi veut-il faire ça ?

Je décroise les bras et tourne les talons. Je pose ma main sur la porte du café quand j'entends :

– Je ne bougerai pas de la laverie tant que tu n'auras pas accepté ma proposition, Selena. Je suis patient, j'ai tout mon temps.

Je ferme les yeux en entendant ses paroles. Il ne semble pas prêt à me lâcher mais il le faudra. Je suis bien décidée à ne plus le voir. Je tire la porte sans un regard et sors du café.

8

Ben

Je fixe les instructions de la pancarte face à moi. Depuis presque six jours, j'ai tellement lu ce panneau que je suis sûr de pouvoir faire une machine maintenant. Ça n'a pas l'air si compliqué, en fait. Je devrais tenter, un jour.

La porte de la laverie s'ouvre et comme chaque fois, mon sourire s'efface quand je vois que ce n'est pas elle. Et merde ! Cette fille aime se faire désirer et j'ai l'impression qu'elle en joue.

Selena…

Cette femme est juste… surprenante. Quand elle s'est confiée à moi, je suis resté sur le cul. Et plus j'en apprenais sur elle, plus je voulais l'aider.

Ça paraît dingue mais ma proposition est la meilleure chose que j'ai faite de ma vie. Je partais pourtant avec l'intention de faire chier mon père. Me marier avec une autre femme que celle qu'il m'a choisie lui aurait fait péter les plombs et quand il aurait appris qu'une strip-teaseuse était devenue sa belle-fille, j'aurais jubilé en le voyant faire une attaque cardiaque. Je suis sadique, je le sais, mais mon père l'est encore plus que moi.

Mais quand je lui ai fait ma proposition, je n'ai pas pensé à mon père. J'ai pensé à elle, à son petit Sam. Elle n'a pas une vie facile et sa situation me touche vraiment. Si elle accepte, et elle le doit, j'aurai au moins le sentiment d'avoir fait quelque chose de bien dans ma vie. Pour changer.

Mindy entre dans la laverie et je soupire en voyant cette fille habillée avec des bouts de tissu qu'elle appelle sûrement vêtements. Je me retiens de lui dire de refaire sa garde-robe car sa tenue date au moins des années quatre-vingt. Pire qu'un tue-l'amour. J'aurais vraiment besoin d'une nouvelle assistante.

Je la vois se diriger vers moi, les bras chargés de dossiers et paquets en tout genre.

– Bonjour, monsieur Lawson !

J'incline la tête pour la saluer alors qu'elle s'assoit face à moi.

– Je vous ai pris un café sans sucre, comme vous aimez. Et des bagels et du fromage frais, aussi.

– Très bien. Merci.

Elle me tend un paquet que je dépose près de moi puis elle me passe un porte-gobelet comprenant un seul café.

– Vous n'avez rien pris pour vous ? demandé-je.

– Euh… vous ne m'avez pas dit que je pouvais.

– Vous auriez dû. Je vous délocalise du bureau depuis cinq jours, c'est la moindre des choses.

Elle me sourit, sûrement parce que j'ai été sympa avec elle, pour une fois.

– Et je suis désolé si ça rallonge votre trajet et…

– Non, il n'y a pas de souci. Je vis à deux rues d'ici. En réalité, je gagne quarante-cinq minutes de sommeil. Tenez, le dossier Beauty Institut. J'ai fait comme vous m'avez demandé, je suis allée le chercher au bureau hier soir dès que votre père a quitté l'entreprise.

– Très bien.

Ce dossier est un nouveau test de mon père. Je sais que si je me plante, il n'hésitera pas à me le foutre dans la gueule. C'est pour ça que ce dossier est important. J'ai envie de lui prouver que je peux y arriver. Le problème, c'est que ce dossier est aussi excitant que mon assistante.

Je l'ouvre et fronce les sourcils quand je vois plusieurs annotations sur chaque page. Je relève les yeux vers Mindy qui hausse les épaules timidement.

– Je n'avais rien de prévu hier soir. Je… je suis désolée.

Je suis surpris par son initiative. Et encore plus par la pertinence de ses remarques. Elle a fait du bon boulot.

– Non, il ne faut pas. Je ne pensais pas que…

– J'ai un master en finance et analyse dans les entreprises.

– Ah bon ? Pourtant…

– Oui, je sais. Au travail, je ne fais que des boulettes. Je crois que j'ai un peu la pression du fait d'être dans un endroit qui n'est pas mon milieu. Mais vous voir ici m'impressionne beaucoup moins.

– Êtes-vous en train de suggérer qu'on devrait déclarer cette laverie comme notre nouveau bureau ? plaisanté-je.

– Bien que l'idée soit plaisante, non. On est plus à l'aise à Lawson Enterprise.

Cette fille est bien plus détendue que derrière son bureau. C'est vrai que son travail s'est amélioré depuis quelques jours et je commence à me dire qu'elle n'est pas si empotée que ça.

La porte de la laverie s'ouvre alors et *elle* entre, le visage fermé. Mon rythme cardiaque s'accélère à sa vue et je ne parle pas de l'état de ma queue quand je vois qu'elle porte un petit short qui lui arrive en haut des cuisses. Ses jambes sont fines, hâlées. Un vrai plaisir pour les yeux. J'arrive même à apercevoir son soutien-gorge rose sous son petit débardeur blanc. Comme souvent, ses cheveux sont relevés et quelques mèches se sont échappées de son chignon. Elle est magnifique, sexy, bien qu'elle ne semble pas en avoir conscience.

Elle porte son attention sur mon assistante.

– Salut, Mindy.

– Salut, Selena.

Je plisse le front. Elles se connaissent ? Selena tourne la tête vers moi, étonnée.

– Tu connais Mindy ?

– C'est mon assistante.

– Je ne savais pas. Ben, est-ce que je peux te parler cinq minutes ? Seul à seule ?

Je me tourne vers Mindy qui ne cesse de lorgner Selena. Soit mon assistante est homosexuelle, bien que je m'en foute, soit elle rêverait de lui ressembler.

– Mindy, vous deviez aller vous chercher un café, il me semble.

Elle opine puis tourne les talons. Avant de sortir, je la vois m'offrir un large sourire d'encouragement et je reporte mon attention sur Selena.

– Tu as réfléchi ?

Mes mains deviennent moites et je sens mon pouls pulser dans mes veines. J'espère qu'elle a reconsidéré ma proposition et qu'elle vient me dire qu'elle l'accepte.

– Oui.

– Oui ? Pour la réflexion ou pour la proposition ?

Elle me fixe et croise ses bras sur sa poitrine. Allez, je veux un « Oui », juste un « Oui ».

– Et ?

– Et ma réponse n'a pas changé.

Ma respiration se bloque et mon cœur rate un battement. Bordel, elle est tenace. Bien plus que je ne le pensais. Clairement, cette fille n'est pas bonne pour mon ego.

– Écoute, Ben, j'apprécierais que tu rentres chez toi. Vraiment.

– Et moi, j'apprécierais que tu acceptes ma proposition. Vraiment.

– Je suis fatiguée et ça me perturbe beaucoup de savoir que tu squattes en face de chez moi comme un dangereux psychopathe.

– Je rentrerai chez moi quand tu m'auras dit oui.

Je vais finir par l'avoir à l'usure. Elle souffle d'agacement. Elle me fixe puis secoue la tête.

– Les gens commencent sérieusement à parler et je n'aime pas être au centre des conversations.

– Alors tu sais ce qu'il te reste à faire.

– Tu es têtu.

– Tu l'es aussi.

– Pas du tout.

Elle me fusille du regard avant de sortir de la laverie, le visage renfrogné. J'ai l'impression que la très bientôt Mme Lawson est un brin susceptible.

***

Je pousse le portillon de la maison de Maria et tous les regards convergent vers moi. Je salue les invités alors que Maria s'approche de moi. Je lui tends un bouquet de fleurs que Mindy est allée me chercher à ma demande et elle me remercie d'un large sourire.

– Elle est venue te voir ? me demande-t-elle, enjouée.

Je secoue la tête et elle affiche un petit air triste. Maria est au courant de mes intentions envers Selena, même si j'ai omis volontairement de lui parler du point mariage.

– Elle finira par accepter de sortir avec toi. Tu sais, c'est une bonne petite et elle est juste timide, je pense. Allez, viens, je vais te présenter.

Elle passe son bras sous le mien et m'attire sur la pelouse. En chemin, je salue d'un signe de tête chaque personne que je croise.

– Maria ? Tu as fait des *papas rellenas ?*

– Bien sûr ! Tu as vraiment aimé ça ?

– Ouais, c'est très bon !

Elle me sourit, fière. Elle a de quoi. Ses *papas* sont à se damner.

– Mais attention, là, ils seront un peu plus épicés.

– Je prends le risque ! plaisanté-je avec elle.

Elle rit puis s'arrête devant un immense barbecue. Trois hommes s'en occupent en riant et en buvant une bière. Leurs yeux se lèvent vers moi.

– Ben, je te présente Antonio, Pablo et Marcello, mes fils.

– Salut.

Les trois frères me saluent d'un signe de la tête.

– Vous prenez soin de lui, les garçons ?

– *Sí, mama*, répond l'un d'entre eux.

Maria tourne les talons, prétextant être occupée en cuisine. Un des frères, le plus jeune, me tend une bière qu'il sort d'une glacière.

– Je suis Pablo.

– Merci, réponds-je en prenant la bière. Ben.

Les autres se présentent à leur tour en me tendant la main.

– Alors, c'est toi, le mec de la laverie ?

– Eh ouais, c'est moi !

En à peine six jours, je suis devenu une attraction dans tout Little Havana. Beaucoup de curieux viennent me voir, d'autres me parlent et j'ai fini par avoir mes petites habitudes. Maria vient me voir régulièrement, tout comme une certaine Imelda qui semble être une véritable commère.

– C'est toi le crétin qui perd son temps, alors ? fait Antonio.

Je plisse le front sous sa remarque.

– Selena ! Celui qui arrivera à attraper ce poisson aura gagné le gros lot.

– Ouais, elle est indomptable, cette fille.

– Vous m'expliquez ?

Ils rient de nouveau. Marcello, qui semble le moins loquace des trois frères, retire le papier aluminium d'un plat et dépose de la viande sur la grille brûlante.

– Bah, cette fille, on est d'accord, elle est carrément canon, fait Antonio.

Je ne peux pas le contredire. Je pense que je ne trouverai pas un homme en désaccord avec moi.

– Pablo a tenté sa chance avec elle. Elle le fait galérer depuis trois ans, rit Antonio. Il lui a tout promis, le mariage, la maison, elle a tout refusé en bloc.

– Elle n'a même pas voulu boire un verre avec moi, dit Pablo.

– J'ai eu droit à un café, moi, dis-je, amusé.

Le petit Pablo, qui paraît bien accroché à celle qui deviendra bientôt ma femme, entrouvre la bouche. Je suis heureux de l'avoir découragé. Marcello et Antonio se mettent à rire alors que Pablo ne paraît pas très heureux de l'apprendre.

– Désolé, mec, mais tu ne dois pas savoir t'y prendre avec elle, plaisanté-je.

Les deux grands frères charrient le plus petit, qui se met soudainement à bouder. Quand son visage se porte derrière moi, ses lèvres s'étirent. Je sais qu'elle vient d'arriver. Ce mec n'est pas accroché, il est carrément amoureux.

Je tends ma bière à Marcello qui la saisit sans un mot et tourne les talons. Je la vois dans une petite robe d'été. Elle a laissé ses cheveux détachés et je la trouve magnifique, comme d'habitude. Elle ne s'est même pas maquillée mais je la trouve encore plus belle au naturel.

Je la regarde entrer dans la maison, un plat dans la main, la main du petit Sam dans l'autre. Je décide de ne pas entrer à mon tour. Je n'ai pas été autorisé à pénétrer dans la maison même si je pense que ça ne poserait pas de problème à Maria.

La porte s'ouvre alors soudainement et j'aperçois une petite tornade brune sauter les quelques marches puis courir vers le jardin. Il rejoint d'autres enfants, occupés à jouer au ballon.

– Samy, ne cours pas et fais attention à…

Ses yeux croisent les miens et elle s'interrompt. Selena paraît surprise. Elle ne pensait pas me voir et l'effet que je lui procure me satisfait. J'aime la surprendre autant qu'elle me surprend. Son regard se charge de colère un bref instant avant de se radoucir.

– Oh ! Tu es là ?

– Eh oui. J'ai été invité par Maria, je te rappelle.

Elle laisse échapper un petit rire.

– Je pensais que tu ne serais pas venu. Que tu avais dit oui par politesse.

– Mais je suis là.

Elle pose ses mains sur ses hanches et fait la moue.

Sexy à souhait !

– Et tu vas me faire croire que tu n'as pas autre chose à faire un vendredi soir ? Tu n'as pas des billets à coincer dans les strings des filles ?

– Non. Je n'ai pas mieux à faire. Et puis je préfère passer ma soirée avec ma strip-teaseuse préférée.

Ses yeux s'écarquillent et je comprends que j'ai dit une connerie. Elle me saisit le bras pour m'attirer loin de la maison.

– Chut ! me sermonne-t-elle. Personne ici ne sait comment j'occupais mes soirées.

– Ah non ? Tu en as honte à ce point ?

– Il n'y a rien de glorieux à bouger son cul sous le nez des mecs. Non, ils pensent que je suis barmaid en ville. Ici, nous sommes une communauté très catholique et être mère célibataire à mon âge n'est déjà pas très bien vu. J'ai été acceptée facilement mais ils se sont tous mis en tête de me trouver un mari au plus vite.

– Tu l'as devant toi, ton mari. Tu as juste à dire oui.

Mon air taquin la fait souffler d'agacement. Savoir que je l'irrite me fait sourire. Je sens que je ne vais pas tarder à la faire craquer.

– Ça ne doit pas être facile, ajouté-je, voyant que ma remarque ne l'amuse pas.

– Non, c'est sûr. Et à ça, tu ajoutes les états d'âme d'un gamin un peu trop gâté par la vie et tu vois comment ma vie peut devenir un enfer.

Mon sourire retombe aussitôt. Elle est maligne, bien plus que toutes les femmes que j'ai pu me taper, et je crois que c'est ce qui me plaît le plus en elle. Elle est différente de toutes les autres. Elle me fait face, m'envoie sur les roses et le fait avec tellement de cœur. Je dois être sadique, mais j'aime ça.

– Si je dis oui, tu me promets de rentrer chez toi ?

Sa question me fait aussitôt sourire. Est-elle en train d'accepter ma proposition ? Je finis par hocher la tête et tente de rester neutre. En réalité, je suis comme un gosse devant son nouveau vélo. Excité et impatient. Je la vois prendre une grande inspiration.

– Je le ferai à certaines conditions.

– Très bien.

– Tu ne me demandes pas lesquelles ?

– Non. Je serai d'accord avec tout ce que tu m'imposeras.

Et je le pense. Je suis prêt à lui donner le fric, les soins médicaux qu'elle veut. Même une baraque si elle le souhaite.

– OK. Alors, je veux que…

– Attends ! On en parlera demain.

– Demain ?

– Oui. Viens chez moi. On prendra le temps d'en discuter ailleurs que dans une laverie ou un jardin.

Elle semble hésiter un instant. Elle doit dire oui.

– OK. À quelle heure ?

– Vingt heures.

– OK. Maintenant, Ben, je t'en prie, rentre chez toi.

Oh, mon Dieu ! Elle a dit oui.

Il m'aura fallu une semaine pour la faire craquer, mais j'ai réussi. Même Neil Armstrong, quand il a foulé le sol lunaire, ne devait pas se sentir aussi puissant et fier. J'ai l'impression d'avoir gagné le Super Bowl !

Je vais enfin pouvoir rentrer chez moi. Même si le quartier est plutôt sympa, je n'ai qu'une hâte : retrouver ma maison et mon confort. Et je suis curieux de connaître ses conditions, tout de même.

– Qu'est-ce que tu attends pour partir ? me demande-t-elle.

Je secoue la tête en souriant. Elle n'attend que ça et j'ai bien envie de l'embêter encore plus.

– Je ne peux pas faire ça à Maria. Elle m'a invité et m'a promis des *papas rellenas.*

– Si je te promets de t'en faire, tu t'en vas ?

– Non. Ce serait impoli. Mais je suis impatient de goûter aux tiens.

Elle paraît navrée et agacée. Elle baisse le visage vers le sol. Mes yeux se portent alors sur le centre de son attention.

– Maman, je suis tombé et j'ai mis de l'herbe sur mon pantalon.

Elle se penche vers lui et lui sourit. J'aime l'expression de son regard quand elle regarde son fils.

– Ce n'est pas grave, mon poussin. Tu ne t'es pas fait mal, au moins ?

Le petit garçon secoue la tête.

– Non, non, ça va… J'ai pas pleuré.

Les yeux de son fils se relèvent alors vers moi. Il m'observe un moment, timide. C'est impressionnant comme il ressemble à Selena. Il a les mêmes yeux, le même regard pétillant qu'elle.

Leurs bouches sont identiques aussi. Seul le nez est différent. Il l'a sûrement hérité de son père. Je me baisse alors vers lui et lui tends la main. Si je dois faire partie de leur vie, autant faire les présentations comme il se doit.

– Salut, mon grand. Je suis Ben.

Les yeux du petit garçon se portent alors sur sa mère puis reviennent sur moi. Il saisit ma main et la serre, timide.

Alors c'est lui, ce petit garçon, celui pour qui Selena ferait tout, jusqu'à accepter de se marier avec moi. Quand je lui souris, le petit Sam m'imite. Il ne paraît plus impressionné.

– Bonjour. Je m'appelle Sam.

9

Selena

Je les observe tous les deux. Sam ne semble pas impressionné. C'est bien la première fois que je le vois ainsi. Il ne côtoie pas souvent d'hommes et je crois même qu'il en a un peu peur. Il est comme moi sur ce point.

– Tu es un copain de ma maman ? demande Sam.

Ben relève la tête vers moi. Il m'interroge du regard et je secoue la tête. Non, Sam ne doit pas savoir ce que je m'apprête à faire pour lui. De toute façon, il ne comprendrait pas. Ce n'est qu'un enfant de 5 ans, après tout, et je ne veux pas qu'il s'attache à un homme qui ne sera que de passage dans ma vie. Ça ne ferait que compliquer les choses pour Sam, pour nous. Mais aussi pour Ben.

– Oui, je suis un ami de ta maman.

– Dis, Ben, tu sais jouer au football ?

– Si je sais jouer au football ? Je suis le meilleur joueur de foot de la planète.

– Ce n'est pas possible. Le meilleur joueur, c'est Cristiano Ronaldo.

Je laisse échapper un petit rire. Mon fils est bien un mec. Il adore le foot. Il connaît tout sur le bout des doigts. C'est bien un truc qu'il a hérité de son père.

– C'est moi qui lui ai tout appris.

Je ne peux m'empêcher de rire.

Quel horrible menteur !

– Ah bon ? Tu connais Cristiano Ronaldo ?

J'adore l'innocence des enfants.

– Tu veux bien m'apprendre ? demande Sam.

– Oui, bien sûr.

– Maintenant ?

Je le vois se relever et Sam saisit déjà sa main, un geste qui m'étonne de mon fils. Sam est tellement timide quand il s'agit de personnes qu'il ne connaît pas. Ben plonge alors son regard dans le mien. Il attend mon accord.

– Tu fais attention. Sam n'a pas le droit de faire du sport. Il ne faut pas qu'il s'essouffle et…

Les deux mains de Ben se posent sur le haut de mes bras. Son contact m'électrise aussitôt et je suis surprise par son geste.

– Détends-toi ! Je prendrai soin de lui.

Il dépose un baiser sur ma joue et je me raidis aussitôt. Je ne m'attendais pas du tout à ça. Hormis au 3G ou chez lui, nous n'avons pas eu de contact et étrangement, je me surprends à aimer son geste. Mon cœur a aimé, du moins, car il tambourine avec intensité alors que je les regarde s'éloigner main dans la main. Le rire de mon fils me réchauffe le cœur. Sam paraît excité de jouer au football. Ils s'approchent tous les deux des gamins du quartier et je vois Sam présenter Ben à ses copains.

Je ne sens pas la main de Maria se poser sur mon épaule et je sursaute légèrement avant de sourire à l'une des personnes les plus généreuses que je connaisse.

– Ils ont l'air de bien s'entendre.

Je souris une nouvelle fois. Oui, c'est vrai. Les deux semblent s'entendre et leur rencontre m'a rassurée. Face à Sam, Ben n'est plus l'homme arrogant et imbuvable qui s'éclate avec ses amis ou fête ses 30 ans. Il est différent et bien plus mature.

– Oui, ils ont l'air.

– C'est bien pour Sam d'avoir une figure paternelle.

Je hausse les épaules. Elle a raison, sûrement. Mais Sam n'aura jamais de père.

– Ben a l'air d'être un homme respectueux et attentionné. Et on peut dire qu'il sait ce qu'il veut.

– En effet, il est tenace.

– Tu devrais aller jouer, ma belle.

Elle me pousse légèrement, ne me laissant pas le choix. Je m'approche du groupe d'enfants où Ben se charge déjà de la répartition des équipes. Quand il me voit, il me sourit comme on ne m'a jamais souri.

– Les filles contre les garçons ! lancé-je. Et on va vous faire mordre la poussière !

***

Sam et Ben sont silencieux. Ces deux mauvais perdants boudent. Je crois qu'ils sont frustrés de s'être fait battre par des filles. Samy est coincé sur les épaules de Ben, les bras croisés sur le sommet de son crâne et la tête posée dessus. Je les trouve très beaux et ils s'entendent à merveille.

– Oh ! Vous n'allez pas bouder toute la soirée. Vous êtes mauvais, vous êtes mauvais, c'est tout.

– Vous êtes des tricheuses ! lâche Sam.

– Des tricheuses ! Ah oui ?

– Oui, Ben dit que vous nous avez séduits pour qu'on perde.

– Ben a dit ça ?

Je jette un coup d'œil à Ben qui semble fuir mon regard. Je me mets à rire.

Comme si c'était notre genre, à nous, les filles.

– En tout cas, je suis contente d'avoir gagné, dis-je, fière, pour les embêter encore plus.

Ben grimace alors que Sam se met à bâiller. Je le trouve un peu pâle et très fatigué. Je m'arrête et le fixe, inquiète. Je me mets sur la pointe des pieds et pose ma main sur son front.

– Ça va, mon poussin ?

– Oui, oui.

– Ne me dis pas ça pour me faire plaisir. J'ai ton inhalateur. J'ai juste à aller le chercher.

Je baisse les yeux et tombe sur le regard de Ben. Il me fixe, sans aucune expression sur le visage. Il ne comprend pas et c'est normal. Il ne peut pas. Il ne sait pas ce que c'est de se battre tous les jours contre cette maladie, de devoir réagir au quart de tour à la moindre fatigue de son fils.

– Euh… tu peux le descendre ?

Ben hoche la tête puis tend les bras au-dessus de sa tête en saisissant mon fils sous ses bras. Il le dépose à terre et je me baisse aussitôt.

– Ça va, maman. Je suis juste un peu fatigué parce qu'il fait nuit.

Ben se penche vers lui et le prend dans ses bras. Sam se blottit aussitôt contre lui et s'accroche à son cou.

– On va aller l'allonger un peu, fait Ben.

Je hoche la tête puis nous allons vers la maison. En chemin, nous croisons Maria qui nous propose de coucher Sam dans la chambre mais je refuse sa proposition. Je ne veux pas la déranger.

Ben étend Sam sur le canapé après que je lui ai indiqué le salon. Je prends aussitôt mon sac à main et sors l'inhalateur. Sam secoue la tête. Il déteste ça car souvent, il tousse pendant quelques minutes après l'inhalation.

– S'il te plaît, Samy, tu sais que c'est important. Et tu es un petit garçon courageux.

Ses yeux se portent sur Ben et je comprends que mon fils est pudique. Il ne veut pas prendre son inhalation devant lui.

– Euh… Ben… Je… Tu n'es pas obligé de rester. Je te rejoins dehors.

Ben opine et j'aide Sam à se redresser. Je donne l'inhalation à mon fils et le rallonge sur le canapé en posant ma main sur son torse. Je déteste quand il tousse, je suis toujours effrayée.

– Tu vas te reposer quelques minutes. Tu iras mieux après.

Il hoche la tête.

– Maman ?

– Oui, mon poussin ?

– J'aime bien Ben. Il est gentil et il me fait rire.

Peut-être que ce que je m'apprête à faire n'est pas si dingue que ça ! Et les mots de Sam me réconfortent.

– Oui, il est très gentil.

– Dis, maman, tu crois que quand j'aurai un cœur tout neuf, Ben voudra toujours jouer avec moi ?

– Tu crois qu'il joue avec toi parce que tu es malade ?

– Bah, peut-être. J'ai réfléchi. Les grands, ils ne jouent jamais avec les petits. Mais Ben, oui.

– Je crois que c'est parce qu'il est encore un peu un enfant.

Sam rit puis secoue la tête. Il est trop mignon quand il fait ça.

– Non, il est trop grand pour être un enfant.

– Alors, tu as sûrement raison. Ben n'est pas un enfant.

Sam ferme alors les yeux.

– Je te réveillerai pour le dessert. Maintenant, repose-toi un peu, mon bébé.

– Je ne suis pas un bébé.

– Oui, excuse-moi. Mon petit homme, rectifié-je.

Je dépose un baiser sur son front, prends soin de vérifier que sa respiration est constante puis me lève.

– Maman ?

– Oui ?

– Je suis content que Ben soit ton copain.

Je souris, lui souffle de fermer les yeux et sors du salon.

Dans le couloir, je sursaute en voyant Ben adossé contre le mur. Ses bras sont croisés et son visage est grave. Lentement, il relève son visage vers moi. Mon cœur rate un battement quand son regard s'accroche au mien. Ben est un bel homme, je dois l'avouer. Il est grand, bien bâti et a un petit sourire charmeur qui en ferait craquer plus d'une. Et son regard, chaque fois qu'il me fixe, est si intense que c'en est déconcertant. J'ai l'impression qu'il arrive à lire en moi, qu'il sait mettre mes pensées, mes sentiments à nu.

– Oh ! Tu es là ? Je pensais que tu serais parti manger.

– Je voulais t'attendre.

– C'est gentil, merci. On y va ? Ils doivent nous attendre.

Il hoche la tête et nous sortons de la petite maison.

Dehors, deux places nous attendent autour de la grande table dressée dans le jardin pour l'occasion. Maria est une femme exceptionnelle. Elle fait tellement de bien à notre communauté, n'hésitant pas à rallonger sa table chaque soir en rajoutant des couverts. Ce soir, elle reçoit une trentaine d'adultes et tout autant d'enfants. Chacun apporte quelque chose. C'est très convivial et familial. En fait, ces gens, c'est la famille que je me suis choisie. Tout le monde est accepté sans jugement.

– Quelqu'un veut dire le bénédicité ? fait Maria.

Antonio, son aîné, se propose. Ben me propose alors sa main et se penche vers moi.

– Je dois dire ou faire quelque chose ? me chuchote-t-il.

Je secoue la tête. Il n'est donc pas croyant. Tout comme moi, en fait. Même si j'ai été éduquée dans la religion, la vie a fait en sorte que je perde la foi au fil des années. Après je respecte les croyances des autres.

Quand la prière est terminée, je souris à mes voisins et le calme disparaît aussitôt. C'est un véritable brouhaha qui s'installe autour de la table. Les conversations se croisent, tout comme les bras pour attraper les différents plats ou boissons.

Une musique cubaine se fait entendre et l'odeur des épices de mon pays se dégage des assiettes. Tout cela me rend nostalgique.

– J'ai entendu dire que tu avais apporté quelque chose ? demande Ben.

– Oui. J'ai fait un *arroz con pollo*. C'est juste un délice.

– J'ai hâte de le goûter, alors.

Il prend le plat que je lui désigne et se sert une bonne cuillère.

– Fais attention, c'est un peu pimenté.

– J'aime prendre des risques.

Il me sourit puis prend une bouchée. J'apprécie qu'il se sente aussi bien parmi les membres de ma communauté. Moi qui pensais qu'il était un gamin superficiel, voir le véritable Ben ce soir me fait découvrir un nouvel homme. Il n'est pas le connard arrogant que j'ai rencontré au 3G ou chez lui. Il est différent, ouvert et beaucoup moins prétentieux qu'il ne veut le laisser paraître.

Je l'observe, curieuse de savoir ce qu'il en pense. Je suis surprise de voir qu'il supporte le piment du plat. Au bout d'un moment, il tourne le visage. Il lève un pouce en l'air et je me rends compte que tous les regards sont rivés sur nous.

– Eh bien, j'ai l'impression qu'il y en a un qui vient de tomber amoureux.

Mes yeux se relèvent vers Marcello, le fils de Maria. Sa phrase était pleine de sous-entendus et elle me met mal à l'aise.

– De la nourriture cubaine. Tiens, goûte-moi ça, Ben !

Il lui tend un plat que Ben saisit aussitôt.

Durant tout le repas, il goûte à tous les mets présents sur la table. Je me charge de les lui expliquer, lui donnant les ingrédients indispensables pour réussir chaque recette. Il m'écoute, s'intéresse et finit chaque fois son assiette, pour le plus grand plaisir des invités et de Maria, surtout. J'ai constaté qu'il était aussi gourmand et curieux que Sam.

– OK, je sais que ça ne se fait pas de refuser, mais là, j'en peux plus, vraiment. Je ne vais plus pouvoir avaler quoi que ce soit.

Mes amis le chambrent, le traitant de mauviette alors que Maria repose la cuillère qu'elle s'apprêtait à lui servir, déçue.

– Viens, on va aller marcher un peu, ça t'aidera à digérer, proposé-je.

Il ne se fait pas prier et se lève de table en s'excusant.

Nous nous éloignons et nous enfonçons dans le jardin. Nous marchons silencieusement avant de nous asseoir sur un banc en pierre brute. Au loin, on peut entendre les échos des conversations sans pour autant en comprendre le sens.

– Sam est génial, me lâche-t-il.

– Ouais, réponds-je en souriant.

– J'espère que ce n'est pas moi qui l'ai fatigué ou…

– Non. Même si le sport est proscrit pour sa santé, je ne peux pas empêcher un petit garçon de 5 ans de courir ou de sauter partout. Alors je surveille. Je limite. Sam est énergique, il a besoin de se défouler et il ne comprend pas toujours que ce n'est pas bon pour lui.

– Oui, il a la vision d'un garçon. Il m'a dit qu'il voulait être footballeur.

– Ouais, ça serait génial. Mais il ne pourra jamais faire de sport. À moins qu'il ne reçoive une greffe.

Ben me regarde et m'adresse un petit sourire. Je trouve que pour le gros con qu'il est, il est plutôt sympa.

– Et son père ? Il t'aide ?

Sa question me fige. Je sais qu'il ne l'a pas posée sans intérêt. Il veut savoir, sauf que je ne suis pas prête à lui donner la réponse.

– Sam n'a pas de père.

Ben me regarde, le visage amusé.

– Oh ! Tu es donc la deuxième femme dans ce monde à être tombée enceinte par une intervention divine ?

– Ne rigole pas avec ça, Ben. Ce n'est pas marrant. Et tu sais que c'est impossible.

– Tu reconnais que Sam a un père, alors ?

Je lève les yeux au ciel.

– Bien sûr qu'il a un père.

– Il est où ?

Je souffle.

Loin. Et encore, les centaines de kilomètres qui nous séparent ne me semblent pas suffisantes.

– À Cuba.

– Il n'est pas venu avec vous ici ?

Je soupire. Il est beaucoup trop curieux.

– Non.

– Pourquoi ?

Je commence à perdre patience.

– Ça ne te regarde pas.

– Bah, un peu, quand même. Si on doit se marier, j'aimerais connaître le passé de ma femme.

– Très bien. Je peux connaître ton passé aussi, alors ? Je t'écoute, raconte-moi tout. Dis-moi, combien de femmes sont passées dans ton lit ? Et leurs prénoms, t'en souviens-tu ?

Je vois Ben grimacer. Il finit par secouer la tête avant de se tourner vers moi. Bien sûr qu'il ne s'en souvient pas. Ce mec a dû sauter autant de femmes dans sa vie que Bill Gates a de millions sur son compte.

– OK. Alors pour commencer, il y a eu Lyndsay Benson…

– Ah ! Je ne veux pas savoir ce que tu as fait avec cette Lyndsay Benson. Ça ne me regarde pas, franchement.

Ben se met à rire quand je porte mes deux mains à mes oreilles pour les couvrir. Je me joins à lui, amusée. Oui, Ben est différent. Il est même attachant et très marrant.

– Bah, bientôt, si. Quand nous serons mariés.

– OK, Ben. Je te promets qu'une fois que nous serons mariés, je passerai une nuit blanche à écouter toute ta vie sexuelle mais en attendant, je ne veux rien entendre, finis-je par céder.

Il rit une nouvelle fois. J'entends alors la petite voix de Sam qui m'appelle au loin.

– Par ici, crié-je.

Je le vois arriver en courant et mon ventre se contracte aussitôt. Je n'aime pas quand il court. Vraiment. Je sais que ça l'épuise. Je m'apprête à me lever mais Ben m'arrête en posant sa main sur la mienne. Il se lève et court vers Sam qu'il attrape rapidement.

– Interdit de courir quand on n'est pas sur le stade, champion !

Il le saisit à bout de bras et le lève au ciel. Je vois ses muscles s'étirer. Ben a l'air suffisamment fort pour ne pas le lâcher.

Ils arrivent tous les deux vers moi et je souris de plus belle quand je vois le visage radieux de mon fils.

– Tu as vu comme Ben est fort ?

– Super fort, répliqué-je.

– Maman, je me suis réveillé tout seul et du coup, j'ai faim.

– On va aller manger le dessert, mon poussin !

– Ouais ! crie Sam, heureux.

Ben se met à rire avec lui.

– Dis Ben, tu veux bien me remettre sur tes épaules ? J'aime bien.

– Pas de souci, champion !

Il le saisit rapidement et le jette en l'air. Mon cœur rate un battement de crainte que Sam ne tombe mais quand je vois que

Ben le rattrape, je suis aussitôt soulagée.

Ils s'empressent de rejoindre la table. Sam s'assoit sur les genoux de Ben sans y avoir été autorisé. Je le sermonne du regard.

– Samy, laisse Ben manger tranquillement. Va avec tes petits copains.

– Il ne me dérange pas, fait Ben.

Je souris, tout comme Sam. Je crois que ces deux-là s'apprécient plus que je ne le pensais et je commence à me dire qu'accepter la proposition de Ben n'est peut-être pas si fou que ça. Ce soir, Ben est différent, agréable et il n'est plus le gamin capricieux que j'ai détesté dès le début. Et pour la première fois, je vois en lui un homme, un vrai, capable de se soucier de quelqu'un d'autre que de lui. Un mec qui pourrait me faire vibrer, pour qui je pourrais réanimer mon cœur.

10

Ben

Je vérifie l'écran de mon tapis de course. Ça fait bien longtemps que je n'étais pas venu ici, ni n'avais autant couru. Je ne devrais pas forcer de peur de ne plus sentir mes muscles demain. L'endroit est désert, ce matin. Les joggeurs préfèrent sûrement profiter de l'extérieur, tant que le soleil ne tape pas encore trop fort. Pour ma part, je n'ai pas vu un samedi matin depuis des mois, bien trop fatigué de mes soirées de la veille. Je vérifie l'heure et peste.

Bordel, mais qu'est-ce qu'il fout ?

Je repense à la soirée d'hier. C'était une super soirée. J'ai apprécié de passer ce moment avec Selena. Un vrai moment, pas une brève conversation dans une laverie ou sur un bout de trottoir humide, devant chez moi.

Je crois que cette fille m'a complètement ensorcelé. Plus elle me disait non et plus je m'accrochais. Pourtant, elle devait dire oui et quand elle l'a fait, j'étais à deux doigts de sauter en l'air comme un abruti.

Aucune femme ne m'a jamais autant fait galérer et ce matin, je me suis levé avec une sensation de bien-être. Bientôt, je serai un homme marié, sous contrat, certes, mais rien que de savoir que ce sera avec elle plutôt qu'avec cette gourde de Julia Bowman, je ne peux m'empêcher de sourire. Sur ce coup, je trouve que j'ai plutôt assuré.

– J'espère que tu as une bonne raison de m'avoir fait lever aussi tôt, entends-je derrière moi.

Je me retourne et vois Luke. Je descends de mon tapis aussitôt. Je prends ma bouteille d'eau, la descends d'une traite puis m'essuie le visage avec une serviette du club de sport.

– Il est dix heures

– Justement, il est tôt. Tu étais où hier soir ?

– À une soirée.

– Sans tes potes ? Les meufs étaient chaudes ?

Les meufs ? Je n'ai pas fait attention. Je n'ai vu qu'elle.

Il me tend un gobelet Starbucks.

– Tiens, je t'ai pris un café.

– Merci.

Je m'assois sur l'un des bancs de la salle de sport.

– Alors ? Ton voyage d'affaires ? me demande-t-il.

Je grimace. Il faut que je lui dise la vérité. Et de toute façon, je ne mens jamais à Luke. C'est mon meilleur pote.

– Je n'étais pas à Atlanta, cette semaine, avoué-je.

– Ah bon ? Tu étais où ?

– Little Havana.

Luke me regarde, surpris, et s'assoit près de moi.

– Little Havana ? Tu m'expliques ?

– Justement. Tu es là pour ça. J'ai besoin de toi, Luke. Pas en tant qu'ami mais en tant qu'avocat.

Son visage devient subitement pâle.

– Attends, tu es sérieux ? Qu'est-ce qu'il se passe ? demande-t-il, affolé.

– Peu importent les honoraires que tu me demanderas, je veux t'engager.

– Sérieux, tu me fais flipper. Qu'est-ce qu'il se passe ? Bordel, tu as tué un mec ?

Je plisse le front.

Sympa, le pote. Si je lui dis que j'ai besoin d'un avocat, il pense tout de suite à un meurtre.

– Mais qu'est-ce que tu racontes ?

– Bah j'en sais rien. Tu me tires de mon pieu de bon matin, tu me parles de Little Havana, j'en conclus que tu as tué un mec…

– Putain, mais t'es con ! Pas du tout !

Il paraît soulagé. Il reprend alors son sérieux et me fixe, impatient de connaître la raison pour laquelle je l'ai appelé ce matin.

– Je vais me marier, Luke.

– Ouais. Je sais. Avec Gemma la sainte-nitouche.

– Lâche-moi avec elle, craché-je, énervé. Et elle s'appelle Julia.

Il se raidit, surpris de mon agacement.

– OK. Alors tu vas te marier avec qui ?

– Tu te souviens de la fille, au 3G ?

Bien sûr qu'il s'en rappelle. Avec Hunter et Jason, ils n'ont pas arrêté de me charrier avec ça, la semaine avant mon anniversaire.

Son front se plisse légèrement mais quand il comprend enfin, ses yeux s'écarquillent. Il paraît choqué. En même temps, j'aurais peut-être pu lui annoncer autrement.

– Tu n'es pas sérieux ?

– À cent pour cent.

– Arrête, Ben. Tu…

– Elle a dit oui.

– Tu m'étonnes qu'elle ait dit oui. Elle t'a vu venir et a vu l'occasion de plumer Benjamin Lawson. T'es con ou quoi ? J'espère que tu vas lui faire signer un contrat prénuptial, sinon je ne pourrai rien faire pour toi et…

– Eh ! Pourquoi tu t'énerves ?

– Parce que tu es en train de faire une grosse connerie, mon pote !

Non, je n'ai jamais été aussi sûr de moi et là, c'est loin d'être une connerie. Au contraire.

– Je te rappelle que c'est ton idée, à l'origine.

– On se foutait de ta gueule, Ben. Tu ne peux pas être con au point de prendre une blague au pied de la lettre !

– Bon, tu me laisses t'expliquer et tu arrêtes de t'enflammer comme un con.

– Bah vas-y, je suis tout ouïe, lâche-t-il, blasé.

Il me fait signe de commencer et je prends une grande inspiration.

– Pour commencer, elle s'appelle Selena. Elle est maman.

– Elle est maman ? Non seulement tu vas devenir monogame mais en plus, tu vas être papa. Dis-moi quand je dois te féliciter, là, parce que…

– À la fin de la cérémonie, mon pote, parce que tu seras mon témoin.

Il souffle mais je ne réponds rien. Luke me connaît, il sait que je suis quelqu'un de tenace et que lorsque j'ai une idée en tête, je ne lâche rien.

– Cette semaine, j'ai squatté la laverie devant chez elle.

– Tu n'es pas sérieux ?

– Eh si. J'ai fait croire à mon père que j'étais en voyage à Atlanta et je vous ai servi la même connerie. Enfin, bref, durant toute cette semaine, j'ai appris à la connaître.

Un sourire s'affiche sur son visage. Ça me gonfle aussitôt.

– Arrête ! Je n'ai pas appris à la connaître de cette façon.

– Bah quoi ? C'est une strip-teaseuse. Tout le monde sait que ces filles-là ne sont pas connues pour leur sagesse et leur abstinence.

– Ta gueule ! Selena n'est pas comme ça !

Ses sourcils se haussent et ses lèvres s'étirent encore plus.

– T'es cuit, mon pote !

– Je suis cuit ?

– Ne fais pas semblant de ne pas avoir compris.

Bah non, je n'ai pas compris.

Je secoue la tête.

– Enfin bref, elle a un fils, Sam. Il a 5 ans...

– Sam ? Comme...

– Ouais, le coupé-je.

Je n'ai pas envie de me lancer sur ce sujet. Je suis là pour lui parler de Selena. Juste de Selena. Pas pour me remémorer de mauvais souvenirs.

– Son petit garçon est malade et les frais médicaux sont chers, très chers. C'est pour ça qu'elle danse.

– Euh... OK, dit-il, réticent.

Il semble comprendre de mieux en mieux.

– Elle n'a pas les moyens d'avoir une couverture sociale. En réalité, elle n'est même pas américaine.

Il se lève rapidement, me sermonne du regard et s'écrie :

– Non, non, non ! Je vois où tu veux en venir mais là, c'est illégal. Ça s'appelle un mariage blanc et... tu veux finir en taule ou quoi !

– Mais non ! Je ne finirai pas en taule. Arrête de flipper.

Qu'est-ce qu'il peut être froussard, parfois.

– Non, Ben. Là, ce n'est pas une question de flipper. En tant qu'avocat, je suis dans l'obligation de te prévenir que tu encours une amende de...

– Je m'en fous. Et je ne fais pas ça pour lui donner la citoyenneté. Je crois même qu'elle s'en fout. Non, tout ce qu'elle veut, c'est une couverture pour offrir des soins à son fils.

Il me fixe puis se rassoit sur le banc. Il cache son visage dans ses mains et ça me fait rire de le voir ainsi. Qu'y a-t-il de mal à vouloir offrir des soins à un petit garçon de 5 ans ? Il serait bien plus criminel de ne pas le faire. Et c'est vrai qu'épouser sa mère, sexy et bandante à souhait, est le petit bonus de cette bonne action. Luke relève le visage et me fixe de nouveau.

– OK. On va faire abstraction du côté illégal. Tu es sûr de vouloir faire ça ?

– Tu crois que j'ai le choix ? Tu crois que finir ma vie avec Julia Bowman est un meilleur choix ?

Il grimace et semble d'accord avec moi sur ce sujet.

– Avec Selena, rajouté-je, j'en ai pour quelques mois. Avec Julia, c'est pour des années. Tu crois que j'ai envie de baiser cette gourde puritaine jusqu'à la fin de ma vie ?

– Mouais, c'est vrai que quitte à choisir, ta Selena est bien plus bandante.

Bien plus bandante ? Elle est bandante, elle, au moins !

– Et bien sûr qu'on va signer un contrat. Je ne suis pas débile.

– Ah ! Bah me voilà rassuré, alors. Je peux te faire quelques suggestions ?

Comme si je pouvais l'en empêcher ! Je lui fais signe de commencer.

– Tout d'abord, pour éviter que l'on ne te soupçonne d'avoir fait un mariage illégal, je te conseille de vivre votre grand amour sous le même toit. Il va falloir vous blinder pour la *Stokes Interview*. Tu vas devoir apprendre à la connaître dans les moindres détails.

Ouais, ça n'a pas l'air si terrible que ça. Et quitte à avoir une femme qui vit sous mon toit, Selena semble, encore une fois, un bien meilleur choix que Julia Bowman.

– OK. Note.

Je lui désigne le bloc-notes que j'ai apporté de chez moi et il le prend aussitôt.

***

Selena

Mais pourquoi ai-je accepté ? Cette question n'a cessé de se répéter en boucle dans ma tête toute la nuit et je n'ai pas réussi à fermer l'œil.

Je sais très bien pourquoi j'ai dit oui mais je ne peux m'empêcher de me sentir coupable. Et le poids de cette culpabilité est lourd à porter. Dès que je lui ai donné ma réponse, je m'en suis voulu.

Hier soir, je lui ai dit que j'acceptais sous conditions. En réalité, il n'y en a qu'une : que Sam obtienne la meilleure des couvertures sociales du monde. J'espérais juste qu'il refuse si j'exigeais des clauses mais il a accepté sans broncher.

Je sais pourtant que je vais devoir en imposer d'autres. Sauf que je n'ai pas réellement d'autres conditions en tête. Il faudrait que je prenne le temps d'y réfléchir à tête reposée, et je vais devoir le faire rapidement car je le vois ce soir.

Je ne souhaite pas que Sam soit chamboulé. Comment pourrait-il comprendre la situation ? Il ne le peut pas, tout bêtement, et je vais devoir gérer cette situation sans le perturber. Car bien sûr, ma priorité, en dehors de sa santé, c'est son bien-être. Mais j'ai très bien vu comment ils étaient tous les deux, hier soir. À peine se sont-ils rencontrés que le feeling est passé. Tant mieux, après tout. Sam est si timide avec les hommes, parfois.

Sam rit alors que je lui passe de la crème solaire dans le bas du dos.

– Maman, tu me chatouilles, me dit-il.

Je souris et ne peux m'empêcher de le chatouiller encore plus. J'aime beaucoup trop entendre son rire. Ce petit son me remplit de bonheur.

– Maman, je peux y aller ?

– Attends un peu, mon poussin, on doit mettre tes brassards avant.

Je les saisis rapidement et les passe autour de ses bras. Sam est impatient. J'ai à peine le temps de les installer correctement qu'il m'a déjà filé entre les doigts. Je le vois se dépêcher de rejoindre le petit bassin où il rejoint des gamins du quartier.

– Ne cours pas, Samy !

– Mais laisse-le, ton fils, maman poule, me sermonne Amber.

Je me tourne vers elle et la fusille du regard. Elle ne comprend pas que je puisse m'inquiéter pour lui et que, même sans sa maladie, une mère s'inquiète toujours pour son enfant.

Je me rallonge sur mon transat alors qu'elle baisse ses lunettes de soleil.

– Oh ! Voilà ton futur mari ! dit-elle.

– Hein ? Quoi ?

Je tourne la tête dans tous les sens.

Ben est là ? Comment peut-il savoir que je suis ici ?

Je suis aussitôt soulagée quand je vois Pablo Rodriguez se diriger droit vers moi. Pourtant, quand je vois son visage renfrogné et déterminé, je me dis que la visite de Ben aurait été bien plus agréable.

Il salue Amber puis s'assoit au pied de mon transat sans y avoir été invité. Je me redresse aussitôt. Je sens qu'il va me soûler. J'ai très bien vu les regards qu'il lançait à Ben, hier soir. Et les moqueries et insinuations de ses frères n'ont pas aidé.

– Salut, Selena.

– Salut, Pablo.

Je lui rends le sourire qu'il m'adresse, plus par politesse que par envie.

– Ça va ?

– Bien, merci.

– Tu profites du soleil ?

Ça y est, il m'agace. Il ne va pas me faire croire qu'il s'est déplacé jusqu'ici pour me parler de la météo ou pour savoir si je bronze bien !

Je me lève du transat et me dirige vers le petit bassin où Sam s'amuse avec des gamins du quartier. Bien évidemment, Pablo me suit.

– Sam, fais attention, dis-je.

Bien sûr, il ne m'écoute pas. Il aime autant s'amuser dans l'eau que sur une pelouse avec un ballon.

– Alors, tu es avec le mec de la laverie ?

Je soupire. Qu'est-ce que ça peut lui faire ? J'ai envie de lui crier que non, que je ne suis avec personne, que je n'appartiens à personne, mais je me tais.

– C'est parce qu'il a du fric ?

Mon visage pivote rapidement vers lui. Qu'est-ce qu'il sous-entend ? Que je suis une fille qui aime le fric ? Si seulement il savait que j'ai quitté le confort qu'on m'a offert à Cuba pour n'avoir plus rien. Que j'ai refusé ma nouvelle vie dorée pour le bien-être de mon fils. Pour mon bien-être à moi aussi.

– Je ne sais pas ce que tu insinues mais je ne suis pas sûre de vouloir que tu me l'expliques.

– Pourtant, j'étais prêt à tout t'offrir.

– Je sais, Pablo. Tu es un gentil garçon. Je suis sûre que tu rendras une femme heureuse, mais je ne suis pas cette femme.

Sam arrive près de moi et je lui prends aussitôt la main avant qu'il n'en profite pour se sauver.

– Maman, j'ai faim.

– Une minute, mon poussin.

Je reporte mon attention sur Pablo, qui ne semble pas comprendre.

– Alors où est le problème ? Pourquoi tu…

– Pour lui.

Je baisse la tête vers Sam et il suit mon regard.

– Tu vois, Sam et moi, on est un ensemble. Ce n'est pas soit l'un, soit l'autre. C'est les deux. Et le problème, c'est que je ne suis même pas sûre que tu aies regardé mon fils plus de deux secondes. Le problème, Pablo, c'est que j'ai besoin d'un homme qui est prêt à aimer Sam comme s'il était son propre fils. Et tu n'es pas cet homme.

Je tourne les talons et retourne près d'Amber qui se redresse aussitôt en nous voyant arriver.

Bordel ! Si avec ça, il ne comprend pas…

Je me rassois sur mon transat, attrape mon sac et ouvre un paquet de gâteaux. Je prends aussi une brique de jus de fruits que je donne à Sam. Amber ne m'a pas lâchée du regard et son insistance m'agace.

– Quoi ? lâché-je au bout d'un moment.

– Non, non, rien. Ça va ?

Je soupire.

– Très bien.

Amber m'adresse un petit sourire.

– Pablo l'a bien pris, j'ai l'impression.

– Pris quoi ? Ce n'est pas la première fois que je lui explique que lui et moi, ce n'est pas possible. Et j'espère vraiment lui avoir expliqué pour la dernière fois.

– Selena ?

Elle se redresse et prend ma main dans les siennes.

– Écoute, ne te vexe pas. Mais tu sais ce que j'en pense.

– Oui, oui, je sais. Tu vas me dire qu'il me faut quelqu'un dans ma vie. Mais je ne peux pas. J'ai Sam et…

– Oui, Selena, me coupe-t-elle. Je sais que ta priorité est Sam et honnêtement, tu as la plus mignonne des priorités, mais tu oublies juste un petit détail. Tu es maman, certes, mais tu es aussi une femme. Tu crois que les deux ne sont pas compatibles mais tu te trompes. Rien ne t'empêche d'être une maman et une femme en même temps.

Elle me sourit et je dois reconnaître qu'elle a raison. Mais ce n'est vraiment pas dans mes plans pour l'instant. Retomber amoureuse, je ne suis pas sûre d'y arriver une nouvelle fois.

– Bon, tu me racontes avec ton beau gosse ?

– Ben ?

– Bah ouais. Qui d'autre ?

Je pouffe.

– Il se passe quelque chose entre vous ?

– Peut-être…

Un contrat. Un mariage. Juste ça…

Je souris une nouvelle fois. Je deviens forte en sarcasmes.

Elle frappe dans ses mains et jubile. Elle attend les détails croustillants, cette petite peste. Malheureusement, elle va vite être déçue.

– Raconte.

– Il n'y a rien à raconter. Il est… harcelant. Ça existe, ce mot ?

Amber rit et secoue la tête avant de reprendre son sérieux.

– Il paraît que vous avez passé une bonne soirée tous les deux, hier soir ?

– Mais ? Comment… qui te l'a dit ?

Je pense tout de suite à l'un des frères Rodriguez, même si je ne vois pas comment ils auraient pu lui en parler. Amber ne les côtoie pas. Ça ne peut être que…

– Imelda Torres.

– Bordel, elle ne peut pas se taire, celle-là ! sifflé-je. Elle ferait mieux de se mêler de ses fesses…

Amber rit aux éclats.

– Une vraie commère ! Tout Little Havana l'a su en deux heures. Alors c'est vrai ? Vous avez passé la soirée ensemble ?

– On était chez Maria.

– Vous y êtes allés ensemble ?

– Non.

La déception se lit sur son visage.

– Mais il m'a raccompagnée.

Ses lèvres s'étirent de nouveau. Pourquoi je lui ai dit ça ? Elle va me harceler maintenant. Je suis bête parfois.

– Oh, mon Dieu ! Raconte-moi tout !

– Il n'y a rien à raconter. Il m'a raccompagnée. Point.

– Quoi ? Mais… je ne comprends pas. Il ne te plaît pas ?

– J'ai Sam.

Sa bouche s'entrouvre légèrement.

– OK. Supposons que Sam ne soit pas là.

– Mais il est là…

– Supposons, j'ai dit. Qu'est-ce qui t'en empêche ?

– Je…

En réalité, rien. Ben, malgré ses airs de fils à papa, est plutôt cool. Non, il est cool. Il est génial, même. Il est le seul homme, hormis mon père, qui m'écoute. Vraiment.

– Il est sexy ? fait Amber.

Je me mords la lèvre.

Ouais, il est sexy. C'est vrai…

– Ah ! Je le savais ! Tu le trouves pas mal !

Je ris aux éclats et finis par hocher la tête. Bien sûr qu'il est pas mal. C'est un très bel homme, n'importe qui le verrait.

– Alors qu'est-ce qui t'empêche d'apprendre à le connaître ?

– Tu le sais très bien, Amber. Tu sais comme mes rapports avec les hommes sont… compliqués.

– Tu ne crois pas qu'il est temps que tu tournes la page ? Le père de Sam était un salaud, c'est vrai. Mais ce n'est pas pour autant que tous les hommes sont comme lui.

Je hausse les épaules. Elle a peut-être raison. Mais le père de Sam m'a tellement humiliée, traînée dans la boue que j'ai peur de ne jamais me relever de cette relation néfaste. Cet homme m'a détruite et refuser de faire entrer un nouvel homme dans ma vie semble la meilleure chose à faire pour me préserver. Pourtant, je m'apprête à y faire entrer Ben, indirectement.

– Je… il m'a invitée à venir chez lui, ce soir… dis-je.

Ses yeux se mettent à pétiller. Je sais qu'elle pense qu'il va se passer quelque chose mais je ne peux tout simplement pas lui dire la véritable raison de ma visite.

Même si elle comprenait que j'ai accepté de me marier par intérêt, au fond de moi, j'ai bien trop honte pour l'avouer. Ce mariage, c'est une sorte de prostitution mais sans le physique et le fric. Et ce mariage est aussi peu honorable que de remuer son cul sur la scène du Girls of Glitter Gulch. Je vais quand même me marier sans amour, pour une couverture sociale. Je trouvais que Destiny était tombée bien bas de s'être mariée pour une nouvelle paire de seins, mais en réalité, je ne suis pas mieux qu'elle. J'aurais mieux fait de tourner ma langue sept fois dans ma bouche avant de la juger.

Alors oui, je me réconforte à l'idée que c'est lui qui en a eu l'idée, qu'il connaît l'état de santé de Sam, que je ne lui ai pas menti et qu'il sait tout. Mais ce n'est tout de même pas très honorable. Si les membres de ma communauté apprennent ça, ils me verront comme la pire des garces. Une salope qui n'a vu que son propre intérêt.

Sauf que ce n'est pas pour mon intérêt, c'est pour celui de Sam. C'est une sorte de sacrifice. Oui, voilà, c'est un sacrifice. Un sacrifice pour donner le meilleur à mon petit homme qui mérite bien mieux que des coups d'inhalateur à chaque baisse de forme et qui mérite, comme chaque enfant de ce monde, de jouer au football avec ses copains sans prendre le risque d'aggraver sa santé. Je fais ça pour lui, pour celui qui illumine ma vie chaque matin quand il réclame son câlin, qui me fait vivre ses rêves de maison et de jardin avec une balançoire, qui me raconte ses journées en rentrant de l'école.

Après tout, n'est-ce pas ce que chaque mère sur cette planète souhaite pour son enfant ? Le voir heureux et en bonne santé ? Sam semble être heureux et c'est à moi de faire en sorte qu'il soit en bonne santé.

Ben ne semble pas avoir conscience de toutes les conséquences qu'entraîne cette maladie. De toute façon, je ne lui demande rien. Je signe son contrat, je me marie *illico presto* et je lui fais les *papas rellenas* que je lui ai promises pour le remercier. Après ça, chacun vit sa vie de son côté, et on se reverra pour le divorce, quand Sam aura reçu sa greffe. Le plan est simple. Tellement simple.

11

Ben

Je n'ai jamais été aussi stressé de ma vie. Je tourne en rond depuis une heure comme un lion en cage. Je déteste ça. Je retourne dans la cuisine pour la dixième fois vérifier que tout est prêt quand j'entends l'Interphone sonner. Mon stress augmente. Je ne sais pas pourquoi. Ce n'est pas comme si je la voyais pour la première fois. J'ai l'impression d'avoir retrouvé mes 14 ans, quand j'étais face à Lyndsay Benson, la fille pour qui j'avais le béguin au collège. Sûrement parce que j'angoisse de connaître ses conditions mais surtout parce que j'ai peur qu'elle puisse refuser les miennes.

J'ouvre la porte sur cette petite créature. Elle est magnifique, comme d'habitude. Elle porte un jean brut et un chemisier bleu ciel et ses cheveux sont détâchés.

Sublime.

Elle me fixe un moment, semble mal à l'aise un court instant puis entrouvre la bouche.

– OK. Alors pour commencer, je veux que…

– Tu n'entres pas ? demandé-je.

Elle paraît surprise par ma demande. Bien qu'elle soit là pour ça.

– Je… Si, si… bien sûr.

J'ouvre un peu plus la porte et elle pénètre dans la villa, un petit sourire gêné aux lèvres.

Elle entre lentement, observe chaque détail de mon intérieur en avançant vers le salon. Elle analyse, réfléchit, hésite. Au bout d'un instant, elle se retourne.

– C'est… hygiénique, ici.

– Hygiénique ? ris-je.

– Ouais. J'aurais pensé que tu étais le type de mec à laisser traîner ses chaussures et à faire le ménage seulement quand ta mère vient faire sa visite mensuelle.

Je ne peux m'empêcher de rire. C'est dingue comme elle a des a priori.

– Tu as une femme de ménage, c'est ça ?

– J'avoue, mais je suis un peu maniaque aussi.

Elle passe son doigt sur un des meubles blancs et le regarde.

– Un peu ? dit-elle, un demi-sourire aux lèvres.

– Mouais. Un peu trop, parfois.

Elle rit à gorge déployée.

– Ne te fous pas de moi.

– Non, je trouve ça bien. Il n'y a pas beaucoup de mecs qui ont ce TOC. Je suis même sûre que tu es le seul.

C'est qu'elle ne connaît pas mon père… Il est pire que maniaque et aime avoir le contrôle sur tout. C'est bien notre seul point commun, d'ailleurs.

– Tu veux boire quelque chose ? lui proposé-je.

– Je veux bien. De l'eau, s'il te plaît.

– J'ai du vin, si tu préfères.

– Je ne préfère pas.

– Oh ! D'accord. Alors va pour de l'eau.

Je lui fais signe de me suivre et elle s'exécute en silence. J'entre dans la cuisine et la vois se figer.

– Tu attends quelqu'un ?

Ses yeux fixent la table du séjour tandis que je sors une bouteille d'eau fraîche du frigo.

– Elle vient d'arriver, dis-je seulement.

Elle se mord la lèvre et fuit mon regard.

– Je suis désolée, Ben, je… je n'avais pas compris. J'ai déjà dîné et…

– Ce n'est pas grave. On peut passer au dessert tout de suite, si tu veux.

Son regard change puis elle se met à secouer sa tête. C'est vrai que ma réponse avait un double sens et la voir ainsi me fait marrer. Je sens que je vais beaucoup m'amuser à la taquiner.

– Tu aimes le chocolat ?

Elle lève les yeux en l'air. Même quand elle fait ça, elle est sexy.

– C'est comme si tu demandais à Sam s'il aime les bonbons. Sache, mon cher Ben, que toutes les femmes aiment le chocolat.

– OK. Je note l'info. Selena aime le chocolat.

Elle sourit.

– Euh… par contre, le fondant au chocolat n'a pas encore fini de cuire et…

– Attends ! Tu es en train de me dire que c'est toi qui as fait le dessert ?

– Ouais, dis-je, fier.

Elle écarquille les yeux et me juge. Elle n'a pas l'air de me croire.

– OK. Je… je vois que tu n'es pas très à l'aise, alors si tu veux parler de ma proposition, on va se débarrasser de cette corvée tout de suite.

Je lui propose de s'asseoir et elle me suit jusqu'au salon. Elle prend place sur mon canapé en cuir.

– Je fais ça pour Sam. Uniquement pour Sam.

– Je sais. Tu veux lui donner le meilleur. C'est normal.

Elle affiche ce regard qui n'appartient qu'à elle. Quand elle parle de son fils, ses yeux pétillent de fierté. Un peu comme quand Mag, ma belle-mère, me regarde ou parle de moi.

– Je… Un ami doit passer pour mettre par écrit tes conditions.

– Oh ! dit-elle, déçue. J'aurais préféré que ça reste entre nous, Ben.

– Luke est un de mes meilleurs amis. Et il est aussi avocat. Il saura être discret.

Elle semble réfléchir et pour la première fois de ma vie, j'aimerais avoir le pouvoir de lire dans les pensées d'une femme. Elle ne paraît pas très à l'aise. Je m'apprête à répliquer que je peux annuler la visite de Luke quand elle ouvre la bouche :

– OK, c'est peut-être mieux comme ça, après tout. Mais je ne veux pas que quelqu'un d'autre soit au courant.

J'opine. En réalité, cette condition allait sous le sens. Ce mariage est quand même illégal.

– À quelle heure est-il censé arriver ?

Je regarde ma montre.

– Dans une heure. Tu veux que je l'appelle pour qu'il vienne plus tôt ?

Elle n'ose pas me le dire mais je vois que oui. Je prends mon téléphone, envoie un message à Luke auquel il répond instantanément.

– Il sera là dans vingt minutes. Tu veux peut-être…

– Oui. Tu m'as mis l'eau à la bouche avec ton fondant.

– Je voulais te proposer de visiter mais si tu veux ton dessert.

Elle se met à rire. Je m'excuse un instant, me lève et pars en direction de la cuisine.

Je reviens un instant plus tard, les fondants dans des assiettes que je dépose sur la table basse. Selena est devant la baie vitrée de la villa et fixe l'océan. Elle paraît si concentrée. Je m'approche d'elle et fixe l'horizon à mon tour.

– Ta vue est super. Bien plus que la mienne, lance-t-elle. Moi, mon appartement donne sur une laverie où un squatteur a élu domicile presque une semaine. Impossible de le faire décamper, celui-là.

Je ris. Elle a une façon assez originale d'exprimer les choses.

– Tu aurais dû l'héberger, plaisanté-je.

– Non, je ne suis pas sûre que mon appartement lui aurait plu.

– Comment tu peux en être sûre ?

Elle se tourne vers moi puis croise les bras sur sa poitrine.

– Ça tombe sous le sens, dit-elle, écartant les bras et montrant mon salon.

– Eh bien non, ça ne tombe pas sous le sens. Ce n'est pas parce que ma maison est agréable que je n'aurais pas trouvé ton appartement à mon goût.

Elle me sourit et reporte son attention sur la vue.

– Tu t'imagines qu'à quelques centaines de kilomètres, c'est Cuba ?

– Ça te manque ?

– Pas le moins du monde. Ma vie n'était pas très réjouissante, là-bas.

Je ressens de l'amertume mais aussi de la nostalgie dans sa remarque. Je fronce les sourcils, me demandant ce qu'elle a bien pu y vivre. J'ai très bien vu comment elle a réagi, hier, quand je l'ai lancée sur le sujet du père de Sam. Elle s'est refermée comme une huître. Je me demande bien pourquoi, d'ailleurs, même si je suppose qu'il a dû la laisser tomber quand elle lui a appris qu'elle était enceinte, refusant sûrement d'assumer sa paternité.

Elle s'avance jusqu'au canapé et s'y assoit. Je l'imite aussitôt et lui tends son assiette. Elle me remercie d'un sourire puis prend une bouchée. Elle laisse échapper un petit son qui a quelque chose d'érotique.

– Tu es sûr de vouloir faire ça ? me demande-t-elle, me sortant de mes idées perverses.

– Plus que sûr. Et toi ?

– Non. Mais je n'ai pas envie de revoir ce squatteur devant chez moi pendant des jours pour me faire accepter un autre truc complètement loufoque.

Oui, je peux comprendre qu'elle me prenne pour un dingue. C'était presque du harcèlement. Je m'étonne même qu'elle n'ait pas porté plainte contre moi, mais sa situation irrégulière a dû l'en empêcher.

La sonnette de ma maison retentit. Je regarde ma montre et me dis que Luke a dû encore rouler bien vite pour être là au bout d'un quart d'heure.

– Tu m'excuses un instant ?

Elle hoche la tête et je pars ouvrir à Luke, encore habillé en costume.

– Salut, mon pote, me dit-il.

– Entre.

Je lui ouvre le passage et l'invite à entrer. Ses yeux se portent aussitôt vers le salon et ses lèvres s'étirent alors.

– C'est Selena ?

– Non, c'est ta gynécologue, crétin !

Il pouffe de rire et s'apprête à la rejoindre.

– Attends ! dis-je en le retenant par le bras. Je ne veux pas qu'elle soit au courant pour Howard.

– Pourquoi ?

Car si elle le savait, elle annulerait tout. Je le sens.

– J'ai mes raisons.

Mon ami semble ne pas comprendre mais hausse les épaules. Il se contente de souffler un « Comme tu veux » puis file jusqu'au salon et je le vois déjà s'approcher de Selena.

– Tu dois être Selena ? Je suis Luke, un ami de Ben.

– Enchantée.

Ce crétin lui tend la main qu'elle saisit avant de la lâcher rapidement. Elle n'aime pas les contacts. Je l'ai bien remarqué hier soir et j'en ai une nouvelle fois la preuve.

Je les invite à s'asseoir et ils s'exécutent en silence. Professionnel, Luke sort déjà un stylo et un bloc-notes avant de se reculer dans le fauteuil. Mon stress revient aussitôt.

– OK. Alors avant de commencer, je tenais à vous rappeler que c'est un mariage d'arrangement et non ce que tout le monde appelle un mariage blanc, dit-il sans préambule.

Je vois Selena blêmir légèrement. Ses yeux ne cessent de jongler entre Luke et moi. Elle flippe. Je le vois.

– OK. Donc, je pense qu'on est d'accord pour que cet arrangement reste entre nous trois, continue mon ami.

– Bien sûr, réponds-je.

Selena paraît moins tendue. Elle lui offre même un petit sourire.

– Avec mon client, fait Luke en me montrant du doigt, nous avons établi un contrat qui est, bien sûr, modifiable après négociation entre les deux parties.

– Selena a quelques conditions, interviens-je. Tu veux commencer ?

Selena hausse rapidement les sourcils. Elle se ressaisit et se penche vers son sac à main. Elle en sort une feuille qu'elle tient d'une main légèrement tremblante. Elle la pose sur ses genoux puis relève son menton vers nous.

– OK. Alors pour commencer, toutes ces conditions sont non négociables, dit-elle. Ou du moins, dans la limite du raisonnable.

Luke sourit. Moi, je suis suspendu à ses lèvres. De là où je suis, je ne peux lire ses conditions. Son écriture est si petite.

– Nous t'écoutons.

– OK. J'avais mis la confidentialité en premier mais je vois qu'on est d'accord. Je passe à la deuxième condition : pas de petits surnoms.

Je lève un sourcil. Pas de petits surnoms ? Elle est sérieuse ? Je souris aussitôt. Luke semble aussi amusé que moi. Je sais d'ailleurs ce qui lui traverse l'esprit. Il doit se dire qu'il ne va pas avoir à batailler trop longtemps si c'est ce genre de choses que Selena exige.

Quand elle m'a dit qu'elle avait des conditions, je ne m'attendais pas à ce genre de requêtes. Parce que si c'est ça, je ne vais pas me plaindre.

– OK, ma chérie, la taquiné-je.

Elle relève les yeux vers moi, le regard sérieux et presque assassin.

– Je suis sérieuse, Ben.

Je cède en levant les mains en l'air.

– Troisièmement, je ne veux pas que l'on crie sur tous les toits que nous sommes mariés.

– Ça risque d'être compliqué, Selena, dit Luke. Ben a une certaine notoriété dans la ville et…

– Lui, peut-être. Moi, non, le coupe-t-elle. Je refuse que ma vie soit chamboulée par ce petit arrangement.

– Je le comprends, Selena. Mais Ben est souvent invité à des dîners ou à des soirées et aura besoin d'être accompagné. Mais nous reparlerons de ce point plus tard.

Elle soutient mon regard puis finit par secouer la tête.

– OK, si ça reste uniquement professionnel, cède-t-elle. Quatrième point : pas de contacts physiques.

Qu'est-ce qu'elle veut dire par « contacts physiques » ? Je n'ai pas le temps de répondre que Luke pose la question qui me brûle les lèvres.

– Et qu'est-ce que tu veux dire par « pas de contacts physiques » ?

– Ça veut dire ce que ça veut dire. Pas de trucs gnangnans d'amoureux transis.

Je souffle intérieurement. Comme si c'était mon truc. Je n'ai jamais fait ces choses. Et puis j'ai bien vu qu'elle n'aimait pas être touchée.

– Et pas de… de sexe.

Pas de sexe ?

Elle baisse les yeux sur sa feuille. Elle paraît si gênée d'avoir dit ce mot tout haut, comme s'il était tabou. Je ne peux retenir mon sourire. Luke, lui, pouffe. Je lui assène un coup de coude alors qu'elle relève la tête.

– Selena, je te rappelle que lors de vos sorties, vous êtes censés être amoureux. Il faudra jouer le jeu devant les investisseurs et employés, fait Luke.

Elle souffle d'agacement puis finit par hocher la tête.

– OK, mais tu n'auras pas intérêt à en profiter, me menace-t-elle du doigt. Et quand je dis stop, c'est stop. OK ?

Elle paraît satisfaite. Et je le suis encore plus. Vient-elle de renoncer, sans le vouloir, à sa condition ? Le sexe également ?

– Ensuite, je veux, non, j'exige que mon fils soit couvert entièrement par la meilleure couverture sociale qui soit. Et ce, dès que nous serons mariés. Pour moi, je m'en fous. Pour lui, c'est non négociable.

Je me penche en avant et saisis sa main dans les miennes. Elle est douce, chaude et j'aime son contact. Sentir sa peau contre la mienne me laisse un sentiment de bien-être, comme lorsque j'ai déposé un baiser sur sa joue pendant la soirée barbecue.

– On fait ça pour ça, Selena. Je te promets que dès que tu signeras ce contrat, ton fils aura droit aux meilleurs soins médicaux du pays.

Elle dégage sa main des miennes et je me retiens de râler.

– Maître, notez que votre client ne respecte pas le quatrième point, dit-elle.

Je me mets à rire. Je ne m'attendais pas à sa réplique. Cette fille est marrante. Je sens que je ne vais pas m'ennuyer avec elle.

– OK, ma belle, mais tu n'as pas encore signé le contrat, dis-je pour la taquiner.

– Et notez qu'il ne respecte pas la règle numéro deux non plus.

C'est au tour de Luke de rire. Selena se joint à lui mais elle paraît nerveuse. Elle baisse le visage vers sa feuille.

– Sixième point : je refuse que Ben s'implique dans l'éducation de mon fils. Sam est mon enfant, je l'élève toute seule et je prends toutes les décisions. Je ne lui interdis pas de le voir mais il ne sera à ses yeux qu'un ami. Sam a besoin d'une greffe, pas d'un beau-père, alors qu'il ne se sente pas obligé de s'impliquer. Ce point est non négociable, dit-elle fermement.

– Alors là, je vais répondre pour mon client. Je connais Ben depuis plus de vingt ans et ce mec est incapable de s'occuper d'une plante verte, alors s'occuper d'un enfant…

Je me raidis. Il n'est pas sérieux ? Il a osé ? Il me fait passer pour quoi, là ? Bien sûr que je saurais m'occuper d'un enfant. Ça mange, ça dort. La base, quoi ! Qui ne sait pas ça ?

– Euh… s'il te plaît. J'ai un cactus depuis trois ans et il n'est pas mort.

– Normal, il n'y a pas besoin de s'occuper d'un cactus.

– Il n'empêche qu'il n'est pas mort. Je peux très bien m'occuper d'un enfant.

– Eh ! intervient-elle. On peut se concentrer et se souvenir de la règle numéro six ?

Je tourne la tête vers elle. Elle a les yeux écarquillés et semble navrée.

– Je saurais m'occuper de ton fils, sifflé-je.

– Mais je ne te le demande pas, dit-elle. Donc la question ne se pose pas. Je suis sa mère, je prends les décisions.

Je lève une nouvelle fois les mains, résigné.

– OK. Dernière condition…

Elle paraît soudainement gênée.

– Celle-ci, je peux comprendre qu'elle te dérange alors on peut en discuter.

Elle a lâché ces mots si vite, comme pour se donner du courage.

– Quand on est sur la liste des receveurs d'organes, ça peut prendre du temps. Et c'est pour ça que ce mariage sera à durée indéterminée. Je sais que je te demande beaucoup mais c'est le point le plus important. Je ne peux pas te promettre que dans trois semaines, ce sera réglé. On peut attendre des mois, voire des années. Mais ce que je peux te promettre, c'est que dès que Sam sera opéré, tu pourras te débarrasser de nous.

Luke se fige à côté de moi. Je lui ai exposé les faits pourtant, mais il doit être étonné de sa détermination. Je pense qu'il a du mal à comprendre. Sam est si important pour elle.

– OK, Selena. Un mariage à durée indéterminée. C'est la base du mariage, après tout.

– Très bien. Tu as d'autres conditions, Selena ? demande Luke.

– Non, c'était les sept points que je voulais éclaircir.

Luke opine. Ça va, je pensais qu'elle aurait été plus exigeante.

– J'ai noté tes conditions. Maintenant, voyons celles de mon client.

12

Selena

Je les regarde, les sourcils levés.

– Comment ça, « celles de mon client » ?

Je vois qu'il ne s'attendait pas à ma question. Comme je ne m'attendais pas à ce qu'il ait des conditions, lui aussi. Il a juste dit qu'il accepterait tout.

Son avocat incline la tête alors que Ben me fixe. Je n'apprécie pas le fait que son ami soit là, avocat ou pas. Ça me donne l'impression d'être seule face à deux requins et je me sens vulnérable.

– Ne vois pas ça comme des conditions. Vois ça plutôt comme des clauses, me dit Luke.

– Je t'écoute, dis-je, résignée.

De toute façon, je n'ai pas vraiment d'autre choix que de les écouter. Luke me sourit puis pose les yeux sur son carnet.

– Pour commencer, mon client souhaite régler toutes les éventuelles dépenses médicales de ton fils.

J'opine. En même temps, je n'ai pas la possibilité de les payer moi-même. Et c'est un peu le deal.

– Il souhaite également couvrir toutes vos dépenses personnelles.

– Pardon ? dis-je.

– Il souhaite couvrir toutes vos dépenses personnelles, répète

Luke. Vêtements, soins, sorties…

– Merci, j'avais entendu. Et pourquoi ?

Mes yeux se posent sur lui. Il affiche un demi-sourire.

– Il tient à être un bon mari et refuse que vous manquiez de quoi que ce soit.

– En gros, il veut m'entretenir ?

Je serre la mâchoire. Ce genre de proposition me contrarie légèrement. Je ne veux pas être dépendante d'un homme. Je veux être libre. Je sais ce qu'un homme riche attend d'une femme et je ne veux pas retomber là-dedans.

– Je ne veux pas être une femme entretenue.

– Je sais, Selena. Je fais ça car tu n'auras pas le temps d'avoir un travail quand tu seras à l'hôpital avec Sam. Laisse-moi te rendre ce service, fait Ben.

Il a raison. Mais c'est déplacé. Je ne veux pas de son fric, je fais ça pour Sam. Je finis par opiner, bon gré, mal gré.

– Une carte de paiement au plafond illimité te sera remise juste après le mariage, précise l'avocat.

Je lève les yeux au ciel.

S'il croit que je compte utiliser sa fichue carte…

– Bien. Mon client s'engage également à te payer une pension alimentaire de trois mille dollars par mois après le divorce.

– Ça, non ! C'est hors de question, dis-je en me levant. Je ne fais pas ça pour le fric. Je fais ça pour Sam.

Accepter reviendrait à me prostituer. Ben me rend déjà un immense service. Je ne veux pas passer pour une profiteuse. Je veux qu'une fois que Sam aura reçu sa greffe, nous divorcions et sortions de sa vie.

– Selena, je tiens vraiment à t'aider, me dit-il.

– Tu le fais, Ben. Tu nous offres une couverture sociale. C'est déjà beaucoup. Non, Ben. Ça, je refuse. Ce n'est pas négociable.

Les deux hommes se regardent et Ben finit par hocher la tête. Luke raye la condition de son carnet alors que je reprends ma place sur le canapé.

– Ben m'a demandé d'ajouter une clause post-mariage. Lorsqu'une des parties voudra rompre ce mariage, une clause prévoit un délai de deux mois avant le divorce, qui peut être retardé, bien sûr, selon le bon vouloir de l'une des deux parties.

Quoi ? Je ne comprends rien à son charabia d'avocat. Qu'est-ce que ça veut dire ?

– C'est comme un préavis. C'est juste pour laisser le temps à ton fils de se remettre des éventuelles complications postopératoires, précise Ben.

– Oh ! Euh… OK. Je… Merci, je réponds, surprise par cette clause.

Ben hoche la tête et Luke reporte son attention sur son carnet.

– Mon client souhaite que tu prennes son nom de famille.

Quoi ? Je ne sais même pas quel est son nom…

– Et pourquoi ?

– Il a quoi, mon nom ? lance-t-il.

– Bah rien. Je suppose…

Il fronce les sourcils.

– Tu ne sais pas quel est mon nom ? demande-t-il.

– Euh… Bah non, avoué-je.

Luke se met à rire. Ben se tourne vers lui, agacé.

– Une chose est sûre, c'est qu'elle ne se marie pas avec toi pour le fric ! lâche-t-il.

Je fronce le nez. Je ne suis pas attirée par l'argent. Ben ignore totalement la remarque de son ami.

– Lawson, souffle-t-il.

– Oh ! Comme Lawson Enterprise ?

Et merde, je n'aurais jamais pensé qu'il était l'héritier de l'empire Lawson.

– Ah ! D'accord... Je... Je ne savais pas, je réponds seulement.

Luke sourit puis plonge ses yeux dans les miens.

– Donc tu n'es pas contre porter le nom de Ben ?

Je secoue la tête. Ce n'est qu'un nom et ce n'est pas comme si je comptais crier sur tous les toits que je suis mariée. Ce sera une formalité, juste une formalité. Luke semble satisfait et note quelque chose sur son bloc-notes.

– J'aimerais éclaircir le point de vos sorties en société, fait Luke.

– Je t'écoute.

– Ben s'engage à payer tous les frais lors de vos éventuels déplacements. Hôtels, billets d'avion, sorties, restaurants...

– Je vais vraiment devoir...

– Oui, me coupe Luke. Il souhaite également que vous passiez les fêtes et les événements familiaux ensemble.

– Très bien. Mais ces événements seront discutés entre nous au préalable.

Ben hoche la tête. Si ça se passe aussi bien que la veille, je suis prête à passer quelques jours fériés avec lui si ça lui fait plaisir.

– Dans deux semaines, la journée des employés de la société Lawson se tiendra dans le manoir familial et ta présence sera obligatoire, fait Luke.

– Et c'est quoi, cette journée des employés ?

– Tous les employés de la société sont invités à cette journée. Il y aura des activités, un déjeuner, une soirée. C'est très sympa et convivial.

– C'est comme un repas entre amis, quoi, résumé-je.

Ben finit par hocher la tête.

– Très bien. Parlons maintenant du foyer conjugal, dit Luke.

– Le foyer conjugal ?

– Là où vous allez vivre.

– Euh... OK. Eh bien, je suggère que chacun vive chez soi et tout le monde sera content.

Surtout moi !

Je n'ai pas envie de déménager, même si la maison et le quartier sont sympas. Luke secoue la tête.

– Impossible. Je vous rappelle que cet arrangement n'a rien de légal. Et si les services de l'immigration commencent à fouiner dans cette histoire, mon client risque de perdre son intégrité et sa crédibilité dans ses affaires.

Oh putain !

Je savais que je n'aurais pas dû accepter ce mariage. Car mon plan si simple commence à s'effondrer comme un vulgaire château de cartes.

– Ben, ne te vexe pas mais je crois que ce n'est pas une si bonne idée, tout compte fait...

– Selena...

Il plante ses yeux dans les miens et ses mains s'approchent des miennes. Il se ravise pourtant et, étrangement, je ressens une pointe de déception au plus profond de moi.

– C'est pour ton fils, OK ? Et puis, je pense que vous serez bien ici. Ma maison est assez grande. Et ton fils pourra choisir sa chambre et la décorer comme il le veut.

Il me demande tout de même d'emménager ici avec Sam. Ce mec est dingue mais il a raison. Si les services de l'immigration finissent par fourrer leur nez dans ce mariage, je suis bonne pour retourner à Cuba dans le prochain vol disponible.

Je finis par hocher la tête. Il a raison et c'est ce qui m'agace le plus.

– Très bien. Mais il y aura des règles, lâché-je.

Il roule des yeux comme un enfant.

– Je ne suis pas ta bonne. Tu localises le panier à linge sale et tu retiens sa position. Tu es à l'heure pour les repas, sinon tu te démerdes pour manger et jamais, au grand jamais, tu ne ramènes tes pétasses dans notre « foyer conjugal », rétorqué-je en mimant les guillemets. Je ne veux pas traumatiser mon fils avec des salopes en string tous les matins.

– Très bien. Tu ne ramènes pas de mecs non plus, alors.

Je soupire.

Quel con !

Il n'a toujours pas compris que je n'avais pas le temps pour ça, ni l'envie. Cet abruti sourit, satisfait.

– Et même si je sens votre petit coup venir, je ne dormirai pas dans le « lit conjugal », anticipé-je.

Luke rit aux éclats alors que Ben affiche un visage neutre et insondable. Je ne sais pas ce qu'il pense et ça me fait un peu flipper. Il espérait quoi ? Que je dorme avec lui ? Car ça, c'est hors de question.

– Et je tiens à garder mon appartement. Et comme tu t'obstines à refuser que je travaille, tu payeras le loyer jusqu'au divorce.

Je sais que j'abuse. Mais il faut que je reprenne le dessus. Je suis en train de céder à toutes ses demandes.

– Bien, lâche Ben, amèrement.

– Bien, répété-je en lui adressant un petit rictus hypocrite.

Nous nous défions du regard un instant avant que Luke reprenne :

– M. Lawson souhaite que tu arrêtes tes activités nocturnes et…

Je plisse les yeux. Je sens que la suite ne va pas me plaire.

– … il exige que vous ayez une relation exclusive. Pas d'autres hommes, pas de flirts, pas de sexe.

Je hausse les sourcils. Ben ne cesse de me fixer, attendant ma réponse. Il semble tendu, comme si cette clause était la plus importante de toutes.

– Et pour quelles raisons ? demandé-je.

– Mon client a une intégrité…

– Et une crédibilité, je sais, dis-je, lasse.

– Tu comprends qu'il ne souhaite pas être vu comme un mari trompé et…

– Très bien, le coupé-je une nouvelle fois. Mais à condition que M. Lawson respecte les mêmes conditions.

Je tourne la tête vers Ben et le fixe. Même si je n'en ai aucune envie, je préfère avoir mon libre arbitre. J'ai l'impression que les clauses de Ben me réduisent à la parfaite petite femme au foyer aimante et dévouée. Sauf que je ne veux pas l'être. Ce contrat me prive de certaines de mes libertés. Je le fais pour Sam mais je refuse de me plier à un nouveau caprice de gosse de riche.

– S'il ne veut pas passer pour le cocu de service, je refuse de l'être aussi. C'est non négociable, continué-je.

Ben me fixe, la mâchoire décrochée et les yeux prêts à tomber de leurs orbites. Je le provoque en étirant mes lèvres, satisfaite de lui avoir laissé l'impression d'une douche froide. À ses côtés, son ami me fixe, amusé.

– Je vais prendre son absence de réponse pour un oui, dit-il.

– Qu… quoi ? Non, intervient Ben. Je suis un mec, j'ai des besoins, bordel ! Je ne peux pas m'abstenir pendant… des mois ou des années.

– Je suis une femme. Tu ne t'es pas dit que j'avais sûrement des besoins aussi ?

– Tu n'auras qu'à te toucher.

Je le fixe, choquée.

Il est sérieux ? Il vient de lâcher ça comme ça ?

– Charmant, soufflé-je.

– Ne me regarde pas comme ça. Toutes les femmes le font, mais n'assument pas et ne l'avouent pas.

Je le fusille du regard. S'il veut jouer, je peux aussi entrer dans son jeu.

– Eh bien, tu feras pareil, mon grand ! Toi aussi, tu n'auras qu'à jouer en solo.

Il passe sa main dans ses cheveux et je souris encore plus.

S'il croyait que j'allais me laisser faire.

– Si tu refuses, je me verrai dans l'obligation de refuser notre arrangement ! renchéris-je en me levant.

Il se met à souffler fortement puis finit par hocher la tête. Je suis en train de reprendre le contrôle et j'avoue que je préfère le dominer.

– OK. Il y a d'autres points à voir ? demandé-je.

J'espère que non car je commence à en avoir marre de cette négociation. J'ai cédé sur beaucoup de choses. Un peu trop, même.

– Oui. Un dernier point : la date de votre mariage. Alors... Es-tu disponible lundi ?

Lundi ? Dans deux jours ?

– Je rédigerai le contrat avec vos conditions et vous le signerez avant de vous marier, précise Luke.

– OK, répond Ben.

Les deux hommes se tournent alors vers moi, satisfaits.

Merde ! Je vais me marier dans deux jours.

***

Je n'ai pas réussi à fermer l'œil. Impossible de trouver le sommeil. Le bruit de la musique cubaine retentissant depuis Calle Ocho pendant toute la nuit ne m'a pas aidée. Je porte mon attention sur Sam. Il dort profondément, les poings serrés. Je fixe sa cage thoracique, chose que je fais plusieurs fois par nuit. J'ai tellement peur parfois que, subitement, sa respiration s'accélère ou qu'elle s'arrête, tout simplement. Alors je me réveille plusieurs fois, surveille sa respiration ou pose tout simplement ma main sur son petit torse pour me rassurer.

L'écran de mon téléphone s'allume et je tends le bras vers la table basse pour l'attraper. Je le déverrouille et constate que le message vient d'un numéro qui n'est pas enregistré dans mon répertoire.

[De : Inconnu
Je viens te chercher
demain à 16 heures.
Ça te va ?]

Je plisse le front. Ça ne peut être que lui. Avant-hier, il m'a donné son numéro pour que je le contacte si j'avais la moindre question ou le moindre besoin, mais je n'ai pas pris le temps de l'enregistrer dans mon répertoire.

Je pianote rapidement sur mon téléphone.

[Pas besoin.
Je serai à l'heure.]

Je verrouille mon téléphone et le repose quand il s'allume une nouvelle fois.

[Je viendrai quand même.
Déjà réveillée ?]

Je serre les dents. Ce mec ne fait pas encore partie de ma vie légalement qu'il la contrôle déjà.

Putain ! Dans quoi je me suis embarquée ?

Les yeux de Sam s'ouvrent alors et il les frotte avec ses poings. Il bâille puis s'étire avant de poser les yeux sur moi. Il m'adresse un large sourire. Je tombe encore plus amoureuse de lui chaque jour.

Tous les matins, c'est un tel plaisir de voir son petit sourire sur son visage si parfait.

– Coucou, mon poussin !

– Coucou, maman.

Il se tourne vers moi et se blottit contre mon corps. Je le prends aussitôt dans mes bras et en profite pour parsemer son visage de baisers. Sourires, câlins et bisous sont nos petits rituels du réveil. Et je n'échangerais ces moments matinaux pour rien au monde.

– Pipi ! me dit-il au bout d'un instant en se dégageant de mon étreinte.

Il se lève et je le regarde entrer dans la salle de bains. J'en profite pour me lever du canapé. Je plie les couvertures et remets la couchette en mode canapé.

Je me dirige aussitôt vers la petite cuisine de l'appartement de mes amies et prépare de la pâte à pancakes. Samy en raffole, tout autant que Becky et Amber, et c'est ma façon de les remercier de nous héberger depuis une semaine. Il serait temps que je me décide à retourner chez moi et à affronter mon propriétaire pour le convaincre que je réglerai mes loyers en retard prochainement.

Je sors une poêle, la fais chauffer sur les plaques de cuisson avant de verser de la pâte dedans. Sam revient et s'assoit sur l'une des chaises de la petite table de la cuisine.

– Ça sent bon, maman !

Son ventre se met à gargouiller, confirmant sa remarque.

– Tu veux du sirop d'érable ? dis-je en déposant le premier pancake dans une assiette.

– Oui.

Je prends le sirop dans le placard et en fais couler sur le pancake. Sam a déjà ses couverts dans les mains et ses yeux pétillent. Je n'ai jamais vu un petit garçon aussi gourmand. Un vrai estomac sur pattes. Mais son appétit me rassure. S'il a faim, c'est qu'il va bien.

La porte de l'appartement s'ouvre alors et j'aperçois Amber entrer, ses hauts talons à la main. Quand elle nous voit, elle écarquille les yeux puis nous sourit.

– Vous êtes déjà réveillés ?

Sam hoche la tête, la bouche pleine. Mon amie s'approche de lui, dépose un baiser sur sa joue, lui laissant une marque de rouge à lèvres. Elle s'approche de moi et me salue à mon tour.

– Tu as une tronche de déterrée ! Tu as pensé à ton bel apollon toute la nuit ou quoi ?

Je souris, ne sachant quoi répondre. Depuis deux jours, mes amies ne cessent de me harceler. Elles veulent savoir comment ça s'est passé chez Ben mais mon éthique, comme ce foutu contrat, m'interdit de leur en parler. Je ne sais même pas comment je vais leur expliquer que je suis censée quitter mon appartement pour aller vivre dans le charmant quartier de Coconut Grove. Little Havana va me manquer.

Ici, l'ambiance est conviviale, chaleureuse et si familière. Tout me fait penser à mon pays natal, entre la musique cubaine qu'on entend à longueur de journée, les odeurs des épices de la cuisine ou les marchés du centre du quartier. Parfois, il me suffit de fermer les yeux pour me croire à La Havane.

– Je peux en avoir un autre ? me demande Sam.

Je sors de mes pensées et prends l'assiette qu'il me tend. Amber, elle, ne cesse de me fixer. Elle attend une réponse. Sous son regard persistant, je finis par hocher la tête.

– Ce mec est dingue de toi ! Ça crève les yeux !

Je roule des yeux puis me raidis.

La voilà, mon occasion.

– Il m'a proposé d'emménager chez lui.

Amber écarquille les yeux.

– Et ?

Je la fixe. La connaissant, elle me dira de foncer, de profiter de la situation. Et je sais que si je fais semblant d'hésiter, elle me poussera encore plus à accepter.

– Et je n'en sais rien. Ce ne serait pas raisonnable.

Sa main se porte à mon bras, faisant trembler la louche de pâte à pancakes que je tiens.

– Accepte, bordel ! Ce mec s'en veut de t'avoir fait perdre ton job et vu comme il est tenace, il acceptera tout ce que tu lui demanderas. Et puis, je suis sûre que c'est un bon coup au pieu.

– Qui est un bon coup au pieu ? demande Becky en entrant dans la cuisine, affublée d'un pyjama rose ridicule.

Elle dépose un baiser sur chacune de nos joues puis s'installe près de Samy.

– Alors ? Qui est un bon coup au pieu ? répète-t-elle.

– Maman, ça veut dire quoi ? demande Sam.

Je me fige un instant. Je peste contre mes amies un instant alors que Sam répète sa question.

– On dit ça quand quelqu'un dort bien. Maintenant, mange ton pancake, poussin !

Je sermonne du regard ces vilaines pestes qui me servent d'amies. Amber et Becky se jettent des petits coups d'œil furtifs. Il faut que je change de sujet, et vite !

– Au fait, tu es rentrée drôlement tard, dis-je. La soirée était sympa ?

Amber tourne la tête vers moi et hausse un sourcil.

– Je sais ce que tu essaies de faire. Mais je suis plus maligne que toi. Alors ? Tu vas accepter ?

Becky ne semble pas comprendre et Amber lui raconte mon possible emménagement chez Ben. Becky tourne à son tour la tête vers moi et se met à frapper dans ses mains, toute guillerette.

– Dis oui ! fait Becky, presque suppliante.

Je savais qu'elles se ligueraient contre moi. Je finis par hocher la tête. Elles paraissent satisfaites.

– Oui. Et ce n'est pas comme si je pouvais continuer à m'incruster chez vous indéfiniment.

– Comme si ça te dérangeait, souffle Amber.

Bah un peu, quand même. À quatre dans cet appartement, ça devient un peu oppressant.

Becky sourit. Je retourne le pancake dans la poêle, un sourire satisfait aux lèvres.

– Oh ! J'adore ! C'est comme dans un conte de fées où la princesse tombe amoureuse de son prince, fait Becky.

Mon sourire s'efface aussitôt. Cette histoire est loin d'être un conte de fées, pourtant.

13

Ben

Quand j'arrive à Little Havana, je souris en me disant que la chaleur de ce quartier m'a un peu manqué. Je n'aurais jamais pensé que ce serait le cas. Ici, les gens sont tellement conviviaux, tellement simples.

Je me gare devant l'immeuble de Selena et sors de ma voiture. Quand je lève la tête, je jurerais avoir vu le rideau de la fenêtre de son appartement bouger. Je souris. Est-ce qu'elle m'attend ?

Je tire la porte de l'immeuble et monte les escaliers jusqu'au troisième. Quand je m'apprête à frapper, la porte s'ouvre et j'entrouvre la bouche. Comme à son habitude, elle est belle, magnifique. Sexy, même. Elle porte une petite robe blanche et je me demande si elle a choisi cette couleur pour la circonstance. Sûrement. C'est une femme et les femmes s'attachent à ce genre de petits détails.

– Salut, me dit-elle seulement.

J'étire les lèvres. Je ne peux répondre autre chose.

– On y va ? me demande-t-elle en refermant la porte derrière elle.

– Tu ne veux pas me faire entrer chez toi ?

– Non. Ce n'est pas mon appartement, c'est celui de mes amies.

– Ah bon ? Tu vis où ?

– À l'autre bout de la rue mais je me cache ici. J'évite mon propriétaire depuis une semaine.

– Oh ! D'accord !

Je me rappelle qu'elle m'a dit qu'elle devait des mois de loyer à son propriétaire et c'est sûrement pour cette raison qu'elle est chez ses amies.

– Ton fils ne vient pas ? demandé-je.

– Je... je ne savais pas si tu voulais qu'il vienne.

– Va le chercher. C'est important qu'il soit là. C'est pour lui.

Et je le pense.

Elle ouvre de nouveau la porte. Elle me fait patienter un instant puis revient, Sam dans les bras. Dès qu'il me voit, il se jette littéralement à mon cou.

– Ben !

Ce gamin est adorable. Je l'aime bien.

– On va jouer au foot ?

– Mieux encore ! On va faire un tour en voiture.

Les yeux de Sam se remplissent de malice alors que ceux de sa mère s'emplissent d'incompréhension.

– On doit passer chez moi avant, leur annoncé-je.

– Chez toi ? Je ne suis jamais venu chez toi, me répond Sam.

– Eh bien, tu me diras si tu aimes bien.

– D'accord.

Je laisse Sam retomber au sol et je me relève. Selena me fixe, semblant un peu perdue. Je vois qu'elle doute. Elle a peur. C'est naturel. Mais si elle changeait d'avis ? Non, ça, c'est hors de question ! Je dois la rassurer.

– Tu es prête à te marier ?

– Chut ! Parle moins fort ! Les murs sont fins ici et...

– OK, chuchoté-je alors. On y va ?

Elle secoue la tête devant mon comportement puéril mais je vois que ça l'amuse.

Je tends la main vers elle et elle se met à la fixer. Elle hésite un instant puis finit par la saisir. Mes doigts s'entremêlent aussitôt aux siens. Sa peau est douce, comme chaque fois, et le fait qu'elle ait accepté de prendre ma main gonfle mon ego. C'est con, mais ça me rend heureux.

Je repère alors une grosse valise et la saisis. Nous descendons les trois étages avant de retrouver ma voiture. Je la déverrouille et Selena s'occupe d'attacher Sam à l'arrière. Je l'observe en silence. Ces deux-là s'aiment, c'est une évidence. Ils se regardent tous les deux comme si l'un était le joyau de l'autre.

Au bout d'un instant, Selena se redresse et se fige alors qu'elle s'apprêtait à monter.

– Quoi ? me demande-t-elle.

– Rien. Je ne te l'ai pas dit mais tu es très belle.

Elle me sourit timidement, visiblement gênée, et je trouve ça mignon. Elle ne doit pas recevoir souvent des compliments, bien que je ne comprenne pas comment cela est possible. Elle monte dans la voiture, rajuste le pan de sa robe sur ses genoux puis boucle sa ceinture. Je l'imite après avoir mis sa valise dans le coffre, puis fais démarrer ma voiture.

– Pourquoi tu souris ? me demande-t-elle, intriguée.

– J'adore ma voiture.

– C'est vrai qu'elle est pas mal.

Pas mal ? Elle abuse. Ma voiture est géniale ! Je pourrais me marier avec elle si mon père ne m'obligeait pas à épouser une femme.

– Elle est belle, ta voiture, Ben ! fait Sam depuis l'arrière.

– Merci, champion !

Selena se retourne. Sam a le même sourire sur les lèvres. Selena tourne alors la tête vers moi.

– Ben ?

– Oui ?

– Je voulais te remercier. Vraiment. Tu n'as pas idée comme tu nous sauves la vie. Comme tu lui sauves la vie.

– C'est le moins que je puisse faire, ma belle.

Elle incline la tête, retroussant son petit nez. Même comme ça, elle est sexy.

– On avait dit pas de surnoms.

– Et on n'a rien signé pour l'instant.

Elle me sermonne du regard.

– Je plaisante, bien sûr. Mais avoue qu'à ma place, tu profiterais de cette dernière heure sans contrat pour m'embêter un peu.

– Mouais, dit-elle, boudeuse.

Je ris et elle se joint à moi.

– Tu sais, Ben, je ne tiens pas plus que ça à signer ce contrat. Je voulais juste instaurer des règles histoire de partir sur une base saine, disons ça comme ça.

Je tourne la tête vers elle.

– J'ai confiance en toi. Tu ne me feras pas faux bond. Tu ne lui feras pas faux bond.

Ses yeux se tournent vers l'arrière. Sam est occupé à jouer avec une petite voiture qu'il fait glisser sur sa cuisse.

– Quand tu m'as fait cette proposition, j'ai pris peur. Et quand j'ai vu ton ami arriver et qu'il a commencé à parler de contrat avec tout son jargon d'avocat, j'ai encore plus flippé. Ce que je veux te dire, c'est que tu as plus de raisons de me planter que moi de le faire. Et moi, je ne vais pas te planter.

– Je sais, Selena. Je sais.

Je laisse la voiture dans l'allée et éteins le moteur. Selena descend de la voiture et aide Sam à en sortir. Les yeux de son fils s'illuminent.

– C'est ta maison ? me demande Sam.

– Eh oui !

– Elle est belle. Tu as un jardin ?

– Oui, un grand jardin.

Le visage de Sam s'illumine encore plus. Il a l'air d'apprécier ma villa. Tant mieux. Je veux que Selena et lui se sentent bien chez moi. Sam s'approche de Selena et tire le bas de sa robe.

– Dis, maman, tu crois qu'il a un chien ?

– Je ne pense pas.

– Oh, c'est dommage !

Sam fait la moue puis demande les bras de sa mère. Il pose sa tête dans le creux de son cou et elle le serre encore plus contre lui. Ils sont si beaux à voir. On sent qu'ils sont tout l'un pour l'autre et que leur amour est sincère.

Elle me tend la main. C'est un geste anodin pour elle mais pour moi, c'est bien plus que ça. Elle me montre qu'elle me fait vraiment confiance. Je la saisis et c'est à son tour d'entremêler ses doigts avec les miens.

– Selena ?

– Hum ?

Elle tourne la tête vers moi.

– Luke est chez moi. Il va nous faire signer le contrat.

– OK.

– Et juste après, on ira au tribunal.

– OK.

Je vois qu'elle est tendue, bien plus que sur le trajet. Je la comprends. Je le suis tout autant. Je vais tout de même me marier et même si là, je le fais pour Sam, un immense sentiment de culpabilité m'envahit. Elle ne connaît pas la raison première de ma proposition. Si elle l'apprenait, elle annulerait sûrement tout.

Quand je pousse la porte de la villa, Selena dépose Sam à ses pieds. Celui-ci paraît impressionné et se cache derrière les jambes de sa mère quand il aperçoit Luke. Mon ami s'approche déjà en voyant Selena. Je ne sais pas pourquoi mais ça m'agace légèrement. Il la regarde comme s'il allait la croquer toute crue et j'ai trop vu ce regard chez lui quand nous étions au club de strip-tease. Elle lui plaît, je le vois bien. La clause de « relation exclusive » n'est peut-être pas de trop.

Connaissant Luke, il n'hésiterait pas à user de tous ses charmes avec Selena. Même si c'est un mec sérieux quand il est avec une fille, je sais qu'il a un charme naturel qui ne laisse pas la gent féminine insensible. C'est sûrement à cause de sa petite gueule d'ange.

– Salut, ma belle, dit-il.

Il se permet même de déposer un baiser sur sa joue. Je serre les dents, c'est plus fort que moi, quand je la vois lui répondre avec un grand sourire.

Lui a droit aux surnoms mais pas moi ?

– Je croyais qu'on avait dit pas de surnoms, craché-je.

Luke hausse les épaules, satisfait, alors que Selena écarquille les yeux.

– Ce n'est pas avec lui que je signe le contrat, à ce que je sache, dit-elle, presque hautaine.

Sa réponse m'agace encore plus. Luke maintient son regard sur elle mais elle ne semble pas s'en rendre compte. Elle est concentrée sur Sam qui tire sur sa robe.

– Maman, je peux aller dehors ?

– Après, mon poussin, je dois te présenter quelqu'un d'abord. Sam, voici Luke. Un ami de Ben. Tu lui dis bonjour ?

Sam lève ses yeux vers mon ami. Il est impressionné, sûrement par sa taille et par sa prestance.

– Bonjour, dit-il en baissant la tête.

Sam saisit alors ma main, tire dessus et lève le visage vers moi.

– Je peux aller jouer dehors, Ben ?

Selena s'est déjà baissée vers lui.
– D'accord, mais tu me promets de ne pas courir.
– Oui, maman. Je te promets.
Elle dépose un baiser sur sa joue et Sam part déjà en trombe vers la baie vitrée. Elle le regarde s'éloigner et reporte son attention vers moi. Un peu tendue, elle finit par lâcher :
– Bon, on le signe, ce contrat ? dit-elle nerveusement.
Je hoche la tête et l'invite à s'installer dans le salon. Luke nous suit et je le surprends en train de mater son cul.
Putain ! Je vais me le faire s'il continue.
Selena s'assoit sur le canapé et je m'empresse de la rejoindre alors que Luke se place face à nous. Je le vois sortir le contrat et le poser sur la table. À mes côtés, Selena semble de plus en plus nerveuse. Elle ne cesse de frotter ses mains sur sa robe énergiquement.
Au bout d'un instant, je saisis sa main dans la mienne et elle lève la tête vers moi. Elle me sourit comme pour me remercier.
– Je te laisse lire le contrat, Selena.
Elle lâche alors ma main et je la vois se pencher en avant et attraper le stylo sur la table basse.
– Pas besoin, j'ai confiance en toi.
De sa main gauche, elle signe de son nom en bas de la page. Je la regarde faire alors que Luke lui demande de parapher toutes les pages.
Quand elle a terminé, elle me tend le stylo dont je me saisis aussitôt. Je vois qu'elle est encore nerveuse. Je le ressens. Ses yeux trahissent sa peur et son inquiétude. Elle craint que je me désiste et ce qu'elle m'a dit dans la voiture me revient. Elle a raison, elle a bien plus besoin de moi que je n'ai besoin d'elle. Je pourrais me marier avec n'importe quelle femme. Mais c'est elle que je veux. Je pose alors mon stylo sur la feuille et signe de mon nom.

***

Quand l'officiant finit de nous réciter son laïus sur les engagements du mariage et les responsabilités que cela implique et de nous rappeler les différentes obligations des époux l'un envers l'autre, il se tourne vers Selena. Je la sens légèrement anxieuse.

Au bout d'un instant, elle pose ses yeux sur moi et souffle un : « Oui ».

– Et vous, Benjamin Harry Lawson, consentez-vous à prendre pour épouse Selena Ana Louisa Suarez ici présente ?

Je viens une fois de plus d'apprendre quelque chose sur elle. Je me tourne vers elle et plonge mes yeux dans les siens. J'entrevois un petit sourire, sûrement pour m'encourager, même si je n'en ai pas besoin. Certes, je suis en train de faire la seule chose au monde que je m'étais toujours promis de ne jamais faire mais quand je la vois, quand je vois Sam, je me dis que je suis loin de faire une connerie. Ils ont besoin de moi et je veux les aider tous les deux. Ce mariage est ma nouvelle responsabilité, à savoir prendre soin de Selena, mais aussi de Sam.

– Oui, réponds-je.

J'ai toujours pensé que ce serait terrible mais en réalité, ce n'est pas si effrayant que ça. Dire ce « oui » a eu un côté rassurant. Et ça me sauve les fesses en m'évitant de me marier avec Julia Bowman.

– Les alliances, annonce l'officiant.

Selena paraît surprise et je lui souris avant de me tourner vers Luke, qui s'est déjà approché de nous. Eh oui, j'y ai pensé, sur les conseils de mon meilleur ami. Je saisis l'alliance et la glisse autour de l'annulaire de Selena. Elle observe chacun de mes gestes puis lève ses yeux vers moi. Son regard est indéchiffrable. Elle est surprise, amusée, stressée. Surprenante.

Quand Luke lui tend l'alliance qui m'est destinée, elle la saisit du bout des doigts et lève les yeux vers moi. Je l'encourage d'un petit sourire auquel elle répond. Elle glisse à son tour l'anneau autour de mon doigt. Sentir le métal sur mon doigt me procure une agréable sensation. Je me demande si elle ressent la même chose.

Je suis marié, ça y est !

Et je me sens étrangement serein, léger. Pour la première fois de ma vie, j'ai l'impression d'accomplir quelque chose de bien.

– En vertu des pouvoirs qui me sont conférés par l'État de Floride, je vous déclare à présent mari et femme.

L'officiant se met à applaudir. Selena, elle, ne cesse de me fixer. Elle esquisse un petit sourire. Elle paraît détendue, sereine et plus aucune once d'inquiétude n'apparaît dans son regard. Elle semble libérée, soulagée.

– Vous pouvez embrasser la mariée, dit l'officiant.

Le sourire de Selena se fige. Elle avait sûrement oublié ce petit détail, mais pas moi. Je vais enfin pouvoir goûter aux lèvres qui me hantent depuis des jours. J'avance d'un pas vers elle, impatient. Je me penche vers elle sans détourner mon regard du sien. Elle retient sa respiration et ses lèvres s'entrouvrent légèrement. Elle est magnifique.

Je passe alors ma main dans son dos et la rapproche de moi. Mes lèvres fondent sur les siennes. C'est encore meilleur que je ne l'aurais imaginé. Ses lèvres ont tout simplement la meilleure saveur du monde.

Quand elle recule son visage du mien, je laisse échapper un petit soupir. Elle continue à me fixer puis détourne les yeux vers les bancs du tribunal. Pourquoi a-t-il fallu qu'elle arrête ce baiser ? J'ai l'impression de ne pas avoir été rassasié et j'aimerais l'embrasser toutes les minutes.

Sam nous regarde, le nez retroussé. Selena saisit alors ma main et m'attire vers son fils. À ses côtés, Luke ne cesse de l'observer.

J'attrape Sam et le porte dans mes bras alors que Luke enlace déjà Selena, qui se crispe à son contact. Je ne peux m'empêcher de sourire. Quand il se recule d'elle, il m'enlace à mon tour.

– Toutes mes félicitations, mon vieux ! Profite bien de ta nuit de noces ! rit-il.

L'enfoiré !

Il sait que je serai le seul homme à ne pas pouvoir profiter du seul avantage du mariage. Je grogne alors qu'il se recule.

Nous sortons rapidement du tribunal, suivis de près par Luke. Selena s'arrête alors et me fixe. Elle étire ses lèvres alors que je vois que ses yeux se mettent à briller.

– Ben, je… Merci, souffle-t-elle, reconnaissante.

Je m'avance vers elle et la saisis par la taille. Elle ne proteste pas et me souffle une nouvelle fois : « Merci ».

– Bon, les tourtereaux, entends-je derrière nous, je ne voudrais pas vous déranger mais je vais devoir vous laisser à votre petite vie maritale !

Luke est prêt à exploser de rire. Ce mec est un salaud. Il se fout carrément de nous alors qu'il connaît la nature de ce mariage.

– Tous mes vœux de bonheur, les amoureux !

Maintenant, il rit carrément de sa connerie. Il salue Selena puis ébouriffe les cheveux de Sam avant de tourner les talons. Selena paraît exaspérée.

– Il est toujours comme ça ? me demande-t-elle.

– Ce n'est pas le pire, soupiré-je. Tu n'as pas rencontré mes autres amis.

– Techniquement, si. Mais je ne me souviens pas trop d'eux.

– Ouais, ils étaient coincés dans des bonnets D ! plaisanté-je.

Elle secoue la tête, navrée, mais je vois qu'elle se retient de rire.

– Bon ? On rentre ?

Elle opine de la tête puis part en direction de ma voiture.

Je déverrouille ma voiture à distance et ouvre la portière. Selena s'apprête déjà à attacher Sam mais je la retiens.

– Laisse, je m'en charge.

Elle me sourit pour me remercier puis contourne la voiture alors que je boucle la ceinture de sécurité de Sam. Puis je grimpe derrière le volant.

– Ben ? fait Sam.

– Qu'est-ce qu'il y a, champion ?

– Pourquoi tu as embrassé maman sur la bouche ?

Selena se tourne vers son fils mais ne semble pas savoir quoi répondre. Ses yeux ne cessent de se balader entre lui et moi. Elle cherche de l'aide, je le vois.

– Parce que ta maman est tellement belle aujourd'hui que j'avais envie de le faire, réponds-je.

– Ah, d'accord !

– Tu ne le penses pas ?

– Si, maman, c'est la plus belle du monde.

– Je suis bien d'accord avec toi, champion.

Je me tourne vers elle et elle paraît complètement déstabilisée.

– La plus belle du monde, répété-je.

Je fais démarrer la voiture et m'insère dans la circulation. Elle me fixe toujours, encore plus ébranlée, et je ne peux m'empêcher de sourire.

Le trajet jusqu'à la villa se fait dans le plus grand silence. Sam s'est endormi à l'arrière. Selena ne cesse de le fixer, le regard attendri mais aussi inquiet.

Je me gare devant la villa et sors délicatement Sam de la voiture. J'insère les clés dans la serrure avant d'ouvrir la porte et me dépêche de désactiver l'alarme. Je dépose Sam sur le canapé. Selena se balade dans la pièce et observe le salon comme si c'était la première fois qu'elle le découvrait.

– Je te fais visiter ? lui proposé-je.

Elle hoche la tête. Je lui fais signe de me suivre et elle s'exécute en silence. Je lui présente chaque pièce, lui rappelant chaque fois qu'elle est libre de faire comme chez elle. Je veux qu'elle se sente bien ici. Elle le mérite. À chaque pièce, elle sourit, me complimentant sur la décoration. C'est vrai que je suis plutôt fier de mon intérieur.

– Je n'ai aucun mérite, c'est Amanda qui a tout décoré, dis-je.

– Qui est Amanda ?

– Ma décoratrice d'intérieur. Elle passera dans la semaine pour vos chambres.

– Comment ça ?

Je pousse une porte à l'étage et allume la lumière.

– La chambre de Sam. Pour l'instant, il n'y a pas grand-chose mais Amanda saura satisfaire ses exigences.

– Sam est un petit garçon de 5 ans. Il n'a pas à avoir d'exigences.

– Oui, oui. Tu m'as compris. Je t'avais dit qu'il pourrait décorer sa chambre comme il le veut.

– Ce n'est pas nécessaire, Ben. Garde ton argent, tu en fais déjà suffisamment pour nous.

Elle s'avance dans la chambre, scrute chaque meuble. Je la vois même passer son doigt sur le meuble.

– Hygiénique, souffle-t-elle.

Elle se moque mais je crois qu'elle a le même vice que moi.

– Tu ne serais pas un peu maniaque, toi aussi ?

Elle hausse les épaules.

– Pas plus que ça. C'est juste que plus Sam est dans un environnement stérile, mieux c'est pour son système respiratoire. C'est une clim ? me demande-t-elle en pointant mon mur.

– Elle a été contrôlée ce matin.

Elle hausse les sourcils.

– Oui, je me suis un peu renseigné sur la maladie de Sam et j'ai lu qu'il devait respirer l'air le plus pur possible. Un ouvrier viendra installer un purificateur d'air dans deux jours. Il ne pouvait pas passer avant alors du coup, j'ai acheté ça.

Je lui montre la machine que le pharmacien m'a conseillée aujourd'hui même.

– Merci, Ben. C'est adorable ce que tu fais.

– Je t'ai promis qu'il aurait les meilleurs soins. Tiens, ça me fait penser que le kiné viendra tous les jours pour ses soins.

– Tu es sérieux ? Un kiné va venir à domicile ?

Elle me fixe, le regard perdu. Je me demande bien ce qui l'inquiète.

– Euh… oui. Mais si tu préfères garder le kiné que vous connaissez, il n'y a pas de problème.

– Non, c'est génial. Son kiné est un gros con et Samy pleure chaque fois qu'il y va. Merci, Ben, tu es…

– Ne me remercie pas, c'est normal. Et ça fait partie du contrat.

Elle me sourit, légèrement gênée. Quand comprendra-t-elle qu'elle n'a pas à l'être ?

– Je te montre ta chambre ?

Elle écarquille les yeux, étonnée, alors que je saisis sa main et l'attire de l'autre côté du couloir. J'ouvre la porte et allume la lumière.

– Ben, tu n'es pas obligé. Je peux dormir…

– Dans le salon ? la coupé-je.

Elle hausse les épaules timidement, comme pour me dire oui.

– Non, je ne peux pas te laisser dormir dans le salon.

– Avec Sam, je voulais dire.

– Impossible, il a un trop petit lit. Non, le mieux serait que tu dormes avec moi, mon lit est bien plus grand et…

– C'est bon, je prends la chambre. Bien joué, gros malin.

– Tu me donnes un petit surnom, maintenant ?

– Ah, ah ! fait-elle en grimaçant.

Elle s'avance dans la chambre, s'assoit sur le lit puis regarde autour d'elle. Amanda a décoré cette pièce dans des tons très cosy, mélangeant du beige et des pointes de bleu pâle. La chambre est confortable et un grand lit à baldaquin est placé devant la fenêtre. Je la vois parcourir la chambre des yeux lentement, observant la coiffeuse, puis la longue méridienne. Elle reste silencieuse. J'en suis presque gêné. Je ne sais pas ce qu'elle pense de son nouvel espace et j'espère qu'elle s'y sentira bien. C'est important, elle est chez elle, désormais.

– Ta salle de bains, dis-je en pointant la porte derrière elle.

– J'ai ma propre salle de bains ?

Je souris devant sa réaction.

– Je te proposerais bien de partager la mienne mais tu vas encore trouver une excuse pour me donner un petit surnom.

– Je vais vraiment finir par t'en donner un.

– Ah ouais ?

Elle secoue la tête puis se lève du lit. Elle s'approche de moi et me fixe, le regard amusé.

– J'aime assez « débile profond ». Quoique « crétin » n'est pas mal non plus.

– Je trouve que « beau gosse » m'irait bien mieux !

– Oh ! « Beau gosse » ? Rien que ça ? Tout compte fait, je t'appellerai *cabeza grande,* en hommage à ton ego surdimensionné.

J'explose de rire. Cette fille est vraiment surprenante et marrante.

La petite voix de Sam se fait alors entendre depuis le rez-de-chaussée. Selena se tend aussitôt et s'approche de moi.

– Je suis là, bébé !

Elle tourne la tête vers moi et me sourit.

– Je vais lui donner son bain, me dit-elle. Tu pourrais te pousser du passage? Ta *cabeza grande* m'empêche de sortir.

14

Selena

Sam pose son gant de toilette sur sa bouche et souffle dedans. Une multitude de petites bulles de savon s'en échappent et il se met à rire aux éclats. Je ris avec lui. Mon fils est vraiment la plus belle chose sur cette planète.

– Maman ?

– Oui ?

– J'aime bien prendre mon bain ici !

Je rigole. C'est vrai que prendre son bain dans une baignoire de la taille d'une petite piscine doit être génial. Et j'ai hâte d'y plonger à mon tour et de pouvoir m'y relaxer.

J'entends alors que l'on toque à la porte et Sam s'empresse de crier d'entrer. Ben passe sa tête dans l'encadrement et écarquille les yeux en voyant Sam recouvert d'une tonne de mousse.

– Tu es toute seule ? me demande-t-il.

– Oui. Sam a disparu !

– Je suis dans les nuages, fait mon fils.

Il rit et je ne peux m'empêcher de sourire. Sam est heureux alors je le suis aussi. Ben s'assoit près de moi, à même le carrelage. Il me sourit.

– Tu ne veux pas te mettre plus à l'aise avant de passer à table ?

Je baisse mon regard et vois ma « robe de mariée ». Je l'ai empruntée à Becky sans lui dire et je vais devoir penser à la lui rendre. Pourtant, cette idée me déplaît légèrement. C'est tout de même la robe de mon « mariage ». M'en débarrasser ne porterait-il pas malheur ? Même si c'est un faux mariage ?

– Non, j'attends. J'ai envie de me plonger dans cette baignoire, dis-je.

– OK.

Il se lève alors et regarde Sam.

– Eh, champion, tu sors du bain et tu vas manger.

– Je suis obligé ?

Je redresse la tête et regarde mon fils.

– Tu n'as pas faim ? lui demandé-je, inquiète.

– Si, mais je préfère rester dans le bain !

– Il va pourtant falloir que tu laisses la place à maman.

Sam me regarde et j'approuve de la tête. Il finit par lâcher un petit : « D'accord » tout triste. Je me lève, attrape la serviette que Ben me tend et prends Sam dans mes bras. Je file dans ma chambre et le dépose sur mon lit.

– Je vais aller chercher ton pyjama, Sam. Essuie-toi en attendant.

Je sors de ma chambre, entre dans celle de Sam et prends un pyjama dans sa valise. Demain, je prendrai le temps de défaire nos bagages. Autant se sentir bien dans cette nouvelle maison. J'en profite pour allumer le purificateur et sortir le vieux doudou de Sam de la valise.

Quand je reviens dans ma chambre, Sam et Ben sont en pleine démonstration virile et contractent leurs muscles. Je les trouve attachants tous les deux et j'aime le fait qu'ils s'entendent bien. Ce sera plus simple pour nous trois, sachant qu'aucun de nous ne sait combien de temps nous allons rester ici. Je m'assois près de Sam et lui passe le bas de son pyjama.

– Je sais le faire, maman. Je vais montrer à Ben !

Parfois, je vois toujours mon fils comme un petit bébé. J'oublie qu'il grandit et devient de plus en plus autonome. Je le regarde passer son pantalon puis le haut de son pyjama, le visage fier. Ben a les yeux posés sur moi.

– Tu as vu, Ben ?

– Ouais, c'est super ! Tu es un grand. Tellement grand que je suis sûr que tu vas passer ton permis de conduire demain.

– Mais non. Demain, je ne peux pas, je dois aller à l'école. Tu sais, ma maîtresse, Mme Rodriguez, elle a un ventre comme ça…

Il écarte ses bras autour de son propre ventre.

– Elle a un bébé dans son ventre. C'est une fille.

– Ça, c'est super, champion. Allez, on laisse maman prendre son bain ?

– D'accord !

Sam se lève de mon lit en même temps que Ben.

– Prends ton temps, me dit Ben en quittant la pièce.

Je me lève à mon tour. J'entre dans la salle de bains et vois que le robinet de la baignoire est actionné. Je souris. Ce mec est surprenant. Il m'a fait couler mon bain et je trouve son attention agréable. Je me déshabille rapidement puis plonge dans l'eau bouillante.

Après une bonne demi-heure de détente, je descends au rez-de-chaussée et entends le rire de mon petit homme. Il a l'air bien ici et je me rassure en me disant que j'ai bien fait d'accepter ce contrat. Ben est tout simplement adorable et je vois qu'il fait tout pour que nous nous sentions bien chez lui.

Cette journée a été stressante et chargée d'émotions et évacuer toutes ces tensions en me prélassant dans mon bain m'a détendue. Je sais que ce soir, je m'endormirai l'esprit tranquille, sans me soucier de savoir comment je vais remplir le frigo, comment je vais payer mon loyer ou les médicaments de Sam. Je ne me soucierai que de Sam. Juste de lui.

J'entre dans la cuisine et y trouve mon fils en train de raconter un truc sans réelle importance à Ben. Celui-ci l'écoute, l'oreille attentive. Il semble intéressé par ce que lui raconte Sam. J'aime l'idée que Ben s'implique, même s'il n'y est pas obligé.

Quand les yeux de Ben se lèvent vers moi, son regard me détaille avec intérêt. Je me sens aussitôt mal à l'aise, comme quand les clients me lorgnaient au 3G. Je croise les bras sur ma poitrine et m'appuie contre le mur.

– Coucou, maman !

Je lui fais un petit clin d'œil. Il mange son dessert avec passion. Je lève les yeux au ciel.

Sam et les desserts !

– Je vais te donner tes médicaments, dis-je à Sam.

Il hoche la tête, non sans grimacer. Je sors les tubes de mon sac à main laissé sur le plan de travail et les ouvre. Je tends la main pour qu'il compte ses cachets. C'est notre petit rituel. Ça lui permet de comprendre l'importance de la prise de ses cachets et en même temps, il est si fier de montrer qu'il sait compter. Bien sûr, Sam a dépassé le stade où il ne savait compter que jusqu'à quatre. C'est un garçon intelligent et il ramène de bonnes notes de l'école.

– Un. Deux. Trois. Quatre, me dit-il.

– C'est bien, Sam. Maintenant, fais-les vite disparaître !

Sam opine et avale ses cachets sans rechigner. Il a arrêté de le faire depuis longtemps.

– Il doit prendre ses cachets tous les soirs ? demande Ben.

– Oui. Quatre le matin et quatre le soir.

– Pas le midi ?

– Non et ça m'arrange bien, sinon ils le refuseraient à la cantine. L'école exige qu'une infirmière fasse prendre leurs médicaments aux enfants. Et c'est une folie financière que je ne peux pas me permettre.

– Mais tu le peux, maintenant.

Je secoue la tête.

– Non, toi, tu le peux. Pas moi. Mais la question ne se pose pas. Sam n'en prend pas le midi.

Ben se tourne vers Sam qui nous écoute avec intérêt.

– Eh, tu sais quoi ? Si maman est d'accord, je peux te mettre un dessin animé dans ma chambre.

Sam tourne la tête vers moi et je regarde aussitôt ma montre. Il est dix-neuf heures trente, ce qui lui laisse une heure avant d'aller se coucher.

– Tu veux bien, maman ?

– D'accord, mais brossage de dents obligatoire, avant.

Sam hoche la tête puis se lève de table. Il prend déjà ma main et m'attire vers les escaliers. Ben nous suit, bien sûr, et je prends conscience que je ne sais même pas où est sa chambre. Ma visite guidée a été écourtée quand Sam s'est réveillé avant son bain.

J'arrête Sam devant sa chambre. Je prends sa brosse à dents et son tube de dentifrice à la fraise. Ce truc-là, c'est carrément dégueulasse mais Sam adore choisir son dentifrice au supermarché. Et il adore prendre celui avec les super-héros dessus.

Après avoir vérifié que chaque dent avait été minutieusement brossée, nous sortons de ma chambre.

Ben nous attend dans le couloir, adossé contre la porte de la chambre de Sam. Il nous guide jusqu'à la sienne, qui se situe entre les nôtres. Il ouvre la porte et j'entre lentement.

Les tons beiges de sa chambre sont chaleureux. Un lit *king size* trône au centre de la pièce et sur une commode, j'aperçois une série de trophées. Je m'approche, curieuse de savoir dans quelle discipline sportive Ben a excellé.

Sam est déjà monté sur le lit de Ben. Ce dernier allume la télévision et navigue sur le service des vidéos à la demande. Je prends une coupe et plisse le front quand je vois des gants de boxe. Je ne m'attendais absolument pas à ce sport. J'ai du mal à imaginer Ben bagarreur.

– Tu fais de la boxe ? demandé-je.

Ben tourne la tête vers moi.

– Plus depuis trois ans.

– Oh !

Je n'ose lui demander pourquoi. Il l'aurait sûrement fait de lui-même s'il l'avait voulu. Je repose la coupe alors que Sam m'appelle. Je m'approche du lit et mon fils me tend les bras. J'hésite un instant et lève les yeux vers Ben.

– Je peux ?

Ben rigole en secouant la tête.

– Tu me demandes si tu peux aller dans mon lit ? Quelle charmante idée !

Je grimace et m'allonge près de Sam. Il se blottit aussitôt contre moi et sentir la chaleur de son petit corps m'apaise. Ben s'allonge à son tour de l'autre côté de Sam, qui me lâche comme une vieille chaussette pour aller se coller à lui.

Lâcheur !

Je pose aussitôt ma tête sur l'épaule de mon fils.

Le dessin animé commence et je souris quand je reconnais le générique de *L'Âge de glace*. Sam adore ce dessin animé. Il pourrait le regarder en boucle et le connaît par cœur.

Je sens alors la main de Ben tomber sur le haut de mon bras. Son geste m'apaise, tout autant que la respiration régulière de Sam. Je sens alors le pouce de Ben caresser lentement mon bras. Ça ne me dérange pas. Au contraire, ça m'apaise encore plus.

Mes yeux luttent alors que le plus célèbre écureuil de la planète s'évertue à rattraper son gland.

***

Je me réveille en sursaut. Je me redresse et constate que le lit est vide. Je ne suis même pas dans mon lit. Je suis dans celui de Ben et j'y suis seule. Ma tête se tourne dans tous les sens et je repère enfin un réveil m'indiquant qu'il est moins de sept heures.

Je descends du lit, m'étire. Une odeur de gel douche plane dans l'air.

Son odeur.

Je sors de la chambre, satisfaite et parfaitement reposée. Hier soir, j'ai dû m'endormir tôt et j'ai fait pratiquement le tour du cadran d'une seule traite. Cela faisait des années que ça ne m'était pas arrivé.

Quand j'entre dans la cuisine, Sam et Ben sont tous les deux en train de manger des céréales. Sam semble réveillé depuis peu. Ses yeux sont encore tout endormis et bouffis par le sommeil alors que Ben est déjà en costume, rasé de près et coiffé.

– Bonjour, dis-je.

Les deux garçons se redressent. Ben me gratifie d'un sourire alors que Sam se lève déjà pour se blottir contre moi, réclamant son câlin du matin.

– Bien dormi ? me demande Ben.

Je rassois Sam sur sa chaise et me laisse tomber sur une autre.

– Trop bien. C'est calme chez toi et je reconnais que c'est agréable. Mais tu aurais dû me réveiller.

Il secoue la tête.

– Tu dormais trop bien. Tu veux un café ?

– Un thé, plutôt, si tu as.

– Je te fais ça.

Il se lève de sa chaise, délaissant son petit déjeuner. Je m'en veux un peu. Je pourrais le faire moi-même mais mon éducation m'interdit de fouiller dans les placards de la cuisine sans qu'on m'y ait autorisée.

– Ben, je peux le faire si tu me montres où…

– Pas de souci. Je te le fais, ça me fait plaisir.

Il remplit une bouilloire puis sort un mug du placard. Mon regard se porte alors sur Sam. Il est concentré, il lit l'arrière du paquet de céréales. Du moins, il tente. Sam ne sait pas lire même s'il reconnaît très bien certaines lettres. Au bout d'un instant, il relève la tête et me dit :

– Maman, j'en veux plus.

– Non, Sam. Tu connais la règle. Tu sais que tu dois manger tout ce que tu te sers.

– Ce n'est pas moi qui me suis servi, c'est Ben.

Je lève les yeux vers Ben qui dépose la tasse devant moi.

– C'est vrai. Je crois que je lui en ai un peu trop donné.

Je finis par céder et Sam quitte la table et court vers le canapé où il se laisse tomber. Il attrape une de ses petites voitures et s'amuse à la faire rouler sur le cuir blanc du fauteuil.

– Sam, tu rangeras quand tu auras fini de jouer, lui dis-je. On ne met pas de bazar chez Ben.

Il ne me répond même pas. Je me retourne et remarque que Ben me fixe. Je lui fais un petit sourire et il me le rend aussitôt.

– Le docteur Cooper arrivera à sept heures trente.

– D'accord.

– Est-ce que tu as besoin de quelque chose ?

– Non, non. Je n'ai besoin de rien.

– Tu ne manges rien ?

– Je n'ai pas l'habitude de manger le matin. Je prends juste un thé, normalement.

Il me sermonne du regard puis se lève. Il fouille dans ses placards et sort pain de mie, beurre de cacahuète et confiture.

– Tu n'as pas d'allergies ?

– Non. Sam non plus, précisé-je.

– OK.

Il prend deux tranches de pain qu'il tartine de beurre de cacahuète. Puis il étale une couche de confiture avant de rapprocher les deux tranches. Il met le tout sur une petite assiette et s'approche de moi pour la déposer devant moi.

– Tiens !

– Je n'ai vraiment pas faim.

– Mange, m'ordonne-t-il. C'est important.

J'attrape le sandwich dans mes mains et croque dedans. C'est bête, mais on ne m'a jamais fait de sandwich. Ben semble satisfait.

– J'ai une réunion cet après-midi et je ne sais pas vers quelle heure je rentrerai.

– Tu quittes le travail à quelle heure, d'habitude ?

– Le patron n'a pas d'horaires. Ni le fils du patron.

– Tu fais quoi, exactement ?

Il me sourit puis s'assoit à la place que Sam a quittée quelques minutes plus tôt.

– Mon père me forme en vue de reprendre Lawson Enterprise.

– Et ça te plaît ?

– Non.

C'était un non catégorique et je comprends qu'il n'a sûrement pas eu le choix.

Je le vois fouiller dans la poche intérieure de sa veste et sortir une carte bancaire qu'il pousse vers moi.

– Tiens. Au cas où tu aurais besoin de quelque chose.

– Je n'ai besoin de rien.

Je la renvoie aussitôt à l'expéditeur mais il la pousse encore une fois.

– Alors tu n'es pas obligée de t'en servir. Mais garde-la avec toi.

Je pousse la carte vers lui du bout des doigts en secouant la tête.

– Qu'est-ce que tu peux être bornée !

– Ça nous fait un point commun, rétorqué-je, arrogante.

– Moi, j'en vois plein d'autres, pourtant.

Je me raidis à sa remarque. Il nous voit plein d'autres points communs ? Lesquels ?

– Ah oui ?

– Oui. Pour commencer, on a le même nom de famille. Et la même adresse, aussi.

– Ben, tu sais qu'on est chez toi, ici.

Il me fixe, le visage neutre. Parfois, j'aimerais avoir le pouvoir de lire dans les pensées des gens, et là, ça me servirait bien.

– Je te laisse du liquide pour le taxi. On réglera le problème de te trouver une voiture.

– Je ne veux pas de voiture.

– Alors tu comptes prendre le taxi chaque fois que tu te déplaceras ?

Il essaie de me piéger, je le vois bien.

– Tu trouveras le double des clés de la villa dans l'entrée. Le code de l'alarme, c'est un-deux-zéro-quatre.

– C'est ta date de naissance ?

– Non, je suis né le quinze avril. Mon anniversaire était la semaine dernière, je te rappelle.

– Oh oui, c'est vrai. Pourquoi un-deux-zéro-quatre, alors ?

– C'est une date importante pour moi.

Je souris, bien trop timide pour satisfaire ma curiosité, qu'il pourrait prendre pour de l'indiscrétion.

La sonnerie de l'Interphone se fait entendre. Ben se lève et part vers l'entrée. J'en profite pour finir le sandwich préparé rien que pour moi, puis débarrasse le petit déjeuner. Ben revient alors dans la cuisine.

– Laisse, Lydia s'en chargera.

– Qui est Lydia ?

– La femme de ménage. Elle arrive vers neuf heures. Tu viens ? Le docteur Cooper est arrivé.

Je laisse le bol de Sam sur le plan de travail et suis Ben jusqu'au salon. Un homme d'une trentaine d'années est déjà accroupi près de Sam et lui parle. Mon fils paraît impressionné mais serre tout de même la main que le docteur Cooper lui tend.

Quand la tête du médecin se tourne vers moi, ses yeux s'écarquillent légèrement alors que ses lèvres s'étirent sur son visage. Il me regarde de haut en bas. Même si le docteur est un très bel homme et que cela pourrait être flatteur, je me sens aussitôt gênée.

Il se relève et s'approche de moi, le sourire aux lèvres. Il tend la main vers moi et je la saisis par politesse.

– Bonjour, madame Lawson, je suis le docteur James Cooper.

Mme Lawson… Ça sonne tellement bizarre. Je n'y suis pas habituée.

– Votre mari vous a dit que j'étais kinésithérapeute et que j'avais fait ma thèse sur la maladie de Sam ?

Mon mari… Ça sonne aussi bizarre.

– Non, mon époux a dû omettre de me le dire mais je suis contente que vous connaissiez cette maladie.

– Mon frère est également atteint de cette maladie et c'est quelque chose qui me tient à cœur.

Je sens la main de Ben glisser sur ma taille. Je me tends aussitôt. Ce n'est pas désagréable, ni déplacé, j'ai juste été surprise.

Il dépose un baiser sur ma joue, un geste tout aussi surprenant. Je me demande bien pourquoi, d'ailleurs.

– Je vais devoir partir, bébé. Je te laisse tout expliquer au kiné.

Quel petit enfoiré ! Il a osé me donner un surnom.

Je surprends le regard qu'il jette au médecin. Clairement, il ne l'aime pas.

– Je t'appelle si je rentre tard.

– D'accord.

Il salue le kiné en lui faisant une poignée de main puissante et musclée. Je vois ses doigts écraser ceux du docteur Cooper. Non, il ne l'aime vraiment pas. Puis il ébouriffe les cheveux de Sam.

– À ce soir, champion !

Il passe devant moi. Quand il croise le docteur, il le foudroie du regard. Je comprends alors.

Ben marque son territoire…

15

Ben

Je ne cesse de fixer l'écran de mon téléphone. Depuis deux heures, elle n'a toujours pas répondu à mon SMS. Et franchement, ça me gonfle !

Je saisis mon téléphone et compose son numéro. Putain, je vais passer pour un relou mais j'en ai rien à foutre. Je suis envoyé sur sa messagerie et je raccroche aussitôt. Putain, ça me soûle encore plus. Je reprends mon combiné et compose le numéro de la villa.

Au bout de trois sonneries, on décroche enfin.

– Selena ?

– Non, c'est l'employée de maison.

– Oh, Lydia, c'est Ben.

– Bonjour, Ben. Comment allez-vous ?

– Euh, ça va, merci. Selena est là ?

– Oui.

– Vous me la passez ?

– Bien sûr.

Je patiente quelques secondes puis entends enfin la voix de Selena.

– Oui ?

– Enfin, tu réponds !

– Euh… tu m'as appelée ?

– Oui. Tu n'as pas ton téléphone ?

– Il est en haut.

– Ouais bah prends-le. Il te sert à quoi si tu ne l'as pas avec toi ?

J'entends un blanc à l'autre bout du téléphone.

Putain, qu'est-ce que je suis con, parfois.

– C'est quoi, le problème ?

– J'apprécierais que tu me répondes quand je t'appelle.

– Tu me soûles.

– Toi aussi.

– Grrr, l'entends-je râler. T'es chiant.

Elle me raccroche au nez.

Quelle peste !

Je m'apprête à la rappeler quand Mindy toque à mon bureau.

– Monsieur Lawson, votre avocat est ici.

– Très bien. Faites-le entrer.

Elle opine puis sort du bureau. Luke y entre aussitôt.

– Salut.

– Salut. On devait se voir ? demandé-je.

– Non, mais j'avais hâte de savoir comment ta nuit de noces s'était passée ?

Il s'assoit sur le fauteuil face à moi et me fixe, un sourire amusé aux lèvres.

– T'es vraiment un pervers !

– Tu vas peut-être me faire croire que tu n'en es pas un !

Je le fixe, désabusé. Ce mec est navrant. Et je le suis tout autant. Il a raison, je suis aussi pervers que lui. Je finis par étirer lentement mes lèvres.

– Non ! lâche-t-il. J'y crois pas. Tu as réussi à la faire craquer dès le premier soir ? Bien joué, mon pote !

– Quoi ?

– Parce que c'est bien ça que tu veux faire ? La faire craquer pour la mettre dans ton pieu ?

Luke se met à rire. Je ne vois pas pourquoi. Il est suffisamment au courant de la condition de Selena qui m'a rendu le plus dingue. Il a rédigé le contrat lui-même. Je le fixe, navré d'avoir un ami aussi débile parfois.

– Dommage qu'il y ait cette clause de relation exclusive, souffle-t-il. Je l'aurais bien invitée à dîner, un soir.

Mes poings se serrent. Je savais qu'elle lui plaisait. Et cette idée me fait chier !

– J'ai bien vu comment tu la regardais.

– Et j'ai très bien vu comment toi, tu la regardes ! fait-il.

Il rit une nouvelle fois et je ne le lâche pas du regard.

– Et en plus, tu es jaloux.

– Mais qu'est-ce que tu racontes ? demandé-je, feignant de ne pas comprendre.

Je ne comprends d'ailleurs pas.

Jaloux ?

Je ne connais même pas la définition de ce mot. Je n'ai jamais été jaloux.

– Tu vois très bien de quoi je parle.

– Bah non ! réponds-je sèchement. Excuse-moi, mais je ne vois pas.

– Oh ! Alors ça ne te dérange pas que je propose à Selena de…

– Tu n'as plutôt pas intérêt ! craché-je.

Il rit une nouvelle fois.

Putain, je suis tombé dans son piège comme un con.

– Bien qu'elle soit très sexy, Selena est ta femme. Et je ne peux pas faire ça à mon meilleur pote.

Je grimace. Quel con !

– Bon, tu me racontes ta première nuit avec elle ?

Tout ça pour avoir des détails croustillants ! Putain, il ne va pas être déçu.

– J'avoue que me réveiller avec une femme dans mon lit, ça change !

Il écarquille les yeux. Sa surprise se change vite en amusement.

– Sérieux ! Tu as vraiment réussi à la faire craquer aussi vite ?

Si seulement !

– Non. Son fils se sont endormis dans mon lit quand nous avons regardé un dessin animé.

Il explose de rire, moqueur.

– Attends, tu es en train de me dire que vous avez passé votre nuit de noces à mater des dessins animés et… à dormir ! Juste dormir ?

– Bah ouais.

Je m'attends à ce qu'il explose de rire mais quand je le vois froncer les sourcils, je lui lance :

– Quoi ?

– Tu as viré gay ou quoi ?

– Crois-moi, je ne virerai jamais gay !

– Qu'est-ce que tu attends, alors ?

– C'est ces putains de clauses ! Pas de sexe, tu te rappelles ?

Luke secoue la tête.

– Je te pensais plus intelligent que ça, mon pote ! C'est pas parce qu'il y a des clauses qu'il n'y a pas des moyens de les détourner. Et si c'est elle qui te le demande, je ne pense pas que tu iras te plaindre !

Oh, ça non ! Elle sur moi, c'est mon fantasme depuis des jours. Et c'est encore pire depuis que j'apprends à la connaître.

– Séduis-la, bordel ! Sors-lui le grand jeu ! Les femmes aiment les fleurs, les sorties et les déclarations d'amour.

– Tu crois ?

– Bah ouais. C'est ta femme, maintenant. Les maris font ce genre de trucs.

– Je ne sais pas faire ça, moi.

Et c'est vrai. Ma plus longue relation avec une fille a duré quinze jours. Le temps qu'il m'a fallu pour sauter Lyndsay Benson, mon béguin du collège. En réalité, une fois l'affaire conclue, c'est elle qui m'a largué. J'étais dévasté et c'est à partir de là que je suis devenu le pire des salauds avec les femmes. Hormis Lyndsay, ma plus longue relation a duré douze heures. Alors être marié depuis vingt-quatre heures relève du miracle.

– Pour commencer, emmène-la au restaurant. Ou au théâtre.

– Au théâtre ? Tu es sérieux ? Je déteste ça !

– Mais les femmes adorent.

On frappe alors à mon bureau et Mindy m'informe que la réunion du conseil d'administration est sur le point de commencer. Luke se lève en même temps que moi.

– Évite les clubs de strip-tease, par contre.

Il rit alors qu'il sort du bureau. Ce mec est un vrai con, mais le con le plus intelligent que je connaisse.

***

Quand je rentre à la villa, après un conseil d'administration suffisamment soporifique pour que j'aie décroché au bout de vingt minutes, je souris à l'idée que je vais enfin pouvoir voir celle qui a hanté mon esprit toute la journée.

Contrairement au silence qui règne habituellement dans ma maison, j'entends le petit rire de Sam depuis l'étage. C'est étrange mais j'aime ça. Ça me semble tellement naturel et évident d'entendre des rires dans une grande maison. Je dépose ma mallette dans l'entrée et grimpe les escaliers quatre à quatre.

Un nouveau rire se fait entendre et je me dirige vers la chambre de Selena. Elle est allongée sur son lit, chatouillant Sam, hilare.

Il est assis sur elle et quand je frappe sur le bâti de la porte, ils se tournent tous les deux vers moi.

– Ben ! s'écrie Sam.

Il se relève de sur sa mère et fonce vers moi. Il se blottit dans mes bras et dépose un bisou sur ma joue. Ce gamin est adorable. J'aime cet accueil.

Je m'approche du lit et y dépose Sam. Selena se redresse, le visage neutre. Elle paraît en colère et je crois qu'elle m'en veut toujours de la façon dont je lui ai parlé au téléphone.

– Sam, tu vas te brosser les dents, dit-elle.

Elle se relève, tout comme lui. Le garçon court déjà vers la salle de bains. Je reporte mon attention sur elle.

– Sam a déjà dîné ?

– Oui. Il est vingt heures passées.

– Tu as dîné, donc ?

– Non, je t'ai attendu, dit-elle froidement. Je voulais te parler.

Me parler ? Je n'aime pas trop la tournure de sa phrase. Ça veut dire quoi exactement ?

– Me parler de quoi ? dis-je, essayant de paraître détendu.

– On en discutera à table. Je vais mettre Sam au lit.

Elle passe devant moi en me fusillant du regard. OK, elle m'en veut. Elle entre dans la salle de bains et je la suis.

Sam se brosse les dents, concentré. Selena, elle, en profite pour passer un coup dans la baignoire. Elle se baisse pour ramasser la serviette qu'elle étend sur le sèche-serviettes.

– Ça y est ! dit Sam.

Selena se tourne et le menace du regard.

– Je n'ai pas besoin de vérifier ? Toutes les dents ont été astiquées ?

– Oui, oui. Maman, est-ce que Ben peut aller me coucher ?

Mes yeux croisent les siens. Je trouve ce gamin touchant. Il semble m'avoir adopté et le fait qu'il veuille que je le couche me rend heureux. Il m'apprécie et c'est important. C'est la première fois pour moi, je n'ai jamais bordé de gosse mais ça n'a pas l'air compliqué.

– S'il veut bien.

Je hoche la tête en souriant. Bien sûr que je le veux, j'adore ce gamin. Sam part embrasser sa mère puis me saisit la main et m'attire vers sa chambre. Il grimpe sur son lit, se faufile sous la couette et me fixe de ses grands yeux.

– Ben ?

– Oui, mon grand ?

– Je t'aime bien, tu sais.

Sa petite déclaration est touchante.

– Tu es bien ici ?

– Oui.

– Et tu crois que maman est bien aussi ?

– Oui.

C'est le principal s'ils se sentent bien. Et j'avoue qu'avoir de la présence ici est plutôt pas mal. Ça change et c'est agréable.

– Quand est-ce qu'on pourra jouer au football, tous les deux ?

– Bientôt.

– Demain ?

– Demain, je travaille, champion. Mais ce week-end, on peut.

– D'accord. Mais on le dit pas à maman, elle ne veut pas que je coure et le docteur aussi.

Je ne pense pas que Selena appréciera cette petite cachotterie.

– Allez, bonhomme, il est temps de dormir.

Sam hoche la tête et attrape un lapin en peluche usé par le temps. Il fourre son pouce dans sa bouche et serre fort sa peluche. Je me relève de son lit, éteins la lumière et ferme la porte derrière moi.

Quand je redescends, Selena est dans la cuisine. Elle est de dos, devant l'évier, et s'attelle à nettoyer une poêle. Même comme ça, elle est magnifique. Elle porte un débardeur à rayures qui épouse parfaitement ses formes. Son jean lui fait un petit cul d'enfer et je rêve de le lui enlever.

– Merci de lever les yeux, dit-elle.

Mon regard remonte. Elle s'est retournée et me toise du regard. Elle est toujours aussi énervée. Je m'approche d'elle alors qu'elle saisit le torchon. Je déglutis. Alors c'est ça quand une dispute de couple est sur le point d'exploser ? On a droit à des yeux assassins et à un silence de plomb ? Je vois qu'elle est irritée et je vais devoir la détendre un peu pour minimiser la crise.

– On a un lave-vaisselle, tu sais ?

Elle pivote la tête vers moi. Son regard me foudroie sur place. Elle m'en veut et je vois qu'elle ne va pas tarder à éclater. Elle lâche son torchon et pointe son doigt sur mon torse.

– Ne me parle plus comme ça, OK ?

OK, les hostilités commencent.

Je ne sais pas vraiment à quoi m'attendre. J'ai déjà eu des conversations désagréables avec une femme mais jamais avec ma femme.

– Et toi, ne me raccroche plus au nez.

– Tu m'as parlé comme à un chien. Ne recommence plus jamais.

– Et toi, tu m'as raccroché au nez. Ne recommence plus jamais non plus.

– OK.

Je la fixe, complètement perdu. Elle cède facilement. Je dois rester sur mes gardes. Quand mes amis me racontaient leurs disputes, ça semblait bien plus long et pas aussi facile.

Jason a toujours dit qu'il fallait se méfier avec les femmes car elles ont toujours un truc derrière la tête. Luke, lui, dit que quand une femme pose une question, il faut toujours répondre le contraire de ce qu'on pense vraiment car elles fonctionnent à l'envers des hommes. Les femmes sont des créatures compliquées selon Hunter et je crois qu'elles sont la seule chose à lui prendre vraiment la tête dans la vie. Quant à Aaron, il ne pense rien. La seule fois où j'ai vu une fille commencer à l'énerver, elle n'a pas eu le temps de finir sa phrase qu'il s'était levé de sa chaise sans un mot et avait quitté le bar. Personne n'a compris ce jour-là et calmer cette furie a été délicat.

– Bon, tu as faim ?

– Je meurs de faim.

Elle me fait un petit sourire et j'en suis aussitôt soulagé. Je ne me suis jamais engueulé avec une femme. Je ne pensais pas que c'était aussi simple. Mes amis m'ont sûrement raconté des conneries. À moins que Selena ne soit pas emmerdante.

Elle me fait signe de m'asseoir et je m'exécute aussitôt. Elle sort une assiette du four et la dépose devant moi. Je salive en voyant son contenu. Je relève la tête quand elle s'assoit face à moi en déposant son assiette.

– Bon appétit, me dit-elle.

– À toi aussi.

Elle prend ses couverts.

– Ça s'est bien passé avec le kiné ? demandé-je, radouci.

– Oui, oui. Le docteur Cooper est génial.

Je ne sais pas pourquoi mais j'ai un petit pincement au cœur.

– Génial ?

– Ouais, génial. Il est drôle, sympa, cultivé.

Je grimace. Drôle ? Sympa ? Cultivé ? Comment elle peut savoir ça d'un kiné ? Je le paie à quoi, lui ? À discuter avec ma femme ?

– Bah, c'est cool ! dis-je, sarcastique

– Ouais, il a l'air vraiment super. Sam l'adore.

Il l'adore ?

Je peste intérieurement.

– Et toi ? Tu l'adores ? demandé-je.

Elle se met à rire. Je crois qu'elle se fout de ma gueule. Je ne réponds rien à sa petite provocation.

– Et toi, ta journée ? me demande-t-elle.

– Ennuyeuse.

– Oh ! Comme la mienne, alors…

Je relève la tête et hausse un sourcil.

– Tu veux m'en parler ?

– Pff ! Il n'y a pas grand-chose à dire. J'ai emmené Sam à l'école, j'ai été le récupérer.

– Et c'est tout ?

– Bah oui. Je ne travaille pas et maintenant, je n'ai plus vraiment à me démerder pour trouver de l'argent pour payer le loyer.

Je comprends. Elle n'est tout simplement pas habituée.

– Pourquoi tu n'irais pas faire du shopping ou…

– Non, Ben. Je ne suis pas ce genre de femme.

C'est vrai. Elle est loin de l'être, d'ailleurs. Elle est plus du genre à être une femme active et indépendante. C'est ce que j'aime chez elle.

– Du coup, j'ai aidé Lydia. Elle est adorable, au passage. On a beaucoup discuté.

– Oui, elle est super.

– Ça fait longtemps qu'elle travaille pour toi ?

– Depuis un an. Depuis que je vis ici.

Elle me sourit.

– En tout cas, j'adore ta maison.

– Ouais. Dès que je l'ai visitée, j'ai eu un coup de cœur.

Je souris en repensant à la visite. J'avais branché une fille qui était agent immobilier. Pendant la soirée, on s'est retrouvés ici et disons que nous avons visité chaque pièce et recoin de la villa. Le lendemain, je devenais propriétaire.

– Je suis désolé pour tout à l'heure, dis-je. Je n'aurais pas dû te parler comme ça.

– Merci de le reconnaître, Ben.

– Pour me faire pardonner, je veux t'inviter à dîner.

Elle s'apprêtait à mettre sa fourchette dans sa bouche mais elle suspend son geste.

– Ben, tu… Je…

– Aucune clause ne nous interdit de dîner ensemble, que ce soit ici ou à l'extérieur.

Elle plisse les yeux, méfiante, puis repose sa fourchette.

– Euh… oui, je suppose. Sam adore aller au restaurant et…

– Je pensais aller dîner ensemble, juste tous les deux.

Elle écarquille les yeux. Avant qu'elle objecte quoi que ce soit, je m'empresse d'ajouter :

– C'est ce que font les couples mariés.

– Ben, me sermonne-t-elle.

– Ou les amis.

Elle me fixe toujours puis finit par secouer la tête, amusée.

– OK. Allons dîner.

– Super ! Je réserve pour vendredi ?

– Tu ne fais pas la tournée des clubs le vendredi soir, normalement ?

Je ricane. Je fais la tournée des clubs tous les soirs, normalement.

– Je peux bien faire une entorse pour toi, dis-je.

– Quel honneur ! s'exclame-t-elle.

Elle pouffe et je me dis que je n'ai pas perdu ma journée. Chaque fois qu'elle s'esclaffe, je ne peux retenir un sourire. J'adore son rire.

– Parle-moi de toi, Selena

Elle relève les yeux vers moi.

– Non, parle-moi de toi, plutôt.

Sa remarque me surprend. Les femmes m'ont toujours exaspéré à parler d'elle mais elle, elle ne le fait pas. Elle n'est pas comme toutes les femmes.

– Oh oui, c'est vrai. Tu me dois une nuit blanche à écouter mon palmarès sexuel.

Elle roule des yeux.

Faut vraiment qu'elle arrête de faire ça !

– Je me fous de tes conquêtes, *cabeza grande*. Non, je veux savoir ce que tu fais, ce que tu aimes, ta famille, tes amis…

– Ça t'intéresse ?

– Non. C'est juste pour passer le temps, comme il n'y a rien à la télé ce soir.

Je plisse le front et elle explose de rire. Je comprends. Elle était juste sarcastique.

– Euh… OK. Alors… que dire ? Je suis super grognon le matin.

– Ouais, moi aussi, mais avec Sam, j'ai appris à changer mes habitudes.

– Ouais, j'ai compris, ce matin. À peine réveillé, il n'a fait que parler.

– Tu peux lui dire de se taire mais je t'interdis de le bâillonner.

Je ris de sa remarque et elle se joint à moi.

– Hum… quoi d'autre ? Je suis diplômé de l'université de Harvard.

– Harvard ? Rien que ça ?

– Ouais. C'est un choix. Avec mes amis, on voulait vivre l'expérience de l'université ensemble. C'était marrant. Mes meilleures années. Et toi ? Tu as été dans quelle université ?

Elle laisse échapper un rire.

– Dans l'université de la vie, Ben.

Je plisse le front. Je ne comprends pas.

– Je te rappelle que je suis tombée enceinte à 17 ans. J'ai dû arrêter mon école de coiffure.

– Tu n'as jamais voulu continuer tes études en même temps que ton job de maman.

Elle relève les yeux de son assiette.

– On est censés parler de toi, là !

Je comprends qu'elle évite le sujet. Je suis convaincu qu'elle a galéré, ces cinq dernières années.

– Tu as des frères et sœurs ? me demande-t-elle.

– Oui et non.

Elle paraît surprise. Elle me fixe, attendant que je l'éclaire sur le sujet.

– Ce n'est pas une réponse, ça !

– Charlotte est la fille de ma belle-mère, donc on peut dire que j'ai une sœur. Elle a cinq ans de moins que moi et j'adorais l'emmerder, avec mon frère.

– Oh ! Tu as un frère, donc. Il est plus jeune ou plus vieux ?

Sa question, complètement anodine, me fige. Je déteste parler de mon frère. Mais je sais que si je veux qu'elle s'ouvre à moi, je dois en faire autant.

– J'ai deux ans de moins que lui.

– Oh ! Et il fait quoi dans la vie ? Il doit travailler à Lawson Enterprise, je suppose.

Oui, elle suppose bien. Mais mon frère ne fait plus partie de l'entreprise depuis trois ans.

– Non. Il est mort.

16

Selena

– Oh !

C'est la seule chose que je peux répondre. Je ne pensais pas que ma question aboutirait à une réponse aussi triste. Je m'en veux de l'avoir posée. Je suis bien trop curieuse, parfois.

– Je… je suis désolée.

– C'est la vie, souffle-t-il.

Je lui souris, encore plus triste. Oui, la vie est une garce. Elle nous enlève bien trop tôt des personnes formidables, parfois.

Il se lève de sa chaise et je sais qu'il n'a pas envie d'en parler. Je le comprends. J'ai moi-même des épisodes dans ma vie dont je refuse de parler. Mon père. Le père de Sam.

– Tu aimes la glace ? me demande-t-il.

Il n'attend pas ma réponse et sort déjà du congélateur deux pots de Ben & Jerry's.

– Vanille ou brownie ?

– Brownie, je réponds.

Il souffle, un petit sourire aux lèvres.

– Mais je peux prendre vanille si tu préfères, m'empressé-je d'ajouter.

Il rit, prend deux cuillères et m'invite à le suivre. Je m'installe sur le canapé et il me rejoint aussitôt. Il s'assoit si près de moi que nos épaules se touchent. Notre proximité ne me gêne aucunement. Au contraire, elle m'apaise. Il me tend le pot de glace au chocolat.

– On partagera, dis-je.

– Oui. Avec plaisir.

Il ouvre déjà son pot et plonge la cuillère dedans.

– J'adore la glace.

– Moi aussi. Quand j'étais petit, je me levais la nuit pour en manger en cachette.

– Quand j'étais petite, on n'avait pas les moyens d'acheter de la glace, lancé-je.

Ben rit alors que je prends une cuillère de glace.

– Parle-moi de toi, Selena.

– On n'était pas censés parler de toi ?

– Ce n'est pas très intéressant, lâche-t-il.

– Ma vie n'est pas très intéressante non plus. Je suis une gamine de La Havane, née sans un sou et qui crèvera sans un sou. Sauf que je crèverai dans un autre pays.

Il me regarde, compatissant.

– Tu étais comment quand tu étais petite ?

Je lève les yeux au ciel.

Si seulement il savait.

– Timide. Mais genre super timide. Je ne parlais pas aux garçons, alors souvent, ils m'embêtaient.

Il continue à me fixer, attendant que je poursuive.

– Mes frères me défendaient. Je ne compte plus le nombre de fois où ils ont cassé des dents pour me défendre.

Ni le nombre de coquards non plus.

– Tu as combien de frères ?

– Quatre. Tous plus vieux, alors je comprends ta demi-sœur. Et je la plains, surtout.

Je ris. Ouais, mes frères m'en ont fait voir. Mais maintenant, je sais que c'était pour me préserver. Si j'avais su, j'aurais écouté plus attentivement leurs conseils. Mais le danger n'était pas qu'à l'extérieur.

– Même si mes frères me défendaient, ils m'embêtaient surtout et contrôlaient beaucoup ma vie. Je ne pouvais pas aller à l'épicerie sans l'un d'eux. Ils étaient très protecteurs.

– Je suis sûr que tu ne te laissais pas faire.

– Tu parles. J'ai grandi entourée des quatre plus gros machos de la planète. Mais je les adore.

– Ils te manquent ?

Oui, ils me manquent. Mais je ne peux plus les voir.

– On pourrait aller à Cuba, fait-il.

Je relève les yeux vers lui en entendant sa proposition. L'idée est tentante mais je ne veux pas prendre le risque de revoir le père de Sam. Cet homme m'a brisée et je ne veux plus jamais le recroiser de ma vie.

– Non. Ma vie est ici. Je ne veux plus retourner là-bas.

– Même pour les vacances ?

– Peut-être un jour.

Et je l'espère, en un sens.

– Et ta mère ? Je sais que ton père est mort mais tu ne m'as jamais parlé de ta mère ?

– Ma mère est une femme géniale. Elle m'a éduquée pour être une parfaite petite épouse. Mais j'ai toujours refusé de vivre la même vie qu'elle. Elle a toujours trimé pour survivre, soumise à un mari.

Et c'est vrai. Ma mère est soumise à mon beau-père depuis tellement longtemps. Bien trop longtemps.

– Elle s'est remariée après le décès de ton père ?

– Oui.

– Et ?

Et il pose la question que j'espérais ne pas entendre.

– Et c'est un connard fini. Comme souvent quand on a un beau-père ou une belle-mère.

– La mienne est super. Je l'adore. Même si elle est divorcée de mon connard de père, je continue à la voir et à prendre des nouvelles.

– Tu n'aimes pas ton père ?

Il baisse les yeux.

– Non. Ce n'est pas ça. Mais mon père est quelqu'un de particulier. C'est un véritable tyran qui dicte sa loi et qui se fait obéir par tous les moyens. Je lui en veux car c'est à cause de lui que Margaret est partie.

– Margaret est ta belle-mère ?

Il hoche la tête.

– Et ta mère ?

Il soupire. Il ne paraît pas à l'aise de discuter de tout ça.

– Je n'ai pas connu ma mère. Mon frère ne s'en souvenait même pas et mon père refuse d'en parler.

Je comprends son malaise. Je suppose qu'elle est décédée et une fois de plus, je tais ma question pour ne pas lui faire ressasser de mauvais souvenirs.

– Ma famille est un peu particulière. On se voit pour les grandes occasions mais on n'a jamais grand-chose à se dire.

– Tu vois ton père tous les jours, pourtant ?

– Oui, mais on s'évite. On n'a rien à se dire. Je suis le mauvais fils. Celui qui est en vie alors que le bon fils est mort.

Oh, mon Dieu ! Comment peut-il dire ça ? Ou même le penser ?

Mon regard croise le sien et je vois qu'il souffre de cette situation. Il esquisse un sourire, mais il est loin d'être sincère.

– Ben, je… S'il te voit comme un mauvais fils, eh bien, moi, si ça peut te consoler, je te vois comme un homme bien et bon. Je sais ce que tu vas me répondre, mais je ne te remercierai jamais assez pour ce que tu as fait pour Sam et moi.

– Je suis content que vous soyez là.

Je relève le visage et scrute la pièce. On peut dire que nous ne sommes pas dans le pire des endroits. Ben s'occupe bien de nous. Il est drôle, sympa et génial, malgré son ego parfois surdimensionné ou sa façon plus qu'agaçante de me parler au téléphone. Il est super avec Sam et je crois que c'est le principal. Quant à moi, il m'écoute attentivement et j'avoue que c'est agréable. Je ne me suis jamais autant ouverte à un homme, le père de Sam y compris. Celui-là n'était pas du genre patient, et encore moins attentionné.

– Selena ?

Je lève mon visage vers lui. Notre proximité devrait me gêner mais ce n'est pas le cas.

– Pourquoi tu n'as pas refait ta vie ? Après Sam, je veux dire.

– Tu le sais. Sam a besoin de moi.

– Oui, tu me l'as dit. Mais la vraie raison.

Ses yeux trahissent sa curiosité, son impatience. Je devrais lui donner une réponse, je lui dois, pour tout ce qu'il fait pour Sam. Je baisse pourtant le regard.

– Pourquoi tu me demandes ça ?

– Je suis curieux. Tu sembles susciter l'intérêt des hommes.

– L'intérêt ? Je serais curieuse de savoir qui…

– Pablo.

– Pablo ? Pablo Rodriguez ?

Je me mets à rire. C'est une blague, j'espère ?

– Ce mec m'a harcelée pendant des mois. Il a même voulu qu'on se marie. J'ai refusé, bien sûr.

– Le pauvre ! En fait, tu es une briseuse de cœurs.

Je me raidis. Pourquoi il dit ça ? Je suis juste une personne qui a des priorités. Et ma priorité, c'est Sam.

– Tu refuses sa demande. Tu as refusé la mienne. Tu aimes

faire souffrir les hommes autour de toi, en fait.

Il a dit ça sur le ton de la rigolade mais je ne peux m'empêcher de me sentir vexée.

– Pourquoi tu as refusé la demande de Pablo ?

Je relève une nouvelle fois le visage vers lui. Il est beau, c'est indéniable.

– Parce que… parce qu'il ne m'a pas parlé une seule fois de Sam. Je ne suis même pas sûre qu'il connaisse son prénom. Et puis je voulais que Sam se sente bien avec celui qui deviendrait son beau-père. Sam et moi, nous sommes un ensemble. Ce n'est pas soit lui, soit moi, c'est les deux.

Il me fixe et une fois de plus, j'aimerais lire en lui.

– Tu sais, je suis une mère avant d'être une femme. Et je ferais tout pour lui. J'ai quand même accepté de me marier avec un inconnu pour lui donner le meilleur.

Ses lèvres s'étirent une nouvelle fois. Ce mec sourit à tout bout de champ et je trouve ça mignon. Il fait partie des optimistes de la vie et j'aimerais être comme lui, parfois.

– Et si tu me donnais la vraie raison, Selena ?

Mes yeux remontent vers les siens. Il n'est pas bête. Il sait que tout ça, ce ne sont que des excuses. Comment lui dire que je ne pourrai plus jamais être avec un homme ? Que le père de Sam a été tellement salaud que j'ai peur de retomber amoureuse ? Dois-je lui dire tout simplement ? Je ne sais même pas.

– Je ne peux plus avoir confiance, murmuré-je.

– En qui ? Les hommes ?

Je hoche la tête.

– C'est le père de Sam ?

Je hoche une nouvelle fois la tête.

– Il t'a fait du mal ?

Je ne sais pas si je dois mentir. Si je le fais, il continuera à me poser des questions et je devrai poursuivre mon mensonge. Mais si je lui dis la vérité, je devrai tout de même répondre à ses questions. Mais je ne sais pas si je suis prête à en parler. Tout ça est enfoui en moi depuis tant d'années.

– Oui, il t'a fait du mal, répète-t-il.

Il a répondu à ma question et je ne le contredis pas.

– C'est pour ça que tu n'aimes pas être touchée ?

J'opine. Il semble lire en moi comme dans un livre ouvert et ça me fait peur. Mes secrets sont enfouis depuis si longtemps mais ils restent omniprésents et pas un jour ne passe sans que je m'en souvienne. Il me fixe et je suis aussitôt perturbée par son regard. Il attrape mon pot de glace qu'il dépose sur la table basse en même temps que le sien.

– Viens.

Il me saisit par le bras et m'attire vers lui délicatement. Il m'allonge près de lui et pour la première fois depuis bien longtemps, je n'ai aucune réticence. Je me sens incroyablement bien contre lui. C'est chaleureux, naturel.

Quand il passe son bras sur moi, je retiens mon souffle. Je ne sais pas si j'aime son geste mais une chose est sûre, je ne déteste pas. J'ose poser une main sur son torse, comme pour imposer une certaine distance entre nous. Ça fait si longtemps, plus de cinq ans qu'aucun homme ne m'a touchée. Étrangement, je ne suis pas effrayée. Ben ne me fait pas peur et je me détends. Il me blottit encore plus dans ses bras. L'odeur de son parfum viril s'engouffre dans mes narines. Il sent bon, comme toujours. Je sens sa main se balader sur mon dos, lentement et délicatement, comme son pouce sur le haut de mon bras, la veille. Son geste me rassure. La chaleur de son corps irradie et m'apaise. Je suis bien. Terriblement bien. Et ça ne m'était pas arrivé depuis longtemps.

– Ton fils a de la chance, souffle-t-il.

– Pourquoi ?

Je l'entends laisser échapper un petit rire.

– Il dort toutes les nuits dans les bras de la femme la plus parfaite du monde.

Ce mec est dingue, cela ne fait aucun doute. Et il a une drôle de conception de la perfection.

– C'est peut-être moi qui dors dans les bras de l'homme le plus parfait tous les soirs.

– Peut-être. Mais là, c'est dans mes bras que tu es.

Comme pour renforcer sa remarque, il m'attire encore plus vers lui. Je sens son souffle chaud dans mes cheveux. Il embrasse le sommet de mon crâne et mon cœur se met à battre la chamade. J'aime ça et ce baiser chaste est différent de tous ceux que j'ai pu recevoir. Il est rempli de douceur.

– Selena ?

– Oui ?

– Je comprends que tu ne veuilles pas en parler mais si tu le souhaites un jour, je serai là.

C'est la première fois qu'on me dit ce genre de chose, qu'on ne me force pas à dire ou à faire quoi que ce soit.

– Je ne te ferai pas de mal.

– Je sais, Ben. Je le sais.

Il prend mon visage dans ses mains. Mon cœur s'emballe aussitôt. Je sais qu'il ne me fera pas de mal mais c'est un réflexe. Réflexe que j'ai depuis trop d'années maintenant.

Il dépose un baiser sur ma joue et je souris. C'est agréable, comme chaque fois qu'il l'a fait.

– J'ai confiance en toi, Ben.

Il semble satisfait de ma réponse et repose ses lèvres sur moi, encore plus près des miennes. Mon ventre se contracte et mon cœur tambourine avec plus d'intensité. Le sien aussi bat fort, je sens ses pulsations à travers mes doigts toujours appuyés contre son torse. J'aime son contact, j'aime ce qu'il me fait et j'aime la façon dont il me prouve qu'il ne me fera jamais de mal.

17

Ben

Deux nuits. Deux nuits que je dors. Que je dors vraiment. Ça faisait des années que ça ne m'était pas arrivé. J'aime penser que c'est grâce à elle. D'habitude, je dors par tranches de une, voire deux heures, en pensant au travail, aux filles, à mon connard de père, à mon frère. Mais là, ça fait deux nuits que je me réveille dans la béatitude qui suit une nuit reposante. Honnêtement, je suis prêt à dormir ainsi toutes les nuits.

Quand j'ouvre les yeux, j'ai la vision de la plus belle créature du monde. Sa respiration est calme, son visage est serein. J'aime l'idée que si elle dort si bien, c'est grâce à moi. La veille, elle s'est endormie dans mes bras et je n'ai pas voulu la réveiller par crainte qu'elle ne veuille rejoindre sa chambre. C'est un acte purement égoïste, mais je m'en fous. Elle a dormi tout contre moi et c'est ce qui me donne le sourire.

Nos jambes sont entremêlées et sa main est posée sur ma taille, comme la mienne, d'ailleurs. Selena est dans mes bras et je ne pouvais pas mieux commencer ma journée. Je souris car c'est la seule chose que je peux faire.

Des petits pas se font entendre sur le plancher de la mezzanine. Sam doit être réveillé et je crois que le mieux serait qu'il ne nous voie pas dans cette position. Je caresse le visage de Selena lentement, savourant la douceur de sa peau. Bien que je m'en fiche, je sais que Selena paniquerait. Je commence à la connaître et ce qui est encore plus dingue, c'est que j'ai l'impression que ça fait des années que je la connais.

Elle finit par se réveiller au bout de quelques secondes et ses grands yeux noirs plongent dans les miens.

– Sam est debout, soufflé-je.

Elle se redresse d'un coup, carrément affolée.

– Merde ! jure-t-elle.

Elle se lève du canapé et me fixe, complètement paniquée.

– Merde ! On s'est endormis sur le canapé.

Je hoche la tête. Elle vérifie sa montre et écarquille les yeux.

– Bordel ! James va arriver.

– C'est qui, James ?

– Le kiné de Sam. Et il arrive dans moins de quinze minutes. Tu... Je vais aller me préparer vite fait, j'en ai pour cinq minutes, OK ?

Elle n'attend pas ma réponse et file à l'étage en courant. Je la suis du regard jusqu'à ce qu'elle tourne à l'angle du couloir.

Putain, elle a tellement sympathisé avec le kiné qu'elle l'appelle par son prénom ? Et clairement, ça, ça me gave !

Je mets un moment à réagir jusqu'à ce que je voie Sam me faire de grands signes depuis la mezzanine. Il s'empresse de me rejoindre, bien que je lui dise de ne pas courir. Il arrive vers moi, tout essoufflé, puis s'agrippe à mes jambes.

– Coucou, Ben !

– Salut, champion.

Il rit de sa petite voix fluette.

– Je ne suis pas un champion, tu sais.

– Si, tu en es un. Et les champions, ils ont droit à un super petit déjeuner.

– Ouais ! s'écrie-t-il. Je peux avoir des Captain Crunch ?

Il est aussi dingue que moi de ces céréales. Je lui fais signe de me suivre. Tandis qu'il s'installe sur le tabouret, je fouille dans les placards.

Sam attrape la boîte de céréales neuve, l'ouvre et je l'entends pousser un petit cri de joie. Il sort un petit personnage représentant un pirate avec jambe de bois et cache-œil en prime et s'émerveille devant. Je me souviens que j'étais aussi heureux quand je découvrais les cadeaux dans les boîtes, quand j'étais petit.

– Regarde, Ben, je ne l'ai pas, lui.

– Il est trop beau. Ça va compléter ta collection.

– Oui, mais il m'en manque deux.

Il saisit la boîte et commence à me montrer les différentes figurines, me disant celles qu'il a, celles qu'il a en double ou même en triple. L'Interphone se met à sonner et Sam relève la tête.

– Ça doit être le docteur, dit-il.

Il se lève de son tabouret et part ouvrir en courant. Je ne sais pas pourquoi mais je ressens une petite pointe de jalousie. Sam m'a délaissé pour le docteur et ça m'emmerde.

Il revient un instant plus tard, le kiné sur les talons. Mon amertume envers ce mec me reprend aussitôt. Même s'il est le meilleur kinésithérapeute de toute la côte est, que je n'ai pas hésité à aller le débaucher de son cabinet de New York contre une belle rémunération et que monsieur a fait sa thèse sur la maladie de Sam et qu'il connaît le sujet sur le bout des doigts, je ne tolère pas qu'il regarde ma femme comme il la regarde.

– Monsieur Lawson, comment allez-vous ?

Il me propose une poignée de main et je la lui rends avec moins de puissance que celle d'hier.

– Selena n'est pas là ? me demande-t-il.

– Mme Lawson est en train de se préparer, je vais aller la chercher, dis-je d'un ton sec.

J'ai volontairement insisté sur le « Mme Lawson » et je crois que le message est passé. Je laisse Sam au docteur puis monte à l'étage.

Connard de docteur !

J'entre dans sa chambre, carrément énervé. Selena a juste le temps de se couvrir d'un tissu.

– Tu pourrais frapper ! m'engueule-t-elle.

Je me retrouve comme un con. Je ne m'attendais pas à ça et mon intrusion a réussi à me donner une super érection. J'ai eu le plaisir de voir son petit ensemble en coton blanc. D'ordinaire, je n'aurais pas prêté attention à ce genre de sous-vêtements de pucelle mais sur elle, c'est juste divin.

Je me mets à me gratter la tête, affichant un petit sourire désolé. En fait, je suis loin de l'être. Ma journée continue aussi bien qu'elle a commencé.

– Ne fais pas semblant d'être désolé ! Maintenant, si tu permets.

Je pivote sur moi-même et sors de sa chambre. Bordel, j'ai de plus en plus envie de cette femme. Luke a raison, ce ne sont pas des clauses sur un contrat qui vont m'empêcher de la faire succomber.

La porte de sa chambre s'ouvre et elle en sort, une petite robe d'été couvrant son petit corps parfait que j'ai hâte d'explorer dans les moindres recoins.

Elle m'interroge du regard et je comprends que je bave carrément devant elle.

Oui, il faut qu'elle succombe, et au plus vite.

– Le kiné est là !

– Oh !

Elle s'apprête à tourner les talons mais je la retiens par le poignet. Elle me fixe, perdue.

– Excuse-moi… pour tout à l'heure.

Elle baisse le regard, gênée. Je saisis son visage et y dépose un baiser, tout près de ses lèvres. Je sais que je la déstabilise quand je fais ça et j'éprouve un certain plaisir à le faire.

– Je… je vais y aller, me dit-elle, timide.

Elle s'éloigne et je la regarde descendre les escaliers. Cette petite robe lui va à ravir et son corps n'en est que plus sublime. Je crois qu'il va me falloir une bonne douche. Et froide, de préférence.

***

Quand je descends de l'étage, Sam est encore avec le kiné. Selena, elle, est sagement assise sur le canapé et ne cesse de fixer son fils. Je vois dans son regard qu'elle s'inquiète. Je m'installe près d'elle et elle sursaute légèrement. Elle tourne la tête vers moi, me sourit et j'attrape aussitôt sa main. Ses doigts exercent une légère pression sur les miens et je sais qu'elle me remercie pour mon geste.

– Quand avez-vous rendez-vous avec le pédiatre, madame Lawson ? demande le kiné.

– Aujourd'hui. À seize heures, répond-elle.

– Ce serait bien que je rencontre mon confrère pour parler du cas de Sam.

– Très bien, je vais vous donner ses coordonnées.

Le kiné opine puis se tourne vers Sam.

– On a fini, mon grand. On se voit demain ?

Sam hoche la tête, le remercie puis s'empresse d'aller se blottir dans les bras de sa mère. Le kiné remballe son matériel.

– Je peux te laisser avec le docteur Cooper ? me demande Selena. Je vais aller préparer Sam pour l'école.

– Oui, vas-y.

Selena me remercie puis se lève. Elle prend la main de Sam et ils se rendent à l'étage. Je fixe le docteur Cooper qui suit Selena du regard. Elle lui plaît et ça me donne envie de vomir.

– Je crois qu'il est temps d'y aller, dis-je sèchement.

Il sort de ses pensées et croise mon regard meurtrier. Il part en direction de l'entrée.

– Excusez-moi, je… Oui, je vous laisse. Bonne journée.

– Ouais, c'est ça, dis-je en claquant la porte.

Bordel ! Je crois que je vais devoir éliminer ce con ! Il faut que je trouve un flingue, et au plus vite.

– Connard ! soufflé-je.

– Qui est un connard ? entends-je derrière moi.

Selena me fixe, les poings posés sur les hanches. Elle tient dans ses mains la peluche de Sam.

– Le kiné.

Elle hausse les sourcils, ne comprenant pas.

– Pourquoi tu dis ça ? Il a dit quelque chose ou…

– Non. Il n'a rien dit.

– Alors ? Qu'est-ce qu'il a fait ?

– Rien.

– Menteur. Dis-moi.

– Rien, je te dis. C'est juste que…

– Que ?

Elle me fixe, attendant ma réponse.

– Maman ? Je ne trouve pas Gros Lapin.

Elle se retourne rapidement puis sourit.

– Il est là. C'est bon ? Tu es prêt ? Tu n'as rien oublié ?

– Non, maman.

– Alors on peut y aller, dit-elle.

Elle s'approche de l'entrée puis prend les clés de la villa.

– Tu vas souhaiter une bonne journée à Ben, dit-elle à Sam.

Sam s'approche de moi mais je l'attrape et le prends dans mes bras.

– Et si je t'emmenais à l'école, champion ?

Sam pousse un petit cri joyeux. Selena me remercie et nous

quittons la villa. Alors qu'elle installe Sam à l'arrière de la voiture, une vague de chaleur m'envahit. Sam semble si fier que je l'emmène à l'école, et j'avoue que je ressens la même chose. Je suis important pour ce petit garçon. Je joue un rôle dans lequel je ne me suis jamais imaginé de ma vie. Le rôle d'un papa. Et j'aime ça.

***

Je retourne littéralement mon bureau, foutant un bordel terrible.

– Putain ! lâché-je.

Face à moi, Mindy lève les yeux et me regarde, surprise.

– Un problème ? me demande-t-elle.

Je soulève plusieurs dossiers. Je m'obstine mais je sais pertinemment que le dossier Beauty Institut n'est pas là. Il est chez moi, sur mon bureau. Je le vois très bien mais j'espère qu'il soit arrivé jusqu'à mon bureau par je ne sais quelle intervention divine.

– Putain, je suis dans la merde !

– Dites-moi ce qui ne va pas. Je peux peut-être vous aider.

– Il faut que j'appelle Selena.

Je prends déjà mon téléphone et compose son numéro. Au bout de la deuxième sonnerie, elle décroche.

– Selena ?

– Oui, Ben.

– Tu peux me rendre un service ?

– Dis-moi.

– Va dans mon bureau, s'il te plaît.

– Attends, j'y vais.

J'entends ses pas sur les marches des escaliers puis le bruit d'une porte qui s'ouvre.

– J'y suis.

– Sur le bureau, il y a un dossier noir.

– Y'en a plein, des dossiers noirs.

– Je sais. Mais celui qui m'intéresse, c'est celui de Beauty Institut.

– Beauty Institut ? Rien que ça ! Tu veux effectuer une reconversion professionnelle ? plaisante-t-elle.

Oh oui, j'aimerais. Mais pas pour devenir maquilleuse.

– Je l'ai.

– OK. Je vais faire venir un chauffeur à la villa. Tu pourrais le lui donner ?

– Je peux grimper dans un taxi et te l'apporter, si tu veux.

– Tu es sûre que ça ne t'embête pas ?

– Du tout ! Je m'emmerde tellement que je tuerais pour occuper mes journées.

Nous rions tous les deux au téléphone.

– OK. Je pars de chez toi. À tout de suite, dit-elle en raccrochant.

Je râle intérieurement. Elle s'obstine à dire chez moi. Je sais qu'elle ne veut pas imposer sa présence, ni celle de Sam, mais c'est loin d'être le cas. C'est un réel plaisir de rentrer chaque soir et de savoir que leurs rires résonnent dans la maison.

– Selena va venir vous l'apporter ? me demande Mindy.

– Oui. Elle sera là dans un quart d'heure. Vous pouvez me rendre un petit service ?

– Bien sûr.

– Quand elle arrivera, vous m'apporterez le dossier.

– Pas de problème.

– Et faites-la patienter dans mon bureau, le temps que je finisse mon entretien avec mon père.

– Très bien.

Je me lève de mon bureau en la remerciant. Je ferme ma veste en passant le bouton du milieu. Mindy devient de plus en plus professionnelle dans son travail. Je crois qu'il lui fallait du temps pour se familiariser avec moi, l'entreprise et son nouveau job.

– Autre chose, monsieur Lawson ?

– Non. Quoique… vous ne croyez pas qu'il serait temps qu'on s'appelle par nos prénoms et qu'on se tutoie ?

Elle affiche un petit sourire, les yeux pétillants.

– Oui, je crois qu'il est temps.

– Très bien, Mindy. Je vais à mon entretien avec mon père. Je compte sur toi.

– Pas de problème, Benjamin.

Je grimace aussitôt.

– Non, par contre, ne m'appelle pas Benjamin. Il n'y a que mon père qui m'appelle ainsi et ça m'insupporte assez comme ça. Appelle-moi Ben.

– OK.

Elle rit et je me joins à elle. Je sors de mon bureau sous les regards des employés. Je traverse le long couloir et me dirige vers le bureau de la direction.

J'ai toujours détesté ce bureau. Quand je reprendrai le poste de PDG de Lawson Enterprise, j'en ferai une salle de repos cool, avec billard et flipper, histoire de bien faire chier mon père, en espérant qu'il soit encore vivant pour voir ça.

Je passe devant le bureau de l'assistante de mon père et la salue respectueusement d'un signe de tête. Ça va faire plus de vingt ans qu'elle est à son service et je respecte cette femme rien que pour supporter mon connard de père au quotidien.

Je frappe à la porte et entends la voix grave de mon père depuis l'intérieur. J'ouvre la porte. Lunettes sur le nez, il est concentré sur un dossier. Il relève à peine les yeux et me fait signe de m'asseoir. Je m'exécute en silence et mon regard se pose sur une photo montrant mon père et mon frère, complices. Je ne suis même pas sûr que mon père ait une photo de moi dans son putain de bureau. Non, je ne suis pas suffisamment intéressant pour qu'il me fasse l'honneur d'y afficher une photo de moi.

Parfois, je m'en veux de penser ça. Mon frère est mort et c'est normal que mon père ait une photo de son défunt fils. Tous les parents ayant la malchance d'avoir perdu un enfant font ça. Mais le problème, c'est qu'avant même la mort de mon frère, aucun cadre photo ne m'était destiné. Je serai toujours le fils de trop aux yeux de mon père. Celui qui n'est pas mort à la place de l'autre. Je suis le mauvais fils et je n'exagère pas quand je le dis. Mon père aime me le rabâcher dès qu'il le peut.

– Tu as vu pour le dossier Beauty Institut ?

– Je suis dessus.

– Très bien. Et ?

– Et je pense que l'affaire peut être intéressante.

– Intéressante ? Il ne t'arrive jamais d'être un peu plus éloquent ?

Non ! Car je sais que dès que j'ouvre la bouche, il aime me contredire.

– Je pense que cette affaire peut être florissante. Le chiffre d'affaires est plutôt correct mais les dettes de l'entreprise peuvent engendrer des risques.

– Combien de fois faudra-t-il que je te dise que dans les affaires, il faut savoir prendre des risques ? Bon, crois-tu que l'on devrait racheter l'entreprise ?

Oui. Non. Je m'en contrefous, en fait.

Plus les jours passent et plus je me dis que je devrais me tirer d'ici. Rien à foutre de l'empire Lawson. Mais c'est ma punition et je n'ai pas d'autre choix que de la supporter.

– J'aimerais réserver ma décision. Je vais faire appel à un conseiller, histoire d'avoir son avis.

– Un conseiller ? Qui ça ? Tu sais que les rachats sont confidentiels et...

– C'est quelqu'un de confiance.

Il faut que je trouve quelqu'un de confiance, maintenant.

– Et cette personne a bien un nom ?

Et merde !

Heureusement, on frappe à la porte du bureau de mon père et Mindy y entre, un peu mal à l'aise, le dossier à la main.

– Monsieur Lawson, salue-t-elle mon père avec respect.

Elle dépose le dossier sur le bureau de mon père puis se tourne vers moi. Elle se penche légèrement.

– Selena est là mais elle ne peut pas rester.

– Retiens-la.

– Elle m'a demandé de te rappeler qu'elle a un rendez-vous à seize heures.

– Dis-lui d'attendre. Je l'accompagnerai.

– Bien.

Elle se redresse et s'empresse de quitter le bureau de mon père. Celui-ci lève les yeux vers moi.

– Qui est Selena ?

Ma merveilleuse femme, qui patiente dans mon bureau.

– La conseillère dont je te parlais, mens-je.

Mon père paraît surpris. Je me doutais qu'il pensait que je lui mentais. Il n'avait pas tort. Je ne sais même pas pourquoi j'ai dit que Selena était ma conseillère. Il va sûrement vouloir la rencontrer ou même se renseigner sur elle.

– Oh ! Pour une fois, tu as été réactif.

Connard !

– Je vois que notre petite conversation t'a fait réfléchir.

Double connard !

– Bien plus que vous ne l'imaginez, père.

Je me lève de mon fauteuil, mettant fin à cette conversation. Je n'ai pas envie qu'il me relance sur le sujet Julia Bowman. Cette fille est loin, très loin. Et Selena est là.

Je sors du bureau austère et froid de mon paternel. Je traverse le long couloir. Mindy me sourit quand je passe devant elle et se concentre de nouveau sur sa tâche.

Quand j'ouvre la porte, je ne peux m'empêcher de sourire. Elle est là, de dos, devant la fenêtre de mon bureau. Elle a la tête penchée et semble réfléchir. Elle est magnifique. Quand je m'approche, je repère l'objet de son attention.

Elle tient à la main une photo de mon frère, de Charlotte et de moi. Je me souviens très bien du jour où nous avons pris ce cliché. C'était quelques semaines avant sa mort, à l'anniversaire de Charlotte. Tous les trois, nous avions dîné chez nos parents et terminé sur le yacht pour fêter dignement les 20 ans de notre demi-sœur. C'était une soirée mémorable.

Quand je m'approche d'elle, elle sursaute et laisse tomber le cadre à ses pieds. Le verre se brise et elle se baisse aussitôt, paniquée. Elle commence à ramasser les morceaux et se confond en excuses.

– Oh ! Ben, je suis désolée. Vraiment. Je m'en veux. Je…

– Non, laisse. Ce n'est pas grave. C'est moi qui t'ai fait peur.

Elle ne m'écoute absolument pas et continue à ramasser les éclats de verre.

– C'est bon, Selena. Ce n'est pas grave, je te dis…

– Il y a des éclats de verre incrustés dans la moquette. Je suis désolée, vraiment. Je suis maladroite, parfois…

Je saisis sa main et elle se fige aussitôt. Ses grands yeux s'ancrent aux miens.

– Ce n'est pas grave, Selena. Ne touche pas au verre, tu risques de te couper.

Elle finit par hocher la tête et je la relève, sa main toujours dans la mienne. Elle me sourit timidement, pour s'excuser une nouvelle fois.

– Je… Je te rachèterai un cadre, me dit-elle.

– Pas besoin, je ne vais pas m'attarder sur une babiole.

Au bout d'un instant, ses yeux se portent sur nos mains. Je ne m'étais pas rendu compte que je la tenais toujours. Je finis par la libérer et saisis la corbeille où elle dépose les morceaux de verre. Elle paraît mal.

Elle se baisse une nouvelle fois et ramasse le cadre. Elle regarde la photo puis lève son visage vers moi.

– C'est ton frère ?

– Oui.

– Il te ressemble…

Oui, physiquement, nous nous ressemblions mais nous avions deux personnalités différentes. Autant il était responsable, philanthrope, ambitieux et brillant, autant je suis immature, capricieux et spontané. Sa vie était organisée, méthodique et toute tracée alors que moi, je me laisse porter par la facilité et les opportunités. Nous ne nous entendions que sur deux points : le sport et la fête.

– Tu as rendez-vous avec le pédiatre à seize heures ? demandé-je, pour changer de sujet.

Ce n'est ni le lieu, ni le moment de parler de mon frère.

Elle regarde sa montre.

– Je… Oui. Et je ne vais pas pouvoir rester plus longtemps. Je dois aller chercher Sam à l'école et…

– Je viens avec toi, déclaré-je.

Elle paraît surprise et secoue la tête.

– Ben, tu as sûrement du travail, et…

– Je peux travailler à la maison.

Je prends ma veste sur mon siège pour lui montrer que ça ne me pose pas de problème. Elle finit par opiner et souffler un petit « Merci » timide.

Elle dépose le cadre sur mon bureau alors que je prends le dossier Beauty Institut. Je saisis ma mallette rapidement puis l'invite à sortir. Je me dirige vers le bureau de Mindy, concentré sur l'écran de son ordinateur. Elle relève les yeux vers moi et me sourit.

– Mindy, je vais devoir partir. J'ai un rendez-vous personnel.

Les yeux de Mindy se tournent vers Selena qui patiente derrière moi.

– Tu peux appeler la maintenance ? Il y a du verre sur la moquette.

– Pas de souci.

– Si mon père me fait demander, dis-lui que je suis en rendez-vous professionnel.

Je préfère qu'il ne sache pas que j'ai quitté le bureau pour raisons personnelles. Il me harcèlera tant qu'il ne connaîtra pas tous les détails et ma vie privée ne le regarde pas.

Mindy ne cherche pas à savoir et me souhaite une bonne soirée. Je lui fais un petit clin d'œil et me retourne. Selena attend toujours.

– On y va ?

– Oui.

Je lui tends la main et elle hésite un instant avant de la prendre. Je l'attire vers l'ascenseur dont les portes s'ouvrent avant même que j'appuie sur le bouton d'appel. Je salue un des comptables de l'entreprise qui paraît surpris en voyant Selena. J'invite celle-ci à entrer dans l'ascenseur et appuie sur le bouton du sous-sol.

La petite musique d'ambiance est la seule chose qui comble le silence. J'observe Selena du coin de l'œil. Elle paraît tendue et tracassée. Elle ne cesse de se mordre la lèvre et ça la rend encore plus sexy qu'elle ne l'est déjà.

– Selena, ne te mine pas pour le cadre. Ce n'est vraiment pas grave.

– Oh ! Je… Je ne pensais déjà plus au cadre.

– Qu'est-ce qui te chagrine, alors ?

Elle tourne son visage vers moi.

– Rien. Ne t'inquiète pas.

Je pivote vers elle et plonge mes yeux dans les siens. Elle retient aussitôt sa respiration et je souris en voyant l'effet que je lui fais.

Elle ne dit rien, se contentant de ne pas lâcher mon regard.

Mon regard fuit alors vers ses lèvres. Je meurs d'envie de croquer dedans pour me remémorer la merveilleuse saveur qu'elles ont. Mon corps s'approche alors d'elle, instinctivement, mais elle a aussitôt un mouvement de recul.

– Dis-moi ce que tu as, bébé, dis-je.

Elle me sermonne du regard quand elle entend le petit surnom que je m'amuse à lui donner.

– Je… C'est complètement idiot, dit-elle en baissant la tête.

– Non, dis-moi.

Elle relève la tête vers moi. Ses yeux trahissent son inquiétude.

– Je… Je m'inquiète toujours quand je dois voir le pédiatre, lâche-t-elle enfin en baissant de nouveau la tête. J'ai toujours peur qu'il m'annonce une nouvelle terrible et…

Je prends son visage dans mes mains et la force à me regarder. Sa bouche s'entrouvre légèrement.

– Ça va aller, soufflé-je. Ça se passera bien.

– Comment tu peux le savoir ? dit-elle.

– Je le sais parce que quand on sortira du cabinet, Sam sera sur la liste des receveurs d'organes et qu'à partir de ce moment, on ne pourra qu'attendre la bonne nouvelle. Tout ira bien pour lui. Je t'ai promis que tu n'aurais plus à t'inquiéter pour sa santé et je ferai tout pour respecter cette promesse. OK ?

Elle hoche la tête, un peu rassurée.

– Merci, Ben.

– Y a pas de quoi. Je suis là pour ça.

Elle me sourit de nouveau alors que les portes de l'ascenseur s'ouvrent. Je saisis sa main puis l'entraîne dans le parking souterrain. Je la dirige jusqu'à ma voiture, que je déverrouille, et elle grimpe aussitôt dedans. Je démarre le moteur.

– J'avoue, ta voiture est plus que pas mal, rit-elle.

– Merci de le reconnaître, plaisanté-je avec elle.

– C'est un V12 ?

– Ouais. Sept cent cinquante chevaux. Un vrai bijou. Elle peut monter jusqu'à trois cents kilomètres à l'heure et…

Je tourne la tête vers elle.

– Attends ! Tu ne vas pas me faire croire que tu t'y connais en voitures ?

Elle lève les yeux au ciel.

Putain ! Elle s'y connaît ! Ça y est, c'est officiel, elle est parfaite !

– J'ai été élevée avec quatre frères et mon père avait un garage. Les voitures, c'est un peu une histoire de famille chez moi.

Surprenante ! Au risque de me répéter.

– Par contre, ce n'est pas un peu ostentatoire ? Tu te rends compte qu'il faudrait les revenus annuels de cinquante Américains pour payer ce petit joujou ?

Je sors du parking et m'insère dans la circulation dense de Brickell.

– Je m'en doute. Tu sais, même si je suis né sur un tas de fric, je sais quelle est la valeur de l'argent.

Je vois qu'elle se tend et je comprends qu'elle pense que je suis vexé. À moins que ce ne soit elle qui le soit.

– Comment ta journée s'est-elle passée ? demandé-je.

Elle pose son bras sur l'accoudoir et sa tête sur sa main et lâche un gros soupir.

– Mortellement ennuyeuse.

– À ce point ? Mais qu'est-ce que tu fais de tes journées, normalement ?

Elle soupire une nouvelle fois.

– J'emmène Sam à l'école, je fais le ménage, la cuisine. Je me fais claquer les portes au nez quand je demande du travail.

– Je vois…

– Le moment le plus excitant de ma journée, c'était quand tu m'as appelée pour que je te ramène ton dossier. Ça, c'était de l'action.

Je ris. Elle paraît si déprimée de ne rien faire. Cette clause était pourtant là pour lui laisser le temps de s'occuper de son fils. Mais c'est vrai que quand il est à l'école, ses journées doivent être ennuyeuses.

– Tu m'as dit que tu avais fait des études dans la coiffure ?

Elle tourne la tête vers moi.

– Oui, c'est vrai. Mais je n'ai pas pu passer mon diplôme.

– Donc, tu t'y connais en salons de beauté ?

– Euh… oui, un peu. Pourquoi tu me demandes ça ?

Mes lèvres s'étirent et je vois les siennes faire de même. Nous sommes sur la même longueur d'onde. Elle sait où je veux en venir.

– Je suis sur un dossier, en ce moment : le rachat d'une grande chaîne de salons de beauté. Mais je n'y connais pas grand-chose.

Sa main s'abat alors sur mon avant-bras. J'en frissonne de plaisir. Son visage est tourné vers moi et elle paraît surprise.

– Tu me demandes des conseils ?

Je hoche la tête.

– Mais je n'y connais rien en analyse d'entreprise ou je ne sais quoi. Je…

– Tu as juste à lire le dossier. Et tu me diras ce que tu en penses. Je ne te demande pas un avis de pro, même si je sais que tu le pourrais, mais un avis de femme et de cliente.

Elle sourit puis attrape une mèche de ses cheveux. Elle joue avec un instant.

– OK. Je veux bien te donner mon avis de femme.

– Et tu peux aller dans un de leurs salons pour voir les services proposés.

– Mouais, ça pourrait être une bonne idée. Mes cheveux sont vraiment abîmés et une petite coupe me ferait du bien. Merci, Ben.

18

Selena

Mes talons claquent contre les marches de l'escalier. Sam et Ben se redressent alors. Je lis la surprise sur leurs visages. Sam hausse les sourcils, sa bouche formant un petit « O » parfait. Les yeux de Ben ne cessent de se balader sur mon corps et il étire les lèvres en un sourire charmé.

– Tu es trop belle, maman, me dit Sam.

Je m'approche de lui, frotte mon nez contre le sien puis l'embrasse. Il est parfait, mon bébé.

– Merci, mon petit homme.

– Ben, tu as vu comme maman, elle est trop belle ?

Je lève mon visage vers lui. Il semble avoir perdu l'usage de la parole et ne cesse de me fixer. C'en est presque gênant mais intérieurement, je suis heureuse de lui faire cet effet. Il se ressaisit.

– Si, j'ai vu. Elle est magnifique.

Il se lève et s'approche de moi, un sourire aux lèvres.

– Divine, même, souffle-t-il.

J'en rougirais presque si je le pouvais.

– Bah, si elle est belle, il faut que tu lui fasses un petit bisou, fait Sam.

Ben soutient mon regard et j'y perçois une pointe d'amusement et d'impatience. Je secoue la tête alors qu'il hoche la sienne.

Petit malin, il va en profiter.

Il glisse sa main sur ma nuque et m'attire vers lui. Ma respiration se bloque aussitôt. Il dépose un baiser au coin de mes lèvres et mon ventre se contracte aussitôt. Mon Dieu ! Il aime jouer avec moi, il aime s'approcher dangereusement de la limite des clauses que nous avons instaurées.

Je me recule de son visage et Sam pouffe, les deux mains sur la bouche. L'Interphone de la maison se met à sonner et je profite de l'occasion pour me libérer de l'étreinte de Ben. Je pars vers l'entrée et ouvre la porte.

Lola se tient sur le pas de la porte. Elle me fixe.

– Salut, Selena.

Je l'enlace et elle me tapote le dos. Cette gamine m'avait manqué. Presque deux semaines que je ne l'avais pas vue et je sais que Sam sera heureux de la voir.

– Entre, je t'en prie.

Elle opine puis pénètre dans la villa. Elle regarde autour d'elle, tout comme moi la première fois que je suis venue ici. Elle est tout aussi impressionnée que moi. On ne voit pas d'aussi jolies choses à Little Havana.

– Je suis désolée de te délocaliser.

– Pas de soucis. Ça change du quartier.

Quand elle voit Sam assis sur le canapé auprès de Ben, elle sourit aussitôt.

– Sam, regarde qui est là ? dis-je.

Sam se retourne en même temps que Ben et son visage s'illumine. Il laisse tomber son crayon sur la table, se relève et s'empresse de rejoindre Lola. Il lui saute littéralement dans les bras et parsème son visage de bisous.

– Tu m'as manqué, Lola.

– Toi aussi, mon petit monstre.

Ben se lève du canapé et s'approche de nous. Les joues de Lola s'empourprent légèrement. Je grimace aussitôt.

– Je suis Ben, fait celui-ci, chaleureux.

– Lo... Lola, bafouille-t-elle timidement.

Ben rit aux éclats de sa timidité. Il passe sa main sur sa nuque puis pose les yeux sur moi. Je reste neutre, essayant de ne pas montrer mon agacement mais je finis par froncer les sourcils quand son sourire s'élargit encore plus.

– Enchanté, Lolola, rit-il.

Lola s'empourpre encore plus.

– C'est sympa, ici, dit-elle, se ressaisissant.

– Oui, ça l'est. Tu fais comme chez toi, Lola. Le frigo est plein, tu te sers. Eh, champion, tu lui feras visiter la maison ?

Sam lève le pouce, faisant rire Lola.

– Selena t'a dit qu'il y avait des copines qui devaient venir pour nos révisions ?

– Oui, elle me l'a dit. Y a pas de soucis. C'est pour le diplôme de fin d'année ?

– Oui, les examens sont le mois prochain.

– C'est bien. Alors on va te laisser réviser. Bonne soirée, les jeunes.

Ben saisit ma main, me demande si je suis prête et m'attire vers l'entrée. Il ne m'a même pas laissé le temps de faire un bisou à Sam. Il referme la porte derrière moi et saisit ma main. Il entremêle aussitôt nos doigts.

– J'espère que ça va aller, dis-je, inquiète.

Il se tourne vers moi puis me sourit.

– Ce soir, il n'y a que toi et moi.

Je hoche la tête et il pose sa main sur ma joue. Il la caresse avec le pouce, son regard plongé dans le mien. Mon cœur s'emballe alors. Il me sourit puis m'attire vers lui. Il dépose ma tête contre son torse et mes mains se lient aussitôt dans son dos. Sa proximité me fait du bien et je savoure ce moment avec béatitude.

Et ça m'effraie. Je suis en train de baisser toutes les barrières qui me protègent quand je suis avec lui.

***

Le serveur dépose une assiette devant moi. Il dit le nom du plat alors que je regarde le contenu de mon dîner. Dîner, c'est un bien grand mot. Il n'y a rien dans l'assiette. Je ne sais pas quel est le prix de ce plat, car la carte n'avait pas de tarifs, mais je soupçonne de payer plus la couleur de l'assiette que son contenu. Je vais mourir de faim.

Je relève la tête et plonge mon regard dans celui de Ben. Il me fixe, un demi-sourire sur le visage. Je sais qu'il essaie de deviner mes pensées. Il finit par secouer la tête puis prend ses couverts et m'encourage à faire de même.

– J'ai fini de regarder le dossier que tu m'as confié, commencé-je.

– Pas ce soir, Selena. Il n'y a que toi et moi, je te rappelle.

Oui, que lui et moi, mais je ne peux m'empêcher de m'inquiéter pour Sam. Je sais que Lola s'occupe bien de lui. Elle est sérieuse et responsable, et savoir qu'elle connaît Sam depuis des années me rassure.

Mais je sais que ma nervosité ne vient pas que de ma préoccupation pour Sam. En réalité, je n'ai jamais été invitée dans un restaurant si guindé. Je ne sais pas vraiment comment me comporter et j'ai peur de faire tache dans le décor, avec mes vêtements bon marché trouvés dans une friperie. Et la seule fois où je suis allée au restaurant avec un homme, j'avais 16 ans. Tout ça est nouveau pour moi.

– Alors, dis-moi, pourquoi Miami ?

– Oh ! Ça ! Rien de très original. Je suis restée ici pour la simple et bonne raison que je n'avais plus une thune en poche. Tu sais, quand je suis arrivée ici, Sam avait 3 mois. J'ai vécu dans un foyer pour jeunes mères la première année. C'était compliqué. Et un jour, j'ai rencontré Becky.

Cette fille est surprenante et a une force de caractère incroyable même si elle montre d'elle sa naïveté en premier. Sans elle, je ne sais pas où j'en serais aujourd'hui.

– Becky est la petite blonde que j'ai croisée à la laverie ?

– Oui. C'est l'une de mes meilleures amies avec Amber, que tu as… que… tu sais, chez toi, à ton anniversaire.

Il ne répond rien et je sais que c'est parce qu'il s'en souvient très bien. Surtout de sa paire d'obus contre son nez.

– Enfin, bref, je me suis liée d'amitié avec ces filles et nous avons emménagé chez elles, à Little Havana. J'ai commencé par être serveuse dans un fast-food mais ce n'était pas suffisant pour payer les médicaments de Sam. Alors j'ai commencé à danser.

Je baisse la tête. Je me souviens très bien de la première fois que je suis montée sur scène. J'avais honte, trop honte. Et quand j'en suis descendue, j'ai fondu en larmes. Il m'a fallu plus d'un an pour arrêter de pleurer à chaque sortie de scène et j'ai toujours ressenti de la honte.

Ben me fixe, insondable. J'aimerais savoir ce qu'il pense. Sûrement que j'ai été pathétique à montrer mon cul pour du fric. C'est souvent ce que les gens pensent des filles qui font ça. C'est ce que je pensais quand Amber m'a proposé de le faire. Mais il a fallu que je mette ma fierté de côté même si c'était dur.

– J'ai galéré pendant cinq ans. Pour Sam. Rien que pour lui. Je sais que mon activité n'était pas très honorable et je te l'ai déjà dit, Ben, me faire virer du 3G à cause d'un crétin bourré de fric a été la meilleure chose qui pouvait m'arriver.

Il rit, passe sa main dans ses cheveux puis reprend son sérieux.

– Et tu m'as rencontré.

– Et je t'ai détesté, précisé-je. Après mon renvoi, je me suis promis de ne plus danser pour un mec. Mais j'avais besoin de fric et quand Amber m'a proposé un nouveau job, je n'ai pas vraiment eu le choix. Quand j'ai vu que c'était pour toi que je trahissais ma promesse une semaine plus tard, j'étais anéantie.

– Je suis désolé de t'avoir fait pleurer, ce soir-là.

Je grimace.

– Je n'ai pas pleuré, rétorqué-je, un brin susceptible.

– Menteuse !

Il me sourit et sa belle gueule me fait rire.

– Mouais, j'ai un peu pleuré, c'est vrai, avoué-je.

Le serveur arrive alors et nous débarrasse de nos assiettes. J'en profite pour prendre mon téléphone et vérifier que Lola n'a pas essayé de m'appeler. Puis je le dépose et relève mon regard vers Ben.

– Juste toi et moi… souffle-t-il.

– Oui, excuse-moi. Je ne peux m'empêcher de m'inquiéter.

– Ton fils va bien. Lola t'aurait appelée s'il y avait eu un problème.

– Oui, je sais. Tu as raison.

Il hoche la tête en souriant pour me rassurer encore plus.

Mes yeux se portent vers la salle. Je me demande pourquoi Ben m'a emmenée ici. Ce n'est vraiment pas le genre d'endroit où j'aurais pensé aller un jour. Ce grand restaurant gastronomique est sympa mais les gens sont tellement austères et sérieux, ici. Je me sens limite de trop, pas à ma place.

– C'est sympa, ici, soufflé-je, par politesse.

Ben laisse échapper un rire.

– Tu trouves ?

– Euh… oui, mens-je.

Il rit encore plus. Il sait que je lui ai menti et je m'excuse d'un petit sourire désolé.

– C'est Luke qui m'a conseillé ce restaurant mais je trouve qu'il est un peu…

– Prétentieux ? dis-je en terminant sa phrase.

Ben rit.

– Ouais. Prétentieux. Fais-moi penser à ne pas remercier Luke. Je ne sais pas pourquoi il a réussi à me convaincre que ça te plairait.

Je ris à mon tour.

– Qu'est-ce que tu en penses, si on allait prendre le dessert ailleurs ?

– J'en pense que ce serait une bonne idée.

Il sort son portefeuille et dépose des billets sur la table. Un tas de billets qui me fait aussitôt culpabiliser. J'aurais dû me douter qu'une carte sans prix cachait des prix exorbitants et je regrette de ne pas avoir commandé une salade plutôt que ce plat au nom imprononçable. Ben se lève et je l'imite à mon tour alors que le serveur arrive avec les cartes des desserts.

– Désolé, mon vieux, fait Ben en lui tapotant l'épaule.

Il attrape ma main et passe devant le serveur. Je lui offre un petit sourire désolé alors que je suis loin de l'être.

Nous sortons rapidement du restaurant et Ben m'attire dans la file pour le voiturier.

– Alors ? On va où ? me demande-t-il.

– Je n'en sais rien. À part Little Havana, je ne connais pas trop la ville et…

– Va pour Little Havana. Au moins, les gens seront plus sympas qu'ici. Et moins coincés.

– Tu es sûr de vouloir y aller ?

– Absolument.

– On devrait peut-être laisser ta voiture ici.

Il considère ma remarque et finit par héler un taxi en sifflant.

Un chauffeur s'arrête et nous courons jusqu'à la voiture. Je grimpe rapidement dedans, suivie par Ben.

– Little Havana, s'il vous plaît.

Le chauffeur opine, attrape le billet que Ben lui tend et fait démarrer la voiture.

– Je suis trop jalouse, soufflé-je.

– De ?

– Comment tu as sifflé le taxi. Je ne sais pas le faire. Tu m'apprendras ?

Ben rit. Il pivote son corps vers moi et me sourit.

– C'est un truc de mec, dit-il.

– Je ne vous pensais pas si macho, monsieur Lawson. Je suis outrée de le savoir.

Ben paraît choqué puis finit par éclater de rire.

– OK. Alors tu mets tes doigts dans la bouche. Comme ça.

J'obéis, pas très convaincue par ma façon de faire.

– Comme ça ?

– Oui. Prends une grande inspiration.

Je m'exécute.

– Retiens-la et tu la relâches d'un coup.

Ses yeux s'ancrent dans les miens. Il m'encourage et je relâche l'air accumulé dans mes poumons.

Je gonfle les joues et bave sur mes doigts mais aucun sifflement ne se fait entendre. Ben rit alors que je ronchonne. J'essaie une seconde fois, sans grand résultat, ce qui provoque l'hilarité de Ben.

– Tu positionnes mal tes doigts, me dit-il.

– Bah ouais, mais ce n'est pas si facile que ça, râlé-je.

– Regarde comment je fais.

Il porte ses doigts à sa bouche et je me mords aussitôt la lèvre, concentrée. Il s'apprête à souffler mais il s'interrompt.

– Ne te mords pas les lèvres comme ça, lâche-t-il.

Mes dents libèrent ma lèvre et je plisse légèrement le front.

– Désolée, c'est un tic.

Il porte sa main sur mon visage et dégage une mèche de mes cheveux qu'il coince derrière mon oreille. Sa proximité me coupe le souffle et son regard dans le mien me chamboule agréablement. Ben arrive à me guérir sans le savoir. Je ressens en moi une myriade de sentiments que je pensais ne plus jamais éprouver, à savoir l'envie, le désir, la passion.

– Un tic incroyablement excitant, souffle-t-il.

Il approche son visage du mien. Mon cœur fait un bond dans ma poitrine. Je vois dans son regard qu'il s'apprête à m'embrasser et une petite voix dans ma tête me souffle que j'en ai envie. Mes yeux ne peuvent se détacher de ses lèvres. Oui, il veut m'embrasser et prend un malin plaisir à me faire languir.

Il s'approche encore plus et dépose un baiser sur ma joue. Cet homme arrive à rompre toutes mes barrières. Et il le fait parfaitement.

Son visage se déplace lentement.

– Incroyablement excitante, chuchote-t-il.

Mon corps se cambre alors vers lui, comme attiré par le désir. Il m'embrasse un peu plus bas et plus près de mes lèvres qu'un peu plus tôt dans la soirée. Je retiens aussitôt ma respiration. Je sens son souffle chaud sur ma joue et devine le sourire sur ses lèvres. Mon cœur s'emballe encore plus, à tel point qu'il me ferait presque mal. Mais c'est une douleur agréable, addictive. Je suis en train de céder à mes envies.

– Un vrai supplice.

Mes doigts s'enfoncent encore plus dans son bras. Je ne me rappelle même pas avoir donné l'ordre à ma main de se poser sur lui. L'odeur de son parfum me transporte aussitôt. Oui, ce baiser, je le veux. J'en ai envie, terriblement.

– Oui, un supplice, soufflé-je.

Et je le pense sincèrement. Il sourit une nouvelle fois, fier de l'effet qu'il me fait. Je n'aurais jamais pensé que je pourrais ressentir ça une nouvelle fois.

– On y est, entends-je alors.

Mon visage se tourne vers le chauffeur qui nous fixe alors que Ben laisse échapper un petit râle.

Il finit par se reculer et ouvre sa portière, non sans exprimer son agacement. Il sort rapidement et m'attend sur le trottoir.

– Tu viens ? me demande-t-il.

Je saisis la main qu'il me tend. Ses yeux pétillent et je suis presque sûre que j'ai le même regard. Parce que, oui, Ben vient de me soulever le cœur, bien plus que je ne l'aurais pensé.

19

Ben

C'est assez rare que j'aie des envies de meurtre mais là, je la jouerais bien à la Dexter et foutrais bien le corps sans vie de ce chauffeur dans Bay Harbor !

Quel connard !

Il ne pouvait pas fermer sa gueule ou faire un tour du pâté de maisons en plus, histoire de nous laisser du temps, franchement ? J'étais à deux doigts, seulement à deux doigts de la faire succomber. Je n'attendais qu'un signe d'elle.

Je tends la main vers Selena. Elle la saisit et sort du véhicule en saluant le chauffeur puis se tourne vers moi. Ses grands yeux plongent dans les miens et son petit sourire me rend dingue. Je ne pensais pas qu'il était possible d'avoir une érection rien qu'en regardant les yeux d'une femme.

D'elle-même, elle entremêle nos doigts ensemble et mon premier instinct est de la serrer contre moi. Elle ne proteste pas, ce qui confirme mes pensées. Elle voulait que je l'embrasse. Eh bien, je suis prêt à accéder à sa requête. Quand elle le veut.

– Selena, je…

– On se prend une glace ? dit-elle en même temps que moi.

Elle pointe du doigt un glacier, derrière moi. Je hoche la tête alors qu'elle m'attire déjà vers l'établissement. L'endroit est désert et Selena paraît surprise. Elle s'approche rapidement du comptoir et salue la jeune fille qui se lime les ongles en fixant un écran de télévision qui diffuse une *telenovela*.

– Salut, Ana.

La dénommée Ana tourne sa tête vers elle.

– Oh, salut, Selena.

Ses yeux se portent sur moi et son sourire s'élargit brièvement. Il s'efface carrément quand elle baisse son regard vers mes doigts entremêlés à ceux de Ben.

– Il se passe quoi ? Ils sont tous retournés à Cuba ? dit Selena. Y a personne !

– Non, ils sont tous à la fête. Tout Calle Ocho est bloqué.

– Mince, j'ai loupé ça, souffle-t-elle.

– C'est quoi, Calle Ocho ? demandé-je.

– La rue principale.

– OK. On a qu'à y aller, proposé-je.

Elle me fixe, mord sa lèvre et hoche la tête.

– OK. Vous faites des glaces à emporter ? demandé-je à la serveuse.

– Oui. Toutes nos glaces sont faites maison et nous proposons plus de cent parfums.

– Au chocolat pour moi, fait Selena.

– Deux, s'il vous plaît.

La serveuse hoche la tête et se retourne déjà pour préparer nos glaces.

– Tu es sûr que ça ne te dérange pas ? On peut aller…

– Non, ça va être cool. Et s'il y a des *papas rellenas,* je suis partant.

Elle rit aux éclats et balance sa tête en arrière. J'avance aussitôt d'un pas vers elle et la serre encore plus contre moi. Putain, j'ai envie de la goûter. Entièrement.

– Hum… laisse-moi réfléchir. Étant donné que nous sommes à Little Havana, qu'il y a une fête où s'amusent tout un tas de Cubains qui aiment la bouffe… hum… oui, je peux déclarer sans crainte de me tromper que je suis sûre à cent pour cent qu'il y aura des *papas rellenas.*

Je ris de sa remarque. Cette fille est envoûtante. Même quand elle explique les choses, j'ai envie d'elle.

– Alors on se magne, dis-je, impatient.

Sérieusement, ces petits beignets cubains font partie du top cinq des choses que j'aime le plus au monde, dans le désordre.

La fête. Le sexe. La bière. Les papas rellenas. Elle.

La serveuse dépose nos glaces sur le comptoir. Elle m'encaisse rapidement et j'attire déjà Selena dans la rue.

– Tu aimes tant que ça les beignets ? Je t'en fais demain, si tu veux.

Je m'arrête et la fixe.

– J'ai bien fait de t'épouser. Tu es parfaite !

Elle rit aux éclats et balance la tête en arrière avant de reprendre son sérieux.

– La perfection n'existe pas, Ben.

Oh que si ! Quand je la vois…

– Allez, viens ! me dit-elle en reprenant sa marche.

Au loin, on entend déjà la mélodie d'une musique cubaine. Selena me prend la main et me fait presser le pas.

Quand nous arrivons enfin sur Calle Ocho, son sourire s'élargit et je fais de même. Le dépaysement est complet. Je me croirais tout simplement ailleurs, dans un autre pays. J'avais déjà fortement senti les influences cubaines lors de mon bref séjour dans le quartier mais là, je suis carrément transporté en plein Cuba. Les gens rient, parlent fort, s'amusent. Je sens même l'odeur des cigares et du rhum cubain. Les couleurs sont vives, des drapeaux du pays sont sortis. Je comprends mieux pourquoi les immigrés cubains vivent à Little Havana : ils sont chez eux ici, tout simplement.

La main de Selena me serre un peu plus et elle m'attire déjà dans la foule. Plusieurs fois, elle se fait saluer par des voisins et leur répond en espagnol ou par un signe de tête ou un sourire.

Quand nous arrivons sur la terrasse du Cubana's Café, elle lâche ma main et fonce directement vers la table où deux filles patientent. Je reconnais aussitôt la métisse, la prénommée Amber qui m'avait dérobé ma montre. À ses côtés, une petite blonde au visage enfantin sirote un cocktail, la paille coincée entre ses dents. Quand elle aperçoit Selena, elle relève la tête en souriant et lui fait déjà de grands signes.

Elle se lève de sa chaise, qui manque de se renverser, et s'approche de nous d'un pas énergique. Elle saute au cou de Selena, l'enlace puis lui frotte le haut du bras, heureuse de voir son amie.

– Selena ! s'écrie-t-elle. Sam est avec toi ?

– Non, il est resté avec Lola. Mais j'ai amené Ben.

Ses yeux se portent sur moi et ses lèvres s'étirent.

– Beau morceau ! Mais je préfère mon Sam. Ne te vexe pas, beau gosse.

– Pas le moins du monde.

Elle me saute alors dessus et m'enlace. Je suis surpris par son geste mais lui tapote tout de même le dos.

– Vous venez boire un verre ? Je vous préviens, Amber est d'humeur massacrante. Elle s'est encore fait choper par les flics.

Selena secoue la tête mais garde son sourire. Elle se tourne vers moi.

– Vol à l'étalage. C'est maladif chez elle.

– Sûrement une montre.

Selena m'interroge du regard alors que son amie l'attire déjà vers la terrasse. En chemin, elle croise un serveur et lui commande deux boissons. Amber lève sa tête vers nous. Elle plisse le front, boudeuse.

– Oh ! Une revenante ! Appelez les journaux !

Selena pose un baiser sur chaque joue de son amie.

– Ne boude pas. Je suis là !

– Oh, je vois. Tu t'ennuyais dans ta petite vie de femme de milliardaire alors tu t'es souvenue d'où tu venais.

Selena se crispe sous l'effet de la remarque de son amie. Elle ne m'aide pas, cette Amber. Je finis par tendre la main vers elle et elle la saisit aussitôt.

– Excuse-moi, c'est moi qui accapare ton amie.

– Mouais, je vais t'en vouloir un instant. Mais ça ira mieux dans une heure.

Je ris, ce qui la déride. Je me tourne alors vers Selena qui paraît ravie de voir ses amies.

– Tu peux inviter tes amies chez nous, si tu veux, dis-je.

Les yeux de Selena pétillent. Je comprends qu'elle n'osait pas. Elle est trop mignonne.

– Pour me faire pardonner, je vous la laisserai le temps d'une soirée filles. Ça vous va ? dis-je.

– Ça dépend. On pourra inviter des mecs ? fait Becky.

– T'es blonde ou quoi ? Dans une soirée filles, y a pas de mecs, aboie Amber.

– Oh ! fait Becky, déçue.

Selena laisse échapper un rire et secoue la tête.

– Tout dépend si je peux venir, soufflé-je.

– Bien sûr, à moins que vous fassiez dans le libertinage avec Selena, rit Becky.

Je me fige à sa remarque. Quand elle parlait de mecs, je pensais à leurs mecs, pas à des mecs. Et hors de question qu'un homme touche à ma femme.

Un serveur arrive avec deux cocktails qu'il dépose sur la table. Je paie aussitôt.

– Vous remettrez la même chose à ces demoiselles, dis-je.

Le serveur opine et repart aussi vite qu'il est venu. Selena a déjà saisi son verre et grimace en le sentant.

– Je suis heureuse de voir que mes amies savent que je ne bois pas d'alcool, dit-elle, sarcastique.

– Oh, ne fais pas ta prude ! lâche Amber. Dévergonde-toi un peu.

Selena pince ses lèvres. Ses amies semblent aimer lui dire quoi faire et étrangement, elle ne dit rien. Selena semble plus docile avec ses amies alors qu'elle m'en a fait baver. Elle coince sa paille dans sa bouche et aspire une petite quantité. Elle se tourne vers moi.

– Je m'excuse par avance, je risque d'être pompette.

– Attends, j'appelle le serveur pour un nouveau cocktail.

Elle rit aux éclats.

– Voulez-vous me voir soûle, monsieur Lawson ?

– Carrément… Ça doit valoir le coup.

– Eh bien, bon courage, Ben, fait Amber. Selena ne boit jamais mais une fois, on a eu l'honneur, ou le malheur, ça dépend de quel point de vue on se place, de la voir soûle. Et franchement, c'est déjà une chieuse en temps normal, mais là, elle battait des records.

Selena tire la langue à son amie et j'aime la voir se détendre ainsi. Ce soir, elle n'est pas une maman qui s'inquiète, elle est une femme qui s'amuse. Un homme s'approche alors de notre table et tend sa main à Selena. Elle le regarde et roule des yeux, amusée.

– Bonsoir, mademoiselle.

– Diego, le salue-t-elle d'un signe de tête.

– Comment vas-tu ?

– Super, et toi ?

– Ça ira bien quand la plus jolie des filles m'accordera une danse, dit-il en souriant à belles dents.

Mon poing se serre. J'ai envie de lui exploser la gueule. Les yeux de Selena se portent brièvement sur moi. Elle semble attendre mon approbation. Elle croise mon regard sombre et finit par secouer la tête.

– Désolée, Diego, ce sera pour une prochaine fois.

Le gars paraît déçu alors que je retiens mon sourire provocateur.

– Je vais revenir au prochain morceau, alors.

OK, je vais le défoncer, ce mec.

– Elle ne veut pas danser avec toi, tu ne comprends pas ? lâché-je.

Le mec semble enfin comprendre que je suis là. À bien y réfléchir, il n'a même pas dû remarquer Becky et Amber non plus. Il tourne la tête vers moi et me fixe.

– Euh… t'es qui, toi ? lâche-t-il.

Je déteste qu'on me parle ainsi. Je me lève de ma chaise sans le quitter du regard.

– Je suis son mari.

Le mec plisse légèrement le front, surpris.

– Son quoi ? lâchent Becky et Amber en même temps, choquées.

Selena se lève alors et me fusille du regard. Je crois que je viens de faire une boulette. Même ses amies ne semblent pas être au courant de notre mariage, et je suis prêt à parier mes deux mains qu'elles ne savent pas non plus pour notre petit contrat.

– Tout compte fait, on va aller danser, dit-elle en attrapant la main de ce Diego.

Elle ne m'a pas lâché du regard. Elle est furieuse. J'ai peut-être fait une connerie, mais elle en a fait une aussi.

20

Selena

– Je suis son mari.

Mon Dieu ! Il l'a dit !

Il a lâché cette bombe sans que j'aie pu dire quoi que ce soit ! Je vais le tuer ! Je suis sérieuse, je compte bien devenir veuve avant demain.

– Son quoi ? lâchent Becky et Amber en même temps.

Je me tourne vers mes amies. Elles paraissent sous le choc, abasourdies. Je le serais sûrement aussi si j'apprenais ça. Je me lève, faisant racler ma chaise sur le sol. Les regards se tournent alors vers moi et je me ressaisis rapidement. Non, je ne suis pas prête à tout leur dire. J'ai bien vu dans les regards de mes amies qu'une multitude de questions leur avait traversé l'esprit. Elles ne comprennent pas.

– Tout compte fait, on va aller danser, Diego !

Je fixe Ben, la mâchoire serrée et le regard sombre. C'est la deuxième fois qu'il marque son territoire, deux fois qu'il me fait une démonstration de testostérone pour prouver à je ne sais quel crétin que je lui appartiens. Mais je n'appartiens à personne. Je refuse d'appartenir à qui que ce soit.

Diego finit par prendre ma main et je l'attire sur la chaussée, transformée en piste de danse pour l'occasion. Je ne quitte pas Ben du regard. Il est bien énervé mais je crois que je le suis encore plus.

Diego m'arrête sur la piste et pose sa main sur le bas de mon dos. Il attire mon corps contre le sien mais garde une distance respectueuse. Il l'a toujours été avec moi. Diego plonge son regard dans le mien. Ses jambes commencent à battre la mesure au rythme de la musique, et il m'emporte dans la danse. J'ai toujours aimé danser. Bon, pas en string sur la scène du 3G, mais la danse en elle-même est une expression du corps en parfaite harmonie avec l'esprit. Celui qui danse est l'homme le plus libre.

– Ton mari ne va rien dire ?

– Et ta femme ?

Diego rit aux éclats. C'est ce que j'aime chez lui, sa joie de vivre. Il est plus qu'optimiste. Je me demande si ce mot n'a pas été créé pour lui. J'ai toujours apprécié Diego, c'est un homme respectueux et chaleureux, prêt à offrir tout ce qu'il possède pour satisfaire quelqu'un. Et en plus de ça, c'est un super danseur.

– Je ne savais même pas que tu étais mariée.

– Je suis une fille pleine de surprises.

– Ça, c'est bien vrai.

Il rit une seconde fois puis me fait tourner.

– Comment il s'appelle ?

– Ben.

– Eh bien, je crois que Ben n'est pas très content. Je dirais même qu'il est jaloux.

Il me fait tourner une seconde fois et je jette un petit coup d'œil à mon tendre époux. Il ne cesse de me fixer alors qu'à ses côtés, Amber et Becky ont toujours une mine surprise. Je vois cette dernière dire quelque chose à Ben, qui paraît toujours aussi amer.

– Je ne comprends pas pourquoi, dis-je.

Diego sourit.

– C'est pourtant évident. Un mari amoureux ne supporte pas les regards des autres hommes. Je n'aurais pas dû venir vous embêter. Je ne veux pas de problèmes.

Je souris pour seule réponse. Sa remarque se répète dans mon esprit. « Un mari amoureux ne supporte pas les regards des autres hommes. » Il a sûrement raison, mais entre Ben et moi, il n'a jamais été question de sentiments. Il n'en sera jamais question, d'ailleurs.

Diego me fait une nouvelle fois tourner et fait basculer mon corps en arrière. Mes yeux cherchent Ben. Je le vois se lever et s'approcher de nous. Diego me redresse et ses yeux se portent derrière nous. Il s'interrompt aussitôt et relâche son emprise sur moi.

Je sens une main glisser sur mes hanches et tourne la tête vers Ben. Il m'offre un regard tendu.

– On va rentrer, me souffle-t-il.

Je serre les dents, m'empêchant d'exploser.

S'il croit que je vais lui obéir, il rêve !

Diego patiente, mal à l'aise. Je le vois se gratter la nuque.

– Je vais aller rejoindre ma femme, fait-il au bout d'un instant.

– Embrasse-la pour moi, dis-je par politesse.

– Pas de soucis. Je le ferai.

– Merci pour la danse.

Il pose les yeux sur Ben puis tourne les talons. Ce dernier ne le quitte pas du regard jusqu'à ce qu'il rejoigne Adelia, sa femme. Elle me fait un petit signe de la main. Adelia est une femme agréable et malheureusement, la vie ne l'a pas épargnée quand elle a eu cet accident de la route qui l'a clouée dans un fauteuil roulant.

– Je te jure, Ben, lâche-moi ou je t'achève sur place, le menacé-je.

– Selena, je…

Je tourne mon visage vers lui, furieuse.

– Je ne veux pas t'entendre ! Tu… Tu… Grrrr ! Tu me gonfles. Je rentre chez moi.

Je tourne les talons, le plante carrément et me dépêche de me diriger vers mon appartement. Je me fraie un chemin parmi la foule et je l'entends m'appeler. Non, je ne me retournerai pas. Je refuse de me faire diriger une nouvelle fois par un homme. Tout ça, c'est terminé. Je ne suis plus la petite fille timide et naïve qui reste la bouche en cœur et des étoiles dans les yeux face aux paroles d'un homme.

Je sens une main me saisir le poignet. Quand je me retourne, Ben me regarde, éperdu. Il ne cesse de me fixer. Il essaie de sonder mes pensées.

– Comment… Comment tu as pu lâcher ça comme ça ? demandé-je.

– Je… je pensais qu'elles le savaient. Ce sont tes amies et…

– Et alors ? Tu l'as dit à tous tes amis, peut-être ?

Il me fixe et je n'attends pas sa réponse. Bien sûr qu'il ne l'a pas dit. Il s'est tout de même marié avec une strip-teaseuse par pitié. Qui se vanterait de s'être marié avec une pute ?

– Tu n'as pas respecté le contrat, craché-je.

– Si.

– Non.

– Si. Le contrat dit que l'on ne doit pas parler de la raison de ce mariage, pas qu'on ne peut pas dire que nous sommes mariés.

C'est à mon tour de le sonder. Il n'est pas sérieux, j'espère. Parce que je ne vois pas une grande différence. C'est jouer avec les mots.

– De ton côté. Pas du mien. Je t'ai dit que je ne voulais pas que ma vie soit chamboulée par ce contrat. Et là, tu annonces à mes amies qu'on est mariés.

– Je pensais que tu leur en avais parlé, je t'ai dit.

– Et je réitère ma question. Est-ce que tous tes amis sont au courant ?

Il s'apprête à dire quelque chose mais se ravise.

– OK. Excuse-moi. Maintenant, c'est fait.

– C'est facile de dire ça. Ce n'est pas toi que l'on va prendre pour une salope qui s'est « prostituée » pour une couverture sociale !

Il se raidit et écarquille les yeux.

– Alors, c'est ça, le problème ? Tu as peur de ce que les gens penseront de toi ?

– Je... Je... Ben, ce mariage, c'est comme quand je me déshabillais pour des hommes, ça revient au même.

– Selena, c'est... Je...

– Arrête, Ben. Toi et moi, on sait que c'est la même chose.

Ben me regarde puis étire les lèvres.

S'il pense qu'il va m'avoir avec un sourire.

– Et puis, efface-moi ce sourire. Je n'ai pas apprécié que tu marques ton territoire.

– Que je marque mon territoire ? Je ne pige pas, ment-il.

– Tu as très bien compris, Ben, au contraire. Devant James, devant ton pote, devant Diego... OK, je suis ta femme sur le papier, et ce contrat nous oblige à une relation exclusive, mais je ne suis pas ta propriété.

– Je ne t'ai jamais considérée ainsi.

Je pose mon doigt sur son torse et le menace du regard. Lui, peut-être, ne me considère pas comme cela. Mais je sais très bien comment les gens, ma communauté, mes voisins, mes amis me verront. Comme une femme vénale qui profite de la fortune d'un jeune héritier. Ce n'est pourtant pas ça. C'est loin de l'être.

– Si tu ne me vois pas comme ça, tu arrêtes ton petit manège tout de suite.

– Le contrat stipule que tu n'as pas le droit de voir d'autres mecs. Tu es ma femme, Selena, et...

– Je ne suis pas ta propriété, Ben. Je n'appartiens plus à personne, tu as compris ?

Je regrette aussitôt ma phrase. Pas le contenu, juste la révélation.

Je sais qu'il a compris quand je vois sa tête s'incliner et ses sourcils se froncer.

– Comment ça, tu n'appartiens plus à personne ? dit-il.

Je prends une grande inspiration puis ferme les yeux. La voilà, la conversation que je ne voulais plus avoir. Ce que j'aimerais ne jamais avoir à raconter.

Seules Becky et Amber connaissent mon passé. Elles seules savent ce que j'ai vécu à Cuba. Et j'ai déjà eu tant de mal à me confier à elles.

– Comment ça, tu n'appartiens plus à personne ? répète-t-il.

– Laisse tomber, OK ?

Il écarquille les yeux, choqué.

– Non, je ne laisse pas tomber. Qu'est-ce que ça veut dire exactement ?

Je me retiens de lever les yeux au ciel.

– Tu as très bien compris, d'accord. Maintenant, passe à autre chose.

Je sens ma gorge se nouer, signe que mes larmes ne vont pas tarder. Je ne veux pas pleurer. Je me suis promis que je ne verserais plus aucune larme pour lui, pour cet homme qui m'a traumatisée.

Je tourne les talons rapidement et m'éloigne de Ben. Je ne veux pas qu'il me voie pleurer. Mais je sais qu'il est tenace et borné. Il ne me lâchera pas tant que je ne lui aurai pas parlé.

Sa main s'enroule de nouveau autour de mon poignet alors qu'une larme coule le long de ma joue. Nous sommes éloignés de la foule et, Dieu merci, personne autour de nous ne semble comprendre ni remarquer la situation.

Il m'arrête dans mon élan et me force gentiment à me retourner. Ma tête se baisse aussitôt et j'essuie rapidement ma larme du revers de la main.

– Tu n'appartiens plus à qui, Selena ?

Je ne réponds rien, me contentant d'un léger reniflement. Il pose alors son index et son pouce sur mon menton et me force à le regarder. Je fuis aussitôt son regard. Rien que de penser à son prénom me retourne l'estomac.

– Qui, Selena ?

Mes yeux le fixent. Il patiente, le regard aussi perdu que le mien.

– Alejandro, murmuré-je.

Prononcer son prénom me donne aussitôt la nausée. Ben semble encore plus perdu. Je vois dans ses yeux qu'il cherche qui peut bien être l'homme dont je viens de souffler le prénom.

– Le père de Sam…

21

Ben

Je pousse la porte de sa chambre et la trouve nichée sous sa couette. Elle relève la tête lentement avant de la recaler sur son oreiller. J'entre et dépose la tasse de chocolat chaud que je lui ai préparée sur la table de chevet.

Je ne peux m'empêcher de culpabiliser. La soirée a été parfaite, nous avons ri, nous avons appris à nous connaître un peu plus et sans ce chauffeur de taxi, la soirée aurait pu être encore meilleure. Je sais que j'ai déconné avec ce Diego mais je n'arrive pas à expliquer pourquoi j'ai réagi ainsi. Que cet homme veuille danser avec ma femme m'a gonflé, et ce même s'il a été tout à fait correct avec elle. Mais sans lui, et sans moi, Selena ne serait pas dans cet état. J'ai été maladroit et j'avoue que j'ai trop insisté quand elle m'a dit qu'elle n'appartenait plus à personne. *Plus*… Et non *pas*… Je crois que c'est ce détail qui m'a rendu encore plus fou et depuis ce départ de Little Havana, je ne cesse de me poser un tas de questions. Qu'est-ce que ça signifie ? Elle n'appartient *plus* à quelqu'un ? Je meurs d'envie de le savoir mais j'appréhende d'entendre son histoire.

Dès notre rencontre, j'ai compris que Selena n'avait pas eu une vie facile, que le père de Sam avait été un épisode douloureux qu'elle essayait d'oublier et avoir fait ressurgir tout ça ne cesse de me tourmenter.

Selena se redresse, me remercie et attrape sa tasse. Elle souffle dessus, en boit une gorgée puis relève les yeux vers moi.

– Tu peux t'asseoir, si tu veux, me propose-t-elle.

– Tu m'invites dans ton lit ? je souris.

Elle roule des yeux en secouant la tête puis reprend une gorgée de son chocolat.

Quand elle me fixe et soulève la couette de son lit, je ne peux m'empêcher de sourire. Oui, elle m'invite dans son lit. Ce n'est pourtant pas la première fois qu'une femme le fait, mais comme c'est elle, c'est différent. Nouveau.

Dès que nous avons quitté Little Havana, nous avons pris un taxi jusqu'au restaurant où je l'avais emmenée. Nous avons récupéré ma voiture et sommes rentrés à la villa dans un silence pesant, presque étouffant.

Selena n'est pas très bien et ça m'attriste de la voir ainsi. J'aimerais la prendre dans mes bras, la consoler.

– Ben ?

– Oui, ma belle.

Elle étire les lèvres malgré le surnom. Elle ne dit rien pour autant.

– Tu… Je devrais…

– Non, Selena, la coupé-je. Je t'ai dit que le jour où tu serais prête à me raconter ton histoire, je t'écouterais, mais si tu n'as pas envie de m'en parler ce soir, je patienterai.

Elle me souffle un merci puis baisse la tête avant de la relever.

– Je crois que je ne serai jamais vraiment prête alors le mieux serait que je me lance, tu ne crois pas ?

Je lui souris pour l'encourager tandis qu'elle se redresse et dépose sa tasse sur la table de chevet. Elle prend une grande inspiration puis tourne la tête vers moi.

– Je t'ai déjà parlé de mon père ?

J'opine de la tête. Je sais juste qu'il est mort d'une maladie il y a une vingtaine d'années.

– C'était le premier homme de ma vie. Je l'adorais. Il était si patient, si attentionné avec moi. Avec mes frères aussi, mais c'était différent. J'étais sa seule fille et plusieurs fois, il m'a dit que j'étais la plus belle chose qu'il avait faite. Nous étions très fusionnels. Il m'a appris tellement de choses. Et quand j'étais petite, je voulais me marier avec lui.

Même si je ne sais pas à quoi il ressemblait, je les imagine, tous les deux. Ils devaient sûrement être beaux à voir. Comme Selena et Sam.

– Quand il est mort, j'avais un peu plus de 5 ans. Je ne comprenais pas trop, au début, j'étais trop petite et à partir de là, je me suis renfermée sur moi-même. Tu sais, à Cuba, on est très croyants et une femme seule est souvent mal vue, alors ma mère s'est remariée deux ans plus tard. Avec Emilio.

Elle a soufflé le prénom de son beau-père avec amertume. Je plisse légèrement le front. Son regard est devenu encore plus sombre.

– Au début, ça se passait bien avec Emilio. Je l'aimais, vraiment. Comme un père, même s'il n'était pas le mien. Même avec mes frères, ça se passait bien. Et puis, plus je grandissais, plus il me regardait autrement. Il devenait de plus en plus proche, de plus en plus tactile, il faisait un tas d'insinuations. Il disait à mes frères de me surveiller, il m'interdisait de parler aux garçons. J'étais jeune, je ne comprenais pas. Et quand j'ai eu 11 ans, il a commencé à venir me voir dans ma chambre.

Elle baisse la tête et une larme tombe sur la paume de sa main. Elle relève son visage torturé.

Je reste immobile, comme un con, car je ne sais pas quoi dire. Je ne m'attendais pas à ça. Cette fille ne méritait pas ça.

– Ça a duré longtemps ?

– Trois ans, souffle-t-elle.

Mes poings se serrent tout seuls. Putain, j'ai une folle envie de faire un aller-retour à La Havane pour exploser la gueule de ce connard. Comment ce mec a-t-il pu faire ça ? Elle n'avait que 11 ans !

– Ta mère était au courant ?

Elle hausse les épaules et renifle.

– Tu sais, ma mère est soumise à son mari et elle ne m'a pas crue quand je lui en ai parlé.

– Mais elle aurait dû. C'est quand même grave…

J'interromps ma phrase. À mes yeux, sa mère est aussi coupable que son mari.

– Quand j'ai eu 14 ans et que je lui en ai parlé, ma mère m'a mise à la porte. Elle m'a traitée de tous les noms, disant que j'étais une… salope de mentir comme ça. Que j'étais une honte.

Je me fige à sa révélation. Mais quelle mère fait ça ? Mag n'aurait pas toléré ça.

– Tu lui en veux ?

– Non, je pense que c'était sa façon de détourner la vérité. D'un côté, j'étais soulagée. Je ne supportais plus de voir Emilio, j'avais peur de lui.

Elle devait être effrayée. Quelle fille ne l'aurait pas été ?

– Qu'est-ce que tu as fait ?

Elle prend une longue inspiration et m'adresse un sourire. Ça me rassure de le voir.

– Je me suis tournée vers l'une des seules personnes en qui j'avais confiance : Juan, mon frère aîné. Il n'a jamais su la vraie raison de mon départ. Je ne voulais pas causer d'ennuis donc j'ai gardé pour moi ce qu'Emilio m'avait fait. J'ai vécu un moment chez lui. Un an. Et un jour, je l'ai rencontré.

– Le père de Sam ?

– Alejandro. J'avais 15 ans et je m'étais plutôt bien remise de ce que j'avais vécu. Au début, Alejandro était adorable. Il était attentionné, m'offrait des vêtements, me disait que j'étais belle. Il venait d'une des familles les plus aisées de La Havane alors qu'il me remarque, moi, la gamine paumée et détruite, m'a redonné confiance en moi. Je suis tombée amoureuse de lui. C'était mon premier amour. Je n'étais qu'une gamine. J'étais naïve et j'aurais fait n'importe quoi pour lui.

– À 15 ans, toutes les filles croient au prince charmant. Sauf que nous, les mecs, on est loin d'être des princes charmants. On est surtout des beaux salauds qui ne pensent qu'à une chose : le sexe.

– Quand mon frère l'a appris, on s'est engueulés. Il ne voyait pas d'un bon œil ma relation avec Alejandro. Il faut dire qu'il n'était pas un garçon bien sous tous rapports. Alors j'ai claqué la porte de chez mon frère et j'ai emménagé à l'hacienda, chez Alejandro. Sa famille avait beaucoup d'argent. Il m'a promis des choses merveilleuses et, naïvement, je l'ai cru. Je ne manquais de rien. Mais quand je me suis donnée à lui, son comportement a changé.

– Il t'a frappée ?

Elle hausse les épaules. Bien sûr que cet enfoiré l'a frappée.

Oui, un petit séjour à La Havane ne serait pas de trop. J'ai envie de tous les éclater.

– Il a commencé par m'obliger à arrêter mes cours de coiffure, m'interdire de sortir, de parler à un autre homme que lui. En y réfléchissant bien, j'étais aussi prisonnière que chez ma mère. Sauf que quand on dort avec son bourreau, la donne change. Alejandro était libre de passer ses nerfs sur moi quand il le souhaitait. Tous les jours, j'avais droit à des humiliations mentales comme physiques.

Une nouvelle larme roule sur sa joue. Je l'essuie de mon pouce. La voir pleurer m'est insupportable. Je passe mon bras sur son épaule. Je n'ai pas besoin de l'attirer vers moi qu'elle se blottit contre mon torse. Elle laisse échapper un sanglot et je reste silencieux. Je caresse le haut de son bras, en toute innocence, juste pour lui montrer que je suis là.

Ce qu'elle vient de me révéler me donne envie de vomir. Comment peut-on faire subir ça à une femme ? Quand on a la chance d'être aimé, ne doit-on pas prendre soin de la femme qui nous offre son amour ? Même pour un handicapé de l'amour comme moi, qui n'est jamais tombé amoureux, ça paraît évident. Cet enfoiré d'Alejandro mériterait de pourrir en enfer rien que pour avoir levé la main sur elle.

– Quand j'ai compris que j'étais enceinte, j'étais effrayée. Je ne pouvais pas être mère car je savais ce que ça impliquait. À Cuba, une fille mère est aussi mal vue qu'une prostituée et je savais que quand Alejandro l'apprendrait, il me forcerait à me marier. Et je ne voulais pas devenir sa femme, je ne voulais pas subir ses humiliations pendant toute une vie. Je ne voulais pas être comme ma mère, soumise à un mari, à se faire entretenir, à fermer sa gueule et à se faire diriger par lui. Je n'avais pas le choix. Je devais partir. Je préférais être vue comme une fille mère plutôt que de rester avec Alejandro.

Je la fixe. Oui, elle devait partir. Elle devait quitter son enfer.

– Alors un matin, j'ai trompé la vigilance de la mère d'Alejandro et je me suis sauvée. Bien sûr, je n'avais pas un sou en poche et je ne pouvais pas retourner chez ma mère, qui m'aurait claqué la porte au nez si elle avait su que j'étais enceinte et pas mariée.

– Tu es allée chez ton frère ?

– Non. Ça aurait été le premier endroit où Alejandro se serait rendu.

Oui, et il l'aurait retrouvée et ramenée chez lui aussitôt.

– Je suis allée chez les sœurs. Elles n'ont pas cherché à savoir ce qui s'était passé. Les hématomes sur mon visage parlaient d'eux-mêmes. J'y suis restée deux jours. Alejandro a eu vite fait de me retrouver. Ce soir-là, il était encore plus fou que d'habitude. Il a commencé à me frapper devant les sœurs. Elles ne pouvaient rien faire à part lui crier d'arrêter. Et quand l'une d'elles a dit que j'étais enceinte, j'ai prié pour qu'il me tue.

Elle a lâché sa remarque entre deux sanglots.

– J'aurais préféré qu'il me tue plutôt que de retourner à l'hacienda.

Comment peut-elle dire ça ? À quel point cet enfoiré a-t-il pu la faire souffrir ?

– Mais ce qu'il a fait a été bien pire. Il m'a ramenée à l'hacienda et a continué ses humiliations. Sauf que comme il ne pouvait plus me frapper, ou du moins pas trop fort, il accentuait sa torture psychologique. J'étais… J'étais brisée, Ben. Il me tuait petit à petit. Tu sais, parfois, les coups font moins mal. J'avais peur. Il n'a fait que continuer le travail de mon beau-père, en fait. Ils m'ont transformée tous les deux en une femme apeurée.

– C'est à cause d'eux que tu n'aimes pas être touchée ?

Elle relève la tête vers moi et grimace.

– J'ai perdu confiance en les hommes. Je… J'ai bien trop peur de me lancer dans une nouvelle relation car j'ai peur de revivre la même chose. J'ai peur de retomber amoureuse, de me laisser porter par ce sentiment de faiblesse qui engendrera de nouvelles peines, de nouvelles peurs, de nouvelles tortures.

Je la fixe. Putain, ces enfoirés l'ont tuée, même si elle respire toujours et paraît bien vivante.

– Le seul homme pour lequel je n'ai pas peur d'avoir des sentiments, c'est Samy. Car lui aussi a vécu la même chose, à travers moi, dans mon ventre. Et c'est le seul homme qui ne me décevra pas. Quand il est né, quand j'ai posé les yeux sur lui pour la première fois, j'ai tout de suite compris que c'était lui qui m'aiderait à guérir. Et il le fait. Je me bats tous les jours pour lui.

– Et tu le fais magnifiquement bien. Tu es une mère exceptionnelle.

Elle me sourit pour me remercier.

– Merci, Ben. Grâce à toi aussi, j'évolue, je guéris. Tu me prouves que tu es là. Tu as réussi à abattre les barrières de protection que je m'étais forgées. Et pourtant, elles étaient si épaisses.

Et elle, elle m'a fait prendre conscience que la vie n'est pas rose pour tout le monde. Ce qu'elle a vécu, la façon dont elle se reconstruit la rend forte. Car oui, elle est forte. La personne la plus forte que je connaisse. Elle est un exemple. J'aimerais réussir à me remettre de la mort de mon frère aussi bien qu'elle semble se remettre de son passé. Je ne suis rien à côté d'elle. Juste un pauvre connard égoïste qui lui a proposé ce mariage sans lui expliquer les vraies raisons.

Je devrais lui dire. Je devrais lui expliquer les véritables raisons de ma proposition. Elle s'est ouverte à moi et je devrais faire de même. Lui expliquer que moi aussi, mon cœur ne fonctionne plus vraiment correctement depuis la mort de mon frère et que je suis responsable de sa perte.

22

Selena

– Il n'empêche que je t'en veux toujours, Ben, lâché-je.

Il me regarde, l'air perdu.

– Sous prétexte que je suis ta femme, tu crois que je suis ta propriété, mais ce n'est pas le cas. Je n'appartiendrai plus jamais à personne. Plus jamais. Ça, je le refuse.

Il me serre encore plus contre lui. Il embrasse le sommet de mon crâne et me caresse le bras. Je suis bien, effroyablement bien et je me surprends à aimer ça. Tout était vrai, quand je lui ai dit que mes barrières de protection sautaient une à une au fil des jours.

Même si je sais que ce mariage est un arrangement, je ne peux m'empêcher de me dire que je suis plutôt bien tombée pour un premier mari. Ben est à l'écoute, patient et je n'aurai jamais assez de ma vie pour le remercier de ce qu'il fait pour Sam. Pour nous. Il prend soin de nous.

– Je ne le ferai plus, je te le promets.

Je me redresse et le fixe.

– Non, Ben. Je veux que tu me le promettes vraiment. Je sais que tu me dis ça parce que tu as entendu mon histoire, mais j'ai besoin que tu me le promettes uniquement parce que tu le penses, et non par compassion.

– Je te le promets, Selena.

Je hoche la tête, prête à le croire. Sa main se porte à mon visage et il caresse ma joue de son pouce. J'aime son contact et plus le temps passe, plus j'en ai besoin.

Il passe sa main sur ma nuque et m'attire vers lui. Mon cœur, comme chaque fois qu'il me fait ça, devient fou. Il dépose un baiser sur ma joue, tendrement.

– Tu as confiance en moi, me chuchote-t-il.

Je ne sais pas si c'est une question ou une affirmation mais ce qui est sûr, c'est que c'est la vérité. Bien sûr que j'ai confiance en lui, sinon je ne lui aurais jamais raconté mon passé.

– Oui, soufflé-je.

Je devine son sourire.

– Alors laisse-moi être là pour toi. Laisse-moi t'aider à guérir.

Il tend une nouvelle fois son visage vers moi et ses lèvres se posent sur les miennes. Elles sont chaudes, douces, délicates. Il veut que je le laisse m'aider à guérir, mais d'une certaine façon, il le fait déjà.

Nous nous embrassons et je sens la passion et le désir dans son baiser. C'est bête, mais cette sensation est nouvelle. J'ai aimé son premier baiser, au tribunal. Le deuxième aussi.

Quant à celui qui aurait pu se produire dans le taxi, je l'ai désiré. J'ai bien vu que Ben avait été frustré à cause du chauffeur. Je l'ai été aussi. Car oui, ce baiser, je le voulais.

Sa langue demande à accéder à la mienne et je cède sans réfléchir. Sa langue dans ma bouche était aussi attendue que ses lèvres sur les miennes. Mon ventre se contracte alors. Et pas dans le mauvais sens, comme quand Alejandro se jetait sur moi. Là, c'est différent et presque naturel de sentir sa langue qui danse avec la mienne. Agréable, oui. Très, même. Ma main se pose aussitôt sur son torse et quand je sens la sienne se poser dans le bas de mon dos, je gémis de plaisir. Une sensation que je retrouve, après toutes ces années.

Il me serre encore plus contre lui et je peux sentir son membre dur contre le bas de mon ventre. Je l'ai déjà senti, bien sûr, quand je dansais pour lui. Mais une fois encore, c'est différent. Sentir le désir qu'il a pour moi alors que je suis en pyjama, les yeux bouffis par mes larmes, me rassure. Il a envie de moi et pas parce que je suis à moitié à poil, à me déhancher sur lui. Il a envie de moi, pour moi, pour Selena, et pas pour cette Shania que je détestais tant.

Sa main passe sous le tissu de mon débardeur. Encore une fois, c'est différent, car je sais que ce ne sont pas les mains d'un pervers. C'est juste un homme qui désire une femme. Un mari qui désire sa femme. Ben qui désire Selena. Et j'aime cette idée. J'aime l'idée de redevenir une femme qui peut éprouver autre chose que du dégoût pour les contacts physiques.

Je me recule de son visage, en profite pour reprendre mon souffle. Ses yeux se plantent dans les miens. Je ne sais pas quoi faire. J'aimerais lui dire de continuer, d'aller plus loin encore et de se laisser aller à son désir mais ma raison me pousse à ne pas succomber, à ne pas me donner à lui aussi vite. J'ai l'impression d'avoir un petit diable et un petit ange dans ma tête qui se livrent une bataille sans merci, me soufflant de succomber à mes désirs ou de rester sur mes gardes.

Ben me sourit, comprenant sûrement que ma raison et mes envies se chamaillent. Il dépose un chaste baiser sur mes lèvres.

– J'aime quand tu me fais confiance, dit-il.

Oui, j'aime aussi quand j'ai confiance. Et j'aime avoir confiance en lui.

***

Des petits pas se font entendre sur le plancher et la porte de ma chambre s'ouvre au moment où j'ouvre les yeux. Sam me voit et ses yeux pétillent. Il contourne le lit rapidement et je soulève déjà ma couette en posant mon index sur mes lèvres pour lui faire comprendre de ne pas faire de bruit. Ben dort toujours profondément.

La veille, nous avons parlé de tout et de rien avant de nous endormir. Je sais que c'est sa façon de me montrer que la vie continue, que, malgré mon passé, la vie vaut tout de même le coup d'être vécue.

Sam vient se blottir contre moi dans mon lit. Il est encore tout chaud, signe qu'il vient de se réveiller.

– Tu as bien dormi, mon poussin ? chuchoté-je.

– Oui. Et j'ai fait un rêve trop génial.

– Ah bon ? Tu me racontes ?

Il secoue la tête.

– Non, sinon il ne se réalisera pas. Et je veux qu'il se réalise.

– S'il te plaît, l'imploré-je.

J'adore quand il me raconte ses rêves. Je crois que c'est une chose dont je ne me lasserai jamais.

Je plisse le front et pince les lèvres. Il voit que je boude et il m'embrasse la joue pour me consoler. Ça marche toujours avec lui. Il n'aime pas quand je suis triste. J'espère que cette petite technique durera un moment avec lui.

– D'accord, je te le dis. J'ai rêvé que j'allais faire du poney. Bah, tu sais, maman, mon poney, il était tout gris et il était trop gentil.

– Super ! Et il s'appelait comment ?

– Je m'en souviens plus. Dis, maman, on pourra aller faire du poney un jour ?

Je l'espère. Et je ferai tout pour qu'il réalise son rêve. Je ferais tout pour lui.

– Oui, on devrait y aller un jour.

– C'est super ! J'ai trop envie d'en faire. Et Ben pourra venir aussi ?

– Oui, s'il le veut, pourquoi pas. Tu crois qu'il aimerait en faire ?

– Oui. Je suis sûr qu'il aimerait. Mais comme il est grand, il devra prendre un cheval, parce qu'un poney, c'est trop petit.

Je laisse échapper un rire.

– Je l'aime bien, Ben. Il est gentil avec moi parce qu'il me met sur ses épaules. C'est mon copain.

Qu'ils s'entendent aussi bien me fait si plaisir. C'est important pour moi.

– Alors, tu sais ce qu'on devrait faire ?

Il secoue la tête.

– On devrait se lever et aller préparer un bon petit déjeuner, comme ça, Ben verrait qu'on l'aime bien.

Sam hoche la tête. Je lui fais un bisou sur la joue puis lui fais signe de se lever.

Ben dort toujours et je souris de le voir si serein. Il est beau et apaisé. Je dépose un baiser sur sa joue puis me lève à mon tour.

Nous sortons de la chambre silencieusement. Je prends Sam dans mes bras et pars en direction du rez-de-chaussée.

– Alors ? Qu'est-ce que tu as fait avec Lola, hier soir ?

– On a dansé.

Ils ont dansé ?

Sa réponse me surprend.

– Vous avez dansé ?

– Oui, avec les copines de Lola. On a fait de la danse avec les manettes. C'était trop marrant, mais j'ai perdu.

Je comprends qu'ils ont dû faire un jeu de danse sur la console de Ben.

– Oh ! Ce n'est pas grave, mon poussin. On ne peut pas gagner à chaque fois.

– Oui, je sais. Mais j'aime bien gagner. Après, comme on était fatigués, on a arrêté et les filles ont fait leurs devoirs. Et moi, je t'ai fait une surprise. Mais je ne dois pas te dire ce que c'est.

J'entre dans la cuisine et le dépose sur le tabouret.

– C'est pour mon anniversaire ? demandé-je. Mais il est déjà passé, tu sais.

– Non, c'est pour la fête des mamans !

– Oh ! Alors ne dis rien. Tu sais que j'aime les surprises.

Sam pose sa main sur sa bouche et rit. Il est trop mignon ! Je l'aime, mon petit homme.

Je sors tous les ingrédients pour préparer des gaufres. Sam en raffole et j'ai repéré un gaufrier flambant neuf dans un des placards.

– Et toi ? Tu as fait un rêve ?

Je me tourne vers lui.

– Oui.

– C'était quoi ?

Je pose mon index sur ma bouche et fais semblant de réfléchir. Il me regarde, la bouche grande ouverte, attendant que je lui raconte.

– Je ne m'en souviens plus, dis-je.

– Oh ! C'est dommage ! J'aurais voulu que tu me racontes.

Je lui ai menti, bien sûr. Je n'allais tout de même pas dire que j'avais rêvé d'Alejandro. Ce rêve était déjà suffisamment pénible.

Je sors le gaufrier puis prépare la pâte.

– Je peux aller regarder les dessins animés ? demande-t-il.

– Oui, mon poussin.

Il se lève, heureux, puis fonce sur le canapé où je le vois se laisser tomber. Il rit puis attrape la télécommande. Il zappe rapidement avant de tomber sur un programme jeunesse.

Quelques minutes plus tard, je verse la pâte dans l'appareil et le referme. L'odeur me saisit aussitôt et j'en salive d'avance. Je crois que j'aime autant les gaufres que Sam.

Des pas se font entendre dans les escaliers alors que la cuisson de la première gaufre se termine. Ben salue Sam en lui ébouriffant les cheveux et s'empresse de me rejoindre.

Il affiche un grand sourire puis me saisit par la taille. Alors qu'il s'apprête à m'embrasser, je lui fourre une gaufre dans la bouche.

– Pas devant Sam, soufflé-je.

Nous tournons notre tête vers mon fils qui nous observe avec curiosité. Ben retire la gaufre de sa bouche et rit aux éclats.

– Sam ?

– Oui ?

– Tu ne trouves pas que ta maman est trop belle ? dit-il.

Mais quel petit malin ! Il croit que je n'ai pas repéré son petit manège.

– Si, elle est trop belle ! fait Sam.

– Tu penses que je devrais lui faire un bisou ?

Sam hoche la tête, la bouche entrouverte. Ben, lui, sourit, son regard amusé rivé au mien. Il resserre son emprise sur moi et penche la tête. Ses lèvres se posent sur les miennes et je gémis de plaisir. Elles m'avaient manqué depuis hier soir. Est-ce que je deviens folle de penser ça ? Comment des lèvres peuvent-elles me manquer ? À moins que ce ne soit lui qui m'ait manqué ?

Quand il recule son visage, je soupire. J'aurais voulu que ce baiser ne cesse jamais et je ne peux faire autrement que d'afficher une petite moue.

– Déçue ? me demande-t-il.

Je hausse les épaules et il comprend. Pas déçue de ce baiser, seulement parce qu'il était trop court.

Je tourne la tête et observe Sam, un large sourire aux lèvres. Son regard ne cesse de se balader entre Ben et moi. Je vois que cette situation l'amuse et le rend heureux. Je crois que je m'inquiète pour rien. Sam ne paraît pas traumatisé de me voir embrasser un homme.

– Très bonne, sinon, fait Ben en montrant sa gaufre.

Il passe devant moi et ouvre un placard d'où il sort une tasse.

– Tu veux un thé ?

– Oui, s'il te plaît.

Il me fait un petit clin d'œil et je me mords la lèvre. Ce mec est surprenant. Jamais je n'aurais pensé en le rencontrant que cet homme pouvait être autre chose que le fils à papa pourri gâté qu'il montre à tout le monde. Et je suis contente de connaître le véritable Ben.

– Oh ! Ton téléphone n'arrête pas de sonner. Je crois que tes amies veulent te joindre, me dit Ben.

Merde ! Amber et Becky ! Elles vont me tuer.

Je sais qu'elles s'acharnent car elles veulent avoir des explications. Et pour être honnête, je les leur dois.

– Qu'est-ce que je vais leur dire ? lâché-je.

Il s'approche de moi et pose ses deux mains sur mes hanches. Il verrouille mon regard.

– Dis-leur la vérité, souffle-t-il.

– Je… Et le contrat ?

– On s'en fout du contrat. Dis-leur ce que tu veux, il n'y a aucun souci.

Je souris, même si je n'ai aucune idée de ce que je vais leur dire. Dois-je dire que je fais ça pour Sam ? Même si c'est la raison première, je sais qu'elles ne me jugeront pas. Ce sont elles qui m'ont soufflé l'idée, après tout. Je ne leur mentirai pas en leur disant. Mais si je respecte le contrat en leur disant que je me suis mariée par amour, je ne leur mentirai pas pour autant. Car oui, je plaide coupable, ce que je ressens pour Ben est plus que de la sympathie, c'est une profonde affection qui évolue dangereusement vers des sentiments.

23

Ben

J'ai passé un super week-end et c'est avec amertume que je me suis réveillé ce matin. Certes, j'avais une vue parfaite dès le réveil. Selena dormait à poings fermés et quand je l'ai réveillée en l'embrassant, j'ai eu droit au plus magnifique des sourires. Et ce sourire, il est juste magique. Selena m'a complètement ensorcelé et quand elle m'a raconté son passé, ça m'a encore plus rassuré et conforté dans l'idée que j'ai envie de la protéger et de l'avoir près de moi.

Mais quand j'ai refermé la porte de la villa derrière moi, j'ai tout de suite eu envie de faire demi-tour, de larguer ma mallette dans un coin de la pièce, de desserrer ma cravate et d'aller prendre Selena dans mes bras. Je crois que je commence à être dingue de cette fille. C'est la première fois que ça m'arrive depuis longtemps. Et bizarrement, ça ne m'effraie pas. Pourtant, je m'étais promis de ne pas m'accrocher à une fille.

Mais Selena, c'est Selena… Elle est envoûtante, magique et unique. Spéciale.

Je dépose ma mallette sur mon bureau et me laisse tomber sur mon siège. Putain, je n'ai pas envie de travailler. J'ai envie d'être avec elle.

On frappe à mon bureau et la porte s'ouvre aussitôt sur Mindy. Elle tient dans sa main un gobelet de café et un muffin.

– Bonjour, Ben.

– Salut, Mindy. Tu vas bien ?

Elle me tend mon café et je la remercie aussitôt.

– Tu t'es pris quelque chose ?

– Oui, cappuccino et bagel.

Cette petite Mindy s'ouvre de plus en plus et c'est bien plus agréable. Je crois que je l'aime bien.

– J'ai pas mal de trucs pour toi, me dit-elle.

Elle s'assoit face à moi et dépose son épais dossier.

– Tout d'abord, ton déjeuner avec Smith est annulé. Il a un empêchement de dernière minute et demande si tu serais disponible lundi prochain ?

Tant mieux, je ne voulais pas voir ce mec. Il n'est pas méchant, mais il est un peu lourd. Et puis, je n'ai pas la tête à ça.

– Pour la journée des employés, j'ai confirmé que vous seriez deux. Ton père aimerait que tu restes jusqu'au lendemain.

Je n'ai pas envie de rester avec lui et surtout de supporter sa présence. Je sais pourtant que je ne pourrai pas refuser. Mon père ne me laissera pas le choix.

– Fait chier, lâché-je.

Mindy semble désolée. Elle se doute qu'entre mon père et moi, ce n'est pas l'amour fou.

– Autre chose ?

– Oui, j'ai des contrats à te faire signer. Et j'ai été chercher ton costume au pressing.

Elle me tend un épais dossier et je grimace.

Putain, je déteste mon boulot.

– Oh, et ton ami Hunter est là.

– OK. Fais-le entrer.

– D'accord.

Elle se lève, ouvre la porte et Hunter entre aussitôt. Il grimace en baladant ses yeux sur mon assistante. Il n'est même pas discret et je le sermonne du regard. Il s'approche en haussant les épaules. Il se laisse tomber sur le fauteuil qui était occupé par Mindy quelques secondes plus tôt et me fixe, un large sourire aux lèvres.

– Bah quoi ? me dit-il. Je suis heureux de voir que tu n'es pas mort.

– T'es con !

– Par contre, tu dois avoir un sacré souci de téléphone, tu ne réponds plus à tes potes.

– Je suis pas mal occupé, en ce moment.

– À ce qu'il paraît…

Je comprends à son regard malicieux que Luke a sûrement parlé. Sérieux, il faut qu'il arrête de boire, il devient trop bavard quand il est soûl. J'espère seulement qu'il s'est arrêté au bon moment dans son récit.

Hunter rit aux éclats. Quel con !

– Tu voulais quelque chose ?

– Juste savoir si tu serais de la partie ce soir. Tu sais, le 3G ? Tes amis ? Les tétons à l'air ? Ça te parle ?

Oui, ça me parle. Mais pas sur le dernier point. Ça fait longtemps que je n'en ai pas vu et je sens que je vais bientôt être en manque. Sauf que je dois être patient. Je ne veux pas brusquer Selena. Je veux faire les choses bien avec elle parce qu'elle est importante pour moi. Avec ce qu'elle a vécu, je sais qu'elle a besoin de temps. J'étais sincère quand je lui ai dit que j'étais là pour elle et que je voulais l'aider à guérir.

– Je suis occupé, ce soir, lâché-je.

Oui, à être avec cette femme merveilleuse.

Je baisse la tête, ouvre le dossier que Mindy m'a remis et commence à signer le premier document.

– Oh ! Tu es occupé ? Laisse-moi deviner… Une fille ?

Je relève la tête et le fixe.

– Une brune, ça, c'est sûr. Je vois même un prénom exotique super sexy… Allez, au hasard, Selena ?

OK, il sait. Et je vais tuer Luke.

– OK. C'est quoi, le problème ? demandé-je.

– Y'en a pas, mon pote. Je me demande juste ce qu'il t'arrive. Ça fait deux semaines qu'on ne te voit plus. Il paraît qu'une jolie brune te fait tourner la tête…

– Qu'est-ce que tu racontes ? Elle ne me fait pas tourner la tête.

Ma conscience me gifle violemment.

Bien sûr que Selena te fait tourner la tête. Elle t'a carrément retourné le cerveau et ton corps s'entraîne pour le saut en hauteur quand elle est dans tes bras.

Hunter rit aux éclats. Sérieusement, je crois que je devrais changer de potes. Ils se foutent toujours de ma gueule.

– Ne fais pas cette tête ! On est tous déjà tombés amoureux. Bon, pour toi, ça a été tard mais c'est normal, tu es un débile long à la détente. Je suis content pour toi.

Amoureux ?

Mais qu'est-ce qu'il raconte ? Il est loin du compte. Je ne suis pas amoureux. Je reçois une deuxième gifle de ma conscience, qui s'abstient de tout commentaire.

Non, je ne suis pas amoureux. Juste attaché à cette fille. Elle est fabuleuse, en même temps. Qui ne serait pas attaché à elle ?

– C'est bien ce qu'il me semblait. Vu ta tronche, tu ne peux même pas répondre à ta question. Bon, et ta Selena, elle est suffisamment cool pour te laisser sortir entre mecs ou tu dois laisser tes couilles sur le pas de la porte quand tu rentres à la maison ?

Réflexion d'abruti fini. Réflexion que j'aurais pu faire, d'ailleurs. Mais il a raison. Je ne peux ni répondre à sa question, ni être sûr que

Selena est le type de fille à laisser sortir son faux mari. Putain, Hunter vient de me tendre un piège et je suis tombé dedans comme un con.

– Bien sûr que je sors. Mais pas ce soir, on a prévu quelque chose avec Selena, je mens.

– Tu m'étonnes.

Il a soufflé sa remarque avec un sourire pervers.

Si seulement il savait.

– Bon, tu as fini ?

– Non, je te rappelle que je suis bien trop feignant pour travailler alors j'ai tout mon temps.

Il lève les bras et croise les mains derrière son crâne en se balançant sur sa chaise. J'ignore son comportement puéril et retourne à ma tâche barbante.

– Sinon, tu me la présentes quand ?

Je roule des yeux.

– T'es lourd !

– Quoi ? Tu ne vas pas me faire croire que tu ne voudrais pas rencontrer la fille qui remet ton meilleur pote dans le droit chemin ?

– Bah non, je mens.

En réalité, je le harcèlerais comme il le fait si bien depuis dix minutes.

Hunter rit.

– J'en sais rien. Tu me soûles ! Va te trouver une autre occupation, maintenant !

– Ça sert à quoi ? Mon père a suffisamment de fric pour tout me payer. Pourquoi je m'emmerderais derrière un bureau comme toi ou les autres ?

Je secoue la tête, ce qui le fait rire, puis il se lève de sa chaise.

Enfin ! J'adore mon pote, mais il est tellement chiant, parfois.

Je me lève tout de même de mon fauteuil et le raccompagne à la porte.

– Bon, tu m'appelles pour me dire quand ta Selena acceptera de te lâcher la bride ?

– Mais oui.

– Je te préviens que si tu ne le fais pas, je déboule chez toi. Oh putain… mate-moi ce petit lot.

Il me frappe le torse du revers de la main et je tourne la tête vers l'objet de son attention.

Je la vois sortir de l'ascenseur. Elle tient un paquet contre sa poitrine. Elle s'arrête devant le bureau de Mindy et la salue poliment.

– Putain ! Je suis bien content d'être venu t'emmerder. J'aurais loupé cet avion de chasse, sinon. Je lui offrirais bien un ticket pour le septième ciel. Elle travaille ici ? Parce que si c'est le cas, tu peux m'embaucher direct.

Je serre les poings. Oui, cette fille est un avion de chasse mais c'est ma femme.

– Putain, tu la connais ?

– Oui, je réponds sèchement.

Je souris rien qu'en la voyant. Selena tourne la tête vers moi et son visage s'illumine. Elle rive son regard au mien. Mon Dieu, son magnifique sourire est pour moi ! Habillée d'une petite robe noire qui lui moule parfaitement le corps, elle se dirige droit vers moi. Elle est magnifique, à couper le souffle, et je crois que j'en ai oublié de respirer. Être aussi belle devrait être un crime et elle va finir par me tuer.

– Salut, me dit-elle seulement.

– Salut, dis-je.

Je dépose un baiser sur sa joue et elle me sourit.

– Je ne te dérange pas ? me demande-t-elle.

Jamais !

– Non, pas du tout. Nous avions terminé.

Elle tourne la tête vers mon ami. Je lis la surprise dans son regard et je me souviens de ma soirée d'anniversaire. Elle avait dansé pour lui et je ressens une pointe de jalousie. Elle l'a sûrement reconnu et paraît mal à l'aise. Hunter tend sa main vers elle.

– Hunter McAllistair, se présente-t-il.

Elle saisit sa main en souriant timidement.

– Selena.

Les lèvres de Hunter s'élargissent et il se tourne vers moi.

– Oh ! La fameuse Selena…

24

Selena

Je le reconnais aussitôt, bien sûr. Son ami me fixe comme si j'étais une pâtisserie. C'est ce genre de regard que je n'ai jamais aimé. Celui qui signifie que les femmes ne sont que des objets aux yeux des hommes, juste bonnes à fermer leur gueule, à satisfaire leurs moindres demandes ou caprices au lit.

Il me tend la main et je la saisis de suite.

Autant se débarrasser de cette corvée tout de suite.

– Hunter McAllistair, me dit-il.

– Selena.

Son sourire s'élargit encore plus. Il se tourne vers Ben qui paraît agacé.

– Oh ! La fameuse Selena…

Mes yeux se déplacent rapidement vers Ben qui plisse légèrement le front.

– Eh oui, c'est Selena, répond simplement Ben.

– J'ai beaucoup entendu parler de toi, me dit-il.

Ah oui ? Ben lui aurait parlé de moi ?

– Tu ne devais pas partir ? fait Ben.

– Bah, je vais peut-être rester encore un peu.

– Non, non, tu partais.

Il lui tapote le torse et lui fait signe de sortir. Son ami rit puis finit par hocher la tête.

– Tu m'attends un instant ? me dit-il.

Les deux amis sortent de la pièce. Je patiente un instant, observant chaque détail de son bureau. Je m'assois sur son fauteuil et souris en me disant qu'il est confortable. Je m'amuse à tourner sur moi-même quand je l'entends se racler la gorge.

Prise en flagrant délit d'enfantillage !

Il me regarde, amusé. Il s'approche de moi alors que je me lève lentement. Sa main trouve mon bassin et il colle son corps au mien. Il dépose ses lèvres sur les miennes alors que ma main se pose sur son torse.

– Bien que je ne m'en plaigne pas, je me demande quelle est la raison de ta visite.

– J'avais envie de te voir, dis-je.

Ben est magnifique et je suis en train de tomber totalement amoureuse de cet homme.

– J'adore cette raison, dit-il.

C'est à mon tour de rire.

– J'ai quelque chose pour toi.

Il paraît surpris. J'attrape le paquet que j'ai déposé sur son bureau et le lui tends.

– C'est pour moi ? plaisante-t-il en le prenant.

Je secoue la tête, amusée.

– Non, c'est pour mon autre mari. Celui que je dois aller voir juste après toi.

Il rit aux éclats. Il s'assoit sur son fauteuil et me force à m'asseoir sur ses genoux. Il retire l'emballage et découvre le cadre photo que je viens d'acheter.

– C'est pour remplacer celui que j'ai cassé, dis-je.

Il me remercie puis tend son bras et ouvre un tiroir. Il montre un cadre et je vois la photo de son frère, de sa sœur et de lui.

– J'ai demandé à Mindy de me racheter un cadre.

– Oh ! Je suis désolée. J'ai mis trop de temps mais je voulais choisir le cadre parfait.

– Il est parfait, Selena. Il ne manque plus que la photo parfaite.

Oui, il a raison. Ce n'est pas parce qu'il n'utilise pas le cadre que je viens de lui offrir pour cette photo qu'une autre ne conviendrait pas.

Je saisis le cadre dans le tiroir de son bureau et le sors. C'est fou comme son frère et lui se ressemblent. Je ne connais même pas son prénom.

– Comment il s'appelait ?

Ben lève son visage vers moi et plonge ses yeux dans les miens. Il semble hésiter. Je vois qu'il n'est pas à l'aise.

– Tu n'es pas obligé de me le dire si tu ne le veux pas.

– Sam. Il s'appelait Sam.

Je plisse le front.

Sam ? Comme mon Sam ?

– Oui. Comme ton Sam, souffle-t-il comme s'il avait lu dans mes pensées.

Je souris. J'aime ce prénom, sinon je ne l'aurais pas donné à mon fils. Et les Sam sont des personnes extraordinaires.

– Je… Mon frère est mort dans un accident de voiture.

– Oh ! Qu'est-ce qu'il s'est passé ?

Ben grimace. Oui, ça doit être dur pour lui d'en parler. Il n'a pas fait son deuil.

– Sam était quelqu'un de responsable et de très mature. Il était un exemple pour moi mais je ne suivais pas sa philosophie de vie. Pour moi, la vie était une fête perpétuelle. Toutes les occasions étaient bonnes pour s'amuser. Sam aimait faire la fête aussi mais contrairement à moi, il était sage. Il ne buvait pas, ou très rarement, il n'a jamais pris aucune drogue.

Il interrompt son récit et prend une grande inspiration.

– Il devait se marier. Il a rencontré Rachel au collège. Ils sont tout de suite tombés amoureux et ils étaient beaux à voir. Alors quand il l'a demandée en mariage, en tant que futur témoin, je me devais de lui offrir un enterrement de vie de garçon digne de ce nom.

Je sais comment il était avant, comment il serait sûrement toujours s'il n'y avait pas ce contrat. Je me doute qu'ils ont dû s'éclater, ce jour-là.

– On a fait un tour d'Europe. Un jour, une capitale. C'était mémorable. On était partis à six, on s'est éclatés pendant toute la semaine. Paris, Berlin, Madrid, Rome, Dublin. On a fini par Londres et c'est là que c'est arrivé. Une voiture nous a percutés.

Je hoquette de surprise.

– Tu étais dans la voiture ?

– Oui. C'est moi qui conduisais. Je suis responsable de la mort de mon frère.

Il baisse la tête et mon cœur se brise. Il est malheureux et il s'en veut. Je peux comprendre qu'il se sente coupable et je ne peux m'empêcher de ressentir de la compassion. Son histoire est tellement triste. L'histoire de deux frères complices que la mort a séparés. Quand j'ai rencontré Ben, jamais je n'aurais pensé qu'il avait un passé aussi lourd et le fait qu'il s'ouvre à moi me flatte. J'ose espérer que s'il le fait, c'est parce qu'il se sent bien avec moi.

– Sam et moi avons toujours aimé la vitesse et ce soir-là, on allait dans une des boîtes les plus branchées de Londres. On était super chauds, comme des mecs qui partent en virée, et on déconnait. Le chauffeur de l'autre voiture a grillé un feu rouge.

– Oh, mon Dieu !

Il relève la tête vers moi. Son regard est perdu, torturé. Je vois qu'il essaie de sonder mon esprit, de savoir ce que je pense.

– Sam est mort sur le coup. Hunter était avec nous dans la voiture et était dans un état de merde. Jambes cassées, traumatisme crânien. Il a dû arrêter sa carrière de footballeur alors qu'elle avait à peine commencé.

– Et toi ?

Il laisse échapper un petit rire, mi-gêné, mi-agacé.

– Tu vois, l'ironie de la chose, dans mon cas, c'est que mon frère est mort, l'un de mes meilleurs amis a fini dans un état critique et moi, je m'en suis tiré avec juste un poignet foulé.

– Je… Ben, tu as eu de la chance. Beaucoup de chance. Je suis désolée pour Sam, mais tu n'es pas responsable de la mort de ton frère. Tu n'aurais rien pu faire.

– J'aurais dû rouler moins vite. On faisait la course avec Jason. On…

– Peut-être. Mais l'autre voiture n'aurait pas dû griller ce feu. Tu n'aurais rien pu faire, Ben. Absolument rien.

– Il n'empêche que je conduisais et que j'étais responsable de ceux qui étaient avec moi.

Je vois qu'il se sent coupable. Mais il ne l'est pas. Pas à mes yeux, du moins. Il ne voulait pas la mort de son frère. Il conduisait certes un peu vite mais qui n'a jamais dépassé la limitation de vitesse ? C'est le chauffeur de l'autre voiture qui est responsable. Pas Ben.

– Le lendemain, quand ma famille, celles de Hunter et de Kate, l'ex-petite amie de Hunter, sont arrivées à Londres, je n'ai pas pu les regarder en face. Et Rachel, c'était encore pire. Ils devaient se marier quinze jours plus tard. Comment j'aurais pu la regarder ? Elle venait de perdre son grand amour à cause de moi.

– Je suis désolée, Ben. Si désolée.

Je sens une larme couler le long de ma joue. C'est si triste. Pour Ben, pour Sam, pour Rachel. Il me relève le visage et me sourit timidement.

– Oh, Selena ! Ne pleure pas.

– Excuse-moi, mais c'est si triste.

Il essuie ma larme de son pouce.

– C'est ça que j'aime chez toi, Selena. Tu fais preuve de tellement d'empathie. Tu es touchée par cette histoire alors que tu ne connaissais pas mon frère.

– Oui, mais toi, je te connais. Et j'aurais voulu le rencontrer.

– Il t'aurait plu, je pense. Il aimait me faire des leçons de vie, il me rendait différent, me canalisait. Il adorait me traiter de débile. Je pense qu'il aurait été un sacré allié pour toi pour me remettre dans le droit chemin.

C'est vrai que j'aurais aimé avoir un tel partenaire. Ben est immature parfois mais, inconsciemment, c'est ce que j'aime en lui. Ben me donne envie de sourire à la vie et je vois qu'il m'a changée en une personne meilleure et plus accomplie. Je savoure un peu plus les petites choses de la vie. Et j'apprécie le fait de redevenir une femme, en même temps qu'une mère. Amber avait raison. Les deux sont bien compatibles.

– Maintenant, embrasse-moi. Sois là pour moi, me souffle-t-il.

Je fonds sur ses lèvres et il me serre encore plus fort contre lui. Je souris. Oui, je lui dois bien ça. Pour lui, mais aussi pour le remercier d'être là pour moi.

– Tu me changes, Selena. Bien plus que tu ne l'imagines.

Je souris et il m'embrasse de nouveau, plus fougueusement. Mon ventre se contracte, comme si les ailes de millions de papillons battaient dans le bas de mon ventre. J'aime de plus en plus cette sensation.

***

Je n'ai qu'une hâte, que Ben rentre au plus vite. Même si je l'ai vu ce matin, j'ai l'impression que c'était il y a une éternité.

Dès que je suis sortie des bureaux de Lawson Enterprise, je suis rentrée à la villa. Lydia était là, bien sûr, et nous avons pris le temps de boire un thé en papotant.

Cette femme est super, une vraie pipelette, et heureusement qu'elle est là, sinon mes journées seraient bien trop ennuyeuses. Je n'ai rien à faire, ici. Lydia s'occupe de tenir la maison alors la plupart de mon temps, je l'occupe à cuisiner et à fixer ce téléphone, dans l'éventualité où le docteur Morris m'appellerait pour me donner la bonne nouvelle que j'attends depuis trop longtemps.

Honnêtement, je commence à devenir folle. Je n'en peux plus d'attendre. Je sais que le délai pour une greffe est au minimum de six mois mais je garde l'espoir que le téléphone sonne à chaque minute. Si seulement je pouvais me trouver une autre occupation que de remplir le ventre des deux hommes de la maison.

Contre toute attente, la porte de la villa s'ouvre et je vois Ben entrer. Il est déjà là ? Il est à peine quinze heures.

Il dépose ses clés dans le vide-poches de l'entrée et sa mallette sur une des chaises du séjour. Je me lève, heureuse de le voir.

– Tu es déjà là ? demandé-je.

Il hoche simplement la tête.

– Quelque chose ne va pas ?

Il grimace puis me blottit contre lui. Il dépose un baiser sur mes lèvres.

– Mon père, lâche-t-il.

– Oh ! Qu'est-ce qu'il t'a fait ?

– Il me pourrit la vie. Il me soûle. Il veut que je parte pour Seattle pour un dossier que je n'ai même pas suivi, sous prétexte qu'il ne peut pas y aller lui-même.

– Oh ! Tu pars quand ?

– Demain. Je serai de retour vendredi soir.

Il desserre sa cravate et la retire puis défait deux boutons de sa chemise.

– L'avantage, c'est que je suis rentré plus tôt et que je vais pouvoir profiter de toi.

Il me sourit, me fait relever le visage et dépose un baiser sur mes lèvres.

Ça y est ! Je suis accro. Complètement.

– Sam n'est pas là ?

– Non, il finit l'école à quinze heures trente et Lola va le chercher pour l'emmener au parc. On est seuls. Enfin, il y a Lydia. Dans la salle de bains.

Il lève son visage vers l'étage.

– Je vais aller lui dire de rentrer.

Il dépose un nouveau baiser sur mes lèvres et tourne les talons vers les escaliers. Je le regarde monter à l'étage.

Oui, c'est officiel ! Je suis complètement accro et carrément foutue.

Il redescend quelques minutes plus tard, suivi de Lydia. Elle m'adresse un sourire alors qu'elle récupère son sac à main.

– Bonne journée, Selena.

– À toi aussi, Lydia.

Elle claque la porte derrière elle et Ben me saisit aussitôt par la taille, impatient. Il me serre contre lui et je n'arrive pas à contrôler le rythme de mon cœur.

– J'ai pensé à toi, dis-je.

– J'espère bien.

Je ris.

Quel prétentieux !

– Cabeza grande !

C'est à son tour de rire.

– J'ai fait des *papas rellenas* rien que pour toi.

– C'est vrai ? Tu es géniale !

Je ris. Comment faire plaisir à un homme ? En lui remplissant l'estomac. Ma mère avait raison sur ce point.

– Je vais les dévorer, mais avant ça, c'est toi que je vais dévorer, dit-il.

Je laisse échapper un rire. Il s'approche de moi, tel un prédateur. Il me fait rire car je vois clairement que ça l'amuse.

– N'aie pas peur, souffle-t-il.

– Je n'ai pas peur.

Il sourit de nouveau puis dégage une mèche de mes cheveux de sa main. Mon souffle se coupe et mon cœur tambourine. Un délicieux frisson court le long de ma colonne vertébrale.

– Tu ne peux pas savoir comme j'ai envie de toi, Selena.

Sa remarque me fige. J'en ai envie, moi aussi, mais je ne sais pas si je suis prête. Mon corps le réclame, je le sais, mais ma raison est maîtresse de cette bataille. Mon erreur avec Alejandro est de m'être offerte à lui trop tôt et même si j'ai confiance en Ben, j'ai besoin de me sentir en paix avec moi-même, avec mon passé avant de succomber. Je dois tourner la page, terminer le chapitre Alejandro avant d'écrire une nouvelle partie de mon histoire et d'y inscrire le nom de Ben.

– Ben, on…

– Oui, je sais, me coupe-t-il. Et je sais que je dois prendre mon temps avec toi. Tu en as besoin et même si ça me rend fou, je saurai être patient.

– Je…

– On va y aller progressivement. Je ne veux pas me planter avec toi.

Il ne peut pas savoir comme sa remarque me fait du bien. Car oui, j'ai besoin de temps avant de redevenir pleinement une femme.

– Et quand tu seras prête, tu seras entièrement à moi.

Je souris à mon tour. Il me tarde de l'être.

– Mais en attendant, je vais te montrer que tu peux avoir confiance en moi. D'accord ?

Je hoche la tête comme une gourde et il me sourit, satisfait.

Il s'assoit sur le canapé et m'attire aussitôt en m'installant sur lui. Il ne cesse de me fixer de son regard qui en ferait succomber plus d'une, se penche vers moi et parsème mon visage de baisers. C'est agréable. Délicieux. Excitant. Ses mains se baladent sur moi et quand il les passe sous ma chemise, je souris. Oui, c'est drôlement excitant. Sentir ses doigts sur moi me provoque un sentiment que je pensais enfoui depuis longtemps. Je désire un homme, je le désire, lui. Mon corps répond aussitôt à son toucher. Il le réclame même et je sens mes tétons se durcir de plaisir. Ses pouces font des petits cercles sur ma peau et il me caresse lentement et avec douceur. Aucun homme ne m'a touchée ainsi. Je n'ai connu que la brutalité. Avec Ben, c'est bon.

– Tu es toute douce et toute chaude, souffle-t-il.

Ma main se pose aussitôt sur son torse. Une des siennes s'agrippe fermement à ma taille alors que l'autre se déplace. Il dégage le col de ma chemise et vient embrasser mes clavicules. Un frisson parcourt ma colonne vertébrale. Je retiens mon souffle. J'aime ça.

– Dis-moi quand je dois m'arrêter, dit-il.

Surtout pas !

J'aime les sensations que me provoquent ses baisers. C'est tellement doux, tellement naturel.

– D'accord.

Son autre main libère ma taille. Il cesse de m'embrasser et me fixe, attendant je ne sais quelle approbation. Bien sûr qu'il l'a. Mon corps et mon cœur tout entiers sont curieux de vivre ce sentiment. Un homme me désire pour ce que je suis et non pas uniquement pour mon corps.

Au bout d'un moment, ses doigts viennent jouer avec un bouton de ma chemise et le défont. Il sourit. Il s'attaque au deuxième bouton et tous les autres sautent en moins de temps qu'il n'en faut pour le dire. Je retiens mon souffle. Ben a déjà vu mon corps, que ce soit au 3G ou même lors de sa fête d'anniversaire, mais j'appréhende qu'il me voie réellement nue pour la première fois, qu'il me voie, moi, Selena, et non Shania.

Il dégage lentement l'un des pans de ma chemise, laissant entrevoir la moitié de mon corps. Une lueur danse dans ses iris. Il me désire réellement. Son sourire s'élargit quand il dégage le deuxième pan. Il fait tomber ma chemise et ses mains me saisissent rapidement la taille. Je suis surprise sur le coup mais je finis par rire en comprenant son impatience. Je le suis tout autant.

– Tu es magnifique.

J'en rougirais si je le pouvais. Ça change des : « T'es bonne » grossiers des clients du 3G. Il se redresse légèrement et continue à embrasser mon cou. Ses lèvres descendent, remontent puis redescendent. Il va me faire devenir folle. Il s'interrompt au bout d'un instant et plonge son regard dans le mien. Il ne m'a jamais paru si sérieux.

Sa main se pose alors sous mon sein et je sais qu'il hésite. Mais quand je lui souris, il se décide et passe une main dans mon dos. Je le sens jouer avec l'agrafe de mon soutien-gorge quelques secondes et il le décroche, dévoilant ma poitrine.

– Divine ! sourit-il en m'observant.

Je baisse la tête timidement, gênée par sa remarque. Il la relève en posant son pouce et son index sur mon menton et me force à le regarder.

– Ne sois pas gênée, je ne dis que la vérité. Tu es exceptionnelle, Selena, ne l'oublie jamais.

Il fond alors sur mes lèvres et m'embrasse avec plus de passion. Sa langue vient taquiner la mienne et j'en gémis de plaisir. J'aimerais que sa langue vienne au contact de chaque parcelle de mon corps, de chaque centimètre carré.

C'est la première fois que je désire autant un homme. Avec Alejandro, c'était différent. Je n'étais qu'une adolescente de 15 ans quand je me suis offerte à lui. Je n'avais aucune expérience autre que des rapports forcés. J'étais timide et apeurée mais là, je suis curieuse et impatiente. J'ai envie de découvrir des sensations nouvelles, celles que je peux ressentir quand je suis désirée par un homme. Par Ben.

Je sens alors des vibrations sous ma cuisse et Ben se recule de mon visage, surpris. Il fouille dans sa poche, me disant qu'il va le couper. Mais quand il vérifie l'écran, il se fige avant de laisser échapper un petit grognement.

– Et merde ! Je dois répondre. On continuera plus tard, bébé.

Il dépose un petit baiser sur mes lèvres, me sourit pour s'excuser puis décroche.

Peut-être est-ce mieux ainsi. Car je ne sais pas s'il aurait été bien de succomber aussi vite. J'ai envie de laisser parler mon cœur mais j'ai trop peur de céder aussi facilement. Et je ne sais pas si je me sens tout à fait prête. Même si Ben me guérit de mes maux de jour en jour, je ne peux ignorer ma raison, qui me souffle d'aller doucement, de ne pas reproduire mes erreurs passées. Je sais que Ben ne me fera jamais de mal, il n'est pas violent, mais en réalité, j'ai bien plus peur du mal qu'il pourrait faire à mon cœur.

25

Ben

Quatre jours ! Quatre putains de jours interminables ! J'ai cru que cette semaine ne se terminerait jamais.

Le premier jour, je suis parti pour Seattle avec un sentiment de culpabilité. Je ne voulais pas laisser Sam et Selena seuls. C'était surtout un sentiment purement égoïste. Ils allaient me manquer. Surtout elle.

Le deuxième, j'ai couru partout. Mon emploi du temps était bien trop chargé, mais je n'ai pas pu m'enlever Selena de la tête. Je ne pouvais m'empêcher de m'inquiéter pour elle et pour Sam.

Le troisième, j'étais à deux doigts d'envoyer chier ce con d'Applewhite. Il m'a fatigué à s'évertuer à se plier en quatre, à me lécher le cul pour sauver les emplois de sa société. J'ai dû lui promettre un tas de choses pour qu'il accepte de revendre sa société de transport. Des compromis que mon père ne tolérera pas, mais j'ai bien compris qu'Applewhite ne lâcherait pas son affaire tant que je ne l'aurais pas rassuré sur l'avenir de ses employés.

Quant à aujourd'hui, le temps semble s'amuser avec mes nerfs. Ça n'avance pas, et je soupçonne un mec de s'être amusé à reculer les horloges d'une heure tous les quarts d'heure.

Je n'ai qu'une hâte, retrouver Selena et la blottir contre moi.

Surtout après cette journée passée avec elle, lundi. Elle était parfaite, et je crois que si mon père ne m'avait pas appelé, j'aurais pu trahir la promesse que je lui ai faite. Bien évidemment, je ne veux pas prendre mon temps. Je la veux, et ce depuis presque un mois. Je rêve d'elle, nue sur moi, et de moi bien blotti en elle.

Mais je lui ai dit que je ne la brusquerais pas. J'étais sérieux quand je lui ai dit que je ne voulais pas faire le con avec elle. Je veux vraiment que ça marche. Et ça ne m'effraie pas. Mes amis ont tous eu des relations sérieuses avec des filles, je suis le seul à qui ça n'est jamais arrivé. Et quand je les voyais, complètement niais devant leur meuf, je ne comprenais pas. Je me suis pas mal foutu de leur gueule, à ces crétins, et je sais que maintenant, c'est mon tour de supporter leurs moqueries. Mais honnêtement, je m'en fous. Je suis prêt. Et pour Selena, ça vaut le coup. Je ne ferais ça que pour elle.

La savoir loin de moi pendant quatre jours a été insupportable. Je suis complètement dingue d'elle et je comprends mieux ce que Hunter m'a dit. Et il a raison. Je crois que j'ai pour Selena autre chose que de l'affection. C'est bien plus fort. Dire que je n'aurais pas parié là-dessus avant elle.

Moi, Benjamin Lawson, accroché à une fille.

OK, je le dis. Je crois que je suis tombé amoureux de cette femme. Non, je suis complètement amoureux d'elle. Et si j'avais su que ça rendrait aussi heureux, j'aurais cherché l'amour depuis longtemps.

Je sors de l'avion et remarque aussitôt la grosse berline noire de mon père. Je souffle d'agacement. Je n'ai vraiment pas envie de le voir.

Son chauffeur sort de la voiture et me salue d'un signe de tête. Il saisit ma valise puis m'ouvre la portière. Je grimpe rapidement dedans.

Mon père ne relève même pas la tête. Il est concentré sur l'écran de son Smartphone et m'ignore totalement. Je sors à mon tour le mien et envoie un message à Selena.

[Je viens d'atterrir.
Prépare-toi à recevoir
tous les baisers que
je te dois depuis quatre jours.]

Je verrouille mon téléphone et le garde dans ma main, attendant sa réponse qui ne tardera sûrement pas. À mes côtés, mon père lève enfin le nez alors que son chauffeur remonte dans la voiture.

– Comment ça s'est passé ? demande-t-il.

Je soupire d'agacement. Il me soûle déjà. Il ne peut pas être un père comme tous les autres. Un « Bonjour mon fils, ton vol s'est bien passé ? » serait de trop ?

– Ça a été. Applewhite a été dur en affaires et j'ai dû faire quelques concessions, notamment sur le maintien des emplois, mais il était satisfait quand je suis reparti. Je pense qu'il vous contactera la semaine prochaine pour établir un contrat de rachat.

Mon père, étonné, tourne sa tête vers moi. Sa tête s'incline légèrement.

– Très bien. Je vois que tu as su mener cette affaire d'une main de maître.

Waouh ! Un compliment ! Il va neiger en mai à Miami !

– Merci, Père.

Il me sourit. Deuxième miracle de la journée. Il se passe quoi ? Mon père ne va pas tarder à claquer ou quoi ?

Mon téléphone se met à vibrer et je le déverrouille aussitôt.

[Il me tarde de voir ça.
Et j'ai hâte de te retrouver.]

Il me tarde de la retrouver aussi.

– J'ai vu que tu serais accompagné à la journée des employés, me dit-il en se concentrant de nouveau sur son téléphone.

Je tourne la tête vers lui. Je sais qu'il espère que je lui donne le nom de Julia Bowman mais il risque de tomber de haut.

– En effet.

– C'est bien. Julia Bowman est un bon parti, tu as fait le bon choix.

Oh oui, j'ai fait le bon choix mais Julia Bowman ne fait pas partie de mes plans.

– Je n'ai toujours pas l'intention de me marier avec cette fille.

– Tu n'as pourtant pas le choix.

– J'ai préféré me ranger, père. Je ne sors plus.

– Je sais. J'ai remarqué que le nom de mon fils n'apparaissait plus sur les couvertures des journaux. Mais tant que tu ne trouveras pas la stabilité qu'il te faut, tu peux vite retomber dans tes vices. Tu te marieras avec la fille des Bowman et nous en discuterons dimanche midi avec eux.

Alors c'était donc ça, le plan. Que je reste au manoir pour parler d'un mariage dont je ne veux pas.

– Je ne pourrai pas me libérer, ce dimanche. J'ai bien peur d'avoir un empêchement.

Le regard de mon père s'assombrit encore plus. Sa mâchoire se crispe et je vois que ses poings se contractent.

– Eh bien, tu vas te libérer. J'exige que tu sois là. Et si tu refuses, tu devras te démerder pour te trouver un autre travail.

Nous nous défions du regard.

– Encore une fois, tu es une déception, Benjamin.

– Alors, reniez-moi ! Je ne demande que ça.

– Pour faire quoi de ta vie ? Tu n'es qu'un bon à rien, juste bon à provoquer la mort de ton frère ou celle de ta mère.

Sa remarque me fait l'effet d'une douche froide. Il me le reprochera toujours.

La voiture s'immobilise et je prends seulement conscience que nous sommes devant les bureaux de Lawson Enterprise.

Je sors précipitamment. Le chauffeur de mon père patiente déjà à l'extérieur, ma valise à la main. Je la lui prends aussitôt. Je claque la portière et contourne la voiture. La vitre de mon père s'abaisse alors et j'entends :

– Si tu ne viens pas au déjeuner, tu peux faire une croix sur tout ce que tu possèdes.

Je me retiens de lui faire un doigt d'honneur. Je déteste mon père et je ne supporte plus de céder à la moindre de ses exigences. Je n'irai pas à son déjeuner et j'ai hâte de voir la tête qu'il fera quand il apprendra que je suis déjà marié.

***

Quand je pousse la porte de la villa, je sens de petits bras s'agripper à mes jambes. Je baisse la tête et vois le grand sourire de Sam. Je me baisse aussitôt et le soulève sans difficulté. Il est tellement léger. J'adore ce gosse. Il est génial et savoir que je lui ai autant manqué me réchauffe le cœur.

– Salut, champion !

– Salut, Ben ! Tu m'as trop manqué !

Lui aussi m'a manqué, tout autant que sa merveilleuse maman.

Il embrasse ma joue et mon regard se porte sur la plus belle chose que j'ai vue au monde. Elle porte une petite robe bleue qui lui va à ravir. Elle s'approche de moi, le sourire aux lèvres. Je dépose un baiser sur sa joue, à défaut de pouvoir le faire sur ses lèvres.

– Jolie robe ! dis-je.

– Merci. C'est mon mari qui me l'a offerte.

– Il a bien fait. Tu es magnifique.

Elle porte ses yeux sur Sam qui, lui, me regarde, amusé.

– Tu peux le faire. Je sais que vous vous faites des bisous parce que vous êtes des amoureux, dit Sam.

Ce gamin est aussi surprenant que sa mère. Et très intelligent.

– Alors, si tu m'y autorises… soufflé-je.

Je le dépose au sol et m'approche de Selena. Elle sourit et passe déjà sa main sur ma nuque. C'est elle qui m'attire contre elle et m'embrasse fougueusement. Je ne vais pas me plaindre. J'étais carrément en manque d'elle. Et sentir son corps contre le mien, ses lèvres douces et le parfum de sa peau qui n'appartient qu'à elle me donne la sensation d'être encore plus vivant.

Putain, je suis fou d'elle. Comment ai-je pu vivre toutes ces années sans connaître cette sensation ? Comment ai-je pu vivre sans elle toutes ces années ? J'ai l'impression que ma vie a commencé depuis quelques jours. Qu'avant, je n'étais qu'un homme sur Terre, persuadé que je profitais de chaque moment de la vie alors qu'en réalité, je n'avais pas conscience du monde autour de moi. C'est comme si je découvrais l'éclat des couleurs, que mon ouïe s'affinait. Tous mes sens sont en alerte quand je la vois. Oui, la vie est bien plus belle quand elle est à mes côtés.

Je comprends mieux pourquoi Luke me disait que j'étais cuit. Je n'avais pas compris sur le coup mais maintenant, c'est bien clair. Et il a raison. Je suis cuit car mon corps, mon esprit et mon cœur brûlent et s'embrasent pour son sourire, pour ses baisers, pour elle, tout simplement.

Quand elle recule son visage du mien, je laisse échapper un soupir qui la fait rire.

Son attention se porte sur Sam qui nous fixe, curieux. Il rit avant de se faufiler dans le jardin en courant, sous les protestations de sa mère.

– Ton vol s'est bien passé ? me demande-t-elle.

– Oui, oui. Ça décolle, ça vole, ça atterrit. Rien de bien extraordinaire, mais merci de le demander.

– C'est normal.

Elle porte ses mains au col de ma chemise, défait le nœud de ma cravate et déboutonne les deux premiers boutons.

– Bon retour chez toi, alors.

Elle se met sur la pointe des pieds et dépose un petit baiser sur mes lèvres.

– Et toi ? Ta semaine ?

– Rien d'exceptionnel. Je me suis occupée de Sam, j'ai fait un peu de shopping. Samy avait besoin de vêtements et moi aussi. J'ai été sage et je me suis juste acheté cette robe et une autre pour demain. Je n'ai pas trop dépensé ton argent.

Je roule des yeux.

– Tu n'as pas à me faire un rapport détaillé de tes dépenses. Fais-toi plaisir, Selena.

Elle marmonne quelque chose dont je ne comprends pas un traître mot puis se dirige vers la cuisine. Elle sort une bouteille d'eau du frigo, m'en propose une que je refuse et s'assoit sur un tabouret.

– Tu n'as rien fait d'autre ? demandé-je en m'asseyant face à elle.

– Bah non. Ma vie est ennuyeuse quand je ne suis pas avec vous.

Elle laisse échapper un soupir. Je comprends que ce ne doit pas être facile pour elle. Une fois Sam déposé à l'école, elle ne doit rien faire d'autre qu'attendre.

– Pourquoi tu ne trouverais pas une passion ou un travail pour t'occuper ?

Elle lève les yeux vers moi.

– Il y a le contrat, je te rappelle.

Je savais que je n'aurais pas dû signer ce contrat. Ce n'est même pas moi qui en ai eu l'idée, c'est Luke, disant que l'ancien job de Selena pourrait nuire à ma réputation.

– On s'en fout du contrat, lâché-je.

Elle secoue la tête.

– Ce n'est pas comme si quelqu'un voulait de moi.

Moi, je veux d'elle ! Tout entière.

– Je n'ai même pas de diplôme, reprend-elle en haussant les épaules.

Elle baisse une nouvelle fois la tête. Je suis sûr qu'elle ne se rend pas compte du potentiel qu'elle a. Quand elle m'a donné un rapport détaillé sur le dossier Beauty Institut, je l'ai trouvée très professionnelle. Elle a eu des idées très intéressantes et elle m'a, une fois de plus, surpris.

– Et pourquoi tu ne profiterais pas de ton temps libre pour reprendre tes études ? suggéré-je.

Elle relève la tête et m'adresse un large sourire.

– Pour faire quoi ?

– Ce que tu veux. Tu voulais faire quoi quand tu étais petite ?

Elle rit aux éclats. Je sens qu'elle va me sortir quelque chose de surprenant.

– Je voulais être une princesse.

En réalité, rien de surprenant. Toutes les petites filles rêvent de devenir des princesses.

– J'ai dû louper le coche, me dit-elle en riant. Sinon, je voulais être vétérinaire. J'adore les animaux et plus tard, quand j'aurai ma maison, j'aimerais avoir plein de bêtes chez moi.

– Alors, tu devrais faire ça. Inscris-toi dans une université. Ou suis des cours à domicile.

– Non. Je ne peux pas être vétérinaire. Les études sont beaucoup trop longues.

Elle a raison. Mais si c'est ce qu'elle souhaite, je l'encouragerai. Moi, je n'ai pas eu d'autre choix que de faire des études dans la finance. Mon père me l'a imposé pour que je reprenne Lawson Enterprise avec Sam.

– Pourquoi pas en marketing ? Tu es plutôt douée.

– Je ne sais pas, Ben. Je vais y réfléchir. Mais tu as raison, je pourrais reprendre mes études. J'y ai songé, un jour, mais les frais d'inscription étaient aussi chers que les médicaments de Sam alors j'ai fait mon choix. Sam sera toujours ma priorité.

– Mais maintenant que je suis là, je veux que tu penses à toi, d'accord ? Peu importe ce que tu choisiras, je t'encouragerai.

Elle me souffle un « Merci » gêné. Je me lève alors de mon tabouret et la prends dans mes bras.

– Et puis, je pourrai me la péter devant mes potes quand je leur dirai que je suis avec une jeune étudiante sexy.

***

J'aide Selena à débarrasser la table. Ce soir, j'ai cuisiné et sans me vanter, c'était plutôt pas mal. Mon nouveau rythme de vie est agréable. Je ne pensais pas que devenir un mari et endosser un rôle de père serait aussi évident pour moi. Mais avec Sam et Selena, c'est tellement naturel. J'aime ça ! Sam est concentré sur un dessin, coloriant un cheval à deux pattes.

– Qu'est-ce que tu dessines, champion ? demandé-je.

Sam relève la tête puis tend sa feuille vers moi.

– Mon cheval. Maman m'a dit qu'on irait en faire un jour, tous les trois.

J'aime quand Selena m'inclut dans ses projets. J'ai l'impression de vraiment compter pour eux et de faire un peu plus partie de leur vie.

– Ah oui ? Tu aimerais vraiment en faire ?

Sam hoche la tête plusieurs fois.

– Eh bien, maman, toi et moi, on ira en faire le week-end prochain.

Le visage de Sam s'illumine et ses yeux pétillent.

– C'est vrai ?

– Oui. On préparera nos affaires et on ira voir Mag. Elle a une grande maison avec plein d'animaux et elle a même des chevaux.

– Mais c'est qui, Mag ? Je ne la connais pas, moi.

Je ris. Non, il ne la connaît pas, mais Mag l'adorerait. Elle a toujours aimé les enfants dégourdis et curieux comme lui.

– Mag, c'est ma belle-mère. C'est comme une maman.

– Oh ! Je comprends un peu. Bah moi, je veux bien aller chez Mag. Si elle est comme ma maman, elle doit être gentille.

Je ris. Ouais, Mag est super. Sam regarde sa mère, comme pour lui demander l'autorisation.

– On pourra y aller, maman ?

Je me retourne et regarde Selena. Elle est occupée à nettoyer une casserole. Elle tourne la tête, nous regardant par-dessus son épaule.

– Ça dépendra si tu es sage, dit-elle.

– Je suis toujours sage, lance Sam.

Selena pouffe.

– Oui, c'est vrai. Mais peut-être que Mag a déjà prévu quelque chose. Il faudrait que Ben l'appelle.

Sam tourne son visage vers moi et me supplie du regard. Je sors mon téléphone de ma poche et compose déjà son numéro.

L'Interphone de la villa se met alors à sonner et Selena m'annonce qu'elle va ouvrir. J'en profite pour aller dans mon bureau.

Je sais que ce coup de fil n'est qu'une formalité. Mag sera enchantée de nous recevoir. Elle décroche presque aussitôt.

– Salut, Mag, dis-je.

– Tiens, tiens, tu te rappelles enfin que tu as une belle-mère.

Ça y est ! Elle va me faire son discours moralisateur. Autant que je la coupe tout de suite.

– C'est bon, Mag. Avant que tu me fasses la leçon, j'ai une nouvelle à t'annoncer.

– Oh, mon Dieu ! Tu vas te marier ?

Je me fige quand j'entends sa question. Merde ! Je n'avais pas inclus le souci Mag quand je me suis marié. Elle va me tuer dès qu'elle l'apprendra.

– Je… Non… Je voulais savoir si je pouvais venir le week-end prochain.

– Mais bien sûr. Tu es toujours le bienvenu, mon chéri. Je suppose que Selena sera là ?

Depuis que je lui ai parlé de Selena, Mag ne cesse de me harceler de messages et d'appels pour que je la lui présente.

– Tu supposes bien. Et Sam aussi.

– Sam ? demande-t-elle, surprise.

Je sais qu'elle pense à mon frère. Il ne me semble pas lui avoir dit que Selena avait un fils.

– Le fils de Selena. Il a 5 ans et il est génial.

– Je n'en doute pas. Et puis il sera bien chez moi, avec le grand jardin et les animaux.

– Justement.

– Vous arrivez quand ? Vendredi ?

– Euh… Sûrement. Je te confirmerai.

– N'oublie pas.

– Non, non.

Je devine son sourire à l'autre bout du combiné. Elle sait que je vais oublier.

– Oh, Ben, je suis contente que tu viennes et que tu te décides à me présenter enfin une fille. J'ai hâte de la rencontrer.

– Merci, Mag. Tu verras, elle est exceptionnelle.

– Oh ! Je n'en doute pas. Ce doit être une sainte pour te supporter au quotidien. Non, je plaisante. Tu es un amour et je sens que je vais bien m'entendre avec ta Selena.

Mag adore m'embêter.

– On se voit dans une semaine ? demandé-je.

– Oui, j'ai hâte.

– OK, je te laisse alors.

– Bisous, mon chéri.

Je raccroche. Mag va adorer Selena, elle ne peut pas faire autrement.

Je fourre mon téléphone dans ma poche et sors de mon bureau. J'entends aussitôt des rires provenant du séjour. Qui cela peut-il bien être ?

Je vois Selena et ses deux amies sur le canapé, riant comme des collégiennes. Quand elles m'aperçoivent, elles me fixent, le sourire aux lèvres.

– Voilà le prince charmant, fait la blonde.

Prince charmant ? Elle est loin du compte, la pauvre.

La brune me fixe du regard.

Je m'approche d'elles et les salue.

– Amber et Becky passaient par là, me dit Selena.

Elles passaient par là ? Les petites menteuses. Elles ont dû faire un sacré détour pour passer par Coconut Grove.

– Ça ne te dérange pas ? demande Selena.

– Non, bien sûr que non. Je vous avais dit que je vous laisserais Selena pour une soirée entre filles et je suis rassuré de savoir que vous êtes venues sans mecs.

Amber sourit de plus belle.

– Ouais. Donc ça veut dire que tu vas devoir t'en aller, fait Amber.

Les yeux de Selena s'écarquillent alors que je suis encore plus amusé. Cette fille a un sacré aplomb et je la trouve marrante.

– OK. Alors je vais filer, dis-je.

J'aurais préféré passer la soirée avec Selena mais je me souviens de la menace de Hunter si je ne sortais pas avec eux.

Selena paraît soudainement tendue. Ses yeux ne cessent de se balader entre ses amies et moi.

– Tu vas faire quoi ? me demande-t-elle.

– Si vous faites une soirée filles, je vais aller retrouver mes amis.

Selena paraît encore plus tendue. Elle n'a pourtant aucune crainte à avoir. Je compte bien passer une soirée tranquille avec mes potes. Boire un verre et sûrement faire une partie de billard, juste entre mecs.

Je tourne les talons, amusé. Je vois bien qu'elle est jalouse. Ça veut dire qu'elle tient à moi et ça me rend tout bêtement heureux. Elle se lève du canapé et vient me rejoindre au moment où je prends les clés de ma voiture. Elle s'approche timidement de moi, sa lèvre inférieure coincée entre ses dents.

– Tu… Tu vas…

– Au 3G ? la coupé-je. Non, Selena. Je vais seulement aller m'amuser avec mes potes.

Elle esquisse un petit sourire pas vraiment crédible.

– Tu te rappelles qu'il y a une clause dans le contrat qui nous impose une relation exclusive ? dis-je pour la rassurer.

Elle hoche la tête.

– S'il y a bien une clause dans ce contrat que ni toi ni moi ne devons trahir, c'est bien celle-là. Et je n'en ai pas l'intention.

Elle semble vouloir dire quelque chose mais se ravise.

– Aie confiance en moi. La seule fille qui partagera mon lit ce soir, c'est ma merveilleuse femme.

Elle paraît rassurée cette fois-ci mais je perçois une part de doute dans son regard. Pourtant, je compte bien tenir ma promesse, et respecter cette clause par la même occasion.

J'entoure son visage de mes deux mains et dépose un baiser sur ses lèvres. Mon cœur s'emballe et une vague de chaleur m'envahit. Je crois que je n'ai jamais autant aimé embrasser une femme. Et pas n'importe laquelle. La mienne…

Elle… Selena…

26

Selena

Il m'adresse un grand sourire puis claque la porte derrière lui. Je regarde celle-ci un instant, les sourcils froncés et l'ongle de mon index coincé entre mes dents.

J'ai confiance en lui, sincèrement. Mais quand il a dit qu'il allait rejoindre ses amis, je n'ai pas pu m'empêcher de penser à leur regard salace quand ils lorgnent une femme. Et j'ai peur, bien trop peur.

Pourtant, ce qu'il m'a dit avant de m'embrasser m'a rassurée mais quand les mecs sont ensemble, ça peut vite dégénérer. J'en ai souvent vu l'exemple au 3G.

Je me retourne et vois mes deux amies assises sur le canapé en train de me fixer. Elles ont sûrement dû nous espionner. Personnellement, je l'aurais fait alors je ne leur en veux pas du tout.

Amber me sermonne du regard alors que Becky tapote l'assise du canapé, m'annonçant un futur interrogatoire dont je ne suis pas sûre de sortir indemne. Je sais qu'elles peuvent être chiantes quand elles s'y mettent.

Après la soirée à Little Havana, je n'ai pas eu le courage de les appeler. Je leur ai simplement envoyé un SMS, promettant de tout leur expliquer prochainement. Autant Becky a l'air de croire en notre couple, autant Amber ne semble pas dupe.

Je ne sais même pas ce que je vais leur raconter. La vérité ? Je ne la connais même pas, du moins pas entièrement. Elles pensent que je me suis mariée par amour. Oui, la timide et terre à terre Selena ne pourrait jamais se marier par intérêt, à leurs yeux. Et vu le nombre de fois où elles m'ont bassinée avec leur discours sur l'amour et le mariage, me marier par amour serait la solution la plus évidente.

Je sais qu'elles ne me jugeront pas quand elles connaîtront la véritable raison de ce mariage, contrat compris. Elles me soutiendront, comme elles le font depuis tant d'années. Mais en réalité, j'ai plutôt honte. Il y a un mois, je jugeais Destiny et ses faux seins et je crains qu'elles ne me le rappellent.

Sauf que ce mariage arrangé se transforme de plus en plus en une véritable relation. J'aime Ben, il a réussi à m'ouvrir de bien des façons, bien trop vite à mon goût. Mais c'est indéniable, je suis folle amoureuse de lui. Autant arrêter de faire l'autruche plus longtemps. Mais le truc, c'est que, je n'ai aucune idée de la nature des sentiments qu'il peut avoir pour moi. Peut-être en a-t-il ? Ou peut-être est-il tombé dans le jeu de la séduction comme n'importe quel homme et qu'il n'a que de l'affection pour moi ? Si c'est le cas, j'en serais dévastée.

Je m'approche de mes amies, prête à leur dire la vérité. Je la leur dois bien, elles ont fait tellement de choses pour moi.

Et puis, je n'aime pas le mensonge, je trouve que ça complique beaucoup trop les choses. Et l'honnêteté est une vertu qui devrait être plus souvent respectée. Oui, je vais leur dire la vérité. C'est ce que j'ai de mieux à faire.

Je m'assois entre elles deux et sens déjà qu'elles s'impatientent. Je prends une grande inspiration.

– OK, je vais satisfaire votre vilaine curiosité, bande de petites pestes.

Becky sourit alors qu'Amber garde un visage neutre.

– Bon alors, je ne sais pas trop par où commencer. Je crois que je peux zapper l'épisode du 3G.

– On s'en fout de votre rencontre, dis-nous ce qui nous intéresse. C'est un bon coup ?

Je fixe Becky et secoue la tête, navrée. Tout se rapporte au sexe avec mes amies.

– Je n'en sais rien, dis-je.

Amber se relève rapidement et brandit ses mains en l'air.

– Yeah ! Je le savais ! C'est un mariage arrangé.

Je sursaute presque à son geste. Putain, elle est grave et vraiment très intelligente.

– Mais non, dit Becky. Qu'est-ce que tu racontes ? Ils sont amoureux. Tu les as vus, toi aussi.

Becky tourne son visage vers moi pour que je lui confirme. Sauf que je ne peux pas. Je suis amoureuse, mais pour Ben, je n'en sais rien.

– Mais c'est toi, qu'est-ce que tu racontes ? répond Amber. On parle de Selena, là.

– Euh… ça veut dire quoi « On parle de Selena, là » ? interviens-je.

Amber se rassoit et saisit ma main dans les siennes.

– Ne te vexe pas, ma belle. Tu sais que je t'adore. Mais tu es beaucoup trop responsable pour te marier par amour avec un mec aussi rapidement. Je suis sûre que tu attendrais au moins dix ans. Peut-être vingt.

– À part si c'est vraiment un bon coup et que Selena ne nous dit pas tout, fait Becky.

Amber tourne le visage vers notre amie.

– Mais t'es encore plus nymphomane que moi, ma pauvre. On ne se marie pas avec un mec pour sa queue !

Becky hausse les épaules en souriant. Si, Becky serait bien capable de le faire. C'est une amoureuse en série et elle est aussi insatiable au lit qu'Amber.

– Bon, dis-nous tout, maintenant, Selena. Tu t'es mariée pour son fric ? fait Amber.

– Quoi ? Mais non ! réponds-je, outrée.

C'est au tour de Becky de se lever et d'agiter les bras. En fait, je ne sais pas laquelle de mes amies est la plus folle.

– Assieds-toi, Becky. Je vais vous expliquer.

Ma blonde préférée trépigne déjà d'impatience, pressée de connaître les derniers ragots.

– Bon, vous connaissez l'histoire de la laverie ?

– Oh oui, c'était si romantique, soupire Becky.

– Romantique ? Pathétique, tu veux dire, la reprend Amber.

– Bon, vous voulez que je vous raconte ou vous préférez pinailler sur des conneries, lâché-je, commençant à perdre patience.

Elles vont réussir à me rendre dingue avant la fin de la soirée. C'est déjà assez compliqué d'expliquer toute l'histoire, alors si elles me coupent la parole toutes les deux secondes…

– OK. Je reprends mais vous fermez vos bouches, ordonné-je.

Becky me fait comprendre d'un geste qu'elle va se taire et Amber secoue la tête, dépitée par l'immaturité de notre amie.

– J'ai été le voir à la laverie et je n'ai pas pu m'empêcher de lui faire ma petite leçon de vie.

Amber roule des yeux, comme pour le plaindre.

Petite peste !

– Je lui ai expliqué pourquoi je dansais, que tout ça, c'était pour Samy. Et il a compris. Il a si bien compris qu'il m'a proposé une couverture sociale et la citoyenneté américaine si je me mariais avec lui.

Amber écarquille légèrement les yeux alors que Becky sourit. C'est dingue comme mes amies peuvent être différentes. Comme le petit ange et le petit diable coincés dans mon crâne.

– Après une semaine de harcèlement, j'ai fini par accepter sa proposition.

– Oh, mon Dieu ! Tu l'as fait ? demande Becky.

– Oui, je l'ai fait. Je l'ai fait pour Sam. Sauf que j'ai imposé mes conditions. Et nous avons signé un contrat.

– Un contrat bien salace, à ce que j'ai pu comprendre, ironise Amber.

Si seulement elle savait…

Elle va sûrement rire en entendant la clause que j'ai imposée, à savoir pas de sexe.

Ou s'étouffer, peut-être.

– Non, justement. Il y a une clause qui exclut le sexe et qui impose une relation exclusive entre nous.

Cette fois-ci, elles écarquillent toutes les deux les yeux, stupéfaites.

– Putain, mais moi, direct, je n'aurais pas signé, rien que pour cette clause. J'aime trop les mecs pour ne pas coucher avec eux, fait Amber.

– Et il a accepté de signer une clause d'abstinence ? demande Becky. Quoi, il est gay ? Comme le mec de Destiny ?

Je secoue la tête. Non, je ne pense pas que Ben soit gay. Ou alors, il cache bien son jeu.

– Mais non, il n'est pas gay, voyons ! Pourquoi veux-tu qu'il le soit ? Non, il a signé car je ne lui ai pas laissé le choix.

– Bah si tu veux mon avis, il doit cacher quelque chose, ton Ben.

Je plisse le front. Amber a peut-être raison. Mais qu'est-ce qu'il cacherait ? Non, mon amie s'imagine le pire. Elle s'imagine toujours le pire.

– Enfin bref, le lundi d'après, j'étais mariée et j'emménageais ici. Sam a une couverture sociale et il est sur la liste des receveurs d'organes.

Becky passe son bras sur mes épaules.

– Tu as bien fait, Selena. Tu as fait ça pour Sam. Encore une fois, tu nous montres que tu es forte et que tu es une maman qui déchire.

Oui, c'est pour Sam, mais je ne suis pas malheureuse pour autant. Comment le pourrais-je ? Je vis dans une belle maison, Sam et moi ne manquons de rien, Ben est adorable et même si ce mariage est un arrangement, j'ai la chance de ressentir de nouveau l'amour.

– Donc, si je comprends bien, dès que Sam a sa greffe, vous divorcez, demande Amber.

Je hoche la tête. Elle tend alors la main vers Becky.

– Tu as perdu, lui dit-elle. Tu me dois vingt dollars.

Les garces ! Elles ont parié sur la nature de mon mariage !

Becky soupire, fouille dans son sac à main et sort un billet qu'elle tend à Amber. Je le saisis aussitôt.

– Oh ! Vous êtes des…

Je m'interromps, ne pouvant trouver les mots concernant leur comportement.

– Aucune de vous deux n'a gagné, les sermonné-je en agitant le billet sous leur nez. Vous êtes des pestes !

Bah si ! J'ai trouvé le mot le plus adapté. Il était évident, pourtant.

– Oh ! Je sens que tu ne nous dis pas tout, fait Amber.

Je lève les yeux au ciel.

– En effet. Je… Même si on finira par divorcer, je n'ai pas hâte que ça arrive.

Ce n'est pas la mère qui a parlé, mais la femme. Je souhaite que Sam ait sa greffe au plus vite, lui assurant une meilleure vie, mais je sais que le jour où Sam se fera opérer, les formalités du divorce suivront rapidement. Cela fait-il de moi une personne égoïste ?

La main de Becky s'abat sur mon avant-bras et elle hoquette de surprise.

– Oh ! Vous êtes amoureux ?

Je hausse les épaules.

– Pour lui, je ne sais pas, soufflé-je.

Les deux filles se lèvent alors et improvisent une petite danse de la victoire. Elles sont folles.

– Putain, c'est génial, Selena. Tu as enfin réussi à combattre tes vieux démons. Ne te vexe pas, mais il était temps.

– Amber a raison, dit Becky. C'est génial. Et alors ? C'est un bon coup ?

Elle est terrible. Tout se rapporte au sexe, avec elle. Un peu trop, je crois.

– Je ne sais pas. Mais il embrasse très bien, dis-je.

– Comment ça, tu ne sais pas ? Vous n'êtes pas passés à l'acte ? demande Becky.

– Sûrement à cause du contrat. Tu t'en fous, Selena. Si tu en as envie, fais-le ! Et je suis sûre que tu aimeras ça et que tu en redemanderas, continue Amber.

– Peut-être, soufflé-je. Je… je lui ai raconté mon histoire, ce qu'il s'est passé à Cuba.

Mes amies cessent de sourire.

– C'est bien, Selena. On sait que ça a été dur pour toi de nous le dire et que tu t'ouvres à Ben montre que tu reprends confiance en toi.

Becky a raison. J'ai mis presque un an à leur raconter mon histoire. Alors qu'avec Ben, il m'a fallu trois semaines.

– Il m'a dit qu'il comprenait, qu'il serait patient, qu'il ne voulait pas se planter avec moi… Je ne suis pas sûre d'avoir tout compris. Mais il m'a rassurée.

Amber me donne une tape sur l'arrière du crâne. Je suis surprise par son geste et laisse échapper un « Ouille ! ».

– Mais tu n'es pas bien ? lâché-je.

Elle me menace de son doigt et me fait les gros yeux.

Qu'est-ce que j'ai encore fait ?

– Mais tu es conne, ou quoi ? aboie Amber.

– Bah quoi ?

– Tu ne comprends vraiment pas ?

Becky laisse échapper un rire.

– Les mecs ne pensent qu'à une chose : le sexe ! dit Amber. Et quand un mec te dit qu'il est prêt à attendre, ça ne signifie que deux choses.

– Lesquelles ? demandé-je, naïve.

– Soit il va tirer son coup ailleurs…

Je grimace aussitôt. Cette option ne me rassure pas et je tremble à l'idée qu'il puisse voir d'autres femmes. J'espère que la deuxième solution est plus agréable à entendre.

– Soit il est amoureux, continue Amber. Et vraiment prêt à attendre.

En effet, c'est plus agréable. Mais est-ce le cas pour Ben ? Je ne pense pas…

– Vous pensez que Ben a quelqu'un d'autre ? demandé-je.

Amber souffle d'agacement et dit :

– Becky, retiens-moi ou je la frappe.

– OK.

Elle se lève, se place derrière Amber et lui tient les bras.

Foldingues !

Et moi je ne pige plus rien. Elles ont réussi à m'embrouiller le cerveau.

– Mais qu'est-ce que ça veut dire, alors ? demandé-je.

– Qu'il est amoureux de toi, disent-elles ensemble.

***

Ben

– Oh, oh ! Regardez qui arrive ! Un revenant ! fait Hunter quand il m'aperçoit.

Je me fraie un chemin jusqu'à leur table. Je tire une chaise, commande un scotch à une serveuse et m'assois près de Luke.

Celui-ci tapote mon épaule pour me saluer alors que Hunter affiche un grand sourire. Aaron, le petit frère de Luke, me salue d'un signe de tête et Jason se décide enfin à relever la tête de son Smartphone, sûrement en grand échange de sextos avec son nouveau plan cul.

– Qu'est-ce que j'ai loupé, les gars ? demandé-je.

– Oh, rien d'exceptionnel, fait Jason. Hunter a sûrement attrapé une nouvelle MST, Aaron va être papa et Luke a gagné le prix Nobel de la connerie.

– Putain, qu'est-ce que tu es con ! soufflé-je. C'est toi qui gagnerais ce prix s'il existait. Pour les autres, c'est sûrement vrai.

Aaron et Hunter tournent la tête vers moi.

– Bah quoi ? Ne me regardez pas comme si j'avais tort et que ça n'était jamais arrivé.

Hunter hausse les épaules. Combien de fois il a nous dit qu'il avait chopé telle ou telle saloperie à cause d'une meuf ? Bon, il est clean et ne sort plus jamais sans un stock impressionnant de capotes, maintenant. Je crois que sa dernière mésaventure l'a calmé pour de bon.

– C'est bon, Ben, me sermonne Luke.

– Et tu as complètement faux pour moi, intervient Aaron, fier. Je n'ai mis aucune fille enceinte cette semaine.

– Normal, elles ne l'apprendront que dans trois semaines et c'est là que tes emmerdes commenceront.

Mes potes sont irrécupérables. J'en ai sauté, des filles, mais je n'ai jamais ramené de syphilis, de champignons, de mononucléose ni de gosses à la maison. Je ne sais pas comment ils font pour être aussi irresponsables. Jason, Luke et moi sommes beaucoup plus sérieux.

– Selena n'est pas avec toi ? fait Aaron.

– Elle est à la villa avec ses copines, dis-je.

Hunter se tend et sourit de plus belle.

– Alors ? Selena t'a rendu ta paire de couilles et t'a autorisé à sortir entre mecs ? fait Hunter.

– Non, parce qu'elle ne me l'a jamais prise. Comparé à toi, je ne suis pas un bon canard quand je suis avec une fille.

– Tu dis ça parce que c'est tout nouveau entre vous. Mais quand elle te passera la corde au cou, tu pourras te la mettre derrière l'oreille car, crois-moi, tes couilles lui appartiendront, continue Jason.

Mes amis se mettent à rire.

– C'est ça, la vie de couple, renchérit Hunter. Et il paraît que quand tu es marié, c'est encore pire. Tu as une meuf dans ton pieu tous les soirs mais tu niques que deux fois par an. Frustration totale !

Qu… quoi ? Il n'est pas sérieux ! Luke et moi échangeons un petit regard. Lui seul connaît les bases de ce contrat et sait que je suis marié.

– Oh ! C'est quoi, ce regard ? lance Hunter.

– Y a pas de regard ! fait Luke.

– Si, si… Y a un regard ! dit Jason.

– Carrément, confirme Aaron.

Putain ! Ils me soûlent !

– Oh ! Je comprends ! Selena n'est qu'une couverture… fait Hunter.

Une couverture ? J'adorerais qu'elle me tienne chaud dans mon lit. Elle sur moi, ma queue encore plus au chaud.

– Quoi ? demandé-je.

– En fait, tu vas nous annoncer que tu es gay et ce petit regard avec Luke, c'est parce que vous n'osez pas nous dire que vous êtes ensemble, continue Hunter.

Quel con !

– Mais ne vous inquiétez pas, exprimez-nous votre amour. On n'a rien contre les gays. Au contraire, ça fait de la concurrence en moins.

Hunter rit, suivi par Jason et Aaron. Putain, ils me soûlent.

– Mais ne t'inquiète pas pour Selena, je me dévoue pour la consoler. Cette fille doit être une vraie lionne au pieu et je me ferais un plaisir de m'occuper de son petit cul.

Putain, c'en est trop ! Je me lève rapidement, manquant de me cogner à la serveuse qui m'apporte enfin mon verre.

– Ne parle pas de Selena comme ça, aboyé-je.

J'attrape mon verre de scotch et le bois d'une traite. Jason et Aaron paraissent surpris par ma réaction alors que Hunter me fixe, un large sourire aux lèvres. Ses yeux se baladent entre mon visage et ma main.

Putain ! L'alliance ! Je suis vraiment le roi des cons !

– Je le savais, lâche-t-il.

Je me rassois, saisis le verre de Luke et le vide aussitôt. Je secoue la tête.

– Ne cherche pas, mec, tu ne sais rien.

Hunter rit. Si, il sait. Je tourne la tête vers Luke et lève les mains en signe de reddition. Hunter, lui, dresse sa main et tapote son annulaire.

– Oh, putain ! lâche Jason, estomaqué quand il remarque mon alliance.

– J'aurais dû me douter que Luke était dans l'histoire, reprend Hunter. Bon, tu nous expliques ?

– Bah, vous n'êtes pas cons, je pense. Je me suis marié pour éviter Julia Bowman.

Jason se met à rire nerveusement, ce qui me gonfle légèrement.

– Tu es sérieux ? Tu sais ce que signifie le mariage, j'espère ?

– Bah, je suis en plein dedans, je te rappelle.

Aaron, toujours abasourdi, se ressaisit enfin.

– Et c'est vrai que tu niques que deux fois par an ?

Mouais, bah, pour l'instant, je ne peux pas vraiment lui confirmer mais j'espère que non, sinon je ne tiendrai pas. Quoique, amoureux comme je suis, je serais bien capable de le supporter pour elle.

C'est au tour de Luke de rire. Il paraît de plus en plus détendu alors que pour moi, c'est tout le contraire.

– Il a signé une clause d'abstinence, lâche-t-il en pouffant.

Sa remarque provoque l'hilarité de mes amis. Je toise Luke du regard, ce qui le fait encore plus rire.

– Putain ! La prochaine fois que tu cracheras, ce sera tellement sec que ce sera de la farine ! fait Aaron.

Putain, je les hais.

– Ouais, bah, c'est bon ! râlé-je.

Et ils rient encore plus, continuant à me lancer des remarques dégueulasses.

– Bon, vous avez fini ? grondé-je encore plus.

– Non, on commence seulement ! fait Jason.

Leur petit manège dure cinq minutes. Je finis par laisser tomber mon front contre la table, dépité.

– Eh, raisins secs, me lâche Hunter. Tu veux une corde pour te pendre ?

– Trop tard, il a déjà la corde au cou avec sa Selena ! renchérit Jason.

Je relève la tête et les fixe.

– Je suis amoureux, les gars !

Ils se taisent direct et me fixent à leur tour. Ils reprennent leur sérieux. Ils savent que si je dis ça, c'est que c'est sincère. Et en réalité, ces mots n'ont jamais franchi mes lèvres devant eux. Je ne suis même jamais tombé amoureux.

– Oh, oh ! Si tu dis ça, c'est parce qu'elle t'a déjà fait des trucs super au pieu ! lâche Aaron.

Je secoue la tête, navré. Je finis par me lever.

– Putain, vous me soûlez ! Je me tire !

– Oh ! Ne te vexe pas, mon pote ! dit Hunter.

– Non, mais vous êtes lourds. Je préfère aller la rejoindre. Au moins, je ne perdrai pas mon temps avec des gros cons comme vous.

Je sors mon téléphone et m'apprête à l'appeler pour lui dire que je rentrerai plus tôt à la villa.

Hunter se penche déjà par-dessus la table et saisit mon téléphone.

– Allez, mec ! Fais pas ton susceptible. On va aller la voir, ta Selena !

Il se lève, imité par les trois autres. Luke lâche un billet sur la table.

– Je ne veux pas que vous veniez chez moi ! Et rends-moi mon téléphone, connard ! lâché-je.

– On s'en fout ! J'espère que ses copines sont chaudes.

Peu importe ce que je dirai, je sais que je n'arriverai pas à les faire changer d'avis.

27

Selena

Becky m'observe comme si j'étais une créature étrange et je dois reconnaître que c'est déstabilisant. Amber, elle, a déjà pris possession du bar depuis un bon moment et zappe sur les chaînes musicales.

Je ne peux m'empêcher de penser à Ben. À cette heure-ci, je n'ai aucune idée de ce qu'il peut bien faire et j'angoisse carrément. Je l'imagine profitant de sa soirée avec ses amis où l'alcool coule à flots et les soutiens-gorge tombent comme des mouches. Putain, je déteste ça. J'ai besoin de savoir ce qu'il fait.

Ça en devient vital !

Et si je lui envoyais un petit SMS, histoire de savoir si sa soirée se passe bien ? Je passerai pour une chieuse possessive mais j'ai besoin d'être rassurée.

Je tends ma main vers la table basse et m'interromps quand j'entends la voix d'Amber.

– N'y pense même pas !

Je tourne mon visage vers elle. Elle est toujours concentrée sur l'écran de la télévision.

Elle a une vision à trois cent soixante degrés, ou quoi ?

– Je ne sais pas ce que tu t'imagines, dis-je.

– Crois-moi, je le sais, me contredit Amber.

– Je veux juste savoir si sa soirée se passe bien… continué-je.

– Non, tu veux savoir s'il n'est pas au 3G, lâche-t-elle.

Grillée ! Comme une débutante.

Bon, c'est un peu ce que je suis quand il est question d'une relation.

Amber secoue la tête puis se lève.

– Il t'a demandé d'avoir confiance. Alors fais-lui confiance. Et si tu lui envoies un message, il va penser que ce n'est pas le cas, reprend Amber.

– Oui, mais…

– Ne te fais pas de soucis, Selena.

Je me recule dans le canapé et Amber sourit, satisfaite. Becky, elle, me fixe toujours.

– Quoi ? dis-je quand je tourne la tête vers mon amie.

Ses yeux pétillent.

– J'en reviens pas que tu te sois mariée, souffle-t-elle.

Je roule des yeux.

L'éternelle romantique !

– Et amoureuse ! Je te jure, Selena, je n'aurais jamais pensé que ce jour arriverait.

– Oh, tais-toi ! lâché-je.

Elle me fatigue depuis une heure à me rabâcher ça. Même Amber est soûlée, et bientôt dans les deux sens du terme, vu comment elle enquille les verres depuis tout à l'heure.

– Tu ne vois pas que tu la gaves ? fait Amber.

Becky grimace et hausse les épaules, désolée, avant de se tourner vers Amber.

– Et toi, tu ne vois pas que ce qu'elle vit est un conte de fées ? C'est trop romantique, et mignon, et…

– Ta gueule, Becky. On ne vit pas dans un monde enchanté avec des lapins et des oiseaux qui t'habillent chaque matin.

L'éternel pessimisme d'Amber ! D'ordinaire, je penserais comme elle, mais là, je ne peux retenir mon sourire face à la remarque de Becky.

La porte de la villa s'ouvre alors et mon souffle se coupe. Je sais que c'est Ben. Il est déjà de retour.

Des rires masculins se font entendre et je fronce les sourcils. Qui est avec lui ?

La réponse à mes pensées ne tarde pas quand je vois le défilé de mecs qui s'offre à nous, sous les regards réjouis de mes amies. Becky est encore plus joyeuse et Amber a soudainement cessé de bouder.

Quand je le vois, mon cœur bat plus vite. Il est trop beau, trop sexy, trop lui.

Ses yeux croisent les miens. Il s'apprête à dire quelque chose mais est pris de court par son ami.

– Salut, les filles, fait Hunter.

Je ne peux m'empêcher de rouler des yeux. Je ne le connais pas suffisamment mais je sais qu'il a activé son mode « prédateur ». Le pauvre, il ne se doute pas qu'il a devant lui deux personnes encore plus impitoyables ! Je sens que ça va être un grand moment !

– Mais qui sont ces charmants jeunes gens ? fait Amber, intéressée.

Je ris aux éclats et Ben se joint à moi. Il a cerné comment étaient mes amies et quand nos regards se croisent, on se comprend aussitôt. Il me saisit par la taille et m'attire contre lui. Ses lèvres se posent aussitôt sur les miennes. Mon Dieu, il m'avait manqué !

Nous nous reculons l'un de l'autre quand nous entendons un raclement de gorge.

– Amber, Becky, je vous présente mes amis, fait Ben. Voici Luke, Jason, Aaron et celui qui vous mate lourdement comme un mec qui vient de sortir de taule et qui n'a pas niqué depuis des mois, c'est Hunter.

Hunter rit, absolument pas vexé par la remarque de son ami. Il semble amusé, même.

– Les gars, je vous présente Selena.

Un grand brun à l'allure sportive me fait un signe de la tête.

– Je suis Jason, me dit-il.

Il me tend la main et je la saisis aussitôt. Il semble très sympa, bien plus que Hunter, du moins.

– Enchantée, Jason, réponds-je.

Le plus jeune, Aaron, en l'occurrence, s'approche de moi à son tour, la main tendue, mais Ben l'arrête d'un geste.

– Non, non. Ne la touche pas. Tu pourrais la foutre en cloque rien qu'en l'effleurant.

– Sache, mon cher Ben, que je ne me contente pas de juste effleurer les filles !

Je me raidis à sa remarque. OK, ses potes sont pires que ce que j'imaginais.

– Ah ouais ? Intéressant, fait Becky.

– T'es intéressée ? demande Aaron, amusé.

Becky fait la moue et semble réfléchir.

– Tout dépend de ce que tu as à offrir.

Aaron rit aux éclats et je suis encore plus effrayée. Je crois qu'il y a plus de prédateurs dans cette pièce que je ne le pensais.

Est-ce que Ben est comme ça aussi ? Est-ce que je ne suis qu'un divertissement pour lui et qu'il s'occupe comme il peut à cause de cette clause d'abstinence ? La théorie de Becky et Amber sur ses sentiments pour moi me paraît bien loin. Je ne sais plus quoi penser.

– Un souci, bébé ? me demande-t-il.

Je relève mon visage vers lui. Cette situation l'amuse, mais moi pas.

– Pas de surnom, dis-je sèchement.

Il plisse le front et paraît soudainement perdu. Je le suis encore plus. Je ne sais pas pourquoi je réagis comme ça.

– Eh ! Les filles ! Ça vous dit de sortir ? propose Hunter.

– Ça dépend. Si tu comptes nous faire travailler au 3G alors que nous sommes de repos, je ne pense pas être partante.

– Non, ce n'est pas de ça que je parle. Mais après, si tu veux me faire un petit show privé, pas de problème.

Il ne cesse de fixer Amber. Ma mâchoire se crispe aussitôt. Ces mecs me soûlent carrément.

– On va mettre les choses au clair tout de suite, lâché-je.

Les conversations cessent et les regards surpris se tournent vers moi.

– Le premier qui tente de se foutre de la gueule de mes amies, je lui pourrirai tellement la vie qu'il n'osera plus s'approcher d'aucune femme ! Pigé ?

Hunter semble amusé alors que les autres ont l'air surpris. Ben, lui, est carrément perdu.

– Efface-moi ce sourire ! dis-je à Hunter. Car c'est pour toi que je parle. Je n'hésiterai pas.

Il lève les mains en signe de reddition alors qu'Amber secoue la tête. Je sais que je n'aurais pas dû faire ça mais je me devais de protéger mes amies, comme elles le font pour moi depuis si longtemps.

– C'est qu'elle mordrait, dis donc, souffle Aaron.

– Bon, maintenant que Selena est rassurée, on sort ? dit Hunter.

Je le menace du regard.

– Vous proposez quoi ? demande Aaron.

– Le Set ? fait Luke.

– Non, c'est trop petit à l'étage, dit Hunter. On ne peut jamais bouger. Le Liv ?

– De la merde, y a que des gamines, proteste Jason. On va au Mynt ?

Les visages s'éclairent.

– Va pour le Mynt ! dit Ben.

Je tourne aussitôt mon visage vers lui et il comprend mon malaise. Je finis par rouler les yeux et partir en direction de la cuisine.

S'il croit que j'ai envie de sortir, il se fourre le doigt dans l'œil jusqu'au coude. Je suis une maman et mon fils dort à l'étage.

J'ouvre le frigo et sors une bouteille d'eau.

– Y a un souci ? me demande-t-il.

Je ferme le réfrigérateur un peu trop violemment en le toisant du regard.

– Aucun ! mens-je.

Il secoue la tête.

– Selena, me supplie-t-il. Dis-moi ce qui ne va pas ?

– Il n'y a rien. Va t'amuser avec tes amis. Moi, je reste ici.

– Tu ne veux pas sortir ? demande-t-il, étonné.

Je le toise encore plus et pose mes mains sur mes hanches.

– Oh ! Mais j'adorerais sortir, profiter de la vie comme une fille de 22 ans, mais je ne peux pas. J'ai un fils, Ben. Tu sais, Sam ? Tu te rappelles ? Je ne peux pas le laisser seul ici et encore moins le réveiller pour une soirée de débauche. Mais toi, tu es libre d'y aller. Alors, je te le répète, vas-y, va t'amuser avec tes amis. Moi, je ne peux pas sortir.

Il s'approche de moi et pose ses mains sur ma taille. Il me force à le regarder. Ses yeux sont remplis de doute et d'incertitude. Il dit alors :

– On pourrait trouver une baby-sitter ? Lola pourrait peut-être…

Je secoue la tête puis jette un coup d'œil à ma montre.

– À vingt-trois heures passées ? Non, Ben. Je ne peux pas la déranger à cette heure-ci. Le mieux serait que je ne sorte pas. Mais toi, tu peux y aller.

– Et si tu me disais quel est le véritable problème ?

– Je… Laisse tomber, Ben. Vas-y, tes amis t'attendent.

– Non, Selena, je ne laisse pas tomber. Dis-moi…

Parfois, j'oublie qu'il est si tenace.

– Tu… Je vois que sortir avec tes amis te manque, alors vas-y.

Il réfléchit, hésite et finit par me dire :

– D'accord. Mais tu vas me manquer.

Je souris à contrecœur. Bien sûr, lui aussi va me manquer mais je ne peux m'empêcher de penser que toutes ces soirées passées avec Sam et moi, il aurait sûrement préféré les passer avec ses amis. Suis-je égoïste de penser que je ne souhaite plus qu'il en passe une seule avec eux ? Je veux le garder pour moi toute seule. Mais est-ce qu'il en a vraiment envie, lui ?

Il m'embrasse passionnément et je ne peux m'empêcher de ressentir des sentiments amers d'inquiétude et de jalousie.

– Je serai sage, je te le promets.

Il tourne les talons et je le fixe du regard jusqu'à ce que la porte se referme derrière lui. Je ne sais pas quoi penser de tout ça. Le voir me quitter me rend triste. J'aurais espéré qu'il comprenne que sortir était impossible pour moi, que mon rôle de maman m'empêchait d'aller m'amuser ce soir et qu'il décide de rester avec moi. Mais ce n'est pas le cas et il est parti s'amuser. Je prends une grande inspiration. Ma tristesse s'efface rapidement. Je ne suis plus déçue, je suis en colère. Ben n'a rien compris et il restera toujours un gamin irresponsable.

***

Je me retourne une nouvelle fois sur mon matelas. Je n'arrive tout simplement pas à trouver le sommeil. Je suis toujours aussi inquiète mais à ça s'est ajoutée de la colère. Clairement, j'en veux à Ben. Je crois que Becky et Amber ont tort. S'il est prêt à attendre, c'est tout simplement parce que notre contrat l'empêche d'aller voir ailleurs.

Pourquoi ai-je permis à mon cœur de s'ouvrir et de lui laisser une place ? Pourquoi ai-je été si conne ?

La porte s'ouvre et je ferme aussitôt les yeux. OK, ce n'est pas très mature mais je n'ai pas envie de lui parler.

Je l'entends s'approcher. Je devine qu'il retire ses chaussures et je le sens s'allonger sur le matelas. Sa main se pose sur ma hanche et il se blottit contre moi. Il sent bon, comme d'habitude, et quand je sens ses lèvres dans mon cou, je souris. Je suis faible, horriblement faible. Il me suffit de sentir sa présence pour que mes bonnes résolutions s'envolent.

– Selena ? souffle-t-il.

Je ne réponds rien.

– Selena ? Je sais que tu ne dors pas et je vois que tu m'en veux, mais je ne sais pas pourquoi.

Je me tourne vers lui et le fixe. Seule la lumière des réverbères de la rue éclaire faiblement la chambre.

– Qu'est-ce qui ne va pas ? me demande-t-il. Et ne me dis pas « rien », parce que là, je suis paumé.

– Moi aussi, je suis paumée. Qu'est-ce que tu fais ? Qu'est-ce que...

– Attends, je ne pige pas, me coupe-t-il.

– Je suis quoi, pour toi, Ben ? Un divertissement ?

Je le sens se tendre quand il entend mon ton sec. Il ne s'attendait sûrement pas à ces questions.

– Est-ce que tu t'amuses avec moi ? Parce que si c'est le cas, je préférerais que tu ne respectes pas cette putain de clause d'exclusivité.

Ses yeux trahissent sa surprise.

– Selena, je...

– Va te taper d'autres filles, sors avec tes amis !

– Stop ! Qu'est-ce que tu me fais, Selena ?

Je lui fais que je suis perdue. Je ne sais plus où je vais, comme si j'avais subitement perdu la vue.

– Je sais comment tu étais avant. Et je sais que s'il n'y avait pas cette clause, tu sortirais tous les soirs avec tes amis. Tu m'as dit que ça te manquait et j'en viens à me demander si tu ne joues pas avec moi parce que je suis la seule à être là. Je suis ta femme donc je suis la seule que tu puisses baiser, en toute logique.

– Tu as fini ?

– Non, je commence, là. Je ne suis pas ta bonne action du mois, Ben. Et je refuse que tu joues avec moi. Alors maintenant, je te donne l'autorisation d'aller sauter d'autres filles. Mais si tu le fais, tu m'oublies.

Il se met à rire, ce qui m'énerve encore plus. Je commence à essayer de me relever mais il resserre son emprise sur moi, me maintenant par la taille.

– Désolé mais c'est nerveux, dit-il.

Ce qui a le don de m'énerver encore plus.

– Selena, je pense comprendre. Mais si tu as fini, je vais répondre à tes questions et à tes doutes.

– Bah, vas-y !

– Alors, pour commencer, oui, j'aime sortir avec mes potes parce que même si ce sont des purs boulets, pervers de surcroît, ils ont toujours été là pour moi. Et quand tu apprendras à les connaître, tu les apprécieras.

Bah, ça, j'en doute fortement.

– Ensuite, tu n'es pas un divertissement pour moi. Tu es bien plus que ça. Tu es ma femme et non, je ne joue pas avec toi. Alors, oui, j'aime sortir avec mes amis, mais j'aime encore plus passer du temps avec toi. Et avec Sam. Et si tu me demandes de choisir, c'est toi que je choisirai.

– Je…

– Quant à ton « autorisation » d'aller me taper d'autres meufs, je préfère te dire que c'est hors de question. Cette clause, je l'ai détestée au début, mais quand je vois comment les hommes te regardent, je suis bien content qu'elle soit là parce que je te jure que tous les regards de ces enfoirés sur toi me rendent dingue. Tu es ma femme et je ne veux te partager avec personne. Tu n'appartiens qu'à moi et je n'appartiens qu'à toi…

Mon cœur se serre quand j'entends ces paroles. Ben pulvérise les protections érigées autour de mon cœur jour après jour et j'aime l'idée d'être aimée par un homme comme lui.

28

Ben

Comment peut-elle croire tout ça ? Comment peut-elle penser qu'elle n'est qu'un divertissement pour moi ? Ne voit-elle pas que je suis dingue d'elle ? Qu'elle peut me demander tout ce qu'elle veut, une couverture sociale, mon cœur, la lune... Je suis dingue d'elle.

Quand j'ai refermé la porte, il y a à peine deux heures, je me suis senti différent. J'avais l'impression de ne pas être moi-même, qu'une partie de moi avait été arrachée à mon corps et à mon cœur. Je n'étais plus le nouveau Ben mais l'ancien, celui qui n'avait aucun vrai but dans la vie. Le mec égoïste, arrogant et capricieux. Je n'étais plus l'homme marié qui doit prendre soin de sa femme et de son petit garçon.

Alors quand je suis arrivé au Mynt, j'ai fait demi-tour. Je voulais la retrouver. Hunter s'est bien foutu de ma gueule, disant de moi que j'étais un canard, mais quand je l'ai envoyé se faire foutre, il a lâché l'affaire. J'ai l'impression qu'il n'y a que Luke qui me comprenne.

Je les ai alors plantés devant la boîte et Luke, en ami fidèle, m'a suivi et m'a payé un verre dans un bar. On a discuté longuement. Il est toujours de bon conseil, surtout quand il s'agit de filles, même s'il n'arrivera jamais à la cheville de mon frère. Lui, il était le meilleur. Avec Luke, on a conclu que je devais avouer à Selena la véritable raison de ma proposition. C'est ce que Sam m'aurait conseillé. Le problème, c'est que j'ai peur de la perdre. J'ai peur qu'elle me quitte si elle apprend la vérité. Il va falloir que je la joue fine, sur ce coup-là. Je ne sais même pas comment ni par quoi commencer mais surtout comment j'ai pu m'embourber dans ce mensonge.

Quand je suis rentré et que j'ai vu qu'elle n'était pas dans ma chambre, j'ai tout de suite compris. Selena m'en veut et la raison de ma proposition a eu vite fait de s'envoler. Ma priorité, c'est elle. Et savoir qu'elle me fait la tête me déchire le cœur. Je me dois de la rassurer. Elle n'a pas l'air de comprendre que je l'aime et que je pourrais crever pour elle.

J'aimerais lui dire tout ça, que je l'aime et que je ne suis qu'un homme sans âme quand elle est loin de moi. Que ces quatre jours à Seattle m'ont fait encore plus prendre conscience que sans elle, je n'existe plus et qu'une vie sans elle ne vaut pas le coup d'être vécue.

C'est la première fois que je suis amoureux et mon manque d'expérience me déstabilise. Je ne sais même pas s'il y a un code universel indiquant quand dire à l'autre qu'on l'aime. Je ne sais pas si c'est l'homme qui doit le dire en premier ou la femme. Il devrait y avoir un bouquin là-dessus, une espèce de bible qui explique tout sur l'amour, comment faire, quoi dire… Mon frère aurait su, lui. Encore une fois, il me manque.

– Selena, tu es importante pour moi, bien plus que tu ne l'imagines. Tu comptes pour moi, vraiment. Je sais que tu ne veux pas appartenir à quelqu'un mais toi et moi, on s'appartient l'un à l'autre, mariage ou pas. Je te veux tout entière, tu n'as pas idée à quel point.

Je prends son visage dans mes mains et l'attire vers le mien. Comment peut-elle ne pas se rendre compte que mon corps et mon cœur vibrent pour elle ? Je suis sûr que de l'autre côté de la planète, les habitants doivent se rendre compte de l'intensité des battements de mon cœur et que le sol tremble sous leurs pieds.

C'est sa langue qui demande accès à la mienne. Je ne m'en plains pas. L'embrasser pourrait devenir une passion et la sensation de ses lèvres sur les miennes me laisse toujours une petite pointe d'addiction. Sans interrompre notre baiser, je me déplace et me positionne sur elle. Ses mains se lovent aussitôt sous ma chemise après l'avoir tirée de mon pantalon. Elle caresse mon dos et je plonge ma main sous son débardeur à mon tour. Sa peau est douce, chaude et je me souviens de sa saveur, bien que j'adorerais une piqûre de rappel.

Quand ses mains quittent mon dos et se posent sur ma chemise, mon cœur rate un battement et je recule mon visage. Je l'observe. Ses doigts, légèrement tremblants, retirent mes boutons un à un. Elle est douce, timide et ouvre enfin ma chemise. Je vois qu'elle n'est pas très rassurée, sa ride sur le front et ses doigts tremblants en sont la preuve. Mais je la laisse faire. Je veux qu'elle y aille à son rythme, qu'elle ne se sente pas obligée de faire les choses. C'est elle qui décide, je ne la forcerai jamais en rien.

De son index, elle descend son doigt jusqu'à mon nombril, me provoquant un frisson qui parcourt ma colonne vertébrale. Elle me regarde et esquisse un petit sourire. Celui que j'aime tant.

Elle relève les yeux vers moi. Elle est magnifique, sensuelle. Unique. *Elle*. Elle croise alors ses mains sur son ventre et attrape l'ourlet de son débardeur. Elle relève ses mains avec une lenteur qui pourrait me rendre fou et passe son débardeur au-dessus de sa tête. Je ne précise pas l'effet que la vue de son corps me provoque à l'entrejambe. Ses seins ne sont ni trop petits, ni trop gros, juste parfaits, comme elle. C'est con de penser ça, je les ai déjà vus il y a une semaine mais à chaque fois, c'est exceptionnel.

Je ne peux m'en empêcher, mes lèvres sont aussitôt attirées par sa poitrine. D'une main, je titille son sein gauche alors que ma langue s'occupe de l'autre. Son corps se cambre aussitôt vers le mien, attiré. Elle semble apprécier.

Alors que je me délecte de la saveur de sa peau, ses mains s'occupent de défaire la boucle de ma ceinture. Je relève la tête et plonge mon regard dans le sien. J'ai besoin de savoir si elle va bien, j'ai besoin de savoir qu'elle n'a pas peur. Si elle décidait d'arrêter, je le comprendrais et saurais prendre sur moi. Ce soir, c'est elle qui compte, seulement elle. Désormais, ce sera la seule qui comptera.

– Selena, je...

– Chut ! me coupe-t-elle.

Je me relève aussitôt, à califourchon sur elle, et l'interroge du regard. Je dois savoir si je ne vais pas trop loin. Je saisis l'élastique de son bas de pyjama et relève mon visage vers elle. Je n'ai jamais été hésitant avec une femme, mais encore une fois, Selena est différente de toutes les femmes que j'ai rencontrées. Avec elle, j'ai l'impression d'être inexpérimenté, je crains que chacun de mes gestes ne l'effraie. Mais ses lèvres s'étirent, le désir anime son regard. Je sais que c'est son feu vert et mon cœur s'emballe encore plus. Je tire sur son pyjama, lentement, et le fais descendre jusqu'à ses chevilles. Elle se tortille alors. Je la contemple un instant car honnêtement, son corps est la plus belle chose que j'aie jamais vue au monde. Elle est parfaite, de la tête jusqu'à la pointe des pieds, et tout paraît bien pâle à ses côtés.

Au bas de son ventre, je découvre un petit tatouage. D'ordinaire, je n'aime pas les femmes tatouées ou percées mais sur elle, ma vision des choses est complètement inversée. Je trouve ça sexy, ça la complète. De mon pouce, je caresse les doubles petits cœurs encrés dans sa peau.

– C'est pour Sam. Juste en dessous de la cicatrice de ma césarienne.

Oui, c'est tout à fait elle.

Je comprends que cette expérience a dû être pénible pour elle mais que, paradoxalement, c'est également le plus beau jour à ses yeux. Elle aime son fils, incommensurablement. Un peu comme moi je l'aime. J'ai moi-même un tatouage sur l'omoplate qui a une signification importante.

– J'ai envie de toi, Selena. J'ai envie de te sentir contre moi.

Elle déglutit et descend ses mains tremblantes.

– Selena ?

– J'en ai envie, me coupe-t-elle, lisant dans mes pensées.

Elle défait le bouton de mon jean, m'invitant à continuer. Je me relève et le retire rapidement, prenant mon boxer au passage. Je pensais que lorsque ce jour arriverait, je serais pressé, mais en réalité, je veux prendre tout mon temps. Je veux ressentir chaque seconde avec elle comme si c'était la dernière que je vivais.

Quand je laisse tomber mon pantalon sur le sol, ses yeux s'écarquillent légèrement. Elle paraît soudainement plus tendue et je crois qu'on devrait s'arrêter là. Je ne veux pas la brusquer et le jour où je serai en elle, je veux qu'elle soit prête. Vraiment prête.

– Selena, dis-moi si je dois m'arrêter.

– Non, ne t'arrête pas. J'ai envie de toi.

Il ne m'en faut pas plus. Je me penche sur elle et elle pose aussitôt ses mains sur le bas de mon ventre.

– Touche-moi, Ben.

Je m'exécute. C'est elle qui décide et je sais qu'elle ne me dirait jamais de faire quelque chose si elle ne le voulait pas. Ma main se pose sur son ventre. Je la descends lentement et quand je touche le point le plus sensible de son corps, elle se cambre aussitôt vers moi. Elle laisse échapper un gémissement quand j'introduis un doigt en elle. Elle est douce, chaude et humide pour moi et ça gonfle mon ego. Elle me désire.

Elle se recule soudainement de mon visage et j'interromps mon geste.

– Ben, je…

– Tu veux qu'on arrête ? la coupé-je.

– Non. Je… Tu as de quoi… te protéger ? demande-t-elle.

– Oui, dans ma chambre, réponds-je.

Je me lève aussitôt, la prends dans mes bras et on sort de la chambre. Elle semble surprise mais ne dit rien. Elle s'accroche à mon cou alors que je traverse le couloir rapidement. Je pousse la porte de ma chambre du pied et la dépose délicatement sur le lit. Je veux lui faire l'amour ici, dans mon lit. Je n'ai rien contre le sien, c'est juste que, ici, c'est la chambre principale, la suite parentale, le lit conjugal. L'endroit le plus évident car je suis un homme, un mari qui veut faire l'amour à sa femme.

Je fouille dans le tiroir de ma table de chevet et en sors un préservatif que je dépose sur le matelas. Je prends place à ses côtés et prends quelques secondes pour l'observer. Selena est absolument magnifique. Elle est époustouflante, sensuelle. Magique.

Je ne peux retenir mes mains qui rêvent de la toucher de nouveau. Je caresse son corps nu et chaud. Selena me fixe et son regard exprime tellement de choses.

– Je… Je peux te toucher ? me demande-t-elle timidement.

C'est la première fois qu'une femme me demande ça. D'ordinaire, je n'ai affaire qu'à des femmes entreprenantes. Décidément, cette femme n'a pas fini de me surprendre. J'étire les lèvres et constate sa gêne. Elle ne devrait pas. Je veux que l'on se dise tout, qu'on n'ait aucune honte l'un face à l'autre. Je veux tout connaître d'elle. Je la veux entièrement. Son corps, son cœur et son âme.

Je saisis sa main et embrasse ses doigts. Lentement, je descends nos deux mains vers mon pénis et les yeux de Selena s'écarquillent légèrement. Merde ! Est-ce que j'aurais été trop vite ?

Quand les doigts de Selena s'enroulent autour de mon membre, je ne quitte pas son regard. Doucement, elle caresse mon sexe et un frisson parcourt ma colonne vertébrale. C'est la première fois qu'elle me touche et cette sensation est tellement forte. Doucement, ses doigts se resserrent un peu plus autour de moi. Je ferme les yeux, me délectant de son contact et de ce qu'elle me fait. C'est bon, tellement bon. Ma queue, déjà prête, ne cesse de durcir entre ses doigts.

Mon Dieu !

Ma main descend à son tour et je la caresse. Elle est tellement chaude, tellement douce. Quand j'enfonce un doigt en elle, elle gémit de plaisir. Elle est humide et ma queue semble encore plus pressée de la posséder. Nos caresses mutuelles semblent nous torturer tous les deux. Pour ma part, je suis tellement impatient que je sais que je ne pourrai pas faire durer le plaisir plus longtemps. Mon cœur et ma queue la réclament depuis tellement longtemps.

– Selena, je sens que je ne vais pas tarder à…

– Viens, me souffle-t-elle.

Sa main quitte mon sexe et celui-ci regrette déjà de ne plus sentir son contact.

Je saisis le préservatif que j'installe rapidement. Elle me regarde faire, curieuse et un peu inquiète.

Elle, nue dans mon lit, c'est encore plus bandant. Mais je dois être certain que c'est ce qu'elle veut vraiment.

– Tu es sûre ? demandé-je.

– Tu me soûles, Lawson ! Magne-toi !

C'est que je me ferais engueuler, en plus !

Je fonds sur elle, complètement excité. Elle rit et quand je m'installe en elle, progressivement, elle reprend son sérieux et écarquille les yeux.

Oh, Mon Dieu ! C'est bon !

Encore plus que ce que je m'imaginais. Elle est toute serrée et quand je commence mes va-et-vient, son regard brûle de désir.

Être en elle est complètement magique. Je n'ai jamais autant galéré pour une fille mais ça valait le coup d'attendre. Elle vaut le coup. Vraiment.

– Ça va, bébé ?

Elle hoche la tête, sérieuse. Ses jambes se relèvent et se croisent dans le bas de mon dos. C'est une sensation différente. Je l'entends gémir et je souris comme un con. C'est moi ou elle prend du plaisir ?

Quand elle plante ses talons dans le bas de mon dos, je comprends qu'elle est sur le point de venir. J'aimerais la calmer pour avoir ce moment tous les deux, mais je sais qu'elle réapprend à apprécier les plaisirs de la chair et je ne veux pas lui en demander trop. Tant pis si c'est rapide. Là, je ne pense qu'à elle, qu'à son plaisir.

– Oh ! Ben ! souffle-t-elle.

L'entendre souffler mon prénom m'excite encore plus.

J'accélère le mouvement et je sens ses membres frémir. Les miens tremblent tout autant et je ne tarde pas à atteindre l'orgasme, en même temps qu'elle. En réalité, c'est parfait, juste parfait.

Je suis totalement essoufflé. C'était intense, évident. Je colle mon front au sien et ses mains se posent sur le bas de mon dos. Elle reprend son souffle, elle aussi. Quand je plante mon regard dans le sien, je ne peux m'empêcher de penser que je suis le plus chanceux des hommes. Selena est géniale, grandiose, époustouflante, exquise.

Oui, je suis le plus heureux des hommes.

***

Selena

Je ne cesse de l'observer. Il paraît si calme, si serein. J'aime le regarder quand il dort. Je sais que ça fait cruche de dire ça mais c'est tellement vrai.

De toute la nuit, je n'ai pas vraiment réussi à fermer l'œil. Ben y est pour beaucoup, il ne m'a pas laissée dormir. Je suis sûre que je vais avoir des cernes toute la journée et que mes yeux ne seront pas plus gros que des boutons de chemise mais je m'en fous car j'ai passé une nuit extraordinaire. Une nuit intense.

Au début, bien sûr, j'ai eu peur, mais je sais que Ben ne me fera jamais de mal et je ne regrette pas d'avoir succombé. Il est doux, patient et franchement, c'est nouveau pour moi. Je n'ai toujours eu que des rapports brutaux avec les hommes.

Je me blottis encore plus contre lui. Son corps irradie de chaleur et sa respiration est parfaitement synchronisée avec la mienne. Elle est rassurante.

Je me permets de déposer un baiser sur ses lèvres. Elles sont douces et incandescentes. Je pose ma tête sur son torse, profitant de la vue de son corps musclé et viril.

– Tu es déjà réveillée ? me dit-il.

Sa voix est rauque. Sexy, même.

Je relève la tête et soupire d'aise.

– Je n'ai pas vraiment dormi, réponds-je. Je me demande bien à cause de qui.

Il sourit, fier de lui, puis se pince les lèvres.

– Ne fais pas semblant d'être désolé, plaisanté-je.

Il rit et je me redresse. Il m'attrape par la taille et me maintient.

– Tu pars déjà ?

– Sam ne va pas tarder à se réveiller, dis-je. Et je ne sais pas toi, mais moi, j'ai faim.

– Pareil. Avec tout ce que j'ai donné cette nuit pour satisfaire ma femme, je pourrais bouffer un lion.

Il rit de sa connerie et je le regarde, désabusée. Mais devant son petit air fier, je ne peux m'empêcher de rire à mon tour.

C'est un crétin, mais un crétin marrant.

Je me relève et je sens aussitôt les lèvres de Ben parcourir mon cou.

– Bien que ce soit très plaisant, je connais un petit garçon qui ne va pas tarder à se réveiller…

– Tu es sûre que je ne peux pas l'assommer ?

Je pivote mon visage vers lui.

– Je rigole, bien sûr. Allez, on se lève, sinon je ne vais pas pouvoir me retenir plus longtemps.

Il se relève rapidement et se dirige vers sa commode. J'en profite pour mater ses fesses.

Hum ! Magnifique vision !

Mes yeux se portent sur son épaule droite et j'incline la tête. Un tatouage représentant des ailes d'ange est dessiné sur son omoplate gauche. Il y a une date aussi. Le 12 avril 2012. Je ne savais pas qu'il en avait un et je me demande ce que cette date représente. Elle doit être importante car c'est le code de l'alarme de la villa.

– Tu as un tatouage ? demandé-je.

Il tourne la tête vers moi, enfile un boxer rapidement puis me lance un caleçon.

– Tiens, me dit-il.

Je l'attrape au vol, l'enfile rapidement alors que Ben s'approche de moi, une de ses chemises à la main. Je l'enfile rapidement et la boutonne.

– C'est pour Sam, me dit-il. On s'est tous fait le même avec les gars quand il est mort. Sam l'avait fait pour notre mère. J'ai ajouté la date de son accident après.

– Oh !

Je lui souris pour le réconforter.

– On descend ? me demande-t-il.

Je hoche la tête. Il me tend sa main et nous sortons de la chambre.

En passant devant la chambre de Sam, je l'ouvre silencieusement. Sam dort encore profondément. Une de ses jambes est sortie de la couette et son pouce est coincé dans sa bouche. Il est trop beau, mon petit homme. Ça m'embête de devoir le réveiller alors qu'il dort si bien mais il va falloir le faire, pourtant. Dans trois heures, nous sommes attendus pour la journée de l'entreprise Lawson.

***

Le soleil, déjà haut dans le ciel, tape contre le pare-brise et me réchauffe la peau. Il faut dire que c'est agréable et je sens que cette journée sera superbe.

La voiture file sur la route en direction de Fort Lauderdale. Ben conduit, concentré. Au bout d'un moment, il tourne la tête vers moi. Il pose la main sur ma cuisse avant de reporter son attention sur la route.

À l'arrière, Sam dort. Il s'est endormi alors que nous n'avions pas encore quitté Miami. Des lunettes de soleil que Ben lui a prêtées lui recouvrent la moitié du visage.

– Au fait, tu as réfléchi à quelle université t'inscrire ? me demande-t-il.

Je tourne la tête vers lui.

– Je ne sais pas encore.

– Je peux te suggérer quelque chose ?

– Bien sûr.

– Celle de Miami est très bien.

– À Coral Gables ? demandé-je, étonnée.

Il hoche la tête.

– Je ne pense pas, Ben. Les inscriptions sont super chères et…

– Ne te soucie pas du prix, me dit-il. Quand te mettras-tu en tête que je veux le meilleur pour toi ? Pour vous.

Ses yeux se portent sur le rétroviseur central de la voiture. J'aime l'idée que Sam compte aussi pour lui.

– Tu as une idée des cours que tu veux prendre ?

– Ce n'est pas encore sûr. C'est vrai que le marketing pourrait être bien. J'ai vendu mon intégrité pendant des années, alors de la lessive ou une boîte de céréales ne devraient pas être si effrayantes à côté de ça.

– En effet. Mais qu'est-ce qui t'en empêche ?

– J'hésite. Tu vois, je me verrais bien dans les relations humaines, le contact.

– Psy ?

– Qu'est-ce que tu en penses ?

Il se tourne vers moi.

– Peu importe ce que tu décides, je te soutiendrai.

– Ben…

– Je pense que tu es une véritable force de la nature et que tu es tellement patiente et altruiste qu'aider les gens est inné, chez toi.

Oui, il me soutient et j'ai de la chance. Beaucoup de femmes n'ont pas un tel soutien.

– Alors je pense que je sais comment je vais occuper mes journées, soufflé-je.

Il pose la main une nouvelle fois sur ma cuisse.

– On ira t'inscrire cette semaine. Tu pourras commencer par des cours d'été, histoire de te remettre dans le bain gentiment.

Je souris à sa suggestion puis me retourne quand la petite voix fluette de Samy se fait entendre à l'arrière.

– On est bientôt arrivés ? demande-t-il.

– On y est, champion.

Je porte mon attention vers le pare-brise. À plusieurs centaines de mètres, une immense demeure de style colonial se dresse dans un magnifique parc parfaitement entretenu. Je suis aussitôt impressionnée. La villa de Ben est déjà grande mais là, ce manoir est carrément immense, à la limite de l'indécence.

– Ah ! Maman ! J'ai vu une balançoire, s'écrie Sam.

Ben et moi rions.

– Tu pourras aller en faire, bonhomme, dit Ben.

Sam est encore plus excité.

– Tu m'expliques le programme ? demandé-je.

– Oui, pas de soucis. On commence la journée par un grand

barbecue, ça permet aux gens de profiter du soleil et des collègues. Le siège compte plus de cinq cents employés. Cette journée permet aussi aux personnes de se voir en dehors du boulot. Les nouveaux sont un peu plus intégrés et il paraît qu'une bonne ambiance y règne.

– Attends, tu n'y es jamais allé ?

Il rit aux éclats puis se gratte la nuque.

– Si, mais je fais toujours une brève apparition. Ça ne dure jamais plus d'une heure.

– Et pourquoi y aller cette fois-ci ?

Il tourne la tête vers moi et semble déstabilisé par ma question. Il réfléchit un instant puis répond :

– J'attendais d'avoir une femme magnifique à présenter.

Je souris mais en réalité, je me demande s'il n'y a pas une autre raison.

– Tu as pris ton maillot de bain, champion ? demande Ben à Sam.

Sam paraît étonné. Il tourne la tête vers moi et m'interroge du regard. Je hoche la tête en souriant.

– Oui, je l'ai pris.

– Il y a une piscine dans cette maison ? demande Sam.

Ben rit aux éclats.

– Oui, une grande piscine. Tu vas pouvoir aller t'amuser et rencontrer de nouveaux copains.

Sam paraît amusé et satisfait. Ben arrête la voiture sur les gravillons blancs de l'allée. Il sort de la voiture, la contourne puis m'ouvre la portière.

– Bienvenue à vous, madame Lawson.

Je ris puis saisis la main qu'il me tend. Je sors de la voiture, lisse les plis de ma robe alors que Ben aide Sam à sortir. Je tourne la tête vers l'immense bâtisse. Elle est encore plus impressionnante de près. Je n'ai jamais vu une maison aussi grande et elle doit dater de plusieurs décennies. Ce manoir doit avoir une vingtaine de chambres et semble très confortable. Au loin, je repère l'immense piscine dans le jardin ainsi qu'un ponton pour amarrer un bateau. La ville de Fort Lauderdale a la particularité de posséder des quartiers de standing où chaque maison a son propre petit port d'embarcation.

– Tu as vécu ici ? demandé-je.

– Eh oui. C'est la maison où j'ai grandi avec mon frère et ma demi-sœur.

– Il y avait de quoi faire de bonnes parties de cache-cache, dis-je.

– Je te ferai visiter après, si tu veux.

Je hoche la tête. Bien sûr que je veux visiter mais pas pour la maison elle-même, pour entrer encore un peu plus dans la vie de Ben. Je veux savoir où il a grandi, je veux voir des photos de lui, de sa famille.

– Ton… Ton père est là ? demandé-je.

Ben se tend légèrement. Je vois que quelque chose le tracasse depuis ce matin mais je n'ose lui demander quoi. Son travail lui trotte peut-être dans la tête et je sais que les hommes détestent quand les femmes leur demandent à quoi ils pensent.

– Oui. Tu veux le rencontrer ?

Pas vraiment, mais je me dis que le plus tôt sera le mieux. Je n'ai pas une très bonne opinion de cet homme. Ben en a fait un portrait froid, désagréable, celui d'un dirigeant à la limite du dictateur. Et puis Ben paraît souffrir de leur relation père-fils. Son père semble prendre un malin plaisir à le traiter d'irresponsable et de bon à rien. Mais je sais que Ben n'est pas comme ça. Même s'il garde un côté enfantin parfois, je le trouve généreux, aimant, drôle et attachant. Oui, attachant. Je n'ai d'ailleurs pas mis longtemps à lui trouver une place dans mon cœur.

– Bien sûr, je mens à moitié.

Il secoue la tête à mon mensonge. Il n'est pas dupe. Il attrape ma main et celle de Sam se joint aussitôt aux nôtres. Quand je nous vois tous les trois, je ne peux m'empêcher d'être heureuse. N'importe qui pourrait croire que nous sommes une famille et je ne pourrais le contredire. Tous les trois, nous représentons une famille. Celle dont j'ai toujours rêvé quand j'étais enfant, celle que Sam me réclame depuis qu'il a l'âge de parler.

Nous marchons jusqu'à l'immense double porte du manoir.

– Selena ?

Je tourne la tête vers lui.

– Il faut que je te dise quelque chose sur mon père…

Son enthousiasme s'est effacé et il paraît soudainement sérieux et austère. Je n'ai jamais vu cette expression sur son visage. Il paraît torturé et je perçois une pointe de culpabilité dans son regard. Je m'inquiète aussitôt. J'ai peur de ce qu'il va me dire.

La porte s'ouvre alors et une femme d'une soixantaine d'années se tient devant nous. Elle nous accueille avec un sourire chaleureux.

– Oh, mon chéri ! Je suis si contente de te voir.

Elle le prend dans ses bras et le serre contre elle. Ce doit être sa belle-mère, Mag. Je ne l'imaginais pas comme ça.

– Je suis heureux de te voir aussi.

La vieille femme lui tapote le dos avant de se reculer pour l'observer. Je comprends qu'ils ne se sont pas vus depuis un moment. Elle pose alors les yeux sur moi.

– J'avais pensé avoir mal compris mais je vois qu'on nc m'a pas menti. Je suis Gisèle, la gouvernante du manoir, au service des Lawson depuis presque quarante ans.

Je comprends aussitôt et tends la main vers elle.

– Oh ! Bonjour, madame. Je suis Selena.

– Je suis enchantée, Selena. Et qui est ce grand garçon ?

Elle se penche vers Sam.

– Je suis Sam.

– Sam, répète-t-elle, une pointe de tristesse voilant ses yeux.

Elle lève les yeux vers Ben. Je comprends qu'elle pense aussitôt à son grand frère.

– Je suis enchantée, Sam. Est-ce que ça te dit de venir avec moi ? Je vais aller te présenter à d'autres enfants.

– Ils sont gentils ? demande Sam, naïvement.

– Pour l'instant, personne n'a fait de bêtises alors, oui, ils sont gentils.

– Bon, d'accord, dit Sam.

Il lâche ma main et Gisèle se relève déjà.

– Je… Sam ne doit pas s'essouffler. Il est en attente d'une greffe et…

– Ne vous inquiétez pas, mademoiselle Selena, votre fils est en de bonnes mains.

Elle saisit la main de Sam. Je les regarde s'éloigner puis me tourne vers Ben.

– Elle a l'air très gentille, dis-je.

– Ouais, elle est super. Sauf quand tu sèches les cours, que tu fais le mur ou que tu es privé de sortie, rit-il. Tu viens ?

J'étire les lèvres puis le suis. Nous traversons un long couloir qui traverse le manoir de part en part. J'ai juste le temps d'apercevoir un bureau et un grand salon sur ma gauche.

Ben pousse alors la porte extérieure. Dehors, de nombreuses tables rondes ont été installées sur l'immense pelouse taillée au millimètre. Deux cents personnes sont déjà en train de rire, discuter ou boire un verre. Quelques regards se portent déjà sur nous.

Ben m'encourage en glissant sa main dans la mienne avant d'entremêler nos doigts. Il m'entraîne vers les marches et quand nous arrivons sur le gazon, tous les regards sans exception se tournent vers nous. Les visages sont choqués, surpris ou amusés.

Au loin, habillé d'un costume trois-pièces prétentieux qui vaut sûrement aussi cher qu'un studio à Little Havana, je l'aperçois. Il lui ressemble tellement que je me demande comment j'ai pu ne pas faire le rapprochement plus tôt. Howard Lawson me fixe. Il m'a reconnue, lui aussi, même si je n'ai pas ma perruque blonde et que je ne me déhanche pas sur scène…

29

Ben

Tous les regards sont braqués sur nous. Eh oui, le fils Lawson, l'éternel célibataire endurci et fier de l'être, s'affiche avec une femme à son bras. Je crois que je les ai tous scotchés. Je suis plutôt fier de moi. Et quand je vois le visage interrogateur et complètement perdu de mon père, je jubile encore plus. Il semble avoir perdu l'usage de la parole.

Même si le voir estomaqué me réjouit, au plus profond de moi, la culpabilité me plombe l'estomac.

J'étais prêt à tout expliquer à Selena mais comme un con, j'ai repoussé à plus tard. Et l'arrivée soudaine de Gisèle m'a carrément coupé dans mon élan. Putain, je suis clairement le roi des connards ! Il faut vraiment que j'arrête de tout remettre au lendemain. Ma procrastination devient vraiment maladive.

Et maintenant, je suis à deux doigts de voir ma tête tomber. Par le biais de mon père ou de Selena. Voire des deux.

Mon père semble se ressaisir et je le regarde se diriger vers nous. Un petit sourire se dessine sur son visage. C'est étrange. Mon père ne sourit jamais, du moins pas sincèrement. Là, il fait en sorte de masquer sa surprise et tente de faire bonne figure devant ses employés et les investisseurs.

Quand il n'est qu'à quelques mètres de nous, je le vois détailler Selena de la tête aux pieds. Même si c'est mon père et que je suis censé le respecter, je ne peux m'empêcher de vouloir lui péter les dents. Il a toujours aimé les femmes plus jeunes que lui.

Sous son regard insistant, je vois Selena se tendre. Elle n'a pas l'air bien et je lui serre la main comme pour lui dire que tout ira bien. Je crois qu'elle angoisse de rencontrer mon père. Il faut dire que je ne lui en ai pas fait un portrait très élogieux. En même temps, si je devais trouver une seule qualité à mon père, je risquerais d'y passer des heures. Ponctuel, peut-être. C'est déjà pas mal.

Mon père se décide enfin à se rappeler qu'il a un fils et tourne la tête vers moi. Il me sourit. Bizarre, vraiment très bizarre.

– Benjamin, me dit-il en inclinant la tête.

Je le vois tenter un pas vers moi, sûrement pour m'enlacer ou je ne sais quoi mais il se ravise aussitôt. Non, ça aurait été trop. Et ça fait bien des années qu'il ne m'a pas pris dans ses bras, et à bien y réfléchir, il ne l'a peut-être jamais fait. Peut-être quand je n'étais encore qu'un bébé, mais bien sûr, je n'en ai aucun souvenir.

– Père, le salué-je à mon tour.

– Je me réjouis de voir que tu es venu accompagné.

Mon père tend chaleureusement sa main vers Selena. Son comportement est vraiment étrange et je me demande ce qu'il peut bien mijoter.

– Howard Lawson. Je suis ravi de vous rencontrer.

OK, ça, ce n'est pas mon père ! C'est un mec qui pourrait ressembler à un père mais ce n'est pas le mien. Il a sûrement bu. Et je crois qu'il est temps de lui effacer ce sourire hypocrite, il est temps de l'achever.

– Père, je vous présente Selena. Ma femme.

Je jubile intérieurement quand les lèvres de mon père retombent progressivement. Ses yeux deviennent plus sombres. Ça y est ! Il vient de comprendre que je ne rigole pas. Il pensait que j'allais le laisser diriger ma vie et ne pensait sûrement pas que j'allais contrecarrer ses plans. Pas de chance pour lui. Ça ne lui plaît pas et j'aime ça.

Il se ressaisit. Mon père a toujours été très fort à ce petit jeu quand nous sommes en société. Seule une poignée de personnes savent que nos rapports sont conflictuels et glaciaux. Je pose alors ma main dans le dos de Selena.

– Allons déjeuner, bébé, dis-je.

Elle hoche la tête, intimidée, et nous nous dirigeons vers le buffet. Je ne peux m'empêcher de me retourner pour regarder mon père. Il me fusille du regard. Je crois que je viens de provoquer la fureur du dragon.

***

Selena est silencieuse depuis le début du repas. Je sens que quelque chose ne va pas mais je n'arrive tout simplement pas à savoir quoi. Pourtant, il ne me semble pas avoir dit ou fait quelque chose de mal depuis notre arrivée. Je ne l'ai pas lâchée d'une semelle, d'ailleurs.

Face à moi, Luke rit aux éclats. En tant qu'avocat de Lawson Enterprise, il a, bien sûr, été invité. Il a d'ailleurs pour tradition de venir à la journée des employés pour sauter l'assistante la plus bandante.

Je dois avouer que cette petite Alyssa, l'assistante du responsable marketing, est pas mal mais elle n'est rien à côté de ma femme.

Je relève les yeux vers Selena, qui m'adresse un petit sourire gêné. Je me penche alors vers elle, m'apprêtant à lui demander si ça va, quand je sens une présence derrière moi. Je suis surpris de voir mon assistante vêtue d'une petite robe pastel, les cheveux parfaitement lisses. Je suis aussi heureux de voir qu'elle a laissé ses horribles lunettes chez elle.

Quand Selena voit Mindy, elle se lève et l'enlace avec douceur.

– Waouh, Mindy ! Tu es… magnifique, fait Selena.

Celle-ci laisse échapper un petit rire gêné. Elle ne doit pas être habituée à ce qu'on la complimente sur sa tenue.

– Merci, Selena. Toi aussi, tu es magnifique. Ta robe est très belle.

Mindy tourne la tête vers moi.

– Bonjour, Ben.

– Salut, Mindy. Comment vas-tu ?

– Super.

– Tu t'assois avec nous un instant ? intervient Selena.

Mindy hoche la tête et se laisse tomber sur une chaise près de Selena.

– Tu t'amuses bien ? demande Mindy à Selena.

– Oui, la journée est superbe. Les gens sont très gentils.

– Ça, c'est parce que tu es la femme du patron, rit-elle. Alors, ils n'ont pas le choix.

Mindy se tourne vers moi et m'adresse un sourire qu'elle efface aussitôt. Je n'ai pas besoin de savoir qui détourne son attention. Il n'y a que mon père pour faire cet effet.

Il s'arrête près de moi et tourne son visage vers ma femme.

– Selena, ma chère, puis-je vous emprunter Benjamin un instant ?

– Ou… oui, bien sûr.

Mon père se tourne vers moi et il me menace du regard.

– Suis-moi, m'ordonne-t-il.

Ça y est ! Le moment des grandes explications est arrivé. Je me lève lentement et opine de la tête. Selena ne cesse de m'observer. Je me penche alors vers elle et dépose un baiser sur ses lèvres.

– Je reviens vite, je te laisse avec Mindy en attendant.

Je m'éloigne en compagnie de mon père. Nous nous dirigeons vers le manoir en silence. Je sens de la tension entre nous. Sa mâchoire est serrée et je sais que je vais avoir une conversation des plus houleuses avec lui. Mais je suis prêt. Prêt à lui dire ses quatre vérités, à lâcher tout ce que j'ai sur le cœur, toute cette amertume que j'ai contre lui. Mon père ne m'a jamais aimé, m'accusant de la mort de ma mère et de mon frère. Comment aurais-je pu en être coupable ?

Nous entrons dans le manoir, toujours dans un silence de plomb, et il m'invite à entrer dans son bureau.

Il referme la porte derrière lui puis s'approche de la grande fenêtre d'où l'on peut voir les invités profiter de leur journée. Il se sert un scotch, ne m'en propose pas, bien sûr, et s'assoit sur son énorme fauteuil en cuir. Je soupire puis me sers moi-même un verre que j'avale aussitôt.

Mon père m'observe, attendant sûrement que je commence. J'espère qu'il ne s'attend pas à des excuses, à des explications où je ne sais quoi car il risque d'attendre longtemps.

Je me sers un nouveau verre et le cogne contre le sien avant de poser mes fesses sur son bureau parfaitement ordonné.

– Vous ne me félicitez pas, père ?

Mon père reste calme devant ma provocation. Je vide mon deuxième verre alors que mon père ne bouge pas.

– Te féliciter ? Je ne vois pas pourquoi, fait-il.

– Pour ma sagesse. Je suis devenu un homme responsable, comme vous l'avez toujours souhaité. Je suis marié, j'ai arrêté de sortir. Je suis un homme rangé et sérieux, maintenant.

– Parce que tu appelles ça « responsable » de te marier avec la première fille qui te tombe sous la main ?

Pas la première fille. Elle. Selena.

Celle qui m'a appris à aimer, à voir le monde autrement que comme un gamin pourri gâté par la vie. Celle qui me stabilise.

– Je n'ai pas envie de boire à ta bêtise.

Mon père se lève de son fauteuil, dépose son verre sur son bureau et va se poster devant la fenêtre. Il se tient droit, les mains jointes dans le dos, presque au garde-à-vous.

– Tu vas aller voir le juge et divorcer dès lundi.

Il a donné son ordre sans se retourner.

– Et si je refuse ? dis-je.

Il se retourne rapidement et me fixe. Je ne cille pas, sinon je sais qu'il m'achèvera. Je ne veux pas le laisser dominer la discussion. Et jamais je ne ferai cette demande de divorce.

– Je pensais que tu avais passé l'âge pour une crise d'adolescence. Il est temps que tu arrêtes ton petit jeu, lâche-t-il.

– Je ne joue pas, père.

Son visage se tord de douleur. Ça y est ! Le dragon s'éveille. Je le vois dans son regard. Il ne va pas tarder à cracher du feu. Intérieurement, je jubile. Extérieurement, je ne laisse rien paraître pour le déstabiliser.

– Ne te fous pas de ma gueule, Benjamin. Tu as toujours été un petit merdeux qui m'en a fait voir de toutes les couleurs. Alors maintenant, tu vas m'obéir et arrêter tes conneries. Lundi, tu entameras une procédure de divorce et nous irons voir les Bowman pour parler de ton mariage avec Julia.

Je tente de me retenir de rire. Vraiment. Mais je n'y arrive pas bien longtemps.

– Non, lundi, je suis assez pris. J'ai une femme dont je dois m'occuper maintenant et…

– Tu te fous de ma gueule ? Arrête ton petit caprice, Benjamin. Je sais que c'est une pute.

Pute…

Ce mot me fait l'effet d'une douche froide.

– Pardon ?

Je me lève du bureau et le fixe. J'espère pour lui qu'il n'a pas osé utiliser ce terme parce que, géniteur ou pas, je l'aligne.

– Je sais qui elle est, Benjamin. Mais je dois te dire que je la préfère en blonde.

Sa remarque me fige.

Putain, il sait ! Il sait comment Selena gagnait sa vie ! Comment ? Bordel !

Je me rassois lentement sur son bureau, sonné par sa remarque. Il ne peut le savoir que d'une seule manière : il est client du 3G. Quel sale hypocrite ! M'interdire d'aller dans les clubs de strip-tease alors qu'il le fait lui-même.

Alors oui, je voulais l'achever en lui disant que Selena était une strip-teaseuse que j'avais épousée pour le faire chier mais maintenant que je l'aime, je ne peux me servir de cette carte pour achever mon père. Je préfère respecter Selena en ne dévoilant pas son passé. C'est à elle d'en parler si elle le désire.

– Je sais que tu as fait ça pour me punir de ce mariage avec la fille Bowman !

– Eh ! Je n'ai jamais voulu de ce mariage, OK ? Oui, j'ai fait ça pour vous faire chier et vous savez quoi, je suis bien content de l'avoir fait. Oui, père, j'ai fait ça pour vous emmerder. Et voir votre gueule dépitée de tout à l'heure, ça m'a fait un bien fou.

– Je ne te permets pas de me parler ainsi, Benjamin ! Je suis ton père et…

Je ris jaune et ça intensifie sa colère, et la mienne par la même occasion.

– Mon père ? Mais quel père ? Parce que moi, je n'en vois aucun. Vous voyez, je ne suis pas père mais je sais ce que c'est de savoir quelles sont les céréales ou le dessin animé préférés d'un petit garçon. Je sais ce que c'est d'aller le border chaque soir et de l'embrasser avec amour. Et vous, père, vous savez tout ça de moi ? Ou du moins, vous l'avez su ? Non, parce que j'ai grandi sans père. Le mien avait trop de haine envers moi pour savoir et vouloir toutes ces choses-là.

Mes membres se mettent à trembler, signe que je suis à deux doigts de tout envoyer valser. Je me retiens, même si ça me ferait un bien fou.

– Ah, parce qu'il y a un bâtard aussi, souffle mon père.

Je serre fortement l'épais plateau du bureau de mon père. Mieux vaut le bois que la gueule de mon père. Comment peut-il parler de Sam ainsi alors qu'il ne le connaît pas ?

– Sam ! Il s'appelle Sam !

Mon père se fige en entendant le prénom.

– Je t'interdis de prononcer ce prénom. Tu as perdu ce droit le jour où tu l'as tué.

– Mais je n'en ai rien à foutre. Sam est le fils de Selena et ce n'est pas un bâtard. C'est un petit garçon formidable qui n'a pas de père et je suis heureux d'en faire office. Lui, il aura une figure paternelle, pas comme moi. Et je suis bien plus père que vous.

Mon père me fixe. Je sens que j'ai touché un point sensible et ça me rend fier. J'ai une envie encore plus pressante de l'achever.

– Alors oui, je me suis marié avec une strip-teaseuse pour vous faire chier. Oui, je me suis marié parce que je ne voulais pas que mon dictateur de père m'impose cette conne puritaine de Julia Bowman. Et si c'était à refaire, je le referais. Maintenant, vous allez arrêter de diriger ma vie et le mieux serait que nous cessions de nous voir. Je démissionne. OK ? Je démissionne. Démerdez-vous avec votre empire. Vous crèverez tout seul parce que c'est tout ce que vous méritez. Votre société, il n'y aura personne pour la reprendre car vous êtes si cruel et caractériel que vous faites fuir tous ceux qui vous entourent.

Les yeux de mon père trahissent sa colère mais également son étonnement. Je soupire, attrape son verre et m'apprête à le vider. Je me ravise pourtant.

– Non, je vous le laisse, vous en aurez bien plus besoin que moi.

Je dépose le verre sur le bureau et me relève. Mon père paraît sonné et lui avoir fait cet effet me fait jubiler.

Je tourne les talons puis abaisse la poignée de la porte de son bureau.

– C'est la dernière fois que vous me voyez, Howard. À partir de maintenant, vous ne serez qu'un étranger à mes yeux.

Je passe la porte et la claque derrière moi.

Quand je me retourne, je la vois, complètement perdue. Elle me fixe un long moment, ses yeux fouillant les miens. Je n'ai pas besoin de lui demander, je connais déjà sa réponse. Oui, elle a tout entendu. C'est évident.

Je l'ai déjà vue en colère mais là, ça n'a rien à voir avec notre dispute dans Calle Ocho. Là, je vois sa déception et sa rage.

– Selena, soufflé-je.

– Tais-toi ! me dit-elle.

Elle s'approche alors de moi, tel un boulet de canon, et me gifle avec force.

30

Selena

– Maman ! Maman !

Je tourne mon visage vers Sam. Il me fixe en se tortillant sur place.

– Je veux faire pipi, me dit-il.

– OK. On y va. Mindy, désolée, je dois te laisser un moment. Il y a urgence.

– Pas de problème.

Je me lève, Sam dans les bras, et traverse le lieu de réception improvisé dans le jardin. Sur la terrasse, je croise un serveur qui m'indique les toilettes les plus proches.

– Vite, maman !

Je presse le pas. Je n'ai pas envie qu'il y ait un petit accident. Ce n'est ni le lieu, ni le moment. Je le fais entrer dans les toilettes indiquées et patiente à l'extérieur. Des éclats de voix se font alors entendre depuis une autre pièce, mais je n'en comprends pas le contenu. De toute façon, ça ne me regarde pas et entendre deux hommes s'engueuler ne m'intéresse pas.

La chasse d'eau est actionnée et j'ouvre la porte des toilettes.

– N'oublie pas de te laver les mains.

Sam s'exécute en chantonnant le petit air d'une comptine qu'il a apprise à l'école.

– Sam ! Il s'appelle Sam !

Je me fige en entendant le prénom de mon fils et surtout en reconnaissant la voix de Ben.

– Je t'interdis de prononcer ce prénom. Tu as perdu ce droit le jour où tu l'as tué.

Je tends l'oreille.

– Mais je n'en ai rien à foutre. Sam est le fils de Selena et ce n'est pas un bâtard. C'est un petit garçon formidable qui n'a pas de père et je suis heureux d'en faire office. Lui, il aura une figure paternelle, pas comme moi. Et je suis bien plus père que vous.

Entendre Ben parler ainsi de Sam me fait sourire. Ben aime Sam. Tout comme Sam l'aime. Et moi, je suis amoureuse des deux.

– Alors oui, je me suis marié avec une strip-teaseuse pour vous faire chier, reprend la voix de Ben. Oui, je me suis marié parce que je ne voulais pas que mon dictateur de père m'impose cette conne puritaine de Julia Bowman. Et si c'était à refaire, je le referais.

Je me fige aussitôt. Il a craché cette phrase comme s'il avait soufflé une insulte. Je plisse les sourcils, analysant chaque mot de sa phrase. Il s'est marié avec moi pour emmerder son père ? Pour ne pas se marier avec une autre femme ? Mais qui est Julia Bowman, d'ailleurs ?

– Maintenant, vous allez arrêter de diriger ma vie et le mieux serait que nous cessions de nous voir. Je démissionne. OK ? Je démissionne. Démerdez-vous avec votre empire. Vous crèverez tout seul parce que c'est tout ce que vous méritez. Votre société, il n'y aura personne pour la reprendre car vous êtes si cruel et caractériel que vous faites fuir tous ceux qui vous entourent.

Un silence. Je n'entends que mon souffle saccadé. Mon cœur, lui, menace littéralement d'exploser.

– Non, je vous le laisse, vous en aurez bien plus besoin que moi.

La poignée de porte de la pièce d'où viennent les cris s'abaisse.

– C'est la dernière fois que vous me voyez, Howard. À partir de maintenant, vous ne serez qu'un étranger à mes yeux.

Quand je vois Ben passer la porte et la claquer derrière lui, je n'arrive pas à détacher mes yeux de lui.

Ben s'est foutu de ma gueule et moi, comme une conne, j'en suis tombée amoureuse.

Quand il se retourne, il se fige. Il paraît tendu et mal à l'aise. Il entrouvre la bouche, essayant de dire quelque chose. Mais je ne veux pas l'entendre.

– Selena, me souffle-t-il.

– Tais-toi ! dis-je.

Je m'approche rapidement de lui, la mâchoire serrée, et le gifle avec une force dont je ne me serais jamais sentie capable. Non, je ne veux rien entendre. Je ne veux même plus lui parler. Ben s'est foutu de ma gueule, du début à la fin. C'est un salaud, comme tous les autres. Il encaisse ma gifle comme un chef. Il ne paraît pas blessé, ni vexé et encore moins surpris. Il sait qu'il la méritait.

– Laisse-moi t'expliquer, Selena.

Il s'approche d'un pas, la main tendue vers moi et je recule aussitôt. Non, je ne veux pas qu'il me touche. Je ne veux plus qu'il me touche.

– Non, il n'y a rien à ajouter, tout a été dit. Tu es un salaud. Et je ne veux pas t'écouter. Plus jamais !

La porte s'ouvre une nouvelle fois et son père se plante devant nous.

– Benjamin, dit-il calmement. Il faut qu'on discute.

– On s'est tout dit ! s'écrie Ben, sans détourner son regard de moi. Je ne veux plus de toi dans ma vie.

Son père s'approche lentement et je profite de la seconde où l'attention de Ben est détournée pour tourner les talons. Je prends dans la mienne la main de Sam, qui sort à ce moment des toilettes, et l'attire rapidement vers le jardin. Le pauvre, il ne comprend pas grand-chose et pour une fois, c'est moi que je préserve plutôt que lui.

Je fonce rapidement à la table où j'ai déjeuné, récupère mon sac à main et tourne les talons. Je me heurte contre un corps et quand je relève les yeux, Luke me regarde.

– Oh, désolée, je...

Une larme coule le long de ma joue et le sourire de Luke s'efface aussitôt.

– Eh, ça va ? me demande-t-il.

J'essuie ma larme du revers de la main. Il me fixe toujours et je baisse les yeux.

– Très bien, mens-je. Je dois y aller.

Son front se plisse et il me regarde, inquiet. Bien sûr que je ne vais pas bien. Je pleure de rage et de peine. Je n'arrive même pas à savoir de quoi exactement.

– Où est Ben ?

– Je m'en fous.

Il attrape mon avant-bras et m'entraîne loin des tables. Je comprends qu'il préfère me mettre à l'écart. Si l'un des employés voit la femme du fils du patron en pleurs, ça en fera jaser plus d'un.

– C'est quoi, le problème ? me dit-il alors que nous sommes loin des oreilles qui traînent.

– Ton ami est un salaud. Je ne veux plus le revoir.

Il laisse échapper un petit « Ah, je vois » comme s'il se doutait que ce jour arriverait. Il finit par secouer la tête.

– OK. Je vous ramène à Coconut Grove.

– Non, je ne veux pas y aller.

– Laisse-moi au moins te ramener dans le centre. Tu trouveras difficilement un taxi, ici.

Je m'en moque, je suis prête à repartir à pied s'il le faut.

– Maman, je peux aller jouer ? me demande Sam.

Il tire sur ma main et je me retiens de fondre en larmes. Non, je ne dois pas pleurer devant lui.

Luke me fait signe de le suivre et je finis par hocher la tête. Il faut que je parte d'ici au plus vite.

***

Ben

Putain, j'ai merdé ! Sur toute la ligne. J'aurais dû tout lui expliquer. Depuis trois jours, je repousse cette conversation de peur qu'elle me quitte mais la façon dont elle l'a appris est encore pire. Je la regarde, impuissant, le cœur meurtri. Mon organe me comprime de l'intérieur. J'ai mal, vraiment mal. Et elle a raison, je suis un salaud.

Il faut que je la retienne, que je lui explique et qu'elle me pardonne. Si elle ne le fait pas, je ne me relèverai pas. Je ne peux pas la perdre, je ne le veux pas non plus. Je fais un pas mais la main de mon père qui s'abat sur mon épaule me retient.

– Benjamin, il faut qu'on discute.

Je me dégage de son emprise avec force. Tout ça, c'est de sa faute. Tout ça, c'est lui qui l'a provoqué. J'ai sans doute une part de responsabilité dans toute cette histoire, mais tout part de lui et de sa stupide menace de mariage.

J'aperçois alors Selena qui en a profité pour s'éloigner avec Sam.

– On s'est tout dit, sifflé-je, la mâchoire serrée. Je ne veux plus de toi dans ma vie.

Il se raidit, surpris. Je le suis tout autant. C'est la première fois en trente ans que je le tutoie. Il a réussi à perdre le peu de respect que j'avais encore pour lui.

– Benjamin, tu n'es pas sérieux ? Tu es mon fils et…

– Non ! Je ne suis plus ton fils. Je ne l'ai jamais été à tes yeux. Je viderai mon bureau lundi à la première heure et je ne veux pas t'y voir.

Il me fixe, hésite puis finit par hocher la tête. Voir mon père céder aussi rapidement ne me dit rien qui vaille, mais je suis content de voir que pour une fois, j'ai le dessus.

Je tourne les talons et retourne dans le parc. Les invités s'amusent toujours autant et ne semblent pas s'être rendu compte que mon monde venait de s'écrouler. Je scrute l'assemblée, à la recherche de celle qui fait battre mon cœur. Je souris à des signes de tête de certains de mes employés, plus par politesse que par envie.

Au loin, Mindy rit avec la standardiste du siège et je fonce directement vers elle. Son visage s'éteint quand elle voit ma mine renfrognée.

– Tu as vu Selena ? lui demandé-je.

– Elle est partie accompagner Sam aux toilettes.

Je secoue la tête, les lèvres pincées.

– Votre femme ? entends-je derrière moi.

Je me retourne et vois Justin, l'un des comptables de la société.

– Je l'ai vue partir en direction du parking avec Me Davis, me dit-il.

– Merci Justin.

Je lui tapote l'épaule puis m'excuse. Je traverse la foule, me frayant un chemin tout en extirpant mon téléphone de ma poche.

Je compose le numéro de Selena et suis dirigé sur sa messagerie vocale au bout de quatre sonneries. Je tente une nouvelle fois mais son répondeur s'active aussitôt. La connaissant, elle a sûrement coupé son téléphone.

Je décide d'appeler Luke.

Si Selena est avec lui, il me répondra, non ?

Je tente de l'appeler mais j'ai droit à une nouvelle boîte vocale alors que j'arrive sur le parking. Je scrute les nombreuses voitures alignées, cherchant la Shelby de mon ami. Putain !

Je tente une nouvelle fois de l'appeler quand je comprends que sa voiture n'est pas là.

Putain ! Il ne me répond pas ! Je pianote rapidement sur mon écran.

[T'es où ?
Selena est avec toi ?]

Je patiente quelques secondes, me rongeant tous les ongles. Putain, ils sont forcément ensemble. Selena ne connaît que Luke et Mindy et je ne la vois pas partir avec un inconnu, elle est beaucoup trop responsable pour ça.

Mon téléphone vibre et j'ouvre aussitôt la réponse de mon ami.

[Va te faire foutre, Ben.
Je ne veux plus te voir. S]

***

Selena

– Tu devrais lui répondre, Selena, me dit Luke.

– Non, qu'il aille se faire…

J'interromps ma phrase et me tourne vers Sam, assis à l'arrière. Il semble surpris que je ne finisse pas ma phrase.

– Il est où, Ben ? me demande Sam.

– Il est resté avec son papa, mon poussin. Alors Luke nous ramène à la maison. Ferme tes yeux un instant, Samy, tu dois te reposer.

Sam hoche la tête puis se cale contre la portière de la voiture. Il fourre son pouce dans sa bouche et ferme les yeux. Je pivote vers Luke.

– Tu savais ? demandé-je, la mâchoire serrée.

Luke tourne la tête vers moi.

– Quoi ?

Je comprends à son regard que oui, il savait. Je le fusille du regard.

– Mouais, je comprends mieux quand Ben dit que tu tues les gens en un regard.

Et il se croit drôle, en plus ! Parce que là, je n'ai pas le temps, ni l'envie de rire.

Comprenant que je ne suis pas d'humeur, Luke reprend son sérieux.

– Oui, j'étais au courant.

Je soupire.

Quelle belle bande de salauds ! Les hommes sont tous les mêmes. Leur accorder notre confiance est une erreur.

– Je lui ai dit de te le dire. Il voulait le faire mais il avait peur de te perdre.

– Parce que tu crois que la façon dont je viens de l'apprendre est mieux ? Il m'a menti. Je culpabilisais de profiter de la gentillesse de quelqu'un, mais en réalité, sa proposition n'était pas sans intérêt.

Luke se raidit.

– Tu veux dire que si tu l'avais su depuis le départ, tu te serais quand même mariée ?

– Oui !

Et je suis sincère. Tout ça, c'est pour Sam. Rien que pour lui. S'il m'avait expliqué la situation, j'aurais tout de même accepté de me marier. Mais depuis le début, je culpabilise de me servir de lui, même s'il est au courant. Et lui, il m'a menti. Il m'a fait culpabiliser sans rien dire.

– Je ne sais pas si Ben t'en a déjà parlé, mais lui et son père ont des rapports très compliqués. Et depuis la mort de Sam, c'est encore pire. Ben s'est toujours amusé à faire chier son père, de toutes les façons possibles et imaginables. En réalité, je pense qu'il fait ça pour exister à ses yeux. Il a beaucoup souffert de son indifférence étant jeune et je crois qu'il en souffre toujours.

Ce ne sont que des excuses, tout ça ! Même si ce qu'il dit semble vrai, s'il m'avait expliqué dès le départ ses véritables intentions, cela n'aurait rien changé. Il aurait quand même fait chier son père, mais j'aurais été au courant. Et je n'aurais pas été trahie par l'homme que j'aime.

– On a tous un passé, Luke. Et ça n'excuse en rien son mensonge. Je ne suis pas une poupée qu'on manipule, bonne à fermer sa gueule et à obéir.

Je ne le suis plus.

– Ben s'est moqué de moi. Et je vais avoir besoin d'un avocat.

– Tu ne comptes pas divorcer, Selena. Tu ne peux pas lui faire ça !

– Parce que lui, il le pouvait ? Il s'est foutu de ma gueule, Luke, et ça, je ne le tolère pas.

Luke, mal à l'aise, secoue la tête. Ses yeux se portent vers Sam, qui s'est endormi.

– Pense à Sam. Tu vas faire comment ?

– Je vais faire ce que j'ai toujours fait. Je vais me démerder pour couvrir ses frais médicaux le temps que mon dossier pour la Sécurité sociale soit accepté. Je...

Maintenant que j'ai la citoyenneté américaine, j'ai droit à cette couverture sociale. Je la payerai cher, mais s'il le faut, je suis même prête à remettre mon « uniforme » du 3G en attendant de pouvoir me le permettre financièrement. Peut-être que Tony accepterait de me reprendre si je le suppliais. Je ferais tout pour mon fils et si je le pouvais, j'arracherais mon propre cœur pour que Sam soit en parfaite santé.

– Tu ne peux pas lui faire ça, Selena. Il va...

Il s'interrompt, s'apprêtant à dire quelque chose qu'il ne devrait pas.

– Il va quoi ? demandé-je.

– Laisse tomber.

– Non. Dis-moi !

Je le toise du regard. S'il ne me le dit pas, je l'étrangle sur place.

– Il ne va pas s'en remettre. Il... il est beaucoup plus attaché à toi que tu ne le penses, souffle-t-il.

Je m'en tape qu'il soit attaché ou pas. Ben est un homme qui a perdu ma confiance. Il l'avait pourtant pleinement.

La voiture de Luke s'arrête devant mon immeuble de Little Havana. L'immeuble me paraît bien terne comparé au lieu que je viens de quitter. Je sors de la voiture, la contourne pour prendre Sam dans mes bras, toujours endormi, et m'approche du côté conducteur. Luke a baissé la vitre de sa voiture et me sourit timidement.

– Prends le temps de réfléchir, Selena. Je passerai te voir demain si tu le veux bien ?

Je hoche la tête, le remercie de nous avoir ramenés et entre dans mon immeuble sans un mot de plus. La gorge serrée et d'une main tremblante, je me démène pour ouvrir la porte de mon appartement. Sam file déjà en courant dans sa chambre. Je ne me retiens pas plus longtemps et, me laissant glisser le long de la porte, je fonds en larmes, anéantie. Je n'ai jamais eu aussi mal de ma vie. Ben vient de me trahir alors que je lui avais accordé ma confiance. Il vient de me pulvériser le cœur et je vais devoir tenter de me relever, maintenant.

31

Selena

On frappe à la porte de mon appartement. Je me lève du canapé tel un zombie et me dirige vers l'entrée. Sam passe devant moi en courant et tourne déjà la poignée de la porte.

– Non, Sam, tu sais que tu n'as pas le droit d'ouvrir la porte.

Oui, on ne sait pas qui est notre visiteur. Et je prie pour que ce ne soit pas *lui*.

Depuis deux jours, je ne cesse de pleurer. Putain, ça fait mal, très mal. Je ressens les mêmes sensations que lorsque Alejandro avait fini de me frapper. Sauf que ce n'est pas mon corps qui souffre, c'est mon cœur. Ce maudit organe semble s'être pris une multitude de coups de couteau. À moins que quelqu'un ne se soit amusé à me l'arracher, à le passer dans un mixeur puis à le remettre en lambeaux dans ma cage thoracique.

Je ne pensais pas qu'aimer pouvait faire aussi mal. Pourtant, Ben a toujours été adorable et attentionné avec moi. Mais il m'a menti. Et c'est ce qui me fait le plus mal. Je m'en voulais de profiter de sa bonté mais en fait, il profitait de moi, lui aussi. J'aurais tellement souhaité qu'il me dise toute la vérité, ça m'aurait évité de tomber bêtement amoureuse de lui.

Sam ouvre la porte et je vois les deux visages de mes amies.

Je n'arrive pas à me retenir de fondre en larmes. Je baisse la tête, honteuse de ce moment de faiblesse alors que je me promets, chaque fois que j'essuie mes larmes que je ne pleurerai plus pour lui. Je sens alors les bras de mes amies m'encercler pour un câlin collectif. Je m'apitoie sur mon sort un moment, trempant le petit haut d'Amber de mes larmes. Je suis pathétique, je pleure pour un menteur.

– Vas-y, chiale, ma belle, me souffle Amber en me frottant le dos.

J'obéis car même si je voulais me montrer forte, je n'arriverais malheureusement pas à m'arrêter. Je suis au plus mal et j'ai peur de ne jamais me relever de sa trahison.

Au bout d'un moment, Amber m'éloigne d'elle et me sourit pour m'encourager.

– Allez, tu vas tout nous raconter, dit-elle.

Becky dépose un baiser sur ma joue et m'entraîne sur le canapé.

– Comment vous savez que je suis revenue ici ? demandé-je.

Mes deux amies se lancent un regard.

– C'est Hunter qui nous l'a dit. Qui l'a su par Aaron qui, lui, l'a su par Luke, me dit Amber.

Bordel ! Tout le monde sait que j'ai été prise pour une conne.

Et je suis prête à parier que Jason est également au courant. Sérieusement, si ça continue, je vais finir par me casser de Miami.

– Et comment Hunter a pu vous le dire ? demandé-je.

Deuxième petit coup d'œil entre mes amies. Je crois que je ne préfère même pas le savoir.

– Bon, tu préfères qu'on l'émascule ensemble ou tu veux le faire toute seule comme une grande ? me dit Amber.

Je sais que c'est sa façon de me redonner le sourire. Et ça marche.

– Non, je ne pourrais pas lui faire ça, bien que ce ne soit pas l'envie qui m'en manque, réponds-je.

– Dommage, on ne saura pas s'il a un gros pénis, soupire Becky.

Je laisse échapper un rire.

– Tu lui as parlé ? demande la blonde.

Je secoue la tête. Non, et je ne veux pas. Je ne suis tout bonnement pas prête, mais je sais qu'il faudra bien que je le fasse un jour. Le jour du divorce.

– Tu sais, il n'est pas bien, Selena. Tu l'aurais vu, hier soir, il faisait peine à voir.

J'incline la tête et plisse le front. Amber sermonne Becky du regard et je comprends enfin.

– Attendez, vous l'avez vu ? demandé-je.

Amber secoue la tête.

– Bah, bravo, Becky. Qu'est-ce que tu peux être débile ! On avait dit qu'on ne lui en parlerait pas avant...

– Avant quoi ?

Amber roule des yeux.

– Avant d'être sûres que tu ailles bien, continue Amber. Écoute, Selena, on s'inquiète pour toi, pour vous. On sait que Ben t'a menti, c'est dégueulasse, mais tu ne crois pas que ce que tu ressens pour lui peut te permettre de dépasser tout ça ?

– Il m'a menti, Amber. Et il s'est servi de moi alors que je culpabilisais tous les jours.

– Je sais, Selena. Et lui aussi le sait. Mais tu ne crois pas que...

– Non ! m'écrié-je presque. Je lui ai donné ma confiance et vous savez que c'est difficile pour moi. Il m'a trahie et je ne pourrai plus jamais lui faire confiance.

– Et tu vas faire quoi, alors ?

Je n'en sais rien. Je suis carrément paumée. Là, je n'ai qu'une envie, retrouver ma couette et ne plus jamais quitter mon lit.

– Je vais devoir divorcer, soufflé-je.

– Non ! s'écrie Becky. Tu ne peux pas faire ça. Tu l'aimes et lui aussi.

Je relève les yeux vers elle. Il m'aime ? Quelle charmante blague ! Quand un homme aime une femme, n'est-il pas supposé lui donner les véritables raisons de sa demande en mariage ?

– Qu'est-ce qui te fait dire ça ? Il te l'a dit ? lâché-je sèchement.

– Non, dit Becky fermement. Mais il faudrait être aveugle pour ne pas le comprendre. Tout le monde le voit. Il n'y a que toi qui sembles faire l'autruche et ne pas voir qu'il est carrément dingue de toi.

– Je m'en fous. C'est trop tard, soufflé-je.

– Pff ! Tu sais que tu n'en penses pas un traître mot, répond Becky.

Et elle a raison. Bien sûr qu'il n'est pas trop tard. Mon père m'a appris qu'il fallait savoir pardonner les erreurs des autres. Mais celle-là est tout de même difficile à digérer.

– Selena, dit Amber, réfléchis et ne prends pas de décision à la légère, d'accord ? Tu es suffisamment responsable pour ne pas prendre de décision hâtive. Laisse-toi le temps de digérer tout ça et accepte de l'écouter. Ce mec, il est fait pour toi. C'est une évidence, vous deux. Et peu importe qu'il t'ait menti sur la raison de sa proposition. Tout le reste du temps, il a été sincère avec toi. Alors, laisse-toi du temps et réfléchis-y, d'accord ?

Elle a raison, Ben a su me montrer qu'il était là pour moi, pour nous. Je lui ai accordé ma confiance et même si elle est brisée avec ce que j'ai découvert, il a été celui qui a réussi à me faire aimer de nouveau.

***

Mon cœur tambourine contre ma cage thoracique. Je prends une grande inspiration que je relâche lentement. Je déteste ça. Je sais que je fais une grosse connerie. Selon Becky et Amber aussi. Mais je n'ai pas le choix. Sam a besoin de ses médicaments et sans job, je ne peux pas les lui payer. Je retiens mes larmes. Ce retour à la case départ me retourne l'estomac.

Quand je suis allée voir Tony pour récupérer mon travail, il m'a d'abord ri au nez. J'étais à deux doigts de chialer et après que je lui ai sorti tous mes arguments, Tony a accepté de me reprendre. J'avais tellement espéré qu'il refuse de me rendre ce job que je déteste tant mais encore une fois, je n'ai pas le choix. Je le fais pour Sam. Toutes mes décisions ont toujours été prises pour lui et sa santé.

Destiny et ses faux seins payés avec son mariage, faux également, arrive près de moi. Elle me regarde de la tête aux pieds, surprise de me voir ici.

– Shania ? Mais ?

– Salut, Destiny, je réponds, un sourire aussi faux que ses nichons aux lèvres.

– Je suis étonnée de te voir ici. J'avais entendu dire que tu t'étais mariée avec un mec plein aux as, et…

– Bah, tu as été mal renseignée, la coupe Amber en arrivant près de nous.

Amber passe son bras sur mes épaules et dépose un baiser sur ma joue pour me montrer qu'elle est là.

– Si tu cherches la scène pour les faux seins et les culottes de cheval, c'est par là.

Elle pointe son doigt vers la deuxième scène du 3G et Destiny la fusille du regard en passant devant nous. Amber tourne son visage vers moi et me fixe.

– Tu n'es pas obligée de le faire, Selena.

– Je n'ai pas le choix, craché-je, amère.

Je sais qu'elle n'est pas d'accord avec moi. Depuis que je lui ai dit que je recommençais les strip-teases, elle ne cesse de me dire que je fais une erreur. Elle m'a même implorée de rentrer à la villa alors qu'elle ne supplie jamais.

Elle n'a pas le temps de me répondre que Tony arrive de nulle part. Il pose les yeux sur moi et s'approche, le regard menaçant.

– Une connerie, une seule, et tu es virée.

Je serre les dents pour ne pas l'envoyer chier. Sans rire, ce mec est un con parfait. J'opine de la tête en soufflant d'agacement.

– Je t'ai à l'œil, renchérit-il.

La musique du show en cours est sur le point de se terminer et je prends conscience que c'est bientôt mon tour. Amber m'encourage alors que je pars vers la scène. Je retire mon peignoir que je dépose sur une chaise.

La première fois que je me suis retrouvée sur scène, j'étais morte de honte et j'en ai chialé pendant des heures une fois mon show terminé. Je me souviens que je m'étais concentrée sur les projecteurs plutôt que sur les visages des clients. Ça m'avait aidée à vaincre le trac.

J'entre en scène alors que les premières notes de la musique suivante débutent.

Ce ne sont que quatre minutes, rien que quatre minutes. Sam en vaut bien plus. Sam vaut tellement.

Je m'approche de la barre d'une démarche langoureuse. Je déteste savoir que tous les regards pervers de la salle sont braqués sur mon cul ou sur mes seins. Je déteste savoir que ce sont ces deux parties de mon corps qui paieront les médicaments de mon fils. J'ai vraiment l'impression que cette façon de les lui payer est beaucoup trop proche de la prostitution. Mon corps contre du fric, du fric contre des médicaments, des médicaments contre la santé de mon fils.

Alors que je tourne autour de la barre, les yeux braqués sur les projecteurs qui m'aveuglent, je sais que je ne pourrai pas ignorer plus longtemps les connards qui m'appellent et me supplient presque de les rejoindre. Danser devant des pervers est une chose mais m'en approcher en est une autre. Si je pouvais me contenter de tourner autour de cette barre et d'ôter mon soutien-gorge, ce serait bien moins humiliant que d'esquiver leurs tentatives de me toucher. Mais je sais aussi que si je m'approche d'eux, ils me donneront des pourboires, ce qui me permettra quelques extras pour Sam. Une glace chez Azucar, le meilleur glacier de Little Havana, une petite voiture qu'il affectionne tant, un nouveau livre de coloriage…

Je lâche ma barre et m'approche du devant de la scène. Je n'ai plus qu'à repérer les clients les plus respectueux et à m'en approcher. Avec un peu de chance, je n'aurai pas besoin d'insister longtemps pour leur faire comprendre qu'ils n'ont pas le droit de me toucher.

Je repère trois jeunes assis autour d'une table. Ils n'ont pas l'air bien méchants et on voit que c'est la première fois qu'ils viennent dans un club de strip-tease. Je me dirige aussitôt vers eux. J'entends dire que c'est l'anniversaire de l'un d'entre eux et je réponds par un sourire tout en continuant à me déhancher au rythme de la musique.

Je sens alors des doigts s'enrouler autour de mon bras avec force. Cette main me serre beaucoup trop et mes yeux se portent sur cette personne. Je fulmine quand je reconnais Ben. La mâchoire serrée, il me fait descendre de scène alors que les clients nous huent.

– Ben ! Lâche-moi !

Il ne répond rien et attrape le billet que le jeune tend toujours dans ma direction. Il lui balance en pleine face, furieux.

– Va te payer une pute, puceau ! Ma femme vaut bien plus que cinq dollars !

Mon poignet toujours emprisonné dans la main de Ben, je lui ordonne de nouveau de lâcher mon bras tout en me débattant. Il nous dirige vers les coulisses. Il m'arrête une fois que nous sommes hors de vue et saisit un vêtement posé sur une chaise qu'il place sur mes épaules.

– Tu fais quoi, là ?

– Va t'habiller, crie-t-il.

Je me raidis à son ton. C'est la première fois que je le vois ainsi et c'est la première fois qu'il me parle sur ce ton. Je croise les bras sur ma poitrine, le défiant du regard. Il est hors de question que j'obéisse. Je suis libre de faire ce que je veux, et ce, même s'il me faut beaucoup de courage pour monter sur scène.

– Non mais tu te prends pour qui ?

– Pour ton mari ! Tu es ma femme, Selena. Et je ne veux pas que des mecs lorgnent ma femme et coincent des billets dans son string.

Mes poings se serrent en même temps que ma mâchoire.

Quel culot !

– Tu crois que ça m'enchante, de faire ça ? J'ai des médicaments à payer pour mon fils et…

Je m'interromps quand mon regard se porte sur Tony, qui arrive vers nous d'un pas décidé.

– C'est quoi, ce délire, Shania ?

– Toi, tu fermes ta gueule et tu dégages !

Tony semble surpris et se raidit en entendant le ton employé par Ben. Il tourne alors son visage vers moi.

– Tu es virée, Shania. Tu prends tes affaires et je ne veux plus jamais te revoir ici.

Je râle. Pour la deuxième fois, Ben m'a fait perdre mon travail. À croire qu'il s'y évertue. Je souffle d'agacement puis tourne les talons.

– Selena ! entends-je derrière moi.

– Va te faire foutre, Ben ! On se verra au divorce !

Je continue à emprunter le couloir en l'ignorant.

J'entre dans ma loge, claque la porte puis me laisse tomber sur la chaise, face au miroir. Comment je vais faire ? Sans ce travail, je n'aurai pas assez d'argent pour payer les soins de Sam. Ma gorge se noue et s'assèche. Je ne dois pas pleurer, je dois être forte.

On frappe à la porte de ma loge et je me lève machinalement.

– Selena ?

Je laisse couler une larme sur ma joue quand je reconnais la voix d'Amber. Elle a sûrement dû entendre ce qu'il vient de se passer et vient voir comment je vais. J'ouvre la porte et elle m'adresse un petit sourire désolé. Je remarque alors Ben dans le couloir. Il s'approche de moi et mon regard se porte sur mon amie.

– Tu...

– Je suis désolée, Selena.

Je la fusille du regard et elle s'éclipse en tournant les talons.

Quelle sale traîtresse !

– Je ne veux pas divorcer, fait Ben.

Je reporte mon attention sur lui et j'essuie mes larmes du revers de la main. Je ne veux pas qu'il me voie pleurer. Je ne veux pas qu'il sache que je pleure pour lui et à cause de lui.

– Va-t'en, soufflé-je, presque suppliante.

Je détourne mon visage de lui.

– Je peux entrer ? demande-t-il.

– Je n'en vois pas l'intérêt, je ne veux pas te parler.

– Tu as juste à m'écouter.

– Bah, tu vois, je n'ai pas envie d'écouter un de tes nouveaux mensonges, Ben.

Il baisse la tête avant de la relever. L'expression « avoir la queue entre les jambes » prend tout son sens quand je le vois ainsi.

– Je n'ai pas l'intention de te mentir, me dit-il.

Il semble sincère mais je ne sais plus quoi penser. Je sais que les hommes sont prêts à tout pour parvenir à leurs fins. Des rires se font entendre dans le couloir.

Putain, on ne peut pas être tranquilles ?

Destiny et Crystal passent derrière Ben et me jettent un coup d'œil interrogateur. Je saisis l'avant-bras de Ben et l'attire vers l'intérieur. Il paraît surpris mais quand je le menace du regard, il se ressaisit aussitôt. Je tourne les talons et vais m'asseoir devant le miroir. Il ferme la porte derrière lui.

– C'est ta loge ? demande-t-il.

Je pivote rapidement vers lui. Il est sérieux ?

– Plus maintenant ! J'ai été virée, au cas où tu ne l'aurais pas compris, craché-je.

Il se gratte la nuque puis avance une chaise près de moi.

– Je peux ?

– Non, je ne préfère pas.

Il semble surpris une nouvelle fois. C'est vrai que c'était méchant et impoli. Je lui fais signe de s'asseoir et il s'exécute aussitôt.

– Selena, je suis désolé.

– Ouais, tu as de quoi ! Mais si tu penses qu'un simple « Je suis désolé » est suffisant, tu te goures lourdement.

– Je sais. Je vais tout t'expliquer.

– Laisse-moi deviner, dis-je, sarcastique, tu as menti à ton père et pas à moi ?

Il me fixe, le visage coupable.

– Non, Selena. Je n'ai pas menti à mon père. C'est à toi que j'ai menti. Du moins, je ne t'ai pas dit la vérité.

– Oh, excuse-moi ! Heureusement que tu m'expliques, là, car je n'avais pas saisi la différence. Mais maintenant, c'est plus clair, râlé-je, ironique.

Il prend une grande inspiration puis se mord la lèvre inférieure.

– Tu t'es foutu de ma gueule, Ben ! Tu m'as prise pour une conne. Tu m'as menti et je me demande sur quoi d'autre tu l'as fait.

– Je…

– Non, je ne veux pas le savoir, le coupé-je. Tu sais pourquoi ? Parce que je m'en fous !

– Selena, m'implore-t-il.

Je le fixe, l'air grave. Je sens ma gorge se nouer. Je ne vais pas tarder à chialer de nouveau.

– Je veux divorcer, Ben, soufflé-je.

Mon cœur se serre dans ma poitrine, en totale contradiction avec les mots durs que je viens de prononcer. Ben se fige un instant. Il semble avoir perdu l'usage de la parole.

– Tu devrais te réjouir, tu vas pouvoir reprendre ta petite vie de jeune héritier plein de fric et aller sauter toutes les nanas que tu veux.

– Je ne veux pas sauter d'autres nanas. C'est toi que je veux, Selena… Et je refuse de divorcer.

Il ne m'a pas lâchée du regard en disant ça. L'entendre prononcer ces mots me fait un bien fou, pourtant je ne peux pas rester avec un homme qui s'est moqué de moi.

– Tu n'auras pas le choix, Ben.

Il saisit ma main et je ferme les yeux à son contact.

– Laisse-moi du temps, Selena. Je te promets que je saurai me faire pardonner et…

Je retire ma main de la sienne. Je vois que ça lui fait du mal. À moi aussi, mais je ne peux tout simplement pas.

– Tu m'as menti, Ben. J'avais confiance en toi. Et maintenant, je ne le pourrai plus jamais. Tu t'es servi de moi.

– Oui, Selena. C'est vrai. J'ai fait ça pour faire chier mon père parce qu'il m'obligeait à me marier avec une femme que je n'avais pas choisie. J'ai voulu le court-circuiter et choisir moi-même ma femme. Et c'est toi que j'ai choisie. Toi et Sam.

– Pourquoi tu ne me l'as pas dit ? Pourquoi tu ne m'as pas expliqué ?

Il me pensait étroite d'esprit au point de ne pas comprendre sa situation ? Dois-je lui rappeler que je me suis mariée pour une assurance maladie ? Je me suis ouverte à lui, à cent pour cent, et malgré cela, je ne cessais de culpabiliser en me disant que je me servais de lui, même s'il était au courant de mes motivations. Mais lui aussi profitait de moi. Et il n'a pas jugé bon de me le dire. Il m'a trahie…

– J'avais l'intention de te le dire. Mais j'avais peur de te perdre, Selena. Je suis dingue de toi et je ne peux pas te laisser partir.

Je le regarde, encore plus perdue.

– Je t'aime, Selena. Et je ne veux pas te perdre.

32

Ben

Selena laisse échapper un hoquet de surprise et moi, je souris comme un con. Je me sens soulagé, comme si on m'enlevait un poids des épaules. Je sais que ce n'est pas avec ma révélation que je vais m'en sortir mais j'avoue que si ça peut aider…

– Je t'aime, Selena. Comme un dingue. Tu me manques et je sais que j'ai fait une connerie.

C'est que j'y prends goût, en plus !

C'est la première fois que je le dis et en fait, ce n'est pas si terrifiant que ça. C'est même génial, magique, sensationnel et je pourrais le lui dire toute la journée, chaque minute.

Je la fixe. Ses sourcils se relèvent et sa bouche s'entrouvre. Elle n'avait donc pas compris ? Elle n'avait pas vu que je suis fou amoureux d'elle ?

Elle baisse le regard en se mordant la lèvre. Je me demande à quoi elle peut bien penser. Ne devrais-je pas recevoir un « Moi aussi », dans l'éventualité où ce serait le cas ? Ça marche comment, normalement ? Quelqu'un a-t-il un mode d'emploi ?

Je pose ma main sur sa joue et elle relève la tête. Ses yeux sombres me fixent et je ne vois plus aucune rage dans son regard, juste une multitude de questions.

Je m'approche d'elle car c'est la réaction naturelle de mon corps.

Comme attiré par un aimant. Je sens son souffle chaud frapper mon visage. Je l'aime et je ferais tout pour la garder près de moi. Je serais même prêt à la séquestrer dans mes bras jusqu'à ma mort.

J'approche encore plus mon visage du sien et je pose mes lèvres sur les siennes. Elles sont douces et chaudes, comme toujours, et elles ont cette petite saveur que j'aime tant, celle de ma Selena.

– Je t'aime, Selena, soufflé-je. Rentre à la villa avec moi.

Elle me fixe, encore plus perdue.

– Non, Ben. Je ne peux pas…

Je me recule, déçu. Non, je suis complètement anéanti par sa réponse. Elle semble le voir mais ne fait rien.

– Je… J'ai besoin d'avoir confiance en toi. C'est important pour moi et tu le sais.

Je hoche la tête.

– J'ai besoin de temps, Ben.

– Je comprends.

Non, je ne comprends pas. Je l'aime et je veux être avec elle. Je devrais mettre mon plan à exécution, à savoir la kidnapper et l'enfermer dans la villa où je pourrais profiter de chaque parcelle de son corps et de son cœur. Mais je préfère ne pas la brusquer et respecter sa demande.

Je me relève de la chaise et elle m'imite presque aussitôt. Elle me fixe toujours de ses grands yeux sombres où je me suis noyé dès que j'ai plongé, la première fois.

– Je te laisserai du temps.

Elle me sourit comme pour me remercier d'être compréhensif. Je pose mon front contre sa tempe, ne sachant si elle me permettrait de l'embrasser de nouveau. J'en crève d'envie, pourtant.

– Ne sois pas trop longue, tu me manques déjà beaucoup trop.

Je dépose un baiser sur sa joue, tourne rapidement les talons et pars en direction de la porte.

– Tu embrasseras Sam pour moi ?

Elle me sourit, silencieuse, et je sors de sa loge. Putain, je viens de lui offrir mon cœur sur un plateau. Je devrais être euphorique, sur un nuage. C'est la première fois que j'avoue mes sentiments à une femme. Je pensais que ces mots me donneraient un sentiment de puissance. Alors pourquoi ai-je l'impression d'avoir encore plus mal que lorsqu'elle est partie du manoir ?

***

J'arrive tôt à Brickell. Je n'ai pas vraiment fermé l'œil de la nuit, beaucoup trop anxieux par rapport à Selena. Elle a besoin de temps, j'ai compris, et j'ai surtout compris que je devais regagner sa confiance. Je lui ai tout de même menti et la façon dont elle l'a appris n'était pas la meilleure. Je ne dois plus lui mentir, ça, j'ai pigé. Selena n'aime pas les mensonges. Et j'ai peur de payer les conséquences du seul mensonge que je lui ai infligé.

Les portes de l'ascenseur s'ouvrent et j'en sors, la boule au ventre. J'espère que mon père n'en aura pas fait qu'à sa tête et qu'il aura respecté ma demande de ne plus le voir.

Je traverse le grand couloir, complètement désert, tout comme l'étage. Il est sept heures du matin et les premiers employés n'arriveront que d'ici une heure. Il me faudra bien moins de temps pour vider mon bureau.

Ma décision est prise et est irrévocable. La finance, ce n'est pas pour moi, et ma démission spontanée est la meilleure que j'ai prise. Professionnellement parlant, bien sûr. La meilleure décision de ma vie est d'avoir épousé Selena. Ça, j'en suis convaincu.

J'entre dans mon bureau et une fois de plus, je ne me sens pas vraiment chez moi. Récupérer mes affaires va être rapide. Hormis quelques effets personnels, je n'ai rien, ici.

Je fonce déjà vers mon bureau. Je suis aussitôt surpris quand mes yeux se posent sur une boîte de céréales. Des Captain Crunch, mes céréales préférées, comme celles de Sam. Apparemment, je me suis trompé sur mon père. Il sait quelles sont mes céréales favorites.

On frappe contre le bâti de la porte et je tourne aussitôt la tête. Mon père est là et me fixe, hésitant.

– Quand tu étais petit, tu faisais la collection des petits personnages. Je crois que je n'ai jamais vu un gamin aussi heureux quand il ouvrait un paquet de céréales.

Si, il y a Sam.

Mais c'est vrai que j'étais dingue de ces personnages quand j'étais petit. Je me rappelle que je suppliais Mag de m'acheter des céréales tous les deux jours, alors que je n'avais même pas fini le paquet précédent.

– Si tu es venu ici pour me faire changer d'avis, tu perds ton temps, réponds-je sèchement.

Mon père me sourit. Bien sûr qu'il est là pour ça. Pour quoi d'autre, sinon ? Mais il perd son temps, ma décision est prise. Je ne veux plus travailler pour lui. Je n'en ai plus rien à foutre de son précieux empire !

– Je peux m'asseoir ? demande-t-il.

– Fais comme chez toi. De toute façon, ce n'est plus mon bureau, et même quand c'était le cas, tu ne te gênais pas pour le faire.

Mon père s'approche et s'assoit sur l'un des fauteuils sans cesser de me fixer. J'ouvre mon tiroir et commence à sortir des dossiers personnels que je dépose sur la table.

– J'ai conscience que j'ai fait des erreurs, Benjamin.

Je me fige.

Waouh ! Mon père reconnaît qu'il a merdé ! Quel miracle !

– Je sais que je n'ai pas été un bon père pour toi. Que la rage que je devais à la perte de ta mère, je la déversais sur toi.

– Est-ce que tu as conscience que j'ai souffert de son absence aussi ? Que je n'ai pas demandé à ne pas avoir de mère ?

– Je le sais, Benjamin. Je te l'ai dit, j'ai fait des erreurs.

Eh bien, il aura appris au moins une chose : à être moins con. On devrait placarder cette information dans toute la ville sur des panneaux, à chaque feu tricolore.

– Je ne veux pas que tu démissionnes.

Je lève les yeux au ciel. Bien sûr, qui reprendrait l'empire Lawson, si cher à ses yeux ?

– Tu sais tout comme moi que je ne suis pas fait pour ce boulot. Ça ne m'intéresse même pas. J'ai choisi cette voie car tu ne m'as pas laissé le choix.

– Je sais, Benjamin, que j'ai été un peu trop directif, parfois.

Directif ? Parfois ? Il voulait sûrement dire autoritaire et exigeant.

– Je ne t'oblige pas à rester, reprend-il.

Comme si je me serais laissé faire…

– Tu sais ce que tu vas faire ?

– Pour l'instant, rien. J'ai ma femme à récupérer.

– Oh ! Selena ! Je… je voulais te dire que je n'étais allé qu'une fois dans ce club de strip-tease. C'est là où m'a invité Johnson quand nous avons signé le rachat du site de fabrication des pièces automobiles. Ce n'est pas dans mes habitudes.

Ah ! Ça me rassure de savoir que mon père n'est pas un vieux pervers de 60 ans.

J'ouvre le tiroir de mon bureau et sors le cadre que Selena m'a offert la semaine précédente.

– Selena n'est pas comme tu penses. Elle a fait tout ça pour son fils. Il est malade et c'est pour ça qu'elle dansait. Mais elle déteste ça.

– J'aimerais apprendre à la connaître, me dit-il.

Je relève la tête vers lui. Il veut la rencontrer ? Je ne suis même pas sûr d'en avoir envie et je doute qu'elle le veuille.

– On verra, soufflé-je.

Il me sourit. Je ne lui ai pourtant fait aucune promesse. Encore une fois, il pense que ce qu'il décide, il l'obtiendra. Mais je ne compte pas céder. Ce n'est pas en pensant ainsi que nos relations vont s'améliorer. Si je ne veux pas qu'il voie Selena, il ne m'y forcera pas et même s'ils se rencontrent un jour, je dois d'abord me faire pardonner auprès d'elle. Mes rapports avec mon père ne sont pas ma priorité. J'ai besoin de m'éloigner de son emprise et je dois me concentrer sur Selena. C'est elle, ma priorité. Sam aussi.

J'attrape la pile de dossiers, y dépose le cadre de Selena et celui avec la photo de Sam et de Charlotte et les cale sur mon avant-bras.

Les yeux de mon père se fixent aussitôt sur le visage de mon frère. Il souffre, je le sais. Il avait tellement de projets pour Sam. Bien plus pour lui que pour moi, d'ailleurs. Sauf que cet accident a contrecarré tous ses plans.

Avoir tué mon frère a été notre coup de grâce et nous nous sommes encore plus éloignés. Depuis ce fameux jour, depuis bientôt trois ans, nous n'avons jamais crevé l'abcès. Ma punition pour avoir tué Sam est de prendre sa place au sein de la société. J'aspirais à une autre vie, faite de voyages, de fêtes et d'insouciance. Mais j'ai dû faire une croix sur la vie dont je rêvais. Je devais payer pour avoir tué mon frère.

– Moi aussi, je souffre d'avoir perdu mon frère, soufflé-je. Il me manque tous les jours. Et je m'en veux de ne pas être mort avec lui, parfois. Mais j'ai avancé, grâce à Selena. Et tu devrais en faire autant. Ça a détruit ton mariage avec Mag et il est temps que tu tournes la page.

– C'était mon fils, je ne peux pas l'oublier.

– Je ne te demande pas de l'oublier, je te dis juste qu'il est temps d'avancer.

Je m'éloigne de lui et passe la porte de mon ancien bureau, satisfait et le cœur léger. Cette conversation s'est passée dans le calme et la sincérité. J'ai l'impression d'avoir parlé pour la première fois avec mon père. Et ça m'a fait un bien fou. Il était temps que je crève l'abcès et que je lui dise ses quatre vérités. Il semble avoir entendu ce que je lui reproche, mais il reste mon père et je sais comment il est. Je dois rester sur mes gardes.

***

Une serveuse nous apporte nos cafés. Elle offre une œillade à Hunter qui ne semble même pas s'être rendu compte de son arrivée. C'est pourtant son type de fille. Je plisse le front et Hunter paraît surpris.

– Qu'est-ce qu'il t'arrive ? me demande-t-il.

Je secoue la tête.

– C'est plutôt à moi de te le demander. Tu n'as même pas maté la serveuse, réponds-je.

Il jette un coup d'œil par-dessus son épaule.

– Mouais, bof.

– Mouais, bof ? OK ! Là, je flippe. Tu es qui, mec ?

Hunter rit puis hausse les épaules et je comprends enfin.

– Oh ! Je vois. Une fille te fait tourner la tête ?

Hunter se fige puis esquisse un sourire.

– Ça se voit tant que ça ?

– Bah, un con comprendrait, dis-je. Je la connais ?

Il hoche la tête.

– C'est qui ?

Il lève les yeux au ciel, comme si c'était évident.

– Amber.

– Amber ?

L'amie de Selena ? Celle qui n'a pas sa langue dans la poche et qui pique les montres des gens ?

– Ouais.

– Tu veux en parler ?

Il hausse encore les épaules. Il est bizarre. La dernière fois que je l'ai vu comme ça, c'était avec Kate, la petite sœur de Jason, avec qui il est resté presque deux ans.

– Non, on n'est pas là pour ça, dit-il.

Et en plus, il se fait prier !

– Vas-y !

Il soupire et je commence à m'inquiéter.

– Elle m'obsède. Vraiment. Je ne sais pas si tu vois.

Oh que si !

J'étais dans la même situation que lui il y a encore quelques semaines. Je ne pensais qu'à Selena et sa résistance me rendait dingue.

– Il s'est passé un truc entre vous ? demandé-je.

– Que dalle ! Pourtant, je pensais qu'elle était partante. Je crois qu'elle joue la séduction avec moi et franchement, ça marche. Je suis complètement obsédé par cette fille. Ça faisait des années que ça ne m'était pas arrivé. La dernière fois, c'était Kate, et vu comment ça s'est terminé, je flippe un peu.

– Toutes les femmes sont différentes.

– Tu crois ?

Je ris à sa remarque. Bien sûr qu'elles sont différentes. Quand tu vois Selena, Amber et Becky, rien n'aurait pu prédire qu'elles seraient amies. Même si les trois ont un caractère bien trempé, elles ont chacune une vision différente de la vie. Selena est responsable, mature pour son âge, alors que Becky semble être une amoureuse pathologique de la vie et de l'amour. Quant à Amber, on sait clairement qu'il ne faut pas la faire chier quand on la voit. Son franc-parler et son visage fermé montrent qu'on ne doit pas déconner avec elle.

– Bon ? Selena ?

– Bah, elle a accepté de me voir mais on n'a pas vraiment discuté. Je lui ai dit que je l'aimais.

– Et ?

– Et rien. Elle m'a dit qu'elle avait besoin de temps. Tu y comprends quelque chose, toi ?

Il écarquille les yeux.

– Tu me demandes à moi si je comprends quelque chose aux femmes ? C'est plutôt à Luke que tu devrais en parler. C'est lui le plus intelligent de nous tous.

– Mouais, c'est pas faux. Enfin bref, du coup, je lui laisse du temps. Ce n'est pas comme si j'avais le choix, en fait. Mais c'est dur. La savoir loin de moi et en colère depuis quatre jours, ça me fait mal.

Hunter me sourit puis me tapote l'épaule pour me rassurer.

– Elle reviendra, c'est certain, fait-il, optimiste.

Et si elle ne revient pas ? Si elle refuse de me pardonner ? Je ne m'en remettrai pas.

– Tu as vidé ton bureau ?

Je lève les yeux vers lui.

– Ouais. Howard était là. On a discuté et étrangement, il a compris. Ça m'a étonné de lui.

– Ça, c'est parce qu'il se rend compte qu'il est en train de perdre l'unique héritier de son précieux royaume.

– Non, c'est différent. Bien plus profond que ça ! J'ai bien vu qu'il avait conscience de ses erreurs et qu'il était prêt à changer. Lui dire ses quatre vérités aura été un bien.

– Et qu'est-ce que tu vas faire, du coup ?

– Je n'en sais rien. Il va falloir que je trouve un boulot, et vite, pour que ma couverture sociale soit toujours valide. Sam en a besoin.

– Mouais, c'est sûr. Pauvre gosse. Eh ! Je connais un gars qui travaille aux ressources humaines. Son patron vient de racheter une boîte et aurait besoin d'une analyse financière pour la remettre sur les rails. Je sais que tu détestes ce job mais ce sera en attendant de trouver mieux.

Au point où j'en suis, j'accepte tout. Sam a besoin de soins et si demain, on reçoit un coup de fil de la banque d'organes et qu'il n'est plus couvert, ce serait catastrophique. Sans couverture, pas de greffe.

– OK, je prends.

– Super. Je t'enverrai les coordonnées du mec que je connais et tu verras avec lui.

***

Je rentre à la villa, le cœur lourd, comme depuis quatre jours. Comment ai-je pu vivre tout ce temps si seul ? J'ai l'impression que le silence de la villa est trop pesant et le rire de Sam ou l'air que fredonne Selena quand elle fait la cuisine me manquent. Je pousse la porte et dépose mes clés dans le vide-poches. La pièce est vide, sans vie et c'est déprimant.

Mon front se plisse quand je vois que la baie vitrée du séjour est entrouverte, laissant s'engouffrer une petite brise marine. Je ne me souviens pas l'avoir ouverte et je sais que Lydia n'est pas venue aujourd'hui, je l'ai appelée ce matin pour qu'elle prenne sa journée.

Je me dirige vers la grande terrasse et entends la voix de Sam. Il explique à Selena qu'un de ses camarades de classe a une tortue et dit que le jour où il en aura une, elle dormira avec lui.

– Tu sais que ce n'est pas possible, Samy. Les tortues vivent dans les jardins.

– Mais non, mon copain, il n'a pas de jardin, maman. Alors sa tortue, elle vit dans son appartement. Bah tu sais quoi, elle mange de la pastèque. Dis, maman, quand on aura une tortue, on pourra acheter une pastèque aussi ?

Selena rit aux éclats et je la vois prendre Sam dans ses bras et le câliner.

Le chanceux !

– Oui. Et on achètera aussi de la salade. Les tortues aiment la salade ? demande Selena.

– Oui, elles aiment ça, je crois...

La tête de Sam se tourne alors vers moi et son visage s'illumine. Il se dégage de l'emprise de sa mère et se relève rapidement. Je me baisse aussitôt.

– Ben ! s'écrie-t-il.

Il se blottit dans mes bras et me dépose un baiser sur la joue alors que je me relève. Recevoir l'amour d'un enfant qui n'est pas le sien a quelque chose de magique. Je compte pour Sam, je le vois, et c'est réciproque. J'aime ce gamin et la complicité que nous avons. Nous n'avons pas le même sang mais il est comme mon fils. Je m'occupe de lui, m'assure qu'il ne manque de rien et l'aime sans rien en retour.

– C'était bien, ton travail ? me demande-t-il.

Je regarde Selena. Je comprends qu'elle a menti à son fils pour le préserver. Elle a eu raison.

– Non, c'était nul parce que tu m'as manqué, et maman aussi, dis-je pour rester dans le mensonge de Selena.

Sam rit, les bras toujours accrochés à mon cou.

– Toi aussi, tu m'as manqué. Eh, tu sais quoi, Ben ? À l'école, on va faire des cadeaux pour la fête des Pères et j'ai dit à la maîtresse que je voulais en faire un pour toi, comme je n'ai pas de papa. Dis, tu veux bien ?

Une vague de chaleur me submerge. Sam qui pense à moi pour un cadeau ? Et en plus, pour la fête des Pères ? J'adore cette idée, tout comme j'adore ce gamin. Il est aussi attachant que sa mère.

– Tu veux me faire un cadeau à moi ? Mais j'adore les cadeaux !

– Moi aussi, mais la maîtresse a dit que je ne devais pas te dire ce que c'était, c'est une surprise.

Je ris, lui soufflant de ne rien dire. Je le dépose au sol et lève les yeux vers Selena. Elle regarde son fils avec tendresse et amour, un peu comme moi, je la regarde.

Qu'elle soit là me surprend. Je pensais qu'elle aurait besoin de plus de temps mais je ne m'en plains pas. Elle est ici, avec moi, et c'est la seule chose que je désirais.

– Samy, si tu allais jouer dans la maison ? Maman doit parler à Ben.

– D'accord, dit Sam.

Il embrasse sa mère sur la joue et entre dans la maison tel un boulet de canon. Je lui dis de ne pas courir, craignant qu'il ne s'essouffle. Je deviens de plus en plus protecteur avec lui, me demandant souvent s'il va bien après qu'il a fait des efforts. C'est comme si un instinct paternel s'était éveillé en moi.

Je m'assois sur la terrasse en bois, près de Selena. Elle fixe l'horizon.

– Cuba me manque, souffle-t-elle.

Je peux la comprendre. Je suis né à Miami et partir d'ici ne m'a jamais traversé l'esprit. J'aime trop ma vie ici et maintenant que j'ai trouvé quelqu'un avec qui la partager, quitter Miami est juste impensable. Si j'habitais ailleurs, cette ville me manquerait.

Elle tourne la tête vers moi. Elle est magnifique. Elle a soufflé sa phrase comme pour m'annoncer ses projets. Est-ce qu'elle pense à partir de Miami un jour ?

– Tu… Tu ne vas pas retourner à Cuba ?

– Non, je ne compte pas retourner vivre là-bas. Ma vie est ici, maintenant.

Je suis aussitôt soulagé. Il est inconcevable qu'elle parte loin de moi.

– Tu voulais me parler ? demandé-je.

Mon rythme cardiaque s'emballe. J'ai peur de ce qu'elle va

m'annoncer et si j'entends une nouvelle fois le mot « divorce », je péterai sûrement les plombs. Mais si elle a emmené Sam à la villa avec elle, c'est qu'elle a sûrement quelque chose de plus réjouissant à m'annoncer.

– Non. C'est toi qui vas parler. J'ai conscience que je ne t'ai pas laissé en placer une, hier soir. Et je m'excuse. Quand je m'engueule avec toi, j'ai tendance à vouloir prendre le dessus et je me rends compte que ce n'était pas correct envers toi.

– Tu reviens vivre ici ? demandé-je.

Mon cœur se met à battre plus fort. Va-t-elle me pardonner ?

– Tout dépend, dit-elle.

– De quoi ?

– De ce que tu vas avoir à me dire. Convaincs-moi de rester, Ben…

33

Selena

Ben me fixe, complètement perdu et déstabilisé. Je sais que ma demande est particulière. Je n'arrive toujours pas à me décider. Et qu'il me parle m'aidera peut-être, je l'espère, à faire mon choix.

J'aime Ben, profondément, et quand il m'a dit qu'il m'aimait, j'étais abasourdie. Becky et Amber avaient raison mais je ne comprends toujours pas pourquoi il m'a caché la raison de ce mariage.

Il m'a menti, c'est indéniable. Mais avant, il avait toujours été sincère avec moi. Amber a raison. L'amour que j'ai pour lui peut surmonter l'amertume de sa trahison. Et puis, il y a Sam. Il est tout pour moi, c'est ma chair, mon sang et l'origine de ce mariage, en quelque sorte. Je soulèverais des montagnes pour que mon petit homme ait une vie normale et soit un petit garçon comme tous les autres.

– Tu veux bien m'expliquer pourquoi tu ne m'as pas donné la véritable raison de notre mariage ?

– Au début, je pensais que tu n'avais pas à le savoir…

OK, ça commence mal pour lui…

– C'était un mariage arrangé, continue-t-il. Alors oui, j'ai fait chier mon père car je ne voulais pas me marier avec Julia, c'est vrai. Au début, avant que tu m'expliques pour Sam, je voulais te le dire. Je pensais que ce serait l'affaire de quelques mois et, avec un peu de chance, de quelques semaines. Mais quand tu m'as parlé de toi, que tu m'as dit que tu dansais pour Sam, je t'ai trouvée touchante. Je voulais vraiment t'aider, faire quelque chose de bien, pour une fois dans ma vie.

Il parle d'un ton calme et continu. Je sais qu'il ne me ment pas, qu'il m'ouvre son cœur, comme il le fait depuis notre rencontre.

– Alors quand j'ai compris que tu n'accepterais pas aussi facilement, que tu étais gênée, que tu culpabilisais quand tu disais que tu profiterais de moi si tu acceptais, j'ai préféré ne rien te dire. Je voulais que ce soit toi. Personne d'autre.

C'est vrai qu'il a été tenace. Le voir squatter une laverie pendant une semaine était navrant mais Becky a raison, c'était aussi romantique.

– Quand tu as emménagé ici, que tu as commencé à t'ouvrir à moi, j'ai commencé à m'attacher à toi, encore plus. Et quand je suis parti à Seattle toute une semaine, je suis revenu avec la certitude que c'était plus que de l'attachement que je ressentais pour toi. Je suis tombé amoureux de toi, tu m'as ensorcelé et, putain, je pourrais en crever si tu ne me pardonnais pas.

Si seulement il pouvait savoir comme je suis folle amoureuse de lui, moi aussi.

– J'ai merdé, Selena. J'ai peur de te perdre. Je ne peux pas te convaincre de revenir. Mais je te le demande : je veux que tu reviennes avec Sam, alors laisse-moi te montrer que tu peux avoir confiance en moi une nouvelle fois.

Il me fixe, l'air grave.

– Après, si tu veux que je te donne cent bonnes raisons de revenir ici, je le peux. Mais la première et la plus importante est que je t'aime, Selena, et je te demande de me donner une nouvelle chance.

Il lève la main jusqu'à mon visage et dégage une mèche de mes cheveux qu'il passe derrière mon oreille. Je retiens mon souffle, comme à chaque fois. J'aime quand il le fait, c'est son signe pour me dire qu'il veut m'embrasser. Et ça, j'en crève d'envie. Je l'aime comme je n'ai jamais aimé personne.

– Laisse-moi t'aimer, Selena, souffle-t-il.

Il attire mon visage sur son épaule et son parfum viril m'enivre aussitôt. Même son odeur m'avait manqué.

Il dépose un baiser sur le sommet de mon crâne. J'aime quand il fait ça, j'ai l'impression d'être si importante à ses yeux.

– Dis-moi que vous restez.

Je relève la tête vers lui et le sonde. Je n'ai jamais vu autant de souffrance dans un regard. Je ne peux pas passer à côté de cet homme à cause de ma fierté. Je louperais les meilleurs moments de ma vie. Je l'aime et je ne veux plus le quitter.

– On reste, soufflé-je.

Je dépose mes lèvres sur les siennes. Alors que je l'embrasse toujours, il lève les bras en l'air, victorieux. Je souris contre ses lèvres. J'ai toujours aimé son petit grain de folie.

– Dis-moi ce que tu veux, Selena. Tout ce que tu veux. Je ferai de toi la femme la plus heureuse du monde.

– Ne me mens plus. Jamais.

– Ne t'inquiète pas, tu n'as pas besoin de me le dire, j'ai bien l'intention de ne plus le faire.

Et je l'espère sincèrement. J'ai toujours détesté le mensonge et s'il venait à me mentir de nouveau, je sais que je ne pourrais pas lui laisser une nouvelle « deuxième chance ».

***

– Je vais aller coucher Sam, me dit Ben en se levant.

Il le prend dans ses bras et monte à l'étage. Quelques minutes plus tard, je me lève à mon tour pour débarrasser ma tasse. Je me dirige vers l'évier et actionne le robinet.

Je sens alors deux grandes mains m'encercler. Ben pose son visage sur mon épaule et me serre contre lui. Je ferme les yeux, profitant de son contact et de la chaleur de son corps. Mon Dieu ! Il m'avait manqué, terriblement manqué et je m'en rends compte réellement maintenant qu'il me serre contre lui. J'aime Benjamin Lawson, cet homme, mon mari, qui a réussi à détruire toutes les barrières férocement bâties autour de mon cœur afin que personne ne le brise de nouveau. Je le savais déjà mais maintenant, j'en ai la certitude.

– Divine, souffle-t-il en embrassant mon cou.

Comment ne pas être amoureuse quand son homme souffle des choses comme ça ?

Il me retourne, pose ses mains sous mes bras et me soulève sans difficulté. Il me dépose sur le plan de travail alors que j'ai toujours ma tasse à la main. Il pose ses lèvres sur les miennes. J'aime sa spontanéité, tout comme le désir et l'impatience que je perçois dans ses baisers. Sa langue demande accès à la mienne et je cède sans rechigner. Je savoure sa douceur et sa chaleur et elle me donne de folles envies.

– Maintenant, j'ai très envie de faire l'amour à ma femme, dit-il.

Je dépose ma tasse encore savonneuse dans l'évier et ses mains descendent dans le bas de mon dos. Il les porte sur mes fesses et me soulève. Mes jambes s'enroulent aussitôt autour de son bassin.

Il se déplace et quand je sens le contact douillet du matelas, je comprends seulement que nous sommes dans sa chambre. Il me dépose délicatement puis se relève. Il retire son polo. Je me mords la lèvre en observant chaque détail de son corps. Il est parfait.

Il se penche sur moi et revient m'embrasser langoureusement. Mes mains se portent aussitôt dans son dos, explorant chacune de ses courbes musclées.

Ses mains descendent lentement sur mon corps. Il retire le bouton de mon pantalon et le baisse. Il laisse échapper un petit rire quand il voit mon string violet.

– Celui-là, dit-il en pointant mon sous-vêtement, je le connais.

Il se souvient que c'est celui que je portais lors de notre rencontre. Je trouve ça adorable. Il n'a pas été obnubilé que par mon corps, ce jour-là, il se souvient aussi de ce que je portais.

Je retire mon petit haut. Je sens son érection se presser contre mon sexe quand je me débarrasse de mon soutien-gorge.

– Quand je dis que tu es divine… soupire-t-il.

– Ce que je vois est plutôt pas mal aussi, dis-je.

Il rit puis se penche sur moi.

– Je vais devoir t'en montrer beaucoup plus, souffle-t-il à mon oreille. Mais je préfère te prévenir que tu risques de m'en redemander tous les soirs.

Je roule des yeux.

– *Cabeza grande.*

Il rit avec moi puis se relève rapidement. Il ouvre le tiroir de sa table de chevet, en sort un emballage argenté puis ôte son pantalon. Je n'arrive pas à détacher mon regard de lui. Mon Dieu ! Je suis indéniablement amoureuse de cet homme. Tout en lui m'attire. L'expression de son regard qui me montre son désir pour moi, la forme alléchante de sa bouche que j'aime posséder, le dessin de ses muscles saillants et puissants, ses fesses rebondies dans lesquelles j'aime planter mes ongles pour le marquer. C'est aussi impressionnant que la première fois sauf que cette fois, je n'ai pas peur. Au contraire, je suis encore plus excitée et impatiente. Je me sens conquérante et aventurière. Je me sens femme à part entière. Ben rit en me regardant. Mon visage a dû trahir mon empressement et j'en rougirais presque.

Il fond déjà sur moi. Il me fait languir en embrassant chaque parcelle de mon corps. Son souffle chaud sur ma peau m'électrise, et sa proximité encore plus. Je crois que je pourrais jouir uniquement comme ça. Monsieur s'amuse, je le comprends bien, mais son petit jeu risque de me faire péter les plombs. J'ai besoin, j'ai envie de le sentir en moi.

Ses mains descendent lentement mon string. Il se relève et me regarde comme un homme qui verrait une femme pour la première fois. Je suis flattée que ce soit moi qui lui donne ce sourire. Je suis flattée de me sentir désirée par cet homme. Il penche sa tête et embrasse de nouveau mon corps.

– J'ai envie de te goûter, me souffle-t-il.

Me goûter ?

Devant mon incompréhension, il ricane. Se moquerait-il de moi ? Ça veut dire quoi ?

– Laisse-toi faire. Tu vas aimer ça !

Il descend le long de mon corps et je sens son souffle à l'intérieur de mes cuisses. Il les mordille, les embrasse et chacun de ses gestes me fait perdre la tête. C'est de la torture, de la douce torture. Il va me rendre dingue. Mon corps se cambre sans que je lui en donne l'ordre. Il se met à embrasser mon intimité et finit par y introduire sa langue.

Oh, mon Dieu !

On ne m'avait jamais fait ça et je suis complètement perdue. C'est bon, très bon. Délicat et extrêmement excitant. J'adore, tout simplement, et j'aimerais qu'il n'arrête jamais. Je me sens tellement femme, tellement désirée, et non pas un objet sexuel qu'on utilise et réutilise à sa convenance. Il me procure du plaisir sans en recevoir. Cet homme est en train de me faire redécouvrir mon corps et ma libido. Il est en train de me guérir petit à petit et j'aime toutes ces sensations qu'il me fait ressentir.

– Oh, mon Dieu ! soufflé-je.

Je sens son sourire. Il a de quoi être fier. Je n'ai jamais ressenti ça. Une sensation de bien-être et de confiance avec un homme. Cet homme. Le mien.

– J'aime quand tu m'appelles comme ça, bébé, plaisante-t-il.

Je laisse échapper un petit rire en même temps qu'un gémissement de plaisir. C'est si bon, si doux. Si Ben. Mon ventre se contracte, je perds mon souffle. Une vague de chaleur déferle en moi et… Oh ! Mon Dieu ! Je… Je…

– Ben, je… Oh !

Il se relève rapidement. Pourquoi a-t-il fallu qu'il s'arrête ?

– Ne jouis pas sans moi, bébé.

Il se redresse rapidement, attrape l'emballage du préservatif laissé sur le matelas et l'enfile rapidement.

– Oh ! Au fait, tu es exquise.

Il ne me laisse pas le temps de répondre qu'il s'introduit déjà en moi. Mes yeux se révulsent aussitôt. C'est délicieux. Il me fait aimer le sexe, celui avec le bon partenaire, et je suis contente que ce soit avec lui. J'ai conscience que je change cet homme mais il me change bien plus qu'il ne le pense.

***

J'ouvre les yeux et remarque que je suis seule dans le lit. Je me relève lentement, tourne la tête et vois qu'il est presque onze heures.

Merde ! Sam !

Je me lève rapidement, enfile la chemise de Ben et sors de la chambre. En passant dans le couloir, je constate que la chambre de Sam est vide et descends alors au rez-de-chaussée.

J'aperçois Lydia dans la cuisine, s'occupant à nettoyer le frigo. Elle lève les yeux vers moi. Je suis aussitôt gênée par ma « tenue ». Comment ai-je pu oublier que Lydia serait là ?

– Bonjour, Selena, me dit-elle, chaleureuse.

– Salut, Lydia, réponds-je timidement.

– Si tu les cherches, ils sont dans le jardin.

Comment ça « ils » ? Sam n'est pas à l'école ?

– Dans le jardin ? demandé-je, surprise.

Lydia rit aux éclats.

– Tu devrais aller voir par toi-même.

Je plisse le front, la remercie et pars en direction de l'extérieur.

Je les vois au loin, agenouillés et riant. Je pousse la lourde porte vitrée et sors. Le visage de Sam se tourne alors vers moi et il m'offre un des larges sourires dont il a le secret et qui font tambouriner mon cœur contre ma cage thoracique.

– Maman ! Viens voir !

Il me fait de grands signes alors que je m'approche. Je constate alors ce qui les fait rire. Sam attrape une petite tortue et me la met sous le nez. Il a un large sourire aux lèvres et je vois qu'il est heureux. Mon Dieu ! Ça fait tellement longtemps que Sam me tanne avec une tortue et un chien. Il vient de voir un de ses rêves d'enfant se réaliser et sa joie et son petit rire me submergent de bonheur.

– Regarde, maman.

Je rigole.

– Mais elle est trop mignonne, dis-je. Comment elle s'appelle ?

– C'est un garçon, maman. Je l'ai appelé Turbo.

– Turbo ?

Pour une tortue ? Original !

Je reconnais bien Sam.

– Oui ! Dis, maman, on peut la garder ?

– Si Ben est d'accord.

Je jette un coup d'œil à Ben et Sam le supplie du regard en sautillant sur place.

– Ben est d'accord, dit-il.

– Et elle vient d'où, cette tortue ?

– Euh… d'une animalerie. J'ai cru comprendre que Sam vouait un véritable culte aux tortues.

– Alors tu t'es dit qu'il pouvait sécher l'école pour en avoir une.

Ben me regarde, l'air désolé. Il m'écarte de Sam qui caresse la tête de sa tortue de son petit index.

– Il n'était pas très bien ce matin. Il était essoufflé.

– Il a eu une inhalation ? demandé-je, inquiète.

– Oui, deux. Une au réveil et une il y a une heure. Je lui ai donné ses médicaments. Il m'inquiète un peu.

– OK. Je vais appeler son pédiatre pour voir s'il peut le voir cet après-midi. Merci, Ben, mais tu aurais dû me réveiller.

Il secoue la tête.

– Non, tu étais fatiguée. Tu avais besoin de dormir.

C'est vrai, mais je culpabilise de savoir que Sam n'allait pas bien et que je dormais.

– J'aurais dû être là, soufflé-je.

Ben semble comprendre mon malaise. Il pose ses deux mains sur mes épaules et me blottit contre lui.

– Eh, bébé. Je suis là. Je t'ai dit que je t'aiderais avec Sam.

Je hoche la tête. Il a raison mais je ne peux m'empêcher de m'en vouloir.

– Bon, je vais appeler le docteur Morris, d'accord ? me dit-il. Je te laisse te préparer et après on ira t'inscrire à l'université.

Il m'embrasse puis tourne les talons. Je reporte mon attention sur Sam. Il est allongé dans l'herbe et caresse toujours la tête de Turbo. Mon fils est heureux, même si, ce matin, il n'allait pas bien.

– Sam, tu es sage ? Je vais aller prendre ma douche.

– Oui, maman.

Je tourne les talons et rentre dans la villa.

***

Je tourne le visage vers mon fils, concentré sur sa feuille. Il tient un énorme crayon pastel vert dans sa main et une sucette à la fraise est coincée dans sa bouche. Je sais qu'il s'apprête à dessiner sa tortue. C'est la première chose qu'il a dite au docteur quand il est entré dans son cabinet.

– Selena, ne vous inquiétez pas. Ça va aller pour Sam, dit le docteur Morris.

La main de Ben dans la mienne se resserre.

– Ses bronches s'encombrent de plus en plus et son souffle au cœur est de plus en plus prononcé… Son état ne s'améliore pas. Il s'aggrave, même.

Ma gorge se noue. Je souffle lentement.

– J'ai reçu le docteur Cooper et nous avons parlé de Sam. Je vais devoir appeler la banque d'organes et appuyer le dossier de votre fils en espérant que ça le fasse remonter dans la liste d'attente. Nous ne sommes pas encore dans l'urgence mais Sam va devoir être greffé au plus vite. En attendant, je vous conseille de ne plus le présenter à l'école où il ne reçoit pas forcément toute l'attention qu'il devrait. Je ne remets pas du tout en cause le professionnalisme de l'équipe d'enseignants de son école, c'est juste qu'il est compliqué pour eux de s'occuper de trente enfants et il est préférable que Sam soit surveillé vingt-quatre heures sur vingt-quatre.

– Il arrêtera l'école, fait Ben.

Le docteur Morris opine de la tête. Je ne suis pas d'accord mais je n'ai pas le choix. Sam sera anéanti quand je lui dirai qu'il n'ira plus à l'école. Il sera triste de ne plus voir ses copains et il adore sa maîtresse.

Je ne souhaite qu'une chose : qu'il soit un petit garçon comme tous les autres et aller à l'école lui donnait un semblant de vie normale.

– Tout se passera bien pour lui s'il ne se fatigue pas. Je vous conseille de voir avec un diététicien pour établir un régime alimentaire plus strict. Pas trop de sel, pas trop gras. Il va falloir ménager son cœur encore plus.

Une larme coule le long de ma joue. Je l'essuie rapidement. À mes côtés, Ben semble complètement perdu. Tout est nouveau pour lui mais moi, je suis fatiguée d'entendre tout ça.

Le docteur Morris nous propose les coordonnées d'un confrère diététicien qu'il note sur un Post-it avant de me le tendre. Je suis dans l'incapacité de bouger et Ben se charge de le prendre à ma place.

Le pédiatre se lève pour terminer le rendez-vous. Je l'imite machinalement.

– Ça va aller, Selena. Sam est fort, bien plus que vous ne l'imaginez.

***

Mes yeux ne peuvent se détacher de Sam. Il semble aller bien, du moins extérieurement, mais je sais que ce n'est pas le cas intérieurement. Demain, nous avons rendez-vous avec un diététicien. Encore une nouvelle galère pour Sam, comme pour lui rappeler qu'il n'est pas un petit garçon comme les autres. Il relève les yeux du puzzle qu'il a étalé sur la table basse.

– J'y arrive, maman. Et en plus, c'est écrit 8 ans.

Pour me prouver ses dires, il soulève le couvercle de la boîte et tapote le « 8 » de son doigt.

– C'est bien, mon bébé. Tu es très intelligent.

Il hausse les épaules et marmonne.

– Je ne suis pas un bébé.

Sam n'aime pas qu'on dise qu'il est un bébé. Mais il le sera toujours à mes yeux.

Le jour de sa naissance, j'étais effrayée. J'avais peur de ne pas réussir à élever ce petit être toute seule. Mais quand on me l'a mis dans les bras et que j'ai croisé les plus beaux yeux que j'aie vus de ma vie, je suis, sûrement comme toutes les mères, tombée amoureuse de cette petite chose fragile. Ma vie a été complètement chamboulée, ce jour-là. Je verrai toujours Sam comme le premier amour de ma vie, comme mon bébé, même s'il n'aime pas que je l'appelle ainsi. Même quand il aura 18 ans, et qu'il me dépassera de vingt bons centimètres, il sera toujours mon petit bébé.

Ben me rejoint sur le canapé et s'installe près de moi. Je me blottis aussitôt contre lui et m'accroche à son cou.

– Ça va ? me demande-t-il.

Je hausse les épaules.

– Lui, ça a l'air d'aller.

– Oui, il a l'air.

Ben caresse le haut de mon bras et son geste m'apaise.

– Tu sais ce qui nous ferait du bien ?

Je relève ma tête vers lui.

– Non.

– On devrait voir du monde. Ces derniers jours ont été intenses pour nous et on devrait voir nos amis.

– On ne peut pas sortir, Ben, réponds-je, pas très emballée par l'idée.

– Je savais que tu me dirais ça. Alors j'ai dit à nos amis de passer. Ils ne vont pas tarder à arriver.

Ben commence à vraiment bien me connaître et j'aime cette idée.

– Je sens que cette soirée va être mémorable, ris-je.

– Oh oui ! Surtout avec Hunter et Amber.

Hunter et Amber ? Pourquoi il dit ça ?

– Euh… tu m'expliques ?

Ben rit aux éclats et se gratte la nuque.

– Amber ne t'a rien dit ?

– Non.

– Elle est en train de faire tourner Hunter en bourrique. Il galère avec elle, le pauvre, et ça l'obsède.

– Mouais. Connaissant le personnage, ça l'obsède surtout de ne pas pouvoir la sauter.

– Eh bien non. Je crois qu'elle lui a fait tourner la tête dans le bon sens.

J'écarquille les yeux. Suis-je en train de comprendre que Hunter a un véritable coup de cœur pour mon amie ? Lui ?

– Attends ! On parle bien de Hunter ?

– Oui, je l'ai vu hier et il semblait au bord du gouffre. Il ne sait pas quoi faire, il ne comprend plus rien.

Moi, je comprends très bien. Amber joue avec lui car elle aussi, elle s'est fait retourner le cerveau par Hunter.

Oui, cette soirée va être mémorable.

34

Ben

Selena part ouvrir la porte et j'entends déjà le rire gras de Hunter. Sam, face à moi, me regarde, amusé. Il a l'air d'aller bien mais je ne peux m'empêcher de m'inquiéter. Tout ça, c'est nouveau pour moi. Je ne comprends pas vraiment tout mais je sais que Sam est important pour moi, autant que Selena. S'il ne va pas bien, Selena non plus, et intérieurement, moi non plus. Je comprends mieux quand Selena dit qu'elle et Sam sont un ensemble. En fait, je crois qu'elle, Sam et moi, on est un ensemble. J'aime ce gosse comme mon fils et pour être honnête, il me le rend bien.

C'est tout aussi nouveau pour moi, d'être aimé. J'ai reçu de l'amour de mon frère, de ma sœur, de Mag et de mes amis mais ce n'est pas la même chose. Là, on parle d'un véritable amour. Profond. L'amour qu'on choisit vraiment. L'amour qui peut vous faire soulever des montagnes ou vous donner un coup de couteau dans le dos au premier faux pas. Mais c'est un risque à prendre, une erreur que j'ai déjà faite.

– Eh, connard, tu rêves ? me fait Hunter en me tapotant l'épaule.

Je relève la tête. Je suis quasiment certain d'avoir un sourire niais sur le visage qui va me donner droit aux moqueries de mon ami, mais je m'en fous.

– Pas de gros mots devant Sam, sermonne Selena.

Hunter rit. Sam vient s'installer sur mes genoux, impressionné par la carrure imposante d'ancien footballeur américain de Hunter, et il se blottit contre moi.

– OK. Pas de gros mots devant Sam mais je ne te promets pas de ne pas en laisser échapper un ou deux.

Selena marmonne quelque chose alors que Hunter tend la main vers Sam.

– Salut, mon grand. Moi, c'est Hunter.

Le regard espiègle et beaucoup moins impressionné, Sam lui tend la main et serre la sienne. Il est amusé, en fait.

– Tu sais que j'ai une tortue, maintenant, dit Sam.

Hunter lève les yeux vers moi, amusé.

– Non, je ne savais pas. Elle s'appelle comment ?

– Turbo. Parce qu'elle va super vite quand on lui donne à manger. Elle est gentille. Mais tu sais, c'est un garçon.

Selena lève les yeux au ciel et Hunter rit. L'Interphone sonne pour la deuxième fois et cette fois-ci, c'est moi qui vais ouvrir.

Les visages de mes amis me sourient. Aaron lève deux bouteilles en l'air comme pour montrer qu'il a amené de quoi s'amuser. Luke, exaspéré par son petit frère, roule des yeux.

– Il n'a pas voulu me croire quand je lui ai dit que ce serait une soirée tranquille, fait Luke.

– Y a jamais de soirée tranquille avec vous, rétorque Aaron. Pourquoi crois-tu que je délaisse mes amis pour les tiens ? Avec vous, on s'éclate, au moins.

– Pourtant, ton frère a raison. C'est une soirée tranquille. Selena ne va pas très bien, elle a besoin de voir du monde. Alors, soyez cool. Pas d'écart, pas de révélation sur mes coups d'un soir, pas de…

– Pas de révélation sur tes coups d'un soir ? entends-je derrière moi. C'est dommage, j'aurais bien voulu avoir des noms à ajouter sur ma liste des pétasses à abattre.

Je me retourne vers Selena, qui a l'air amusée. Elle est surprenante, comme toujours.

Aaron se met à rire alors que Luke paraît sceptique. Jason, comme toujours, reste silencieux. Il est le plus discret de mes amis, limite taciturne. Mais quand il se met à parler, il devient un adversaire impitoyable avec ses remarques cinglantes.

– Mais non, bébé, y a pas eu de coups d'un soir, plaisanté-je.

– Mais bien sûr. Et on s'est rencontrés dans la chorale de l'église, aussi, me dit-elle, amusée.

Elle se penche en avant, attrape les deux bouteilles des mains d'Aaron et rit.

– Très bonne idée, Aaron. C'est pile-poil ce qu'il me faut. Je te déclare mon nouveau meilleur ami pour la soirée.

Aaron rit. Il passe devant moi, saisit Selena par la taille, qui se crispe légèrement et me défie du regard.

– Attends-toi à recevoir les papiers du divorce prochainement, plaisante Aaron. Parce qu'après ça, elle ne voudra plus me quitter.

Il agrémente sa connerie d'un clin d'œil qui a le mérite de me faire rire.

Au loin, j'aperçois Becky et Amber qui arrivent à leur tour. Comme d'habitude, elles paraissent se disputer mais quand elles arrivent devant l'entrée, elles se ressaisissent aussitôt et nous offrent un grand sourire. Amber bouscule Luke sur son passage.

– Dégagez de mon chemin, les crétins !

Elle explose de rire devant les visages déconfits de mes amis. Oui, Selena a raison, cette soirée risque d'être mémorable.

***

Selena

Honnêtement, je suis fière. Fière de recevoir des compliments sur ma cuisine. Les amis de Ben semblent repus et pourtant, j'avais peur de ne pas avoir fait assez en voyant leur appétit. Becky et Amber sont habituées à manger mes plats. Elles les testent depuis quelques années maintenant et vouent un véritable culte à la cuisine cubaine.

Sam a ri durant tout le repas. Je sais que c'est sûrement, pour lui, le dernier repas sans restriction. Demain, ce sera différent, quand le diététicien lui fera sa liste des aliments interdits. Il a tout mangé, comme il le fait chaque fois, et est accroché à mon cou depuis, somnolent.

– Bon, ce n'est pas tout, mais on va danser, maintenant ! dit Hunter en frappant dans ses mains.

Sam sursaute au bruit et ouvre un œil. Je jette un coup d'œil à Ben et nous nous comprenons aussitôt.

– Désolé, les gars, mais pour nous, c'est impossible, annonce-t-il à ses amis.

Voir que Ben comprend enfin qu'élever un enfant implique des responsabilités me prouve, une fois de plus, qu'il a changé. Il n'est plus immature et capricieux. Il s'assagit.

– On savait que vous diriez ça alors on a prévu le coup. Vous avez besoin que vos amis vous remontent le moral, alors on le fait, dit Luke.

Je plisse le front. Soudainement, j'ai peur.

– Une baby-sitter ne va pas tarder à arriver. Bon, elle devrait être là depuis dix minutes. Alors, vous n'avez aucune excuse.

Ben et moi nous regardons. Je ne suis pas sûre d'être d'accord. J'aimerais y aller faire la fête. Ça me ferait du bien, mais j'ai peur pour Sam. Et puis, je ne sais pas qui est cette baby-sitter. Sam a besoin de soins bien plus poussés qu'un autre enfant et n'importe quelle baby-sitter ne peut pas le garder. Ben semble comprendre ma réticence.

– Qui doit venir le garder ? demande Ben.

Lui, bien sûr, est partant pour aller faire la fête. La main de Becky se pose sur la mienne et je tourne aussitôt la tête vers elle.

– Ne t'inquiète pas, c'est Lola. Sa copine la dépose et quand elle m'a demandé si elle pouvait dormir ici, j'ai dit oui. Il faudra juste la ramener demain matin.

Je finis par hocher la tête. Lola connaît Sam et sa maladie. Je lui fais une confiance aveugle et je sais qu'elle s'occupera de lui aussi bien que moi. C'est une jeune fille responsable qui saura agir au moindre problème.

L'Interphone sonne pour la troisième fois de la soirée et Ben se lève pour aller ouvrir. Il revient un instant plus tard, Lola sur les talons. Elle sourit timidement devant nos amis alors que Sam s'éveille aussitôt en entendant la voix de sa baby-sitter préférée.

– Salut, Lola.

– Salut, le monstre.

Il l'embrasse sur la joue, heureux de la voir.

– Becky vous a dit que…

– Que tu dormirais ici ? Oui, elle vient de nous en parler. Je vais te montrer ta chambre, fait Ben.

– Je peux dormir avec Sam, s'il le faut.

– Ne sois pas bête, il y a suffisamment de chambres, ici, dit Ben.

– Et demain, je dois être rentrée avant neuf heures.

– Pas de problème, je te ramènerai. J'ai un entretien à neuf heures, donc pas de soucis.

Je plisse le front. Je ne savais même pas qu'il avait un entretien. Je me lève en même temps que Ben et attrape Sam dans mes bras.

– Il est temps d'aller dormir, mon poussin. Tu dis bonne nuit à tout le monde.

– Bonne nuit à tout le monde, répond Sam.

Nous rions tous de la réponse de Sam puis nous montons à l'étage, suivis de Lola et Ben.

Je couche Sam pendant que Ben montre une chambre d'amis à Lola, puis ressors de la pièce.

– Lola reste dans sa chambre pour réviser ses examens, dit Ben.

– Je ne savais pas que tu avais un entretien demain. Pourquoi tu ne me l'as pas dit ? demandé-je.

Ben se fige. Il a peut-être oublié de m'en parler mais je suis déçue qu'il ait omis de me le dire.

– Hunter m'en a parlé quand tu étais en cuisine, il vient de me le dire…

– Oh, d'accord ! C'est pour quel job ?

– Le plus ennuyeux de tous. Directeur financier. Un gars vient de racheter une boîte et cherche à avoir une analyse poussée pour accroître le chiffre. Rien de bien passionnant mais ça paie bien. Et j'ai besoin de ce job.

Je comprends qu'il accepte ce travail uniquement parce qu'il a maintenant à sa charge une femme et un enfant. Ben fait des sacrifices pour nous, je le vois, et encore une fois, je ne pourrai jamais le remercier suffisamment.

– Alors j'espère que tu déchireras tout demain, soufflé-je.

Je l'embrasse passionnément et j'entends alors les moqueries de nos amis depuis le rez-de-chaussée. Ils ont tous le regard braqué vers la mezzanine.

– Bon, je vais aller me changer, je reviens vite, dis-je.

35

Ben

Encore une fois, Selena est divine dans cette petite robe. Elle est parfaite et la voir à mon bras me rend fier. J'ai la femme la plus merveilleuse du monde et je jubile quand je vois tous ces connards baver littéralement devant elle. Elle ne semble pas se rendre compte de l'effet qu'elle produit sur la gent masculine. Aaron la mate pour la énième fois de la soirée et je le fusille du regard.

– Désolé, mon pote, mais c'est un avion de chasse, ta femme, me souffle-t-il pour s'excuser.

Petit merdeux !

– Ouais, mais c'est ma femme, donc plante tes yeux ailleurs que sur son cul, le menacé-je.

Aaron rit. Je sais qu'il en joue. Il a le même côté provocateur que moi. En fait, ce n'est pas surprenant. Quand Aaron nous a retrouvés à Harvard, je l'ai pris sous mon aile. J'en ai fait un monstre. Hormis le physique, c'était un clone de ce que j'étais quand j'étais plus jeune.

Nous entrons au Mynt en saluant le vigile. La dernière fois que je suis venu ici, je n'y suis même pas entré, préférant rejoindre ma femme si parfaite. Je souris en pensant que cette nuit-là avait été géniale et qu'être en Selena m'avait révélé encore plus les sentiments que j'avais pour elle.

– Tu ne te fous pas de moi si je te dis un truc, me souffle Selena.

Je la regarde, perplexe.

– Jamais, bébé.

Elle laisse échapper un petit rire.

– Je ne suis jamais allée en boîte de ma vie. Je ne savais même pas que c'était ouvert tous les soirs de la semaine.

Je m'attendais à tout sauf à ça. En réalité, sa révélation ne me surprend pas. Elle est dévouée depuis cinq ans à son fils et sortir quand on est une mère célibataire ne doit pas être chose facile.

– Il y a une première fois à tout, dis-je. Allez, viens.

Nous nous engouffrons encore plus dans la boîte et arrivons dans la salle principale. L'ambiance est déjà survoltée. J'avoue que ça m'avait manqué. Mais à choisir entre une soirée à la villa avec Selena et Sam et une soirée en boîte en éternel célibataire, je choisis sans hésiter ma femme et son fils.

Nous nous frayons un chemin jusqu'à une table vide. Amber et Becky prennent déjà possession de la banquette alors que Jason et Aaron partent vers le bar. Hunter bouffe Amber du regard et elle s'amuse à l'ignorer. Luke, lui, salue une de ses connaissances.

Un homme arrive à notre table, fixant Selena. Je l'ai repéré au loin, ce vautour, et lorgner sur ma femme comme ça va lui attirer des ennuis, s'il continue.

– Salut, dit-il sans cesser de la fixer.

Selena sursaute et tourne son visage vers lui. Elle lui adresse un petit sourire gêné et répond poliment.

– Ça te dit d'aller danser? lui dit-il.

Selena semble abasourdie par sa demande.

– Je suis avec mes amis

– C'est juste une danse.

– Merci, mais non merci, je vais devoir décliner. Bonne soirée.

Je jubile intérieurement. Comment se faire rembarrer en deux secondes ?

En même temps, il croyait quoi, le mec, avec sa gueule de con ?

Amber se lève subitement et se plante devant le mec. Il réalise seulement que d'autres personnes sont assises autour de la table et semble tout aussi intéressé par Amber que par Selena.

– Moi, je suis partante. J'adore danser, dit-elle.

Elle jette un coup d'œil furtif à Hunter qui grimace puis tend sa main au mec avant de l'attirer dans la foule.

Hunter ne les lâche pas du regard et baragouine un truc incompréhensible à cause du volume de la musique. Aaron et Jason reviennent à notre table, suivis par une serveuse en microshort qui dépose un plateau sur la table avant de repartir.

Aaron ouvre déjà la bouteille alors que Jason place les verres devant lui. Ils nous les distribuent et quand Aaron tend un verre à Selena, elle secoue la tête.

– Non, j'ai déjà bu un verre et j'ai peur que celui-ci soit de trop, dit-elle.

Ma femme est vraiment trop responsable, parfois.

– Attends, on va remettre les choses dans le contexte. Tu m'as dit que j'étais ton nouveau meilleur ami ?

Elle hoche la tête. Aaron est en train de la piéger et naïve comme elle est, elle plonge.

– Alors ton nouveau meilleur ami te dit de boire !

Elle plisse les yeux.

– Donc si mon nouveau meilleur ami me dit de sauter d'un pont, je saute.

– Non, je n'aurai pas besoin de te le dire, je te pousserai tellement tu es chiante à essayer de négocier. Allez, bois ! Ça va te faire du bien.

Selena secoue la tête, amusée, puis prend son verre qu'elle vide d'une traite.

– Si ta nouvelle meilleure amie est bourrée, ce sera ta faute, crétin !

Il rit puis lui sert un nouveau verre. Je rigole devant leurs comportements. Ils semblent bien s'entendre alors qu'ils sont à l'opposé l'un de l'autre.

Selena vide son deuxième verre d'un coup. Il serait plus prudent que je ne boive pas trop ce soir, mieux vaut que l'un d'entre nous garde l'esprit clair. Et puis, demain, j'ai un entretien d'embauche et je ne peux pas me permettre de m'y présenter avec la gueule de bois. Je ne peux plus déconner comme je l'ai toujours fait. J'ai une famille à nourrir, maintenant. Mon père avait raison sur ce point : le mariage fait mûrir.

Selena se lève d'un coup et nous fixe.

– Eh bien moi, je vais aller danser… Qui m'aime me suive, dit-elle.

Becky se lève aussitôt et nous les regardons partir, bras dessus, bras dessous, et s'approcher de la piste de danse. Selena commence déjà à se déhancher.

– Bon, les mecs, si je ne saute pas Amber ce soir, je me pends, lâche Hunter.

Je tourne la tête vers lui et secoue la tête.

– Bah pends-toi, parce que tu n'es pas près de la sauter, dis Jason.

– En même temps, tu ne sais pas t'y prendre, débile, crache Luke.

Hunter grimace. Je me tourne une nouvelle fois vers la piste de danse. Selena paraît s'éclater avec Becky.

– Elle croit que je ne vois pas son petit manège, qu'elle danse avec ce connard pour me faire chier, fait Hunter. J'ai très bien compris, je ne suis pas con.

– Ah bon ? rit Jason. Première nouvelle !

Hunter ignore sa remarque et étire les lèvres.

– Ah bah enfin, il se casse, ce connard, fait Hunter.

Un peu plus loin, Amber se fait planter par le gros con. Il se fraie un chemin parmi les gens et s'arrête près de Selena. Je me tends aussitôt. Il la colle carrément et je me lève de la banquette.

Putain, je vais me le faire, ce con !

Elle le repousse plus d'une fois mais le mec insiste et quand je la vois se retourner rapidement et lui assener une gifle magistrale, j'accours aussitôt vers elle.

***

Selena

J'ai toujours adoré danser. Je ne m'en lasserai jamais. L'effet de l'alcool commence à m'embrumer l'esprit et j'ai l'impression d'être sur un nuage, à planer dans un océan de bien-être.

Becky semble tout aussi heureuse que moi. C'est la première fois que je vais en boîte et pour l'instant, j'avoue que c'est plutôt sympa. Je m'éclate même si je pense que les deux verres d'affilée que j'ai bus y sont pour beaucoup. Je vais devoir songer à faire redescendre tout ça avec un verre d'eau.

Becky s'amuse à se déhancher de façon provocante sur la piste.

– Eh, tu te souviens qu'on n'est pas au 3G, dis-je en plaisantant.

– Désolée mais si je ne veux pas rentrer seule ce soir, il faut bien que j'attire les regards.

Cette fille est irrécupérable mais si elle était autrement, elle ne serait pas entièrement elle.

Un mec commence déjà à s'approcher d'elle, en mode prédateur, prêt à dévorer sa proie. Becky rit et me fixe avec un petit air de : « Tu vois ? ».

Je n'ai jamais eu à séduire un homme. J'étais bien trop bloquée par eux et ça ne m'a jamais intéressée. Mais quand je vois mon amie heureuse et libre, je me dis que j'aurais peut-être dû m'amuser un peu plus avec Ben.

Le pauvre, je l'ai déjà bien fait galérer, pourtant.

Je sens deux mains se poser sur ma taille et mon premier réflexe est d'avoir un geste de recul. Au loin, j'aperçois Ben, crispé. Je m'avance de quelques pas, pour bien faire comprendre au boulet qui se permet de me toucher que je ne suis pas intéressée.

L'homme insiste plusieurs fois, pensant sûrement que son petit manège m'amuse, mais c'est loin d'être le cas. Et j'ai éconduit plus d'un mec entreprenant au 3G. Le seul que je n'ai jamais réussi à envoyer bouler est le père de Sam. J'en avais bien trop peur.

– Laisse-toi faire, poupée. Tu vas aimer ça.

C'en est trop ! Même si le timbre de la voix n'est pas celui d'Alejandro, sa phrase est au mot près la même. Je sais que ce n'est pas lui mais je ne peux m'empêcher d'avoir peur.

Je souffle intérieurement. Non, je ne dois pas me laisser faire. Je ne suis plus une petite poupée qu'on manipule.

Je me retourne violemment et gifle l'homme. Réflexe primaire et un peu violent mais s'il ne comprend pas, je suis prête à lui assener un genou dans l'entrejambe.

– Espèce de pute, t'es fière d'allumer les mecs ?

Il me saisit par le bras et je flippe carrément. À mes côtés, Becky lui hurle de me lâcher mais le mec l'ignore totalement.

Un poing s'abat aussitôt sur la mâchoire du mec qui recule en vacillant. Ben lui assène un deuxième, puis un troisième coup de poing avant qu'il tombe à terre. Il se met à califourchon sur lui et continue à le marteler de coups.

Mon Dieu, il va finir par le tuer !

Je m'empresse de lui saisir le bras pour l'arrêter. Ben tourne le visage vers moi et je vois la rage dans son regard. Je n'ai jamais vu ce regard sur lui et je me raidis aussitôt. Ce regard haineux, je l'ai déjà vu chez Alejandro. Pourtant, il est encore différent de celui de mon bourreau.

***

Ben

OK, j'ai peut-être abusé, sur ce coup ! Mais pour ma défense, le mec méritait amplement son passage à tabac. Putain, ça faisait des années que je ne m'étais pas battu. La dernière fois, c'était en championnat avec Sam et monter sur un ring est une chose que je m'interdis depuis sa mort. Il y a beaucoup de choses que je ne fais plus depuis qu'il est parti. La boxe, entre autres.

Selena me regarde depuis tout à l'heure. Elle ne semble pas savoir quoi dire et elle est carrément effrayée.

D'expérience, je sais qu'il ne faut pas rester longtemps dans une boîte quand on vient d'exploser la gueule d'un mec et je n'ai pas envie de devoir rendre compte de mon acte.

J'attrape le poignet de Selena et l'attire hors de la foule. Quelques instants plus tard, nous nous retrouvons à l'extérieur. Selena est toujours sonnée, abasourdie et choquée par ce que je viens de faire. Je n'en suis pas fier.

– Selena ?

Elle relève les yeux vers moi et je la fixe, attendant une réaction.

Au bout de quelques secondes, elle se met à rire. Elle rit ? Je ne comprends plus rien. Pourquoi elle rit ?

– Je…

– Désolée, j'essaie de dédramatiser la situation, là, dit-elle.

– Tu… Quoi ?

– Tu verrais ta tête.

Elle rit encore plus. Je crois que l'alcool l'empêche de bien cerner la situation.

– Bon, tu m'as fait flipper. J'ai cru que tu allais tuer ce mec.

– Quand même !

En réalité, si elle ne m'avait pas arrêté, ça aurait été l'issue la plus plausible. Cet enfoiré a touché ma femme.

– Mais ce gros con méritait de se faire calmer. Il m'a traitée de pute, dit-elle. De pute ! Mais quel connard !

– Il t'a traitée de pute ? Je vais l'achever, cet enfoiré.

Je tourne les talons et m'apprête à retourner dans la boîte pour lui péter les dents.

Elle m'attrape par le bras et me force à m'arrêter. Elle rit une nouvelle fois puis s'accroche à mon cou.

– Non, il n'en vaut pas la peine. On rentre ?

Je finis par hocher la tête. Elle a raison, ce mec ne vaut rien. Je saisis sa main et pars en direction du parking.

– Tu… Tu m'apprendrais à me battre? me demande-t-elle.

Quoi ? Non !

– Pas besoin, je suis là pour te protéger, dis-je.

Elle lève les yeux au ciel.

– Mais si un jour tu n'es pas là ?

– Je n'ai pas l'intention de te quitter.

Elle plonge son regard dans le mien et je sens que je vais devoir céder à sa requête.

– Je crois que tu ne comprends pas bien. Je souhaiterais que l'homme que j'aime m'apprenne à me battre.

Mes lèvres s'élargissent. Elle vient vraiment de dire que je suis l'homme qu'elle aime ?

Selena rit aux éclats et bascule la tête en arrière. Je la saisis par la taille et la soulève légèrement du sol. Elle rit encore plus et je l'embrasse passionnément.

– Je t'aime, Ben, tu n'as pas idée à quel point.

Si c'est la même intensité que pour moi, si, je peux comprendre.

Selena est mon univers à elle toute seule et depuis notre rencontre, j'ai l'impression que je gravite autour d'un astre lumineux, attiré par sa prestance et sa personnalité. Il faut de tout pour faire un monde mais il n'y a que Selena qui fasse le mien. Alors être aimé par cette femme, c'est retrouver goût à la vie. Je marche, je respire, je vis différemment. Je suis puissant, conquérant, invincible.

– Je t'aime aussi, Selena.

***

Je patiente dans le salon d'attente. Face à moi, une assistante me mate par-dessus ses lunettes. Elle croit être discrète mais ce n'est pas le cas. Toutes les femmes paraissent bien fades face à ma Selena.

Je vérifie ma montre pour la troisième fois depuis que je suis arrivé. *Dix minutes de retard ! Au moins, je sais que je n'aurai pas affaire à un homme comme mon père.*

Le téléphone de la secrétaire se met à sonner et elle sursaute légèrement. Elle répond aussitôt, se contentant de répondre par des « Oui » ou des « Très bien ». Elle finit par raccrocher avant de se lever.

– M. Munoz va vous recevoir. Je vous accompagne ?

J'opine puis me lève de mon fauteuil. Elle me conduit dans un labyrinthe de couloirs puis s'arrête devant un grand bureau aux cloisons vitrées. Elle frappe à la porte.

Derrière son bureau, un homme relève la tête. Il est jeune, un peu plus que moi.

L'assistante ouvre la porte du bureau et m'invite à entrer. Munoz se lève et m'accueille chaleureusement. Je lui tends la main.

– Monsieur Munoz, le salué-je.

– Benjamin Lawson, je suis enchanté de vous recevoir. Asseyez-vous.

Il me montre le fauteuil et je m'assois aussitôt.

– Veuillez m'excuser pour mon retard, ce n'est pas dans mes habitudes mais j'ai eu un petit contretemps personnel. Très bien, nous allons commencer. Comment allez-vous ?

Je suis surpris par sa question. C'est cool.

– Je vais bien, merci.

Munoz sourit.

– Parfait. Parlez-moi de vous.

– Très bien. Je suis diplômé de Harvard où j'ai fait un bachelor's degree en finance et analyse des entreprises. J'ai été embauché chez Lawson Enterprise suite à l'obtention de mon examen de fin d'études.

– Pourquoi en être parti ?

Je pense que si je lui réponds que je n'aime pas ce job, je ne risque pas de me faire embaucher.

– Je n'avais pas la même vision que mon supérieur.

– Et je suppose, à votre nom, que ce supérieur était votre père.

– Vous supposez bien. J'ai démissionné pour des raisons personnelles et familiales.

– Oh ! Je vois. Parfois la famille peut être un peu trop omniprésente dans nos vies. Vous êtes marié ?

– Oui. Depuis peu. Et j'ai un petit garçon à charge également.

Je n'ai pas l'impression de lui avoir servi un mensonge. Sam est comme mon propre fils. Ce n'est pas parce que nous n'avons pas le même sang que je ne le considère pas comme tel. Et j'en suis responsable.

– Ah, les enfants ! Je n'ai pas la chance d'en avoir pour l'instant.

– Sam n'est pas mon fils mais l'avoir au quotidien est un vrai bonheur.

– C'est bien et c'est tout à votre honneur d'élever l'enfant d'un autre. L'esprit de famille est important pour moi. Ici, tout le monde se tutoie. Les collègues, c'est un peu comme une deuxième famille.

J'aime l'idée. Je trouve qu'un management familial rend une entreprise plus productive. Les employés apprécient de venir au travail et malheureusement, mon père n'avait pas la même vision que moi.

– Je ne vous cache pas que j'ai fait ma petite enquête sur vous. Je sais que vous avez effectué des rachats d'entreprises qui ont été florissants. Vous avez des idées et c'est ça que l'entreprise cherche chez un directeur financier.

Je hoche la tête en entendant son compliment.

– Si vous acceptez ce poste, vous aurez une rémunération annuelle de soixante-dix mille dollars plus une prime sur le chiffre d'affaires. Tous vos déplacements professionnels seront pris en charge par l'entreprise. Vous aurez également une voiture de fonction, un téléphone, un assistant, un bureau et une couverture sociale.

Je n'ai même pas besoin de négocier. C'est limite trop facile.

Munoz me parle un moment de l'entreprise, de sa création à son dirigeant, et je l'écoute attentivement. L'échange se déroule parfaitement et je me vois bien travailler ici.

– Très bien. Vous attendez une réponse pour quand ?

– J'espérais que vous me donniez une réponse lors de cet entretien, me dit-il.

De toute façon, je n'ai pas vraiment le choix et je dois accepter. J'ai besoin d'un job.

– Alors je vais vous répondre que j'ai hâte de commencer.

– Super. Je suis heureux de vous compter parmi nos employés. Acceptez-vous que l'on se tutoie ?

– Oui, bien sûr. Quand veux-tu que je commence ?

– Je dois voir avec le service juridique et les ressources humaines le temps qu'ils établissent ton contrat. Je t'attends ici lundi, pour neuf heures. Nous signerons ton contrat à ce moment-là. En attendant, profite de ces quelques jours avec ta femme et son fils.

J'opine de la tête.

Munoz se lève de son fauteuil, clôturant l'entretien, et je l'imite aussitôt. Il me raccompagne jusqu'à la porte.

– Oh, Benjamin, j'allais oublier. Un dîner est organisé samedi prochain avec les différents directeurs. Je t'invite à venir, ça te permettra de faire connaissance avec tes futurs collaborateurs.

– Très bien.

– Alors on se voit samedi. On dit dix-neuf heures ? Amène ta femme, il me tarde de la rencontrer.

Je le salue en le remerciant puis quitte son bureau.

***

Sam et Selena sont si concentrés qu'ils ne m'ont même pas entendu entrer. Je me penche par-dessus l'épaule de Selena, qui mordille le bout d'un pinceau. Sam, lui, découpe une feuille cartonnée bleue.

– Vous faites quoi ? demandé-je.

Selena sursaute alors que Sam se couche presque sur la table.

– Mais Ben, tu ne dois pas regarder, se plaint Sam.

– Oh, pardon ! dis-je en me reculant.

Selena se lève.

– Ne t'inquiète pas, Sam, je vais l'éloigner.

– Oui, oui. Éloigne-le !

Elle me saisit le bras et me tire jusqu'à la cuisine.

– J'aide Sam à te fabriquer ton cadeau. Il s'en voulait de ne pas pouvoir le faire à l'école alors du coup, on est allés dévaliser les rayons d'un magasin de loisirs créatifs. Ne lui dis pas que je te l'ai dit, il m'en voudrait.

– Dis-moi ce que c'est, soufflé-je.

Elle secoue la tête, amusée. Il va falloir que je la fasse parler, quitte à la torturer. Je sais déjà avec quel genre de délicieux supplices j'arriverai à lui faire cracher le morceau.

– Eh ! Je vous entends, dit Sam.

Selena rit aux éclats.

– Je ne lui ai rien dit, se défend-elle.

– Oui, oui, je sais, maman. Mais tu gardes le secret, d'accord ?

– Promis. Mais tu devrais ranger la surprise pour que Ben ne la voie pas. On la finira plus tard.

Sam hoche la tête et commence à tout ranger. De temps en temps, il jette un coup d'œil par-dessus son épaule pour vérifier que je ne regarde pas.

– Et ton entretien ? me demande-t-elle.

– J'ai été pris. Je commence lundi, réponds-je.

– C'est génial. Félicitations.

Elle se met sur la pointe des pieds et m'embrasse. J'aime quand elle me félicite, j'ai moins l'impression d'être un bon à rien.

– Par contre, on ne pourra pas aller chez Mag, ce week-end, dis-je.

– Pourquoi ? Tu ne commences que lundi, pourtant.

– Oui, mais nous sommes invités à dîner par mon nouveau patron samedi soir.

– Je suis invitée aussi ? C'est gentil.

Elle semble heureuse d'avoir été conviée.

– Du coup, je pensais que nous pourrions partir cet après-midi et revenir samedi matin.

– Ce serait super, Ben, mais je dois voir le diététicien et…

– On partira juste après le rendez-vous.

– Et le kiné ? Sam doit le voir tous les matins et…

– Pas de soucis. On trouvera un kiné qui viendra chez Mag.

Elle semble réfléchir, hésite et je lui adresse un petit sourire pour qu'elle cède.

– OK. Allons-y !

***

Je me tourne vers Selena qui dort profondément. Sa tête est calée dans sa main, qu'elle a posée contre le carreau.

Quand j'ai appelé Mag pour lui annoncer que nous serions au ranch plus tôt que prévu, j'ai eu droit à un cri strident digne d'une adolescente de 16 ans. Mag est une femme très jeune dans sa tête. Elle ressemble beaucoup à la mère de Luke et Aaron. Elle m'a élevé comme une mère-copine et je peux tout lui dire sans la choquer. J'adore Mag. Cette femme est géniale. Et quand elle a compris qu'elle allait enfin rencontrer Selena et Sam, je n'ai pu m'empêcher de lever les yeux au ciel. À croire qu'elle n'attendait que ça et que voir son beau-fils ne l'intéressait plus. En fait, je suis super content qu'elle ait hâte de rencontrer ma femme.

– On est où ? me demande Selena d'une voix endormie.

– On arrive, bébé. Il ne reste que quelques minutes.

Elle me sourit alors que la voiture passe un panneau indiquant la distance jusqu'à Jacksonville. Il me tarde d'arriver au ranch. J'ai tellement de souvenirs, là-bas.

– Parle-moi de Mag, me demande Selena.

Je lève les yeux au ciel. Que dire de ma belle-mère ?

– Son vrai prénom est Margaret. Elle est très ouverte et très marrante. Elle rit tout le temps et quand elle gueulait, je savais que j'avais fait une grosse connerie. Elle gueulait assez souvent, d'ailleurs… Elle s'est mariée avec mon père quand j'avais 6 ans. Elle avait perdu son mari et était seule avec sa fille.

– Charlotte ?

Selena est attentive et c'est quelque chose que j'aime, chez elle. Elle se souvient du prénom de ma demi-sœur bien que je ne lui en aie parlé qu'une fois.

– Oui. Charlotte. Tu vas la rencontrer aussi. Elle travaille avec ma mère.

– Oh ! Et que fait Mag dans la vie ?

– Elle tient le ranch qui appartient à sa famille depuis trois générations, du côté de sa mère. Quand elle a eu des soucis d'argent, mon père s'est intéressé au ranch, bien sûr. C'est comme ça qu'ils se sont rencontrés. Ça a été le coup de foudre et, à la fin du rachat, mon père a fini par gagner un ranch et une femme. Mag n'a demandé que ça lors du divorce, l'argent ne l'a jamais intéressée bien qu'elle soit issue d'une famille de l'aristocratie anglaise. Son père était un lord. Lord Henry de Westmorland.

– Oh ! s'inquiète Selena. Comment je vais appeler ta belle-mère, du coup ?

Je ris. C'est vrai qu'il y a de quoi se perdre. L'aristocratie anglaise est bien compliquée. Même moi, je suis perdu, parfois.

– Du moment que tu ne l'appelles pas Mme Lawson, ça devrait aller.

– Pourquoi ils ont divorcé ?

– Après la mort de Sam, mon père est devenu encore plus con qu'il ne l'était déjà. Et Mag a fini par en avoir marre.

– C'est triste, souffle-t-elle.

Je ralentis la voiture et commence à remonter l'allée. Quand j'aperçois l'immense complexe hôtelier, j'ai l'impression de retrouver mes 10 ans, quand nous passions nos vacances ici.

– Selena, il faut que je t'avoue quelque chose, me lancé-je.

Elle tourne la tête vers moi et me sermonne du regard.

– Rien de grave. C'est juste que Mag ne sait pas que je suis marié.

Elle entrouvre la bouche et écarquille les yeux.

– Et vu le portrait que tu m'as fait d'elle, il y a de fortes chances pour qu'elle t'engueule ? me demande-t-elle.

Oui, mais connaissant Mag, elle va plutôt m'assommer avec une pelle et creuser ma tombe avec.

– C'est l'idée, soufflé-je.

– On n'est pas obligés de lui dire, propose Selena.

Je secoue la tête.

– Non, je veux lui dire. Je veux lui présenter la femme que

j'aime, la femme que j'ai épousée. Rappelle-toi juste que je t'aimerai indéfiniment, quand elle me tuera.

Selena rit. J'adore son rire. J'aime tout en elle.

– Est-ce que tu vas lui avouer la véritable raison de notre mariage ? me demande-t-elle.

– Je n'en sais rien. À mes yeux, ce fichu contrat est loin, très loin derrière nous. On n'a jamais respecté une seule de ses clauses, de toute façon. Il y a du sexe, des surnoms, des sentiments. Pour moi, ce contrat est caduc depuis bien longtemps. Qu'est-ce que tu en penses ?

– Bah, ça m'embête un peu que ta belle-mère sache que je me déshabillais.

– Alors, on ne lui dira pas.

Elle me remercie en me souriant. Elle reporte son attention sur le pare-brise et écarquille les yeux.

– Attends, c'est ça, le ranch ? me demande-t-elle.

– Maman ! Je vois des chevaux !

Je regarde dans le rétroviseur central de la voiture. Sam a le nez collé au carreau, ébahi. Je n'avais même pas vu qu'il s'était réveillé. Je suis un beau-père indigne.

– Oui, je vois, Samy. On va bien s'amuser, répond-elle.

– Regarde, maman, il y en a un marron, je veux aller le voir. Oh ! Et il y en a un gris, aussi !

– Et tu as vu, là ? Il y a un poulain avec sa maman, dit-elle, excitée.

– Oui ! Il est trop mignon. Je veux aller les caresser tous, ajoute Sam en levant les bras en l'air.

Selena rit devant l'excitation de Sam. Ils paraissent ravis tous les deux et impatients. Et quand je les vois comme ça, je suis l'homme le plus heureux du monde.

36

Selena

L'immense bâtisse qui se dresse devant moi est tout simplement impressionnante. Je crois qu'elle pourrait contenir une centaine de personnes. Qu'est-ce que je raconte ? Au moins mille. Je m'attendais à tout, mais sûrement pas à ça. Là, nous sommes tout bêtement devant le Jacksonville Ranch Club, l'un des plus beaux hôtels de Floride. Je vais faire bien tache ici, moi.

L'immense demeure de bardage blanc qui se dresse devant nous est sûrement l'un des plus beaux hôtels que j'aie pu voir. Le calme de la campagne est agréable et j'entends le piaillement des oiseaux qui se chamaillent dans les arbres, plantés depuis des décennies à quelques mètres de l'accueil de l'hôtel.

– Attends ! Ta belle-mère est propriétaire du Jacksonville Ranch Club ?

– Euh… oui. Je ne te l'avais pas dit ?

– Euh… non, tu ne me l'avais pas dit…

– Désolé, je pensais te l'avoir précisé.

Il se fout de moi. Il m'emmène dans l'un des hôtels les plus prisés de la côte est et il me dit juste : « Je pensais te l'avoir précisé »… Bon, je ne vais tout de même pas lui en vouloir pour si peu. Et je suis contente d'être ici. Sam est super excité et j'avoue que je le suis tout autant.

Il ralentit la voiture devant le grand hall de l'hôtel et une femme d'une cinquantaine d'années en sort déjà, un grand sourire aux lèvres. Je n'ai pas besoin de demander, je sais déjà qui elle est. Je le comprends à sa façon de regarder Ben. Je regarde Sam de la même façon.

À ses côtés, un homme bien plus vieux patiente et s'occupe déjà de décharger nos affaires du coffre.

Ben est heureux de voir Mag. Il l'adore et je sais qu'ils ne se voient pas beaucoup. La distance qui les sépare les empêche de se voir comme ils le voudraient.

– Je crois qu'elle n'arrivera pas à effacer son sourire pendant plusieurs jours, plaisante Ben. Allez, venez, je vais vous présenter.

Je prends une grande inspiration. Je vais tout de même rencontrer ma belle-mère pour la première fois. Et si elle ne m'aime pas ? Si elle pense que je suis avec son beau-fils uniquement par intérêt ? Une boule de stress se forme aussitôt dans mon estomac, torturant mes entrailles.

Ben sort déjà Sam et le porte dans ses bras. Il contourne la voiture et m'ouvre la portière. Je stresse, bordel ! C'est normal, ça ?

Ben laisse échapper un rire. Il sait que je suis à deux doigts de vomir à cause du stress et ça l'amuse. Il saisit ma main et entremêle nos doigts. Il me fait un petit clin d'œil pour m'encourager et m'entraîne déjà vers les marches.

Mag arbore un large sourire, ce qui me rassure un peu. Je ne dois pas faire si tache que ça avec mes fringues trouvées dans une friperie.

Elle avance d'un pas vers nous et enlace Ben et Sam par la même occasion.

– Tu m'as manqué, souffle-t-elle.

– Toi aussi, Mag.

– Tu sens très bon, madame, intervient Sam.

Mag se recule et regarde Sam en souriant.

– Merci, jeune homme. Mais dis-moi, tu dois être Sam.

– Oui, c'est moi. Et toi, tu es Mag. Tu es la belle-maman de Ben qui a des chevaux, dit Sam.

– J'ai l'impression que tu sais beaucoup de choses sur moi.

– Oh, je ne sais pas tout, j'en suis sûr.

Mag rit aux éclats. Ses yeux sont rieurs et la voir aussi agréable avec Sam me rassure. Elle semble aimer les enfants et Sam est amusé par elle.

La belle-mère de Ben se tourne alors vers moi. Elle tend déjà ses mains vers moi et m'enlace, comme elle l'a fait avec Ben quelques secondes plus tôt. Sam a raison, elle sent bon. Son parfum me fait aussitôt penser à celui de ma mère, bien qu'il soit moins floral.

– Oh ! Selena, je suis si heureuse de te rencontrer enfin.

Elle a soufflé sa phrase avec douceur.

– Moi aussi, je suis ravie de vous rencontrer.

Elle se recule rapidement et me fixe.

– Ah non ! Tu ne me vouvoies pas, je déteste ça, j'ai l'impression d'avoir 50 ans.

– Mag, tu as…

Elle pointe Ben du doigt et le menace du regard.

– Ne finis pas ta phrase, vaurien ! Ou je te déshérite !

Elle se met à rire puis passe ses bras sous le mien et celui de Ben.

– Je suis trop contente que vous soyez ici et je vous préviens que je ferai tout pour vous empêcher de repartir.

Ben rit aux éclats alors qu'elle nous fait passer les grandes portes.

À l'intérieur, l'endroit est cosy et agréable, mettant tout de suite les clients à l'aise. Sam tourne la tête dans tous les sens, la bouche ouverte, ébloui par le grand hall.

– On va faire un petit coucou à Charlotte et après, je vous laisserai vous installer.

Mag lâche nos bras pour passer devant nous. Elle nous emmène dans les couloirs réservés aux employés. L'endroit est aussi chaleureux que dans le hall. Des employés nous croisent et nous saluent et quand nous arrivons devant un bureau, Mag pousse la porte.

Une femme un peu plus âgée que moi relève la tête. Elle se lève péniblement et j'aperçois son énorme ventre. Je souris aussitôt. J'adore les femmes enceintes, elles sont si imprévisibles et râleuses.

– Oh ! Tu es énorme, lâche Ben.

J'assène à Ben un léger coup de coude. Il va se faire massacrer, le pauvre.

– Pff ! Débile ! Tu ne pouvais pas me dire que j'étais belle et sexy.

– Je ne peux pas penser ça. T'es ma sœur et tu ne seras jamais sexy.

– Crétin ! Je ne te dirai même pas bonjour !

Elle pose les yeux sur moi et contourne son bureau. Elle s'approche de moi.

– Tu dois être Selena ? me dit-elle.

– Oui. Et toi, tu dois être Charlotte.

– Bien vu.

Elle écarte les bras et je l'enlace aussitôt.

– N'écoute pas ton frère, tu es magnifique, lui soufflé-je.

– Enfin quelqu'un de lucide ici, rit-elle.

Elle se libère de mon étreinte et se tourne vers son frère.

– Elle me plaît, dit Charlotte à Ben. Tu devrais l'épouser.

Mon visage se tourne vers Ben. Charlotte capte notre regard et entrouvre les lèvres mais se ravise quand Ben secoue la tête légèrement.

Charlotte s'approche alors de Sam et se penche vers lui.

– C'est une fille ou un garçon qui est dans ton ventre ? demande Sam.

– Une petite fille, souffle-t-elle.

– Oh ! Comme ma maîtresse. C'est une fille aussi dans son ventre. Et tu vas l'appeler comment ?

– Je ne sais pas encore. Tu as des idées à me donner ?

– Non, mais je vais y réfléchir.

Charlotte se relève et enlace enfin son frère.

– Mais si, tu es belle !

– Mouais, je préfère.

– Comment va ma petite-nièce ?

Ben passe sa main sur le ventre de sa sœur. Je le trouve trop mignon.

– Ça va. Elle est bien au chaud. J'ai hâte qu'elle arrive.

J'étais très pressée de rencontrer Sam aussi, même si j'étais effrayée à l'idée d'être maman à 18 ans.

– Je ne vais pas vous embêter plus longtemps. Vous avez sûrement hâte de vous installer et vous devez avoir faim. Je finis ce que j'ai à faire et je vous rejoins au restaurant. Vingt heures, c'est bon ?

– C'est parfait. À tout à l'heure.

Nous sortons du bureau, la laissant à sa tâche. Nous retournons jusqu'au hall, Sam toujours accroché au cou de Ben et nous nous arrêtons à la réception. Mag nous donne un passe.

– Ça vous donnera accès à tous les services du ranch. Je vous emmène à vos chambres ?

– Ne t'inquiète pas, Mag, on va y aller. On se rejoint au restaurant.

– D'accord. À tout à l'heure.

Ben embrasse sa belle-mère sur la joue puis saisit ma main. Il m'entraîne dans un nouveau couloir. Il active le passe et ouvre la porte.

– Mag vit ici avec Charlotte.

– Charlotte est mariée ?

– Oui, à Mike. Ça fait deux ans. Il est militaire et en Irak en ce moment.

J'opine de la tête. Ça doit être dur pour elle d'attendre un enfant et de ne pas être en compagnie de son mari. Heureusement que Charlotte a sa mère à ses côtés.

– Bienvenue chez Mag, me dit-il.

Je m'avance dans l'entrée. Un grand escalier dessert un étage et j'aperçois sur ma gauche un vaste séjour décoré avec soin. Ben m'invite à entrer et dépose Sam au sol.

– Je vais vous montrer nos chambres tout de suite et après, je vous ferai visiter.

Sam opine et monte déjà à l'étage. Nous le suivons.

– Là, c'est la chambre de Charlotte. Celle-ci, c'est celle de Mag, me dit Ben. Sam dormira dans celle du bout.

Il montre une pièce et Sam part tout de suite ouvrir la porte. Il écarquille les yeux et laisse échapper un « Waouh » enjoué.

Je remarque une chambre d'enfants avec deux petits lits de chaque côté de la pièce.

– Tu sais quoi, champion, c'était ma chambre quand j'avais ton âge. Et juste à côté, il y a la salle de jeux.

Les yeux de Sam pétillent de bonheur, comme chaque fois qu'on parle de jouets, de bonbons ou de gâteaux.

– Je peux aller voir, maman ? me demande-t-il en faisant ses petits yeux attendris.

– Oui, mais tu rangeras tout ce que tu déranges.

– Promis, me dit-il.

Il pousse la porte de la salle de jeux et pousse un deuxième petit cri.

– Viens, je te montre notre chambre.

Il saisit ma main et m'attire dans la pièce d'en face. Un énorme lit trône au milieu de la chambre. La pièce est chaleureuse et je m'y sens aussi bien qu'à la villa, même si le style est différent.

– Elle te plaît ?

– Oui, beaucoup.

– Tant mieux. Tu sais quoi ? On a fait de la route et tu dois être fatiguée. Va prendre un bain, je vais m'occuper de Sam.

Il est adorable ! Comment ne pas tomber amoureuse d'un homme comme lui ?

Je le remercie puis l'embrasse tendrement.
– Tu es un amour.
– C'est pour ça que tu m'aimes, me dit-il en riant.
Pour ça, et pour bien d'autres choses encore…

***

J'enfile une petite robe blanche et défais ma pince à cheveux, libérant mes boucles brunes. Je sors de la chambre et me dirige vers celle de Sam. En passant devant la salle de jeux, je vois mes deux hommes allongés au sol, une pile de Lego étalée devant eux. Ils s'amusent à construire une ville miniature sur une grande plaque verte.
– Passe-moi la brique rouge, demande Ben.
Sam s'exécute.
– Dis, Ben, pourquoi maman elle n'a pas de bébé dans son ventre ?
Je me fige en même temps que Ben. Il se ressaisit bien plus rapidement que moi.
– Pourquoi ? Tu aimerais avoir un petit frère ?
– Non, répond mon fils fermement.
La réponse de Sam me rassure. J'aime les enfants. Petite, je rêvais d'en avoir plusieurs, mais Sam me contente amplement.
– Je veux une petite sœur, continue Sam.
– Tu sais, quand les mamans attendent un bébé, on ne choisit pas si ce sera une fille ou un garçon.
– Ah bon ? Comment c'est possible ?
– Bah, c'est comme avec une pièce. C'est soit pile, soit face.
Il a raison de simplifier la chose. Sam est bien trop petit pour connaître tous les détails.
– Je ne comprends toujours pas.
– Le mieux serait de demander à maman, elle saura t'expliquer les choses mieux que moi.

Je secoue la tête, amusée. Il ne se mouille pas et je trouve ça marrant.

– Ah, d'accord, je lui demanderai, alors, dit Sam.

Le visage de Ben se tourne alors vers moi. Il se relève rapidement et Sam me regarde à son tour.

– Eh, maman, Ben m'a dit de te demander comment c'est possible de choisir si c'est un garçon ou une fille dans le ventre de la maman, dit Sam.

Ben grimace, un peu gêné. Je pouffe, amusée par sa réaction.

– Je t'expliquerai plus tard. Là, il est l'heure d'aller dîner, et Mag et Charlotte vont nous attendre.

Sam se lève, non sans rechigner. J'ai échappé de peu à la grande question : « Comment on fait les bébés ? ». Qu'est-ce que je suis censée répondre à un enfant de 5 ans ? Je pensais avoir quelques années devant moi.

Nous descendons au rez-de-chaussée et j'aperçois Mag dans le salon. Elle lit un livre, assise sur un fauteuil près de la cheminée éteinte, qu'elle n'a sûrement jamais l'occasion d'allumer vu les températures clémentes qui règnent en Floride tout au long de l'année.

Elle pose son livre et Sam accourt déjà vers elle.

– Alors ? Tu as créé ta ville ? lui demande-t-elle.

– Pas en entier mais je continuerai demain.

– Tu as raison. On ne peut pas construire une ville en un jour. Dis-moi, Sam, est-ce que tu as faim ?

Il sourit à belles dents et hoche la tête plusieurs fois.

– Alors on va aller manger au restaurant et si on ne rentre pas trop tard, tu pourras continuer ta ville.

– D'accord, répond-il. Mais demain, on pourra aller voir les chevaux ?

– Mieux encore. Tu viendras avec moi pour les nourrir.

– Je n'ai jamais fait ça, dit Sam.

– Ce n'est pas grave. Tu es un petit garçon intelligent donc, quand je t'aurai montré, tu sauras le faire.

Sam hoche la tête puis prend la main de Mag. Il la tire pour la lever et elle rit.

Nous la suivons jusqu'à la partie hôtel et pénétrons dans le restaurant. Des employés nous saluent poliment.

Au loin, Charlotte est assise à une table, son téléphone portable collé à son oreille. À son sourire, je devine qu'elle est en communication avec son mari. Ça ne doit pas être facile pour elle de le savoir loin, sur un autre continent où il risque sa vie tous les jours.

Nous nous asseyons silencieusement alors qu'elle s'excuse et finit par se lever. Elle se dirige vers une grande fenêtre qui donne sur le parc de l'hôtel.

– Alors, Selena, comment trouves-tu ta chambre ?

– Très bien, Mag.

– Tu as tout ce qu'il te faut ?

– Oui, c'est parfait. Merci beaucoup.

Elle tapote ma main et se tourne alors vers Ben, occupé à pianoter sur son téléphone.

– Peu importe ce que c'est, je suis sûre que ça peut attendre, le sermonne-t-elle.

– Désolé, Mag. C'est pour le boulot, s'excuse-t-il.

– Ça se passe comment avec ton père ? demande-t-elle, réticente.

Il lève les yeux vers sa belle-mère, verrouille son téléphone puis le pose sur la table.

– Je ne travaille plus pour Lawson Enterprise, dit-il.

Mag écarquille les yeux, étonnée.

– Ah bon ? Depuis quand ?

– Depuis que je l'ai envoyé chier. Ça fait quelques jours.

– Et tu as déjà trouvé un autre boulot ? Raconte-moi.

– Oh, rien d'exceptionnel. Je vais faire la chose que ce que je faisais tous les jours.

– Pour qui vas-tu travailler ?

– Un jeune investisseur qui possède plusieurs entreprises dans le pays.

– Et comment ça se passe ?

– Je commence lundi. Munoz vient de m'envoyer un e-mail pour me prévenir que mon contrat était prêt plus tôt que prévu et que je pouvais venir le signer quand je le souhaitais. Je lui ai répondu que j'avais profité de ces quelques jours pour aller voir ma famille.

Mag, attentive, hoche plusieurs fois la tête.

– Oh ! Je vois. Alors je te souhaite que ça se passe bien. Et comment ton père a-t-il pris ton départ ?

Ben tourne la tête vers moi.

– Étrangement, il l'a bien pris. Je lui ai dit ses quatre vérités et il a plutôt bien encaissé.

Charlotte arrive alors et se laisse tomber sur sa chaise.

– Excusez-moi. Vous parliez de quoi ? demande-t-elle.

– De Howard.

Elle lève les yeux au ciel et souffle. Elle n'a pas l'air de le porter dans son cœur.

– Parlons d'autre chose, si ça ne vous dérange pas, dit Charlotte. Howard m'a suffisamment emmerdée dans ma vie sans que je perde mon temps à parler de lui. Désolée, Selena, mais je n'ai jamais aimé mon beau-père.

– Non, il n'y a pas de soucis. J'ai cru comprendre que c'était un personnage particulier et caractériel.

Charlotte lève les yeux au ciel une deuxième fois, comme pour confirmer mes dires.

– Bon, on parle d'autre chose, dit Mag. J'ai le plaisir de rencontrer la petite amie de mon beau-fils, alors je veux tout savoir sur elle. Dis-moi tout, Selena. Comment vous êtes-vous rencontrés ?

Je dirige mes yeux vers Ben. Qu'est-ce qu'on est censés répondre ? Nous avons convenu que nous ne parlerions pas de mon passé mais nous n'avons pas décidé quel mensonge servir. Mag capte notre regard et semble surprise. Ben tourne son visage vers Mag et la fixe, l'air grave.

Ma gorge devient soudainement sèche et je prends mon verre d'eau pour en boire une gorgée. Le regard de Charlotte se porte alors sur ma main et elle écarquille les yeux, mi-surprise, mi-amusée.

– Oh, mon Dieu ! Vous allez vous marier, lâche-t-elle en fixant mon alliance.

– Charlotte, c'est… intervient Ben.

– Je reconnais cette bague ! C'est celle de ta mère, Ben, dit Charlotte, encore plus excitée.

C'est à mon tour d'écarquiller les yeux. Je n'en avais aucune idée. Ben m'a offert la bague de sa mère.

Mag, elle, semble avoir perdu l'usage de la parole. Ses yeux se baladent entre Ben et moi, attendant que l'un de nous deux se décide à parler.

Ben se met à secouer la tête puis affiche un grand sourire charmeur à Mag.

– OK, je profite de l'absence de couteaux sur la table pour vous l'annoncer.

Mag plisse le front alors que je laisse échapper un petit rire.

– Selena et moi, nous nous sommes déjà mariés.

37

Ben

Le visage de Mag passe par différentes expressions : la surprise, l'incompréhension… mais le plus marquant, c'est la colère. Je la fixe, le visage sérieux. Elle me sonde, comme pour s'assurer que je ne lui mens pas.

Dans trois secondes, la fureur du dragon s'abattra sur moi et j'ai peur de ne pas sortir indemne de cette confrontation.

À ses côtés, Charlotte porte sa main à sa bouche et laisse échapper un petit hoquet de surprise. Selena, elle, paraît tendue et inquiète. Elle pensait sûrement que je rigolais quand je lui ai dit qu'il ne fallait pas contrarier Mag mais je pense qu'elle vient de comprendre que je ne déconnais pas.

Sam, lui, se contrefout royalement de la conversation et c'est tant mieux. Il joue avec deux petites voitures qu'il s'amuse à faire rouler sur la nappe blanche.

– Vous… Quoi ? demande enfin Mag.

La main de Charlotte s'abat sur celle de sa mère et la tapote pour l'apaiser.

– Ça fait combien de temps ? demande ma sœur.

– Presque un mois, soufflé-je.

– Presque un mois ? répète Mag. Mais qu'est-ce que j'ai bien pu faire pour avoir un beau-fils aussi indigne ?

Elle lève les yeux au ciel puis me fusille du regard. Selena paraît soudainement blême, ce qui est encore plus flagrant avec son teint.

– Comment tu as ne pas me le dire ? Je ne t'ai pas éduqué comme ça, Ben…

– Laisse-moi t'expliquer, Mag, dis-je.

– Je… Vous voulez peut-être que je vous laisse ? demande Selena, timide.

Mag se tourne vers Selena et lui sourit. Ça me rassure aussitôt. Ce n'est pas la femme que j'ai choisie, le problème. C'est qu'elle n'ait pas été invitée. Je vais devoir tout lui expliquer.

– Non, Selena. Reste. Tu fais partie de la famille, maintenant, souffle ma belle-mère.

Elle lui frotte le haut du bras. Mag semble s'être radoucie.

– Explique-lui, Ben, souffle Selena.

– Oui, explique-moi, Ben. Parce que là, je vais…

Mag suspend sa phrase. Elle m'en veut, je le vois dans son regard. En même temps, à quoi je m'attendais ?

Mag et Charlotte paraissent encore plus perdues. Je sais que quand je vais leur expliquer, Mag comprendra. Elle a toujours été compréhensive.

– Il y a un mois, Howard m'a annoncé qu'il voulait que j'épouse Julia Bowman.

Mag apprécie autant Julia que moi. Elle dit d'elle que c'est une sainte-nitouche avec un QI d'huître. Elle n'a pas tort.

– Et te connaissant, tu ne voulais pas l'épouser ? demande Mag.

Ma belle-mère me connaît trop bien.

– C'est là que j'ai rencontré Selena, dis-je.

– Je ne comprends pas. Vous ne vous connaissiez pas avant ?

Selena pose alors sa main sur celle de Mag et la fixe de ses grands yeux sombres.

– Non. On s'est rencontrés… par hasard. Je… J'avais besoin d'une couverture sociale. Je ne suis pas américaine.

Maintenant, si…

Mag paraît encore plus perdue. Elle ne cesse de nous regarder à tour de rôle. Charlotte, elle, a bien compris.

– C'est un mariage blanc ? demande Mag.

– Non, je crois que c'est autre chose, fait Charlotte.

– Sam est malade, continue Selena. Il a besoin de soins. Quand j'ai expliqué ma situation à Ben, notre situation, il m'a proposé de l'épouser. Je ne suis pas très fière de ce que j'ai fait mais je l'ai fait pour Samy.

Mag semble comprendre. Le regard braqué sur Selena, elle hoche plusieurs fois la tête.

– Oh non, ma chérie, tu n'as pas à avoir honte, dit Mag. Je pourrais tuer pour mes enfants.

Elle semble beaucoup plus détendue. Mag et Selena ont le plus beau des points communs : elles sont mères toutes les deux.

– Donc, c'est un mariage arrangé ? fait Mag.

Elle me sermonne du regard. Je sais qu'elle n'est pas adepte de ce genre de mariage. Elle a elle-même dû affronter son père et l'homme qu'il lui avait choisi lors de son premier mariage.

– C'est bien plus que ça, maintenant, dis-je.

La tête de Selena pivote vers moi. Elle me regarde, surprise. Je vois dans son regard qu'elle analyse chaque mot de ma phrase.

– Comment ça « bien plus que ça » ? demande Charlotte.

Je me tourne vers ma femme.

– J'aime Selena.

Mag se radoucit et souffle de soulagement. Elle est rassurée.

– Ah ! Je préfère ça, dit-elle en portant la main sur son cœur. Parce que si ce n'était pas le cas, je vous conseillerais de vous lancer dans une carrière de comédiens, tellement votre jeu était parfait.

Elle sourit et toute inquiétude disparaît de son regard.

– Donc, il n'est pas prévu que vous divorciez ? demande Charlotte.

– Non, dis-je.

Selena se tend à mes côtés. Aurais-je dit quelque chose qu'il ne fallait pas ?

Elle baisse le regard et j'essaie aussitôt de décrypter son expression. C'est comme si elle n'approuvait pas ce que je venais de dire. Je suis complètement perdu. Pour moi, il est logique que nous restions tous les trois ensemble une fois que Sam aura sa greffe.

– Il n'empêche que tu ne me l'as pas dit ! fait Mag, boudeuse. J'aurais voulu être là, même si ce mariage n'était pas ce qu'il aurait dû être. C'est important d'être présent pour ce jour crucial.

– Je suis désolé, Mag. Mais c'était un mariage à la va-vite.

– Tu as quand même offert la bague de ta mère !

Je secoue la tête. Je ne sais pas ce qui m'a pris, ce jour-là. Ce bijou est dans la famille depuis plusieurs générations. Inconsciemment, je pense que je l'ai fait car je savais que mon père aurait pété les plombs en la voyant. De toute façon, l'issue est la même. Selena est la femme que j'aime et voir qu'elle porte cette bague me rend fier. Après tout, ce bijou était destiné à être au doigt de la femme que j'aurais choisie. Et j'ai choisi Selena, même si au début, ce n'était pas par amour.

Selena paraît toujours dans ses pensées. Je me demande ce qui lui traverse l'esprit en ce moment. Je sens que la réponse que j'ai donnée à Mag quand elle nous a demandé si nous finirions par divorcer l'a saisie. Peut-être pensait-elle que nous finirions par le faire.

***

Selena a été silencieuse pendant tout le repas. Ma belle-mère a sûrement mis ça sur le compte de la timidité, ou tout simplement du fait qu'elle vient de la rencontrer mais moi, je sais que ce n'est pas seulement ça. C'est bien plus profond.

Selena embrasse Sam et s'adonne à ce petit rituel qui consiste à poser sa main sur son torse. Je ne suis pas sûr que ça serve à grand-chose mais je sais que ce geste la rassure.

Elle se lève et embrasse une nouvelle fois son fils. Sam tourne la tête vers moi et me fait un petit clin d'œil. J'ai l'impression que ce gamin grandit, en ce moment, et c'est plaisant de le savoir si heureux.

Selena passe devant moi sans un mot, le regard préoccupé. Oui, quelque chose ne va pas.

Je la suis jusqu'à notre chambre. Elle est assise sur le bord du lit. Je m'approche d'elle silencieusement. Son visage est fermé, concentré et je la vois se mordre l'intérieur de la joue alors qu'elle retire ses chaussures.

– Et si tu me disais ce qui ne va pas ? commencé-je.

Elle tourne la tête vers moi et m'offre un sourire, beaucoup plus enjoué, cette fois-ci. Mais je ne suis pas con. Quelque chose la travaille.

– Non, tout va bien.

Elle retire sa deuxième chaussure puis se met à enlever une de ses boucles d'oreilles. Je l'arrête d'un geste. Elle croit que je suis dupe. Je vois très bien que ça ne va pas.

Ses yeux croisent les miens alors que je baisse la main. Elle laisse tomber sa tête et caresse son alliance de son pouce. Alors le voilà, le problème, c'est cette bague.

– Je… Ben… Je porte la bague de ta mère, me dit-elle.

– Oui, et alors ?

Elle relève la tête vers moi et hausse les épaules.

– Je ne le savais pas

– Et c'est pour ça que tu étais incroyablement silencieuse à table ?

– Non, c'était pour autre chose.

OK, maintenant, j'en suis sûr. C'est pour cette histoire de divorce.

– C'est pour ce que j'ai dit à table ?

Elle hausse les épaules.

Super, la réponse ! Et je suis supposé me démerder avec ça !

– Faut te tirer les vers du nez, dis donc.

Elle grimace.

– Je… Écoute, Ben, je vais essayer d'avoir les meilleurs mots possible, d'accord ?

J'opine de la tête. Ce qu'elle va me dire ne va pas me plaire. Intuition masculine, dans l'éventualité où elle existe.

– Tu sais que je te serai éternellement reconnaissante pour ce que tu fais pour nous. Et tu sais que je t'aime. Vraiment.

Putain ! Qu'est-ce qu'elle me fait, là !

– Mais je ne crois pas que ce soit une si bonne idée que nous restions mariés après la greffe de Sam.

Je me fige.

Ouais, je n'aime pas ça. Du tout.

– Et tu peux me donner les raisons ? dis-je, gardant mon plus grand calme.

– Ne te vexe pas, Ben. Mais tu ne penses pas que ce serait un peu… fou ?

Non !

– Les couples normaux ne font pas comme ça. Normalement, on sort ensemble, on emménage après plusieurs mois, voire des années et après, on se marie pour fonder une famille. Nous, on a tout fait à l'envers.

Je la fixe. Je ne comprends pas où elle veut en venir.

– Je ne pige pas ! Tu… Quoi… Tu me reproches de ne pas être dans la normalité ?

– Ce n'est pas ça, Ben. C'est juste qu'on n'en a jamais parlé et quand tu as donné ta réponse à Mag, tout à l'heure, j'étais heureuse. Mais j'ai un peu flippé. On n'est pas sûrs que ça fonctionne entre nous. Regarde, il y a quelques jours, je voulais divorcer parce que tu m'avais menti, Ben.

– Et je me suis excusé, je t'ai promis que je ne recommencerais plus.

– Je sais, Ben, je sais… Je te crois.

– Alors où est ce putain de problème ?

– Notre rencontre, notre mariage sont atypiques. Mais maintenant que notre relation a évolué en même temps que nos sentiments, je suis un peu perdue.

Et moi aussi. Qu'est-ce qu'elle veut me dire ? Qu'elle veut divorcer une fois la greffe de Sam effectuée ? Ça, je le refuse.

– Je ne veux pas divorcer, Ben. Je suis bien avec toi. Tu me rends différente, tu m'ouvres à des choses que je n'avais jamais ressenties ou que j'avais peur de ressentir de nouveau. Mais notre divorce, on n'en a jamais vraiment parlé. Le contrat dit que…

– Mais on s'en fout, du contrat !

– Mais il est là. Et ce sont des règles que nous avons établies ensemble.

Je secoue la tête. Je n'en ai rien à foutre de ce contrat. Je n'avais même pas envie de le signer.

– Et cite-moi une règle que nous avons vue ensemble et que nous respectons, hormis cette putain de clause de divorce ? craché-je sèchement.

Mon ton la fait sursauter légèrement. Je le regrette aussitôt. Je ne veux pas lui faire peur.

– Bah…

– Tu vois, y'en a aucune. On avait dit pas de trucs niais, on le fait. Pas droit au sexe, pas de surnoms. On ne devait même pas en parler à d'autres personnes, et regarde, tout le monde est au courant. Même Mag.

– Oui, mais…

– Tu ne vois pas que ton contrat est caduc ? Qu'on n'a respecté aucune des règles ? Je m'en fous, Selena, de ce contrat. Alors autant le déchirer. Il n'a plus aucune valeur à mes yeux. Alors la clause du divorce, je l'emmerde.

Elle ouvre la bouche et la referme, prête à dire quelque chose avant de se raviser. Elle finit tout de même par lâcher :

– Cette clause est censée te protéger de moi.

Quoi ? Me protéger d'elle ? Pourquoi ?

– Je… Tu sais que je ne suis pas vénale mais ce contrat est important. Il protège ce que tu as. Tu dis que tu l'emmerdes, ce contrat, que tu es prêt à le déchirer mais si toi et moi, ça ne marche pas, tu ne crois pas qu'il pourrait t'être utile ?

Je me pince l'arête du nez et baisse la tête. Je suis à deux doigts d'avoir une migraine, là. Je ne pensais pas que les femmes étaient si compliquées et si contradictoires.

– Dis-moi le fond de ta pensée, Selena, parce que tu m'embrouilles carrément, là.

Elle prend une grande inspiration et lâche :

– Je ne veux pas qu'on pense que j'ai profité de toi. Alors, oui, je préférerais qu'on divorce après la greffe de Sam. Mais ce n'est pas pour autant que je ne veux plus qu'on se voie. Je t'aime et je veux qu'on fasse dans la normalité. Je veux juste que le jour où tu me referas ta proposition, ce soit parce que tu le veux vraiment. Par amour, et pas par pitié.

Eh bien, fallait comprendre !

– En gros, si je comprends bien, tu ne veux plus qu'il y ait de contrat entre nous ? demandé-je en souriant.

– Je n'ai pas dit ça.

Mon sourire s'efface devant sa réponse. Les femmes sont beaucoup trop compliquées.

– Je ne veux plus qu'il y ait de contrat mais je suis prête à en signer un pour protéger tes intérêts financiers si tu me le demandes. Mais je veux me désengager de ce contrat, de ce mariage arrangé pour éventuellement nous marier par amour.

Je comprends mieux ce qu'elle essaie de me dire.

– OK, je comprends. Mais divorcer pour se remarier n'a rien de très normal, dis-je.

– Oui, je sais. Mais, au moins, on ne me verrait plus comme la femme qui profite de ta situation. Je deviendrais la femme que tu aimes et pour qui tu t'es mis à genoux et à qui tu as fait ta véritable demande.

Je me penche aussitôt vers elle. Je l'embrasse, ce dont je ne pourrai jamais me lasser. Elle est surprenante. À mes yeux, que l'on divorce ou pas, l'issue sera la même et je suis prêt à lui faire ma demande dès ce soir.

– Nous ne sommes pas obligés de divorcer, Selena.

Lentement, je me relève. Elle me suit du regard, perdue.

Je pose alors un genou à terre. Je suis comme ça, spontané et opportuniste, et je prends la deuxième plus belle décision de ma vie.

Son sourire s'efface. Elle ne s'attendait sûrement pas à ce que cette discussion mène à mon initiative.

Je prends alors sa main dans la mienne sans cesser de la fixer. Elle ne peut détacher son regard du mien et j'en profite pour retirer son alliance de son doigt.

– Qu'est-ce que…

Elle plisse le front, surprise.

– On n'a pas besoin de divorcer, Selena, juste de se remarier. Je t'aime et je ne veux pas vivre dans la crainte de te perdre à tout moment. Alors cette demande est officielle et j'espère que tu seras assez dingue pour dire oui une nouvelle fois. Et cette fois, je veux que ce soit ton cœur qui réponde à ma demande, et non ta raison.

– Qu… quoi ? Mais, Ben…

– Épouse-moi, Selena, la coupé-je. Épouse-moi une deuxième fois.

38

Selena

Vient-il vraiment de me faire une demande ? Une vraie demande ?

Je le fixe, droit dans les yeux. Il ne cille pas et quand il m'offre un nouveau sourire, je comprends qu'il est sérieux. Vraiment sérieux.

Mon cœur tambourine contre ma cage thoracique et ma respiration devient de pus en plus difficile.

– Bon, si tu pouvais répondre à ma question rapidement, ce serait cool, plaisante-t-il.

Je ris. Il faut qu'il arrive à me faire rire dans n'importe quelles circonstances. Et c'est ce que j'aime chez lui. Son immaturité qui contraste avec sa responsabilité quand il le faut. Sa façon bien à lui de sourire à la vie et de saisir chaque occasion. La façon qu'il a de me regarder et de me faire sentir unique, aimée.

Quelle femme n'accepterait pas ? Sûrement une femme comme moi qui est beaucoup trop terre à terre et qui se pose une multitude de questions avant de prendre une décision. Mais est-ce vraiment profiter de la vie que de faire ça ? Une personne réfléchie ne peut-elle pas être spontanée, juste une fois ? Je devrais dire oui, car c'est ce que mon cœur semble vouloir me faire dire. J'aime Ben, profondément. Mais ne serait-il pas plus responsable de dire non ?

Mais mon cœur semble avoir plus d'emprise sur moi que ma raison.

Je finis par hocher la tête.

– Oui, soufflé-je.

Il se relève alors d'un coup, le regard empli d'espoir et d'amour, encercle ma taille de ses grands bras et me soulève du sol.

– Je t'aime, Selena, dit-il.

Il m'embrasse tendrement et, très vite, plus passionnément. Je dois être folle pour accepter d'épouser un homme que j'ai rencontré il y a un mois, mais la folie est parfois délicieuse. Et puis, ma première folie n'était-elle pas d'avoir déjà dit oui à sa première demande ? Je vais me marier mais, cette fois, parce que mon cœur me l'a soufflé, parce que mon cœur le veut. *Lui.*

– Je t'aime aussi, Ben, je réponds en reprenant mon souffle.

***

Je vérifie l'heure pour la troisième fois. Je n'arrive pas à m'endormir, bien trop excitée par la demande de Ben. Je n'en reviens pas d'avoir dit oui. Pour la première fois de ma vie, j'ai agi spontanément, essayant de ne pas me torturer l'esprit en me posant tout un tas de questions. Et pour une fois, j'ai la réelle impression d'avoir pris la meilleure décision.

À mes côtés, Ben dort profondément. Il est allongé sur le côté et je pourrais presque entendre sa respiration lente et régulière. Son souffle chaud effleure ma nuque et m'apaise. Son bras est passé sur ma taille et je me dégage délicatement.

Je n'arriverai pas à dormir et je sais qu'une tasse de chocolat chaud m'aidera. Je passe mon peignoir et sors discrètement de la chambre. Je passe devant celle de Sam et l'ouvre. Il dort à poings fermés, son pouce dans la bouche. Je m'approche lentement, vérifie sa respiration et le recouvre de la couette qu'il dégage du pied aussitôt.

Je prends les escaliers et descends. Je ne pense pas que Mag serait vexée si je me permettais de me préparer une tasse de chocolat moi-même.

Arrivée en bas des escaliers, je constate que le séjour est éclairé. Mag est assise sur un grand fauteuil et est concentrée sur un livre, ses lunettes posées sur le bord de son nez. Elle baisse son livre en me voyant.

– Tu n'arrives pas à dormir ? me demande-t-elle.

Je secoue la tête.

– Toi non plus ? demandé-je.

– Je suis morte de fatigue mais j'ai beaucoup trop envie de savoir ce qu'il va se passer dans ce livre.

Elle tapote la couverture du bouquin. Elle lit le dernier roman d'un auteur célèbre.

– Je suis une lectrice un peu folle, parfois. Quand j'ai le nez dans un bouquin, je m'arrête seulement quand je l'ai terminé.

Je ne suis pas une aussi grande lectrice que Mag mais je comprends son obsession et sa passion. Quand une histoire est prenante, il n'est pas facile de décrocher. Il m'est déjà arrivé d'être si absorbée par une histoire que lorsque je m'accordais un chapitre supplémentaire, je m'endormais quelques heures plus tard sans me rendre compte que ce chapitre était devenu trois ou quatre.

– Tu veux boire quelque chose avec moi ? me demande-t-elle.

– Oui. Un chocolat, s'il te plaît.

Elle marque la page de son livre avant de le poser sur la table basse devant elle et se lève. Je lui propose mon aide qu'elle refuse alors qu'elle passe la porte vers la cuisine.

Mes yeux se posent sur l'immense cheminée du séjour. Plusieurs photos y sont posées et je m'approche, curieuse d'en voir de Ben.

Il est sur pratiquement toutes les photos, seul ou avec Sam, Mag ou Charlotte. Chaque fois, il affiche une mine réjouie et un grand sourire. Il paraissait si heureux.

Celle que je préfère est la photo où il est avec son frère, chacun le bras posé sur l'épaule de l'autre. Ils ont tous les deux des gants de boxe et on devine une salle d'entraînement en arrière-plan. Ils semblent heureux et invincibles. Fiers et heureux de passer un moment ensemble.

– Cette photo a été prise quelques mois avant que Sam nous quitte, entends-je derrière moi. Ben était parti en voyage et était rentré pour les fêtes de fin d'année.

Je tourne mon visage vers Mag. Elle s'approche de moi et me tend une tasse fumante. Je la remercie aussitôt.

– Si tu avais pu les voir, ces deux-là. Rien ne les arrêtait quand ils étaient sur le ring.

– Ils en ont fait longtemps ?

Je m'assois sur le fauteuil et elle reprend sa place en levant les yeux au ciel.

– J'ai inscrit Ben à la boxe quand il avait 10 ans. Il se battait tout le temps, à l'école, pour épater la galerie. Je crois surtout que c'était pour lui une façon d'attirer l'attention de Howard.

Je souris pour seule réponse. Je ne sais pas quoi dire. Ben et son père ont une relation compliquée et souvent conflictuelle.

– Alors, un jour, après avoir reçu un énième appel du directeur de son école, je lui ai proposé d'aller dans une salle de boxe, reprend Mag. Mon père était passionné par ce sport et c'était un homme très impulsif, parfois. Il m'a dit plusieurs fois que la boxe l'aidait à se canaliser alors je me suis dit que ça pourrait être la même chose pour Ben. Et j'ai eu raison, comme souvent.

Elle laisse échapper un petit rire.

– Sam m'a demandé à s'inscrire aussi peu de temps après. Et c'est de là qu'est née leur passion.

– Ben a arrêté de se battre ?

– En dehors du ring, oui. Son entraîneur lui a appris les techniques de ce sport mais aussi le fair-play et les responsabilités qu'implique cette discipline. Bon, quand il était un peu plus jeune, il s'est déjà battu lors de soirées ou en boîte de nuit mais c'était beaucoup moins fréquent qu'à l'école.

Je souris en repensant à notre soirée au Mynt. Il m'a impressionnée au début et j'ai été presque effrayée quand j'ai croisé son regard.

– Howard n'a rien dit sur le fait que tu inscrives Ben à la boxe ? demandé-je.

Elle tourne son visage vers moi.

– Howard n'a jamais été très présent pour Ben. Il ne voyait que Sam.

– Pourquoi Howard est-il si… hostile envers Ben ? J'ai du mal à comprendre. Ben semble raisonnable, responsable et…

Mag secoue la tête en riant.

– Raisonnable et responsable ne sont pas les premières choses qui viennent à l'esprit quand on parle de Ben. Même si je vois qu'il a changé, depuis peu.

Elle me fait un petit clin d'œil comme pour me faire comprendre que je suis la cause de ce changement, avant de porter sa tasse à ses lèvres. Je souris à mon tour à l'idée d'avoir une part de responsabilité dans ce changement.

– Je crois que son mariage l'a fait mûrir d'un coup. Je vois comment il est avec toi, comment il te regarde. Il s'inquiète pour toi, se rassure que tu ailles bien en te regardant. Et s'occuper de Sam est quelque chose qui lui fait du bien. Ça le responsabilise encore plus. Il sait qu'on compte sur lui, que c'est important pour toi, mais il le fait aussi parce que ça lui plaît. Et ça, c'est important. Pour la première fois de sa vie, il fait quelque chose qu'il veut vraiment, qui lui tient à cœur. Je me souviens d'un discours qu'il nous a sorti à table, il y a encore deux ans, où il disait que jamais il ne se marierait, jamais il n'aurait d'enfants, qu'il voulait profiter de la vie, et des filles, soit dit en passant. Alors quand il m'a parlé de toi il y a quelques semaines, j'ai tout de suite compris que tu étais spéciale.

Qu'elle me dise ça me réchauffe le cœur. Je souffle sur ma tasse et bois une gorgée. Mag me fixe, son regard malicieux rivé au mien.

– Pour que Ben me parle d'une fille, c'est qu'il est forcément attaché à elle. Et il me tardait de te rencontrer.

– J'espère que vous n'êtes pas déçue.

– Absolument pas. Tu es encore mieux que je ne l'espérais. J'avais peur que Ben me présente une fille superficielle et sans cervelle. Et je dois dire que j'ai été surprise en te voyant. Agréablement surprise. Tu es à l'opposé de ce que je m'imaginais. Et tu es bien plus jeune.

Oui, à 22 ans, je passe pour un bébé aux yeux de certains mais la vie a fait en sorte que je mûrisse plus vite que d'autres.

– Je suis jeune, mais je comprends beaucoup de choses.

– Oh, ça oui. Je vois que tu es une femme intelligente. Et tu es une incroyable maman. Sam est adorable.

– Oui, Sam est le meilleur des petits garçons. Mais je pense que chaque mère pense la même chose.

– Tu as déjà rencontré Howard ? me demande-t-elle.

– Oui. Brièvement.

Mag se met à rire. Elle secoue la tête, navrée.

– Je suis sûre qu'il ne t'a pas laissé une très bonne impression.

Je hausse les épaules.

– Je réserve mon jugement, même si Ben m'a déjà parlé de lui. Je crois qu'il souffre de cette relation.

– Il en a toujours souffert. Howard est caractériel et autoritaire, siffle Mag, la mâchoire serrée, ne cherchant pas à me cacher l'amertume que son ex-mari lui provoque.

Pourtant, lors de notre rencontre, il m'avait paru agréable mais je sais qu'il faut se méfier de l'eau qui dort et que l'habit ne fait pas le moine.

– Mag ? Je vais me permettre une question. Je ne t'oblige pas à me répondre mais j'avoue que j'ai un peu de mal à comprendre.

– Tu veux savoir pourquoi Howard est si dur avec Ben ?

– Oui, soufflé-je.

Elle me sourit.

– Howard aime Ben. Vraiment. Même s'il ne le dit jamais. Et depuis la mort de Sam, il se rend de plus en plus compte de l'importance de sa famille.

– Mais pourtant, il ne paraît pas l'aimer. Il est tout le temps en train de le rabaisser, de dire de lui que c'est un bon à rien. On a l'impression qu'il lui en veut pour quelque chose.

– Ben t'a déjà parlé de sa mère ?

– Non, je sais juste qu'elle est morte.

Elle laisse échapper un petit rire.

– Ça ne m'étonne pas. Howard était fou amoureux d'Evelyn et quand elle a accouché de Ben, il y a eu des complications. C'est Gisèle, la gouvernante, qui s'est occupée de Ben. Un jour, elle m'a dit que Howard n'avait jamais pris Ben dans ses bras, qu'il le rejetait complètement. Howard tient Ben pour responsable de la mort d'Evelyn.

C'est complètement idiot. Comment Ben aurait-il pu être responsable de la mort de sa mère ? Il n'était qu'un bébé. Il devait être tout petit et tout innocent.

– Parle-moi de toi, Selena. D'où viens-tu ?

Je lève les yeux de ma tasse.

– Cuba. La Havane, plus précisément.

– Oh ! Cuba. J'y suis déjà allée. C'est tellement vivant et chaleureux.

– Oui, Cuba est magique.

– Et pourquoi être venue à Miami ? Pour un travail ?

– Non, pour Samy. Quand il est né et que sa maladie a été détectée, je suis venue aux États-Unis.

Mag me fixe et me sonde.

– Et le père de Sam ?

Je baisse aussitôt le regard. Il est loin, très loin et j'espère qu'il le restera.

– Sam n'a pas de père. Je... Je l'ai quitté quand j'ai su que j'attendais Sam. Je... Il était caractériel. Un peu trop, parfois.

Je relève les yeux vers Mag. Elle a compris, bien sûr, et je vois à son regard qu'elle approuve ce que j'ai fait.

– Je suis partie de Cuba dès que j'ai pu. Pour Sam, mais aussi pour moi. Alejandro, le père de Sam, me cherchait et je ne voulais surtout pas qu'il me retrouve. Qu'il nous retrouve.

– Je comprends. J'aurais fait pareil. Et tu es donc arrivée ici ?

– Oui, je suis restée à Little Havana depuis. Je...

Je ne sais pas si je fais bien de lui dire mais Mag est une personne si compréhensive, sans aucune once de jugement en elle. Je sais qu'elle comprendra, qu'elle me dira que j'ai bien fait. Je me sens bien avec elle et j'ai confiance en cette femme qui a élevé l'homme que j'aime.

– Je dansais pour payer les médicaments de Sam. Je me déshabillais, dis-je, honteuse.

Les sourcils de Mag se haussent soudainement. Elle reste pensive un instant, ce qui m'inquiète légèrement. Et si je m'étais trompée ? Si elle me jugeait et que mon passé l'inquiétait au point de penser que je ne suis pas faite pour Ben ?

– J'ai accepté de me marier avec Ben pour que mon fils ait la meilleure couverture sociale possible. Au début, j'avais refusé. Je ne pouvais pas faire ça, c'était inconcevable. Mais Ben a su se montrer convaincant.

– Ben est très tenace et a du mal à accepter qu'on lui refuse quoi que ce soit.

Je lève les yeux au ciel.

Oh oui ! Tenace !

– Quand Sam aurait eu sa greffe, nous aurions dû divorcer.

Ses yeux se fixent sur moi. Elle semble perdue. Je ne sais pas moi-même pourquoi je lui dis tout ça. Peut-être parce que j'ai besoin de la rassurer, pour qu'elle comprenne que si nous restons mariés, c'est par amour.

Le vrai.

– Mais j'ai accepté de me remarier avec lui. Par amour. Car je l'aime pour ce qu'il est et non pour ce qu'il a.

Mag écarquille les yeux et porte une main à sa bouche. Elle sourit, heureuse.

– Attends, tu es en train de me dire que vous allez renouveler vos vœux ?

Je hoche la tête.

– Oui, Mag.

– Mais c'est fantastique ! Félicitations, Selena.

Elle se lève de son fauteuil et m'enlace en souriant. Elle se recule au bout de quelques secondes, toujours aussi excitée.

– Il va falloir que j'organise tout ça ! Oh, mon Dieu ! Je vais avoir du travail. Vous… Où voulez-vous vous marier ? Si vous voulez le faire ici, on peut trouver une date et bien sûr, je me ferai un plaisir d'héberger toute ta famille et… Oh ! Mais ils vont devoir faire le déplacement et…

– On vient tout juste d'en parler. Ben m'a fait sa demande il y a quelques heures seulement et nous n'avons même pas parlé de ce que nous voulions. Je ne sais même pas quel type de mariage il veut.

Et moi non plus, d'ailleurs.

Elle m'enlace une nouvelle fois. Elle n'a sûrement pas entendu un traître mot de ce que je viens de lui dire. Elle est dans sa bulle, et rien ne pourra lui retirer son sourire.

– Je suis trop heureuse, dit-elle. Quand vous allez dire ça à Charlotte, elle va se faire une joie de vous aider à préparer ce mariage.

39

Ben

Honnêtement, quand j'ai fait ma demande à Selena avant-hier soir, je m'attendais à un refus. Elle venait de m'exposer ses idées et je les ai comprises, même si je ne les ai pas approuvées. Je sentais que cette discussion n'allait pas dans mon sens et le mot « divorce » était beaucoup trop employé à mon goût. Et il faut avouer que cette idée de compromis était parfaite. Pas besoin de divorcer si on renouvelle ses vœux. Et cette fois, il y en aura et Luke ne sera pas le seul ami qui sera témoin de notre mariage. Je veux que tous mes amis et ceux de Selena soient là, ainsi que ma famille. Et je veux que ce soit Sam qui nous amène nos alliances.

Je ne sais pas si Selena est du même avis que moi. Nous n'en avons pas vraiment discuté, hier soir. Nous avons plutôt fêté cette grande décision comme il se doit, pour mon plus grand plaisir.

Peut-être voudra-t-elle un petit mariage ? Selena n'est pas du genre à s'exposer devant des centaines de personnes. Si ça se trouve, elle veut faire ça en comité restreint.

Non, beaucoup de femmes aiment les grands mariages et je suis prêt à lui offrir ce qu'elle désire. Je suis prêt à dire devant des centaines de gens, même des milliers, que j'aime cette femme. L'amour rend niais mais pour être franc, c'est la meilleure chose en ce monde. Et quand on épouse une femme comme Selena, on veut juste crier sur le toit du monde qu'on l'aime.

Elle est si belle, si pure, si *elle*, et elle mérite que tous ses vœux soient exaucés. Et je compte bien être l'homme qui la fera sourire et la rendra heureuse.

Ces quelques jours passés au ranch étaient justes parfaits. Passer du temps avec Mag m'a fait du bien, et elle adore Selena et Sam. Je crois que je n'aurais pas pu rêver mieux. Moi qui ne pensais jamais présenter de femme à ma belle-mère…

Selena et Sam se sont éclatés et quand j'ai vu leurs mines boudeuses, semblables à celle de Mag quand nous sommes partis, je n'ai pu m'empêcher de rire. Mag nous a fait promettre de revenir bientôt et c'est le cœur gros que nous sommes rentrés à la villa. Sam a été beaucoup moins boudeur en retrouvant Turbo. Ce gosse adore sa tortue autant que les bonbons.

Je dépose nos sacs dans l'entrée et Selena soupire.

– C'était trop bien, chez Mag, je n'avais pas envie de repartir.

– Moi non plus, bébé. Mais on a nos vies. On doit retourner au boulot.

– Parle pour toi. Moi, je ne suis qu'une pauvre mère au foyer.

– Eh ! Tu oublies que tu seras bientôt une étudiante en psychologie super sexy, fais-je pour la motiver de nouveau.

Ses lèvres s'élargissent et ses yeux se mettent à pétiller.

– Tu es toujours d'accord pour reprendre tes études ?

Elle hoche la tête frénétiquement, joyeuse.

– OK. Alors, je te propose de te détendre. Moi, je vais aller signer mon contrat car Munoz ne fait que me harceler pour que je vienne le signer. Quand je reviens, on part à l'université t'inscrire et après, on va aller t'acheter une superbe robe pour le dîner de ce soir, histoire que tous mes futurs collègues sachent que j'ai la femme la plus sexy de la planète. Qu'est-ce que tu en penses ?

– Je pense que je vais épouser de nouveau l'homme qui a les meilleures idées du monde ! File signer ton contrat. Je m'occupe d'appeler Lola pour faire garder Sam ce soir.

Elle dépose un baiser sur mes lèvres et tourne les talons.

Voilà comment on se fait chasser de chez soi en quelques secondes...

Je pouffe, prends mes clés de voiture et quitte la villa.

Le trajet jusqu'à Brickell se fait rapidement. Le centre des affaires est quasiment vide le samedi matin mais il n'est pas rare de voir des acharnés du boulot, comme mon père, par exemple, venir travailler le week-end. Munoz semble comme ça et je me demande si mon nouveau patron me forcera à venir travailler le samedi matin. Je ne l'espère pas. Je préfère utiliser ce temps pour profiter de ma femme et de Sam.

Je trouve une place de parking facilement et descends devant les locaux de mon nouveau job. Je me présente au gardien, qui m'ouvre l'immense porte de l'immeuble, et fonce vers le comptoir où une secrétaire nonchalante rêvasse en se limant les ongles. La pauvre, j'espère qu'on ne l'a pas obligée à venir travailler juste pour me recevoir.

– Bonjour, je suis Benjamin Lawson, j'ai rendez-vous avec David Munoz, le responsable des ressources humaines.

– Bonjour, Benjamin. M. Munoz m'a prévenue de ta visite. Tu peux monter, il t'attend. Étage trente-deux.

Elle indique les ascenseurs. Me faire tutoyer me surprend mais je me rappelle que Munoz m'a dit que tout le monde se tutoyait, ici.

J'entre dans l'ascenseur, appuie sur le trente-deuxième étage et patiente. La petite musique d'ambiance est entraînante.

Quand les portes s'ouvrent, je suis surpris de voir que Munoz m'attend en tenue décontractée. Il est habillé d'un pantalon en toile beige et d'un polo bleu marine. Il me salue et me serre la main.

– Salut, Benjamin, désolé de t'avoir pressé mais le patron voulait régler ce petit détail au plus vite. J'espère que ta femme a été compréhensive.

– Pas de soucis. Elle l'est. Elle m'a même poussé dehors quand elle a entendu le mot « shopping ».

Munoz rit.

– Ah, les femmes ! Elles sont toutes comme ça.

Eh bien, je dois être chanceux car la mienne n'est pas dépensière, bien que je lui dise de se faire plaisir.

– Allez, on va dans mon bureau, on signe ce contrat et on retourne profiter de nos vies, dit-il. Le samedi, c'est comme le dimanche, c'est sacré.

J'aime l'idée et il me tarde de retrouver ma petite famille.

Il me fait entrer dans son bureau et m'invite à m'asseoir. Il fait de même et sort un épais contrat. Je n'aime pas trop signer les contrats, surtout si ce n'est pas moi qui les ai rédigés. Il le pose devant moi avec un stylo.

– Prends ton temps pour le lire, me dit-il.

Je lui souris puis pose mes yeux sur le contrat. Je survole les grandes lignes, principalement celles concernant ma rémunération. Le reste, ce ne sont que des formalités sur la présentation de l'entreprise et sur les missions que je serai amené à effectuer.

Quand je lis le paragraphe sur la durée de mon embauche, je lève les yeux.

– Il est écrit que j'ai un contrat de six mois ? demandé-je.

– Oui. C'est une simple formalité. Ton contrat est à durée illimitée mais si tu décides de démissionner, tu ne pourras partir qu'au bout de six mois après la date de la signature du contrat, le temps pour nous de te trouver un remplaçant.

Je repose mes yeux sur le contrat et saisis le stylo. J'appose ma signature et rends à Munoz son crayon et son contrat.

Il se lève, satisfait, puis contourne son bureau. Il me serre la main puis tapote mon épaule.

– Parfait. Alors il ne te reste plus qu'à nous laisser. On se voit toujours ce soir ?

– Oui, bien sûr.

– OK. C'est au Four Seasons. Dix-neuf heures précises.

– Parfait, j'y serai avec ma femme.

***

Selena tient fermement contre sa poitrine son emploi du temps, la liste des activités et séminaires proposés et la liste des manuels demandés. Elle est heureuse, ça se voit à des kilomètres, et son sourire me rend heureux, moi aussi.

– Tu vas aller à l'école, maman ? demande Sam, qui comprend enfin.

Elle se tourne vers lui.

– Oui, je vais faire comme toi.

Selena a souhaité suivre ses cours à la maison, mais elle s'est tout de même inscrite à quelques cours à l'université, principalement le soir.

– Tu vas faire des dessins, aussi ?

Selena rit aux éclats.

– Non, l'école de maman est très sérieuse. C'est pour apprendre un travail.

– Ah oui ? Et tu vas faire quel travail ?

– Je ne sais pas encore. Il faut que je réfléchisse.

Sam pose son index sur sa bouche et lève les yeux.

– Tu devrais faire maman.

Je ris en même temps que Selena.

– Oui, c'est le plus beau des métiers, d'être maman. Mais je dois en trouver un autre pour m'occuper quand tu es à l'école.

Sam ne semble pas d'accord. Il marmonne quelque chose d'incompréhensible alors que je l'installe dans son siège auto.

Quand je me redresse, un mec a accosté Selena et lui parle avec détermination. Elle lui sourit poliment et il finit par lui donner un flyer. Tout en s'éloignant, je surprends le type en train de lorgner Selena de haut en bas et s'attarder sur son cul. Je plisse le front.

Qui c'est, ce mec ? Il veut que je lui explique qui je suis ?

Elle grimpe dans la voiture et je l'imite. Mes yeux se posent sur son flyer jaune fluo dont je n'arrive pas à lire une ligne.

– C'est quoi ? demandé-je.

Elle tourne la tête vers moi et me sourit, amusée.

– Jaloux !

Je grimace aussitôt.

– Non, c'est juste que je n'aime pas la façon dont ce mec t'a regardée.

– Tu as vu ? J'ai trop de succès. Je suis inscrite depuis une heure qu'on m'a déjà invitée à la fête du siècle.

– Mouais, réponds-je en grognant.

Selena se met à rire et secoue la tête.

– Mais non, c'est un flyer pour une manifestation. Le mec voulait que je rejoigne son mouvement écolo.

C'est moi qui secoue la tête. Elle arrivera toujours à susciter en moi une sorte de jalousie maladive.

Les cours à domicile, ce n'est pas une si mauvaise idée, en fait.

Je fais démarrer la voiture alors qu'elle rit toujours.

– Tu ne vas pas aller aux soirées quand tu commenceras les cours ? lâché-je.

Elle tourne la tête vers moi et me fixe, outrée.

– C'est une blague ?

– Bah non. Je ne suis pas vraiment chaud pour que tu fasses ce type de soirée. J'ai été à l'université et je sais que ça peut vite dégénérer et…

– Je ne sais pas ce que tu essaies de me faire comprendre avec ton discours mais je n'aurai ni le temps, ni l'envie de sortir le soir dans des fêtes de débauche. Je suis maman, Ben, au cas où tu ne l'aurais pas remarqué. Et mariée. Donc, non, je n'irai pas à des fêtes. Mais si tu commences à faire le mari jaloux qui m'interdit de faire des choses, je pourrais bien changer d'avis, juste par esprit de contradiction.

Voilà comment se faire dégommer par sa femme en quelques secondes !

Je finis par lever la main en signe de reddition. Je ne sais même pas pourquoi j'ai eu peur. Selena est bien trop sérieuse pour sortir le soir. C'est sûrement la façon dont cet étudiant la regardait. Ça me met en rogne de voir comment les hommes la déshabillent du regard.

– Et je tiens à souligner que si je reprends mes études, c'est pour faire quelque chose de ma vie, pas pour aller jouer à des trucs de gamins.

– OK, excuse-moi, finis-je par céder.

Je n'ai vraiment pas envie de me prendre la tête avec elle et le mieux est que je ne réponde rien, je pense. J'ai remarqué que dès que je m'excuse, Selena se radoucit.

– Bon, tu veux aller dans une boutique bien spéciale ? demandé-je.

– J'ai surtout envie d'aller chez le coiffeur. J'ai envie de changer de tête.

Je me tourne vers elle. Elle veut changer de tête ? Elle est pourtant si parfaite comme elle est. Mignonne à souhait et scandaleusement sexy.

– OK. On ira faire un tour au magasin de jouets avec Samy en t'attendant.

***

Ma mâchoire doit être carrément décrochée depuis un bon quart d'heure. Ma femme est magnifique et je me retiens de lui arracher cette petite robe blanche et noire qui épouse parfaitement son corps. Et après, je m'étonne que les mecs la matent. Si je pouvais, je lui interdirais de quitter la villa.

Elle passe devant moi en souriant. Elle sait quel effet elle me fait et elle en joue.

Quelle petite peste !

Je sens qu'on va faire une brève apparition à cette soirée et rentrer très vite.

– Maman, tu es trop jolie ! dit Sam.

Elle se tourne vers lui et lui embrasse le bout du nez.

– Merci, mon poussin. Mais maman va être en retard si elle ne se dépêche pas.

Elle se relève, enfile ses talons hauts et saisit son sac à main. Moi, je n'ai toujours pas bougé tellement je la trouve éblouissante. Elle s'approche de moi, dépose un baiser sur ma joue et me souffle à l'oreille :

– Plus vite on est partis, plus vite on rentrera.

Je frissonne de plaisir rien qu'en entendant ces mots. Selena et moi, on est sur la même longueur d'onde. J'attrape sa main, salue rapidement Sam et Lola et sors de la villa en l'attirant. Elle pouffe, et, une fois dehors, je l'encercle par la taille et l'embrasse fougueusement. J'aime ses lèvres, son parfum, sa peau. Et je compte bien en profiter une fois que nous serons rentrés.

– Allons nous débarrasser de cette corvée tout de suite, me dit-elle.

Oh oui !

Elle grimpe dans la voiture et je fais de même. Je m'insère sur la chaussée et prends la direction du Four Seasons Hotel. Oui, il faut qu'on arrive vite pour repartir aussi vite.

– OK, on reste une heure, pas plus, dis-je.

Elle rit et bascule la tête en arrière, m'offrant une vue plongeante sur son cou. J'ai envie de croquer dedans.

– Un peu de sérieux, monsieur Lawson. Vous n'aimeriez pas rencontrer vos nouveaux collègues avec le pantalon trop serré, tout de même.

C'est à mon tour de rire. Non, ça ferait mauvais genre, quoique je me foute de leur opinion. Quand on a une femme comme la mienne, il faut s'attendre à avoir l'entrejambe serré plusieurs fois par jour. Si ça ne tenait qu'à moi, je lui ferais l'amour toute la journée. J'ai tout le temps envie d'elle et je me retiens de la prendre à chaque instant.

Nous arrivons enfin devant le grand hôtel et un voiturier se charge déjà de s'occuper de ma voiture. Je lui propose mon bras, qu'elle saisit rapidement, et je l'entraîne dans le hall d'entrée. Je nous présente auprès d'une hôtesse d'accueil qui s'occupe de prendre nos effets. Elle nous dirige ensuite vers la salle de réception.

La pièce est parfaitement décorée et une grande table est dressée au centre, où une vingtaine de convives sont attendus pour le repas. Je ne sais pas ce que cette soirée aura à offrir mais je sens que s'éclipser dans l'heure sera impossible.

David Munoz me repère au loin et s'approche de nous d'un pas énergique. Depuis le début, ce mec me fait une bonne impression. Il affiche un large sourire et me serre la main virilement.

– Bonsoir Benjamin, ravi de te revoir.

Il tourne la tête vers Selena.

– David, je te présente ma femme, Selena. Selena, voici David Munoz, le directeur des ressources humaines.

– Enchantée, monsieur Munoz.

Elle lui présente sa main.

– Selena ? Je suppose que tu n'es pas d'ici, vu ton prénom. Tu es mexicaine, colombienne ?

– Cubaine, répond-elle.

Il précise qu'il est lui-même cubain, de la ville de Santiago de Cuba.

– Le patron a hâte de te rencontrer, Ben, reprend David.

– Moi aussi. J'aimerais aller me présenter à lui. Tu sais où je peux le trouver ?

– Il est dans un salon privé. Il discute avec Peter, le directeur marketing. On le retrouvera plus tard. Viens, je vais te présenter aux autres.

Selena se fait alors accaparer par une femme qui se présente comme la femme d'un des avocats de la société. Cette dernière attire Selena vers un groupe de femmes qui bavardent, une coupe de champagne à la main.

Munoz m'attire parmi les convives et m'arrête devant un groupe d'hommes, un verre de scotch à la main. Selena paraît un peu intimidée et je la comprends. Je suis aussi mal à l'aise qu'elle. Je ne connais personne et je n'ai jamais eu à me présenter de ma vie. Tout le monde connaît Benjamin Lawson et ils viennent tous se présenter à moi, d'ordinaire.

– Je vous présente notre nouveau directeur financier, Benjamin Lawson. Ben, je te présente Taylor Goldman, le directeur associé du groupe.

Un homme d'une trentaine d'années me salue d'une poignée de main. Son visage est rieur et amical. En espérant qu'il en soit de même pour mon patron. Munoz me présente également les autres membres de l'équipe, presque tous avocats ou actionnaires principaux de la société.

Un homme d'une quarantaine d'années, qui paraît être le doyen des invités, s'approche alors de nous, en compagnie d'un homme plus jeune. Le premier paraît tendu et ne semble pas très fier. Quant au deuxième, beaucoup plus jeune, il s'approche de nous, le regard froid et inexpressif.

– Ah, voilà le patron, me souffle David. Je vais te le présenter.

Je prie juste pour que ce ne soit pas le plus jeune. Son air insatisfait et renfrogné ne me dit rien qui vaille. Quand le plus vieux des deux hommes s'arrête auprès d'un des avocats, je comprends que le plus jeune est mon nouveau patron.

– César, je te présente Benjamin Lawson, notre nouveau directeur financier.

Je tends ma main vers l'homme qui ne m'adresse même pas un sourire. Il se contente de saisir ma main, la serre un peu plus fort que ne le veulent les conventions et hoche la tête.

– César Ortiz. Bienvenue dans la société, Benjamin.

Il a au moins le mérite de me souhaiter la bienvenue. Peut-être est-il plus amical qu'il ne le laisse paraître ? Même s'il a clairement l'air d'un mec imbu de sa personne. Je ne devrais pas le juger, je le sais. Il y a encore quelques mois, c'était une chose qu'on disait de moi. Nous échangeons quelques banalités pendant plusieurs minutes.

– Vous êtes venu seul ? me demande-t-il. David m'a dit que vous étiez marié.

– En effet, je suis venu avec ma femme. Je vais vous la présenter.

Je me tourne et repère Selena parmi le groupe de femmes. Elle semble avoir été parfaitement intégrée et sourit à une rousse. Je lui fais signe d'approcher et elle s'excuse avant de me rejoindre. Ses yeux se portent alors sur mon patron.

– Selena, je te présente César Ortiz, mon nouveau patron. Monsieur Ortiz, voici Selena, ma femme.

40

Selena

Les battements de mon cœur se mettent à s'emballer. Ce fichu organe tambourine contre ma cage thoracique à un point tel que j'ai l'impression qu'il va jaillir de ma poitrine pour venir s'écraser sur la moquette beige de ce grand hôtel. Je commence à trembler de tous mes membres et ressens des frissons parcourir ma colonne vertébrale. Je suis à deux doigts de m'écrouler.

Il est face à moi, après toutes ces années. Je ne pensais pas que le revoir me procurerait autant de sensations mais ça me donne la nausée. J'ai envie de vider le contenu de mon estomac au sol. Alejandro est face à moi et il m'a reconnue comme moi. Il n'a pas changé. Son regard est toujours aussi sombre, froid, vil. Ce regard m'a toujours effrayée.

Il tend la main vers moi depuis plusieurs longues secondes. Je devrais tourner les talons, m'enfuir loin, très loin de lui mais mon corps ne semble plus répondre à mon cerveau. Mes pieds ont cessé soudainement de bouger et je suis pétrifiée sur place. Pétrifiée par ce regard glacial, celui qui me disait que j'allais être passée à tabac dans les minutes qui allaient arriver. Ma respiration se bloque mais quand je sens les doigts de Ben exercer une légère pression sur le bas de mon dos, je me ressaisis.

Machinalement, ma main se déplace jusqu'à celle d'Alejandro et la saisit. Je la lui serre brièvement avant de la libérer. Je n'aime pas son contact. Cela me rappelle des souvenirs pénibles et douloureux. Sa peau contre la mienne me procure un nouveau frisson, puis une bouffée de chaleur. Je ne suis pas à l'aise et jamais je n'aurais pensé le revoir.

– Eh bien, Benjamin, vous avez une bien charmante femme. Selena, je suis ravi de cette rencontre.

Je sens Ben se tendre près de moi. Il n'a pas apprécié la remarque de son nouveau patron.

Oh, mon Dieu ! Son patron ! Alejandro est son nouveau patron. Je fais seulement le rapprochement. Mon estomac se noue encore plus. Ma respiration devient de plus en plus saccadée. L'oxygène peine à s'engouffrer dans mes poumons. Je vais mourir par suffocation.

Je m'excuse en bafouillant et tourne rapidement les talons. À mes côtés, Ben s'apprête à me suivre mais se fait intercepter par Alejandro.

Je me précipite vers les toilettes, entre dans une cabine et me penche au-dessus de la cuvette. Il faut que ça sorte.

Pourquoi Alejandro se fait-il appeler par un autre prénom ? Je ne comprends pas.

Une nouvelle nausée me prend. L'acidité me brûle la gorge. Je reste plusieurs secondes au-dessus de la cuvette des toilettes, les yeux fermés. Je prie silencieusement.

Tout va bien se passer… Tout va bien se passer…

J'entends la porte des toilettes s'ouvrir et des pas claquer sur le carrelage. On frappe contre le bois de ma cabine.

– Un problème, Selena ?

Je reconnais la voix de Vanessa Newman, la femme de l'un des avocats de la société.

– Non, non… Ça va. Merci.

Je tire la chasse d'eau et sors de la cabine. Vanessa me fixe alors que je me dirige vers le lavabo. Je me rafraîchis machinalement, ne réfléchissant pas vraiment à mes gestes. Quand je relève les yeux vers le miroir, ils rencontrent leur propre reflet. Je revois la Selena d'avant, celle de 16 ans, qui était perdue, affolée et terrorisée. Il n'y a qu'Alejandro qui me rende ainsi. Faible, vulnérable, à sa merci.

Je sens toujours le regard de Vanessa sur moi et porte mon attention sur elle. Je lui adresse un petit sourire, loin d'être crédible.

– Tu es pâle. Tu es sûre que ça va ?

– Je… J'ai dû manger quelque chose qui ne passait pas…

Elle plisse le front puis laisse échapper un petit rire. Je me demande bien ce qui l'amuse.

– C'est ce que je pensais avant d'apprendre que j'attendais Ethan.

– Je ne suis pas enceinte, répliqué-je.

Elle semble confuse.

– Ah, euh… d'accord. Tu devrais peut-être rentrer si tu n'es pas bien.

Je me tourne vers elle.

– Ça va aller.

Je ne peux pas laisser Ben seul avec cet enfoiré. Connaissant le personnage, Alejandro serait bien capable de raconter des conneries sur mon compte à mon mari. Je vais devoir prendre sur moi et l'affronter. Supporter son regard froid et cruel sur moi. Sa haine.

Je sors des toilettes et rejoins la salle de réception, suivie de Vanessa.

Dans la salle, les convives se sont placés à table et des assiettes ont été déposées devant chaque invité. Je me laisse tomber sur la chaise à côté de Ben. Alejandro est face à moi et me fixe lourdement.

Ben se penche vers moi et me souffle :

– Ça va ?

– Je suis un peu patraque, c'est tout.

– Tu veux rentrer ?

– Non, ça ira mieux quand j'aurai mangé quelque chose.

Je souris. Si quelqu'un doit manger quelque chose ici, c'est

Alejandro. Et je saupoudrerais bien son plat d'arsenic, histoire qu'il crève. Je me délecterais de voir la scène.

Sentir son regard sur moi me déstabilise mais je dois me montrer forte. Je ne peux montrer ma faiblesse à l'homme qui a fait de ma vie un enfer. Non, je dois montrer à Alejandro que je ne suis plus la petite gamine naïve et peureuse de La Havane. Je suis Selena, une femme mariée, heureuse et prête à se battre.

– Dites-moi, Benjamin, j'aimerais en apprendre un peu plus sur vous et votre femme, dit Alejandro.

Ben étire les lèvres mais je sais que ce n'est pas sincère. Il reste juste poli face à son nouveau patron. Il semble s'être fait sa propre opinion sur le père de Sam mais je doute qu'il sache qui il est. Qu'il fait partie de mon passé, de mes années sombres.

– Que vous dire ? Selena et moi nous sommes rencontrés et j'ai tout de suite su que je voulais l'épouser. Nous l'avons fait et avons décidé de renouveler nos vœux prochainement.

– Félicitations ! Je n'ai pas la chance d'être marié. Je devais épouser une femme mais les circonstances ont fait que je l'ai perdue.

Je serre les dents. Alejandro appuie son regard sur le mien. Personne autour de nous ne semble comprendre la situation, pas même Ben.

– David m'a dit que vous aviez un fils, reprend Alejandro.

Je me tends aussitôt. Je ne veux pas qu'il sache quoi que ce soit de Sam. Il n'est que son géniteur et je refuse qu'il le voie, l'approche ou même lui parle. Sam n'a pas de père. Il a juste Ben.

– Oui, Sam. Il a 5 ans, dit Ben. Enfin, c'est le fils de ma femme.

Je ferme les yeux. Alejandro n'est pas con, il fait parler Ben parce qu'il sait qu'il n'aura aucune réponse de ma part mais surtout parce que je n'oserai rien dire devant tous ces inconnus.

Quand je suis partie de l'hacienda pour la deuxième et dernière fois, j'étais enceinte de six mois. Alejandro n'a jamais su le sexe du bébé. J'ai quitté La Havane pour m'enfuir à Santiago de Cuba. Six mois plus tard, je quittais Cuba définitivement pour partir à Miami.

– Il a 5 ans ? demande Alejandro, un large sourire aux lèvres. Je suis sûr qu'il doit être très curieux.

– Oh oui ! Et très intelligent, répond Ben, fier.

Alejandro ne cesse de me fixer et je soutiens son regard. Non, je ne dois pas me laisser impressionner. Je l'ai été bien trop souvent.

L'un des directeurs intervient dans la conversation et se met à parler des enfants, incitant les autres à se mêler à la conversation. Ben est très à l'aise et discute avec l'une des femmes. Seuls Alejandro et moi restons silencieux, nous défiant du regard.

***

Le dîner s'est relativement bien passé et Ben semble parfaitement intégré à sa nouvelle équipe. Il est même prévu qu'il aille jouer au golf demain avec certains des directeurs. Alejandro n'a cessé de me fixer durant tout le repas et Ben, trop sollicité par ses nouveaux collègues, n'a rien vu de nos échanges.

Je sors des toilettes et m'apprête à retourner dans la salle de réception. Je n'ai qu'une hâte, que ce dîner se termine pour rentrer serrer mon fils dans mes bras. Je vais devoir parler à Ben, aussi, et j'appréhende sa réaction. Parfois, il peut être impulsif et j'ai peur de toutes les conséquences que mes retrouvailles avec Alejandro peuvent engendrer. Je pousse la porte et entends derrière moi :

– Alors, tu étais cachée tout ce temps ici ?

Je me retourne et vois Alejandro, adossé contre le mur. Il me fixe et mon rythme cardiaque s'emballe. Je peine à respirer correctement. Être seule dans ce couloir avec lui me rend encore plus nerveuse.

Je m'apprête à tourner les talons mais il m'arrête en saisissant mon poignet. J'ai un mouvement de recul mais son emprise sur moi est trop forte.

– Eh ! Je te parle ! aboie-t-il.

– Je n'ai rien à te dire, réponds-je encore plus sèchement.

Il me défie du regard. Non, je ne céderai pas. Je refuse de lui parler ou même de l'écouter.

– Je crois que si.

Il me tire brutalement et agrippe si fort mon poignet que je suis presque sûre que j'aurai une marque, demain. Il m'entraîne dans le couloir et je sens mes jambes se mettre à trembler. Il va me frapper, comme il l'a fait si souvent.

Il me fait entrer dans un petit salon désert et me balance presque sur un des canapés. Il referme la porte derrière lui et la ferme à clé. Je retiens mon souffle. Il passe devant moi alors que je me redresse. Je me tiens droite et mon regard ne cille pas. Il ne doit pas ciller. Je me fais violence pour ne pas fondre en larmes. Je ne dois pas pleurer non plus. Je me suis promis que je ne le ferai plus pour lui le jour où je suis arrivée sur le sol américain, mon bébé d'à peine 3 mois dans les bras.

– J'ai mis du temps à te retrouver, dit-il. Mais je savais que je finirais par y arriver.

Ma nausée me reprend de plus belle. Je respire doucement, me concentrant sur le rythme de mon cœur.

– Cinq ans que je cours après toi. Tu as toujours su te faire désirer.

– Comment tu as fait pour me retrouver ?

Jamais je n'aurais pensé le revoir. J'avais tout fait pour qu'il ne retrouve jamais ma trace, jusqu'à rompre les liens avec mes frères, par peur que l'un d'eux parle un jour. Ma vigilance m'a fait défaut. Alejandro est là, il m'a retrouvée et je sais que maintenant, il va vouloir récupérer Sam.

– J'ai eu de la chance, beaucoup de chance. Mais tout se sait, dans la vie, surtout quand on se marie avec un riche héritier. Je n'ai pas été surpris, en réalité. Tu as toujours aimé l'argent et tu es maligne, sinon tu n'aurais pas réussi à piéger un pigeon encore plus gros que moi.

Je serre les dents. Je n'ai jamais aimé l'argent. Je me suis toujours contentée d'en avoir suffisamment pour nourrir mon fils et pour survivre.

– Est-ce que je t'ai manqué, *mi dulce ?*

Je le sens derrière moi et quand sa main se pose sur mon épaule, je tressaille. J'ai toujours détesté ce surnom. Il m'a toujours voulu douce mais surtout docile pour faire de moi la parfaite petite femme qui ferme sa gueule et écarte les cuisses au gré de ses envies.

Je roule mon épaule pour dégager sa main. Je ne veux plus qu'il me touche. Je l'entends laisser échapper un rire. Il joue, comme il l'a fait avec moi pendant des années. Mon intuition me pousse à m'enfuir. Il va me faire du mal, jouer à me pousser à bout. Je me relève rapidement et me précipite jusqu'à la porte. J'arrive à la déverrouiller et à l'entrouvrir mais sa main s'abat sur la porte et elle se referme aussitôt. Il me force à me retourner et je déglutis péniblement. Le savoir aussi près de moi me serre l'estomac.

– Je veux voir mon fils, dit-il.

Non ! Pas ça ! Pas Sam ! Je suis prête à tout mais pas à lui accorder ça.

Il me serre le bras si fort que je ne sens plus mon sang circuler dans mes vaisseaux.

– Eh ! Je te parle, crache-t-il.

Ma gorge se noue et mes larmes montent déjà. Ma vue se brouille alors qu'il me secoue fortement.

– Je veux voir mon fils ! Tu me l'as déjà enlevé pendant toutes ces années.

Une larme coule sur ma joue et je l'essuie rapidement. Il resserre encore plus son emprise sur moi. Oui, demain, j'aurai une marque.

– Je te préviens, petite pute, Sam est mon fils et je vais venir le récupérer. Et si tu ouvres ta gueule…

– Non, soufflé-je.

Il penche la tête, surpris par ma réponse. Alejandro n'est pas habitué à ce qu'on lui refuse quoi que ce soit et celui qui tente de le faire en subit les conséquences.

– Je crois que tu n'as pas bien compris. Je vais venir chercher mon fils. Si tu ouvres ta gueule, je vais tellement te tabasser que tu ne t'en relèveras pas. Tu as compris ?

Ses yeux trahissent sa haine et sa détermination. Une nouvelle larme coule sur ma joue. Je suis effrayée, terrorisée par mon bourreau.

Depuis le couloir, j'entends mon prénom. Une lueur d'espoir s'éveille en moi quand je reconnais la voix de Ben. Alejandro me fait signe de me taire. Je devrais crier à Ben que je suis là mais je suis bien trop terrorisée pour tenter quoi que ce soit.

– Cette conversation n'est pas terminée, je te préviens, me menace-t-il.

Ben m'appelle une deuxième fois et Alejandro ouvre la porte.

– Va rejoindre ton mari, salope !

J'arrive à hocher la tête. Il se recule d'un pas et je sors de la pièce, les membres endoloris et tremblants.

Ben se tourne alors vers moi et me sourit. Mais quand il voit mes yeux humides et l'expression effrayée de mon visage, il plisse le front. Il pose ses deux mains sur mes épaules et me fixe, inquiet.

– Ça ne va pas, bébé ?

Je m'apprête à lui dire que si mais mes larmes me trahissent aussitôt. Je fonds en larmes et Ben m'attire contre lui.

– Dis-moi ce qui ne va pas, souffle-t-il.

Je sanglote encore plus. Alejandro veut me prendre Sam et je sais qu'il y arrivera.

– Il veut me prendre Samy, sangloté-je.

– Quoi ? Mais… Qui veut te prendre Sam ?

Je sanglote encore plus.

– S'il arrive à me prendre Sam, je ne m'en remettrai pas.

Ben m'écarte de lui et me fixe dans les yeux. Quand je baisse la tête, il la relève aussitôt, me forçant à le regarder.

– Qui, Selena ? Qui ?

– Alejandro, murmuré-je.

Une porte s'ouvre derrière moi et je n'ai pas besoin de me retourner pour savoir que c'est Alejandro. Ben lève la tête et se tend. Il vient de comprendre. Il vient de faire le rapprochement. Il me contourne et s'éloigne de moi, les poings serrés.

– Ben ! Non !

Je sais qu'il va lyncher Alejandro. Combien de fois il m'a soufflé qu'il le tuerait de ses propres mains le jour où il serait face à lui.

– Benjamin, fait Alejandro, mielleux.

Ben n'est pas dupe et saisit Alejandro par le col de sa chemise. Il colle son visage à celui d'Alejandro.

– Qu'est-ce que tu as fait à ma femme ? hurle Ben.

J'accours vers mon mari, affolée. Ben n'hésitera pas à frapper Alejandro. Ce dernier affiche un sourire provocateur. Je tressaille une nouvelle fois.

– Je vais récupérer mon fils car cette putain me l'a pris et…

Ben réagit au quart de tour. Il abat son poing sur le nez d'Alejandro qui vacille en arrière, sous le choc. Il le saisit une nouvelle fois par la cravate et le martèle à coups de poing.

– Ne traite pas ma femme de putain, espèce de fils de pute, aboie Ben.

Alejandro saisit la première occasion pour frapper Ben au visage.

– Arrêtez ! hurlé-je, affolée.

Qu'est-ce que je suis censée faire ?

Ben se jette alors sur lui et les coups pleuvent. Ça se passe tellement vite que je n'ai pas le temps de voir lequel frappe l'autre. Je reste impuissante, ne sachant que faire et complètement tétanisée par la peur. Ben finit par se retrouver à califourchon sur Alejandro et lui cogne le crâne contre la moquette rouge du couloir.

Un employé arrive alors et saisit Ben sous les bras. Il le relève rapidement alors qu'un autre employé s'occupe de redresser Alejandro.

– Veuillez vous calmer, messieurs, dit l'un d'entre eux.

Leurs visages sont en sang et ils se fusillent du regard. La tension est plus que palpable.

– Ne t'approche plus de ma femme, ni de mon fils ! hurle Ben.

– Ce n'est pas ton fils, c'est le mien ! Et je vais le récupérer.

Ben tente de se jeter sur Alejandro mais est arrêté par l'employé.

– Monsieur, je vais vous demander de quitter l'établissement.

Alejandro paraît satisfait alors que les employés de l'hôtel nous conduisent vers la sortie.

– Je récupérerai Sam, Selena, me menace Alejandro. Et ce n'est pas une salope comme toi ou ton connard de mari qui m'en empêcheront, me dit-il dans notre langue natale. Je ne reculerai devant rien même si je dois te tuer, petite pute.

41

Ben

Putain, je l'aurais tué ce con ! Je l'aurais étranglé de mes propres mains.

Quand j'ai vu le visage terrifié de Selena, j'ai pris peur. Elle était terrorisée et je ne comprenais pas pourquoi. Mais quand j'ai vu cet enfoiré sortir de la même pièce qu'elle, j'ai compris. Le visage de ma femme était le même que celui qu'elle a affiché quand elle m'a parlé de son adolescence à La Havane. Elle était apeurée. César est Alejandro. Ou du moins, Alejandro est César.

Les employés de l'hôtel nous accompagnent jusqu'au hall d'entrée et nous sommes invités à sortir. Je donne aussitôt mon ticket au voiturier. Selena tremble de tous ses membres et est sur le point de fondre en larmes. Je la serre contre moi. Je sais qu'il n'y a qu'elle qui peut arriver à me calmer et sentir la chaleur de sa peau m'apaise légèrement. J'ai bien envie de retourner dans ce couloir et de finir mon travail. Je vais vraiment le tuer.

Le voiturier arrive enfin et je presse Selena de monter dans la voiture. Il faut que je m'éloigne le plus vite possible avant de retourner m'occuper de sa gueule et de faire, par la suite, une bêtise, certes amplement méritée, mais qui aurait des conséquences à vie.

Aussitôt que nous sommes montés dans la voiture, je démarre

en trombe. Plus l'aiguille du compteur monte, plus je serre le volant de mes doigts. Il faut que je me calme mais je n'y arrive tout bonnement pas. J'ai envie de frapper, fort et longtemps.

Une idée me vient alors et je prends la direction de Wynwood. J'ai besoin de me défouler et de savoir que Selena peut se défendre seule.

J'ose un coup d'œil vers elle. Elle est en pleurs. Même comme ça, son visage est beau. Je pose la main sur sa cuisse pour la rassurer et elle a un léger sursaut. Sa main s'abat aussitôt sur la mienne et exerce une pression.

– Il t'a fait du mal ? demandé-je.

J'appréhende sa réponse. Elle secoue la tête silencieusement.

Putain, la voir ainsi me fait encore plus mal. Le peu que j'ai compris, c'est qu'il veut récupérer Sam. Eh bien, il ira se faire foutre.

– Il ne nous prendra pas Sam, soufflé-je. Je ferai tout pour l'en empêcher.

J'arrête ma voiture devant le loft de Jason. Ça fait des années que je n'y suis pas venu. J'évite de me rendre ici, désormais. Depuis la mort de Sam. J'ai beaucoup trop de souvenirs de mon frère dans cette salle. Nous passions des heures à nous y entraîner. Je sais que ce sera dur pour moi mais je sais que ça me fera du bien également. Et à Selena aussi.

Quand Selena comprend que nous sommes arrêtés, elle relève la tête puis se tourne vers moi, surprise.

– Je… On est où ?

– Chez Jason.

– Jason ?

Je défais ma ceinture de sécurité et elle m'imite. Une fois à l'extérieur de la voiture, je la contourne rapidement et pars la rejoindre.

– Oui. Cette salle de boxe lui appartient. Je veux que tu apprennes à te défendre. Je ne comprenais pas quand tu me l'as demandé mais maintenant, si.

Elle relève la tête vers moi et m'adresse un petit sourire timide. Oui, il faut qu'elle sache se défendre. Elle est beaucoup trop fragile.

– Il veut me prendre Samy, Ben, je… je ne m'en remettrais pas.

– Je sais, bébé. Je sais. Mais je te promets qu'il ne nous le prendra pas. On va faire abstraction de tout ce qu'il vient de se passer. On va aller se défouler car je te jure que je suis prêt à retourner là-bas et à le défoncer.

– Ne fais pas ça, Ben. Je ne veux pas que tu ailles en prison. Tu ne sais pas de quoi il est capable.

Et elle ne se doute pas de ce que je suis capable de faire.

Pour elle, pour Sam.

– Je n'irai pas, Selena. Je ne vous laisserai jamais seuls. Jamais.

Elle fond une nouvelle fois en larmes et se blottit contre moi. Je lui caresse les cheveux et elle se laisse aller. Je crois qu'elle a besoin que ses larmes sortent.

– Comment je vais faire, Ben ?

– Laisse-moi trouver une solution, OK ? Je vais gérer tout ça. Je ne veux pas que tu t'en soucies.

Bien sûr, elle n'en fera rien. Selena est une mère et elle ne pourra pas s'empêcher de penser à tout ça et de s'inquiéter. Je veux qu'elle sache que je suis là, qu'elle peut compter sur moi. J'ai besoin de la protéger. C'est mon rôle, désormais.

Elle hoche la tête contre mon torse puis se recule de moi.

– Je t'aime, Ben.

– Moi aussi, Selena, je t'aime. Et je ne le laisserai jamais s'approcher de vous.

Elle me sourit puis dépose ses lèvres sur les miennes. Elles ont un petit goût salé à cause de ses larmes mais garde toujours la saveur qui n'appartient qu'à elle. Je grimace quand ma lèvre me picote.

Il ne m'a pas loupé, ce connard !

– Allez, viens, on va se défouler.

J'ouvre la porte de la salle et entre. L'odeur de poussière mêlée à la sueur et au sang me monte aussitôt au nez. Ça m'avait manqué. Je traverse la grande pièce où des sacs de frappe ne demandent qu'à être cognés. J'aimerais fouler les tapis du ring comme je l'ai fait de nombreuses fois avec Sam.

Au loin, j'aperçois Jason, assis sur un banc, penché sur son téléphone. Il relève la tête vers moi et me regarde, surpris. Il se lève aussitôt pour nous rejoindre.

– Eh, mon pote ! Je ne pensais plus jamais te revoir ici. Qu'est ce qui t'amène ?

– On a besoin de se défouler.

Il m'observe un peu mieux, fait pivoter mon visage de ses doigts pour mieux me regarder puis laisse échapper un rire.

– Tu t'es battu avec qui ? Tu as vu ta gueule ?

– Cherche pas, dis-je.

Il pose ses yeux sur Selena.

– Salut, Selena. Toi aussi tu as besoin de te défouler ?

– Oh que oui ! dit-elle.

Elle s'approche de Jason et l'enlace. Il paraît surpris sur le coup mais ne dit rien. Jason n'est pas très tactile et encore moins démonstratif. Il la regarde de haut en bas.

– Vous n'avez pas vraiment la tenue pour…

– Mouais, dis-je. Je me suis dit que tu aurais des fringues à nous passer.

– Ouais, je dois avoir ça. Selena fait presque la même taille que Kate. Je vais aller vous chercher ça.

Il file vers le loft. Selena se tourne vers moi.

– Qui est Kate ?

– Sa petite sœur. Elle est partie faire ses études à Madrid, je réponds.

– Oh ! Tant mieux ! Je n'aurais pas voulu porter les fringues d'une fille qu'il a sautée.

Je ris. Jason est plutôt sérieux avec les filles. Sous ses apparences de dur à cuire, il est respectueux mais il ne croit pas en l'amour. Il n'a jamais eu de chance avec les femmes et a surtout très peur de l'engagement. Dès que ça commence à être sérieux avec une fille, soit il la largue, soit il fait tout pour se faire jeter. Un allergique à l'amour, comme je l'étais. J'espère qu'un jour, il changera et s'ouvrira.

Jason revient avec une pile de vêtements qu'il nous tend. Selena s'excuse après que Jason lui a montré les vestiaires.

– Ben, tu devrais venir avec moi. Je vais te nettoyer le visage, dit-elle.

Je m'excuse auprès de Jason et pars en direction des vestiaires avec Selena. Elle y entre et allume la lumière.

– Il y a une trousse de premiers soins, quelque part ?

– Sur l'étagère, je réponds.

Elle s'approche de l'endroit que je lui désigne alors que je grimpe sur la table, dans le coin de la pièce. Elle revient vers moi, ouvre la boîte et sort déjà une compresse stérile. Elle tapote ma lèvre et je grimace aussitôt.

– Il ne t'a pas loupé, souffle-t-elle.

– Je m'en fous, je lui en ai mis une bonne aussi. Et j'espère que je lui ai pété l'arcade ou une dent, à ce fils de pute.

Je la regarde, concentrée, en train de me soigner. Elle est magnifique.

– Tu vas avoir un beau bleu, demain, dit-elle.

– Je m'en fous. Je me devais de te protéger.

Elle laisse échapper un petit rire puis prend une nouvelle compresse. Elle lève la main et je l'arrête aussitôt.

Elle me fixe, ne comprenant pas mon geste. Je pose ma main derrière sa nuque avant de l'attirer vers moi. Je dépose mes lèvres sur les siennes. Elle pose ses deux mains sur mes hanches et je l'imite, l'attirant encore plus vers moi.

Nos langues se mettent à s'enrouler l'une autour de l'autre et mon érection s'éveille aussitôt.

Je passe mes mains dans son dos et saisis la fermeture Éclair de sa robe, que je descends sans tarder.

Elle paraît surprise et recule son visage du mien.

– Ben, on… Ce n'est pas le lieu et…

– Je m'en tape. On a besoin de décompresser.

Elle sourit puis retire les boutons de ma chemise un à un. Je descends de la table et la serre contre moi. La sentir me rassure et m'apaise. Il n'y a qu'elle pour me calmer et me rendre raisonnable. Je l'embrasse encore plus passionnément. Je la soulève et me retourne avant de la déposer à son tour sur la table. Mes mains s'engouffrent sous les épaisses couches de tissu de sa robe. J'ai envie d'elle, terriblement. Mes doigts entrent en contact avec le tissu de son sous-vêtement. Elle est trempée et chaude. J'enroule mes doigts autour de l'élastique de son sous-vêtement et le lui retire. Elle m'aide en soulevant ses fesses.

Ses mains retirent la boucle de ma ceinture et elle défait le bouton de mon pantalon sans tarder. Je l'aide et le fais descendre sous mes fesses. Nos langues, elles, continuent à se taquiner.

Je la saisis par la taille et la rapproche du bord de la table. Je me place et m'apprête à entrer en elle quand elle m'arrête.

– Ben…

Oh oui ! Merde !

C'est ce que j'aime avec Selena. Parfois, nous n'avons pas besoin de nous parler pour nous comprendre. Nous sommes souvent sur la même longueur d'onde. Je passe ma main dans la poche de mon pantalon et en extirpe un préservatif. Je l'enfile rapidement.

Je ne tarde pas, j'ai trop besoin d'entrer en elle. Je la pénètre et vois ses yeux se révulser aussitôt.

Alors que je la pilonne, je l'entends gémir. Ouais, ça, ça me fait du bien. Ça nous fait du bien. Et on avait besoin de ça. Mes mains pressent encore plus sa taille alors que mes va-et-vient se font de plus en plus rapides.

Bordel, que c'est bon !

Selena est tellement serrée, tellement accueillante. Franchement, faire l'amour à cette femme est magique. Elle est si parfaite, si expressive. Comment ne pas tomber amoureux de cette perfection ?

Alors que je l'embrasse de nouveau, elle gémit dans ma bouche, ce qui me provoque à mon tour un grognement. Putain, c'est moi qui lui donne ce plaisir.

Quand je sens qu'elle va jouir, je plaque ma main sur sa bouche. Ses yeux se révulsent encore alors que j'étouffe son cri. Je jouis à mon tour et reprends mon souffle. Je plaque mon front contre le sien, sans quitter son regard.

– Je t'aime, bébé, soufflé-je.

Elle sourit, tout aussi essoufflée. Nous restons un instant les yeux dans les yeux, à nous dévorer du regard. Jamais je n'aurais pensé qu'être amoureux pouvait me faire sentir aussi vivant. Si j'avais su qu'aimer quelqu'un m'offrirait les meilleurs moments de ma vie, j'aurais parcouru la Terre entière pour trouver l'amour. Cette femme est ma seule raison d'être. Avant elle, mon monde était tellement fade.

– On devrait… Jason nous attend.

– Ouais.

Je la saisis par la taille et la fais descendre de la table. Elle saisit les vêtements prêtés par Jason et commence à s'habiller. Elle a remis son petit string en dentelle blanche et porte un soutien-gorge blanc assorti. Est-ce normal d'avoir encore envie d'elle ? Le mieux serait que je sorte au plus vite car la voir à moitié nue me provoque tout un tas d'idées perverses.

– Ne me regarde pas comme ça ! plaisante-t-elle. On est attendus.

Elle a raison, comme souvent. Elle me tend les vêtements que

Jason me prête et quand je m'apprête à retirer mon préservatif, je me fige sur place.

Et merde !

– Qu'est-ce qu'il y a ?

– Le préservatif, il…

Je n'ai pas fini ma phrase que Selena a compris. Elle grimace puis se mord la lèvre. Je la vois réfléchir. Ça ne m'est jamais arrivé que le préservatif craque et je ne sais pas vraiment comment réagir dans cette situation. Je sais que je suis clean. Je n'ai jamais baisé sans capote. Ça, c'était hors de question.

– OK, je vais gérer ce détail, finit-elle par dire.

Elle semble savoir quoi faire et je lui fais confiance. Je hoche la tête, jette ma capote dans la poubelle puis m'habille rapidement alors que Selena s'apprête à mettre un jogging noir qui appartient à Kate.

– OK, je t'attends sur le ring, dis-je.

Je sors sans me retourner et pars rejoindre Jason. Il est encore une fois obnubilé par son téléphone. Je me demande quelle en est la raison. Ou du moins, qui en est la raison. Je ne savais même pas qu'il était avec une fille. Il faut dire que Jason ne se confie jamais de lui-même. Il faut toujours lui tirer les vers du nez pendant des heures.

Quand je m'approche de lui, il relève la tête et fourre son téléphone dans sa poche.

– Ça faisait longtemps ! Tu es sûr d'être prêt ?

Pas vraiment, mais j'en ai besoin. Et même si Selena a su me changer les idées, la gueule de son connard d'ex est vite revenue dans mes pensées.

Selena sort des vestiaires et me cherche du regard. Sa tenue me fait aussitôt de l'effet. Elle le sait car elle sourit avec malice.

Elle s'approche de moi en souriant et vient déposer un baiser chaste sur mes lèvres avant de porter son attention sur Jason.

– OK, je suis prête ! lâche-t-elle, enjouée.

Jason rit. Il se doute que nous venons de passer un moment coquin dans les vestiaires mais ne dit rien. C'est ce que j'aime chez mon pote, il ne parle jamais pour ne rien dire, même s'il n'est pas le dernier à chambrer.

Jason aide Selena à enfiler ses gants de boxe.

– Bon, je vous dispense d'échauffement, vous avez suffisamment transpiré dans les vestiaires !

Je ricane. Bien sûr qu'il s'en doutait. Selena lui met un coup sur le haut du bras.

On s'est fait griller en beauté mais elle arrive à en rire.

Jason commence alors à expliquer les bases à Selena, comment se positionner, où frapper. Elle est attentive et concentrée et quand elle commence à abattre ses poings contre le sac de frappe, elle souffle de soulagement et étire ses lèvres.

– C'est vrai que ça fait du bien, dit-elle, amusée.

***

Quand nous arrivons à la villa, Lola est endormie sur le canapé, son manuel d'anglais à la main. Cette gamine est impressionnante. Elle me fait un peu penser à Luke qui, plus jeune, sacrifiait ses samedis soir pour réviser, de peur de louper ses examens. Mon frère était pareil.

– Laisse-la dormir ici, je la ramènerai demain, dis-je.

Selena prend le manuel de Lola et le dépose sur la table basse. Elle étend ses jambes sur le canapé et Lola se réveille.

– Oh ! Vous êtes déjà rentrés ? Votre soirée s'est bien passée ? demande-t-elle, endormie.

Selena la couvre d'un plaid.

– On en parlera plus tard. Reste dormir ici, cette nuit, Ben te raccompagnera demain matin.

Elle hoche la tête. Selena se redresse et me regarde.

– Je vais envoyer un message à sa mère pour la prévenir. Tu… Merde ! Mon sac ! J'ai oublié mon sac à main à l'hôtel ! me dit-elle.

Selena affiche une mine apeurée.

– Ce n'est pas grave. J'irai à l'hôtel demain pour le récupérer, dis-je.

Elle paraît encore plus effrayée et secoue la tête.

– Non, tu ne comprends pas. Je l'ai sûrement laissé dans le petit salon. Et Alejandro a dû fouiller dedans.

Je plisse le front. Je n'ai pas le temps de répliquer quoi que ce soit qu'elle continue.

– Il y a mes papiers dedans. Et notre adresse, aussi.

42

Selena

Quand je me réveille, j'aperçois Sam debout, au pied du lit, avec un large sourire. Il tient dans sa main un petit paquet rouge, et quand il voit que je suis bien réveillée, il le lève en l'air, fier de me le montrer. Je lui fais signe de venir et il s'exécute, me marchant dessus.

Ben émet un grognement à mes côtés, et j'en déduis qu'il a dû sentir les seize kilos de mon fils lui passer dessus également.

Sam se place entre Ben et moi et s'emmitoufle sous la couette. Il vient se blottir contre moi. Il est encore tout chaud. J'adore ses câlins matinaux.

– Salut, la petite baleine, dis-je.

Sam rit.

– Une petite baleine ? Tu ne confonds pas avec un gros hippopotame ? fait Ben d'une voix rauque. Il a failli me briser les…

– C'est bon, Ben, ris-je. J'ai compris.

Sam se tourne vers Ben qui lui ouvre déjà les bras. Ils se câlinent tous les deux. Je les trouve trop mignons. Au bout d'un instant, Sam se dégage de l'étreinte de Ben et me tend le paquet rouge qu'il tenait toujours fermement dans la main.

– C'est pour moi ? demandé-je.

– Oui. Parce qu'aujourd'hui, c'est la fête des Mamans.

Je déclare cette journée la plus belle de l'année. Sam me gâte toujours quand c'est mon anniversaire ou la fête des Mères.

Je prends le paquet et le déballe. Je souris quand je découvre une pâte à sel avec une fleur.

– J'ai mis du violet parce que tu aimes bien le violet. Là, j'ai écrit « Maman » et là, « Je t'aime ». La maîtresse avait fait un modèle et j'ai réussi du premier coup.

– C'est magnifique, mon poussin.

– Tu aimes ?

– Si j'aime ? J'adore ! Je voudrais que ce soit la fête des Mères tous les jours rien que pour avoir tes cadeaux.

Sam pouffe en rentrant ses épaules dans son cou. Il est fier et je le suis encore plus. Mon petit homme est vraiment parfait.

Je le couvre de bisous, ce qui le fait rire, et je me mets à le chatouiller. Le rire de mon fils sera toujours le plus beau son que je pourrai entendre.

Sam se redresse alors.

– Je vais aller chercher Turbo !

– Non, Sam, pas dans la chambre, le sermonné-je.

– Mais si. Ma tortue a dormi dans ma chambre et elle n'a pas fait de bêtises.

Je n'ai pas le temps de dire quoi que ce soit qu'il s'est déjà faufilé hors de la chambre. Ben rit. Il trouve ça marrant mais moi, pas. J'apprécierais qu'on respecte ce que je dis, ici.

– Boude pas, il est content avec sa tortue.

– Peut-être, mais on ne peut pas tout lui céder. Il va devenir un gamin capricieux et pourri gâté, à ce rythme-là.

– Je suis un gamin capricieux et pourri gâté, et regarde comme je suis adorable.

Il explose de rire.

Adorablement chiant, oui ! Mais je l'aime comme ça.

– Ben ?
– Oui, bébé ?
– Qu'est-ce qu'on va faire pour Alejandro ?
Il tourne la tête vers moi.
– Je t'ai dit que je m'en occupais et je le ferai.
– J'ai peur, Ben, soufflé-je.

Il étire son bras sur mon épaule et m'attire vers lui. Je me blottis aussitôt contre son torse. Son contact m'apaise mais n'enlève rien à mon inquiétude.

La veille, Ben a tenté de me rassurer du mieux qu'il pouvait, me disant qu'Alejandro n'aurait peut-être pas vu mon sac à main. J'ai essayé de m'en convaincre, mais j'ai trop peur que Ben se soit trompé. C'est bête mais savoir qu'Alejandro pourrait fouiller dans mon sac me donne des frissons. C'est comme s'il violait mon intimité, une fois de plus.

La porte de la chambre s'ouvre et Sam arrive, Turbo dans les mains. Il saute sur le lit en souriant. Je n'ai même pas le cœur à le réprimander de ne pas m'avoir obéi. Il paraît si heureux. Je serais une mère pitoyable si je le grondais pour si peu.

Sam raconte à Ben quelque chose dont je n'entends pas un traître mot. Mes pensées sont trop dirigées vers l'homme que j'espérais ne jamais revoir.

Ben attrape son téléphone, pianote dessus puis le porte à son oreille. J'entends la voix électronique de la messagerie vocale. Il reste silencieux et concentré avant de baisser son téléphone.

– C'était le Four Seasons. Ils m'ont laissé un message pour me prévenir qu'ils avaient retrouvé ton sac. Tu vois, il n'y avait pas de quoi s'inquiéter, il n'a pas trouvé tes affaires.

Je suis aussitôt soulagée. Ben a raison. Alejandro ne l'a sûrement pas vu.

***

– Sam, tu lâches Turbo et tu viens ranger tes crayons et tes dessins, sinon je les mets tous à la poubelle, le menacé-je pour la troisième fois.

Sam souffle d'agacement et je fronce les sourcils pour lui montrer mon mécontentement. Il finit par obéir, pose Turbo sur le parquet clair du séjour et s'approche de la table en traînant des pieds. Il trifouille devant la table alors que je l'observe en passant un coup d'éponge sur la table du petit déjeuner.

– Je n'y arrive pas ! dit-il en tapant du pied.

Il devient de plus en plus capricieux et ne plus évoluer dans un cadre scolaire le rend colérique.

– Tu n'y arrives pas ou tu ne veux pas y arriver ? dis-je.

Il baragouine quelque chose d'incompréhensible en réunissant ses crayons de couleur qu'il lâche dans la boîte.

– De toute façon, Ben, il va te crier dessus quand je lui dirai que tu m'as obligé à ranger ! dit-il.

Je peste intérieurement.

– Ben n'est pas là et je peux te dire que c'est moi qui le gronderai s'il essaie de me crier dessus. Alors maintenant, tu ranges ton bazar, sinon je te préviens que tu seras puni.

Sam se fige, apeuré, et se dépêche de réunir les feuilles étalées sur la table. La menace de la punition marche toujours, même si je n'ai jamais vraiment eu à le faire. Sam a toujours été très obéissant.

Je range l'éponge près de l'évier et passe un coup de torchon sur la table quand l'Interphone se met à sonner. Je m'essuie les mains avec mon torchon en me dirigeant vers l'entrée. Je passe devant Samy qui me fait une vilaine grimace.

Petit merdeux ! Tu as de la chance que je t'aime.

– Va ranger ta boîte dans ta chambre, dis-je. Et maintenant !

Il marmonne encore et monte à l'étage en tapant des pieds sur chaque marche pour exprimer son mécontentement.

J'ouvre la porte et me fige sur place quand je le vois. Il se tient droit, le regard menaçant et haineux. Mon corps ne réagit qu'au bout de quelques secondes quand mon inconscient me hurle de refermer la porte. Je tente aussitôt de le faire mais il bloque la porte avec son pied. Il la pousse brutalement et mon corps vacille en arrière.

Son visage est encore plus froid et plus menaçant que la veille. Il avance dans la villa et ses yeux se baladent dans la pièce. Il avance d'un autre pas et tourne sa tête vers moi.

– Sors d'ici, Alejandro, sinon je dis à Ben de descendre, mens-je.

Il saisit mon visage et me fixe. Ses doigts entrent dans mes joues avec force.

– Ne te fous pas de ma gueule, je sais qu'il n'est pas là.

Je dégage mon visage de son emprise.

– Il est là-haut, mens-je encore plus. Et…

– Ta gueule ! J'ai retrouvé ton sac et j'ai demandé aux employés de prévenir Ben qu'ils l'avaient retrouvé pour qu'on puisse être libres de discuter, tous les deux.

Je le savais !

Ça aurait été trop beau s'il n'avait pas vu mon sac. Il s'avance dans le salon et je le suis aussitôt. Je refuse qu'il entre plus dans la villa. Ses yeux se baladent partout, scrutant chaque détail de la pièce.

– Je n'ai rien à te dire. Sors de chez moi ! réponds-je sèchement.

Il laisse échapper un petit rire. Il n'a pas l'intention de partir. Je le connais trop bien pour savoir qu'il ne partira pas sans avoir ce qu'il cherche, à savoir Sam.

– Il n'est pas ici, lancé-je. Il est parti avec Ben à l'hôtel, et…

Il me gifle du revers de la main. Je tiens ma joue, choquée. Tous les pores de ma peau semblent endoloris par le choc.

– C'est la deuxième fois que tu me mens. Tu sais très bien que je n'aime pas ça. Et tu sais ce que je fais à ceux qui me mentent.

Je sursaute. Oui, je le sais. J'ai appris à ne plus lui mentir par crainte des conséquences. Comment j'ai pu oublier ?

– Va me le chercher, m'ordonne-t-il.

Je sursaute une nouvelle fois à son ton. Il ne m'avait pas manqué non plus. Il me fixe, encore plus cruel, et quand il voit que je n'ai pas l'intention de bouger, trop pétrifiée par la peur, il avance d'un pas vers moi.

Il se fige à son tour quand les pas de Sam se font entendre dans les escaliers. Mon fils s'amuse à faire glisser sa petite voiture sur la main courante en faisant le bruit d'une voiture. Ma gorge se noue aussitôt et mon souffle se coupe. J'osais espérer que Sam bouderait dans sa chambre.

Alejandro se tourne vers les escaliers. Un petit rictus s'affiche sur son visage. Je me ressaisis. Sam ne doit pas me voir pleurer. Il s'inquiéterait aussitôt. Et je ne veux pas donner satisfaction à Alejandro.

– Bonjour, Sam, dit Alejandro.

Sam porte son attention sur Alejandro. Ses sourcils se froncent. Il doit sûrement se demander qui il est.

– Bonjour, monsieur, dit Sam en se laissant tomber à plat ventre sur le canapé.

Il ignore totalement Alejandro et continue à faire rouler sa petite voiture sur le canapé en balançant ses pieds.

Alejandro se tourne vers moi et je me glisse aussitôt auprès de Sam. Je m'assois près de lui et le colle presque. C'est mon instinct de mère. Je me dois de protéger mon fils de son père.

Alejandro paraît un peu plus calme. Je le vois observer Sam. Je sais qu'il essaie de voir à qui il ressemble le plus.

– Tu devrais partir, soufflé-je.

Alejandro lève les yeux vers moi, un sourire narquois aux lèvres.

– Oh, ce serait dommage ! J'aimerais connaître ce jeune homme.

Pour me montrer qu'il ne compte pas partir, il s'assoit sur le canapé à son tour, près de Sam, qui l'ignore toujours.

– Alors, Sam, comment vas-tu ?

Je suis surprise par sa question. Alejandro ne se soucie jamais de connaître l'humeur des autres. Seule sa personne l'intéresse. Les autres n'ont, à ses yeux, aucune importance. Il traite les gens comme de la merde et s'amuse même à le faire.

Sam lève les yeux vers lui.

– Ça va bien, merci. Aujourd'hui, c'est la fête des Mères et j'ai fait un cadeau pour ma maman.

Alejandro laisse échapper un petit rire hautain. Je devine très bien ses pensées.

– Les mamans ne devraient pas avoir de fête. C'est normal qu'elles s'occupent de leurs enfants, de la maison et de leur mari. Alors pourquoi leur faire des cadeaux ?

Je serre les dents. Alejandro est toujours aussi misogyne. Une femme n'est qu'un objet, pour lui. Sam se redresse et s'assoit, délaissant sa petite voiture.

– Non, je ne suis pas d'accord. Maman est gentille avec moi et j'aime bien lui faire des cadeaux parce que je l'aime.

Mon fils ne sera pas comme son père. Il ne sera pas un macho à la con. Alejandro a effacé le sourire de son visage à la remarque de Sam.

– Tu sais pour qui on devrait organiser une fête ?

Sam secoue la tête.

– Pour les papas !

– Oui, et d'ailleurs je fais un cadeau pour mon papa. Bon, ce n'est pas mon vrai papa mais comme je n'en ai pas, alors j'en fais un pour Ben.

– Ben n'est pas ton papa.

– Je sais, mais je m'en fiche. Il est gentil avec moi et c'est l'amoureux de maman. Il m'a acheté une tortue, tu sais. Elle s'appelle Turbo parce qu'elle va super vite. Tu veux la voir ?

Alejandro serre les dents puis se ressaisit et finit par hocher la tête. Samy se lève et part à la recherche de sa tortue.

– Tu ne lui as même pas parlé de moi ? me fait Alejandro d'un ton sec.

– Pourquoi je l'aurais fait ? Je n'avais pas prévu de te revoir un jour.

– T'es qu'une pute, Selena. J'ai envie de te défoncer.

– Bah fais-le. Montre le bon exemple à Sam.

Je me lève sans lui laisser le temps de répondre et m'approche de Sam, à quatre pattes devant le meuble télé. Il essaie d'attraper sa tortue, planquée sous le meuble.

Je l'attrape et le relève. Il proteste mais je ne l'écoute pas. Je suis bien trop concentrée sur Alejandro qui s'est levé en même temps que moi.

– Va dans ta chambre, Sam !

Il proteste une nouvelle fois mais quand il m'aperçoit, il comprend qu'il doit obéir. Je le suis du regard jusqu'à ce que j'entende claquer la porte de sa chambre.

Je me retourne vers Alejandro, déterminée.

– Ne t'approche pas de nous, le menacé-je du doigt. Plus jamais !

Il ne supporte pas les menaces, même s'il ne se gêne pas pour en faire aux autres.

– Tu as vu Sam, maintenant, va-t'en.

– Tu n'as pas compris. Je suis venu chercher Sam et tu ne m'en empêcheras pas.

Je laisse échapper un rire. Ma réaction le surprend.

Eh oui, fini la naïve petite Selena !

Je suis une maman prête à tout pour protéger son fils. Et ce n'est pas cet enfoiré qui m'a fait vivre un enfer pendant des années qui me prendra mon fils.

– Sam a peut-être ton sang mais ça ne fait pas de toi son père. Tu n'as aucun droit sur lui, alors maintenant, tu sors !

Je tends mon doigt et pointe la porte d'entrée. Il ne bouge pas et continue à me fixer. Il a envie de me frapper, je le sais, je le sens.

Je me penche vers la table basse sans le quitter des yeux et saisis le téléphone fixe. S'il ne veut pas bouger, les flics seront plus à même de le motiver.

Je commence à composer le numéro d'appel d'urgence et il finit par lever les mains. Il tourne les talons et part vers l'entrée. Il s'arrête alors.

– Je reviendrai, Selena, et je te jure que je ferai de ta vie un enfer.

– Rien de surprenant, venant de toi. Dégage, maintenant.

Il serre les dents, une pointe de défi dans le regard puis sort enfin en claquant la porte.

Je tombe alors à genoux et laisse échapper les larmes que je retenais.

43

Ben

Je me gare dans l'allée de la villa en souriant. Ma conversation avec Luke m'a remonté à bloc. Malgré les sourires et l'assurance que je montre à Selena pour la rassurer, en réalité, je suis carrément perdu. Je me montre fort pour elle. Pourtant, je n'en mène pas large. Cette situation est compliquée, très compliquée.

Après avoir ramené Lola, je suis passé rapidement au Four Seasons pour récupérer le sac de Selena. Juste après, je suis parti rejoindre Luke à la salle de sport. J'avais besoin de conseils et mon ami a été encore une fois attentif et intelligent.

Et son conseil, je suis heureux de l'avoir appliqué. J'en avais l'intention, de toute façon. Sam fait partie de ma vie autant que Selena et l'adoption semble la meilleure solution pour régler le « problème Alejandro ». Mais je ne me fourvoie pas pour autant. Je sais que cet enculé ne nous lâchera pas aussi facilement. Mais avec un avocat comme Luke, je suis confiant et je sais qu'Alejandro fera bientôt partie du passé. Je suis prêt à engager tous les avocats de ce pays s'il le faut.

Je pousse la porte de la villa et dépose mes clés dans le vide-poches. Je laisse le sac de Selena dans l'entrée. Je rentre dans le salon et vois Selena, accroupie par terre, le visage dans les mains.

Mon cœur rate un battement et le stress m'envahit. Mon Dieu ! Que se passe-t-il ? Je me précipite vers elle et la prends dans mes bras.

– Bébé ?

Elle fond aussitôt en larmes. Je vois que quelque chose ne va pas. Et je sais que c'est à cause du retour d'Alejandro.

Je ne sais pas comment elle va prendre le fait que j'aie engagé une demande d'adoption pour Sam. J'ai appris à mes dépens que Selena est difficile à convaincre. Et j'espère qu'elle comprendra que j'ai fait ça pour nous.

– Ne t'inquiète pas, Selena. Je t'ai dit que ça allait s'arranger.

Elle se recule de mon torse et me fixe.

– Je viens d'aller voir Luke.

– Alejandro est venu ici.

Nous avons parlé en même temps. Je la regarde et incline la tête. Alejandro est venu ? Ici ? Il ne m'en faut pas plus pour sentir tous mes muscles se tendre. Putain ! J'ai envie de tout défoncer. Je m'en veux. Cet enfoiré est venu ici alors que Selena et Sam étaient seuls. Comment j'ai pu être aussi con ?

– Où est Sam ? demandé-je, affolé.

– Dans sa chambre. Ben, il était venu le chercher. Je…

Elle fond une nouvelle fois en larmes et se blottit contre moi. Je lui caresse les cheveux, essayant de la calmer alors que ma colère ne cesse de s'intensifier. Je ne dois pas lui montrer mon inquiétude. Je dois être fort pour elle. Et quand j'aurai cet enfoiré face à moi, je lui éclaterai la gueule et cette fois-ci, je m'arrêterai seulement quand je serai sûr qu'il cesse de respirer.

– Il t'a fait du mal ?

Elle hésite et je sais que je ne vais pas aimer sa réponse. Bien sûr qu'il lui a fait du mal. Comme la veille au soir. Si ce mec ne la frappe pas, il lui fait du mal psychologiquement. C'est un putain d'enfoiré qui aime faire souffrir et torturer les gens. Il mériterait de crever.

– Non.

Elle me ment, j'en suis sûr.

– Il t'a frappée ?

– Il m'a déjà fait bien pire, souffle-t-elle.

Je prends une grande inspiration. Je ne dois pas craquer et je dois me retenir de parcourir toute la ville dans l'espoir de tomber par hasard sur ce fils de pute.

– J'ai été forte, Ben. Je l'ai foutu dehors. Je n'ai pas pleuré.

– C'est bien, bébé. Tu as été forte et courageuse. Je suis fier de toi.

Elle me sourit timidement pour me remercier. Malgré ses yeux bouffis par les larmes et son mascara qui a coulé sur ses joues, elle reste magnifique.

– Qu'est-ce qu'il t'a dit ? demandé-je.

– Il a vu Sam. Il lui a parlé.

Ça, ça m'emmerde encore plus. Je ne veux pas que Sam soit impliqué dans cette histoire. Je préfère préserver son innocence et surtout le préserver de son géniteur.

– Qu'est-ce que Sam lui a dit ?

– Il a été fidèle à lui-même. Il lui a parlé mais il n'a pas compris qui il était. Je ne lui ai pas laissé l'occasion de le lui dire. Sam lui a dit qu'il te faisait un cadeau pour la fête des Pères.

Et il me tarde d'être à la semaine prochaine pour découvrir son cadeau.

– Il veut récupérer Sam, reprend-elle. J'ai réussi à le mettre dehors mais je suis sûre qu'il ne nous lâchera pas. Il veut Sam et il fera tout pour nous le prendre.

Je l'embrasse sur la tempe. La voir si mal me tue. Cette femme a assez souffert et elle mérite d'être heureuse.

– Je… Selena ?

– Oui ?

– J'ai fait une demande d'adoption pour Sam.

Elle lève son visage vers moi et me fixe. Elle plisse le front. Je sens que je vais devoir user des meilleurs arguments pour qu'elle accepte mon acte. J'aurais peut-être dû lui en parler, mais ça me semblait tellement évident quand j'ai signé la demande que Luke déposera au tribunal demain.

– Tu… quoi ? me demande-t-elle, perdue.

– J'ai fait une demande pour adopter Sam, répété-je.

Elle me fixe toujours, analysant tous les mots de ma phrase. Elle finit par me sourire, ce qui me rassure. J'ai appris que Selena n'aimait pas qu'on dirige sa vie et qu'elle avait besoin de temps avant de prendre de grandes décisions.

– C'est vrai ? Oh ! Ben, tu n'étais pas obligé de…

– Je n'étais pas obligé mais avec ou sans Alejandro, je l'aurais fait. Sam est aussi important que toi pour moi. Alors que je le fasse maintenant ou dans trois mois, ça revient au même. Je t'ai choisie, Selena. Avec Sam. Et je vais vous garder tous les deux. Je te le promets, Selena.

Elle me sourit une nouvelle fois puis se hisse sur la pointe des pieds. Elle m'embrasse plus fougueusement qu'elle ne l'a jamais fait.

***

Sam est perché sur mes épaules et il tend son bras en direction d'un stand de confiseries. Nous sommes sortis. Rester à la villa rendait Selena trop nerveuse et je leur ai proposé d'aller à la fête foraine, histoire de penser à autre chose.

– Ben ! Il y a des barbes à papa !

Je ris devant l'enthousiasme de Sam. Les enfants sont si faciles à contenter. Ils ne devraient jamais grandir car leur innocence est si belle à voir.

– Je peux en avoir une ?

Selena le sermonne du regard. Le diététicien lui a interdit trop de sucre. Personnellement, je pense que c'est de la connerie. On ne peut pas interdire à un enfant d'être gourmand. Et je ne veux pas que Sam soit privé de quoi que ce soit.

Je descends Sam de mes épaules et sous le regard réprobateur de Selena, je commande trois barbes à papa qu'une jeune fille nous prépare rapidement. Sam bave déjà devant la confiserie et quand la jeune fille la lui tend, il affiche un énorme sourire. Selena récupère la sienne à son tour et je ris quand elle affiche un regard aussi gourmand que celui de son fils. Je suis heureux de les savoir aussi bien. Ils sont tout pour moi. C'est ma famille, celle que j'ai choisie et que je refuse de perdre. Celle qu'il me tarde d'agrandir.

Nous partons en direction de la grande roue, tous les trois. Sam a déjà dévoré la moitié de sa barbe à papa.

Cet après-midi, la fête foraine en famille nous fait du bien. Cela me permet de ne pas trop penser à la situation dans laquelle nous sommes. Et l'enthousiasme de Sam et les rires de Selena y sont pour beaucoup.

Mon téléphone se met à sonner et je l'extirpe difficilement de ma poche. Un numéro privé s'affiche et j'hésite un instant à répondre. Je décroche tout de même et une voix féminine me salue.

– Monsieur Lawson ?

– C'est moi.

– Je suis le docteur Johnson, urgentiste au Mercy Hospital, au service cardiologie.

Mes lèvres s'étirent et mon cœur s'emballe. Je pense tout de suite à Sam.

Ça y est ! Ils ont un cœur pour Sam !

– Vous êtes bien parent avec Howard Lawson ?

Non, ce n'est pas pour Sam. Ma respiration se coupe. Je me demande bien pourquoi mais je sens que quelque chose ne va pas.

– Je suis son fils.

– Votre père a été hospitalisé en urgence suite à une crise cardiaque.

Putain !

Je prends soudainement conscience que mon père ne va pas bien.

– Je… Il va bien ?

– Oui, il va bien. Il est au service réanimation et a demandé à vous voir.

– Je… Oui, bien sûr. Je… j'arrive.

– Très bien. Présentez-vous à l'accueil de l'hôpital. Je vous parlerai de son état.

– Oui, merci.

Je raccroche sans lui laisser le temps de répondre quoi que ce soit. Je me tourne vers Selena qui affiche une mine inquiète.

Je range mon téléphone dans ma poche.

– Mon père a fait un malaise. Il est à l'hôpital.

– Il va bien ?

– Apparemment. Il a demandé à me voir.

Selena semble hésiter. Je sais qu'elle s'apprête à me demander si je veux le voir. Je ne sais même pas si c'est le cas. J'ai dit oui à ce médecin sans vraiment réfléchir. Mon père va mal et je me dois d'être là, même s'il ne l'a jamais été pour moi.

– Tu devrais aller le voir, Ben.

– Je…

– Je peux venir avec toi, si tu veux, se propose-t-elle.

Selena est en réalité la plus forte de nous deux. Elle est prête à me soutenir alors qu'elle ne va pas bien elle-même.

Je l'attire contre moi et lui embrasse le sommet du crâne. Ma femme est exceptionnelle.

Nous nous dirigeons tous les trois vers la sortie de la fête foraine.

Je m'occupe d'attacher Sam dans la voiture et nous prenons la route aussitôt. C'est bizarre, j'ai plusieurs fois souhaité la mort de mon père, plus par colère que par envie, mais le savoir dans cet état me retourne complètement. Il ne s'est jamais préoccupé de moi mais s'il a demandé à me voir, c'est qu'il veut changer. Et ce changement, je le souhaite depuis tellement d'années. Notre dernière conversation s'est beaucoup mieux déroulée que je ne le pensais. J'ai vu en lui un père beaucoup plus normal et j'ai pris conscience, ce jour-là, qu'il tenait tout de même à moi. Sauf que ma fierté m'a empêché de le voir, et aussi de l'appeler depuis. Il faut dire qu'entre notre séjour à Jacksonville et le retour d'Alejandro, mon esprit était bien trop occupé.

J'arrête la voiture devant l'hôpital et Selena s'occupe de faire sortir Sam. De son sac, elle sort une lingette et débarbouille le visage collant de Sam et ses mains.

– On va aller voir le papa de Ben, mon poussin. Tu seras sage, d'accord ?

Sam hoche la tête et je le prends dans mes bras. Je me dirige aussitôt vers l'accueil, Selena sur les talons, courant presque pour me suivre.

Je me présente au comptoir de l'accueil et la jeune infirmière m'indique le numéro de la chambre de mon père. Nous empruntons l'ascenseur en silence, parmi une foule de visiteurs aux visages aussi solennels que les nôtres. Arrivés au quatrième étage, nous nous dirigeons vers un deuxième comptoir où nous sommes accueillis par une autre jeune fille.

– Bonjour, je suis Benjamin Lawson. Mon père, Howard Lawson, a été admis en cardiologie…

Une femme d'une quarantaine d'années se retourne, un dossier à la main.

– Je suis le docteur Johnson. C'est moi qui vous ai appelé.

– Mon père va bien ?

– Oui. Il est réveillé mais il va devoir rester quelques jours avec nous pour se reposer. Je crois que votre père est surmené, sûrement à cause de son travail. Vous voulez le voir ?

– Bien sûr. Pourquoi je ne le voudrais pas ?

Question conne ! Je ne me serais pas déplacé si ça n'avait pas été le cas.

– Je vous demande ça car votre père m'a dit qu'il était possible que vous ne le souhaitiez pas.

J'écarquille les yeux. Il a dit ça ? En fait, il ne me connaît pas si bien. Rien de surprenant, en soi.

– Mais il m'a demandé d'user des meilleurs arguments pour que vous le voyiez. Allez, suivez-moi.

Elle me fait signe de la suivre et je m'exécute.

Une fois devant la chambre de mon père, je dépose Sam au sol et embrasse Selena.

– On t'attend ici, me dit-elle.

Je leur souris puis entre en même temps que le médecin. Mon père est allongé sur son petit lit d'hôpital, le visage si laiteux qu'on pourrait voir les veines sous sa peau. Des fils sortent de sous sa blouse d'hôpital, reliés à un monitoring. Mes yeux fixent aussitôt les informations de l'écran.

– Benjamin, me dit-il.

Le médecin nous observe.

– Je n'ai pas eu besoin d'utiliser d'arguments, Howard, dit-elle. Il est venu de lui-même.

Elle l'appelle par son prénom ? Ils se connaissent ?

– Je suis désolé si je t'ai dérangé. J'espère que Selena ne m'en voudra pas.

– Non, ne t'inquiète pas. Elle est dans le couloir avec Sam.

– Oh ! C'est bien. J'aimerais les voir.

Je suis surpris par sa demande. Il veut voir ma femme et son fils. Bon, j'en suis convaincu, il va mourir. Il ne peut pas être aussi amical soudainement.

– Howard, vous savez qu'un enfant ne peut pas entrer ici, dit le docteur Johnson.

– Et je suis sûr que vous pouvez faire une petite entorse au règlement pour quelques minutes. J'ai vraiment besoin de leur parler.

Le médecin secoue la tête puis le sermonne du regard.

– Juste cinq minutes.

Elle part en direction de la porte et sort de la chambre.

– Tu vas bien ?

– Oui, oui. Juste un peu de stress.

On toque à la porte de la chambre et Selena entre timidement, Sam posé sur sa hanche. Elle s'approche en affichant un petit rictus timide alors que celui de Sam se voit à des kilomètres.

Mon père sourit en les voyant, ce qui est bon signe.

– Bonjour, monsieur Lawson. Comment vous sentez-vous ? demande Selena.

Mon père laisse échapper un rire.

– Vous pouvez m'appeler Howard, Selena. Vous êtes ma belle-fille, après tout.

Je suis aussi surpris que ma femme. Mon père n'est pas du genre à s'abaisser et qu'il le fasse me prouve qu'il veut réellement changer. Mon départ de Lawson Enterprise aura peut-être été bénéfique pour notre relation. Mon père a compris que je souffrais de notre distance et de notre rancœur.

Selena porte les yeux sur Sam. Celui-ci est impressionné par les fils qui sont accrochés au corps de mon père.

– Bonjour, Sam.

– Bonjour, le papa de Ben, dit-il.

Mon père semble amusé. Il affiche le même sourire qu'il montrait quand il était avec mon frère. Sincère.

– Ça fait mal ? demande Sam en touchant un des fils.

Selena le sermonne, lui disant de ne pas toucher. Howard rit.

– Non, Sam, les fils ne font pas mal.

– Bah pourquoi tu as des fils, alors ?

– Allez, grimpe.

Mon père tapote le matelas pour l'inviter à le rejoindre. Je saisis Sam sous les bras et l'assois sur le lit.

– J'ai eu un petit problème au cœur alors les médecins surveillent qu'il va bien grâce aux fils qui sont reliés à cette machine.

Il pointe du doigt l'écran du monitoring et lui décrit les appareils avec patience. Je n'ai jamais vu mon père ainsi. Lui et moi n'avons jamais eu ce genre de relation. Mais je vois que mon père fait des efforts. Il a vraiment entendu tout ce que je lui ai dit au manoir et quand j'ai vidé mon bureau. Il s'ouvre à ma vie. Enfin !

– Oh ! Toi aussi, tu as besoin d'un nouveau cœur ? demande Sam.

Mon père tourne le visage vers moi. Je lui ai dit que Sam était malade mais je ne lui ai jamais précisé de quel mal il souffrait.

– Eh ! Mais tu sais, peut-être que si on nous donne un nouveau cœur à tous les deux, on pourra demander à être dans la même chambre. Comme on se connaît un peu, reprend Sam.

Mon père rit. Je crois qu'il aime bien Sam. Comment ne pas l'aimer ? Ce gamin est attachant. Magique.

– Je n'ai pas besoin d'un nouveau cœur, Sam, dit mon père. Le mien est juste un peu fatigué.

– Ça, c'est parce que tu travailles peut-être trop. C'est le docteur qui l'a dit à Ben. Il faudrait que tu partes en vacances.

– Je ne peux pas.

– Pourquoi ? Tu n'as pas de maillot de bain ? demande innocemment Sam.

Mon père rit. Je crois que ça fait des années que je ne l'ai pas entendu rire comme ça. La dernière fois, c'était au ranch de Jacksonville, quand nous avions passé nos vacances en famille. Je devais avoir 7 ou 8 ans.

– Eh bien, tu sais quoi ? J'ai une tortue. Elle s'appelle Turbo. Elle est trop mignonne. Là, je ne peux pas te la montrer parce que maman n'a pas voulu qu'on l'emmène à la fête foraine, mais tu pourrais venir pour la voir. Elle est gentille, je te jure, elle ne mord pas. Jamais.

Mon père me regarde une nouvelle fois, comme pour attendre mon accord. Je finis par hocher la tête. Si mon père vient chez moi parce que Sam l'a demandé, ça me va. Il n'est jamais venu à la villa et je suis content qu'il s'intéresse à ma vie.

– Oui, je viendrai voir ta tortue quand je sortirai de l'hôpital.

On frappe à la porte de la chambre et le docteur Johnson entre.

– Ça fait cinq minutes.

Selena s'approche de Sam et le prend dans ses bras.

– Attends, maman, je n'ai pas fini de lui parler. J'ai plein de trucs à lui dire encore.

– On reviendra un autre jour. Le médecin a dit que le papa de Ben devait se reposer et tu bavardes trop, ça va le fatiguer.

Sam finit par opiner, bon gré, mal gré.

– D'accord, laisse-moi lui faire un bisou pour qu'il guérisse plus vite, dit Sam.

Selena penche Sam vers mon père. Il l'embrasse et Howard le remercie. Ils sortent de la chambre et me laissent seul avec mon père.

Je tire une chaise et m'y assois. Mon père a toujours son sourire.

– Il est très bavard, fait mon père.

Je lève les yeux au ciel.

Oh oui, et le mot bavard est faible. Il parle tout le temps.

– Et curieux. Tout l'intéresse.

– De quoi il souffre ?

– Il a besoin d'une greffe de cœur.

– Oh !

Mon père baisse les yeux.

– Je comprends mieux que Mag m'ait dit que tu étais amoureux.

– Tu as vu Mag ?

Mon père rit.

– Non, je l'ai eue au téléphone. Elle m'a engueulé, comme elle aime le faire, quand elle a su que nous avions eu un petit différend. Elle m'a dit que vous alliez vous remarier, avec Selena ?

– Oui. Je suis vraiment amoureux. D'elle, et de lui.

Mon père tapote ma main. Un geste surprenant, car je peux compter le nombre de fois où il l'a fait sur les doigts de la main.

– Je suis heureux de les avoir rencontrés. Mag a raison, tu as changé, tu es plus responsable.

Je ne réponds rien. Qu'il le reconnaisse me fait chaud au cœur.

– Je sais ce que tu penses, Benjamin. Mais j'ai entendu tout ce que tu m'as dit, l'autre jour. Et tu as raison, je ne t'ai jamais laissé de chance. Je t'ai tenu pour responsable de la perte de ta mère, de la mort de…

Il déglutit. Je comprends que ce soit douloureux. Ça l'a été pour moi pendant longtemps de parler de Sam ou même de prononcer son prénom. Le jour où j'ai perdu mon frère, je suis devenu quelqu'un d'autre. Mais j'ai avancé. Je le devais, pour mon frère qui a toujours été un modèle pour moi et qui était plein de vie.

– Et je n'aurais pas dû te dicter ta vie, Benjamin. Mag me l'a fait comprendre. Elle m'a dit que si je continuais, j'allais vraiment finir par te perdre et la personne que j'ai rencontrée m'a dit la même chose.

– Attends. Tu as rencontré quelqu'un ? dis-je, stupéfait.

Mon père sourit. Eh bien ! Je ne sais pas quoi penser. Cette femme doit l'avoir sacrément aidé dans sa remise en question.

– Oui, je te la présenterai officiellement quand j'irai mieux. Si tu le veux, bien sûr.

Oui, j'ai hâte de rencontrer celle qui supporte mon père. Il faut que je lui présente mes encouragements et mes félicitations.

– Je vais prendre ma retraite, Benjamin.

Je lève la tête vers lui.

Il était temps.

– J'aimerais que tu reprennes les rênes de la société.

44

Ben

Alors c'est donc ça ? Il m'a fait venir pour que je reprenne l'empire Lawson ?

– Je sais que ce n'est pas le travail dont tu rêvais, que tu as choisi cette voie à cause de moi, parce que je ne t'ai pas laissé le choix. J'ai entendu tout ce que tu m'as dit la dernière fois.

Je le fixe. Je ne sais même pas si je devrais être heureux ou peiné. Qu'il soit prêt à me laisser l'empire me touche mais qu'il m'ait fait venir ici pour me l'annoncer me chagrine un peu. Je pensais que c'était parce qu'il voulait vraiment me voir, pas pour cette proposition.

– Tu n'es pas obligé d'accepter. Je te laisse le temps de réfléchir et si tu refuses, je trouverai une solution.

En fait, c'est les deux. Il voulait me voir et a profité de cette occasion pour me faire sa proposition.

Je ris. Mon père est un homme qui ne sait pas comment exprimer ses sentiments. Il n'a jamais su le faire avec moi.

– Je ne suis pas sûr que ce soit bon pour ton cœur que je reprenne la société.

– Je n'aurai plus mon mot à dire. Ce sera toi le patron.

Eh bien, ce petit malaise lui a fait prendre conscience de beaucoup de choses.

– Je me suis toujours promis que le jour où je serais le patron, je changerais ton bureau en salle de repos super cool pour les employés, avec billard et flipper.

Mon père grimace et je regrette mon aveu. Je n'aimerais pas qu'il me fasse un nouvel arrêt cardiaque.

– Ne fais pas ça dans mon bureau. Tu devrais plutôt faire ça dans le tien.

Je me raidis puis me détends. Mon père le prend bien. Il arrive même à en rire. Je finis par secouer la tête.

– Je suis censé commencer un nouveau boulot demain, soufflé-je.

– Parle-m'en.

Je soupire. Par quoi commencer ? La situation est déjà pas mal compliquée.

– C'est le même job ennuyeux que je fais depuis des années. Directeur financier pour une société de rachat.

– Je croyais que le jour où tu partirais de Lawson Enterprise, tu ferais le tour du monde et des boîtes de nuit pour profiter des filles.

Je ris. En fait, mon père est plus attentif que je ne le pensais.

– Ça, c'était avant. Maintenant, je suis marié et j'ai la responsabilité d'un enfant. D'ailleurs, je ne suis pas sûr que Selena apprécierait vraiment.

Mon père rit. C'est dingue, j'ai l'impression de lui parler pour la première fois de ma vie.

– Cette Selena n'est pas la femme que j'aurais choisie pour toi, mais j'ai l'impression que tu as un meilleur jugement que moi en matière de compagne.

Oui, je peux comprendre que Selena n'aurait pas été son premier choix, au vu de son passé, mais c'est vrai qu'elle m'a changé.

– Pourquoi tu dis que tu es censé commencer demain ? Y a un souci ?

Oui, un sacré, même.

– Mon nouveau patron est l'ex de Selena.

– Oh ! Je vois le problème

– Et encore, ce n'est rien, ça. J'aurais pu travailler pour lui. Mais il est le père de Sam et…

Je m'interromps. Je ne sais pas pourquoi je lui raconte tout ça. Je ne sais même pas comment il va réagir. Je ne connaissais déjà pas l'ancien Howard, et même si le nouveau paraît plus cool, ne pas anticiper sa réaction me déstabilise.

– Continue, Ben, m'encourage-t-il.

– Il veut récupérer Sam. Selena s'est enfuie de Cuba car il était très violent avec elle. Je ne sais pas ce que je ferais s'il récupérait Sam. Je te jure, je suis prêt à le tuer. Vraiment. Je ne pense qu'à ça depuis deux jours, c'est horrible. Je ne sais pas quoi faire.

Mon père saisit ma main et la serre. Oui, le nouveau Howard est bien mieux que l'ancien. Plus compréhensif, plus attentif.

– Bon, raconte-moi tout en détail.

Il me sourit pour m'encourager et je commence à tout lui raconter. Je commence mon histoire par ma rencontre avec Selena, la maladie de Sam, les raisons qui m'ont poussé à épouser Selena, la façon dont je suis tombé amoureux des deux êtres dont je suis maintenant responsable, la révélation du passé de mon épouse.

Mon père est attentif et silencieux. Il se contente de répondre par des : « Je vois » et des : « Oui ». Il hoche la tête de temps en temps ou la secoue. Il devient père, avec trente ans de retard.

Je finis par lui raconter notre week-end, la signature du contrat avec cette putain de clause qui m'oblige à travailler pour cet enculé durant six mois, de ses menaces pour récupérer Sam, notre altercation, la visite d'Alejandro à la villa ce matin, ma demande d'adoption.

Quand j'ai fini, mon père a assimilé chaque information. Il a toujours été très intelligent et ses connaissances en droit me surprendront toujours. À croire que c'est lui qui a écrit les textes de loi. Il doit en connaître chaque fichu mot.

– Pour commencer, tu ne vas tuer personne. Le futur dirigeant de Lawson Enterprise n'est pas un meurtrier. Et mon fils encore moins.

C'est con, mais c'est exactement ce que j'avais besoin d'entendre. C'est la première fois qu'il reconnaît que je suis son fils sans amertume dans ses paroles.

– Demain, tu te rendras à ton nouveau travail. Tu ne dois pas laisser une occasion à ton nouveau patron de te reprocher quoi que ce soit. Tu te tiens à carreau, Benjamin. Je suis sérieux, c'est important. Je vais faire venir mes avocats pour leur parler de la situation.

– Tu as besoin de repos, père.

– Non, j'ai besoin de savoir que mon fils et sa famille vont bien. Et tant que ce ne sera pas réglé, je ne prendrai pas de repos. Benjamin, c'est important qu'on ne puisse pas te reprocher quelque chose, d'accord ?

J'opine de la tête.

– Ensuite, vous allez vous installer au manoir pour quelque temps. Ne restez pas chez vous. S'il profite de ton absence pour revenir à la villa, Selena n'arrivera peut-être pas à le chasser une deuxième fois.

J'acquiesce encore. Il a raison. J'ai bien trop peur de les laisser seuls une deuxième fois. J'ai sous-estimé cet enfoiré, ce matin, ça a été ma première erreur.

– Laisse-moi gérer ce problème, mon fils. Cet homme ne sera bientôt qu'un lointain souvenir.

***

Je prends une grande inspiration et lève la tête en direction du bâtiment. Putain, je n'ai pas envie et je suis sûr que ça va mal se passer. Mais je prends sur moi et je me tiendrai à carreau, comme me l'a conseillé mon père. Pour une fois que je vais l'écouter, autant faire ça bien.

La veille, je suis resté longtemps avec mon père et je dois avouer que ça m'a fait du bien. Je pourrais même aller jusqu'à dire que ça nous a rapprochés d'avoir eu une conversation normale.

Je prends mon courage à deux mains et pousse la porte de l'immeuble. Derrière son comptoir, une petite brune m'accueille et se lève même de sa chaise.

– Benjamin Lawson. Je dois voir…

– David. Oui, je suis au courant de ton arrivée. Monte, il t'attend.

Elle me précise l'étage et je la remercie en me dirigeant vers les ascenseurs. L'ascension se fait rapidement et quand les portes s'ouvrent, David m'attend devant, comme quelques jours auparavant. Il me tend la main, et je la saisis aussitôt. J'affiche un faux sourire. Intérieurement, je fulmine. Mais Munoz ne m'a rien fait et me paraît être un homme sympa. C'est être ici qui me stresse.

– Ça va ? me demande-t-il.

Pas du tout !

Je hoche quand même la tête.

– Tu es parti drôlement vite, samedi soir.

– Ouais. Petit souci personnel.

David me tapote l'épaule, un petit sourire compatissant aux lèvres. Il ne doit pas être au courant de ma petite mais sanglante altercation avec Alejandro. Il me fait signe de le suivre et je m'exécute.

Il s'arrête devant un bureau où une petite rousse, plutôt mignonne, me fixe.

– Je te présente Lisa, ton assistante. Lisa, voici Benjamin Lawson, notre nouveau directeur financier.

Je lui tends la main et elle la saisit poliment. Je pense aussitôt à Mindy. Lisa ne ressemble en rien à mon ancienne assistante. Elle, elle semble me bouffer du regard. Je n'aime pas ça. La seule femme autorisée à me regarder de cette façon est ma femme.

– Lisa, tu lui feras faire un petit tour du propriétaire. Le patron m'attend.

– Pas de souci.

Elle contourne son bureau et me fait signe de la suivre. Je m'exécute jusqu'à une porte qu'elle ouvre. Elle me fait entrer et je parcours la pièce du regard. Il n'y a aucune décoration. Seuls un grand bureau, un ordinateur, des placards et un fauteuil ornent la pièce.

– Si tu as des demandes, n'hésite pas, me dit-elle.

– Oui, note, réponds-je sèchement.

Elle extirpe un stylo niché derrière son oreille, prête à noter sur son petit calepin. Je ne sais pas pourquoi je réagis comme un con, sûrement pour la calmer. La façon dont elle me regarde me soûle.

– Je prends un café noir, sans sucre, tous les matins. Avec, ce sera bagel et fromage frais. Tu t'occuperas de mon déjeuner tous les midis. Je ne mange pas de poisson, je trouve ça dégueulasse. Tu peux m'appeler Ben mais jamais Benjamin. Peu importe si je suis en réunion ou pas, si ma femme appelle, tu me la passes. Elle est ma priorité.

Elle lève les yeux de son bloc-notes en entendant la dernière information.

– J'arriverai tous les matins à neuf heures et je veux que les dossiers soient déjà sur mon bureau, ou que tu me les apportes toi-même. Je ne tolérerai aucun retard.

– Pas de retard… répète-t-elle. Ce sera tout ?

– J'attends mon café.

Elle opine et sort du bureau. Mon rôle de connard est terminé. Je culpabilise un peu. J'ai toujours été plutôt sympa avec mes assistantes, mais cet endroit me rend con. Je ne compte pas rester, de toute façon. Mon téléphone se met à sonner et je souris en voyant le nom de Selena. Je décroche aussitôt.

– Oui, bébé ?

– Ça va ? Ça s'est bien passé ?

Je ris au téléphone.

– Tu m'appelles parce que tu t'inquiètes ?

– Oui, un peu. J'angoisse de savoir qu'il est dans les mêmes locaux que toi.

– Ça ira bien pour moi, ne te fais pas de souci. Je ne l'ai pas encore vu.

– Oh ! Tu m'appelles pour me raconter ?

– Oui, bien sûr.

On frappe à mon bureau et je dis d'entrer.

– Je dois te laisser, bébé.

– D'accord. Avant que tu raccroches, je voulais te dire que nous allons voir ton père à l'hôpital. Sam ne fait que me parler de lui et insiste pour y aller, mais je voulais savoir si ça ne t'ennuyait pas.

– Non, bien sûr que vous pouvez y aller.

Lisa revient avec un café et un bagel qu'elle dépose sur mon bureau.

– Super. On s'appelle plus tard. Je t'aime, Ben.

– Je t'aime aussi, bébé, dis-je en fixant lourdement mon assistante.

Je raccroche et dépose mon téléphone sur mon bureau. Lisa est toujours là, debout et immobile, quand je m'assois dans mon fauteuil.

– Autre chose ?

– Oui. M. Ortiz aimerait te voir dans la salle de réunion.

Je prends une grande inspiration. C'est le moment de me montrer calme et d'appliquer les conseils de mon père à la lettre.

Je me lève de mon siège et contourne mon bureau.

– Tu m'accompagnes ?

Lisa opine et tourne déjà les talons. Elle paraît de plus en plus tendue. Elle me dirige dans les couloirs puis s'arrête devant une large porte. Elle s'éclipse en silence. Je frappe à la porte et abaisse la poignée sans attendre l'autorisation d'entrer.

Au bout d'une grande table de réunion, Alejandro est assis et me fixe. Son regard est aussi peu amical que deux jours auparavant. Son œil gauche est tuméfié et je ne peux me retenir de sourire. Je ne l'ai pas loupé, cet enfoiré. Derrière lui, deux gros balèzes patientent, les visages inexpressifs et les mains jointes derrière eux. Il ne faut pas avoir inventé l'eau chaude pour comprendre que ce sont des hommes de main.

Je ne prends même pas la peine de saluer Alejandro. Ce serait avoir du respect pour lui alors que je n'en ai aucun. Je tire un fauteuil à quelques sièges du sien. Il me fixe, le regard toujours glacial et la mâchoire serrée. Nous nous fusillons du regard jusqu'à ce qu'Alejandro claque des doigts.

– On sera derrière la porte, patron, dit l'un d'entre eux.

Je ne peux m'empêcher de laisser échapper un petit rire. Les deux hommes sortent de la pièce en passant derrière moi.

S'ils pensent m'impressionner, ils ont de l'espoir.

– Benjamin, commence-t-il.

Putain, il a à peine commencé que j'ai déjà envie de le dégommer.

– Alejandro… ou dois-je vraiment t'appeler César ?

– Ici, ce sera M. Ortiz pour toi.

Et comme je ne compte pas te voir ailleurs.

Il me fixe, imperturbable.

– J'ose espérer que notre petit différend ne nous empêchera pas de travailler dans de bonnes conditions.

Il est sérieux ?

– Et pourquoi ne pas me virer ? suggéré-je.

Les lèvres d'Alejandro s'étirent.

– Je ne te ferai pas ce plaisir.

– Oui, j'ai cru comprendre que tu n'étais pas un homme qui se souciait des autres. Tu ne connais que les coups.

Son sourire s'efface. Il se recule dans son siège et croise ses bras sur son torse.

– On va faire simple. Tu ne veux pas de moi ici et je ne veux pas travailler pour un enculé comme toi, reprends-je.

– Je crois qu'on vient d'établir les bases de notre collaboration. Mais vois-tu, tu as signé un contrat. Et j'attends de toi qu'il soit respecté.

Je serre les doigts autour de mon genou. Je vais le fumer, cet enfoiré.

– Eh bien, tu vois, je suis un homme qui n'aime pas se faire enculer non plus. Et je suis aussi un mari qui est capable de tout si on touche à sa famille.

Alejandro se pince les lèvres et me fixe. Je crois que ni lui ni moi n'avons cillé, ni bougé. Il pourrait y avoir une bombe qui éclate à l'extérieur qu'aucun de nous ne lâcherait l'autre du regard.

– Je sais ce que tu as fait subir à Selena et ne crois pas qu'en ayant connaissance de ça, je vais te laisser approcher Sam. Il n'a pas besoin de toi dans sa vie.

– Il a besoin de toi, peut-être ?

Oui ! Bien sûr que Sam a besoin de moi. Autant que de Selena. Que ce soit pour cette couverture sociale ou pour le reste.

– Tu apprendras à tes dépens que Selena n'est pas la petite fille sage qu'elle montre. C'est une garce qui n'hésitera pas à se barrer dès qu'elle en aura l'occasion et qu'elle aura pompé tout ton fric. Elle m'avait promis des choses et elle n'a pas tenu parole.

– Elle t'a promis des choses ou tu l'as forcée à te promettre des choses ? Comment pouvais-tu espérer qu'elle reste avec toi alors que tu la tabassais tous les soirs ?

– Elle n'obéissait pas, dit-il, comme pour justifier ses actes.

Je serre les poings une nouvelle fois. Je les serre tellement que mes phalanges blanchissent. Comment peut-il penser ce genre de choses ? Il a cru quoi ? Qu'une femme n'est qu'un chien qui doit obéir ? Même à un chien, on ne lui fait pas ça.

– On va s'en tenir à deux choses, dis-je en me levant. J'aurai un minimum de respect pour toi, bien que tu ne le mérites pas, dans le cadre professionnel. Mais si tu t'approches de ma famille, je n'hésiterai pas à t'achever. Tu te prends pour un caïd en tabassant une femme, mais ça ne fait de toi rien d'autre qu'une merde. Je ne te préviendrai pas deux fois. Ne t'approche plus de Selena et de Sam car, crois-moi, tu ne voudrais pas voir l'homme que je deviendrais si tu le faisais.

Il me fixe et le petit rictus provocateur collé à ses lèvres me donne envie de le frapper.

Je tourne les talons et abaisse la poignée de la porte.

– Fais appel à ton meilleur avocat car, avec tes menaces, tu peux aller te faire foutre. Je récupérerai mon fils, quitte à devoir crever cette salope.

Je prends une grande inspiration en fermant les yeux. Sérieusement, s'il continue à me provoquer, promesse à mon père ou pas, je l'aligne.

Je préfère garder mon calme et sors de la salle de réunion en claquant la porte.

45

Selena

Je sors de la pâtisserie, un paquet à la main. Je sais que ça fera plaisir à Howard tout autant qu'à Sam.

Sam s'amuse à sauter sur les dalles en ciment du trottoir. Il tient son doudou dans sa main et laisse échapper des petits « Hop ! » à chacun de ses sauts. Je souris. Il me fait trop rire. Il est si concentré, comme si sa vie en dépendait.

– Ne t'éloigne pas trop, Samy, dis-je.

– Oui, oui.

Il me répond pour la forme mais vu l'allure à laquelle il va, il se contrefout de ma demande.

Mon téléphone vibre et je le sors de mon sac. Je souffle en voyant le nom de John, le chauffeur de Howard. Il ne me lâche pas depuis trois jours, depuis que nous avons emménagé au manoir Lawson, sur les recommandations de Howard.

Je dois avouer que je n'ai pas hésité quand Ben m'a proposé d'y aller provisoirement. J'avais bien trop peur qu'Alejandro débarque une nouvelle fois à la villa. Mais devant l'insistance de John, je me demande si c'était une si bonne idée. Il ne me lâche pas d'une semelle. J'ai l'impression d'avoir un baby-sitter sur le dos. Je suis sûre que c'est Howard qui lui a demandé, bien que Ben en soit tout à fait capable aussi. Ils n'ont pas l'air de se rendre compte mais ils ont tous les deux cet affreux point commun : le besoin de tout contrôler.

Mes journées au manoir se résument à ne rien faire. Les nombreux employés s'évertuent à prendre soin de moi et ça ne me plaît pas. Ils se plient en quatre et c'est limite si on ne me fait pas boire, ou si on ne me frotte pas le dos sous la douche. C'est déstabilisant de savoir que tout ce petit monde me fait des courbettes. Je n'ai pas l'habitude et j'espère ne jamais m'en satisfaire. J'ai l'impression d'être une poule de luxe, à attendre sagement le retour de son amant.

Sauf que Ben rentre tard chaque soir. Sam est souvent couché depuis une heure. Même si Ben ne veut pas me l'avouer pour ne pas m'inquiéter, je sais qu'Alejandro fait exprès de le garder le plus longtemps possible au bureau. Parfois, j'aimerais y faire un saut pour que Sam voie Ben. Il le réclame depuis deux jours mais Ben m'a interdit de venir. Il ne veut pas qu'Alejandro ait une nouvelle occasion de voir Sam et il a raison.

Alors je passe mes journées à l'hôpital avec Sam et nous passons notre temps à tenir compagnie à Howard.

Mon téléphone vibre une nouvelle fois et je soupire avant de décrocher.

– Oui, John ?

– Madame Lawson, excusez…

– Je vous ai dit que vous pouviez m'appeler Selena.

– Je sais, madame, mais je ne peux me permettre de familiarités avec vous. Avez-vous besoin de mes services ?

Je soupire. Ce John est adorable mais je n'ai pas à justifier ce que je fais ni où je me trouve.

– Non, ça ira. Je vais aller au Mercy Hospital et je vais prendre un taxi.

– Veuillez m'excuser d'insister mais votre mari m'a demandé de vous conduire où bon vous semble.

Alors le baby-sitting est une idée de Ben ?

– Très bien. Je sors de chez le pédiatre.

– Ne bougez pas, j'arrive.

Il raccroche et je peste en balançant mon téléphone au fond de mon sac à main.

Je sens que je vais devoir avoir une petite discussion avec mon cher mari. Même si son geste est mignon et un brin protecteur, j'aurais préféré qu'il m'avertisse de ses intentions.

Je rappelle Sam, qui s'amuse toujours à sauter comme une grenouille. Il s'arrête et revient vers moi.

J'aperçois déjà la berline noire, à l'autre bout de la rue. John ne devait pas être loin et je ne peux m'empêcher de ressentir une pointe de culpabilité. Ce n'est pas sa faute, il ne fait que son job, après tout et me « surveiller » ne doit pas être de tout repos. Je lui mène la vie dure depuis trois jours, prétextant pouvoir me débrouiller seule.

La voiture s'arrête près de nous et je grimpe dedans sans réfléchir. John nous accueille d'un large sourire puis s'insère dans la circulation alors que je m'occupe d'attacher la ceinture de Sam.

– Je vous emmène au Mercy Hospital ?

– S'il vous plaît.

Il opine de la tête puis actionne son clignotant.

– Le baby-sitting fait partie de vos attributions ? demandé-je.

John lève les yeux et me regarde à travers son rétroviseur. Il tente de se retenir de rire.

– Ce n'est pas une tâche qui m'incombe, d'ordinaire, me répond-il.

Je secoue la tête, amusée par sa réponse.

– Nous serons à l'hôpital dans quelques minutes.

Je le remercie puis prends mon téléphone. J'appuie sur le numéro de Ben et patiente. Je suis aussitôt renvoyée sur sa boîte vocale.

– Monsieur Lawson, c'est Mme Lawson, votre femme. Je tenais à vous dire que je sais que vous avez soudoyé le chauffeur de votre père pour me conduire où bon me semble. Je dois avouer qu'il le fait à la perfection, cet homme mérite une augmentation. Quant à vous, je prévois une diminution de tout un tas de choses qui vous plaisent tant. Vous n'allez pas tarder à récupérer tout votre sommeil en retard. Vivement ce soir qu'on discute de toutes les pertes de privilèges que votre acte de protection va vous causer.

Je raccroche, satisfaite. J'aime le menacer en évoquant une grève du sexe. Je n'en ferai rien, bien sûr. J'aime trop le retrouver dans le lit, le soir. Mais je sais que cette menace lui fera prendre conscience que je ne tolère pas cette protection rapprochée.

Je lève la tête vers le pare-brise et aperçois déjà l'hôpital. John se gare rapidement puis se tourne vers moi.

– Je vous attends ici, madame Lawson. Prenez votre temps.

– Merci, John.

Je détache Sam et nous sortons aussitôt de la voiture, mon paquet de pâtisseries à la main. Je me dirige vers les ascenseurs que Sam s'est empressé d'appeler. Comme tous les enfants, il aime appuyer sur les boutons.

Nous montons dans la cage et Sam appuie sur le quatre.

– Tu seras sage, Sam ?

– Je suis toujours sage, maman.

– Toujours sage ? Petit menteur !

J'ébouriffe ses cheveux en souriant. Je l'aime, mon petit homme.

Les portes de l'ascenseur s'ouvrent et Sam file déjà en dehors.

– Ne cours pas, Samy !

Ne vient-il pas de dire qu'il était toujours sage ?

Je presse le pas mais il a déjà baissé la poignée de la porte de la chambre de Howard. Il se fige et je regarde à mon tour. Une blonde est penchée sur mon beau-père et l'embrasse tendrement. Je plisse le front. Je n'arrive pas à voir son visage mais elle me semble jeune. Bien plus jeune que Howard, du moins.

Quand elle se redresse, ses yeux se portent sur moi. Elle paraît surprise mais je le suis encore plus.

– Je…

– Tante Becky ! s'écrie Sam.

Becky me fixe puis se baisse pour que Sam se blottisse contre elle. Mes yeux se lèvent vers Howard qui paraît soudainement mal à l'aise. Je crois que je le suis encore plus.

– Je… On va repasser un peu plus tard, dis-je en attrapant la main de Sam.

– Je… j'allais partir, dit Becky, encore plus mal à l'aise.

Je hoche la tête mais sors tout de même, entraînant Sam. Je crois qu'ils ont besoin d'intimité.

Je m'assois sur le banc en face de la porte de la chambre et prends Sam sur mes genoux. Il se love contre moi.

Je n'en reviens pas. Becky et Howard !

Je suis sous le choc. Je n'aurais jamais pensé ça. Ce n'est pas la différence d'âge qui me perturbe. Becky a 29 ans, Howard le double mais non, ce qui me choque, c'est que je ne vois pas comment ils ont pu se rencontrer, ni comment ils ont pu s'apprécier. Ils sont tellement différents.

La porte s'ouvre et Becky sort timidement. Elle n'ose pas me regarder. Je la trouve bête.

– Tu ne dis pas bonjour ? dis-je, histoire de dédramatiser.

– Euh… si, bien sûr.

Sam se lève de mes genoux, prend la boîte de pâtisseries et entre déjà dans la chambre de Howard. Mon amie m'enlace puis s'assoit près de moi, lentement.

– Je… commence-t-elle.

– Je vais devoir t'appeler belle-maman, plaisanté-je.

Elle rit en même temps que moi et je saisis sa main. Pour une fois que c'est moi qui attends les détails croustillants.

– Je veux tout savoir.

Becky sourit puis relève les yeux vers moi. Son regard est différent. Elle a une petite pointe de malice et de niaiserie qui sauterait aux yeux de n'importe quelle personne qui croiserait son regard. Elle est amoureuse mais là, c'est différent. Elle est vraiment amoureuse.

– Comment tu as rencontré Howard ?

– Par hasard. Dans un Starbucks. J'étais juste devant lui dans la file d'attente. Dès que je l'ai vu, je suis tombée amoureuse.

Comme chaque fois qu'elle rencontre un homme.

– Je sais que tu me vois comme une amoureuse de l'amour mais là, c'est différent. Je n'ai jamais ressenti ça pour personne. Avec Howard, je me sens vivante, libre, heureuse. Je souris tout le temps.

Je comprends tout à fait. Je ressens la même chose quand je suis avec Ben.

– Tu vois ? reprend-elle. Le même sourire que tu affiches en ce moment. Je suis dingue de lui.

– Je suis contente pour toi, Becky.

Elle me fait une petite moue adorable.

– Je sais que notre couple est atypique. On a vingt-huit ans d'écart. Je pourrais être sa fille. J'ai d'ailleurs l'âge de son fils.

C'est peu dire. Elle a l'âge de Ben, à un an près, c'est-à-dire rien du tout.

– Il veut prendre sa retraite. Il veut qu'on emménage ensemble.

– Ça fait longtemps que vous vous êtes rencontrés ?

– Il y a un mois. Sur le coup, je n'ai pas fait le rapprochement entre lui et Ben mais quand il m'a parlé de son fils qui avait donné sa démission, j'ai vite compris et…

Elle baisse la tête.

– Et tu avais peur de nous l'annoncer ? dis-je, finissant sa phrase.

Elle relève la tête puis la hoche.

– Oui, surtout à Ben. Tu t'imagines. Une fille qui a son âge est avec son père. Tu crois qu'il va le prendre comment ?

Elle paraît inquiète et je souris, amusée.

– Bah, disons que je vais essayer de préparer le terrain, dis-je. Après, je ne pense pas qu'il ait vraiment son mot à dire. Howard sait qu'on se connaît ?

– Oui, je le lui ai dit quand j'ai compris. Alors je lui ai parlé de toi, de Sam. De tout ce que vous aviez vécu. Je lui ai parlé de Ben, qu'il était un mec génial. Le type de mec que j'espérais pour ma meilleure amie et que j'étais heureuse qu'elle l'ait attrapé. Il m'a parlé de ses rapports compliqués avec lui, qu'il l'aimait mais qu'il ne savait pas comment lui dire. Je te jure, Selena, Howard est aussi parfait que son fils.

C'est vrai que maintenant que j'apprends à connaître mon beau-père, je vois en lui un homme agréable et assez ouvert. Serait-ce mon amie qui le change ? Je vais finir par croire que les femmes changent les hommes.

– On s'entend super bien et il est génial.

– C'est bien, Becky. Si tu sens qu'il est l'homme de ta vie, tu dois foncer. Après t'avoir entendue toutes ces années clamer haut et fort que l'amour, c'était génial, je dois t'avouer que tu avais raison.

Elle m'enlace. Son parfum m'enivre. J'ai toujours aimé son odeur.

– Amber est au courant ? demandé-je.

– T'es dingue ! Elle est contre l'amour. Elle ne comprendrait pas. Mais je te jure que quand ça lui tombera sur le coin du nez, je serai la première à me foutre d'elle.

– Et je t'aiderai, ce jour-là, ris-je.

Elle pouffe avec moi, puis tapote ma main.

– Et toi ? Avec Ben ? Il est toujours aussi grandiose au pieu ? Parce que s'il est du même acabit que Howard…

– Stop ! l'arrêté-je. Je ne veux pas le savoir.

Elle rit. Cette fille est folle ! Me parler des performances du père de Ben au lit devrait être interdit.

– Merde, avec qui je vais parler des prouesses sexuelles de mon mec ? dit-elle.

– Amber se fera sûrement un plaisir d'entendre tout ça. On parle de mon beau-père, là, et je n'ai pas envie d'en savoir plus.

Elle rit.

– Non, plus sérieusement, ça se passe très bien avec Ben. On… on va se remarier.

Elle affiche un grand sourire. Elle paraît heureuse pour moi.

– C'est génial, Selena. Je savais que ce mariage était un mariage d'amour. J'ai gagné vingt dollars.

Elle ne perd pas le nord !

– Vous allez faire ça quand ? Je serai ta demoiselle d'honneur, hein ? Dis que je serai ta demoiselle d'honneur.

– Ma belle-mère en demoiselle d'honneur ! Quelle idée !

Son visage se fige et elle affiche une petite grimace.

– Mais non, plaisanté-je. Bien sûr que tu seras ma demoiselle d'honneur, fais-je. Qui d'autre pourrait jouer ce rôle aussi bien que toi ou Amber ?

Elle sourit, satisfaite et un brin hautaine, comme pour me dire que ce que je viens de dire est la chose la plus sensée au monde.

Quelle prétentieuse !

– Alors ? Quand est-ce que je vais devoir me faire belle ? demande Becky.

– Pas pour l'instant. Même si, avec Ben, tout se passe bien, on a un petit souci.

Petit est un mot bien faible ! Alejandro n'est pas un petit souci, c'est un problème de taille.

– Alejandro est revenu, soufflé-je.

– Alejandro ? demande-t-elle.

– Oui. Le père de Sam.

Son visage se fige et sa bouche s'entrouvre légèrement. Elle paraît choquée, tout comme je l'ai été quand je l'ai revu après toutes ces années.

Je lui raconte alors tout. Le contrat de Ben. La soirée au Four Seasons. Le retour d'Alejandro. Sa menace et sa volonté de récupérer Sam. Sa visite à la villa.

À chaque révélation, elle hoquette de surprise ou ouvre la bouche, choquée et abasourdie par ce que je lui annonce.

Quand je finis mon récit, elle ne semble pas savoir quoi répondre. Elle cherche ses mots. Moi, je suis fière de ne pas avoir versé une larme, bien que j'aie dû les retenir plus d'une fois.

– Oh, Selena, je… Je peux faire quelque chose pour toi ?

Je secoue la tête. Non, elle ne peut rien faire, à moins qu'elle n'ait une solution à ce problème de poids. Et je ne veux pas la mêler à tout ça.

– Je… Samy doit rester avec vous… Je… j'ai envie d'aller voir ce bâtard et de le frapper rien que pour avoir osé te gifler.

– Merci, Becky, mais je préférerais que tu ne sois pas impliquée dans cette histoire, c'est déjà suffisamment compliqué comme ça et Alejandro est capable de tout. Je l'ai vu faire des choses et il est loin d'être un enfant de chœur.

Elle m'adresse un sourire timide et ses yeux se portent alors derrière moi. Quand je tourne la tête, trois infirmières courent dans notre direction. Elles paraissent stressées.

– On a un code bleu en chambre 412. Code bleu pour la 412.

Une quatrième infirmière les suit, poussant une énorme machine. Elles s'arrêtent devant la porte de la chambre de Howard et la poussent déjà. Je me lève d'un bond, tout comme Becky.

Oh, mon Dieu ! Howard !

Je m'approche et la main de Becky s'abat sur la mienne. Une infirmière relève un petit corps inanimé du sol.

Non, ce n'est pas Howard, c'est Sam ! Mon Sam !

46

Ben

– On a fini, messieurs, dit Alejandro. Je compte sur vous pour vos rapports et…

Je ne l'écoute même pas et sors déjà de la salle.

Enfin ! J'ai cru qu'il n'allait jamais nous lâcher, ce connard !

Depuis trois jours, je fulmine, garde le sourire et surtout mon sang-froid pour ne pas le dégommer. Cet enfoiré s'amuse à m'emmerder toute la journée, me gardant au bureau le plus tard possible. Selena n'a pas l'air de mal le prendre mais elle doit se douter que c'est la faute de son connard d'ex. Et moi, je ne lui dis rien, pour ne pas l'inquiéter.

La savoir au manoir me rassure. Au moins, je n'ai pas la hantise de la savoir seule à la villa. Et même si je dois supporter cet enculé, l'avoir toute la journée sur le dos me rassure et je me dis qu'il n'est pas en train d'emmerder Selena.

Je fais attention à tout : à ne pas laisser échapper une information sur Selena, Sam ou mon père qui est à l'hôpital. Si Alejandro l'apprend, il saura où la trouver. Selena rend visite à mon père tous les après-midi. Elle est formidable et mon père l'apprécie. Il m'a dit que Selena était ce qui m'était arrivé de mieux. Et il a raison.

Pour une fois qu'on est d'accord.

Je sors de la salle de réunion et vérifie mon téléphone. J'ai plusieurs appels en absence et un message sur mon répondeur.

Quand je consulte ma boîte vocale et entends le pathétique message de ma femme, je ris. Elle croit me faire peur avec sa menace de grève de sexe mais elle va vite changer d'avis quand elle comprendra ce que je compte lui faire ce soir. Je la prendrai tout entière, m'amuserai à la torturer sexuellement et quand elle succombera, elle en redemandera. J'ai hâte d'être à ce soir pour entendre les « pertes que mon acte de protection va me causer ».

Je raccroche quand je sens une main se poser sur mon épaule. Mes collègues et mon connard de patron sortent à leur tour de la salle de réunion.

– Ben, j'aimerais te voir pour parler du rachat de la boîte de télécommunication. J'ai quelques idées pour faire parler de cette société et j'aimerais que tu me donnes ton avis, me dit Mark, le directeur artistique.

– Ouais, pas de souci, on se prend un café avant, si ça ne te dérange pas.

– Ben ! Ben !

Je tourne la tête et vois Lisa s'approcher de moi en courant. Elle paraît carrément affolée. Si elle a encore planté son ordinateur, effaçant encore un compte rendu financier, je la vire sur-le-champ. Je n'ai pas que ça à foutre de réparer ses bourdes.

Elle s'arrête devant moi et reprend son souffle. Elle est carrément terrorisée.

– Ta femme ! dit-elle.

– Quoi, ma femme ?

– Elle n'arrivait pas à te joindre. Sam… Il a fait un malaise et est en réanimation. Ils sont à l'hôpital.

Je me fige aussitôt. Putain ! Je réagis au quart de tour et plante Mark et Lisa dans le couloir. Je passe devant mon patron qui n'a pas perdu une miette de la conversation. Putain, il manquait plus que ça. Je ne prends pas le temps de répliquer quoi que ce soit et fonce déjà vers les ascenseurs. Sam a besoin de moi.

***

Quand j'arrive à l'hôpital, j'aperçois la chevelure blonde de Becky. Je me demande ce qu'elle peut bien faire ici mais honnêtement, je n'en ai rien à foutre. Je me poserai des questions plus tard. Je fonce vers elle et quand son visage se tourne vers moi, elle paraît soulagée. Elle vient à ma rencontre d'un pas aussi déterminé que le mien.

– Ben, je... Je suis désolée... Je...

– Où elle est ?

– Dans le bureau. Avec le docteur Morris. Il est arrivé en urgence.

– Comment va Sam ?

Elle grimace et mon visage se décompose. Putain, je déteste sa mine. Je passe la main dans mes cheveux. Je crains le pire. J'expire lentement. S'il est arrivé quoi que ce soit à Sam, je défonce tout.

Une porte s'ouvre derrière Becky et Selena sort, le visage en pleurs. Putain ! Il s'est passé quelque chose. Je sens que la situation de Sam s'est aggravée.

Selena tourne son visage vers moi et accourt déjà. Elle se blottit contre moi. Elle a besoin de réconfort mais j'ai bien plus besoin de réponse. Je dois savoir comment va Sam.

– Où il est ? demandé-je.

– En réanimation. Il... Il était avec Howard et il a eu du mal à respirer. Il est tombé d'un coup. Heureusement que ton père a réagi rapidement. Il lui a fait un massage cardiaque. Je... Sans ton père, Sam serait... Il lui a sauvé la vie.

Je l'attire contre moi et embrasse sa tempe. Les nouvelles ne sont pas bonnes, mais la nouvelle fatale qui me serrait le cœur n'est pas arrivée. Sam s'en sortira. Je le sens.

– Le conseil des médecins va se réunir dans quelques minutes et le docteur Morris est venu pour appuyer le dossier de Sam.

– Il faut qu'on y aille et que…

– Non, Ben, me coupe-t-elle. On n'a pas le droit d'y assister. Ben, je ne sais pas quoi faire. Et si Samy…

Je l'attire contre moi, l'empêchant de dire cet horrible mot. Je refuse de l'entendre, je refuse que ce mot soit associé à Sam.

– Ne dis pas ça, bébé. Il va s'en sortir. Sam est fort. Il va nous épater, j'en suis sûr.

Elle se met à sangloter dans mes bras et je lève les yeux vers Becky qui nous regarde, la larme à l'œil. Je lui fais signe de nous rejoindre et elle s'exécute.

Les deux amies se prennent dans les bras. Je me demande toujours ce que Becky fait ici. Peut-être que Selena l'a appelée, voyant que je ne répondais pas à cause de cette fichue réunion.

Selena se raidit dans mes bras et sèche ses larmes rapidement. Elle a le regard tourné vers le couloir et je n'ai pas besoin de tourner la tête pour savoir ce qui la met dans cet état. Ça ne peut être que lui. Je vais devoir prendre sur moi et garder un calme olympien. Ça va être dur, car là, j'ai encore plus envie de l'étaler que d'habitude.

J'aurais dû me douter qu'il viendrait, qu'il m'aurait suivi ou qu'il aurait appelé tous les hôpitaux de la ville pour savoir où je me rendais. À moins que ce ne soit cette cruche de Lisa qui ait lâché le morceau et dit à Alejandro de quel hôpital il s'agissait.

Je tourne tout de même la tête et le vois, la tête droite et le visage hautain, suivi de ses deux gorilles et d'un homme un peu plus petit, lui aussi en costume. Cette tête de con ne me dit rien qui vaille. Il nous regarde comme si nous étions de la merde et je ne me gêne pas pour le regarder de la même façon. Il n'a pas intérêt à me soûler.

Alejandro s'arrête devant nous, la mâchoire serrée. Ses yeux se portent rapidement vers le petit homme qui s'avance d'un pas. Il tend sa main vers Selena qui paraît surprise. Elle la saisit sans comprendre et l'homme commence :

– Madame Lawson, je suis maître McDowell. Je suis ici pour parler des intérêts de mon client, M. Ortiz, en vue de sa demande de reconnaissance de paternité.

– Qu… quoi ? sifflé-je entre mes dents.

Selena pose sa main sur mon bras pour me stopper. J'ai avancé d'un pas sans m'en rendre compte. Elle affiche un visage fermé et sévère pour Alejandro.

– Étant donné qu'une demande d'adoption a été faite par votre mari, M. Lawson, je vous donne en main propre la demande de paternité pour le petit Samuel. Les liens biologiques priment et je vais vous demander de signer ce document pour…

– Non, non ! Je ne crois pas. McDowell, c'est cela ? Je vais appeler mon avocat pour que nous puissions régler ce problème. En aucun cas ce n'est le lieu ni le moment de parler de cela. Maintenant, je vais vous demander de partir et de prendre contact avec mon avocat, maître Davis, pour convenir d'un rendez-vous.

L'avocat et Alejandro se regardent puis se sourient. Ils nous préparent un mauvais coup, je le sens !

– Nous savions que vous diriez ça. Le procureur Ackman a établi un document autorisant mon client, M. Ortiz, à rendre visite à son enfant biologique et…

Je ne tiens plus. Je saisis Alejandro par le col et le plaque contre le mur du couloir. Je suis tellement énervé que je jurerais avoir senti les murs de l'hôpital trembler à travers le corps de ce fils de pute.

– Tu feras tout pour nous emmerder, toi ! craché-je.

Alejandro m'adresse un petit sourire provocateur puis tourne la tête vers son avocat.

– Maître, veuillez noter que M. Lawson m'a agressé et…

– Vous commencez à me soûler, intervient Selena. Vous ne pouvez pas penser à Sam cinq minutes ?

Elle paraît agacée, fatiguée et surtout à deux doigts de fondre en larmes. Elle a raison. Pour l'instant, même si l'envie de défoncer cet enfoiré est forte, Sam est ma priorité.

Selena pointe son ex du doigt, affichant un visage dégoûté.

– Tu peux rester ici, tu peux aller le voir mais je t'interdis de lui dire que tu es son père tant que ce problème ne sera pas réglé.

Son connard d'avocat finit par opiner de la tête et Alejandro dégage mes mains de son col d'un geste brusque. Nous nous toisons du regard un instant.

Selena finit par se tourner vers Becky, qui n'a pas bougé d'un pouce. Le docteur Morris sort alors d'un bureau et s'approche de nous. Il pose la main sur le haut du bras de Selena.

– Le conseil des médecins va se réunir. Je ferai tout pour les convaincre de passer Sam en priorité. Je vous demande juste de me faire confiance, Selena.

Elle hoche la tête timidement puis se laisse tomber sur une chaise quand le docteur entre dans le bureau, derrière une cohorte d'autres médecins.

***

Selena

Depuis deux heures, nous n'avons pas de nouvelles, nous n'avons même pas pu voir Sam et ça m'angoisse. Et je suis encore plus stressée de voir Alejandro face à nous.

Ben se lève rapidement et je le suis du regard.

– Je vais aller chercher un café. Tu en veux un ? me dit-il.

Je secoue la tête sans rien dire. Non, je suis bien trop nerveuse pour boire une quelconque substance excitante. Il ne devrait pas en boire lui-même. Il est déjà suffisamment tendu comme ça. Il m'embrasse tendrement, me promettant de revenir vite.

Alejandro n'a rien perdu de notre échange. Il regarde Ben s'éloigner puis porte son attention sur moi.

Il me fixe d'un regard sombre et menaçant et secoue la tête.

– T'es vraiment une bonne à rien, me dit-il en espagnol.

Je lève les yeux au ciel, agacée. Comme si cette petite attaque m'affectait. Il me l'a déjà dit tant de fois.

– Tu n'es même pas fichue de me faire un gosse en bonne santé.

– Va te faire foutre, Alejandro. Si ça ne te convient pas, tu peux t'en aller. Crois-moi, je ne te retiendrai pas.

Sa lèvre supérieure se relève légèrement. Il sait qu'il me soûle et je sais que ma réflexion l'a encore plus gonflé. Mais le provoquer me fait un bien fou. Il prend conscience que je ne suis plus la pauvre gamine de 15 ans des bas quartiers de La Havane.

Et oui, Selena Suarez a du caractère et ne se laisse plus faire.

– Je vois que tu as changé, Selena. Je dois avouer que c'est assez surprenant.

– J'ai appris à me forger un caractère, et c'est à cause de toi. À force de te défouler sur moi, tu m'as permis de m'endurcir.

– Oh, je n'ai pas fait que te taper dessus. Je me rappelle très bien de nos petits moments en privé. Et je suis sûr que tu t'en souviens.

Je serre les dents. Oui, je m'en souviens très bien. Au début, il était doux, délicat puis il est devenu violent et brutal.

Je vois Ben revenir, deux gobelets à la main. Il me tend finalement un chocolat chaud que je saisis en le remerciant. Il se rassoit près de moi, prend une gorgée de son café sans détourner son regard d'Alejandro.

Je souffle sur mon chocolat et en bois une gorgée. Ça me

fait du bien. Pour moi, le chocolat est un réconfort contre un mauvais rhume, une peine de cœur ou un coup de blues. Je ne perds pas une occasion d'en boire ou d'en manger.

Au loin, j'aperçois le docteur Morris qui s'approche de nous. Il nous fixe et je me lève aussitôt, imitée par Ben et Alejandro.

Je sens à sa mine qu'il ne va pas nous annoncer quelque chose d'agréable. Je retiens une larme mais quand ses lèvres s'étirent, je reprends espoir.

– On ne pleure pas, Selena, on reste forte, me motive le docteur Morris. Surtout qu'il n'y a aucune raison de pleurer. Sam va avoir sa greffe. Il va avoir un nouveau cœur.

Mes membres se mettent à trembler et je retiens une nouvelle fois mes larmes. Cette fois-ci, pas de peine, mais de joie.

– Je vais tout vous expliquer. Sam est passé prioritaire sur la liste des receveurs d'organes suite à son malaise. Il n'y a plus qu'à attendre un donneur compatible.

– Quand sera-t-il opéré ? demande Ben.

Morris se tourne vers mon mari.

– Il va falloir être patient, Ben. Ça peut être dans deux heures comme dans deux jours mais en attendant, il va falloir être patient. Très patient. Et Sam restera ici.

– Est-ce qu'il y a des risques ? demandé-je.

– On en a déjà parlé, Selena. Le risque zéro n'existe pas mais Sam est fort et courageux et il a reçu les meilleurs traitements. Et après sa convalescence, il pourra enfin jouer au foot comme il l'a toujours voulu.

Oui, j'ai hâte de l'emmener à ses futurs entraînements de foot, d'acheter son équipement et de l'encourager lors de ses matchs.

Le docteur Morris hoche la tête, déterminé. Ce médecin est vraiment super et je suis heureuse d'avoir toqué à son cabinet alors que Sam était encore un bébé.

– Vous devriez rentrer vous reposer. Sam est entre de bonnes mains ici.

– Non, dis-je. Je veux rester avec lui.

Le pédiatre hoche la tête, comprenant ma demande. Je sais que je ne pourrai pas m'endormir en le sachant ici. Et s'il avait besoin de moi ? Et s'il me cherchait ? Un hôpital est déjà un endroit suffisamment angoissant et je ne peux pas y laisser mon enfant. Sam et moi sommes un ensemble. Peu importe ou l'un se trouve, l'autre y est aussi. Je refuse de le laisser seul.

– Très bien. Je vais demander à une infirmière de vous installer un lit dans sa chambre, alors.

47

Selena

Je me retourne dans mon petit lit de camp. Je n'arrive pas à trouver le sommeil. Qui y arriverait ? Je suis tellement inquiète que je me suis bouffé tous les ongles jusqu'au sang. Je ne peux m'empêcher de fixer Sam. Je ne peux détourner mon regard de lui.

Une multitude de questions se bousculent dans ma tête. Et celle qui revient le plus souvent est : « Quand » ? Quand Sam aura-t-il cette greffe ? Quand Sam aura-t-il le droit d'être un petit garçon comme les autres, sans ses séances de kiné, ses restrictions alimentaires et sa prise de médicaments journalière ? Mon fils ne mériterait-il pas le bonheur, lui aussi ? La situation est compliquée, très compliquée, bien trop compliquée.

Sam ne s'est toujours pas réveillé depuis que Ben est reparti au manoir. Après avoir longuement insisté, je l'ai supplié d'aller se reposer là-bas. Il a besoin de dormir. Et quand je l'ai rassuré en lui disant que tout irait bien, qu'il ne pourrait rien m'arriver et que je garderais mon téléphone tout le temps sur moi, il a accepté de rentrer, me promettant de venir le lendemain à la première heure.

Je me lève de mon lit de fortune et vais vers Sam. Je ne peux pas le toucher et c'est sûrement ça qui me stresse le plus.

Son lit a été entouré de grandes bâches en plastique transparentes, empêchant qu'aucun germe ne pollue l'air qu'il respire. On m'a autorisée à dormir dans sa chambre uniquement parce que le docteur Morris a usé de ses meilleurs arguments.

Je fixe Sam, qui paraît apaisé. Il est dans un lit si grand qu'il paraît encore plus petit qu'il ne l'est.

Son petit corps frêle est relié par tout un tas de fils impressionnants, eux-mêmes reliés à un monitoring indiquant ses constantes. Je fixe l'électrocardiogramme m'indiquant les pulsations de son faible cœur. Un masque à oxygène recouvre la moitié de son visage et est relié à un respirateur. Je déteste voir mon fils ainsi. Il mérite tellement mieux. Il mérite tout simplement de vivre.

– C'est impressionnant, entends-je derrière moi.

Je me retourne et croise le regard froid que je déteste tant. Je pensais qu'Alejandro était parti et je croise les bras sur ma poitrine, geste d'autodéfense qui ne sert à rien. Je sais qu'il ne tentera rien, pas à l'hôpital, qui est truffé d'infirmières.

– On s'habitue, à force, dis-je en haussant les épaules.

Il s'arrête près de moi et sa proximité me gêne. J'aimerais qu'il soit loin, qu'il retourne sur son île et qu'il nous oublie. Sauf qu'il est le genre d'homme à ne jamais lâcher prise. Il est tenace et il fera tout pour obtenir ce qu'il veut.

Je tourne mon visage vers lui et le fixe.

– Tu ne nous laisseras pas… dis-je.

Ce n'était pas une question, juste une affirmation. Il tourne alors sa tête vers moi et me fixe à son tour.

– Je t'ai cherchée partout, dans tout le pays.

– Pourquoi ?

– Parce que je ne supportais pas que tu te sois barrée. Tu attendais mon enfant et tu as été la pire des salopes en t'enfuyant. Tu n'avais pas le droit.

Pour la première fois, je le sens sincère, blessé par ma fuite. Mais cela n'excuse en rien son comportement et ses actes. Ce mec m'a humiliée, frappée, forcée. Détruite.

– Et tu n'avais pas le droit, toi, de me faire subir tout ça. J'avais tout le temps peur. Et j'avais peur que tu fasses subir tout ça à mon enfant.

– À notre enfant, rectifie-t-il. Comment tu peux croire que je l'aurais touché ?

Parce que c'est un cinglé. Tout simplement.

Mais je préfère garder mes pensées pour moi. Alejandro est étrangement calme et je ne veux pas le provoquer.

– Pourquoi tu as quitté Cuba ? Pourquoi te faire appeler César ?

Il laisse échapper un deuxième petit rire amusé.

– Ça, ça ne te regarde pas. Et ne crois pas que je serai suffisamment con pour te le dire.

Je fronce les sourcils. S'il a quitté Cuba, qu'il a changé d'identité, c'est parce qu'il a sûrement dû fuir La Havane. Et s'il a fui, c'est parce qu'il avait une bonne raison, tout comme moi. Et le connaissant, ce n'est pas pour un problème de contraventions non payées.

– Qu'est-ce que tu veux pour nous foutre la paix et ne plus faire partie de nos vies ? demandé-je.

Il affiche un petit rictus qui me déstabilise complètement.

– Tu vois, quand tu t'es barrée de l'hacienda, je me suis fait trois promesses. Celle de te retrouver, celle de reprendre mon enfant et celle de te faire souffrir. La première, je l'ai réalisée. Quant à la deuxième, ce n'est qu'une question de temps. Pour la troisième, je prendrai mon temps, tout mon temps, au point que tu me supplieras de t'achever tellement tu n'en pourras plus.

Ma respiration se bloque. Ses menaces ont cessé de me terroriser mais je vois à son regard qu'il a hâte d'enclencher la troisième phase de son plan. Il compte bien honorer sa promesse. Il me fera souffrir et je crains qu'il n'ait raison quand il dit que je le supplierai de m'achever.

***

Adossée contre le bâti de la porte, je n'arrive toujours pas à détacher mon regard de Sam. Je n'ai pas pu dormir ne serait-ce que cinq minutes. L'angoisse me ronge, m'accable et je sais que tant que je n'aurai pas la certitude qu'un cœur est en route pour l'hôpital, je n'arriverai pas à me calmer ni à m'endormir. Je sais très bien aussi ce que signifiera la greffe de Sam. Je sais que ce qui fera ma joie fera la peine de quelqu'un d'autre.

Les lèvres de Ben se posent sur mon épaule et il m'embrasse. Il me tend un gobelet Starbucks et je ne peux m'empêcher de penser à Becky et Howard. Je crois que je ne pourrai jamais plus regarder cette enseigne sans y penser, désormais.

– Salut, me souffle Ben.

Je le remercie et reporte mon attention sur Sam.

– On a l'impression qu'il sourit, dit Ben.

Je tourne la tête et observe Sam. Oui, on pourrait croire qu'il sourit.

– Ça va aller, Selena. Je sens que ça va aller.

Je sais qu'il dit ça pour me rassurer. Il me prend dans ses bras et je m'enivre de son odeur. Il m'a manqué, cette nuit, j'aurais voulu qu'il soit là. Il m'embrasse tendrement. Ça aussi, ça m'avait manqué.

– Ça a été, cette nuit ? me demande-t-il.

– Oui, oui.

Je préfère ne pas lui dire qu'Alejandro était là. Je ne veux pas l'inquiéter plus. Il subit énormément de pression en ce moment. Entre le malaise de son père, le fait de travailler pour Alejandro, l'état de Sam, je ne peux pas le préoccuper encore plus.

– Maman ? entends-je faiblement.

Je tourne la tête vers le lit de Sam. Il grimace puis essaie de dégager son masque à oxygène. Je me précipite près de lui, hésite à tirer la bâche transparente m'empêchant de le prendre dans mes bras. Je tire une chaise vers lui et tente de ne pas lui montrer mon inquiétude.

– Coucou, mon poussin, dis-je.

– Pourquoi je suis dans un sac plastique ?

Qu'est-ce que je pourrais répondre à ça ? Une mère ne devrait jamais devoir répondre à cette question.

– Je veux un câlin.

Je grimace et serre les dents. J'aimerais tellement aussi. Je retiens mes larmes. Je me sens tellement impuissante.

– Maman ne peut pas venir, Sam, au cas où elle aurait des microbes.

– Ah, dit-il tristement.

Je lui souris.

– Eh, Sam, tu te rappelles quand le docteur Morris a dit que tu avais besoin d'un nouveau cœur ?

Il hoche la tête, l'air grave.

– Eh bien, il va falloir attendre encore un peu mais bientôt, tu n'auras plus besoin de tes médicaments.

– C'est vrai ?

– Oui.

– Quand ?

– Je ne sais pas, mon bébé. Bientôt. Mais en attendant, tu vas devoir rester ici.

Il hoche la tête mais ne semble pas traumatisé par ce changement. Il essaie de se lever mais je l'arrête aussitôt.

– Non, Sam, tu dois rester allongé. Une infirmière va venir te voir, d'accord ?

Je me tourne vers Ben et lui demande s'il peut trouver un médecin. Il opine puis tourne les talons.

Il revient très vite en compagnie d'un jeune médecin et d'une infirmière qui se précipite déjà à son chevet. Elle se présente à lui et lui parle calmement. Elle s'occupe de prendre ses constantes et lui explique tout ce qu'elle fait. Sam paraît intéressé.

– Monsieur et Madame Lawson, je suis le docteur Truman, chirurgien pédiatrique. C'est moi qui m'occuperai de Sam durant tout son séjour ici. Je serai en charge de son opération.

Je salue le médecin d'un signe de tête.

– Que Sam se soit réveillé par lui-même est une très bonne chose. C'est un dur à cuire et je suis confiant. Le docteur Morris est le pédiatre de Sam ?

– Tout à fait. Il le suit depuis qu'il a 3 mois, réponds-je.

– Parfait. Le docteur Morris est un excellent pédiatre. Altruiste et impliqué. Vous a-t-il déjà expliqué le déroulement de l'opération ?

J'opine. Oui, il m'a tout expliqué un million de fois. Il a répondu avec patience à toutes mes questions, à toutes mes craintes.

– Très bien. Si vous avez des questions, n'hésitez surtout pas. Je suis là pour y répondre et…

Il s'interrompt quand le docteur Morris passe la porte de la chambre. Il affiche un grand sourire et me fixe.

– Selena ! On a un donneur !

Ben fait pression sur mes doigts et je sens un agréable frisson parcourir ma colonne vertébrale. Une vague de chaleur m'envahit.

On a un donneur. Enfin ! Sam va pouvoir guérir.

***

– Maman, est-ce que ça fait mal d'avoir un nouveau cœur ? me demande Sam.

Toute mère rassurerait son enfant et lui mentirait. Mais je refuse de lui cacher la vérité. Je pense que ça ne sert à rien de mentir à un enfant. Sam est suffisamment grand pour connaître la vérité et je pense que lui mentir lui retirera la confiance qu'il a en moi.

– Oui, Sam. Tu auras sûrement mal au début. Mais après tout ça, tu iras mieux. Tu pourras manger tout ce que tu veux, tu pourras jouer au football. Ce sera super pour toi.

– D'accord. Mais est-ce qu'un enfant est mort pour me donner son cœur ?

Que répondre à ça ? Que oui, un enfant est mort ? Qu'une mère est, tout comme moi, dans un hôpital à pleurer la mort de son petit garçon ou de sa petite fille, alors que moi, je suis heureuse parce que le mien survivra.

Je prends conscience que je suis une personne horrible. Que ce que j'ai toujours attendu et espéré rend une mère, un père, une famille tristes.

Ma gorge se noue et je sens la main de Ben se poser sur mon épaule. Je me lève d'un bond et sors.

Une fois à l'extérieur, je craque. Sam est vraiment très intelligent. Sa perspicacité et sa faculté de tout comprendre me déstabiliseront toujours. Je fonds en larmes dans le couloir, sous les regards des patients, visiteurs ou membres du personnel.

Je sens alors deux mains se poser sur moi et perçois le parfum de mes amies. Amber cale ma tête sur sa poitrine et elle me caresse les cheveux alors que Becky me frotte le dos, compatissante. Elles sont pour moi les grandes sœurs que je n'ai jamais eues. Celles qui me réconforteront toujours et qui me donneront de précieux conseils.

– Ça va aller, ma belle, souffle calmement Amber. Samy ira bien.

Je renifle vulgairement alors que Becky me tend un mouchoir en papier. Ben sort alors de la chambre et secoue la tête en voyant mes amies.

– Le duo infernal ! Je prends le relais, les filles.

Becky et Amber me libèrent, embrassent Ben puis entrent dans la chambre. Ben passe ses mains sur ma taille et cherche mon regard.

– C'est normal que tu sois inquiète, Selena. Je le suis aussi. Mais ça va aller, me dit-il.

Je lève la tête vers lui et le regarde, horrifiée. Je finis par secouer la tête.

– Non, ça n'ira pas, dis-je. Sam va vivre car un enfant est mort, Ben. Il est mort pour que mon fils survive.

Il comprend mon malaise et se tend légèrement.

– Je sais, Selena. Je sais qu'un enfant est en mort cérébrale en ce moment. Mais je sais aussi que Sam a besoin de cette greffe. Et que même si Sam n'était pas malade, cet enfant serait quand même mort.

– Des parents sont en train de pleurer, à cette heure-ci, tu te rends compte ?

– Oui. Je me rends compte. Et toi aussi, tu pleures. Parce que tu éprouves de l'empathie et que tu sais ce que la greffe de Sam implique. Je… Écoute, Selena, ces parents savent que la mort de leur enfant permet de sauver un autre enfant. Et ne crois-tu pas que tu réagirais de la même façon, que si c'était Sam qui était en mort cérébrale, tu te consolerais en te disant que sa mort pourrait faire vivre une autre personne ?

Il a raison mais c'est tellement dur à admettre. Ils ont choisi de donner une seconde chance à quelqu'un en donnant les organes de leur enfant et je culpabilise et compatis à leur chagrin.

Il m'embrasse tendrement et me propose de retourner voir Sam. J'opine, essuie mes joues et entre dans la chambre. Je vois Amber s'amuser à faire rire Sam en s'enroulant dans la bâche transparente. Je la sermonne du regard. Elle est folle, cette fille, mais elle a le mérite de divertir Sam.

Elle relâche la bâche en articulant un : « Bah quoi ? », alors que Ben et Becky rient.

Je m'assois sur le fauteuil de la chambre et fixe Sam. On lui a retiré son masque à oxygène, c'est bon signe. On toque alors à la porte et je me retourne.

Mag se tient dans l'encadrement de la porte, une énorme peluche dans les bras, le visage joyeux.

– Alors, mon petit garçon d'écurie préféré, c'est le grand jour, aujourd'hui ?

Sam sautille dans son lit. Il paraît en pleine forme. Il agite la main devant lui et sourit à belles dents.

– Coucou, Mag ! dit-il.

Mon visage se tourne instinctivement vers Becky, qui a perdu le sourire. Elle est tendue, je le vois bien.

Mag vient m'enlacer, puis fait de même avec Ben. Elle s'approche alors d'Amber.

– Bonjour, je suis Mag, la belle-mère de Benjamin.

– Amber, l'amie de Selena.

Les deux femmes se serrent la main chaleureusement et Mag se tourne alors vers Becky. Son sourire s'efface alors que mon amie se lève lentement de sa chaise et tend une main tremblante vers Mag.

– Bonjour, je suis Becky. Je suis…

– Oh ! Je sais qui vous êtes. Vous êtes la minette qui couche avec mon ex-mari, la coupe Mag.

Becky détourne son regard vers Ben, mal à l'aise. Celui-ci ne réagit pas tout de suite. Il met un certain temps à assimiler l'information. Il fronce alors les sourcils et tourne la tête vers moi avant de revenir vers Becky.

– Quoi ? dit-il.

48

Ben

Je fixe Becky, puis Mag, puis Becky. Elles arrivent à me donner le tournis, ces deux-là. Je m'apprête à dire quelque chose quand plusieurs médecins entrent dans la chambre de Sam. Nous sommes priés de quitter la pièce par une infirmière des plus désagréables et nous nous exécutons en silence.

Nous patientons dans le couloir et la remarque de Mag me trotte dans la tête.

Ça veut dire quoi ? Je ne comprends pas bien. Elle insinue quoi ? Que Becky et mon père… Oh ! J'en ai des frissons. Non, j'ai dû mal comprendre. Si ? Mais comment Mag le sait ? Je sais qu'elle a eu mon père au téléphone, il y a peu, mais je vois mal mon père dire à son ex-femme qu'il a rencontré quelqu'un.

Il y a quelques jours, mon père m'a dit qu'il me présenterait officiellement la femme qu'il a rencontrée. Je n'ai pas vraiment capté, sur le coup. Quand il parlait d'officialisation, je pensais à un dîner au restaurant ou au manoir, pas à la personne. J'ai été con. Ouais, je crois que j'ai été con.

Je relève la tête et Selena et Becky paraissent avoir une conversation silencieuse. Elles se fixent du regard et je me demande quel est le contenu de cet échange.

Selena serait-elle au courant ? Non, elle me l'aurait dit.

Je n'ai pas le temps d'ouvrir la bouche que des médecins sortent de la chambre, suivis par une ribambelle d'infirmières et par un lit roulant sur lequel Sam a été allongé.

C'est impressionnant. Sam paraît minuscule, là-dessus. Il sourit et Selena s'approche déjà de lui. Je l'imite aussitôt.

Elle le couvre de baisers sur les joues, le front alors que Sam tend la main vers moi. Ses doigts sont froids et ça me surprend.

– Tu vas faire un petit dodo, mon poussin, dit-elle.

– Oui. Le docteur m'a expliqué. Et il m'a dit que quand je me réveillerais, je serais guéri.

– Oui, c'est vrai. Et quand tu sortiras de l'hôpital, on fera une grande fête pour toi, dit-elle.

– C'est vrai ? Je pourrai inviter mes copains d'école ?

Selena opine.

– Tu inviteras qui tu veux. Ce sera ta fête.

– D'accord, alors je veux inviter tout le monde.

Selena rit puis l'embrasse sur le front en lui soufflant qu'elle l'aime. Il pose alors les yeux sur moi et m'offre un petit sourire.

– Ben ?

– Oui, champion ?

– Je n'ai pas eu le temps de finir ton cadeau pour la fête des Papas.

Je secoue la tête. Il s'inquiète pour ça, il est trop mignon.

– Ce n'est pas grave, champion. Tu me le donneras plus tard.

Le seul cadeau que je lui demande, c'est d'être suffisamment fort pour cette opération.

– Je t'aime, Ben, me dit-il.

Ce cadeau me plaît tout autant. Et l'entendre me le dire me rend aussi fou de joie que lorsque Selena me l'a dit pour la première fois. Sam et Selena, je les aime tout autant. Ils sont devenus en peu de temps les deux êtres les plus importants pour moi.

– Tu feras un bisou à maman. Je vois qu'elle est triste.

– Promis. Je t'aime.

Une infirmière s'approche de nous et se racle la gorge.

– Il est temps, dit-elle. Vous ne pouvez pas venir mais on vous donnera des nouvelles.

Selena a juste le temps d'embrasser Sam et l'infirmière pousse le lit. Je les regarde s'éloigner jusqu'à ce que la porte à double battant se referme. Je reste un instant à fixer les portes closes. Mon Dieu, j'espère que tout va bien se passer. Si Sam ne s'en sort pas, je ne suis pas sûr de m'en relever.

***

J'insère une pièce dans le distributeur de café avant que Becky ne le fasse. Elle paraît mal à l'aise, tendue et me remercie timidement. Oui, Mag avait raison. Elle couche avec mon père.

Elle appuie sur une touche du distributeur et récupère son café. Tandis que je commande le mien, elle patiente près de moi, le regard dans le vide.

Quand je tourne la tête vers elle, elle grimace légèrement. Sa réaction me fait rire. C'est comme si elle était sur le point de se faire gronder par son papa.

– Nous voulions vous le dire, souffle-t-elle.

Je secoue la tête et récupère mon gobelet. Je m'assois sur l'une des chaises de l'espace détente et elle m'imite.

– Je… Ben, dis quelque chose, s'il te plaît.

– Selena est au courant ?

Elle baisse la tête. Bien sûr qu'elle le sait, c'est sa meilleure amie et les filles aiment discuter de tout ça. Je ne lui en veux pas. Selena a sûrement dû se dire que ce n'était pas à elle de me le dire. Elle n'aime pas les ragots.

– Elle l'a appris juste avant que Sam fasse son malaise.

Ou alors, elle n'avait tout simplement plus la tête à ça. Je comprends, j'aurais vite oublié cette information si j'avais été à sa place.

– Ça fait longtemps ?

– Un mois.

Merde ! Un mois ! La courageuse !

– Je vais devoir te décerner un diplôme ou un truc du genre, soufflé-je.

Elle incline la tête en plissant le front. Elle ne comprend pas ma remarque.

– Pourquoi ?

– Je ne sais pas encore. Pour le supporter depuis un mois ou pour l'avoir fait changer, j'hésite.

Becky rit et pose sa main sur la mienne. Cette fille, bien qu'un peu peste sur les bords, parfois, est adorable et marrante. Elle compte beaucoup pour Selena et maintenant pour mon père. J'ai bien compris qu'il était accro à elle.

– Ton père est parfait, dit-elle.

Je grimace.

Elle sait qu'on parle de Howard Lawson ou on l'a trompée sur la marchandise ?

– Ne me regarde pas comme ça ! Si je te dis qu'il est parfait, c'est qu'il l'est. Il est attentionné, compréhensif, drôle…

– T'es amoureuse, quoi ! la coupé-je avant qu'elle me fasse une liste des qualités que je n'aurais jamais soupçonnées chez lui.

Elle sourit et ses yeux pétillent.

Ouais, elle est amoureuse.

– Comme je ne suis jamais tombée amoureuse, je… Écoute, Ben, je comprends que cette nouvelle te choque. Je ne te demande pas de comprendre, juste de tolérer notre relation.

Elle croit que je suis contre ce qu'elle vit avec mon père. Bon, il faut avouer que je n'aurais pas misé un dollar sur leur histoire. J'aurais plus vu mon père avec une espèce de bourgeoise en tailleur rose et collier de perles qui m'aurait cassé les couilles pour que je porte une cravate au brunch du dimanche. Au moins, mon père s'éclatera avec sa petite minette de… Elle a quel âge, au fait ?

– Tu as quel âge, Becky ?

Elle baisse la tête.

– Oui, je sais ce que tu vas me dire. Howard a 59 ans, j'en ai bientôt 30. Je sais qu'il pourrait être mon père. J'ai ton âge, d'ailleurs. Je sais tout ça mais rien n'y fait. J'aime Howard.

– Je m'en fous de votre différence d'âge. Mais je te préviens que je ne t'appellerai pas maman et que tu n'as pas intérêt à me soûler tous les dimanches midi.

Elle rit.

– Le dimanche midi, je dors. Ça fait bien longtemps que je n'ai pas vu les aiguilles d'une horloge sur le douze en plein jour, plaisante-t-elle.

Je ris avec elle. Je suis soulagé.

– Non, sérieusement, fais gaffe à lui. Surtout pendant le rodéo. Il a le cœur fragile.

Elle me sourit timidement et ses joues s'empourprent. J'ai réussi à l'intimider en lui parlant de sexe, indirectement. Je sens que les réunions familiales seront bien marrantes. Elle frappe mon épaule en lançant un : « T'es con ! ».

Je me lève alors de ma chaise, jette mon gobelet vide et lui propose d'y retourner.

Nous marchons vers la salle d'attente en riant. Je sens que ma nouvelle mission sera de faire chier ma belle-mère. N'est-ce pas la mission de tout beau-fils ?

Quand j'arrive dans la salle d'attente, je me raidis en voyant qu'Alejandro est là. Cette petite peste de Lisa a dû dire que j'étais absent. J'aurais deux mots à lui dire, à celle-là.

Alejandro parle à Selena si bas que je n'arrive pas à entendre un mot. Je vois juste que les paroles crachées par son ex agacent ma femme.

Quand il lève les yeux vers moi, il se redresse et affiche un sourire provocateur. Je n'ai pas le temps de réagir qu'une main se pose sur mon épaule et je vois Hunter, Jason, Aaron et Luke entrer dans la salle d'attente. Mes amis sont là et je sens que ce petit enfoiré ne va pas les apprécier. Il ne manque plus qu'Amber et ce mec est fini.

Hunter soulève déjà Selena du sol pour l'enlacer.

Luke croise le regard d'Alejandro et se fige. Ils se sont reconnus. Je sais qu'il les a vus, lui et son armée d'avocats, il y a deux jours, pour parler de la reconnaissance de paternité. L'état de Sam m'a empêché de demander des nouvelles à Luke mais il m'a rassuré en me disant qu'il s'occupait de tout avec les avocats de mon père et que je devais me concentrer sur Sam. Luke est vraiment super, comme mec. J'ai entièrement confiance en lui. On est tellement proches, tous les deux.

– Eh, mec ! Pour te trouver, c'est la galère ! fait Aaron. T'es plus à la villa ? Tu crèches où ?

– On en reparlera plus tard, fait Luke. Ferme ta bouche et assieds-toi.

– Eh ! C'est quoi, le problème ? dit-il.

– Ta gueule ! Et occupe-toi de tes propres problèmes, t'en as suffisamment comme ça, fait son grand frère.

Je plisse le front et, devant mon expression, Aaron rit. Il me mime le charmant geste d'un acte sexuel puis d'un ventre de femme enceinte. Sans rire, il est irrécupérable et limite pathétique.

Jason, comme à son habitude, ne parle pas. Il se contente de secouer la tête, navré par le plus jeune de mes amis.

– Sérieux ! Achète-toi des capotes, mec ! Ou abstiens-toi, finis-je par dire.

– Quoi ? C'est toi qui dis ça ? C'est l'hôpital qui se fout de la charité.

Je l'attrape par le col et le fais sortir. Sérieusement, si j'avais eu un frère comme lui, je lui aurais mis des baffes, à cet abruti.

Et dire que c'est moi qui l'ai rendu comme ça !

Je regrette, maintenant, et encore plus en me disant que j'étais vraiment un connard avant de rencontrer Selena. Aaron est comme j'étais avant.

Une fois dans le couloir, je me penche vers lui.

– Tu vois le mec dans la salle d'attente ?

Aaron se penche légèrement et souffle un « Oui » digne d'un gosse de 10 ans.

– C'est le père de Sam. Son père biologique. Et j'ai assez d'emmerdes comme ça. Alors tu es prié de fermer ta gueule ou de ne pas faire de gaffes, pour une fois.

– Eh, attends... Ce mec, c'est le connard dont tu nous as parlé ?

Je hoche la tête et le visage si joyeux de mon ami traduit aussitôt sa rage.

– Maintenant, si tu ne veux pas d'emmerdes, va t'acheter des capotes ou fais-toi faire une vasectomie. Je te jure, Aaron, tu as 26 ans, il est temps que tu deviennes un peu plus responsable, sinon tu auras le même type d'emmerdes que moi. OK ?

Il hoche la tête, convaincu. J'espère que je l'aurai fait réfléchir, à défaut de le changer.

Je retourne dans la salle d'attente où Selena explique à mes autres amis les dernières nouvelles que nous avons. Luke se lève de sa chaise, s'éloigne d'eux pour venir à ma rencontre. Il m'invite d'un signe de tête à sortir dans le couloir.

– Bon, je n'ai pas une très bonne nouvelle, me dit-il sans préambule.

Non, pas ça !

Je veux uniquement des bonnes nouvelles. J'en ai ras le bol des nouvelles de merde. Je veux avoir quelque chose de positif à dire à Selena.

– Ortiz a fait une demande de test de paternité et son avocat a réussi à retarder ta demande d'adoption auprès du procureur Ackman.

Je râle et retiens mon poing de frapper contre le mur.

Putain !

– Qu'est-ce que ça veut dire ?

– Ça veut dire que quand les tests prouveront que Sam est bien son fils, ta demande d'adoption sera bloquée et un juge devra décider qui, d'Ortiz ou de toi, deviendra le père légal de Sam.

– Non, tu ne peux pas me dire ça. On ne peut pas prendre ce risque. Tu dois trouver une solution, je refuse que ce dingue reconnaisse Sam. Il va faire une demande de garde exclusive et j'ai peur qu'il n'emmène Sam à Cuba.

La main de Luke s'abat sur moi et il secoue la tête.

– Ne t'inquiète pas, je gère. J'ai engagé un détective privé qui le file. Il se renseigne sur lui. On a un avantage dont il ne semble pas se rendre compte. On connaît sa véritable identité, on sait de quoi il est capable. Le mec est parti à Cuba pour aller fouiner dans son passé. Selena a raison, s'il a quitté son île et changé de nom, c'est qu'il a quelque chose à se reprocher. Ben, je te demande de me faire confiance. Cet enfoiré ne gagnera pas.

Il me sourit pour me rassurer et je finis par hocher la tête. Ouais, il a raison. Alejandro n'aura pas Sam. Il ne le doit pas.

49

Ben

Selena dort sur mon épaule depuis une bonne heure. Mes amis s'amusent à me raconter les dernières conneries d'Aaron et je ris à chacune de ses frasques. Ça me fait du bien de les voir ici. Ils nous remontent le moral. Et on en a besoin depuis quelques jours. Nous avons reçu de la visite de beaucoup de membres de notre entourage, famille et amis. Ils se relaient tous pour que nous ne restions pas seuls ,et leur présence est réconfortante. Selena et moi avons élu domicile dans cet hôpital et les dernières quarante-huit heures ont été stressantes.

Ça fait presque quarante heures que nous patientons et que Sam a subi une opération de presque dix-huit heures. L'intervention s'est très bien passée, sans complications, ce qui nous a soulagés, bien sûr. Mais je commence à trouver le temps de plus en plus long. J'ai hâte que Sam se réveille.

Dans un coin de la pièce, Alejandro est concentré sur son ordinateur portable. Lui aussi a élu domicile ici mais malheureusement, nous ne pouvons rien faire, légalement. On doit se contenter de supporter sa présence. Il fait mine de s'occuper mais je sais très bien qu'il tend l'oreille en espérant entendre quelque chose de compromettant. Becky, elle, est partie voir mon père à l'étage supérieur.

Quant à Hunter, il ne cesse de bouffer Amber du regard. Il sort de ses pensées quand la main de Luke s'abat sur lui.

– Tu rêves, mon pote ? lui dit-il.

– Non, je crève de désespoir, dit-il, nonchalant.

On rit tous les quatre et même Amber sourit.

– Raconte-nous tes misères, dit Jason.

– Bah, fait Hunter en haussant les épaules.

– Moi, je les connais. Je vous raconte, fait Aaron.

Hunter le fusille du regard pour lui intimer de fermer sa gueule.

– C'est l'histoire d'un gros con qui est dingue d'une meuf qui s'amuse à le faire tourner en bourrique.

– Ta gueule, Aaron, le menace Hunter.

– Non, je te jure, mon pote, elle vaut le coup, cette histoire. Elle va te faire rire. Je continue. Donc le mec, ça va faire plus d'un mois qu'il a rencontré cette fille, qui soit dit en passant est une pure bombe.

Aaron tourne la tête vers Amber et lui fait un clin d'œil.

Si, avec ça, elle ne se sent pas visée !

– Du coup, reprend Aaron, il est tellement dingue de cette fille qu'il n'a pas tiré son coup depuis. Le mec, croyez-moi, quand il va y retourner, bah j'ai mal pour le cul de cette fille.

J'explose de rire en même temps que mes amis. Je ris tellement que ça réveille Selena.

– Bref, le mec, ça fait un mois qu'il fait son puceau alors que ce serait bien plus simple qu'il aille la voir pour lui expliquer qu'il est carrément dingue d'elle. Mais non, il ne fait rien, parce que c'est un débile profond.

Amber se lève de sa chaise et s'approche de nous. Elle s'assoit directement sur les genoux de Hunter et l'embrasse fougueusement. Mon ami lève les bras en l'air en signe de victoire alors qu'elle lui dévore littéralement les amygdales. Ils finissent par se décrocher l'un de l'autre et Amber se tourne vers Aaron qui sourit comme un con.

– Bien joué, petit merdeux, lui dit-elle, à moitié amusée.

– C'était un plaisir, mademoiselle.

Hunter tend la main et Aaron frappe dedans. Je me demande s'ils n'étaient pas de mèche tous les deux pour faire succomber cette tigresse. Jason et Luke rient aux éclats.

– Il était temps ! fait ma femme.

Je ris.

Oh oui ! Depuis le temps qu'ils jouent au chat et à la souris.

On frappe alors contre le bâti de la porte et nous tournons tous nos visages en même temps. Le docteur Morris, en tenue opératoire, cherche Selena du regard et finit par étirer ses lèvres.

– Sam s'est réveillé et je suis sûr qu'il sera heureux de voir sa maman !

Selena se lève, encore plus souriante. Mon Dieu ! Quel soulagement ! Mon cœur bat à mille à l'heure. Sam est enfin réveillé. L'opération s'est bien passée mais je sais que le plus dur reste à venir.

***

Selena

Je me retiens de sauter de joie. Sam est réveillé. J'ai l'impression qu'on m'enlève un immense poids des épaules.

Je marche à côté du docteur Morris. Je me retiens de lui hurler de se dépêcher.

Vite ! Je veux voir Sam !

– Votre fils se remet bien de son intervention. On lui a retiré son intubation. Bien sûr, je réserve mon jugement, nous allons devoir le surveiller. En tout cas, Sam est fort et je peux vous dire que vous n'avez pas fini de rire avec ce petit bonhomme.

Je plisse le front. Qu'est-ce qu'il a bien pu faire encore ?

– Quand il s'est réveillé, la première chose qu'il a demandée, c'est une sucette.

Je ris. Je ne suis pas étonnée. Et ça me rassure qu'il réclame un bonbon, c'est qu'il va bien. C'est tout à fait son genre.

Le docteur Morris s'arrête devant une salle de réveil. Il se tourne vers nous et est surpris de voir que huit personnes lui collent au train.

– Seuls les parents peuvent entrer, nous dit-il d'un ton désolé.

Je me tourne instinctivement vers Alejandro. Je ne veux pas qu'il entre. Il n'est pas son père, c'est Ben qui l'est. Je retiens ma respiration quand je le vois s'approcher d'un pas mais Jason le saisit par le cou.

– Eh, mec, elle est sympa, ta montre. C'est une quoi ? dit Jason.

Ben et moi en profitons pour entrer. Il faudra que je pense à remercier Jason.

Mes yeux se portent sur mon petit homme et je souris aussitôt quand son visage se tourne vers moi. Il a l'air un peu grognon mais le docteur Morris m'avait prévenue de cette éventualité. Il vient de subir une opération de presque dix-huit heures, il n'est pas dans son assiette et c'est normal. De nombreux fils relient son corps à une machine qui surveille son rythme cardiaque et ses constantes. Ça me fend le cœur de le voir dans ce petit lit mais je sais que c'est un mal pour un bien. Bientôt, tout ça sera derrière nous et nous pourrons rentrer à la maison.

Je m'allonge près de lui et passe mon bras autour de lui.

– Eh, mon poussin, comment tu te sens ?

– J'ai mal à la tête, dit-il, la voix un peu rauque.

– Le docteur va te donner quelque chose, ça va passer, d'accord ?

Je le serre contre moi et me repais de son odeur. Il est tout froid. Ben approche une chaise du lit. Il lui saisit la main et l'embrasse. Je vois qu'il est fier. Je le suis tout autant. Jamais je n'aurais pensé que ce jour-là arriverait. Jamais je n'aurais pensé que Sam aurait sa greffe. Je ne baissais pas les bras mais il a été difficile de garder espoir pendant toutes ces années. Mais maintenant, tout est derrière nous. Sam va pouvoir vivre la vie d'un enfant normal qu'il méritait tant.

Le pédiatre vérifie le dossier de Sam puis lève la tête.

– Alors Samy, tu as été très courageux et je suis content de te dire que tu as un cœur tout neuf.

– Je vais pouvoir jouer au foot ?

Lui et le foot !

Je ris aussitôt et sens que mes larmes montent subitement. Je suis si fière de lui, de voir toute la force qu'il lui a fallu, pendant tout ce temps, pour se battre pour sa vie.

– Oui, mais dans six mois, le temps que tu retrouves toutes tes forces. En attendant, tu vas devoir rester encore un moment avec nous. Huit semaines, peut-être six.

– Pourquoi ?

– C'est juste pour vérifier que tout se passe bien pour toi.

– Et si je promets que je mangerai tout et que je serai sage ?

Le docteur Morris rit. Il n'est pas fou, mon fils. Et il sera un négociateur hors pair.

– On verra. N'oublie pas que tu dois te reposer. Alors, si tu es sage, il est possible que tu rentres plus vite à la maison.

Sam sourit en même temps que moi. Je dépose un baiser sur sa joue. C'est fou mais j'ai l'impression qu'il s'est réchauffé.

– Allez, je vous laisse tous les trois. Je reviens te voir, Samy. Pas de bêtises en attendant.

– Je fais jamais de bêtises ! Hein, maman ?

Je hoche la tête en lui souriant. Le docteur Morris rit aux éclats puis sort de la pièce.

– Tu sais, maman, j'ai rêvé de ma petite sœur.

Je tourne la tête vers lui et plisse le front.

– Si, si. J'ai même rêvé de la petite fille qui m'a donné son cœur. Elle est belle. Elle a les cheveux orange.

Je le serre contre moi. Je l'embrasse une nouvelle fois.

– Quand est-ce que je vais avoir une petite sœur ? dit Sam.

Je tourne les yeux vers Ben. À ce rythme, dans pas longtemps vu comment son insatiable beau-père empêche sa mère de dormir.

– Tu ne veux pas être le seul bébé de maman ? Tu ne veux pas la garder pour toi tout seul ? dis-je.

– Non, je veux une petite sœur. Je préfère.

Ben semble amusé par la situation mais moi, je ne ris pas. J'aime les enfants mais je ne me sens pas prête à redevenir mère. Sam me satisfait et je veux profiter de lui encore longtemps. Et j'ai bien trop peur de revivre ce que j'ai vécu avec Sam. C'est moi qui lui ai transmis cette maladie à cause des gènes de mon père. Et si un autre enfant hérite aussi de cette même saloperie, arriverais-je à être aussi forte et à supporter tout ça une nouvelle fois ?

– Bientôt, champion, dit Ben.

Je tourne la tête vers lui. Comment peut-il dire ça ? Je ne savais même pas qu'il voulait un enfant. Je pensais, d'après ce que Mag m'a dit, qu'il n'en voulait pas.

– Je suis fatigué, dit Sam.

Il bâille et je me redresse aussitôt, déposant délicatement sa tête sur l'oreiller. Maintenant, il doit se reposer le plus possible. Je dépose un baiser sur son front et sors de sa chambre. Sur le pas de la porte, je ne peux m'empêcher de l'observer de nouveau. Je n'en reviens pas que tout ça soit enfin derrière nous. Après cinq ans d'attente et d'angoisse, je sais désormais que je pourrai m'endormir plus sereine.

50

Selena
Un mois plus tard

Quand j'ouvre les yeux, il fait encore nuit. Même si Sam a été opéré il y a plus d'un mois, le voir dans ce lit, dans cet hôpital, commence à me rendre folle. Heureusement que les médecins sont très optimistes sur sa guérison sinon j'aurais déjà pété les plombs. Sam ne cesse de me demander des nouvelles de Turbo et me réclame de rentrer à la villa. Je prends sur moi, dors chaque nuit ici depuis un mois mais lui comme moi commençons à tourner en rond comme des lions en cage. Heureusement, la santé de Sam s'améliore de jour en jour. Il a bon appétit, a retrouvé sa vitalité et, Dieu merci, il n'a plus besoin du respirateur. Le docteur Morris m'a assuré que si les examens que Sam doit passer demain se révèlent positifs, je pourrai le ramener enfin à la maison.

Nous avons hâte que tout ça soit derrière nous pour pouvoir reprendre le cours de nos vies. Je suis encore plus pressée que Sam commence sa nouvelle vie, celle d'un petit garçon qui peut jouer au football avec ses copains et courir dans le jardin sans que j'angoisse à chacun de ses pas.

Je tourne la tête vers le lit de Sam et vois Alejandro, droit et immobile, une mallette à la main. Il fixe Sam, sans expression sur son visage. Je vérifie rapidement l'heure. Il est bientôt cinq heures du matin. Qu'est-ce qu'il fait encore là ?

– Tu devrais rentrer chez toi, Alejandro, soufflé-je sans une once de méchanceté.

Depuis un mois, j'ai appris à le voir quotidiennement. Je ne dirais pas que je ne suis plus hostile au fait de le voir mais tant qu'il se comporte bien devant Sam, je ne dis rien et le tolère. Bien sûr, je reste sur mes gardes.

Il tourne son visage vers moi et affiche un demi-sourire. Je me lève rapidement de mon lit de camp, qui me fait terriblement mal au dos et auquel je n'arrive toujours pas à m'habituer, puis enfile un gilet. L'air est frais, ici.

Je m'approche de lui et m'arrête à une certaine distance. Sa proximité m'effraie toujours autant.

– Il va s'en sortir, dis-je.

Il approuve d'un hochement de tête. Je vois que l'état de Sam lui tient à cœur. Je n'aurais jamais pensé ça de lui, d'ailleurs. Qu'il puisse s'inquiéter pour une autre personne.

– Selena, il faut qu'on parle de Sam. C'est important.

Je me fige. Oui, Sam est important mais je ne veux pas avoir cette discussion.

– Nos avocats règlent le problème.

– Non, Selena. Ils ne font que l'accentuer. Je suis prêt à faire un arrangement à l'amiable. Je veux le meilleur pour Sam.

Est-ce qu'Alejandro serait devenu raisonnable ? Est-ce qu'il vient de comprendre que Sam ne méritait pas tout ça ? Qu'il avait enfin droit à une vie normale et qu'avoir des parents qui se déchirent le traumatiserait plus qu'autre chose ?

Depuis l'opération de Sam, Alejandro vient le voir tous les jours. Le matin et le soir. Sam ne sait toujours pas qu'il est son père et Luke a réussi à retarder l'échéance du test de paternité demandé par Alejandro. Ce qui me soulage, même si j'ai conscience que ça ne fait que reporter le problème. Il n'empêche qu'Alejandro semble s'être calmé. Ben revient de moins en moins énervé du bureau et m'assure que ça se passe bien. Bon, je sais qu'il minimise les choses pour ne pas me stresser mais je fais semblant de gober ses bobards pour ne pas lui laisser matière à angoisser encore plus. Ben n'est pas très bien. Je le vois et j'essaie d'être forte pour mes deux hommes.

– Pas ici, finis-je par céder.

– Viens, me dit-il.

Je tourne les talons et il me suit d'un peu trop près. Je n'ai pas peur. Je suis prête à écouter ce qu'il a à me dire. Il paraît sincère et je vois que Sam lui importe vraiment. Il ne serait pas là nuit et jour si ce n'était pas le cas.

Nous entrons dans une petite salle déserte, qui fait office de salle de repos. Je me demande si nous avons le droit d'être ici mais je ne m'en formalise pas. Je préfère parler ici que devant mon fils qui pourrait se réveiller à tout instant et poser des questions sur Alejandro. Il en pose déjà quelques-unes. Alejandro referme la porte derrière lui alors que je m'assois sur une des chaises. Il se place face à moi, cale ses coudes sur la table et pose sa tête sur ses doigts. Il me fixe du regard, toujours froid et glacial.

– Écoute, *mi bella,* on ne peut pas continuer comme ça, commence-t-il, d'une voix calme. On doit trouver un arrangement pour Sam.

– Je suis d'accord, Alejandro, mais tu peux comprendre que je sois réticente à t'accorder ma confiance.

– On va mettre nos différends de côté si tu es d'accord.

Je hausse les épaules. Comment veut-il qu'on les mette de côté ? S'il n'avait jamais levé la main sur moi, il n'y aurait aucun souci. Nous serions juste deux personnes séparées qui s'entendent pour le bien-être de leur fils. Mais Alejandro n'est pas comme tous les autres. Il ne sait faire que dans l'excessif et la brutalité.

– Je vais te demander d'être raisonnable, Selena.

Il se penche vers le sol, saisit sa mallette et l'ouvre. Il sort un document, puis un stylo qu'il pousse vers moi. Je le fixe, perplexe, puis pose mes yeux sur son document.

Les mots qui me sautent aux yeux sont « abandon », « charge » et « officiel ».

Je lève les yeux vers lui. Il me demande de signer une décharge de mes responsabilités de mère. Il ne peut pas me faire ça ? Comment peut-il espérer que je signe ce torchon ?

Il saisit le stylo et me le tend.

– Sois raisonnable, Selena.

Mon regard ancré au sien, je prends une grande inspiration. Mes membres se mettent à trembler. Pas de peur, mais de rage. Il ose me parler d'arrangement alors qu'en fait, il espère que je signe ça. Il s'est bien foutu de ma gueule.

– Si tu crois que je vais te signer cette merde, tu peux aller te faire foutre, dis-je en poussant son putain de papier vers lui.

Il se lève rapidement et je l'imite, terrorisée. Je l'ai énervé.

Je n'aurais jamais dû croire à son compromis. J'ai été conne. Mes yeux se posent instinctivement sur la porte de la salle d'attente. Il faut que je me sauve, que je m'éloigne de lui. Il capte mon regard et quand je me décide à me lever et à courir vers la porte, il me poursuit.

Il me saisit par le bras avec force et me frappe au ventre. J'en ai le souffle coupé. Mon Dieu ! J'avais oublié comme ça faisait mal. Il me frappe une nouvelle fois, cette fois-ci au visage, et je tombe à terre.

Il en profite pour me mettre des coups de pied dans les côtes, une fois, puis deux, puis trois. Il s'acharne sur moi alors que je me recroqueville sur moi-même. Je laisse échapper un gémissement. J'ai envie de mourir tellement la douleur est vive. J'ai honte, tellement honte de ce qu'il me demande, de ce qu'il me fait, d'avoir été suffisamment conne pour croire qu'il était prêt à trouver un arrangement.

Il me saisit par les cheveux et me traîne jusqu'à la table. Il va me tuer, je le sais. Il en a trop envie.

Il me relève du sol en tirant sur mes cheveux et je laisse échapper un nouveau gémissement. Ça fait mal mais je crois que je pourrais me réhabituer à cette douleur.

Il me retourne et plaque ma tête contre la table. Elle claque aussitôt et je sens des fourmillements dans ma boîte crânienne. Je retiens un cri.

– Sois raisonnable, ma belle.

Je laisse échapper un sanglot. Il va me tuer. Je ne l'ai jamais vu aussi en colère.

– Tu sais de quoi je suis capable, petite pute. Et je n'hésiterai pas à t'achever. Tu te souviens de ma troisième promesse. Je suis prêt à te torturer lentement, très lentement. Et je suis encore plus prêt à te tuer.

Il est collé à moi, son torse sur mon dos, et a soufflé sa phrase à mon oreille.

Oui, il est prêt. Prêt à me tuer. Je le sais, je le sens.

– Maintenant, tu vas prendre ce stylo et tu vas signer ce document.

Des larmes coulent sur ma joue. Il me fait mal, beaucoup trop mal. Mais je ne dois pas céder.

– Va te faire foutre, Alejandro. Tu sais où tu peux te mettre ton putain de document ?

Sa main me fait une clé de bras. Je crie de douleur. Je me tortille sur moi-même pour tenter de me dégager. Je sais que ça ne sert à rien. Il est bien trop fort et sa main dans mon dos et celle sur ma nuque m'empêchent de bouger. Il a le contrôle, comme il l'a toujours eu. Il a contrôlé ma vie pendant si longtemps. Comment ai-je pu être assez bête pour croire qu'il n'aurait plus de moyens de pression sur moi ?

Sa main sur ma nuque descend vers mon dos et appuie sur le creux de mes reins.

– La position que je préfère pour toi. Toi, à ma merci, prête à te donner à moi. C'est excitant.

Il pose ses mains sur mes fesses et je hoquette de surprise. Non, pas ça. Plus ça. De nouvelles larmes montent et je sens sa main passer sous ma robe. Il me caresse la peau. Je déteste ça, j'ai toujours détesté ça.

– Tu veux que je te fasse une petite confidence ? murmure-t-il à mon oreille.

Je devine son sourire.

C'est un sadique, un putain de sadique.

– J'adorais quand je te prenais et que tu pleurais. Ça me laissait le sentiment que tu m'appartenais. Et tu sais quoi, Selena, tu m'appartiens toujours. Tu seras toujours à moi.

Je laisse échapper un sanglot alors que son corps s'appuie encore plus contre le mien.

– Tu aurais pu être si heureuse avec moi, Selena.

– Ne fais pas ça, dis-je entre deux sanglots. Ne me touche pas.

Je devine un nouveau sourire. Je suis effrayée, terrorisée par mon bourreau.

– Alors, tu sais ce qu'il te reste à faire ?

Non, je ne signerai pas. Je ne peux pas abandonner Sam. Pas à un père psychopathe ayant un goût très prononcé pour la violence. Je préfère subir que condamner mon fils.

Voyant mon entêtement, il me retourne avec brutalité et me gifle du revers de la main.

– Qu'est-ce que tu dois faire ? crache-t-il.

Je suis pétrifiée sur place par cette violence que j'avais presque réussi à oublier avec le temps. Je ne réponds rien. Je ne peux rien répondre, rien faire. Je ne peux que subir. Son regard est sombre, menaçant, effrayant. Je l'entends gronder et il me retourne de nouveau, faisant claquer ma tempe contre le bois de la table une nouvelle fois et avec plus de violence. Je suis sonnée un bref instant mais quand il saisit mon bras pour me faire une clé, je reviens vite à la réalité et à sa brutalité.

Il relève encore mon bras. Je sais que demain, j'aurai un bleu ou que mon épaule sera démise. Ce ne sera pas la première fois.

– Qu'est-ce que tu dois faire, petite pute ? gronde-t-il de nouveau.

– Je dois être raisonnable, soufflé-je, apeurée.

– Dis que tu m'appartiens.

Il relève encore plus mon bras et j'entends un craquement au niveau de mon articulation. Mon souffle se coupe aussitôt.

– Je t'appartiens, dis-je en serrant les dents à cause de la douleur.

Il rit. Il ose rire. C'est tellement humiliant. Il prend alors le stylo qu'il me fourre dans la main.

– Alejandro, s'il te plaît… le supplié-je.

– Signe ! gronde-t-il, ou je te crève !

– S'il te plaît, l'imploré-je de nouveau.

Voyant que je ne fais rien, il perd encore plus patience et sa main saisit alors la mienne. Il la dépose sur la feuille et force ma main à se balader dessus. Mes yeux ne peuvent se détacher de l'encre qui s'étale sur le papier.

Mon Dieu ! Non !

Il finit par lâcher ma main, le stylo avec et me libère de son emprise. Je me redresse automatiquement et laisse échapper un sanglot. Mon épaule me lance et je grimace de douleur. Oui, il me l'a déboîtée, ça ne fait pas de doute.

Il récupère son document.

– Tu aurais pu éviter de chialer sur le document, je vais avoir l'air de quoi maintenant, dit-il.

Il s'approche de moi, le regard pervers et cruel. Il me saisit par la taille et dépose férocement ses lèvres contre les miennes. Je tressaille aussitôt. Il se recule alors et me fixe, amusé et provocateur.

– J'aime quand tu es une brave fille obéissante. Tu m'as forcé à être méchant avec toi, Selena. Il aurait été plus simple pour toi de signer sans te rebeller.

Il ramasse sa mallette, fourre son contrat dedans et sort de la pièce sans un regard.

Je le regarde sans bouger, impuissante et quand la porte claque derrière lui, je m'effondre au sol. J'ai perdu Sam. Il a gagné.

Mon estomac se noue alors et je vide son contenu au sol.

51

Selena

Quand la porte se referme derrière Alejandro, mes jambes ne semblent plus pouvoir supporter mon poids et je m'écroule à terre. Mon ventre se tord et il ne m'en faut pas plus pour vider mon estomac. Je vomis jusqu'à ce qu'il ne contienne plus rien, déchirant mon œsophage.

Alejandro s'est acharné sur moi mais ce n'est pas de ce mal que je souffre. Je souffre car je sais qu'il m'a pris Sam. Je le sens au plus profond de moi, sentiment inexplicable que je pourrais définir comme l'instinct d'une mère. On m'a pris mon enfant et j'ai la sensation qu'on m'a arraché le cœur de la poitrine, laissant un trou béant que rien ni personne ne pourrait refermer.

Je puise le courage de me relever tant bien que mal et de sortir de cette pièce au plus vite de je ne sais où.

Je tire la porte de mon bras droit et une douleur vive me fait pousser un gémissement. Mes yeux se lèvent alors et une infirmière me fixe, le regard horrifié.

Elle me dit quelque chose en posant ses deux mains sur mes épaules mais je ne l'entends pas. Je n'entends plus rien.

Elle me dirige vers une salle d'examen en me disant des choses et m'assoit sur une table.

La salle est vite investie par une autre infirmière et un médecin. Mes yeux ne peuvent se détacher de sa blouse. Docteur Kyle Markov, médecin urgentiste. On me parle, je le sais, mais je n'arrive pas à comprendre un traître mot de ce qu'on me dit. Je suis sonnée, choquée, anéantie.

Plusieurs médecins ne cessent d'aller et venir dans cette pièce qui devient de plus en plus étroite et angoissante. Il y a trop de monde, je veux qu'ils sortent.

Je n'ai pas réussi à parler depuis plusieurs longues minutes, incapable de réussir à faire sortir le moindre son de ma bouche.

Mon cerveau semble se reconnecter au monde réel quand la voix d'une femme annonce que le petit patient de la trois cent sept n'est plus dans sa chambre.

C'est la chambre de Sam.

Je sors enfin de mon mutisme et commence à paniquer. Non, Alejandro ne peut pas m'avoir pris Sam. Ce n'est pas possible, je refuse de le reconnaître. Tout ça est un mauvais rêve et quand je me réveillerai, Ben sera allongé près de Sam, dans son lit.

Je tente de me lever mais on m'en empêche. Je dois aller voir par moi-même. Sam a dû se cacher sous le lit ou dans un placard. Ou peut-être est-il tout simplement parti à ma recherche, ne me voyant pas dans la chambre.

Un jeune médecin me demande de me calmer. Je le fixe alors. Mais pour qui se prend-il ? Qui est-il pour me dire de me calmer ? Alejandro vient de me prendre Sam et je suis en train de crever. Ne le voit-il pas ?

Mes poings se serrent, me provoquant une douleur jusque dans l'épaule droite quand je contracte mes muscles. Je suis sur le point de me transformer en une espèce de cinglée prête à frapper tous ceux qui se trouvent sur mon passage si on me demande encore de me calmer.

– Mon fils a été enlevé ! crié-je presque.

Les médecins se regardent, surpris d'entendre enfin ma voix.

– Alejandro. Il a enlevé Sam, répété-je.

La doyenne des médecins me regarde et finit par faire dégager tout ce petit monde qui s'agite près de moi. Ils s'exécutent tous et elle se penche vers une infirmière, lui laissant des recommandations. Le calme semble être revenu soudainement. Tout ce monde autour de moi me stressait.

– Il m'a pris Sam !

– Mes collègues vont s'en occuper. On le retrouvera vite. Vous permettez que je vous ausculte ? me dit-elle.

Je hoche la tête et elle passe derrière moi pour me retirer mon gilet. Je grimace quand elle retire la manche droite.

– Ce n'est pas très joli à voir, me dit-elle.

Elle revient devant moi. Ce n'est pas la première fois qu'Alejandro me démet l'épaule.

– Votre épaule est sûrement démise mais il faudra faire une radio pour le confirmer.

Je n'en veux pas. Je me fous de sa radio. Je n'ai besoin que d'une chose.

– Je veux Sam, soufflé-je.

– J'ai demandé qu'on fouille tout l'hôpital. Sam veut peut-être nous faire une petite farce.

– Non, il me l'a pris. Son père me l'a pris. Il m'a forcée à signer un papier.

La femme médecin me regarde et semble réfléchir. Étrangement, je ne vois aucune once de pitié dans son regard et ça me rassure. Cette femme, qui a presque l'âge de ma mère, m'apaise.

– Est-ce qu'il vous a forcée à autre chose ?

Lentement, je lève les yeux vers elle et secoue la tête. Il m'a juste forcée à signer l'abandon de Sam.

– Très bien. Je vais vous accompagner en radiologie pour être sûre que votre état ne soit pas plus grave.

Ma gorge se noue et mes larmes montent vite. Et je sais que si je ne me retiens pas, elles ne vont pas tarder à couler sur mes joues. Je prends une grande inspiration et finis par hocher la tête en relâchant ma respiration.

***

Ben

Je sens que je vais avoir une journée encore bien remplie aujourd'hui, entre Mag qui vit à la villa pendant son séjour, mon rendez-vous avec mes avocats pour empêcher ce putain de test de paternité et le temps restant à passer avec Selena et Sam.

Les portes de l'ascenseur s'ouvrent et la première chose qui me surprend, ce sont les quatre flics qui ont investi le couloir. Je les vois poser des questions à des infirmières et à d'autres employés de l'hôpital. J'ai un putain de pincement au cœur. Il se passe quelque chose, c'est obligé.

Putain ! Mais quoi ?

Des infirmières, des médecins courent dans le couloir. Ce n'est pas surprenant, dans les hôpitaux, on voit souvent le personnel courir mais là, on voit à leurs visages inquiets qu'ils sont tous en état d'alerte. Je me fais bousculer par une aide-soignante. Elle s'excuse en s'éloignant alors que je rentre dans la chambre de Sam, me posant une multitude de questions.

Je constate qu'il n'y a personne. Le lit de Sam est vide et Selena n'est pas là. Mon Dieu ! Faites que l'état de Sam ne se soit pas dégradé. Si ça se trouve, c'est pour ça qu'ils sont tous en alerte. Pourtant, le docteur Morris nous a annoncé que Sam allait bien, qu'il envisageait de le faire sortir plus vite que prévu et qu'il pourrait même être à la maison demain.

Je sors de la chambre, décidé à trouver quelqu'un de l'hôpital pour avoir une explication. Je croise une jeune infirmière au visage complètement paniqué et l'arrête en saisissant son bras.

– Je cherche ma femme. Selena Lawson.

– Elle est en salle d'examen avec…

Je n'écoute pas la fin de sa phrase. Une porte s'ouvre un peu plus loin. Une autre infirmière en sort, un dossier sous le bras. Dès qu'elle me voit, elle écarquille légèrement les yeux.

– Oh ! Monsieur Lawson, je…

– Où sont ma femme et mon fils ?

Elle pointe la porte derrière moi.

– Avec la gynécologue.

Je plisse le front et baisse la poignée de la porte, ignorant son interdiction d'entrer dans la salle.

Avec la gynécologue ? C'est quoi, ce délire ?

Selena est assise sur une table d'examen, en sous-vêtements, dos à moi. Sur son épaule droite, un énorme hématome violacé me saute aux yeux. Sur ses côtes, ce n'est pas mieux. Qu'est-ce qu'il s'est passé, bordel ?

Le médecin lève la tête vers moi et m'adresse un sourire gêné. Je contourne la table et me poste devant Selena. Ses yeux sont bouffis par les pleurs et un horrible bleu marque son œil gauche. Elle grimace de douleur.

– Qu'est-ce qu'il s'est passé ? demandé-je, essayant de ne pas trahir mon inquiétude.

Je sais que si elle comprend que je suis inquiet, elle va fondre en larmes. Mais là, j'ai besoin d'explications.

– Je… Alejandro… Il…

Elle n'a pas besoin d'en dire plus. Mon corps se tend. Je vais fumer cet enfoiré. Il a osé toucher à ma femme. Il a osé la frapper. Peu importe si je vais en taule, je ne le laisserai pas s'en sortir sans subir ma rage.

– Il a pris Sam, souffle-t-elle.

Sa remarque me fait l'effet d'une douche froide. Mes yeux s'écarquillent. Je tente de remettre en ordre ce qu'elle vient de me dire. Je frappe alors contre le fin matelas de la table d'examen. Selena sursaute légèrement et je m'en veux aussitôt.

– Excuse-moi, bébé, je ne voulais pas te faire peur.

Je saisis son visage.

– Oui, je sais, souffle-t-elle.

Je l'embrasse tendrement et ses lèvres s'étirent. Si elle sourit, c'est que ça va. Mais j'ai appris avec Selena que son sourire pouvait cacher sa véritable humeur.

– Je… Il m'a forcée à signer un papier, dit-elle.

– Un papier ?

– Oui. Un document par lequel j'abandonne tous mes droits sur Sam.

Oh putain ! Je passe ma main dans mes cheveux en faisant les cent pas dans la salle. Ce n'est pas possible. Il n'a pas fait ça ? Ce fils de pute est mort.

– Je suis désolée, Ben. Si désolée. J'ai été faible et…

Je ne la laisse pas finir sa phrase. Je saisis son visage et l'embrasse une nouvelle fois. Mieux vaut ça que me barrer et aller exploser ce type. Parce que si je l'ai en face de moi, je ne lui laisserai pas le temps d'ouvrir la bouche. Je l'achèverai et je sais déjà où je planquerai son putain de corps.

– Qu'est-ce qu'il t'a dit ? demandé-je.

– Il m'a dit que cette situation ne pouvait plus continuer, qu'il était prêt à faire des compromis pour le bien-être de Sam. Et j'y ai cru. J'ai été trop conne. On a été dans la salle de repos et là, il m'a sorti son document. J'ai refusé de le signer, Ben. J'étais prête à encaisser les coups mais il m'a forcée.

Ses yeux se portent sur la gynécologue qui ne perd pas une

miette de notre conversation. J'ai l'impression qu'elle ne me dit pas tout et quand j'interroge le médecin du regard, son visage reste neutre et impassible. Impossible d'avoir une réponse et ça me fout encore plus en rogne.

Et si elle est avec une gynécologue, ce n'est pas pour soigner ses hématomes !

– Non, Ben, il ne m'a pas violée, dit-elle comme si elle avait lu dans mes pensées. Le docteur Rosenberg voulait juste s'en assurer.

Je la saisis par le cou et l'attire vers moi. Je l'embrasse sur le front. Je vais tuer cet enfoiré. Il a osé toucher ma femme, ma vie. Je vais le fumer.

Je n'ai pas le temps de lui demander quoi que ce soit que le médecin se lève.

– Des agents de police ne vont pas tarder à arriver. Vous devriez porter plainte, Selena, dit le médecin.

– Vous avez de la chance que ce ne soit pas nous qui portions plainte contre votre établissement, craché-je au gynécologue. Comment un homme peut-il agresser une femme sans qu'aucun membre de la sécurité n'intervienne ?

– Calme-toi, Ben. Le docteur Rosenberg n'y est pour rien, dit Selena.

Oui, elle a raison, mais que ma femme se fasse agresser et frapper dans ce bâtiment est tout simplement inadmissible.

On toque alors à la porte et une infirmière entre.

– Docteur Rosenberg, la police voudrait entendre la déposition de Mme Lawson.

– Très bien, dit-elle en se levant. Je vais vous laisser vous rhabiller, Selena.

Elle lui sourit pour l'encourager puis quitte la salle d'examen. Je l'aide à enfiler un petit pull que je ne lui connais pas. Elle grimace quand elle lève le bras.

– C'est à qui ?

– À une infirmière.

– Tu ne vas pas avoir chaud ?

– Si, mais je ne veux pas qu'on me voie comme ça.

J'opine. Oui, c'est vrai, mais vu son œil au beurre noir, tout le monde supposera qu'il lui est arrivé quelque chose.

– Bébé ?

Elle lève les yeux vers moi.

– Il t'a touchée ?

Elle baisse les yeux. Je pose mes doigts sous son menton, lui relève le visage et l'interroge du regard.

– J'ai besoin que tu me le dises, Selena.

– Non, Ben. Je te le promets. Il ne m'a pas forcée.

Son regard franc me rassure et j'en suis soulagé. Si cet enfoiré l'avait fait, je n'aurais pas pu répondre de moi. Je serais devenu fou.

Une larme coule sur sa joue et je l'essuie de mon pouce. Oui, je dois rester avec elle. Elle a besoin de moi. Je la prends dans mes bras et la serre contre moi. Elle laisse échapper un petit gémissement de douleur. Je m'excuse. Ses mains se baladent alors dans mon dos pour me caresser.

– Ne me laisse pas, souffle-t-elle.

– Jamais, bébé.

Elle se recule alors de moi.

– Tu veux bien faire entrer les policiers ?

Je hoche la tête et vais ouvrir. Dans le couloir, le médecin parle avec deux agents en civil. Sûrement des inspecteurs. Ils se tournent vers moi et je leur annonce que Selena est prête. Ils entrent sans un mot.

La femme s'approche de Selena et pose délicatement sa main sur son épaule valide. Selena relève le visage vers elle et lui sourit timidement.

– Vous êtes monsieur Lawson ?

Je tourne ma tête vers le flic.

– Oui, je suis le mari de Selena.

– Je suis l'inspecteur Rodgers. Ma collègue va prendre la déposition de votre femme, dit-il respectueusement. Je vais vous demander de sortir et…

– Non, je ne sors pas. Je veux rester avec ma femme.

L'inspecteur pose la main sur mon épaule pour m'éloigner de la table d'examen. Il se penche vers moi et me murmure :

– Votre femme a été agressée et, d'expérience, nous savons que les victimes ont du mal à parler devant leur conjoint. Mais je ne peux pas vous interdire d'être ici si votre épouse le désire.

Devant son insistance, je finis par hocher la tête. J'adresse un petit sourire d'encouragement à Selena qui tourne la tête vers moi quand j'ouvre la porte.

Dans le couloir de l'hôpital, c'est toujours l'effervescence mais je ne m'en formalise pas. Je m'adosse contre le mur derrière moi et prends mon visage entre mes mains. Ma gorge se noue et je tente de ne pas chialer comme un con. Rempli de culpabilité, j'ai l'impression d'être un incapable, un bon à rien. Selena vient de revivre un de ses pires cauchemars et je n'étais pas là pour elle. Je n'ai pas pu la protéger de cet enfoiré. J'ai failli à ma promesse de prendre soin d'elle et de Sam.

La dernière fois que j'ai ressenti cette sensation d'impuissance, j'étais à Londres et nous venions d'avoir cet accident qui m'a fait perdre mon frère. J'étais pétrifié sur place, incapable de faire quoi que ce soit, en voyant Aaron qui tentait par tous les moyens de ranimer mon frère. Cette nuit-là, j'ai perdu bien plus que Sam, j'ai perdu une partie de mon âme. Et si j'avais perdu Selena, je ne serais plus vivant, moi non plus.

52

Ben

Mes yeux se portent sur Selena et je ne peux m'empêcher de m'inquiéter. Elle a le regard dans le vide et semble complètement éteinte. Il faut avouer qu'avec ce qu'elle a vécu, un autre comportement m'aurait étonné.

Hier, elle a vécu l'enfer, une fois de plus. Et toujours à cause de ce connard.

Cette nuit, alors que Selena venait tout juste de s'endormir et que je n'arrivais pas à trouver le sommeil, je suis sorti. Je cogitais sur la façon dont Alejandro devait sortir de notre vie. Et la meilleure solution que j'ai trouvée est de le buter. Je suis sérieux, je vais crever cet enfoiré. Peu importe si je dois croupir en taule pendant des années, je me dois de protéger ma femme et Sam. Et je suis prêt à faire le sacrifice de ma vie à leurs côtés si je peux m'endormir avec la satisfaction qu'ils seront en sécurité et que cet enfoiré ne les retrouvera jamais.

Cette nuit, je suis donc allé boire un verre dans un bar, puis un deuxième. J'en ai enquillé pas mal et j'ai eu la bonne idée d'arrêter à un moment. Je suis alors parti du bar et j'ai commencé à sillonner la ville. Je sais, c'est con car je ne connaissais même pas l'adresse de ce bâtard. Mais j'ai espéré qu'il vienne à moi, qu'il se mette sur mon chemin, prêt à sacrifier ma voiture si ça pouvait me permettre de lui ôter la vie.

Alors que le soleil était loin de se lever, j'ai ressenti le besoin d'aller voir la seule personne que je pensais ne pas être importante à mes yeux.

Je suis donc allé au manoir. J'ai réveillé mon père et nous avons discuté une bonne partie de la nuit. De tout et de rien, mais surtout de Selena et de Sam. Je lui ai confié mes envies de meurtre, je lui ai dit que j'étais prêt à aller en taule pour les savoir en sécurité. Je suis même prêt à crever sur une chaise électrique. Leur bonheur et leur sécurité m'importent plus que ma propre vie.

Je suis parti du manoir alors que le soleil perçait doucement l'horizon et je suis rentré à la villa. Selena dormait toujours. Avec ce qui lui est arrivé, elle est crevée et le calmant qu'un médecin de l'hôpital lui a donné l'a beaucoup aidée à trouver le sommeil.

Quand je suis rentré, il était plus de cinq heures. Mag ne dormait pas et faisait déjà de la pâtisserie. Elle a toujours aimé faire des gâteaux et quand elle a prétexté que cuisiner la détendait, je n'ai pas cherché à comprendre.

Elle a voulu parler avec moi des événements de ces derniers jours mais je n'ai pas pu. Je venais de dire tout ce que j'avais sur le cœur à mon père et je ne me sentais pas prêt à recommencer. Comme à son habitude, ma belle-mère a compris. Elle sera toujours la personne la plus compréhensive que je connaisse. Avec Selena, bien sûr.

– Comment elle va ? me demande Jason.

Je relève la tête vers lui, chassant mes pensées nocturnes de mon esprit. Je tourne le visage vers Selena. Elle secoue la tête quand Mag lui propose du gâteau. Ma belle-mère a cuisiné toute la matinée et elle obtient un nouveau refus quand elle lui propose une part de brownie. Je crois qu'elle veut gaver Selena mais ma femme n'a pas d'appétit. Elle ne mange plus depuis hier.

– Elle va bien, réponds-je.

Je mens, bien sûr, et mon ami le comprend. Mais je ne sais pas quoi répondre d'autre.

– Vous n'avez pas de nouvelles de la police ? demande ma jeune et nouvelle belle-mère.

Je tourne ma tête vers Becky et lui souris. Tous nos amis sont là, se rongeant les ongles autant que nous.

Becky me fixe, patiente et à deux doigts de fondre en larmes.

– Ne pleure pas, Becky, sois forte pour Selena, dis-je.

Elle agite les mains devant son visage pour s'aérer et faire passer son envie de chialer.

Je ne sais pas quoi faire. Je ne sais plus quoi faire. Selena a besoin de moi mais je me sens impuissant. Je n'arrive même pas à soutenir ma femme.

Même si je m'occupe de tout, faisant des allers-retours entre le poste de police et le cabinet de mes avocats depuis hier matin, j'ai l'impression de ne rien faire. Qu'est-ce que je pourrais faire ? Qu'est-ce que je pourrais dire ? Je suis complètement impuissant.

L'Interphone de la villa se met à sonner et Jason se propose d'aller ouvrir. Selena n'a pas bougé d'un pouce et continue à se ronger les ongles, le regard dans le vide. Je ne suis pas sûr qu'elle ait entendu la sonnerie.

Jason revient un instant plus tard, Luke et Aaron sur les talons. Luke affiche une mine déconfite et je vois dans son regard que son cerveau est en ébullition, cherchant une solution à notre situation.

On ne peut rien faire d'autre qu'attendre. La police se charge de retrouver Alejandro et Sam mais pour l'instant, ils n'ont aucune piste. Aucun signe de vie et ça m'angoisse.

Ils pourraient être n'importe où sur cette fichue planète. En presque quarante-huit heures, Alejandro aurait eu le temps d'emmener Sam dans un autre État où même dans un autre pays. Je me doute du lieu où il l'a emmené. Je suis presque sûr qu'ils sont partis pour Cuba.

Selena en est convaincue aussi et en a fait part à la police qui s'est occupée de contacter les services de la police cubaine.

– Comment va Selena ? demande Aaron.

À croire que mes amis ne connaissent qu'une phrase.

– Elle va bien, répété-je.

Moi aussi, je ne connais qu'une phrase. Un mensonge.

Luke soutient mon regard et je sais qu'il souhaite me parler en privé. Je m'éclipse discrètement et le suis jusque dans mon bureau. Selena nous suit du regard et je lui souris, essayant de la rassurer comme je peux.

Luke se tient droit et vérifie que personne n'est sur le point de nous interrompre.

– J'ai eu des nouvelles du mec que j'ai embauché. Il aurait aperçu Ortiz.

– Où ça ?

– À La Havane. Apparemment, il serait rentré discrètement à l'hacienda familiale hier soir.

Mes poings se serrent. Alors c'était ça, son plan. Prendre Sam et le ramener à Cuba. Je m'en doutais mais j'espérais que je me trompais.

– Il… J'ai des informations sur cet enfoiré. Il a un mandat au cul. Détournement de fonds, trafic d'armes et meurtre.

– Meurtre ?

– Oui. Une jeune femme. Elle avait 19 ans.

Mais quel fumier ! Je savais que c'était un sadique et un pervers mais je ne pensais pas qu'il était aussi un meurtrier. Ce mec aime faire du mal et c'est un connard qui n'a aucun respect pour la vie humaine.

– Il est recherché dans tout Cuba. C'est pour ça qu'il se la joue discret. Je pense qu'il n'est que de passage là-bas. Il ne peut pas y rester, au risque de se faire prendre par les flics.

– Putain, je…

– Ne t'emballe pas, j'ai transmis son casier judiciaire cubain aux flics. Ils sont sur le coup. Le temps que le dossier se mette en place, ils vont vous ramener Sam. Avec la plainte déposée contre lui, il va finir en taule.

Mais ce n'est pas encore suffisant. Il faut qu'il crève. Car le jour où il sortira, il reviendra.

La porte du bureau s'ouvre alors lentement et je vois le visage de Selena quand je me retourne. Ses yeux vont de Luke à moi et elle tourne les talons rapidement, le visage tordu de colère. Elle a tout entendu, bien sûr. Je m'empresse de la rejoindre et saisis son poignet quand elle s'apprête à poser un pied sur la première marche.

– Selena, soufflé-je.

Je comprends qu'elle soit en colère. Elle a entendu ce qu'Alejandro a fait à Cuba. Elle se dégage de mon emprise et me menace du regard.

– Laisse-moi, dit-elle.

La dernière fois que je l'ai vue dans cet état, c'est quand elle venait d'apprendre la raison de ma demande en mariage. Elle me toise un instant puis tourne les talons avant de monter les escaliers.

– Selena ! Tu vas où ? demande Amber qui commence à monter les marches à son tour.

Je la retiens par le poignet.

– Attends, dis-je à Amber. Laisse-lui deux minutes.

Selena se retourne rapidement quand elle arrive en haut des marches.

– Vous me faites chier ! crie-t-elle.

Elle part en direction de notre chambre et claque la porte. Elle est dans tous ses états, passant des rires aux larmes, de l'amusement à l'inquiétude depuis hier, tout ça à cause de ses médicaments. Elle ne sait plus où elle en est.

Amber se sent mal et me regarde, à deux doigts de fondre en

larmes à son tour. Chose que je pensais impossible venant d'elle. Elle est si forte, si indépendante. Elle emmerde tout le monde et la voir dans cet état me conforte dans l'idée qu'elle aime Selena. Vraiment.

– Je vais faire du café, dit Mag. Quelqu'un en veut ?

Nous hochons tous la tête et suivons ma belle-mère qui part investir la cuisine. Je suis sûre qu'elle va trouver une bonne excuse pour nous faire un gâteau. Mag est anxieuse. Beaucoup trop anxieuse.

Je sors des tasses du placard, aidé de Luke, alors que Jason s'affaire devant la machine à expresso. Mes amis s'installent sur les tabourets du haut plan de travail où nous avons l'habitude de prendre notre petit déjeuner.

– C'est normal, Ben, que Selena réagisse comme ça, dit Hunter. Elle est traumatisée par son agression, par l'enlèvement de Sam.

– Oui, renchérit Becky. Elle est perdue et anxieuse. Qui ne le serait pas ?

– On l'est tous, dit Jason. Mais toi, comment tu vas ?

– Ça va, réponds-je.

C'est définitivement ma phrase, aujourd'hui.

– Non, Ben, dis-nous comment tu te sens vraiment, continue Luke.

Tous les regards sont braqués sur moi. Ils sont tous pendus à mes lèvres, impatients de connaître ma réponse. Ils veulent savoir si je vais bien ? Je ne le sais même pas moi-même.

– Impuissant, dis-je. Je ne sais pas quoi faire.

Becky prend ma main et me sourit.

– C'est normal, Ben. Tu ne sais pas comment réagir, tu ne sais pas comment aider Selena. Nous aussi, on est impuissants.

– Ouais, mais je ne peux m'empêcher de m'en vouloir. J'aurais dû être présent, cette nuit-là. Je pensais qu'elle serait en sécurité avec tout le personnel de l'hôpital mais…

– Tu ne pouvais pas savoir ce qui allait se passer, fait Aaron. Tu n'aurais pas pu te douter que ce fils de pute allait faire ça !

Tous mes amis baissent la tête, compatissants et mal à l'aise. Seul Jason garde la tête haute et ne fuit pas mon regard.

Un bruit sourd se fait entendre sur le parquet de la mezzanine et nous tournons tous nos têtes vers l'escalier. Selena tire péniblement une valise et Jason se lève déjà de son tabouret pour monter les marches. Il lui prend la valise des mains, qu'elle a du mal à soulever, sûrement à cause de son épaule.

Je me lève à mon tour.

Qu'est-ce qu'elle fait ? Elle me quitte ?

Mon cœur s'emballe. Non, elle ne peut pas me quitter.

– Qu'est-ce que tu fais, Selena ? demandé-je.

Elle me fixe et ne répond rien. Je la vois prendre son sac à main et nos amis se lèvent tous d'un bond, réagissant enfin. Elle se tourne alors vers Jason, qui est resté en haut des marches, la valise de Selena à la main.

– Jason ! Ma valise, ordonne-t-elle sèchement.

Il paraît surpris en entendant son ton et se raidit légèrement avant de descendre les marches. Elle lui arrache la poignée de la valise de la main.

– Selena, tu…

– Je vais à Cuba. Je vais chercher mon fils.

– Selena, souffle Luke. Laisse faire le…

Elle pivote la tête vers lui d'un coup sec. Elle le toise et je le vois déglutir.

– Quoi ? Je dois rester ici à attendre que ces bureaucrates à la con se décident à se bouger ? Le temps qu'ils réagissent, Alejandro aura emmené Sam je ne sais où. Sauf qu'une fois qu'ils auront quitté Cuba, on aura autant de chances de les retrouver que de faire des bonshommes de neige dans le désert du Sahara.

Je pose la main sur son bras valide et la fixe.

– Selena, tu ne peux pas partir comme ça.

Elle reporte son attention sur moi.

– Et pourquoi ? me coupe-t-elle. Qui va m'en empêcher ? Toi ? Tu m'empêcherais d'aller chercher Sam ? Non ! Alors, je vais à Cuba récupérer mon fils.

– Et si Alejandro te…

Elle lève les yeux au ciel. Elle paraît obstinée et déterminée.

– Qu'est-ce que tu veux qu'il me fasse ? Quand on a déjà vécu en enfer, on n'a plus peur de se brûler. Et j'en ai marre de voir vos visages de pitié. Alors, je pars à Cuba et je reviendrai avec Sam, dit-elle.

Elle a raison. C'est la seule chose à faire, j'y ai moi-même pensé cette nuit.

Derrière elle, Jason s'approche et lui adresse un petit sourire.

– Je ne te demande pas de me suivre, Ben. Je ne t'y obligerai jamais. Mais je te demande juste de me soutenir. J'ai besoin de voir Samy. Je ne peux pas rester ici à rien faire, à attendre.

Elle me fixe de ses grands yeux sombres. Elle semble sur le point de craquer.

– Selena a raison, intervient Jason. On ne peut pas rester ici à attendre que les flics se décident à se bouger. Je pars avec toi, Selena !

La réaction de mon ami me surprend. Lui qui réfléchit des jours avant de prendre une décision. On ne peut pas dire qu'il est spontané, bien au contraire. Mais Jason est loyal et il fait tout pour ses amis. Il nous l'a déjà prouvé bien des fois par le passé.

Je le fixe et me rends compte que lui aussi a raison. Selena a besoin de moi et je me dois d'être à ses côtés.

Je m'approche d'elle et passe ma main sur sa taille. Je l'embrasse tendrement pour lui montrer que je la soutiens. Voilà mon rôle, voilà comment je peux arrêter d'être impuissant.

– Attends-moi, bébé, je fais ma valise aussi.

Elle répond à mon baiser puis me sourit.

– Dépêche-toi de la faire. J'ai hâte de botter le cul du fils de pute qui a osé toucher à mon fils.

Je lui souris, heureux de la voir plus déterminée que jamais. Oui, je vais me dépêcher. Je fais ma valise, on part à Cuba et on récupère notre petit Sam.

53

Selena

Jamais je n'aurais pensé revenir à Cuba dans ces circonstances. Je n'aurais d'ailleurs jamais pensé y retourner tout court.

Après la décision de Jason de nous accompagner là-bas, tous nos amis nous ont annoncé qu'ils viendraient eux aussi avec nous. Seule Mag est restée à la villa, au cas où elle aurait des nouvelles de la police.

Nous nous sommes tous retrouvés à l'aéroport, après que chacun a fait ses valises et que Ben s'est chargé de trouver des billets.

Trouver un vol pour tout ce petit monde aurait pu être difficile mais c'est sans problème que nous avons embarqué à Miami à destination de La Havane.

Je suis complètement flippée de savoir que dans quelques heures, je serai chez moi, mais ma peur n'est rien en comparaison de ma détermination. Alejandro m'a peut-être violentée une nouvelle fois mais ce n'est rien par rapport à l'erreur qu'il a faite. Il a pris Sam, il m'a pris mon sang et rien ni personne ne m'empêchera de récupérer mon fils.

Devant nous, Amber se retourne et me sourit. Mon amie est vraiment extraordinaire.

À quelques sièges de nous, Becky, assise entre Jason et Aaron, se tourne vers moi à son tour et me fait un petit clin d'œil. J'ai vraiment des amies en or et ceux de Ben en sont tout autant. Ils n'ont pas hésité un instant et nous soutiennent du mieux qu'ils peuvent.

La main de Ben se pose sur la mienne et j'ai un mouvement de recul. Je m'en veux aussitôt. J'ai simplement eu peur. Je le vois plisser le front mais quand je saisis sa main, il m'adresse un petit sourire.

– Je suis désolée, dis-je.

– Je comprends.

Nous enlaçons nos doigts. Je sais qu'il ne me fera jamais de mal. Grâce à Ben, je sais ce que c'est d'être réellement aimée. D'un amour sincère. Et j'ai de la chance d'être tombée un jour sur lui.

– Je vais fermer les yeux un instant, dis-je.

Il hoche la tête et je me cale contre le hublot.

Depuis plusieurs jours, il est tendu, très tendu. Mais depuis hier, son inquiétude s'est transformée en rage. Il est à fleur de peau, et je le suis tout autant. Mais j'ai peur qu'il ne fasse une bêtise. En réalité, j'ai bien plus peur qu'il ne la fasse à ma place.

Je m'en veux d'avoir été aussi conne, d'avoir pensé qu'Alejandro pouvait changer et faire un effort pour le bien-être de Sam. J'aurais pu apprendre à lui faire confiance. Ça aurait pris du temps et j'aurais, une fois de plus, été bien conne mais je n'aurais pas vraiment eu le choix. Sa demande de test de paternité m'a fait peur. Très peur. Les résultats auraient été positifs et la justice m'aurait obligée à lui présenter Sam. J'étais coincée et j'ai vraiment cru qu'il était prêt à faire des compromis.

J'y ai cru tellement de fois, malheureusement, pensant qu'Alejandro changerait.

Il a été le premier homme que j'aie aimé. C'est lui qui m'a sauvée de la rue, après que ma mère m'a foutue à la porte et que je me suis engueulée avec mon frère. C'est lui qui m'a logée, nourrie, habillée. Notre histoire, j'y ai cru, à travers les yeux d'une gamine de 15 ans. Au début, il était doux, protecteur, aimant.

Après plusieurs mois, j'étais complètement accrochée à lui. Mon premier amour. Celui que je pensais être incassable, infaillible, inébranlable. Le premier amour d'une adolescente. Il faisait de moi une véritable princesse, me couvrant de cadeaux, de bijoux et de vêtements. Et être avec un homme plus vieux, plus mature, me rassurait. Alejandro me protégeait, j'avais l'impression d'être une reine quand j'étais à son bras et je le voyais comme la huitième merveille du monde.

Si j'avais su où ça m'aurait menée au fil des mois, j'aurais évité de le rencontrer, me préservant encore plus d'un homme qui finirait par devenir mon bourreau.

Même s'il ne me l'a jamais confirmé, je sais que c'est lui qui a agi quand j'ai appris que mon enfoiré de beau-père avait été tabassé dans une petite ruelle de La Havane, une nuit, alors qu'il sortait d'un bordel. Je me souviens de ce jour-là, de la façon dont Alejandro m'a dit que mon beau-père ne serait plus un problème, que je n'avais plus à m'en faire, qu'Emilio ne croiserait plus jamais mon chemin.

C'est ce soir-là que je me suis donnée à Alejandro. À bien y réfléchir, il avait juste provoqué mon offrande. Il savait que j'avais besoin d'être rassurée, que son acte me pousserait très prochainement dans son lit. Et c'est la première fois que je me suis fait avoir par ce salaud. Et je ne compte plus les fois où il m'a manipulée psychologiquement et sentimentalement pour parvenir à ses fins.

Ma première fois avec Alejandro a été douce, délicate. Il a su trouver les mots, les gestes pour me rassurer et j'ai repris un peu confiance en moi.

Mais une fois qu'il a obtenu ce qu'il désirait, son comportement a littéralement changé. Ce que je lui avais offert, il le voulait tous les soirs. Et la première fois que j'ai refusé de satisfaire son envie, il m'a frappée. J'ai été choquée ce jour-là. Je n'ai pas compris. Jamais on n'avait levé la main sur moi. Ni mon père, ni même mon beau-père, qui était pourtant un beau salaud, lui aussi. Éperdument amoureuse, j'ai fini par lui pardonner quand il s'est excusé, avec un joli bracelet pour preuve de sa culpabilité.

En trois ans, j'ai accumulé plus de bijoux qu'une bijouterie ne pourrait en vendre à la Saint-Valentin. J'avais des coffrets à bijoux remplis du poids de sa « culpabilité ».

J'étais coincée avec lui. Entre sa mère et son frère, Enrique, j'étais constamment surveillée. Je ne pouvais pas bouger le petit doigt sans avoir quelqu'un sur mon dos. J'étais prisonnière, enfermée dans une prison dorée où mon tortionnaire venait me rendre visite chaque soir.

Je m'endormais en larmes chaque fois, mon bourreau à mes côtés. J'étais complètement renfermée sur moi-même, transformée en une femme qui devait se contenter de hocher la tête, de parler uniquement si son mari lui en donnait l'ordre et d'écarter les cuisses contre son gré tous les soirs. Je n'étais qu'un fantôme qui subissait les coups quand la journée de son mari avait été mauvaise. Les bonnes journées avec Alejandro n'existaient pas.

Je me souviens d'un soir, alors qu'il était à peine rentré et qu'il avait hurlé mon prénom dans l'hacienda. Je m'étais empressée de le rejoindre, apeurée par le fait qu'il doive m'appeler une fois de plus. Alejandro n'aimait pas attendre et quand on entendait son prénom de sa bouche, on avait plutôt intérêt à être face à lui dans les trois secondes. Ce soir-là, il m'avait frappée très fort, sans aucune raison apparente. La main sur ma joue, j'avais osé lui demander si sa journée avait été mauvaise et il m'avait rétorqué avec la plus grande arrogance que sa journée avait été parfaite mais que les coups de ce soir étaient juste là pour me rappeler que je lui appartenais.

C'est là que j'ai compris qu'il n'y avait ni bonne, ni mauvaise journée pour lui. Il n'y avait que des journées. Et toutes ces journées, j'allais les subir jusqu'à ce que son dernier coup sur moi soit fatal. Je lui appartiendrais jusqu'à ce que je rende mon dernier souffle. Le lendemain, j'ai appris que j'allais devenir maman. J'attendais l'enfant de l'homme qui me frappait, m'humiliait, me forçait au quotidien.

J'ai honte de l'avouer mais plusieurs fois, j'ai prié pour qu'un de ses coups soit si fort que j'en perdrais le petit être qui poussait en moi. Et j'ai une nouvelle fois pris conscience que, enceinte ou pas, je devais m'enfuir.

Parce que, même si j'aurais préféré perdre le bébé que j'attendais, je me sentais déjà maman. J'aimais déjà ce petit truc qui grandissait dans mon ventre alors qu'il n'était pas plus gros qu'un petit pois.

Des opportunités de m'enfuir de l'hacienda, j'en ai eu plusieurs. Mais je n'ai jamais eu le courage de les saisir. Sauf ce matin-là.

Le marché quotidien était la seule sortie à laquelle j'avais droit. Rosita, la mère d'Alejandro, me surveillait avec zèle mais ce matin-là, sa vigilance a fait défaut quand, devant l'étal des légumes, elle a fait tomber son porte-monnaie au sol, renversant les pièces sur les pavés de la place du marché.

Je n'ai réfléchi qu'une demi-seconde. Elle ramassait ses pièces une à une et j'ai tourné les talons. Le marché, comme d'habitude, était noir de monde et je me suis frayé un chemin dans la foule. J'ai couru, couru, couru. J'ai tellement couru que je ne me suis arrêtée qu'une fois le souffle coupé, quand j'ai senti un point de côté. Mais je me sentais encore trop près de lui. J'aurais pu courir des centaines et des centaines de kilomètres que j'aurais toujours été trop près. Je devais me cacher. Je savais qu'Alejandro, une fois au courant de mon évasion spontanée, mettrait tous ses hommes à ma poursuite.

Je ne pouvais pas aller chez ma mère. Elle m'avait jetée dehors trois ans auparavant et je savais que si j'arrivais enceinte devant elle, elle me réexpédierait aussitôt à l'homme qui m'avait mise dans cet état. Elle m'aurait même forcée à l'épouser. Et puis, il y avait Emilio et je ne voulais plus le revoir. Mon premier bourreau me faisait toujours aussi peur, malgré les années.

Aller chez un de mes frères était inconcevable. Alejandro chercherait en premier là-bas. Alors je suis allée dans le seul endroit où je savais qu'on ne me fermerait pas la porte : chez les sœurs.

En voyant mon état, elles ont tout de suite compris. Elles ont été adorables avec moi, patientes. Elles ont pris soin de moi, séchant mes larmes et écoutant mon récit d'une oreille attentive. J'avais confiance en ces femmes. Et même si j'avais perdu la foi depuis un moment, les entendre me dire que tout allait s'arranger m'a permis de retrouver l'espoir.

La première nuit seule, depuis bien des années, dans un petit lit, je n'ai pas pu fermer l'œil. Le silence m'angoissait tout autant que ma solitude. Chaque seconde, j'appréhendais que la porte s'ouvre et que quelqu'un vienne se coucher sur moi, profitant de mon corps, la main de mon agresseur sur la bouche pour étouffer mes plaintes et mes gémissements de douleur. J'avais l'impression d'avoir remonté le temps, jusqu'à mes 11 ans. Et cette porte, je l'ai fixée jusqu'au petit matin, angoissée à l'idée de voir qui d'Emilio ou d'Alejandro me ferait subir une nouvelle fois un cauchemar nocturne.

Mon répit a été de courte durée. Deux jours plus tard, quand la porte du petit couvent a été défoncée, je savais que c'était lui. Une des sœurs a eu le réflexe de me cacher dans le placard sous les escaliers mais ça n'a servi à rien. Alejandro a eu vite fait de me retrouver et quand il m'a extirpée de ma cachette par les cheveux, je savais que mon évasion m'apporterait le coup de grâce. Il était si furieux, ce soir-là, que je savais qu'il allait me tuer. J'ai prié pour qu'il me tue. Il a commencé à s'acharner sur moi avec violence. J'encaissais les coups sans rien dire. J'attendais. J'attendais tout simplement ce fameux coup fatal que j'avais fini par désirer au fil du temps.

Une des sœurs a alors crié que j'étais enceinte. L'espoir de rejoindre mon père s'est envolé. Elle venait de me sauver la vie mais je ne voulais pas être sauvée. Je voulais mourir.

Le comportement d'Alejandro a alors changé. Il m'a relevée, m'a portée jusqu'à l'arrière de sa voiture sans un mot. Je n'avais même pas la force de me débattre. J'étais bien trop affaiblie par les coups reçus. Il m'avait cassé une côte.

Après mon retour à l'hacienda, je n'ai pas eu le droit de sortir de ma chambre pendant quatre jours. Je refusais de m'alimenter. Je voulais mourir et si ce n'était pas par ses coups, ce serait par la faim. Mais il ne l'entendait pas ainsi. Il m'a forcée à manger, usant des pires menaces sur moi. Il ne cessait de me répéter que je n'étais qu'une garce, et que si j'essayais de tuer son fils, il me tuerait et que c'était d'ailleurs le sort qu'il me réservait une fois que son enfant serait né. Mourir. C'était pourtant ce que je désirais le plus au monde. Mais je refusais de donner naissance à un enfant et de le laisser à un père comme lui. Je devais protéger l'enfant qui était en moi.

La dernière fois que je me suis enfuie, j'avais prémédité mon départ. Tout était parfaitement calculé et organisé. Je devais épouser Alejandro trois semaines plus tard. Bien sûr, je n'ai pas eu mon mot à dire le jour où il m'a dit que je devais me marier avec lui. Je n'avais pas le choix. Je n'ai jamais eu le choix avec lui.

C'était un dimanche matin. Nous étions à la messe dominicale. Je n'avais aucune envie d'y aller même si je savais qu'il se rendrait au confessionnal une fois la messe terminée, me laissant les seules minutes de répit de la journée. Eh oui, j'allais épouser l'homme le plus hypocrite du monde, qui expiait ses péchés de la semaine avec des « Ave Maria » et des promesses de ne plus jamais recommencer.

Avant de partir pour l'église, j'ai réussi à m'introduire dans le bureau de l'hacienda et j'ai fourré deux liasses de billets dans ma poche. J'étais décidée à ne pas faire deux fois la même erreur. Je m'enfuirais et prendrais le premier bus qui m'emmènerait vers la destination la plus éloignée de lui. Tout était calculé, millimétré à la seconde près. Le battement entre la sortie du confessionnal de Rosita et l'entrée d'Alejandro me laissait une trentaine de secondes pour agir.

Sauf que j'avais oublié d'inclure le fait qu'Enrique, le petit frère d'Alejandro, serait également là.

Pendant toute la messe, j'ai été tendue, hésitant à mettre en œuvre mon plan d'évasion pas si bien organisé que ça, tout compte fait. J'ignorais quand je serais autorisée à sortir de nouveau de l'hacienda et je me devais de saisir cette occasion avant que l'on me force à épouser mon bourreau.

Enrique n'avait cessé de m'observer durant toute la messe, comme s'il se doutait de ce que je m'apprêtais à faire. Le petit frère d'Alejandro était le seul « allié » que j'avais à l'hacienda. Il était gentil avec moi et la seule chose que je pouvais lui reprocher, c'était de ne rien dire. Je pense qu'il ne tolérait pas le comportement de son aîné, qu'il avait tout simplement trop peur de dire quoi que ce soit à son frère.

Quand la messe s'est enfin terminée, après la prise de l'hostie à laquelle je n'avais pas droit, bien sûr, Rosita, comme prévu, est allée au confessionnal. Je n'avais toujours pas pris ma décision. Soit je restais, soit je partais. Pourtant, j'étais prête à crever pour la deuxième option.

Quand est arrivé le tour d'Alejandro, je me suis retrouvée seule sur le banc de l'église avec pour seule compagnie Enrique, assis près de moi. Il semblait aussi tendu que moi. Il a alors tourné la tête vers moi et m'a fixée du même air que son frère. Alors que je m'attendais à une mise en garde de sa part, il a murmuré, presque de manière inaudible :

– Vas-y.

Je me souviens d'avoir plissé le front. Je n'étais pas sûre d'avoir bien entendu mais quand il s'est levé lentement, regardant droit devant lui, j'ai compris qu'il m'offrait une chance de m'enfuir.

– Tu ne devrais pas sortir par la porte principale. Vas-y, tu n'auras pas de meilleure chance.

Sans me jeter un regard, il s'est empressé de rejoindre sa mère et l'a prise dans ses bras. Je me suis alors levée lentement pour ne pas attirer les regards. J'ai jeté un coup d'œil furtif vers le confessionnal où Alejandro fermait la porte derrière lui. Je me suis déplacée lentement alors que la mère et son plus jeune fils s'enlaçaient toujours.

Avant de sortir de l'église, j'ai jeté un dernier regard vers Enrique et je lui ai adressé un sourire pour le remercier. Il venait de me sauver la vie et de me permettre de m'échapper. Il m'a fait un clin d'œil et j'ai laissé la porte se refermer derrière moi.

54

Ben

Selena dort profondément et mes yeux ne cessent de l'observer. Cette femme est vraiment la plus forte que je connaisse. Après tout ce qu'elle a enduré, elle arrive encore à trouver la force de se battre pour son fils. Elle est un exemple pour nous tous.

La voix d'une hôtesse de l'air nous informe que l'avion commence sa descente et le signal lumineux pour attacher notre ceinture s'allume.

Je passe la main sur le visage de ma femme et elle ouvre les yeux lentement. Dès que son regard accroche le mien, elle semble rassurée.

– On arrive, bébé. Il faut attacher ta ceinture.

Elle hoche la tête, se redresse et boucle sa ceinture.

– Je t'aime, Ben.

– Moi aussi, Selena, n'en doute jamais.

Elle saisit ma main et penche le visage vers moi. Nous sommes interrompus par une hôtesse de l'air qui me demande de m'attacher.

Selena a le regard rivé sur le hublot. Le vol n'a duré qu'une heure mais j'ai l'impression que ça fait trois jours que je suis dans cet avion.

Quand les roues touchent l'asphalte de la piste de l'aéroport, je jette un coup d'œil à l'extérieur. J'aperçois le bâtiment de l'aéroport José-Martí et le paysage qui s'offre à moi à l'arrière-plan. Mais ce que je préfère, c'est le petit sourire aux lèvres de Selena. Je ne sais pas si c'est parce qu'elle revient dans son pays natal après tant d'années ou si c'est la satisfaction de bientôt revoir Sam.

L'avion s'arrête et nous nous levons en même temps que tous les passagers pour en sortir. Luke a déjà rallumé son téléphone et porte l'appareil à son oreille. La main d'Aaron se pose sur mon épaule et il sourit avant de passer devant moi.

Nous sortons de l'avion, passons les douanes sans difficulté et récupérons nos bagages rapidement.

L'aéroport se situe à une quinzaine de kilomètres de La Havane. Hunter et Amber se sont chargés de louer deux voitures et nous prenons la route vers l'hôtel.

À l'horizon, le soleil se couche déjà, nous offrant un paysage à couper le souffle lorsque nous longeons l'océan. Selena est silencieuse et fixe le pare-brise. Becky et Jason, à l'arrière, semblent avoir une conversation silencieuse. Je me demande bien à quoi ils pensent, tous les deux. La détermination de nos amis m'inquiète un peu.

Quand j'insère le passe magnétique dans la serrure de la chambre d'hôtel, je ne veux qu'une chose, prendre une douche.

Notre voyage s'est fait dans une ambiance morose et tendue. Tout le monde est sur les nerfs et je vois dans le regard de Selena qu'elle semble être la seule à savoir ce qu'il faut faire.

Elle s'approche de moi et dépose ses lèvres sur les miennes, tendrement.

– Merci d'être là, dit-elle.

Je laisse échapper un rire. Où pourrais-je être si ce n'est à ses côtés ?

– Il n'y a qu'avec toi que je suis bien, Selena. Et je me dois d'être là. Je veux récupérer Sam, même s'il n'est pas de mon sang. Il est également tout pour moi.

Elle m'attire vers le lit où elle s'assoit. Je l'imite et elle prend ma main dans la sienne. Elle semble soucieuse et hésitante et quand elle relève la tête vers moi, je plisse le front. Elle s'apprête à m'annoncer quelque chose et j'ai peur de l'entendre.

– Tu aimes Sam.

Ce n'était pas une question mais je hoche tout de même la tête.

– Et je sais que Sam t'aime. Il sait que tu n'es pas son père mais tu es le seul qu'il veut en tant que tel.

Ce que j'entends me gonfle l'ego et fait battre mon cœur aussi fort que lorsque Selena m'embrasse. Et Sam est le seul que je veux comme fils.

– J'ai besoin que tu me fasses une promesse, Ben.

– Tout ce que tu veux, bébé.

Elle se mord la lèvre inférieure. Quand elle fait ça, je sais qu'elle est la plus sérieuse possible.

– J'ai besoin que tu me dises que tu prendras toujours soin de Sam.

Je fronce les sourcils. Qu'est-ce qu'elle est train de me faire ?

– Je... Promets-moi que s'il m'arrive quoi que ce soit, tu prendras soin de lui.

– Qu'est-ce que tu racontes, Selena ? Qu'est-ce qu'il peut bien t'arriver ?

Elle m'adresse un sourire gêné.

– Promets-le-moi, Ben. Promets-moi que Sam restera avec toi.

Je la fixe, complètement perdu. Ses yeux trahissent sa détermination et une lueur de vengeance traverse son regard.

– Selena, tu...

– Promets-le-moi, Ben. J'en ai besoin.

Je finis par opiner. C'est quelque chose que je lui ai promis depuis que je lui ai fait ma proposition dans ce petit café de Little Havana. J'ai l'impression que c'était il y a une éternité.

– Dis-le.

– Je te le promets, Selena. Je prendrai soin de Sam.

Une larme coule sur sa joue et elle l'essuie en souriant.

– Pourquoi tu me demandes ça, Selena ?

Elle lève les yeux au ciel. Ce qu'elle va me répondre risque de me rendre fou.

– Tu sais, à Cuba, la peine de mort est toujours appliquée.

Je me raidis en entendant sa réponse.

Oui, elle veut tuer son ex. Elle est prête à tout pour qu'il sorte de nos vies.

– Non, Selena. Non, je refuse que tu… Tu n'as pas le droit de penser à ça. Comment tu peux penser à ça ?

– Parce que c'est la seule solution. Tant qu'Alejandro restera en vie, il fera tout pour récupérer Sam. Je dois le tuer. Il n'y a que comme ça que vous serez en sécurité.

Je me lève soudainement. Elle me suit du regard alors que je fais les cent pas dans la chambre, les deux mains dans mes cheveux.

Elle ne peut pas faire ça. Je le lui interdis. Elle mérite d'être heureuse. Elle a vécu l'enfer et je ne supporterai pas que sa vie finisse à cause de cet enfoiré. C'est lui qui devrait crever. C'est lui qui mérite la chaise électrique ou la dernière injection, peu importe comment ils procèdent dans ce pays.

– Ben, assieds-toi, s'il te plaît.

Je me fige et la fixe.

– Non, je ne veux pas m'asseoir. Tu te rends compte de ce que tu dis ?

– Calme-toi.

– Non, je ne peux pas me calmer. Tu viens de m'annoncer que tu voulais tuer ton ex et tu oses me demander de me calmer ?

– Ben.

Elle se lève et s'approche de moi.

– Non, Selena. Tu ne peux pas faire ça. Tu dois être heureuse, tu ne mérites pas de mourir pour ce connard.

Elle me fixe et je la vois déglutir.

– On ne peut pas être heureux, tout simplement ? dis-je, pensant à voix haute.

Elle passe ses mains sur mon torse et relève le visage vers moi.

– On ne pourra jamais l'être. Pas tant qu'Alejandro sera en vie, souffle-t-elle.

Une nouvelle larme coule sur sa joue et je l'essuie de mon pouce.

Je devrais le faire. Le tuer moi-même. L'idée m'a traversé l'esprit plus d'une fois, ces derniers jours. Ce n'est pas à Selena de le faire.

– Tu ne tueras pas Alejandro, Selena.

Non, elle ne le tuera pas. C'est moi qui le ferai.

***

Amber s'assoit près de Selena avec un large sourire. Tous les regards se tournent vers elle, alors que Hunter reprend à son tour place autour de la table de notre petit déjeuner.

– Ne faites pas ces têtes d'enterrement, Samy n'aimerait pas ça, dit Amber.

Selena soupire, une pointe de nostalgie dans le regard. Je sais à quoi elle pense : qu'elle passe ses derniers moments avec ses amis.

La veille, nous sommes restés plusieurs heures éveillés. J'ai tenté de la dissuader de faire ce qu'elle m'a confié. Je ne veux pas qu'elle bousille sa vie pour le salaud qui l'a traumatisée.

– Bon, dit Selena en se levant, je remonte dans la chambre. Je vais appeler Mag. Je vous retrouve d'ici un quart d'heure.

Elle se penche vers moi et m'embrasse tendrement. Je la regarde s'éloigner puis reporte mon attention sur mes amis une fois qu'elle a atteint les ascenseurs.

– J'ai besoin de vous, dis-je.

Jason se tourne vers moi et mes amis me fixent.

– J'ai besoin que l'un d'entre vous reste avec Selena aujourd'hui.

Luke plisse le front alors que Hunter et Jason semblent comprendre.

– Je refuse que Selena revoie l'autre connard. Je vais m'occuper de récupérer Sam.

Mes amis s'interrogent du regard. Aaron, le plus jeune de nous tous, se met à rire. Nos regards se tournent vers lui devant sa réaction.

– Tu nous demandes de faire du baby-sitting auprès de ta femme ? Je crois que tu ne te rends pas compte de ce qu'elle est. Même si elle semble aller bien, elle ne nous montre que ce qu'elle veut bien nous montrer. Ta Selena est à deux doigts de péter un plomb, là. Et elle n'attendra pas sagement ton retour.

Il a raison. Surtout après ce qu'elle m'a confié hier.

– Il faudra pourtant l'empêcher de me suivre, dis-je. Elle…

Je baisse les yeux puis les relève vers mes amis.

– Elle veut tuer Alejandro, murmuré-je.

Becky laisse échapper un petit cri de surprise et pose ses mains devant sa bouche, les yeux écarquillés. Amber me fixe, un petit sourire aux lèvres. Mes amis, eux, ne cessent de se regarder.

– Voilà, c'est ça que je voulais dire quand je disais qu'elle allait péter un plomb, fait Aaron.

J'ignore sa remarque, tout comme les autres.

– Sauf que ce n'est pas elle qui va le tuer.

Becky hoquette une nouvelle fois de surprise. Luke, lui, semble avoir été pétrifié sur place. Aaron et Hunter se regardent, essayant de comprendre dans le regard de l'autre s'ils ont bien compris ce que je venais de dire. Amber, elle, a toujours son rictus aux lèvres et Jason me fixe, le visage impassible.

– C'est moi qui le tuerai, continué-je.

Leurs réactions n'ont pas changé et quand Luke s'apprête à ouvrir la bouche, je l'arrête d'un signe de la main.

– Ne dites rien. Vous n'arriverez pas à me faire changer d'avis. J'ai pris ma décision. Je refuse que Selena le tue. Elle mérite d'être heureuse et avec Sam.

– Ben, tu…

J'arrête Hunter, cette fois-ci de la main.

– Elle m'a fait promettre de prendre soin de Sam. Elle s'attend à mourir ou à subir la peine de mort si elle s'en sort vivante.

– Oh, mon Dieu, souffle Becky.

– Elle est déterminée. Elle n'a fait que me répéter que tant qu'Alejandro serait en vie, il les traquerait. Et j'ai bien peur qu'elle n'ait raison. Il doit mourir !

– Laisse faire la justice, dit Luke. La police va…

– Et elle est où la police, là ? le coupé-je. Nulle part. Selena a raison. Ils ne sont pas près de se bouger.

– Tu ne peux pas faire justice toi-même, Ben, reprend Luke. En tant qu'avocat, je dois te dire que rendre justice soi-même te…

Je le coupe une nouvelle fois. Je n'ai pas besoin d'avocat, là. J'ai besoin de mon ami, de son soutien.

– Bah, je te vire. Tu n'es plus mon avocat, dis-je. Mais tu es mon ami et j'ai besoin de toi.

Luke se fige, horrifié. Je sais que ça doit être dur pour lui de faire abstraction de la loi. Son cerveau, toujours en ébullition, semble torturé. Il finit tout de même par hocher la tête.

– J'ai dit à Selena que nous irions au poste de police de La Havane pour leur expliquer toute l'histoire. Et c'est là que je lui ferai faux bond. J'ai besoin que quelqu'un reste avec elle. Et j'ai pensé à toi, Luke.

Il pointe sa poitrine et écarquille les yeux.

– Tu es avocat et je ne veux pas que tu sois davantage impliqué dans l'affaire. Alors tu n'es au courant de rien et tu protèges Selena.

Il finit par hocher la tête. Je me tourne alors vers Becky.

– Selena aura besoin de ton sourire et de ton optimisme. J'aimerais que tu restes avec elle et Luke.

– Bien sûr. Tu peux compter sur moi.

Je me tourne alors vers mes autres amis.

– Quant à vous, je ne vous oblige pas à me suivre. Peu importe ce que vous déciderez, je ne vous en voudrai pas. Je sais que je vous en demande beaucoup.

Jason étire les lèvres. Je savais qu'il serait de mon côté. Aaron hoche la tête et Hunter et Amber se regardent, en pleine conversation silencieuse. Elle finit par hausser les épaules.

– Je ne pourrai pas rester avec Selena. Je suis bien trop franche et je pense qu'elle aura besoin d'entendre autre chose que mon attitude négative. Et puis, pour être honnête, j'ai bien envie de torturer ce salaud.

Hunter, lui, est complètement béat devant les propos de sa petite amie. Luke commence à se lever mais je l'arrête en posant la main sur son bras.

– J'ai encore quelque chose à vous demander.

Leurs sourires s'effacent et leurs visages trahissent leur inquiétude.

– Selena m'a demandé de prendre soin de Sam. Et je vais vous demander la même chose. J'ai besoin de savoir que Selena et Sam iront bien et qu'ils ne seront pas seuls.

– On s'occupera d'eux, je te le promets, dit Jason.

Mes autres amis hochent la tête, en accord avec Jason. Je tourne alors la tête vers mon avocat.

– Luke, quand vous rentrerez à Miami, je veux que tu te débarrasses du contrat de mariage. Fais en sorte qu'il n'existe plus.

– Le contrat ? Quel contrat ? rit-il.

J'étire les lèvres.

– De toute façon, avec toutes les clauses que vous n'avez pas respectées, il est caduc depuis bien longtemps, votre contrat.

Je laisse échapper un rire. Oui, caduc depuis la première semaine. Car en quelques jours, je suis tombé éperdument amoureux de cette femme.

Becky se lève puis nous annonce qu'elle part rejoindre Selena.

Je la regarde prendre l'ascenseur puis tourne la tête vers Amber.

– Je vais lui clouer la nouille sur une planche et je lui ferai bouffer ses couilles, siffle-t-elle, la mâchoire serrée.

Aaron se raidit et je le vois porter les mains à ses bijoux de famille.

– Putain, mais t'es une sadique. Pourquoi toutes les femmes veulent toujours s'en prendre à notre paquet ?

– Parce qu'on sait qu'on s'attaque à votre cerveau dominant, crache-t-elle.

Je laisse échapper un rire. Hunter, attendri, sourit comme un con. Il a toujours été un vrai canard avec les meufs. Kate, Hannah et maintenant Amber. Je crois qu'il ne prend pas encore conscience qu'il a plutôt intérêt à ne pas la faire souffrir, parce que c'est lui qui en sortira perdant.

– N'est-elle pas fabuleuse ? lâche-t-il.

Elle tourne la tête vers lui et le regarde, navrée.

– Et toi, tu es trop con pour comprendre que je ferai bien pire au salaud qui me fera du mal.

Hunter déglutit.

Ça y est, il vient de capter à quel point sa petite amie est une vraie dingue !

Je laisse échapper un petit rire et mon regard se porte vers les ascenseurs quand j'entends le ding de l'ouverture des portes.

Becky fonce déjà vers nous, complètement paniquée. Elle s'empresse de nous rejoindre, un papier à la main.

– Selena n'est plus dans sa chambre ! dit-elle.

Je me lève de ma chaise, aussi paniqué qu'elle. Où est-elle ?

Je sens qu'elle a fait une connerie mais j'ai bien peur d'un tout autre scénario. Et si Alejandro savait que nous étions à Cuba ? Et s'il était venu la chercher ?

– Il y avait ça sur le lit. C'est pour toi, fait Becky.

Elle me tend une enveloppe à l'en-tête de l'hôtel et je reconnais l'écriture fine de Selena. Je serre les poings. Je n'ai pas besoin de lire cette lettre, je connais déjà son contenu. Voyant que je ne réagis pas, Jason me prend l'enveloppe des mains et l'ouvre. Il pose les yeux dessus puis relève le visage, estomaqué.

– Putain ! Elle s'est tirée !

Je le savais !

Je ferme les yeux et tente de me calmer. Je ne sais pas si je dois m'inquiéter ou être encore plus en colère après elle.

– Et elle te demande de rester ici, reprend mon ami.

Putain ! Je n'y crois pas ! Elle a osé ? Le cœur battant et la mâchoire serrée, je me lève rapidement de ma chaise, sous les regards médusés de mes amis.

Si elle croit que je vais l'attendre sagement à l'hôtel, elle se met le doigt dans l'œil.

55

Selena

Depuis une bonne heure, mon téléphone n'a cessé de vibrer dans ma poche et j'ai filtré chaque appel de Ben. J'ai carrément fini par l'éteindre au bout d'un moment.

Je sais qu'il va m'en vouloir, qu'il va m'engueuler pour avoir filé. Mais je dois gérer ce problème toute seule. C'est mon problème, c'est à cause de moi qu'Alejandro nous pourrit la vie et ce n'est pas à Ben de gérer tout ça. C'est à moi et à moi seule de m'en occuper.

Adossée contre un bâtiment, à l'angle d'une rue, je la fixe. Elle bavarde avec le primeur du marché tout en lui souriant. Malgré toutes ces années, elle n'a pas changé. Toujours le même chignon qui lui fait un visage sévère et austère. Toujours les mêmes couches de vêtements sombres, affichant le deuil de son mari qu'elle porte depuis plusieurs années. Même le vieux chariot à roulettes où elle dépose ses achats est le même.

Quand je l'ai vue, je n'ai pas pu m'empêcher de serrer les poings. Rosita paraît être une petite femme frêle et fragile au premier abord mais elle est tout le contraire. Elle est aussi froide et cruelle que son fils, et je lui en veux de s'être tue pendant toutes ces années. Elle savait ce que son fils me faisait subir, qu'il me frappait, me forçait chaque jour mais elle n'a jamais rien fait.

Elle aurait dû comprendre. C'est une femme, elle aussi.

Je la vois prendre le paquet que le primeur lui tend et elle le remercie d'un sourire. Je sais qu'elle finit toujours par le marchand de fruits et légumes pour éviter que ceux-ci ne soient abîmés par d'autres achats quand elle les mettra dans son cabas. Je connais cette femme aussi bien qu'Alejandro.

Elle se dirige vers l'hacienda. Polie, elle salue les connaissances qu'elle croise.

Quand je la vois s'arrêter devant une vitrine de vêtements pour enfants, mon cœur fait un bond. Elle est avec Sam, c'est sûr. Je la vois entrer dans la boutique, regarder plusieurs vêtements pour garçons.

Au bout de dix minutes, elle a fait son choix et va payer la commerçante. Quand elle tire la porte de la boutique, je lui tourne le dos. Je n'aimerais pas qu'elle me reconnaisse. Alejandro en serait aussitôt alerté et il s'empresserait de filer jusqu'à l'aéroport avec Samy pour l'emmener je ne sais où.

Je suis Rosita un moment et quand j'arrive à l'angle de la rue, je la vois entrer dans l'hacienda. La bâtisse était bien plus grande dans mes souvenirs. Pourtant, elle n'a pas pu rapetisser au fil des années. Je décide de tourner les talons. Je devais juste m'assurer que cette peau de vache n'avait pas changé ses habitudes.

Le plan est simple. Je rentre là-dedans et les abats tous. Je crois qu'Alejandro m'a changée en un monstre sanguinaire quand il a eu le malheur d'enlever mon fils.

Je ne sais pas s'il va bien. Il a tout de même supporté une lourde opération et l'avoir arraché de l'hôpital amoindrit ses chances de se rétablir correctement. Rien que pour ça, Alejandro doit crever. Il a mis mon fils en danger.

Je descends vers le centre-ville, passant par les petites rues étroites pour croiser le moins de gens possible. Même si je porte de larges lunettes de soleil noires, à Cuba, tout le monde regarde tout le monde.

Et si quelqu'un me reconnaît, je ne donne pas cher de ma peau.

J'arrive à destination et entends déjà le ronronnement d'un moteur. La grande porte métallique est ouverte et au loin, je vois Juan se coucher au sol puis se glisser sous une voiture. Je l'observe un moment et quand je vois Luis, je souris encore plus. Je prends conscience que mes grands frères m'ont manqué et les revoir après tant d'années me rend impatiente. Il ne m'en faut pas plus pour traverser la rue et entrer dans le garage.

– Passe-moi la clé de treize, dit Juan, toujours sous la voiture.

Le regard de Luis se porte instinctivement vers moi quand il sent ma présence. Son front se plisse, ses yeux s'écarquillent légèrement. Il semble choqué, comme s'il avait vu un fantôme. Luis est le plus jeune de mes frères, celui qui est né avant moi. Nous n'avons que deux ans d'écart et j'ai passé beaucoup de temps avec lui à jouer à nos jeux d'enfants.

Quand je l'enlace, je devine son sourire.

– Eh, fainéant ! La clé de treize ! répète mon grand frère.

Luis n'a toujours pas bougé. Je me recule et frappe dans la main que Juan tend depuis quelques secondes.

– Eh, c'est toi le gros fainéant. Tu vas lever tes fesses et venir embrasser ta petite sœur préférée.

Je ris quand je vois le plus vieux de mes frères se hisser de sous la voiture, choqué. Il se relève d'un bond et me soulève déjà du sol. Il tourne sur lui-même et je laisse échapper un rire. Il me faisait toujours voler dans les airs quand j'étais petite et j'adorais ça.

– J'en reviens pas que tu sois là, me dit-il en me posant au sol.

Il dépose un baiser sur ma joue puis saisit mes mains. Il m'éloigne de lui et m'observe.

– Regarde-moi ça ! Tu es magnifique !

Luis, en accord avec notre aîné, hoche la tête. Il semble enfin se rendre compte que je suis face à lui, après toutes ces années.

– Tu es enfin revenue nous voir, dit Juan. Après tout ce temps.

Ce n'était pas prévu, pourtant. Je ne pensais jamais revenir à Cuba, même si j'en rêvais.

Je repense à la façon dont j'ai quitté l'hôtel. La façon dont j'ai décidé d'aller chercher mon fils, seule. J'y ai réfléchi toute la nuit.

Pendant ma discussion de la veille avec Ben, je n'ai voulu m'assurer que d'une chose : que Ben prendrait soin de Sam. Je me devais de l'entendre. Je n'aurais pas pu faire ce que je m'apprête à faire sans qu'il m'en fasse la promesse. Sam est ma priorité, il le sera toujours.

Quand Ben a commencé à tourner en rond, à perdre patience, j'ai compris qu'il ferait tout pour m'empêcher de mettre mon plan à exécution. J'ai vu dans son regard de la détermination. Non, Ben ne me laissera pas tuer Alejandro, il le fera lui-même. Sauf que je ne peux pas l'accepter. Il est hors de question que Ben se sacrifie pour moi. Alejandro est mon passé et je refuse que Ben détruise sa vie alors qu'Alejandro est mon erreur, mon erreur à moi seule. C'est à moi de réparer tout ça, pour préserver mon fils.

Alors que Juan commence à me poser des tas de questions sur ma vie à Miami, je l'arrête d'un signe de la main. Je n'ai pas le temps. Je dois retrouver Sam au plus vite, avant qu'Alejandro disparaisse de nouveau avec lui.

– Je… Juan, il me faut une arme.

Mon frère se raidit et plisse le front. Je n'aurais pas dû lui exposer ça comme ça. J'ai clairement manqué de tact.

À ses côtés, Luis me fixe, horrifié. Il a toujours été très discret et taciturne. Il est un peu comme Jason, sauf que pour mon frère, il s'agit de timidité.

La main de Juan se pose sur le haut de mon bras. Il m'attire vers lui et nous guide vers un petit bureau.

Il me fait asseoir sur une petite chaise coincée entre un placard et une fontaine à eau. Un ventilateur bruyant brasse de l'air contre mon visage. Ça me fait du bien. Il fait une chaleur écrasante alors qu'on n'est encore que le matin.

– Tu as des soucis ? me demande-t-il.

Ma gorge se noue et je me mords la lèvre. Luis n'a toujours pas parlé et ne perd pas une miette de notre échange. Il se contente de me fixer, toujours choqué par ma réapparition, à moins que ce ne soit par ma demande.

– Il m'a pris Sam, soufflé-je.

Je vois la perplexité dans leur regard. Mes frères ne savent rien de ma vie et je vais devoir tout leur expliquer. Je ne sais même pas par où commencer. Le mieux serait de commencer mon histoire depuis mon départ de Cuba, je pense.

– J'ai un petit garçon. Il s'appelle Sam. Il a 5 ans.

Je me mets à déballer toute l'histoire, parlant vite pour ne pas être interrompue. J'ai peur de ne pas arriver à finir mon récit s'ils me coupent la parole. À moins que ce ne soit la crainte de fondre en larmes. Mes frères me fixent, concentrés, comme si j'apportais la bonne parole. Pourtant, l'histoire est loin d'être belle à raconter, ni à entendre.

Une fois que j'ai terminé, le visage de Juan s'est entièrement transformé. Il est tordu de colère et sa mâchoire s'est tellement contractée que les veines de ses tempes sont visibles.

Luis, lui, paraît toujours aussi surpris. Ses yeux se baladent entre mon frère et moi, ne sachant pas vraiment comment réagir à toutes mes révélations. Luis a toujours été très indécis.

Quand Juan se décide à bouger, il se précipite derrière son bureau, ouvre précipitamment le cadenas d'un placard et en sort un fusil. Il prend également un paquet de cartouches et se met à charger le barillet. Je fixe le moindre de ses gestes. Je savais que je pouvais compter sur lui. Il est un de mes piliers depuis tant d'années.

Alors que je m'attendais à ce qu'il me tende l'arme, il la passe à Luis qui la saisit rapidement. Celui-ci prend une poignée de munitions qu'il fourre dans sa poche. Juan est déjà retourné devant son placard et sort un deuxième fusil. Je me lève quand je comprends leurs intentions.

– Juan, tu…

Il plonge ses yeux dans les miens. La colère, la rage et la vengeance s'animent dans le reflet de ses iris.

Il sort alors de son bureau sans que je puisse dire un mot. Je l'attrape par le bras et le tire vers moi, le forçant à s'arrêter.

– Juan, qu'est-ce que tu fais ?

Il prend une grande inspiration.

– Ce fils de pute a touché à ma petite sœur et je vais le plomber.

– Non, Juan, je…

Je m'interromps. Je ne sais même pas quoi lui répondre. Je comprends son état. Mes frères ont toujours été si protecteurs envers moi.

– J'aurais déjà dû régler son compte à ce gros porc d'Emilio.

Je me fige en entendant le prénom de mon beau-père.

– Oui, j'avais compris quand maman t'a mise à la porte.

– Juan, c'est du passé. Je… J'ai avancé depuis, et…

– Peut-être. Et tant mieux pour toi. Mais si tu crois que je ne ferai rien, tu te trompes. Je vais fumer cet enfoiré. Je n'ai jamais pu le blairer et je peux te dire qu'il n'aura pas le temps de dire quoi que ce soit qu'il sera déjà en train de refroidir.

À ses côtés, Luis opine de la tête, convaincu par notre aîné. Il paraît tout aussi déterminé que Juan.

– Vous ne pouvez pas débarquer à l'hacienda comme ça, dis-je.

– J'aurais dû y aller le jour où tu as commencé à fréquenter ce petit merdeux plein de fric. Je te l'ai toujours dit, Selena. L'argent rend fou. Les riches pensent que le monde leur appartient et regarde ce que ce connard t'a fait subir.

À ses côtés, Luis approuve d'un signe de tête. Nous sommes nés dans une famille pauvre où chaque économie nécessitait un sacrifice. Nous ne mangions pas toujours à notre faim mais malgré les galères, mes plus belles années ont été celles passées avec mes frères, ma mère et mon père. On n'avait pas un sou, mais nous étions heureux tous ensemble.

– Si vous débarquez comme ça à l'hacienda, ils vont vous tuer.

– Pas si on les tue avant.

***

Ben

Sincèrement, j'aime ma femme, mais quand je repense à son évasion, j'ai envie de la tuer. Comment peut-elle se mettre en danger sous prétexte que c'est à elle de régler le problème ? Et c'est quoi, ces conneries ? Quand on s'aime, qu'on est en couple, ne doit-on pas affronter les problèmes à deux ?

Même si je ne lui ai pas dit mon intention de tuer cet enfoiré, Selena a très bien compris. Elle sait que je m'apprêtais à commettre l'un des actes les plus horribles qui soient. J'ai conscience qu'ôter la vie à quelqu'un est monstrueux, d'autant plus que mon acte est prémédité, mais je dois le faire. Je ne peux pas laisser Selena s'en charger. Elle a suffisamment souffert. Et puis, je garde l'espoir, contrairement à elle, de quitter cette île avec ma femme et son fils.

Hunter conduit un peu trop vite à mon goût. Les rues ne cessent de défiler sous mes yeux et j'ai l'impression d'être déjà passé ici une dizaine de fois. Tout se ressemble, un peu trop d'ailleurs et ce, malgré les maisons peintes de différentes couleurs.

Je tente de joindre Selena une nouvelle fois mais je suis de nouveau dirigé vers sa boîte vocale. Je prends une grande inspiration et essaie de me calmer.

– Je vais la tuer ! dis-je.

À mes côtés, Amber me sermonne du regard. Je hausse les épaules.

Bien sûr que je ne vais pas la tuer, je l'aime trop pour ça. Jason, assis à l'avant, se retourne. Il affiche un petit sourire d'encouragement.

– On va la retrouver, dit-il, convaincu.

Je ne le suis pas, moi. Je sais qu'on cherche pour rien, qu'on a autant de chance de trouver une aiguille dans une botte de foin. La Havane est une ville grande et étendue, Selena peut être n'importe où et elle, elle a l'avantage de connaître sa ville natale par cœur. Aucun de mes amis ni moi ne sommes venus à Cuba de notre vie.

Dans ma main, mon téléphone se met à sonner et je suis déçu quand je vois le nom de Luke s'afficher sur l'écran. J'aurais tellement voulu que ce soit Selena. Je décroche rapidement.

– Vous l'avez trouvée ? me demande-t-il.

– Non. Et toi, des nouvelles ?

– Non. Mais j'ai trouvé l'adresse du petit garage d'un certain Juan Suarez, ça te parle ?

Pff ! Je n'en sais rien. Je sais que Selena a quatre frères. Elle a sûrement dû me dire comment ils s'appelaient mais je ne m'en souviens pas. Je sais que l'un d'eux est garagiste, tout comme leur père. Mais des Suarez, il doit y en avoir des milliers, ici. Ce patronyme doit être aussi répandu que Smith ou Johnson aux États-Unis.

– Que dalle ! File-moi quand même l'adresse, ça vaut peut-être le coup d'aller jeter un œil. Attends, je mets le haut-parleur.

Je m'exécute et Jason se tient déjà prêt à saisir l'adresse sur le GPS de la voiture de location.

– J'ai contacté mon gars. Il m'a confirmé qu'Ortiz était bien dans sa résidence familiale. Il l'a encore aperçu il y a deux heures.

Ouais, sauf qu'en deux heures, on a le temps de faire ses valises et d'embarquer dans le premier vol qu'un aéroport propose.

– Tu as vu les flics ?

– Pas encore, je suis au poste mais ces gros cons semblent plus intéressés par une *telenovela* à la con que par leur boulot. Sérieusement, c'est quoi, ce pays de dingues ?

– Va les voir et dis-leur que tu as des informations sur Alejandro Ortiz. Il est recherché dans tout le pays, ça va les faire se bouger.

– Ouais, sauf que je n'arrive même pas à en placer une avec eux. C'est vraiment des cons.

– Fais comme tu peux. Et fais attention à Becky, mon père me tuerait s'il lui arrivait quelque chose.

– Ouais, bah tu devrais avoir plus peur de ma mère que de ton père. Toi, surveille Aaron, tu sais qu'il peut être un peu couillon, parfois.

Je lui promets que je veillerai sur son frère puis raccroche. Je pose les yeux sur l'écran du GPS. Nous ne sommes qu'à quelques centaines de mètres de l'adresse de ce petit garage. Si ça se trouve, on perd notre temps. Ce Juan Suarez n'est peut-être rien d'autre qu'un Juan Suarez. Pourquoi n'ai-je pas été plus attentif quand Selena m'a parlé de sa famille ?

Hunter tourne à l'angle d'une rue et j'aperçois au loin un garage automobile. Mes yeux se portent alors sur deux hommes qui en sortent, tenant un fusil. Selena les suit de près. Son visage est tendu mais déterminé. On pourrait croire qu'elle part à la guerre. En fait, c'est un peu ça. Elle part livrer bataille à son enfoiré d'ex.

Je les vois s'approcher d'une vieille voiture alors que Hunter s'arrête devant le garage. Je sors aussitôt du véhicule.

Mon regard accroche celui de Selena et je la vois se raidir.

– Selena ! l'appelé-je.

Sa voiture démarre et elle grimpe rapidement dans l'habitacle en m'ignorant. Je la vois faire signe à l'un des conducteurs de partir.

56

Selena

Il m'a fallu presque deux heures pour convaincre mes frères de ne pas venir avec moi. J'avais oublié à quel point ils pouvaient être têtus, surtout Juan. Ils m'ont promis de ne faire que m'accompagner jusqu'à l'hacienda et patienter dans la voiture, le temps que je fasse ce que j'ai à faire et que je reprenne Sam. Une fois que je serai sortie, ils me déposeront au poste de police alors qu'ils se chargeront de Sam, le temps que Ben les rejoigne après qu'il aura été contacté par l'un de mes frères. Je sais que plus d'une personne en profiterait pour reprendre le premier avion et disparaître de la circulation mais je sais que si je fais ça, j'aurais le poids de la mort sur ma conscience jusqu'à la fin de ma vie. Même si l'ordure que j'aurai tuée aura rejoint le seul endroit qu'il mérite, l'enfer, j'aurai commis un péché que je devrai payer jusqu'au dernier centime.

La tête tournée vers le pare-brise arrière, mes yeux ne peuvent se détacher de Ben. Il me fixe, la mâchoire serrée. Je sais qu'il m'en veut mais je ne peux à mon tour lui en vouloir. Je réagirais pareil si c'était lui qui m'avait fait ce mauvais coup.

Quand Juan tourne le volant, je perds Ben des yeux et tourne la tête vers mes frères. Je croise le regard de Juan à travers le rétroviseur central.

– Il a l'air remonté, dit-il.

Remonté ? Ce n'est pas le terme que j'aurais utilisé. Il est furax et si j'ai la chance de le revoir, je sais que je ramerai pour me faire pardonner. C'est vrai que j'y suis allée un peu fort mais si je n'étais pas montée dans la voiture, je sais qu'il aurait tenté par tous les moyens de m'empêcher d'aller affronter Alejandro.

– C'était ton mari ? me demande Luis.

Luis a le visage tourné vers moi et m'observe.

– Pour l'instant, oui, mais avec le coup que je viens de lui faire…

Je ne finis pas ma phrase. J'ai bien trop peur de la continuer.

– En même temps, avec ton fichu caractère, dit Luis avant de reporter son attention sur la route.

Je grimace. Je trouve mon caractère super. Je suis une fille adorable.

– Tu devrais l'appeler, Selena, fait Juan.

Je secoue la tête mais quand je croise de nouveau son regard dans le rétroviseur, il me sermonne.

– Caractère de chien ! renchérit Luis.

– Pff ! C'est mieux que de ne pas avoir de caractère, lâché-je.

Luis secoue la tête, en désaccord avec ce que je viens de dire.

– Appelle ton mari, Selena, ou je te ramène à lui dans la seconde !

Devant la menace de Juan, je saisis mon téléphone et le rallume. Il se met alors à vibrer et quand je vois que j'ai une quarantaine d'appels en absence, principalement de Ben, je me mords la lèvre. Il n'a laissé aucun message sur ma boîte vocale.

Je porte le combiné à mon oreille et il répond à la première sonnerie.

– Ben ?

– Putain, Selena, je vais te tuer, dit-il.

Je sais qu'il n'est pas sérieux.

– Je sais, Ben. Mais tu sais que…

– Tu es où ?

– Dans une voiture, plaisanté-je pour tenter de l'apaiser.

– Ne te fous pas de ma gueule, Selena. Tu me dis tout de suite où tu es, sinon…

Sinon quoi ? Il vient me chercher ? J'aimerais bien voir ça !

– Tu sais où je suis. Et tu sais où je vais.

– J'arrive !

– Tu ne connais pas l'adresse.

– Comment tu crois que je t'ai retrouvée au garage de ton frère ? Tu connais Internet ?

Je lève les yeux au ciel. Il ne faut pas qu'il vienne. Ben ne fait pas partie de mon plan.

– Tu m'aimes ? demandé-je.

Un blanc s'installe.

– Si tu m'aimes, tu ne dois pas venir.

– Putain, Selena, j'ai envie de te tuer.

– Je sais…

– Pourquoi tu ne veux pas que je vienne ? Selena, je ne peux pas te laisser faire ça.

Son ton s'est radouci mais je sens toujours la frustration dans sa voix.

– Je ne peux pas te laisser le faire à ma place. Alejandro, c'est mon erreur, c'est à moi de la corriger.

– Eh, on est une équipe. Tes problèmes, ce sont les miens aussi.

– Pas sur ce coup, Ben, je suis désolée. Mais j'ai besoin que tu me dises que tu ne viendras pas. Je ne veux pas que tu sois impliqué, je veux que tu sois là pour Sam. Il aura besoin de toi.

– Putain, il aura besoin de sa mère avant tout.

Il a raison mais Ben n'a pas à payer pour les erreurs de mon passé.

– Dis-moi que tu ne viendras pas. Tu m'as promis que tu serais là pour Sam. Fais-le pour lui.

Un nouveau blanc s'installe. Je n'aime pas ça. J'ai l'impression de lui faire mes adieux.

– J'ai envie de te tuer, bébé.

Qu'il ait employé mon surnom me rassure.

– Je t'aime, Ben. Tu es l'une de mes plus belles rencontres. Et savoir que tu prendras Sam me conforte dans l'idée que j'ai bien fait de signer ce contrat. Je t'aime, Ben, et je crois que je suis amoureuse de toi depuis le jour où tu m'as embrassée dans ce tribunal.

– Ne fais pas ça, bébé. Je sais que tu es en train de me dire au revoir.

– Tu es un homme extraordinaire, Ben. Tu as su m'aider à guérir de mes démons, tu as su me rendre unique et tu as su m'aimer malgré mon passé.

– Putain, bébé, arrête, siffle-t-il.

Une larme coule sur ma joue alors que je n'ai rien vu venir. J'ai dû lui parler la voix tremblante et je ne m'en suis même pas rendu compte.

– Je dois te laisser, dis-je. Je t'aime, Ben.

– Bébé, je…

Je raccroche aussitôt. Je sais qu'il s'apprêtait à me dire qu'il m'aime en retour mais ça aurait été trop dur à entendre.

Je fixe mon téléphone et une larme coule sur l'écran. Je l'essuie de mon pouce mais une deuxième puis une troisième viennent s'y écraser.

Je savais que ce que je venais de faire serait dur mais je ne pensais pas que ça ferait aussi mal. Dire au revoir à quelqu'un est un geste si anodin mais là, ce sont mes adieux que je viens de lui faire.

Je relève la tête au bout d'un instant. Luis me regarde, compatissant, et Juan me sourit timidement. Mes frères ne parlent pas anglais mais ils ont sûrement saisi l'essentiel de ma conversation.

– Tu es sûre de vouloir le faire ? me demande Juan.

– Tu vas essayer de m'en empêcher, toi aussi ?

– Non, je veux juste que tu sois sûre et certaine de ce que ça implique.

Je lève les yeux au ciel. Je commence à regretter d'être venue voir mon frère, surtout s'il me sort un discours comme celui-là. Bien sûr que je sais ce que ça implique.

– Je ne suis pas conne.

Mon frère opine.

– Très bien. Et tu sais comment entrer dans l'hacienda ?

– Je ne passerai pas par la grande porte, si c'est ce que tu essaies de me faire comprendre. Je passerai par les cuisines.

Je connais chaque recoin de cette bâtisse et il sera facile pour moi de me faufiler jusqu'au bureau d'Alejandro. Il voue un véritable culte à son espace. Je n'avais pas le droit d'y entrer hormis quand il m'y faisait venir pour jouer au jeu qu'il préférait. Moi, je ne jouais pas, et ce bureau, j'en avais aussi peur que de la chambre car il s'y passait également des choses terribles.

– OK. On arrive.

La voiture de mon frère passe devant l'hacienda et je la trouve plus impressionnante que le matin même. Débarquer dans cette bâtisse ne sera pas simple. Alejandro s'est sûrement chargé de se protéger grâce à plusieurs gros bras engagés. Sans compter tous les hommes de main qui travaillent au service des Ortiz depuis plusieurs années.

Juan gare sa voiture quelques rues plus loin, sûrement pour ne pas éveiller les soupçons. Il sort du véhicule, suivi par Luis et moi. Je m'apprête à prendre la direction de l'hacienda mais Juan pose sa main sur la mienne pour m'arrêter.

– Selena, c'est à moi de le faire.

Il me fixe, le plus sérieusement du monde.

– Pourquoi ? À toi aussi, il t'a fait du mal ?

Son visage ne change pas et ne trahit toujours rien.

– Non, mais je dois te protéger. Je suis ton grand frère et je me devais de le faire, mais je ne l'ai pas fait. Je…

Je saisis ses mains dans les miennes et l'attire contre moi.

– Tu n'y es pour rien, Juan, dis-je. J'avais fait mon choix. Et je ne voulais pas t'écouter malgré tes mises en garde. Alors, ne culpabilise pas, ça ne servirait à rien.

Je me recule de lui et lui offre un baiser sur la joue.

– Vous m'attendez ici ? Je vais essayer de faire vite.

Juan hoche la tête et je vais enlacer Luis. Je ne m'attarde pas et prends déjà la direction de l'hacienda. À chacun de mes pas, les battements de mon cœur s'intensifient. Je longe le haut mur d'enceinte puis m'arrête et lève la tête. Le mur est vraiment très haut, bien plus que dans mes souvenirs. Je souris quand je me rappelle avoir déjà pensé plusieurs fois à l'escalader pour m'enfuir. J'étais vraiment conne, à 17 ans. Je me serais sûrement cassé une cheville quand il aurait fallu redescendre.

Je sursaute quand une main se pose sur mon épaule. Juan me sourit et se baisse déjà, les mains liées pour me faire la courte échelle. Je pose mon pied sur ses mains et il me propulse dans les airs. Je saisis le haut du mur, et Juan me pousse. Je raidis les muscles de mes bras et contracte mes abdominaux. Je peine un peu mais arrive enfin en haut. Je remercie mon frère et saisis l'arme qu'il me tend. J'attrape déjà la branche d'un grand arbre, en descends sans mal et saute les derniers centimètres.

Je relève la tête et scrute la propriété. Tout paraît calme. Je m'empresse de traverser l'immense pelouse, vérifiant que je ne suis pas vue, en m'arrêtant derrière plusieurs énormes massifs de fleurs.

J'entends alors une voix familière et je me raidis. Rosita. Je cours jusqu'au mur et écrase mon dos dessus.

– Tu ne peux pas partir, mon fils, dit-elle. Pas maintenant que tu es revenu.

– Je vais devoir, *mama,* répond Alejandro. Le temps que l'histoire se tasse et que je sois sûr que Selena ne sera plus un problème.

– Ta traînée ! Elle a toujours été un problème, Alejandro. Une petite pute qui en voulait à notre argent.

Je serre les dents et les poings. Si seulement elle savait combien je me foutais de l'argent de son fils. Je ne voulais que de l'amour et du bonheur. Mais je n'ai connu que les coups et les tourments, ici.

– Ne parle pas comme ça d'elle, aboie-t-il.

Je sursaute en entendant son ton et sa remarque.

– Je me doutais bien que dès que tu la reverrais, elle te ferait tourner la tête. Tu as toujours été faible quand il s'agissait de cette petite pute. Tu ne vois pas qu'elle essaie de te manipuler, mon fils ? Comme elle l'a toujours fait.

Moi ? Faire tourner la tête à son fils ? Le manipuler ? Je voulais seulement qu'il sorte de ma vie et j'espérais tellement ne jamais le revoir.

– Monsieur, votre fils refuse de manger, dit une voix féminine que je ne reconnais pas.

– Bah, forcez-le ! hurle-t-il presque.

– Monsieur, je m'excuse mais… le petit a jeté son assiette.

– Putain, il faut tout faire tout seul, ici. Tu n'es qu'une bonne à rien, lâche-t-il sèchement. Bon, il est où ?

– Dans sa chambre, monsieur.

Il marmonne quelque chose et j'entends ses pas sur les pavés de la terrasse. D'autres pas se font entendre et je comprends que Rosita l'a suivi. La porte menant à la terrasse se referme et je sors discrètement ma tête de l'angle du mur.

Rien n'a changé ici. Les rosiers que chérit tant Rosita sont parfaitement entretenus, le salon de jardin est toujours au même endroit et la pelouse est taillée au millimètre. Je prends soin de vérifier qu'on ne me repère pas quand je traverse la terrasse et me faufile jusqu'à d'épais buissons. Je m'arrête une fois cachée. Maintenant, je dois entrer dans la cuisine et filer jusqu'au premier, où Sam doit se trouver.

Je fixe les rosiers de cette sorcière et prends un malin plaisir à leur foutre plusieurs coups de pied. C'est débile, mais ça me fait sourire en imaginant le visage de cette peau de vache quand elle verra ses précieuses fleurs.

Je repars et me baisse devant l'une des fenêtres de la cuisine. Je me lève discrètement, vérifie à l'intérieur. Je soupire d'agacement quand je vois deux employées de maison. Merde ! Comment ai-je pu être assez bête pour penser qu'il n'y aurait personne ? Il est presque treize heures et les employées viennent de débarrasser le couvert du déjeuner. Je reste un instant accroupie sous cette fenêtre. Qu'est-ce que je vais faire ? Je ne peux tout de même pas foncer dans la cuisine, forcer le passage et courir jusqu'à Sam. Je serais grillée en quelques secondes et Alejandro serait averti dans la minute.

Putain !

Je retiens un cri de rage. Tant pis, j'attendrai le temps qu'il faudra mais je ne peux pas partir de l'hacienda sans mon fils. J'ai déjà suffisamment galéré pour que ni mes frères ni mon mari ne me suivent.

Je me relève une nouvelle fois et me baisse aussitôt. Une des employées, la plus jeune, est juste au-dessus de moi. Ça relèverait du miracle qu'elle ne m'ait pas vue et je prie silencieusement pour qu'elle n'ait pas donné l'alerte.

Toujours accroupie, je me glisse de l'autre côté de la fenêtre. Je ferme les yeux, pesant le pour et le contre. Je ne sais pas quoi faire. Soit je fonce dans le tas, soit je patiente jusqu'à la nuit. Mais ça, je ne peux pas me le permettre. Je dois retrouver Sam au plus vite, m'assurer qu'il va bien et l'éloigner le plus possible de son tyran de père. Je me lève soudainement, prenant soin de rester collée le long du mur.

J'entends les faibles paroles des employées de maison depuis les cuisines. Elles n'ont pas l'air bien effrayantes. Peut-être que si je leur dis tout simplement que je suis un membre de la famille, elles n'y verront que du feu.

Ou peut-être s'en foutront-elles, tout simplement ?

Je tourne alors le visage et hoquette de surprise quand je le vois. Mon cœur s'emballe aussitôt. Il me saisit par un poignet, me colle contre le mur et abat sa main sur ma bouche, m'empêchant d'émettre le moindre son. Ses yeux sombres me fixent. Je tente de dire quelque chose mais il appuie encore plus fort contre ma bouche. Il finit par esquisser un sourire quand il voit mon visage terrifié.

– Je me doutais bien que je te reverrais bientôt.

57

Selena

– Si je retire ma main, tu ne crieras pas ?

Je secoue la tête. Non, je ne crierai pas. Je n'essaierai même pas de m'enfuir. Il hoche la tête puis retire sa main. Après toutes ces années et malgré les circonstances, je suis heureuse de le voir. Enrique se recule d'un pas et lâche enfin mon poignet.

– Tu es venu récupérer Sam ?

Je hoche la tête.

– Tu ne sais plus parler ?

– Euh… Si… Bien sûr. Je… Enrique…

– Pas ici, viens.

Il me fait signe de le suivre et je m'exécute. Mon acte est fou mais étrangement, j'ai confiance en Enrique. Peut-être parce que la dernière fois que je l'ai vu, il m'a permis de fuir, me sauvant des griffes de son frère.

Il entre dans la cuisine et la plus jeune des employées sursaute de peur. Elle lâche une lourde casserole dans l'évier en fonte, dans un fracas assourdissant. Elle s'excuse aussitôt, complètement paniquée et terrorisée alors que la plus vieille ne lâche pas Enrique du regard.

– Quoi ? dit-il.

Elle hésite. Elle paraît aussi effrayée que l'autre mais ne le montre pas pour autant et toise Enrique.

– Rien, monsieur, finit-elle par dire.

Il plisse le front, méfiant, et le regard des femmes se porte sur moi.

– Qui est-ce ? demande la plus vieille.

– Ma petite amie, ment-il.

La femme m'interroge du regard et j'enroule mes doigts autour du bras d'Enrique pour confirmer ce qu'il vient de dire.

– Et tu as plutôt intérêt à fermer ta bouche. Sinon, je dirai à Alejandro de s'occuper de la petite Anna, les menace-t-il.

Il se tourne vers la plus jeune des employées qui se tend. Son visage se tord alors. Elle est à deux doigts de fondre en larmes. Je suppose aussitôt que c'est la dénommée Anna. J'espère qu'il n'est pas sérieux et qu'il ne compte pas mettre sa menace à exécution.

Les deux femmes, terrifiées, finissent par hocher la tête. Enrique se tourne alors vers moi et m'attire hors des cuisines.

L'hacienda est calme et silencieuse. J'en ai aussitôt des frissons. Cet endroit est bien trop familier pour moi et je ne m'y suis jamais sentie bien. Enrique me fait signe de le suivre et nous empruntons les grands escaliers en marbre. Je les ai toujours détestés. Alejandro m'a déjà traînée trop de fois dans ces escaliers, me prédisant une nuit cauchemardesque.

Une fois au premier étage, je le suis jusqu'à la porte de sa chambre. Je n'y suis jamais entrée. Quand je vivais ici, je n'avais pas le droit d'aller dans certaines pièces et si Alejandro avait su que j'étais allée dans la chambre de son frère, il m'aurait passée à tabac.

De la même taille que celle d'Alejandro, la chambre donne sur le parc parfaitement entretenu du domaine. Un grand lit trône au centre de la pièce et deux portes mènent dans une salle de bains privée et dans un dressing. Il referme rapidement derrière moi.

– Tu… Tu ne vas pas faire ce que tu as dit à ces deux femmes ?

Il se retourne rapidement et me regarde, offensé.

– Je ne suis pas comme mon frère.

Je lui souris comme pour m'excuser de l'avoir soupçonné. Mais quand je vois l'aîné et la mère, tout porte à croire que c'est une famille de cinglés.

– Sam est dans la chambre à côté de celle d'Alejandro.

J'opine puis m'apprête à y aller mais il me retient par le bras, me stoppant dans mon élan.

– Attends ! Mon frère est avec lui.

– Sam va bien ?

– Oui, il va bien. Il te ressemble beaucoup et a un fichu caractère. Il fait semblant de ne pas comprendre l'espagnol, ce qui rend ma mère folle.

Tant mieux si cette sorcière devient folle, même si je doute qu'il soit possible qu'elle le devienne encore plus.

– J'ai appris l'espagnol à Sam. Je voulais qu'il connaisse ses origines.

– Tu as bien fait. Il est marrant, comme petit.

– Il est parfait ! rectifié-je.

Il laisse échapper un petit rire.

– Tu es venue pour le reprendre.

– Et tuer ton frère.

Il plonge dans mon regard et semble réfléchir. Je me demande à quoi il pense. Enrique n'a jamais été très expressif. Je n'ai jamais vraiment su quoi penser de lui.

– Fais-le souffrir, dit-il.

Je plisse le front. Alors lui aussi veut la mort de son frère ? Pour quelles raisons ?

– Tu… Pourquoi tu m'aides ?

Il semble hésiter puis passe sa main dans ses cheveux.

– Pour Carla.

Carla ? Qui est-ce ? Enrique semble comprendre que j'ignore qui elle est.

– Elle travaillait ici. J'étais très amoureux d'elle et tu connais mon frère, il convoite toujours l'inaccessible et fait tout pour l'obtenir. J'ai mis du temps à m'en apercevoir. J'étais à l'université et ne revenais ici que le week-end. Il lui a fait subir la même chose qu'à toi, il la frappait, la violait.

Je porte mes mains sur ma bouche pour étouffer un petit cri de surprise. Mon Dieu ! Ce salaud a recommencé. Il a bousillé la vie d'une autre fille. Il l'a bousillée de l'intérieur, comme moi. Cette fille doit être détruite et ma volonté de tuer cet enfoiré est encore plus forte. Je dois l'arrêter, pour moi, pour Sam, pour Carla. Il faut sauver cette fille.

– Où est-elle ? demandé-je.

Le visage d'Enrique se baisse et je sais ce qu'il va me dire.

– Elle est morte il y a neuf mois.

Je ferme les yeux, peinée pour cette pauvre fille.

– C'est Alejandro ? demandé-je.

Il relève la tête, la mâchoire serrée.

– Oui. Tu sais comme il peut être violent. Je n'étais pas à l'hacienda, ce soir-là. Sinon, j'aurais tué cet enfoiré.

– C'est pour ça qu'il est parti de Cuba ?

– Oui. Avant que les flics débarquent.

Je repense à la conversation que j'ai entendue entre Luke et Ben dans le bureau de la villa.

– Elle travaillait ici comme femme de chambre. On est tout de suite tombés amoureux. Ma mère, bien sûr, l'a détestée dès le début, un peu comme avec toi.

Je lève les yeux au ciel. Me détester serait me faire encore trop d'honneur, pour elle.

– Ma mère a couvert Alejandro, bien sûr. Elle lui trouvait des excuses pour ce qu'il a fait à Carla. Tu sais qu'elle n'a toujours vu que par lui. Enfin bref, ce soir-là, quand je suis rentré, il était déjà parti. Alors quand je l'ai vu revenir, il y a trois jours, avec Samuel, la rage que j'avais accumulée pendant tous ces mois s'est réveillée. Ça fait trois jours que je me torture pour savoir quelle est la meilleure façon de crever cet enfoiré. Et je t'ai vue.

Il se retourne et pointe la fenêtre.

– Je fumais une cigarette sur le balcon et je t'ai aperçue. Et j'ai compris que je venais de revoir celle qui a autant de raisons que moi de vouloir le faire souffrir. Oh, au fait, désolé de t'avoir fait peur, en bas. Je te jure que je ne le voulais pas mais je ne savais pas comment tu réagirais lorsque tu me reverrais.

Je souris en secouant la tête. J'avais tellement peur que ce soit Alejandro.

– Ce n'est pas grave.

Il balade ses yeux sur moi. Enrique a toujours eu le même regard que son frère, mais dans ses yeux, on peut voir de la compassion et de la bonté. Il finit par hausser les sourcils.

– Tu comptes tuer mon frère à coups de griffes ? demande-t-il.

Je grimace et me rends soudainement compte que j'ai laissé l'arme de mon frère sous la fenêtre de la cuisine.

– Merde ! Mon arme ! Je l'ai oubliée.

Enrique secoue la tête, navré. C'est vrai que je suis pathétique.

– Tu es organisée, à ce que je vois. Bon, elle est où ?

– Sous la fenêtre de la cuisine.

Il semble réfléchir puis dit :

– Bon, on s'en occupera plus tard. Tu vas t'occuper de Sam, je m'occupe d'Alejandro.

– Non, je veux m'occuper de lui.

Il laisse échapper un petit rire.

– Je ne crois pas, Selena. J'ai des comptes à régler avec lui. Alors je m'occupe de mon frère et pendant ce temps, tu vas prendre Sam.

Il paraît encore plus déterminé que moi. Pourquoi tous les hommes que je rencontre veulent se charger de ma vengeance ? Ben, Juan, Luis et maintenant Enrique. Sauf qu'il a raison, il mérite tout autant sa vengeance que moi.

Je finis par hocher la tête. Sam est ma priorité et le mettre en sécurité est le principal. Je dois le sortir de là, l'éloigner du diable.

Enrique me fixe puis tourne les talons. Il s'approche d'un meuble, ouvre le tiroir et sort un revolver. Il le passe dans son dos et le cale derrière sa ceinture puis se retourne vers moi.

– Je pense qu'Alejandro a dû redescendre.

– Et Rosita ?

– Ma mère avait rendez-vous chez le médecin, elle doit être partie. Rappelle-toi, Sam est dans la chambre à côté de celle d'Alejandro. Dès que tu l'as trouvé, tu sors et tu te casses. Passe par les cuisines.

– Mais, et toi ?

– Ne t'inquiète pas pour moi, Selena. Je serai sûrement sorti avant vous.

Il m'adresse un petit sourire d'encouragement puis ouvre la porte de sa chambre. Il tend la tête à l'extérieur pour vérifier que la voie est libre puis me fait signe de sortir.

Nous longeons le couloir silencieusement puis nous nous séparons en haut des escaliers. Je le regarde descendre les marches et une fois qu'il est hors de ma vue, je reprends mon chemin vers la chambre de Sam.

Quand je passe devant la chambre d'Alejandro, un frisson parcourt ma colonne vertébrale. Cette chambre m'a fait tellement peur, pendant si longtemps. Je me demande si elle m'effraierait toujours et je pose ma main sur la poignée. Je me ravise pourtant. À quoi ça servirait, à part à réveiller de douloureux souvenirs ?

Je m'éloigne et m'arrête devant la porte suivante. Je tends l'oreille et ferme les yeux. Je n'entends aucun bruit et décide d'ouvrir la porte.

L'intérieur est silencieux et aucun son ne se fait entendre. Le silence est beaucoup trop pesant pour moi. Je fais trois pas en avant. Sam doit être ici, il ne peut pas être ailleurs. Il doit être ici. Je scrute la pièce. Connaissant Sam, il a dû se cacher sous le lit ou dans un placard.

La porte claque alors derrière moi et je me retourne rapidement en sursautant. Je ne m'attendais pas à ce qu'Alejandro soit là et le voir intensifie ma rage et mon désir de vengeance. Ma gorge se serre et mes poings tout autant. Il m'a pris Sam, il a mis sa vie en danger et il est temps qu'il rencontre la véritable Selena. Une femme brisée qui s'est promis de ne plus souffrir, une mère protectrice prête à tout pour son enfant. Mes membres tremblent de rage alors qu'il me fixe. Je fais un pas vers lui mais me pétrifie sur place quand il lève une arme qu'il braque sur moi.

– Ravi de te revoir, souffle-t-il.

Il affiche un petit sourire narquois et s'approche de moi, tel un lion s'approchant de sa proie. Il lève son arme et me frappe à la tête.

***

Mon cerveau semble avoir été passé dans un mixeur. J'ouvre les yeux péniblement et ceux-ci clignent plusieurs fois. Mon crâne me lance et je grimace de douleur. Quand j'arrive à les rouvrir, je prends conscience de la réalité. Alejandro est assis face à moi, son arme braquée dans ma direction. Il me fixe, le regard aussi cruel que d'habitude. Non, il est encore plus en colère. Son regard est monstrueux et me file la chair de poule. Mais je ne dois pas faiblir. Je suis venue ici pour deux raisons. : le tuer et récupérer Sam. Et je ne vais pas me laisser intimider par ce salaud.

Je me redresse lentement. Je ne suis plus dans la petite chambre, je suis dans son bureau et je comprends qu'il m'a déplacée alors que j'étais inerte. Je m'assois sur le canapé de son bureau que je déteste tant. Ce canapé aussi, je le hais. J'ai souvent rêvé de le cramer.

Mes yeux dévient vers la porte. Je pense aussitôt à Enrique. Où est-il ? J'espère qu'il ne lui est rien arrivé de grave.

Ses lèvres s'étirent. Il paraît encore plus sadique. Il tend son bras vers moi, l'arme au bout de sa main.

– Si tu bouges, je te descends.

Il me fixe d'un regard sombre et sadique.

– Si tu crois que tes petites menaces me font peur. J'ai fini d'avoir peur de toi, Alejandro. Tu as touché à mon fils, et ça, tu n'aurais jamais dû.

Il me considère du regard. Il sait que je ne plaisante pas.

– Sam est mon fils, et tu me l'as pris. Je veux que tu me le rendes, et maintenant. Il n'a pas besoin de rester avec un sadique comme toi.

Sa mâchoire se contracte et je ne cille pas. Il se lève alors, lentement. Il s'approche de la fenêtre. Dehors, il fait nuit et j'ai dû rester inconsciente une bonne partie de la journée. Je l'observe. Il se sert un verre de whisky qu'il vide d'une traite avant de se servir de nouveau. Il porte sa main dans la poche de sa veste et sort un cigare. Il l'allume, prend une grande inhalation et recrache une fumée épaisse. Son petit jeu commence à me faire perdre patience. Soit il me tue, soit c'est moi qui le fais mais j'en ai marre de jouer au chat et à la souris avec lui.

Il se déplace vers moi, son cigare coincé entre ses lèvres, son verre dans une main et son flingue dans l'autre. Il se rassoit face à moi et m'observe en souriant.

– J'aime ton nouveau caractère. Si tu l'avais eu dès le début, on se serait éclatés au lit tous les deux.

J'étire mes lèvres hypocritement.

Connard.

– Tu n'aurais pas pu assurer, Alejandro. Crois-moi.

Il laisse échapper un petit rire amusé.

– C'est ton mari qui doit être satisfait.

– Disons que je le suis bien plus que lui. Avoir un homme qui assure au lit, ça me change, dis-je, provocatrice.

Son sourire s'efface et le mien s'élargit. Alejandro a toujours eu besoin d'être rassuré sur ses performances et je sais que je viens de toucher une corde sensible. Aucun homme n'aime voir ses capacités au lit mises en doute. Et le voir vexé me laisse supposer qu'il doit avoir un semblant de cœur, profondément enfoui sous d'épaisses couches de sadisme. Non, Alejandro n'a pas de cœur, j'ai juste heurté son petit ego narcissique.

– Oh ! laissé-je échapper hypocritement. Je t'ai vexé ?

C'est à mon tour de rire. Sauf que je lui fais bien comprendre que je me fous de sa gueule. Le voir touché me fait un bien fou. Il m'a tellement torturée psychologiquement que lui rendre la pareille est jouissif.

Il se redresse alors et lève la main vers moi.

– Vas-y ! Frappe ! Tu ne sais faire que ça ! Tu ne sais même pas te faire respecter d'une femme sans la cogner.

Il interrompt son geste et me fixe, touché par ma remarque.

– Mais tu veux que je t'avoue quelque chose ? En faisant ça, tu n'inspires que le dégoût.

Je perçois un petit froncement de sourcils. La vérité doit être dure à entendre. Mais moi, elle me soulage.

– Je vais te tuer, Alejandro ! Et tu subiras toute la rage que j'ai gardée au plus profond de moi. Tu m'as promis que je souffrirais, mais n'oublie pas que tu m'as appris à supporter la douleur pendant toutes ces années. C'est toi qui me supplieras de t'achever. Tu m'imploreras mais je ne te tuerai qu'une fois que je t'aurai fait subir tout ce que j'ai enduré avec toi multiplié par cent.

Il me fixe un long instant et je ne détourne pas mes yeux des siens. Son regard est toujours aussi froid et sadique.

Il finit par exploser de rire. Il me déstabilise légèrement mais je fais comme si de rien n'était. Je sais qu'il joue avec mes nerfs. Il l'a si souvent fait.

– Vous allez vraiment bien ensemble, dit-il.

Je plisse le front. Je ne comprends pas le sens de sa phrase.

– C'est exactement ce que ton connard de mari vient de me dire.

Je hoquette de surprise. Que veut-il dire ?

– Ton cher époux vient d'être arrêté par mes hommes. Il essayait d'entrer sur le domaine.

Mon cœur se met à accélérer. Non, il bluffe. Ben ne peut pas être là.

À son regard et à son sourire amusé, je comprends qu'Alejandro ne plaisante pas.

58

Ben

Je vais fumer cet enculé. Sans rire, dès que j'arrive à défaire ces putains de liens, je le défonce.

Les cordes rentrent profondément dans la chair de mes poignets mais je m'acharne tout de même à les tourner dans tous les sens dans l'espoir de réussir à libérer mes mains.

Face à moi, l'enfoiré qui m'a arrêté à l'entrée de la propriété me fixe, le regard menaçant. Il s'amuse à faire tourner la lame de son couteau contre le verre de la table basse du petit salon où il m'a emmené, laissant des traces sur le plateau.

Quand la porte s'ouvre, il fait tourner son couteau dans sa main puis se relève.

Alejandro entre, ne m'accordant aucun regard.

– Va la surveiller, ordonne-t-il.

Le mec opine en silence.

– Ne touche pas à la fille, continue Alejandro.

Je me tends à sa remarque. Il s'est adressé à l'homme en espagnol et bien que je pensais plus à baiser ma prof d'espagnol qu'à l'écouter quand j'étais ado, j'ai compris chaque putain de mot de sa putain de phrase. Il lui a dit de ne pas toucher à la fille et son ordre ne me rassure en rien.

Alejandro se tourne vers moi. Il me fixe, puis affiche un sourire provocateur.

– Tu ne peux pas savoir comme je suis ravi de te voir comme ça, dit-il.

Ma mâchoire se tend. Ce mec est en train de me rendre fou.

– Tu fais le caïd mais sans ton flingue, tu n'es rien, craché-je.

Il laisse échapper un petit rire.

– On peut vérifier ta théorie mais je doute que tu aies raison, fait-il, provocateur.

Il s'amuse avec moi mais honnêtement, je suis sûr de le battre à plate couture. J'ai tellement de rage en moi qu'il pourrait faire vingt centimètres et trente kilos de plus que moi que je le défoncerais quand même. Au Four Seasons, si les employés ne m'avaient pas arrêté, j'aurais fini par le tuer. Et j'en rêve depuis plusieurs jours. Il a réveillé en moi mon addiction au combat que j'avais canalisée ces trois dernières années.

– Où est Selena ?

Il s'installe sur un énorme fauteuil en cuir.

– Ta précieuse Selena va bien. Pour l'instant, du moins. Je ne peux rien te promettre avec Antonio.

Il fait un signe de la tête en direction de la porte et je comprends que le connard au couteau est le dénommé Antonio.

– S'il touche à Selena, je le bute, menacé-je.

– Eh ! Doucement. Je lui ai dit de ne pas toucher à cette petite pute. Alors détends-toi.

Comment peut-il me demander ça ? Je crève d'angoisse de savoir Selena ailleurs, avec un mec qui paraît aussi sadique qu'Alejandro en train de la surveiller.

– Je veux la voir, ordonné-je.

Ses lèvres s'étirent. Il jubile de me voir dingue.

– Pas encore. On va discuter un petit peu, avant, dit-il.

– Je n'ai pas envie de parler. Je veux que tu m'emmènes à Selena et que tu nous rendes Sam.

– Et je crains de ne pouvoir te satisfaire. Sam est mon fils, tu n'es rien pour lui, hormis le connard qui saute sa mère.

Il a craché ces paroles comme s'il avait avalé du venin. Je plisse le front. Bordel ! Je viens de comprendre.

– Tu es toujours amoureux d'elle ? lâché-je.

Il se raidit puis me fixe, le regard toujours aussi froid. Son visage est impassible, ne trahissant rien.

– Ouais, c'est ça, dis-je.

Il continue à me fixer.

– Tu vois, Benjamin, l'amour est un sentiment de faiblesse. Les femmes ne sont que des créatures fourbes et calculatrices qui n'hésitent pas à nous dépouiller, nous, les hommes.

– Selena n'est pas comme ça, protesté-je.

Et c'est vrai. Selena n'est pas vénale. Elle se fiche de l'argent, du moment qu'elle en a assez pour vivre. La seule richesse qui l'intéresse est l'amour.

– Non, Selena n'est pas comme ça, finit-il par dire. Mais elle n'hésitera pas à te prendre bien pire. Elle finira par te prendre ton cœur. Elle s'amusera à l'arracher de ton corps, le piétinera sans remords et te le remettra en place en te crachant au visage.

– Comment tu peux penser ça ? Tu n'as toujours pas compris après toutes ces années que c'est toi qui lui as piétiné le cœur. Selena t'aimait mais tu la battais. Elle a fini par te quitter car elle n'a pas eu le choix. Tout ça, c'est de ta faute. Un homme ne doit pas frapper une femme.

– Elle devait me respecter, aboie-t-il.

Je secoue la tête. Ce mec est le roi des connards. Il ne comprendra jamais qu'un homme sera toujours respecté par une femme s'il lui offre amour et attention. Une femme ne demande rien d'autre. Juste à être aimée. Et elle lui rendra cet amour au centuple.

– Non, tu lui as uniquement donné l'occasion de te mépriser encore plus, dis-je.

Sa lèvre supérieure se retrousse et je perçois ses canines blanches.

– Ça ne lui donnait pas le droit de s'enfuir avec mon enfant.

– Parce que tu crois quoi ? Qu'en la frappant tous les jours, elle n'a pas pensé que tu ferais pareil avec Sam ? Selena m'a raconté toutes ses craintes. Elle avait peur pour l'enfant qu'elle attendait.

– Jamais je n'aurais levé la main sur Sam, souffle-t-il.

Je secoue la tête. Je doute de ses paroles. Il aurait fait subir les mêmes choses à Sam le jour où il n'aurait pas fini son repas ou lorsqu'il aurait rechigné quand il aurait fallu ranger ses jouets. Cet homme est un cinglé, un putain de sadique qui ne trouve du plaisir que dans les coups qu'il porte.

Je le fixe, l'œil menaçant.

– Je vais te crever, Alejandro. Je vais te faire tellement souffrir que tu voudras en finir au plus vite. Et si ce n'est pas moi qui le fais, c'est elle qui s'en chargera.

Il surélève le coin de ses lèvres. Il me sourit, provocant et amusé. Il se lève alors de son fauteuil et se penche vers moi.

– Encore une fois, permets-moi d'en douter. Tu vois, je trouve ma situation bien plus confortable que la tienne. Ce n'est pas moi qui suis attaché à une chaise parce que j'ai été suffisamment con pour me faire repérer par mes gars de la sécurité.

Il se redresse et la porte du salon s'ouvre. Son homme de main, Antonio, revient et s'empresse de le rejoindre. Il se penche vers lui, lui chuchote quelque chose à l'oreille et Alejandro opine.

Il se retourne vers moi.

– Je vais devoir te laisser un instant. Une de nos connaissances communes semble sur le point de se réveiller.

Il fait un signe de la tête à Antonio puis sort de la pièce.

***

Je ne sais pas depuis combien de temps Alejandro est sorti de la pièce mais je commence sérieusement à m'impatienter. Le savoir seul avec Selena me rend dingue. Je ne sais pas ce qu'il lui dit ou pire, ce qu'il lui fait.

Je persiste à tenter de me défaire de mes liens. Je les sens déjà plus lâches mais mes mains ne peuvent toujours pas s'en libérer.

Antonio a les yeux rivés sur l'écran de son téléphone. Une arme et son couteau sont posés sur le plateau de verre de la table basse, à peine à un mètre de moi. Si seulement je pouvais me libérer et saisir l'un d'eux.

La porte s'ouvre subitement et claque contre le mur. Selena se fait pousser dans la pièce, Alejandro sur ses talons.

Quand ses yeux se posent sur moi, son visage se détend. Elle me fixe, la bouche entrouverte. On la fait asseoir sur le canapé, près de moi, et la sentir à mes côtés me rassure aussitôt. Elle n'a pas cessé de me fixer et je capte ses émotions à travers ses yeux bruns. Elle va bien et elle m'adresse un petit sourire. Je m'étais attendu à la voir apeurée, inquiète mais elle affiche un regard déterminé et assoiffé de vengeance.

– Va chercher mon frère, dit Alejandro à Antonio en espagnol.

Je pense avoir compris. Selena se tend à mes côtés. Je ne sais pas si je dois craindre sa venue. Selena ne m'a parlé de lui qu'une fois. Elle m'en a parlé comme étant celui qui lui a permis de s'enfuir mais à mes yeux, il était beaucoup trop impliqué dans le cauchemar de Selena. Il savait ce qu'Alejandro lui faisait subir. S'il ne l'avait pas toléré, il se serait rebellé contre son frère.

Selena m'interroge du regard. Je devrais lui en vouloir de s'être mise en danger en fuyant l'hôtel. Mais je ne peux tout simplement pas. Je lui souris pour la rassurer.

– Autant d'amour me donne envie de vomir, dit Alejandro.

Je tourne ma tête vers lui, tout comme Selena. Elle laisse échapper un petit rire qui me surprend. Il est franc et assuré. Elle ne semble plus avoir peur de lui. Au contraire, elle le méprise.

– Comme si tu savais ce qu'était l'amour, le provoque-t-elle.

Il se tend, pose ses yeux sur moi puis reporte son attention sur elle.

– Je t'aimais, répond-il.

Selena rit encore plus. Je sens qu'elle est à deux doigts de péter un plomb.

– Tu m'aimais ? Laisse-moi rire. Tu ne m'as jamais aimée. Ou alors tu avais une drôle de façon de me le montrer.

Il ne cille pas et la fixe du regard.

– Crois-moi, Alejandro. Je ne sentais pas l'amour que tu avais pour moi quand tu me frappais.

Elle se lève alors et le toise du regard. Il ne s'attendait sûrement pas à son geste. Il se tasse alors qu'elle s'approche de lui, telle une lionne en chasse. Elle va le réduire à néant.

Elle pose alors ses deux mains sur ses épaules, un geste qui le surprend encore plus. Ses doigts se resserrent sur ses épaules et je la vois lever son genou. Elle le frappe sans ménagement dans l'entrejambe. J'en ai la chair de poule. Ça doit faire mal. Je devrais plaindre cet enculé mais non, ça me fait trop plaisir de savoir qu'il a mal, très mal.

Il se penche en avant, les mains sur ses bijoux de famille. Le voir comme ça me fait sourire. Non, en réalité, je jubile de voir cet enfoiré souffrir.

– Tu as senti mon amour, chéri ? dit-elle, provocatrice.

Il se tient toujours l'entrejambe et laisse échapper une plainte en la traitant de sale garce. Je me lève alors mais Selena se tourne vers moi, le regard sombre. Ce n'est pas la femme aimante qui me regarde, c'est une femme assoiffée de vengeance. Elle me fait presque peur. Je me fige alors que l'autre enfoiré se tord de douleur.

Elle s'approche alors de lui, lui relève le visage de la main droite et abat son poing contre sa mâchoire.

– Et là ? Tu le sens, mon amour ? renchérit-elle.

Elle est déterminée et je ne regrette pas de l'avoir emmenée dans la salle de boxe de Jason. Putain, je suis fier de ma femme. Elle est forte et courageuse.

Alejandro se redresse et la foudroie du regard.

– Tu vas me le payer, petite pute ! la menace-t-il.

Elle se tend encore plus et je la vois serrer les poings.

– Je ne suis pas une pute, espèce de petit enfoiré. Tu n'es rien, Alejandro. Et maintenant, tu vas me rendre mon fils.

Il serre les dents et la menace du regard. Elle domine complètement la situation. Je suis fière d'elle, ma femme est une véritable menace face à son bourreau.

– Si tu veux ton fils, tu devras me tuer.

Elle réagit au quart de tour et se penche sur la table basse. Elle saisit l'arme et la pointe vers lui.

– Ne me tente pas, connard, dit-elle.

Sadique, il affiche un petit rictus. En fait, ce mec aime être détesté.

Il se redresse et se tient bien droit. Il s'approche de Selena jusqu'à ce que son front se colle au canon de l'arme qu'elle tient fermement dans sa main.

– Vas-y, aboie-t-il. Tu sais très bien que si tu ne le fais pas, c'est moi qui le ferai. Et tu sais que je n'hésiterai pas.

Elle ne cille pas, ne tremble pas. Elle est droite, elle aussi. Elle arme le chien et ses doigts semblent impatients de presser la détente. Elle va le faire, je sens qu'elle va le faire mais je ne peux pas la laisser le tuer. Elle mérite sa fin heureuse, avec Sam. Et j'espère en faire partie.

– Ne fais pas ça, Selena, dis-je.

Elle ne bouge pas, ne répond rien. Elle se contente de rester droite.

Je me lève alors du canapé et commence à m'approcher.

– Reste où tu es, Ben, dit-elle.

Elle me jette un regard en coin mais il est trop tard, Alejandro se précipite sur elle. Il la désarme en une seconde et la saisit par le cou.

Je réagis à mon tour et fais un pas en avant. Je m'arrête quand il tourne Selena vers moi et braque l'arme sur sa tempe.

– Je serais toi, je poserais mon cul sur ce canapé, me menace-t-il.

Le visage de Selena se tord de rage. Elle n'a pas peur, elle est en colère. Elle veut en finir, tout comme moi. Mais j'ai peur de l'issue de cette situation. J'ai peur pour elle, pour sa vie. Si je perds Selena, je ne serai plus qu'un homme mort. Je ne peux pas la perdre. Je refuse. Je suis prêt à crever pour elle, pour qu'elle s'en sorte.

– Tue-moi, craché-je.

Elle me fixe et tente de se débattre. Il resserre son emprise sur elle, serrant encore plus son cou. Alejandro sourit, amusé de la situation.

– Tue-moi, répété-je. Mais ne fais pas de mal à Selena. Laisse-la partir.

– Ben, souffle-t-elle.

Le regard de Selena a changé. Elle a peur, je le vois dans son expression. Elle n'a pas peur pour elle, mais pour moi.

– Si tu penses que je vais t'accorder ça, dit Alejandro. Vous allez crever tous les deux.

Il tourne alors la tête vers Selena et approche ses lèvres de son oreille.

– Tu vois, *mi amor,* tu m'appartiens. Ta petite vie insignifiante m'a toujours appartenu.

Elle tente de se libérer de son étreinte une nouvelle fois. Il resserre encore plus son bras sur son cou.

– Tu veux dire un dernier mot à ta précieuse Selena ? dit-il.

Je retiens ma respiration encore une fois. Mon rythme cardiaque s'emballe, mon cœur fait des bonds dans ma poitrine. Putain, il va le faire, il va la tuer. Il a la même détermination dans le regard que Selena.

Je suis pétrifié. Je ne peux bouger sans prendre le risque qu'il appuie sur la détente. Ma gorge se serre, m'empêchant d'émettre le moindre son. Mes yeux se portent sur Selena. Elle me sourit. Elle n'a toujours pas peur.

Je perçois depuis l'extérieur des sirènes de police. Je retrouve alors l'espoir. L'espoir que tout ça se terminera bien. Qu'Alejandro finira en taule, que rien n'arrivera à Selena.

Une multitude de petits points rouges apparaissent alors sur le corps d'Alejandro. Il ne semble pas s'en rendre compte, trop concentré sur moi.

Il finit tout de même par tourner légèrement la tête vers la fenêtre et son visage se fige. Il ne bouge plus et finit par lâcher son arme au sol. Je plisse le front.

Il relâche Selena qui paraît aussi surprise que moi. Elle se recule aussitôt et je vois alors un homme bien plus jeune que moi derrière Alejandro. Des traits similaires se distinguent sur les visages des deux hommes.

Mon regard se porte alors sur le torse d'Alejandro. La pointe d'un long poignard sort de son corps, au niveau de son cœur. Du sang forme une auréole sur sa chemise blanche. Alejandro tombe au sol sur les deux genoux avant de s'aplatir contre le tapis.

Selena laisse échapper un hoquet de surprise. Elle porte ses mains à sa bouche.

– Oh, mon Dieu ! dit-elle.

Le jeune homme la fixe, imperturbable.

– Je t'avais dit que je le ferais, Selena.

– Enrique, tu…

Il pose sa main sur sa joue.

– Sam est avec tes frères. Sauvez-vous avant que les flics débarquent.

Selena paraît horrifiée alors qu'Enrique vient défaire mes liens.

Elle le fixe, ses yeux fouillant son regard.

– Non, Enrique, je ne peux pas te laisser.

– Si, Selena. Tu mérites d'être heureuse.

Je saisis alors la main de Selena et entremêle nos doigts. Cet homme, bien que je ne sache qui il est, vient de nous sauver la vie. La ressemblance avec Alejandro me saute alors aux yeux. Cet homme est son frère.

Il encourage Selena à partir avec un petit sourire et je sens les doigts de ma femme faire pression sur les miens. Elle m'attire hors de la pièce.

59

Selena

La main de Ben toujours fermement dans la mienne, je l'attire hors de l'hacienda en sortant par les cuisines. Dehors, la nuit reste chaude et les étoiles parsèment le ciel noir. Le calme de l'extérieur est troublant, déstabilisant. Il est en parfait contraste avec la tension de l'immense bâtisse. Mais c'est avec un sourire aux lèvres que je quitte l'hacienda pour la dernière fois de ma vie. Seuls les gyrophares des voitures de police éclairent le parc du domaine. Ben n'a toujours pas dit un mot et son silence m'inquiète.

Je l'attire sur la pelouse et nous courons jusqu'à l'immense mur d'enceinte.

Ben m'aide à le grimper en me faisant la courte échelle, tout comme Juan l'a fait l'après-midi même.

Quand il saute de l'autre côté du mur, il m'encourage à faire de même, se tenant prêt à me recueillir. Après l'avoir rejoint, je le regarde. Son visage est neutre et je ne peux m'empêcher de me demander à quoi il pense. J'ai conscience qu'à l'intérieur de l'hacienda, il a découvert en moi une autre personnalité. Celle d'une femme prête à tout pour en finir avec son passé. Je l'ai sûrement effrayé.

– Ben, je… Je suis désolée, dis-je.

Il passe sa main sur ma taille et m'attire vers lui. Il dépose ses lèvres sur moi et m'embrasse fougueusement. J'ai l'impression de redécouvrir ses baisers, comme la première fois qu'il m'a embrassée, dans ce tribunal, alors que nous étions mariés depuis une minute.

– J'avais envie de te tuer, bébé. Ne me refais plus jamais un coup pareil.

– Je sais, dis-je en souriant.

Il dépose alors ses lèvres sur les miennes et je soupire d'aise. Il se recule bien trop tôt à mon goût puis pose sa main sur ma joue. Il la caresse de son pouce.

– Il t'a touchée ? me demande-t-il sérieusement.

Je secoue la tête. Et s'il avait tenté quoi que ce soit, je lui aurais brisé les noix avec un peu d'avance. Jamais je ne me serais crue capable de faire ça mais quand il m'a dit qu'il m'avait aimée, je suis sortie de mes gonds. Sa façon de m'aimer était loin d'être honorable.

Il presse de nouveau ses lèvres sur les miennes. Je voudrais que ce baiser ne s'arrête jamais.

J'étais tellement persuadée que je ne le reverrais plus.

– Et si on allait rejoindre Sam ?

Oui, je veux revoir mon fils. Je resserre sa main dans la mienne et pars en direction de la voiture de mes frères. Ils doivent y être encore et sont sûrement morts d'inquiétude. Sam doit l'être encore plus. Il ne connaît pas ses oncles et ça fait plusieurs jours que nous avons été séparés. J'espère qu'il va bien.

Au loin, je repère la vieille voiture de Juan et nous courons vers elle Les portières s'ouvrent alors et je reconnais les deux silhouettes massives de mes frères qui sortent du véhicule.

Quand la portière arrière de la voiture s'ouvre, mon cœur fait un bond dans ma poitrine. La tête de Sam se tourne vers moi et quand il m'aperçoit, il affiche un sourire radieux. Je lâche aussitôt la main de Ben et cours vers mon fils. Mon Dieu ! Qu'il est bon de le retrouver ! Je sais que ça peut paraître dingue mais j'ai l'impression qu'il a grandi ces trois derniers jours. Il paraît plus fort, plus robuste.

Je m'accroupis et le prends dans mes bras, tout en le collant à moi. Son odeur, son contact, sa chaleur m'ont manqué. Il parsème mon visage de baisers, heureux, lui aussi, de me retrouver. J'ai l'impression de revivre. On m'a enfin rendu la moitié qu'on m'avait arrachée. Je respire mieux et mon cœur peut enfin battre de nouveau. Je me recule et pose mes mains de chaque côté de son visage. Je l'observe, les yeux larmoyants, avant de le serrer contre moi.

– Maman, tu me serres trop fort, finit-il par dire.

– Oh ! Je suis désolée, mon bébé, mais tu m'as tellement manqué.

Les yeux de Sam se portent derrière moi et je sais que Ben s'y trouve. Sam lui tend les bras et Ben ne se fait pas prier. Ses grands bras nous encerclent et nous restons un moment dans les bras les uns des autres, savourant nos retrouvailles. Cette nuit, j'ai failli perdre les deux hommes de ma vie. Ceux pour qui c'est un plaisir de se lever chaque matin. Tout en eux m'aurait manqué. La chaleur de leur corps, leur odeur. Si j'avais perdu l'un des deux, j'aurais été anéantie, dévastée. Ma vie n'aurait plus été la même.

Quand nous entendons un raclement de gorge derrière nous, nous prenons conscience de la réalité et notre petite bulle parfaite où nous étions confortablement lovés éclate.

J'ai l'impression que l'ambiance nocturne a changé du tout au tout. Au loin, j'entends les bruits du centre-ville. Une sirène de pompiers se fait entendre et je crois même percevoir le rythme d'une musique cubaine. La vie reprend son cours. L'air paraît presque plus respirable. Une légère brise s'abat sur mon visage et mes lèvres s'étirent en un sourire de bien-être.

Ben se recule de nous. Sam est toujours accroché à mon cou. Je vois Juan et Luis s'approcher de nous lentement, sûrement par peur de déranger.

Juan étire ses lèvres alors que Luis reste, comme à son habitude, plus effacé. Je crois qu'il est temps que je fasse officiellement les présentations.

– Juan, Luis, je vous présente mes amours.

Je tourne la tête vers Sam.

– Samuel, tu dis bonjour à Juan et Luis ? Tu sais, ce sont tes oncles. Les grands frères de maman.

Sam tourne son visage vers mes frères. Il leur offre un sourire joyeux et leur fait un petit signe de la main.

– Et voici Ben, mon mari.

Ben s'approche déjà d'eux en tendant la main. Juan la dégage aussitôt et le prend dans ses bras pour le saluer. Luis fait de même. Je sens que mes frères apprécient Ben. Ou du moins, qu'ils semblent intéressés et curieux de le connaître.

Je souris alors bêtement.

***

Mon stress redescend subitement quand le médecin nous annonce que Sam va bien. Je suis soulagée. Si sa santé s'était dégradée, je pense que j'aurais pété un plomb.

Ben, à mes côtés, ne semble plus nerveux. Il fait un petit clin d'œil à Sam qui lui répond aussitôt. Ben se tourne alors vers moi et prend ma main dans la sienne. Il entrelace nos doigts. Je crois que lui aussi, il vient de prendre conscience que tout ira bien, désormais.

Ce qui s'est passé ce soir ne sera plus qu'un affreux souvenir, tout comme mon passé et Alejandro. Pourtant, il y a encore trois heures, je ne pensais pas que cette situation prendrait cette tournure-là.

Enrique m'a sauvé la vie. Il nous a sauvé la vie, à tous les trois. Il est allé chercher Sam et l'a amené à mes frères. Il a sacrifié sa liberté pour que je reste en vie.

Étrangement, quand Alejandro tenait son arme contre ma tempe, je n'ai pas eu peur. J'étais même sereine. Une petite voix me soufflait que tout irait bien, que je n'avais pas de souci à me faire. Ma rage et ma colère ont sûrement aidé. J'étais prête à mourir. Et puis, sérieusement, lui avoir brisé les bijoux de famille et avoir frappé son visage m'a fait du bien. J'avais l'impression d'être libérée de son emprise, de ma peur de lui.

Quand il a pris Sam, il m'a changée sans le vouloir. On ne touche pas à un enfant.

Et surtout pas à mon Sam.

Je tourne la tête vers Ben.

– Ben, je crois qu'on devrait faire quelque chose pour Enrique.

Ben fait pression sur mes doigts.

– Oui. Il t'a sauvée, répond-il.

Oui, pour la deuxième fois de ma vie.

– Je vais appeler Luke pour qu'il nous rejoigne ici. On va discuter avec lui pour voir ce qu'on peut faire. Je ne veux pas qu'on le laisse dans la merde.

J'opine de la tête. Il a raison. Qui serions-nous si nous faisions ça ?

– Mais avant, tu vas aller voir un médecin, dit-il.

Je lève les yeux au ciel. Qu'est-ce qu'il peut être agaçant, parfois !

– Ne roule pas des yeux. Tu as le front ouvert et ta main est gonflée.

Je baisse les yeux vers ma main. C'est vrai qu'elle n'est pas belle à voir.

– Tu as laissé ton pouce à l'intérieur quand tu l'as frappé, c'est ça ?

– Oui, sur le coup, je ne me suis pas souvenue de tes conseils.

Il prend ma main et étire mes doigts. Je grimace.

– Petite joueuse ! rit-il.

– Eh ! Ne dis pas que je suis une petite joueuse. Tu as très bien vu ce que je lui ai fait.

Ben rit aux éclats puis passe la main dans ses cheveux.

– Ouais, j'ai plutôt pas intérêt à te contrarier, rit-il.

– Exactement ! Tu es prévenu !

Je ris avec lui et le médecin s'approche de nous. Il nous confirme que Sam va bien, que sa vie n'est pas en danger mais qu'il faudra tout de même le surveiller et prévoir un rendez-vous avec le pédiatre à notre retour de Cuba.

– Vous pourriez examiner ma femme, demande Ben.

Je tourne la tête vers lui et l'assassine du regard. Je pensais qu'il avait compris qu'il n'avait pas intérêt à me contrarier.

– Ce ne sera pas nécessaire, dis-je.

Le médecin s'est déjà approché de moi et ses mains se posent sur mon front.

– Vous allez avoir besoin de quelques points de suture.

– Faites-lui un examen complet, s'il vous plaît, dit Ben. Radio, prise de sang, et tous les autres trucs de médecin. Je veux être sûr qu'elle va bien.

Je finis par céder en voyant qu'il commence à se ridiculiser devant le médecin avec sa trop grande protection.

– Je vais rhabiller Sam, d'abord.

Le médecin opine puis sort de la pièce alors que le téléphone de Ben se met à sonner. Il sort à son tour, nous laissant seuls, Sam et moi.

Je m'approche de Sam et attrape déjà son tee-shirt. Les yeux de mon fils sont fixés sur mon front.

– Maman ?

– Oui, mon bébé.

– Tu as mal ?

Je plante mes yeux dans les siens et lui adresse un petit sourire.

– Un peu. Mais le médecin va me guérir et ça ira mieux après.

– Hum. D'accord, dit-il. Mais, dis-moi maman, Ben, c'est mon papa ?

– Tu aimerais ? demandé-je.

– Oui. Parce que je ne veux pas que ce soit lui.

Je me fige à sa remarque. Je sais très bien qui il a voulu désigner.

Je m'assois près de lui et prends ma main dans la sienne.

– Alors, c'est Ben, ton papa, réponds-je.

– Pourquoi il m'a dit que c'était lui, mon papa ?

Parce que ce gros con m'aura fait chier jusqu'au bout.

– Tu sais, Sam, Ben t'aime très fort. C'est lui qui joue avec toi, qui te prépare ton petit déjeuner ou te donne ton bain. C'est ce que font les papas.

– Oui, Ben, il fait tout ça.

– C'est toi qui peux choisir qui est ton papa. Alors si tu veux que ce soit Ben, c'est lui qui sera ton papa.

Sam semble satisfait. Il hoche la tête plusieurs fois avant de s'accrocher à mon cou. Il se blottit contre moi, ce qui fait de moi la maman la plus heureuse du monde.

Nous restons un moment ainsi, lovés l'un contre l'autre. Je finis par me reculer de lui quand on frappe à la porte.

Le médecin entre dans la salle. Je descends Sam de la table d'examen et lui demande de rejoindre Ben à l'extérieur.

Le médecin s'approche de moi. Il examine mon front avec délicatesse puis commence à le nettoyer avec une compresse de gaze.

– Je peux vous donner un antidouleur si vous le souhaitez, me propose-t-il.

– Non, non. Je n'en ai pas besoin.

La douleur, j'en suis sevrée depuis des années, maintenant.

Il me sourit puis se retourne pour préparer minutieusement son matériel. Je le regarde avec concentration.

Je sors de mes pensées quand j'entends mon téléphone sonner. Je m'excuse auprès du médecin et tire mon Smartphone de mon sac.

Le nom de Mag s'affiche sur l'écran. Je décroche aussitôt. Je n'ai pas le temps de parler que j'entends un cri à l'autre bout du combiné.

– Oh ! Selena ! Je suis trop heureuse, dit-elle sans préambule.

Je plisse le front. Ben a raison. Ma belle-mère est une femme qui aime exprimer ses sentiments et ses émotions. Mais là, je ne vois pas pourquoi elle hurle comme une dingue au téléphone.

– Euh… OK, Mag ! Bonjour, d'abord !

– Oh ! On s'en fout des bonjours ! Je vais être grand-mère.

– Quoi ? Charlotte a accouché ? demandé-je, joyeuse.

J'ai hâte de rencontrer ce petit bout de chou. J'ai toujours aimé les bébés.

– Charlotte ? Mais qu'est-ce que tu racontes ? Non, elle n'a pas encore accouché. Je parle de toi, Selena.

Elle parle de moi ? Je plisse encore plus le front.

– Quoi ? De moi ? Mais…

– Le docteur Rosenberg a laissé un message sur le répondeur de la villa.

– Je… Attends, Mag, il doit y avoir une erreur, je ne comprends pas…

– Mais tu es enceinte, Selena.

Enceinte ! Ma main se pose aussitôt sur mon ventre et je le caresse doucement. Un bébé ? Non, ça ne peut pas être possible. On a toujours fait très attention à se protéger avec Ben et…

Oh, mon Dieu ! La salle de boxe ! Je me raidis aussitôt. Le préservatif a craqué et avec le retour d'Alejandro et l'opération de Sam, ce petit détail m'était complètement sorti de la tête.

– Qu'est-ce qu'a dit le médecin ?

– Rien. Elle a laissé un message sur le répondeur. Elle te dit qu'elle a une nouvelle à t'annoncer et te conseille de prendre rendez-vous avec un certain docteur Lewis. Alors, je suis allée voir sur Internet et ce docteur est obstétricien au Mercy Hospital.

– Je…

– Je vais être grand-mère ! hurle-t-elle encore au téléphone.

Je crois qu'elle s'enflamme. Il ne doit pas y avoir qu'un docteur Lewis aux États-Unis. Lewis est un patronyme commun et je ne pense pas qu'il soit le seul à être médecin à Miami. Mais au Mercy Hospital, il me paraît peu probable que deux Lewis soient obstétriciens.

– Euh, je te rappelle, Mag, d'accord ?

– Oui, fais vite, je suis trop…

Je raccroche sans attendre la fin de sa phrase. Le médecin se tourne alors vers moi, un petit plateau métallique dans sa main.

– Docteur ?

– Oui, madame Lawson.

– Je suis peut-être enceinte. Pourrait-on me faire un test de grossesse ? demandé-je.

***

Quand le médecin m'annonce que ma prise de sang est positive, je fonds en larmes. Maman ! Le plus beau métier du monde. Je suis heureuse comme jamais. Un petit être pousse en moi et je sais que cette nouvelle rendra mes hommes heureux mais je ne peux m'empêcher de m'inquiéter. J'ai peur. Peur que cet enfant subisse les mêmes problèmes de santé que Sam, voire de plus gros problèmes encore.

Alors quand le médecin m'a proposé une échographie, la première chose que je demande est d'entendre le cœur. Je lui explique mes craintes, les antécédents de santé de Sam, même s'il les connaît déjà puisqu'il l'a examiné quelques minutes plus tôt. Il me rassure du mieux qu'il peut puis il m'annonce que je suis enceinte de cinq semaines et me conseille bien sûr de suivre ma grossesse quand je serai de retour à Miami.

Le coup porté par Alejandro m'a valu trois points de suture. Je ne me suis même pas rendu compte que je saignais. Cet enfoiré n'a pas dû y aller de main morte, encore une fois. J'aurai une légère cicatrice au front, souvenir de mes années passées avec l'homme qui m'a détruite.

Ben et Sam se sont endormis, assis sur une chaise dans le couloir de l'hôpital.

En regardant Sam, je souris. Cela fait plusieurs fois qu'il me parle d'une petite sœur, qu'il me dit qu'il a rêvé d'elle. Sam aurait-il prédit ce petit changement familial ?

Quand mes yeux se portent sur mes amis, qui patientent eux aussi sur des chaises alignées dans ce large couloir, ils se lèvent rapidement.

Amber et Becky s'approchent de moi et m'enlacent. Ma blonde préférée me caresse doucement les cheveux alors qu'Amber paraît encore plus furieuse que d'habitude.

– Ne nous fais plus jamais un coup pareil, espèce de petite… Grrrr ! Je n'arrive même pas à trouver les mots pour définir ton comportement.

J'embrasse sa joue alors que Luke secoue le bras de Ben pour le réveiller. Il ouvre les yeux et se relève, tenant précieusement Sam dans ses bras. Il s'approche de moi et pose ses lèvres sur les miennes.

– Tu vas bien ? me demande-t-il.

Je souffle un petit « Oui ».

Il passe son bras sur mes épaules puis embrasse ma tempe.

– Je crois qu'on a tous besoin d'une bonne nuit de sommeil. On rentre à l'hôtel ? me propose-t-il.

Il me tend la main et j'entremêle mes doigts aux siens.

Oui, tout va bien. Et tout ira encore mieux au fil des jours.

***

La jambe de Ben ne cesse de trembler et je pose la main sur sa cuisse pour l'apaiser. Il tourne son visage vers moi et me sourit pour s'excuser de me transmettre son stress.

Je le sermonne du regard puis reprends mon ongle entre mes dents. Ben m'empêche de me ronger les ongles en dégageant mon doigt de ma bouche et me sermonne à son tour du regard. C'est vrai que c'est l'hôpital qui se fout de la charité. Je suis aussi stressée que lui.

Enrique, lui, a le regard fixé droit devant lui. Son visage ne transmet aucune émotion. Il est comme ça depuis hier, et son état m'inquiète.

La porte du bureau s'ouvre et un officier entre dans la pièce. Il se laisse tomber sur sa chaise, nonchalant.

Après notre visite à l'hôpital, d'un commun accord avec Ben, nous nous sommes rendus au poste de police. Je ne pouvais pas laisser Enrique se faire emprisonner sans avoir la certitude d'avoir fait le maximum. J'aurais eu l'impression de le laisser tomber alors qu'il a pris des risques pour moi. Qui aurais-je été si je l'avais laissé dans la merde ? Une personne égoïste et profiteuse ?

Ben était d'accord avec moi et, sous les précieux conseils de Luke, nous avons engagé le meilleur avocat de la ville pour défendre Enrique. Étant américain, Luke ne peut exercer son activité ici et avec maître Perez, ils se sont évertués à offrir la meilleure défense à Enrique.

L'homme face à nous ouvre un dossier qu'il parcourt du regard. Il est silencieux et je me retiens de lui hurler dessus. J'en ai marre du suspense, j'ai besoin que tout ça soit terminé. Je veux ma fin heureuse.

Il finit par refermer son dossier et lève enfin les yeux vers nous.

– Bien. Vos déclarations correspondent à celles de M. Ortiz.

Il prend son dossier et le balance dans la poubelle, près de son bureau.

– Nous ne retiendrons que la légitime défense. M. Ortiz est libre de sortir et aucune charge ne sera retenue contre lui.

Je souffle de soulagement. Si Enrique avait fini sur la chaise électrique, je m'en serais voulu à vie. Il a tout de même sacrifié sa liberté, sa vie pour moi ainsi que pour Sam et Ben.

L'officier se lève de sa chaise, écourtant notre entretien. Nous l'imitons aussitôt, pressés de partir enfin d'ici. Depuis trois jours que nous sommes arrivés à Cuba, je ressens enfin un sentiment de bien-être. Tout est derrière nous et je ne demande qu'une chose : rentrer à la villa avec mes hommes au plus vite.

Même si je redécouvre Cuba et que tous mes souvenirs d'enfance remontent à la surface, je suis tout de même pressée de reprendre ma petite vie de femme au foyer et de mère attentionnée. Cette petite routine me manque.

Nous sortons du poste de police, Enrique sur nos talons. Il n'a jamais été très expressif mais je vois que quelque chose le tracasse.

Je pose ma main sur son avant-bras.

– Enrique, tu… Je tenais à te remercier.

– Non, Selena, c'est plutôt à moi de te remercier. Tu m'as permis d'avoir ma vengeance, tu m'as payé un bon avocat et grâce à ça, je suis libre.

Je vois tout de même qu'il est tourmenté.

– Dis-moi ce qui ne va pas, dis-je.

Il fourre ses mains dans ses poches en haussant les épaules.

– Je pensais que dès que je l'aurais tué, je serais soulagé, que ça irait mieux. Mais en réalité, je n'arrête pas de penser à Carla. J'ai l'impression que sa mort n'a pas été entièrement vengée.

– Ne dis pas ça, Enrique. Tu sais très bien que tu n'aurais pas pu faire plus. Et tu n'as pas encore fait le deuil de Carla. Je ne te dis pas que ce sera facile et que tu ne souffriras pas. Mais dans quelques semaines, dans quelques mois, tu te sentiras un peu mieux. Ça prendra juste du temps.

Il hoche la tête en m'offrant un petit sourire timide.

– Je suis heureux de t'avoir revue, Selena. Et d'avoir rencontré Sam et ton mari.

Je me tourne vers Ben qui ne comprend rien à notre conversation.

– Et moi, j'espère te revoir. Tu sais, Enrique, tu m'as sauvé la vie. Par deux fois. Et j'aurai toujours une dette envers toi. Tu seras toujours le bienvenu chez moi et Sam a besoin de son tonton.

– Je ne suis pas sûr que ce soit bon pour Sam. Je ne voudrais pas qu'il se souvienne de son père et de cet épisode en me voyant de nouveau. Je crois qu'il faudrait laisser passer un peu de temps.

Je hoche la tête, respectant sa décision. Enrique a besoin de digérer toute cette histoire et de faire le deuil de Carla. Je sais qu'il y arrivera. Enrique n'est pas comme Alejandro. Il est à des années-lumière de l'être. Il est modeste, altruiste et compatissant. Et il sait apprendre de ses erreurs. Comment deux frères peuvent-ils être aussi opposés ?

Enrique remercie Ben et lui serre la main avant de s'éloigner sans se retourner. Il me fait mal au cœur et j'espère qu'un jour, il réussira à guérir de ses tourments et retrouvera le bonheur. Il le mérite.

Ben passe sa main sur ma hanche et me serre contre lui. Il dépose un baiser sur ma tempe.

– On y va ?

Je hoche la tête.

Nous partons en direction de la maison de Juan où nous sommes attendus pour un déjeuner. Je vais revoir mes deux autres frères, rencontrer mes belles-sœurs, mes nièces et mes neveux et j'ai hâte d'y être. Samy y est déjà. Linda, la femme de Juan, m'a proposé de le garder pendant que nous étions au poste et que nos amis parcouraient la ville pour en visiter chaque recoin.

Juan a invité également nos amis, ainsi qu'Enrique, qui a préféré décliner l'invitation. Nous serons une trentaine à table et il me tarde de passer un moment avec mes amis et ma famille.

En chemin, nous passons par le marché qui, comme d'habitude, est truffé de monde. Nous nous arrêtons à un stand de fleurs un instant et nous portons notre choix sur un bouquet de lis sauvages.

J'ai toujours aimé ces fleurs. Elles sont si colorées, si parfumées.

J'ai un sentiment de bien-être et de bonheur. Cela faisait des années que je ne m'étais pas sentie aussi bien à La Havane.

J'ai l'impression d'être une nouvelle femme, plus forte, plus déterminée, plus ambitieuse. Plus personne ne se mettra en travers de mon chemin.

Ben me parlait d'une fin heureuse, que nous la méritions et maintenant que mon passé est derrière moi, je suis prête à accepter ce bonheur. Je l'attends les bras ouverts, même.

J'ai maintenant tout ce qu'une femme peut désirer. Un enfant en parfaite santé qui semble croquer la vie à belles dents, un mari attentionné que je ne me lasserai jamais de chérir, des amis en or qui sont prêts à prendre le premier vol pour m'aider. Ma vie est déjà tellement parfaite. Après toutes ces années de galère, j'ai l'impression pour la première fois de sortir la tête de l'eau.

C'est vrai qu'il reste quelques points à peaufiner pour une fin parfaite mais je me contente de ce que j'ai et de ce que l'avenir me réserve.

Un mariage ? Mais cette fois-ci d'amour. Il me tarde de l'organiser, celui-là, et j'ai hâte de soumettre une date à Ben.

Une carrière ? Je commence les cours dans un mois et j'ai vraiment hâte de prendre le chemin de l'école, d'y faire de nouvelles rencontres, de péter les plombs à l'approche des examens.

Un bébé ? Oui, ce sera merveilleux. Et Sam va être si heureux quand il saura qu'il sera bientôt grand frère.

60

Ben

La main de Selena dans la mienne, je prends mon courage à deux mains et frappe à la porte de la petite maison. Selena m'adresse un petit sourire. Elle sait que je suis tendu et ça la fait bien rire. Je vais rencontrer ma belle-famille, après tout, et j'aurai face à moi quatre grands frères à l'instinct protecteur.

Je me souviens d'une conversation que j'ai eue avec mon frère à ce sujet, il y a quelques années.

Je sens que je vais avoir droit à un véritable interrogatoire et sûrement à des petites mises en garde. OK, je comprends. Les frères de Selena veulent le meilleur pour leur petite sœur et il va falloir que je montre patte blanche.

Même si j'ai déjà rencontré le plus vieux et le plus jeune des frères, ils m'ont paru très sympas mais peut-être est-ce dû au fait que nous venions de passer une soirée assez mouvementée et maintenant que le stress et l'angoisse sont retombés, il est fort possible que les comportements changent.

Selena m'a un peu parlé des deux autres et je me dis que je vais sûrement devoir me faire tout petit. Mes amis, bien sûr, ont pris un malin plaisir à me charrier là-dessus et je vois que Selena s'amuse de cette situation.

La porte s'ouvre sur une femme d'une trentaine d'années, un énorme ventre prêt à exploser. Elle nous offre un large sourire et se précipite déjà pour prendre Selena dans ses bras.

– Oh ! Tu dois être Selena ? Angelo m'a beaucoup parlé de toi. Il me tardait de te rencontrer.

Je suis surpris de voir que cette femme nous a parlé dans un anglais parfait. Seul un petit accent laisse supposer qu'elle est bien cubaine.

Elle se recule et j'ai droit au même accueil.

– Je suppose que tu es Louisa ? demande Selena.

– Oui, je suis bête, je ne me suis même pas présentée. Je suis la femme d'Angelo. Et là…

Elle se retourne et pose sa main sur la tête de deux petites filles qui sont venues se faufiler dans les jambes de leur mère.

– Catalina et Celia.

Selena se baisse vers les petites filles et les salue en espagnol. Elles paraissent timides et carrément adorables.

Louisa prend mon bras et nous fait entrer dans la maison. L'intérieur est agréable, coloré. On se sent tout de suite très bien ici. Quatre gamins passent devant nous en courant et je reconnais aussitôt le visage de Sam. Selena lui dit de ne pas courir mais il l'ignore totalement. Il est bien trop occupé à jouer avec ses cousins et cousines. Il paraît heureux et c'est le principal.

Nous traversons le petit séjour et arrivons dans une cuisine ou trois femmes ont investi les plans de travail. Elles parlent entre elles en espagnol et quand elles nous entendent, elles se tournent vers nous. Linda, la femme de Juan, nous accueille à bras ouverts. Elle parle un peu anglais et nous avons fait sa connaissance ce matin. Elle nous enlace. Elle aussi est enceinte. Elles se sont toutes donné le mot ou quoi ? À moins que ce ne soit une coutume qu'elles fassent toutes des bébés ensemble…

Je lui tends le bouquet de lis acheté au marché. Elle me remercie et sort un vase d'un placard de la cuisine.

Elle nous présente Marta, la femme d'Ernesto puis Amelia, la femme de Luis. Comme elles ne parlent pas ma langue, Selena s'occupe de faire la traduction.

– Vous avez besoin d'aide ? demandé-je alors que les femmes reprennent leur préparation.

Le bruit de la chute d'une cuillère se fait entendre. Louisa se tourne vers moi, le regard ahuri. Elle pose les yeux sur Selena et lui demande :

– Il cuisine ?

– Oui, et très bien, en plus.

Elle hoquette de surprise.

– Garde-le ou je te le prends. Angelo entre dans la cuisine uniquement pour aller se chercher une bière.

– C'est un macho, dit Linda. Comme Juan.

Je ris avec elle alors que Selena me sourit. Eh ouais, elle a bien fait de me choisir, je suis parfait.

Je réitère ma demande mais elles refusent aussitôt.

– Nos maris t'attendent avec impatience dans le jardin, fait Louisa.

Je déglutis aussitôt. S'ils m'attendent, c'est que je vais me faire inspecter sous toutes les coutures.

Selena prend ma main et m'attire dehors. Nous descendons à peine les quelques marches du perron que les regards se tournent vers nous.

Je trouvais déjà Luis très grand, mais les deux autres frères de Selena sont impressionnants. Ils me fixent, les yeux plissés. L'un des deux s'approche de nous. Selena lâche ma main et se blottit contre lui. Il la soulève sans mal et la fait tourner. Il faut dire que Selena paraît faire la moitié de sa taille. L'autre homme, plus taciturne, s'approche à son tour et me serre la main. Il esquisse tout de même un petit sourire alors que l'autre repose enfin Selena sur le sol. Je lui tends la main mais, tout comme Juan la veille, il la dégage pour me prendre dans ses bras.

– Ben, voici Ernesto, me dit Selena en me montrant le plus jovial. Et Angelo, mon deuxième frère.

Je comprends qu'Ernesto est le plus jeune des deux.

La main d'Ernesto s'abat sur moi alors que Luis me propose déjà une bière. Il m'entraîne avec eux vers Juan, occupé à retourner de la viande sur le barbecue.

Je vois Selena tourner les talons et rentrer dans la petite maison, me laissant seul avec ses quatre grands frères mégaprotecteurs.

***

Je me croirais dans le jardin de Maria, lorsqu'elle m'avait invité à son barbecue en plein Little Havana. Sauf que l'ambiance est encore plus survoltée que dans le quartier de Miami. Les conversations se croisent, ainsi que les mains saisissant les différents plats présentés sur la table. J'ai fait le plein de *papas rellenas* et j'aime toujours autant ces petits beignets pimentés.

Même si nous ne parlons pas espagnol et que la langue pourrait être un obstacle, nous nous comprenons tous très bien. Louisa, Selena et Luke nous servent de traducteurs et nous passons un agréable moment.

Luis me ressert un verre de vin et nous trinquons à notre rencontre. Je l'aime bien, le cadet, il est bien plus jeune que moi mais il me fait penser à Jason.

Nos amis, eux, semblent bien s'amuser, eux aussi.

– Non, Hunter, je t'ai dit non, entends-je Selena.

Je tourne la tête vers lui. Selena le sermonne du regard.

– Allez ! Il paraît que c'est marrant quand tu es bourrée, insiste-t-il.

– Peut-être mais ça ne sera pas pour aujourd'hui.

Il verse tout de même du vin dans son verre.

– Putain, mais tu es lourd, dit-elle.

Elle saisit son verre qu'elle transvase dans le mien. Elle se tourne vers moi et hausse les épaules, timide.

– Tu peux boire un petit verre si tu veux, dis-je.

– Non, Ben, je ne peux pas.

– Bah pourquoi ?

– Je… À cause de l'anti-inflammatoire qu'on m'a donné à l'hôpital, dit-elle, gênée.

Je hausse les épaules et mes yeux se posent sur Becky, assise en face de moi. Son visage surpris se change alors en un visage joyeux. Elle se met à frapper dans ses mains sans quitter Selena des yeux. Elle sautille même sur sa chaise.

Amber se tourne alors vers la blonde.

– Qu'est-ce que tu as, la cinglée ? demande-t-elle.

– Oh, mon Dieu ! C'est Selena, elle…

Selena se lève alors précipitamment en faisant grincer sa chaise sur le ciment de la terrasse. Tous les regards se tournent vers elle.

– Becky, tu veux bien m'aider à faire ce truc, dit Selena.

– Quel truc ? demande Amber.

– Le truc ! Viens m'aider aussi, répond Selena.

Les deux autres femmes se lèvent alors qu'Aaron et moi échangeons un regard interrogateur. Sérieusement, parfois, mieux vaut ne pas chercher avec les femmes. Ce sont de grands mystères.

Je les regarde s'éloigner et s'approcher d'une vieille balançoire. Elles paraissent avoir une grande conversation et quand Becky se précipite dans les bras de Selena, sautant sur place et emmenant ma femme dans sa folie, je me dis qu'heureusement, je ne suis pas une femme. Elles se rendent compte qu'elles peuvent être ridicules, parfois ?

– Un cigare ? me propose Ernesto.

Je prends un cigare dans la boîte qu'il me tend.

– *Gracias.*

Mes amis en prennent un également alors que les femmes se lèvent pour aller chercher le café.

Je l'allume et tire dessus alors que Selena se rassoit près de moi. Elle chasse d'un geste de la main la fumée qui s'en dégage.

– Tu ne devrais pas fumer à côté de Selena, dit Becky.

Aaron, à ses côtés, se raidit alors et tend sa main sous la table en grimaçant.

– Je suppose que ça ne m'était pas destiné, dit-il en se frottant le tibia.

– Euh… Non, désolée, s'excuse Selena. Je… Il était pour la dinde à côté de toi.

Aaron tourne sa tête vers Becky qui grimace à son tour. Tous deux semblent converser silencieusement. Aaron finit par écarquiller les yeux.

Sam arrive alors près de nous et grimpe sur mes genoux.

– Maman, j'ai soif, dit-il.

Elle le sermonne du regard.

– C'est comme ça que je t'ai appris à demander ? dit-elle.

– Pardon. Maman, je pourrais avoir à boire, s'il te plaît.

– Je préfère.

Elle prend un verre et le remplit d'eau avant de le tendre à Sam. Il le boit d'une traite.

– Eh bien, dit Aaron. Il faudra éduquer le prochain mieux que ça.

– Je t'emmerde, Aaron.

Selena le foudroie du regard.

C'est quoi, le problème ?

– Il y a un souci ? demandé-je.

– Je… Il faudrait qu'on…

– Ben ? Tu veux bien venir avec moi ? demande Sam.

– Sam ! Combien de fois je t'ai dit qu'on ne coupe pas la conversation des grands ! gronde-t-elle.

Je lui caresse le bras pour l'apaiser.

Elle est tendue ou c'est moi qui délire ?

Je me lève, pose Sam au sol et embrasse Selena.

– Tu me diras après, murmuré-je à son oreille.

J'attrape la main de Sam et il me tire jusqu'à la balançoire où Selena, Becky et Amber sont allées quelques instants plus tôt.

J'aide Sam à s'asseoir sur la sienne et je prends place sur une autre. Sam paraît anxieux. Il pince ses lèvres, mimique héritée de sa mère.

– Il y a un problème, champion ?

Sam lève la tête vers moi.

– Il m'a dit que c'était mon papa. Maman m'a expliqué mais je n'ai pas tout bien compris.

Alors c'est ça qui le tracasse.

– Qu'est-ce que tu n'as pas compris ?

– Bah, il m'a dit que je devais l'appeler papa. Mais je n'avais pas envie. Je ne l'aimais pas. Il me parlait mal et sa maman, elle était méchante avec moi. Alors, je lui ai fait croire que je ne savais pas parler espagnol et je lui ai mis un coup de pied dans la jambe.

Je n'arrive pas à retenir mon rire.

C'est bien Sam !

Il relève les yeux vers moi et me regarde, amusé, en voyant ma réaction.

– Tu ne le reverras plus. Et elle non plus, dis-je.

– Tant mieux, souffle-t-il.

Il se balance légèrement sur la balançoire. Du bout du pied, il s'amuse à donner des coups à un brin d'herbe. Il finit par relever la tête.

– C'est toi que je veux appeler papa, me dit-il.

Mon cœur fait un bond dans ma poitrine. Bien sûr, je considère

Sam comme mon fils. On n'a pas le même sang mais je l'aime autant que j'aimerai mes futurs enfants. Jamais je ne l'aurais obligé à m'appeler ainsi. Mais qu'il le fasse de lui-même me remplit de joie. Il veut m'appeler papa et je serais fier de l'entendre de sa bouche.

– Alors, tu peux m'appeler papa, dis-je.

Sam me sourit puis se laisse tomber dans l'herbe. Il s'approche de moi et je le prends aussitôt dans mes bras. Il se love contre mon cou et nous nous câlinons un instant. J'aime ces moments où nous sommes tous les deux.

– Je t'aime, papa, me dit-il.

Oh putain !

Mon cœur fait un nouveau bond. C'est la première fois que je l'entends m'appeler ainsi et mes lèvres s'étirent en douceur. Je suis l'homme le plus heureux du monde.

L'autre raison de mon bonheur s'approche de nous en souriant. Elle est magnifique, comme tous les jours. Elle s'assoit sur la balançoire que Sam vient de quitter et lui caresse les cheveux.

– C'était bien quand on est allés faire du cheval chez Mag, dit Sam.

– Oui, c'était génial, dis-je. On y retournera bientôt. Charlotte va avoir son bébé et il faudra aller le voir.

Un de ses cousins arrive alors en courant vers nous et lui fait signe de venir. Sam dépose un bisou sur ma joue et s'éloigne de nous en me faisant un petit signe de la main.

– À tout à l'heure, papa.

Je lui fais un clin d'œil et tourne la tête vers Selena qui me fixe, un petit sourire mutin aux lèvres.

– Papa ?

– Ouais, dis-je. J'aime bien.

Elle laisse échapper un petit rire et bascule la tête en arrière. J'ai aussitôt envie de l'embrasser dans le cou. Je suis dingue de ma femme.

Elle se lève alors, s'approche de moi et m'embrasse tendrement. Elle s'approche de mon oreille. Je peux sentir son souffle et l'odeur de son parfum que j'aime tant.

– Il va falloir t'habituer, papa. Parce que bientôt, ils seront deux à t'appeler comme ça.

Elle se recule de mon visage et dépose un petit baiser sur mes lèvres. Je la regarde s'éloigner et j'incline la tête. Elle se retourne alors qu'elle s'approche de la table et me fait un petit clin d'œil.

« Bientôt, ils seront deux à t'appeler comme ça… »

Je répète plusieurs fois la phrase dans ma tête.

« Bientôt, ils seront deux. »

Je me relève de la balançoire d'un bond.

« Oh putain ! Je vais être deux fois papa ! »

ÉPILOGUE

Selena
Six mois plus tard

Laisser Sam avec ces trois-là ne me dit rien qui vaille. Ils sont arrivés depuis quelques minutes et je regrette déjà d'avoir accepté. Mais ce soir, c'est la Saint-Valentin et Ben a insisté pour m'emmener dîner. J'aurais bien demandé à Amber ou Becky mais elles aussi ont prévu une soirée en amoureux.

– Eh, la baleine, ne stresse pas comme ça ! On va prendre soin de lui, t'inquiète.

Justement, c'est le : « T'inquiète » qui ne me rassure pas. Je plisse les yeux et le pointe du doigt. Et il vient de me traiter de baleine ? Je suis la seule à avoir le droit de me traiter ainsi.

– Mon cher Aaron, si tu me sors ça encore une fois, je te défonce, dis-je.

Son éternel sourire s'efface sous ma menace et je le vois déglutir.

– Tu abuses, Aaron. Je trouve que Selena est magnifique avec son gros ventre, dit Luke.

Je le remercie d'un signe de tête. Je trouve aussi que je porte bien mon gros ventre, même si cette petite robe me serre un peu trop.

– Tu es gentil, mon pote, mais va trouver une autre femme magnifique que la mienne, dit Ben.

Je ris. Il sera toujours jaloux. Il n'a pas de quoi, pourtant. Je suis loin d'être attirante et même si je viens de menacer Aaron pour son manque de délicatesse, je dois avouer qu'il a raison. Je suis une grosse baleine. Et c'est moi qui devrais être jalouse. Ben est toujours aussi sexy, encore plus, même.

– Ça va bien se passer, me rassure Aaron. On va gérer.

Aaron se tourne vers moi et me dit, avec un naturel déconcertant :

– Oui, ne t'inquiète pas, Selena. On remplit les poches de Sam de capotes, il prend sa cuite, on file au 3G et on rentre après avoir été aux...

J'écarquille les yeux. Il n'est pas sérieux ? Il ne va pas dire ce mot.

– Eh ! Ne dis pas de gros mots ! le sermonné-je une nouvelle fois. Et tu n'as pas intérêt à faire ce que tu viens de dire, sinon...

Aaron me coupe et se met à rire.

– Relax, Selena, je plaisantais. On fera tout ça pour ses 16 ans. Et je te promets qu'il s'éclatera, ce jour-là. Mais ce soir, on va la jouer soft et on dira aux strip-teaseuses de partir avant minuit.

Je vais le tuer ! Quel petit con !

Je sais qu'il s'amuse à m'emmerder mais avec Aaron, mieux vaut se méfier parfois. Il en serait bien capable.

– Mouais, fais attention à ne pas dévergonder mon fils. Et je te rappelle que quand il aura 16 ans, tu seras presque quadragénaire.

– J'aurai 37 ans et je serai encore au taquet.

Je secoue la tête. Ce mec est l'exemple même de l'immaturité mais il faut avouer qu'on rigole bien avec ses conneries.

– On va y aller, Selena ou on risque d'être en retard, me dit Ben. La réservation est pour dix-neuf heures.

Je me tourne vers lui, anxieuse. Là, je m'en fous de la réservation au restaurant.

– Tu es sûr que c'est une bonne idée de laisser Sam avec eux ?

– Ce n'est pas comme si on avait le choix. Mon père et Becky sont en voyage de noces, Amber et Hunter sont de sortie aussi et la baby-sitter est malade.

– On pourrait peut-être…

– Non, Selena. Ce soir, c'est notre soirée. Quand Eva sera née, on ne pourra plus vraiment sortir et…

– Je ne sais pas de quelle Eva tu parles, mais c'est sûr qu'il ne s'agit pas de notre fille.

Ben rit. On est encore loin d'être d'accord sur le prénom de notre bébé et on se chamaille au quotidien pour que l'autre cède. Et je ne suis pas près d'abandonner. C'est lui qui le fera.

– Allez, on y va !

Il pose ses lèvres sur les miennes et m'attire déjà hors de la villa. Ben déverrouille la voiture et m'aide à grimper dans l'habitacle. Il contourne le véhicule en trottinant puis y entre à son tour. Il fait démarrer la voiture et recule dans l'allée jusqu'à la chaussée.

– Il va quand même falloir se mettre d'accord. Tu es censée accoucher dans deux semaines, dit Ben.

– Je sais, réponds-je. Mais tu t'obstines avec ton prénom.

– Parce que tu ne t'obstines pas avec Alicia, peut-être ?

OK. Un point pour lui. Mais j'aime bien ce prénom. Il est si beau, si doux. Il inspire la bonté.

– Bon, comme on n'arrive pas à se mettre d'accord, pourquoi est-ce qu'on n'oublierait pas les prénoms qu'on veut ? suggère-t-il.

Je tourne la tête vers lui. Mais moi, j'aime bien Alicia ! Si je lui fais les yeux doux, ça va peut-être marcher.

– N'essaie pas de m'attendrir avec ce regard, dit-il.

– Et merde ! J'aurai au moins essayé.

Ben rit aux éclats.

– Je pense que comme c'est moi qui porte notre fille, mon

avis devrait plus compter.

– Pff ! N'importe quoi. Donc si on a vingt enfants, je n'aurai jamais mon mot à dire ?

Vingt ? Achève-moi tout de suite, Lawson ! Tu as cru que j'allais te faire combien d'enfants, sérieusement ?

– Si, réponds-je. Le jour où on découvrira le truc pour que les hommes puissent porter les enfants à la place des femmes.

Il secoue la tête, navré. Il arrête la voiture à un feu rouge. Nous restons un moment silencieux et une voiture s'arrête sur ma droite. Le bourdonnement de la musique poussée un peu trop fort fait presque vibrer ma vitre. Quand le conducteur baisse la sienne pour jeter son mégot de cigarette, je reconnais aussitôt « Fallin' » d'Alicia Keys.

– Oh, mon Dieu ! C'est un signe !

Ben secoue encore la tête.

– Et si Eva Mendes traverse la rue, ce sera un signe aussi ?

– Non, je te demanderai juste combien tu l'as payée.

– C'est dingue comme tu es têtue ! Si ça se trouve, c'est toi qui as payé ce mec pour mettre cette chanson pile-poil au moment où on s'est arrêtés au feu.

Je ris aux éclats. Il dit que je suis têtue mais il l'est encore plus. Je sens que ce n'est pas encore ce soir que notre petite fille aura un prénom. Il redémarre alors la voiture quand le feu passe au vert.

– On la joue à pile ou face ? me demande-t-il.

Ma tête pivote vers lui. Il n'est pas sérieux, j'espère ?

– Ouais, je sais, la méthode n'est pas très orthodoxe, sauf que je suis à court d'idées pour te faire céder, reprend-il.

Je ne réponds rien et écarquille les yeux.

– Ouais, je sais, j'abuse. Mais il faut vraiment qu'on trouve son prénom parce que le temps presse.

– Ouais, tu m'étonnes que le temps presse. Je… je crois qu'on ne va pas pouvoir aller dîner.

Il tourne la tête vers moi et m'interroge du regard.

– Ne t'inquiète pas pour Sam. Luke et Jason sont mes amis les plus responsables et…

– Non, ce n'est pas Sam. Je… Je viens de perdre les eaux.

Il écarquille les yeux et me fixe. Ses yeux se baissent vers mes jambes.

– Tu es sérieuse ?

– Oui. Et je crois que je viens de bousiller le siège de la voiture.

– On s'en fout du siège, là ! Tu as eu des contractions ou des machins comme ça ? demandé-je.

– Ça fait deux jours que j'ai des contractions.

– OK. Alors, on va se détendre et on va aller à l'hôpital.

– Je suis détendue.

– Ouais, moi aussi, ment-il.

***

Ben

– C'est très bien, Selena. Vous êtes super, l'encourage une sage-femme.

Putain, super n'est pas le terme que j'emploierais. C'est une guerrière.

Sérieusement, je n'aimerais pas être à sa place. Ma femme est forte et extraordinaire. Elle supporte la douleur depuis plusieurs heures et se contente de serrer les dents et de grimacer quand on lui demande de pousser.

Je me penche sur elle et lui embrasse la tempe. Sa main se porte aussitôt sur la mienne et elle me fixe, complètement essoufflée et à bout de forces.

– Vas-y, bébé, encore un effort et après, tu pourras te reposer, dis-je.

– Je crois que je vais dormir pendant trois jours ! dit-elle en serrant une nouvelle fois les dents.

Elle tente de me sourire mais son visage affiche une grimace.

– OK, on voit la tête, dit le médecin.

Oh, putain !

J'embrasse Selena tellement je suis heureux. Je vais rencontrer ma petite princesse. Ça fait des mois que j'attendais ça. J'étais tellement pressé, tout comme Sam.

– Un dernier effort, Selena. Elle arrive.

Selena se crispe encore plus. Elle me broie carrément la main mais je ne dis rien. Je crois que ce que je subis n'est rien par rapport à la douleur qu'elle supporte.

Putain, heureusement que les hommes n'accouchent pas, on crèverait sur place.

– Et la voilà ! dit le médecin.

Ma tête se tourne aussitôt vers lui. Il se redresse avec, dans les mains, une petite masse toute fripée. Ça y est, je suis de nouveau papa !

Selena se redresse, impatiente, et quand je vois la petite chose que nous avons créée, je souris aussitôt.

Merde, on vient de fabriquer la perfection !

Ma fille se met à pleurer et je sens une larme pointer le bout de son nez. Putain, c'est la première fois que je pleure pour une fille, et pas n'importe laquelle : la mienne. Pour ma princesse.

Je me tourne vers Selena. Malgré sa fatigue, elle est magnifique et ses yeux pétillent. Une sage-femme nous amène le bébé. Elle la dépose sur Selena et je rencontre pour la première fois ses grands yeux.

Oh putain, je suis amoureux ! Et je sais que cet amour sera éternel, sans aucune limite et sincère. J'aime ma famille comme il ne m'a jamais été permis d'aimer. C'est ma fille, mon sang et je crois que je ne me lasserai jamais de la regarder. De la contempler, plutôt. Elle est si petite, si fragile, si belle, si innocente.

Selena caresse avec délicatesse la main du bébé qui semble fixer sa mère avec intérêt. Je sens comme un craquement agréable en moi et je sais que c'est le doux bruit de mon cœur qui s'est agrandi pour y faire une place à ma fille. Elle est là, auprès de sa mère et de son frère. Pour toujours.

– Elle est trop belle, dit Selena, la gorge serrée.

Plus encore !

Une femme s'approche de nous et nous dit :

– On va devoir s'occuper de cette demoiselle, dit-elle, presque en s'excusant.

Elle prend le bébé dans ses bras et s'éloigne de nous. Selena me fixe, un sourire radieux aux lèvres. Je suis sûr que j'ai le même.

– Et comment allez-vous appeler cette poupée ? demande une autre infirmière.

Oh, oh ! Sujet délicat !

– On ne s'est pas encore mis d'accord, dit Selena.

– Alicia, soufflé-je en même temps qu'elle.

Selena tourne la tête vers moi.

Honnêtement, je n'ai jamais vraiment aimé ce prénom. Il me fait penser à une pimbêche qui était avec moi au lycée. Mais avec ce que Selena vient d'endurer, je crois qu'elle a raison quand elle dit que son avis devrait plus compter.

– Non, pas Alicia, dit Selena en secouant la tête.

Je lève les yeux au ciel.

Mon Dieu ! Ma femme est une chieuse. Une adorable chieuse.

– Je vais vous laisser y réfléchir, alors, dit la pauvre infirmière, qui semble un peu gênée.

La sage-femme nous apporte une nouvelle fois notre bébé. Elle est trop belle. Je craque déjà. À elle, je céderai tout.

– Monsieur Lawson, si vous voulez faire le peau à peau, vous pouvez vous déshabiller, dit la sage-femme.

J'écarquille les yeux. Le peau à peau ? Est-elle en train de me faire une proposition indécente ?

Doucement, jeune fille, je suis un homme marié… Et heureux, trop heureux… Encore plus aujourd'hui.

Je tourne aussitôt ma tête vers Selena. Elle paraît soudain inquiète.

– Elle va bien ? demande-t-elle, anxieuse.

Je sais que Selena angoisse beaucoup à propos de la santé du bébé. Elle a tellement peur qu'elle hérite de la même maladie que Sam. On en a énormément parlé pendant sa grossesse et elle ne cessait de demander à écouter le cœur lors des échographies. Je comprends. Elle s'est beaucoup inquiétée pour Sam.

– Oui. C'est un beau bébé. Tout va bien pour elle. Elle est parfaite.

Je suis bien d'accord avec elle.

Parfaite ! Normal, c'est ma fille !

– Ça consiste en quoi, le « peau à peau » ? demandé-je.

– À rassurer le nourrisson après l'expérience de l'accouchement, précise-t-elle en voyant ma réaction. C'est assez traumatisant pour lui aussi. Mais Selena peut le faire si vous préférez.

Elle fixe Selena. Non, je veux le faire. Ça a l'air super.

– Je m'en charge, dis-je fièrement.

L'infirmière reporte son attention sur moi. Je n'hésite pas plus longtemps. Je me déshabille et on me fait asseoir sur un fauteuil. On dépose ma fille dans mes bras et le contact de sa peau contre la mienne me provoque une vague de chaleur et de bien-être. La même que la première fois que j'ai tenu Selena dans mes bras. C'est tout aussi bien et je veux avoir mon bébé tout le temps dans les bras.

Selena nous observe. Elle paraît heureuse. Non, elle l'est, bien qu'elle soit exténuée.

– Léana, souffle-t-elle.

Je relève la tête vers elle.

– J'adore Alicia mais je trouve qu'elle n'a pas une tête à s'appeler comme ça, précise-t-elle.

Je me retiens de sauter en l'air.

Exit, Alicia ! Bienvenue, Léana !

– Oui, c'est très joli. J'aime beaucoup.

Selena me sourit faiblement. Ses yeux sont sur le point de se fermer.

– Je me repose cinq minutes, d'accord ?

– Oui, bébé, pas de souci. Repose-toi.

***

J'entre dans la petite salle d'attente et les visages de tous mes amis se tournent vers moi. Mais le seul visage qui me préoccupe est celui de mon fils. Il a tellement attendu l'arrivée de sa petite sœur. Ça devenait long pour lui, comme pour nous.

– Je suis à nouveau papa, dis-je.

Sam accourt et vient s'accrocher à ma jambe. Il saute sur place, impatient et relève le visage vers moi.

Tous mes amis se lèvent et viennent me féliciter. Putain, j'adore mes potes, ils sont ma famille.

– On peut aller voir ma petite sœur ? demande Sam.

Je me baisse et le prends dans mes bras. Il est bien plus lourd que sa petite sœur.

Mon Dieu ! Ma fille est magnifique. Encore plus belle que ce que j'imaginais. Elle a la peau un peu plus pâle que celle de Selena. Elle a de grands yeux en amande, un petit nez tout mignon, des petits pieds qu'on a envie de mordre. Putain, je suis déjà dingue d'elle. Elle est tellement parfaite.

Mes amis me suivent jusqu'à la nurser. Nous nous arrêtons devant la vitre et Sam écarquille les yeux.

– C'est toutes mes petites sœurs ? me demande Sam.

Je ris aux éclats. Non, je n'en ramènerai qu'une à la maison : la plus parfaite, ma princesse.

– Non, Sam.

– Alors, c'est lequel, le bébé ?

– Elle est là, dis-je.

Je pointe la vitre sur la plus belle et la plus adorable petite chose au monde. Sam suit mon doigt et ses lèvres s'élargissent. Il finit par entrouvrir la bouche.

– Oh ! Mais elle est toute petite.

– Oui, et si mignonne.

– Elle est très belle. Félicitations, mon pote, me dit Hunter en me donnant une accolade.

– Oui, elle est trop chou, fait Amber.

Aaron pouffe de rire comme une collégienne. Je tourne le visage vers lui et le fixe.

– Quoi ?

– Sérieux, je crois que tu vas devoir surveiller ta fille, plus tard.

Je ris avec lui. Oui, j'aurai effectivement du souci à me faire. Je surveillerai chaque mec qui passera devant la maison et n'hésiterai pas à éliminer chaque ennemi potentiel. Et le premier petit merdeux qui voudra toucher à ma fille perdra l'usage de ses jambes. Ma fille, c'est comme mon fils ou ma femme. Personne ne doit toucher à ma famille.

– Et dire qu'il y a un an, tu ne voulais pas entendre parler de femme et de gosses, dit Luke.

Je souris en me grattant la nuque. Ouais, j'ai été con. Si j'avais su le bonheur que ça procurerait, je me serais marié depuis longtemps.

Depuis presque un an, ma vie est parfaite. Je suis marié à une femme merveilleuse, mon fils me donne son amour au quotidien et Selena vient de m'offrir la plus parfaite petite chose au monde. Quel homme ne serait pas comblé ?

Une chose est sûre, je ne regretterai jamais d'avoir fait cette proposition à Selena.

***

Selena
Cinq mois plus tard

Je ne sais pas pourquoi j'ai flippé. Parfois, je peux être grave mais mon amie a eu la meilleure des idées. C'est Sam qui va m'accompagner à l'autel et ce sera parfait. Qui pourrait m'accompagner si ce n'est lui.

Nous descendons les marches du manoir et je souris en voyant mes amis au pied de l'escalier. Ils sont très élégants et je suis contente à l'idée qu'ils se sont faits beaux pour mon mariage. Je plisse tout de même le front quand je ne vois pas Aaron. Sa petite amie a la même réaction que moi. Et moi, je m'inquiète de ne pas voir celui avec qui je m'entends le mieux.

Aaron, c'est comme un grand frère qui aurait l'âge mental d'un petit frère. Mais je l'adore. C'est mon chouchou et je le surveille de très près depuis quelques mois.

Dès que je l'ai vu, le soir de mon anniversaire, regarder celle qui allait le changer, j'ai tout de suite compris. J'ai compris qu'elle serait bien plus qu'une fille de passage pour lui. Et elle est parfaite pour lui !

Hunter me prend dans ses bras et me souffle que je suis la plus belle mariée qu'il ait jamais vue, ce qui fait gentiment râler Amber. Je ne peux m'empêcher de pouffer de rire. Oui, elle fera une mariée magnifique, elle aussi.

Mes yeux se posent sur Luke. Il sait que je suis inquiète, qu'il me tarde de voir Ben.

Comme le veut la tradition, nous avons passé la nuit loin l'un de l'autre et j'avoue avoir ressenti un manque. Alors je me suis faufilée dans la chambre de Sam, où nous avons beaucoup discuté, tous les deux. J'aime nos moments à nous et j'ai hâte que Léana grandisse pour avoir nos petits moments entre filles aussi.

Luke retrouve son sérieux quand il voit mon impatience.

– Va voir dans le salon. Il y a une petite surprise qui t'attend.

Je plisse le front, méfiante, mais ne me fais pas prier. Une surprise ?

Je m'empresse de prendre le couloir et pousse la porte du salon.

Ils sont là.

Mes mains se posent sur ma bouche et je ne peux retenir une larme. Ma mère s'approche alors de moi et je me blottis aussitôt dans ses bras. Elle me caresse les cheveux tendrement alors que mes mains se joignent dans son dos.

Quand j'ai appris que ma famille ne pouvait pas faire le déplacement de Cuba, j'ai été malheureuse. J'ai même songé à reporter le mariage. Je ne pouvais pas me marier sans eux mais l'annonce de ma troisième grossesse aurait retardé encore plus ce mariage.

– Oh, Maman !

– Ne pleure pas, ma fille.

Elle dépose un baiser sur ma joue. Je m'empresse d'embrasser mes frères, qui se sont, eux aussi, faits beaux pour l'occasion. Ils m'ont manqué.

– Alors, petite sœur, prête à te marier ?

Je ris et sanglote de bonheur. Oui, plus que prête. Et maintenant qu'ils sont tous là, j'ai même hâte de m'avancer vers l'autel.

L'autel...

– Juan, je veux que tu m'accompagnes jusqu'à l'autel, dis-je.

– Parce que tu crois que j'aurais fait le déplacement juste pour une danse avec la mariée ? rit-il. Bien sûr que je vais t'accompagner. Ben me l'a demandé tout à l'heure et ce sera un honneur pour moi.

Mon mari est vraiment formidable. Il a tout organisé dans mon dos et je ne me suis rendu compte de rien, bien trop stressée par l'organisation du mariage.

On frappe alors à la porte et Mag entre, un petit sourire aux lèvres, avec Léana dans ses bras. Ma mère s'attendrit déjà sur ma fille et je la vois verser une petite larme. Elle la prend des bras de Mag et la fixe, le regard pétillant.

– C'est l'heure, ma chérie, me dit Mag. Je connais quelqu'un qui est impatient de te voir.

Je sais qu'elle parle de Ben et moi aussi, il me tarde de le voir.

Ma mère finit par donner Léana à Linda, la femme de Juan. Nous sortons tous du salon et mes frères et belles-sœurs partent se trouver une place parmi les convives. Howard s'approche alors de ma mère. Ils se présentent l'un à l'autre et je souris en entendant le petit accent américain de Howard quand il lui parle en espagnol.

Je patiente avec Juan un instant. Il ne cesse de m'observer, le regard fier. Je sais ce qu'il se dit, nous avons déjà longuement parlé lors de mon séjour à Cuba ou les nombreuses fois où nous nous sommes appelés.

Il dit que je suis une force de la nature et que mon bonheur, je l'ai mérité bien plus qu'une autre. Je ne suis pas vraiment d'accord avec lui. Le bonheur, je le mérite tout comme n'importe qui sur Terre. Et ce bonheur, cette force, je les puise et les vis au quotidien grâce à mon mari, à mon fils et à ma fille. Et dire que bientôt, nous serons cinq !

Aaron se tourne vers moi. Il lève son pouce en l'air. Je sais que c'est sa façon de dire que je suis belle. Je l'adore, ce mec. Il est vraiment génial.

Quand nous avançons à notre tour, je préfère regarder le sol. Je ne veux pas voir Ben maintenant. Je veux vraiment garder la surprise jusqu'au bout.

– Je suis fier de toi, petite sœur.

Je relève le visage vers Juan.

– Et tu es magnifique.

– Tu es plutôt pas mal, toi aussi.

Il me dit qu'il est temps d'y aller. Je passe mon bras sous le sien et relève la tête.

L'assemblée a les yeux rivés sur moi. Ils m'observent tous.

Angelina, l'organisatrice du mariage, redresse le nœud du smoking de Sam avant de lui dire d'avancer. Il s'avance dans l'allée. La main de Juan se pose sur la mienne et il m'attire à mon tour sur le tapis rouge. Les regards sont braqués sur moi et je souris à ceux de mes invités qui sont le plus chers à mes yeux.

Quand je remonte mon regard jusqu'à l'autel, je le vois. Il est là, encore plus beau que jamais. Nos regards s'accrochent. Et on se comprend alors. Il n'a pas besoin de me souffler que je suis belle pour le savoir. Il n'a pas besoin de me souffler qu'il m'aime pour que je le croie. Il a juste besoin d'être là. Il a juste besoin d'être lui et de me regarder comme si sa vie en dépendait.

***

Ben

Il paraît qu'il faut de tout pour faire un monde, mais j'ai compris qu'il me fallait juste *elle* pour faire le mien. Elle est comme une rose à mes yeux. On a beau passer devant un rosier tous les jours, il aura de l'intérêt à nos yeux seulement le jour où sa première fleur éclora. Selena est entrée dans ma vie sans que je m'y attende, elle a chamboulé mon quotidien. Elle est parfaite pour moi et je ne la remercierai jamais assez pour m'avoir offert mes enfants.

J'ai hâte de rencontrer le bébé. Je suis sûr qu'une fois encore, mon cœur grossira pour le laisser entrer et pour laisser une place à la quatrième personne la plus importante à mes yeux. J'espère que ce sera un petit garçon, même si Sam me suffit. En fait, peu importe que ce soit un garçon ou une fille. Ce sera un petit être merveilleux qui me comblera de bonheur. Un petit être qui sera un mélange de Selena et de moi.

Je sens une main se poser sur mon épaule et je tourne la tête vers Luke, qui étire les lèvres. Je sais que c'est un petit sourire sincère. Depuis le temps que je le connais, j'ai appris à différencier ses sourires. Je vois dans son regard qu'il est malheureux et éteint. J'espère sincèrement qu'il arrivera à se relever de cette nouvelle déception sentimentale.

– Tout le monde est prêt pour la surprise, me dit-il.

Je hoche la tête et lui annonce que je vais chercher Selena.

Je scrute les invités parmi les tables. Chacun semble s'amuser et profiter de la soirée. Il faut dire qu'Angelina a vraiment tout fait pour que cette soirée soit parfaite.

Je repère ma magnifique épouse, en pleine discussion avec sa mère et Mag. Les deux femmes regardent Léana avec tendresse, profondément endormie dans les bras de sa mère.

Je m'approche d'elles et caresse la petite tête de Léana tout en déposant un baiser sur la joue de ma femme.

C'est dingue, on est mariés depuis plus d'un an mais j'ai le sentiment que ce deuxième mariage est vraiment celui qu'il nous fallait pour être encore plus heureux que nous le sommes déjà.

– Mesdames, veuillez m'excuser mais je vais devoir vous emprunter ma merveilleuse femme.

Selena, tout en riant, se lève et lisse les plis de sa robe.

– Je dois mettre mes chaussures ? me demande-t-elle.

– Tu fais ce que tu veux, bébé. Mais non, tu n'en auras pas besoin.

Je lui saisis la main et l'attire loin de la réception. Nous nous faisons bien sûr arrêter plusieurs fois par nos invités qui nous félicitent et nous souhaitent tous leurs vœux de bonheur. Oui, le bonheur est là et même si quelques épisodes ont pu l'assombrir, aujourd'hui, nous sommes heureux. En fait, je suis heureux depuis le jour où j'ai vu Selena danser au 3G, depuis le jour où elle m'a donné la plus belle leçon de vie que j'aie jamais entendue, depuis qu'elle est entrée dans ma vie sans crier gare.

Je l'attire vers la véranda du manoir. J'ai toujours aimé cet endroit. Mag en a pris possession dès son arrivée ici et aimait y lire ses romans par les jours de grand soleil.

Nos amis nous attendent déjà devant une grande torche suédoise et tournent la tête vers nous.

Quand je les vois, je me dis que nous avons tous bien évolué depuis un an. Depuis que ces filles sont arrivées dans notre petit groupe de pervers immatures.

Quand je vois Aaron, surtout. Sa petite amie a su le changer sans même le vouloir.

Hunter, lui, a su se faire dompter par cette tigresse d'Amber au caractère bien trempé.

Jason et sa petite amie, bien que ce soit tout nouveau entre eux, semblent bien partis pour ne plus se lâcher.

Becky, même si je n'aurais pas parié sur une histoire d'amour avec mon père, semble le rendre heureux. J'espère juste qu'elle ne souffrira pas. Mon père n'est pas commode au quotidien, je le sais par expérience, mais depuis qu'il est grand-père et fraîchement marié, il semble retrouver une seconde jeunesse et je suis heureux qu'il ne s'immisce pas trop dans les affaires de l'empire dont j'ai repris les rênes l'an passé.

Quant à Luke, je sais qu'il lui faudra du temps pour se relever de sa déception amoureuse. Mon ami est maudit, en amour.

Selena regarde nos amis en souriant. Luke porte alors sa main dans la poche intérieure de sa veste et sort nos contrats. Je perçois un petit froncement de sourcils de la part de ma femme. Elle se demande sûrement ce que c'est.

Selena hoquette de surprise puis comprend en voyant les contrats. Elle lève les yeux vers moi et je perçois une pointe de reconnaissance. Je sais que le contrat de notre premier mariage lui pesait un peu trop sur la conscience. Et puis, je lui avais promis qu'il n'y aurait plus aucun contrat entre nous.

Il n'y a plus que nous. Selena et Ben, deux personnes qui se sont rencontrées et ont appris à se guérir de leurs peines.

Je sais qu'elle est heureuse de savoir que ce deuxième mariage n'est soumis à aucun contrat. Elle m'en avait suggéré un que j'ai refusé en bloc. Selena et moi, c'est pour la vie et je ne me vois pas vivre sans elle. Je ne le pourrais plus.

Je l'attire vers la bûche suédoise qui éclaire nos visages. Mon regard ne se décroche pas du sien. Nous n'avons pas dit un mot et je pose le contrat au-dessus de la flamme. Elle imite aussitôt mon geste puis laisse tomber son contrat dans le feu.

Ses mains se portent alors derrière ma nuque et elle m'embrasse tendrement.

– Merci Ben. C'était important pour moi.

– Je sais, bébé, réponds-je en lui rendant son baiser.

Je devine son sourire contre mes lèvres.

Quand j'entends que l'on fait sauter un bouchon de champagne derrière nous, j'interromps notre baiser et me tourne vers mes amis. Hunter et Jason sont déjà occupés à nous servir. Becky sert un verre de jus de fruits à ma femme et Hunter me tend une coupe.

Je me tourne vers ma femme.

– Sans contrat !

Je lève ma coupe et fixe Selena, le regard pétillant. Ses lèvres s'étirent. Je ne me lasserai jamais de la voir me sourire ainsi.

– Sans contrat ! me répond-elle, son regard rivé au mien.

FIN

Retrouvez un bonus exclusif
sur www.editions-addictives.com !

REMERCIEMENTS

Comme le veut la coutume, je tenais à remercier les personnes formidables qui m'entourent et me soutiennent dans cette grande aventure qu'est l'écriture.

Je vais commencer par l'homme qui partage ma vie depuis des années. Cet homme qui me soutient, m'encourage, me fait rire et me regarde comme si j'étais la plus belle chose qu'il ait vue sur cette planète. À Sanjay, l'homme qui m'aime avec un naturel déconcertant et qui fait de moi la femme que je suis aujourd'hui. Si tous les hommes étaient comme lui, il n'y aurait que des femmes comblées et vénérées dans ce monde. Je t'aime, Doudou.

Je vais continuer en remerciant mes parents, Aurore et Francis, qui m'ont appris à me battre pour réaliser mes rêves, à vivre ma vie et à ne jamais la subir. Grâce à vous, je suis devenue une femme forte, déterminée, indépendante et altruiste. Vous m'avez inculqué le respect des autres, la tolérance, l'ouverture d'esprit. Papa, Maman, vous m'avez donné la meilleure éducation au monde et j'en suis fière. J'espère un jour transmettre votre merveilleux travail à mes propres enfants.

Je ne peux oublier mes sœurs, Nadine et Anaïs, qui ont été mes premières lectrices. Les sœurs sont les premières amies que l'on rencontre et je ne vous changerais pour rien au monde. À vous deux qui avez donné la vie à des petits êtres si mignons et si terribles à la fois qui m'appellent tata. Inès, Charlize, Axel, je vous aime comme mes propres enfants.

Aux filles de ma *team* de choc, qui ont supporté mes angoisses, mes doutes et mes craintes et qui savent me donner le sourire au quotidien. Des filles complètement folles dont je ne pourrais plus me passer. Merci d'avoir été là, les filles. Cynthia Q, ma petite bretonne râleuse que j'adore taquiner. Ta plume d'auteure m'a souvent complexée et toujours transportée dans tes univers. Chrystele M, mon exemple de sagesse avec qui j'ai la chance de vivre l'aventure de l'édition. DABM un jour, DABM toujours. Ne change jamais ! À Florence F, ma petite gaufrette belge, prête à n'importe quelle heure pour traquer toutes ces vilaines fautes que je parsème un peu partout. J'aime occuper tes folles soirées. Toujours positive, tu as été un soutien que chaque auteur rêve d'avoir un jour.

À Susan C, Anaëlle T, Jade C, Samantha A, Élodie H, Cindy F. Six belles âmes qui ont chacune leur personnalité mais qui méritent surtout la réussite et le bonheur. Les filles, merci d'être mon quotidien !

Sans oublier Séverine D et Anne F, mes partenaires de missions secrètes qui me supportent depuis le lycée, et Cristina A et Audrey F, des filles extraordinaires qui me font rire et qui sont là dès que j'ai un souci. À Amélie C, Séverine D et Stéphanie L, mes ex-collègues toujours partantes pour se laisser embarquer dans les salons de *new romance,* même quand c'est à l'autre bout de la France.

À tous les Wattpadien(ne)s qui m'ont encouragée… Charlie, Manon, Marion, Renée, Christelle, Soizic, Élodie, Pauline, Lyna,

Ludwine, Charlène, Axelle, Valentine… J'aimerais toutes vous citer mais vous êtes tellement nombreuses. Tous les jours, vous répondiez présentes à chaque publication de chapitres et rire avec vous, voir vos réactions, vous faire rêver est le plus beau cadeau qu'un auteur peut recevoir. J'ai découvert sur cette plate-forme une communauté d'auteures et lecteurs solidaires et j'y ai fait de très jolies rencontres.

À Maud, mon éditrice. Merci pour votre patience, votre professionnalisme et votre gentillesse. Et merci pour vos petits ++ que j'ai adorés pendant mes corrections.

À toi, qui as eu la folle idée d'acheter ce livre. J'espère que tu as passé un bon moment à lire ces quelques lignes…

Extrait

Jeanne Pears

COLOCS & SEX FRIENDS

1

Sarah
Juillet

J'arrive devant la porte de mon frère, essoufflée, à moitié soûle, les cheveux complètement emmêlés, le mascara qui a coulé sous mes yeux à force d'avoir pleuré. J'ai mal à la lèvre, ma pommette me fait souffrir et mon œil gauche a du mal à s'ouvrir. J'ai pris le minimum avant de m'enfuir. Je n'ai réfléchi à rien, je n'ai même pas pris le temps d'appeler Scott avant de débarquer. J'aurais pu, j'aurais sûrement dû. Mais je ne sais pas, je me suis dit qu'il aurait pu refuser de m'accueillir, en me disant qu'il m'avait prévenue. En fait, je sais que ce n'est pas son genre, il n'aurait jamais fait ça, mais je n'ai pas appelé. Résultat, je me retrouve là, comme une nouille devant sa porte, et j'hésite. Je renifle bruyamment et me lance, deux coups secs. Les fenêtres ne sont pas éclairées. Je sais que la soirée est bien entamée, mais il n'est que onze heures du soir, je pensais trouver quelqu'un.

Mon frère habite une grande maison qu'il partage en colocation avec plusieurs amis et amies. Ils viennent tous d'horizons bien différents, de cultures différentes aussi. C'est un peu le melting-pot, qu'on adore tant dans les grandes métropoles, qui s'est concentré dans cette maison. Je ne connais pas tout le monde. Je suis déjà venue lui rendre visite, mais tous les habitants n'étaient pas là. De plus, je crois qu'il y a un nouveau depuis deux ou trois ans, mais je ne l'ai pas rencontré.

Je n'obtiens pas de réponse, alors je recommence plus fort, plus longtemps et je me mets à gueuler comme un putois :

– Scott ! Scott ! C'est moi ! Scotty ! Ouvre-moi ! geins-je en collant mon front à la porte.

Putain, je suis désespérée. Qu'est-ce que j'escomptais en déboulant à cette heure du soir ? Ils doivent être tous sortis.

– Scott ! Je t'en prie ! S'il te plaît ! Il y a quelqu'un ? hurlé-je plus fort.

Je me dis qu'il ne me reste plus qu'à camper devant la porte en attendant que quelqu'un rentre, quand la lumière du perron s'allume. J'entends qu'on déverrouille la porte et je me redresse en tâchant de rester droite, mais c'est dur.

– Scott, je suis… commencé-je, avant de m'arrêter net.

Ce n'est pas mon frère qui vient d'ouvrir. C'est un type qui ne porte rien de plus qu'un boxer et, putain, l'espace d'un instant, j'oublie tout ce pour quoi je suis venue. Je le reluque avec insistance, parce qu'il est difficile de faire autrement. J'arrive toutefois à ne pas descendre mon regard en dessous de la ceinture. Un corps sculpté, un torse tatoué, des bras puissants, tatoués eux aussi, une peau mate. Puis je reporte enfin mon attention sur son visage. Il me détaille, mais ne s'aventure pas sur le reste de mon corps. Non. Il reste focalisé sur mon visage qui doit lui faire peur étant donné qu'il fronce les sourcils et qu'une lueur d'inquiétude passe dans son regard. C'est sûr que ce ne doit pas être tous les jours qu'une femme en piteux état frappe à sa porte.

– Scott n'est pas là, dit-il d'une voix un peu enrouée. Bon sang, qu'est-ce qui t'est arrivé ?

Je vois qu'il se retient de me toucher. Il lève la main vers moi avant de faire retomber son bras. Il jette un œil derrière lui, sans doute veut-il m'entraîner à l'intérieur. Il semble avoir aussi une multitude de questions à me poser. Sa bouche s'ouvre plusieurs fois mais il prend sur lui. Il a peut-être peur de m'effrayer, mais il n'a rien à craindre, j'ai eu mon compte.

– Je sais que je fais peur à voir, mais je vais bien.

Il part d'un petit rire incrédule avant de redevenir sérieux :

– Ce n'est pas l'impression que tu donnes. Putain, souffle-t-il en passant une main dans ses cheveux.

Il fait un pas vers moi. Je recule, ce qui le fait soupirer.

– Tu veux entrer ? T'asseoir ? Boire quelque chose ? Il faut que j'appelle un médecin ? Une ambulance ?

– Non ! Non ! Je t'assure, ça va. Je m'en suis occupée.

– Pourquoi tu veux voir Scott ?

– Je... C'est mon frère.

– Oh ! OK ! Tu dois être Sarah, alors.

– Ouais, fais-je en reniflant peu gracieusement.

Bon, visiblement Scott a déjà parlé de moi à ce gars. On fait mieux en matière de présentations !

– Entre, tu seras mieux à l'intérieur, insiste-t-il en tendant le bras vers la maison.

– Non, non ! fais-je vivement en battant les mains devant moi. Je ne veux pas te déranger.

– Mais non...

Ce n'est pas que je n'apprécie pas son invitation, mais je suis là pour Scott. Je veux voir mon frère, pas un inconnu, aussi charmant soit-il. Je vois bien qu'il se sent concerné par mon état, mais plus je le regarde et plus j'ai l'impression de mal tomber, un peu comme un cheveu sur la soupe. Il est en nage, je l'interromps sûrement alors qu'il fait je ne sais trop quoi…

– Vraiment, merci, mais je… Quand est-ce que Scott va rentrer ?

– Au milieu de la nuit, je suppose. Peut-être dans une heure ou deux.

J'essuie de rage la petite larme qui a réussi à s'échapper de mon œil. Je suis contrariée de ne pas le trouver ici, je suis épuisée, je souffre et j'ai envie de pleurer. Mes jambes fatiguent et je m'effondre sur la plus haute marche du perron. Je ne contrôle plus rien, mon corps est pris de soubresauts alors que les larmes coulent en silence. Comment est-ce que ma vie a pu partir en couille comme ça ? Qu'est-ce que j'ai fait ? J'ai manqué de jugeote. Ça, aucun doute. J'ai été naïve, c'est sûr et certain. Je me pensais plus intelligente que ça, j'ai eu tort. Le type relâche la porte, sans doute pour repartir à l'intérieur. Je l'entends marmonner quelque chose à quelqu'un et deux minutes plus tard il revient dans mon dos. Il a mis un pantalon et enfilé un tee-shirt, mais il est toujours pieds nus. Il se place devant moi et s'accroupit.

– Scott est au courant que tu es là ?

Je secoue la tête.

– Je suis désolée de débouler comme ça. Vraiment. Je te dérange. Je suis désolée. Je… bafouillé-je avant de vouloir repartir.

– Oh, oh ! Attends ! Qu'est-ce que tu fais ? Tu n'es pas en état d'aller où que ce soit, décrète-t-il. Je ne te laisse pas partir comme ça. Je vais appeler Scott.

– Non, non. Je… Je n'aurais pas dû venir. Je…

Une tornade brune apparaît sur le pas de la porte. Elle me fixe avec un regard rempli de colère. Elle fusille aussi le type du regard.

– Tu es contente de toi, pétasse ? me crache-t-elle au visage, avant de dévaler les marches en me bousculant.

– Ne fais pas attention à elle, fait le type en levant le bras vers elle. Elle s'en remettra.

Je me retourne pour regarder les jambes longilignes de la fille qui s'éloigne en grognant. Voilà ce que j'ai interrompu, une partie de jambes en l'air, mais il semble s'en foutre comme de l'an quarante. Il peut probablement avoir toutes les filles qu'il veut, c'est pour ça. Je suis un peu déconnectée. Je commence à descendre une marche aussi, décidée à partir dans la mesure où mon frère n'est pas là, mais une main ferme et chaude s'abat sur mon bras et me stoppe dans ma lancée.

– Je t'ai dit que tu restais ici, me dit-il d'une voix ferme. Si je te laisse partir dans cet état et qu'il t'arrive quelque chose, Scott va me tuer. J'ai été patient mais maintenant, tu viens avec moi à l'intérieur.

Je secoue la tête mais me laisse entraîner dans la maison. Toute volonté m'a désertée. Je ne fais attention à rien. Le type m'assied dans le canapé du salon, qui se trouve à droite de l'entrée, et il prend place sur la table basse en face de moi.

– Moi, c'est Jordan, se présente-t-il en me tendant la main.

Je la regarde fixement. Elle est jolie. Une vraie main d'homme, les ongles propres, coupés court. Mais je ne la serre pas en retour. Je tiens fixement l'anse de mon pauvre sac, tout ce que je possède, et je ne veux rien lâcher.

Je lève tout de même les yeux sur Jordan. Ils sont amicaux, chaleureux, d'un vert émeraude. Cette couleur mêlée à sa peau dorée m'éblouit. Ses cheveux noirs légèrement bouclés, un peu longs, sont en bataille. Ils lui donnent encore plus de charme et de charisme. Il a certainement des origines hispaniques. Il me lance un petit sourire, dévoilant de belles dents blanches, légèrement de travers en bas, avant de laisser tomber sa main pour aller prendre son portable dans la poche arrière de son jean. Je suis le mouvement de son pouce qui sélectionne un numéro dans son répertoire. Il porte le mobile à son oreille sans me lâcher des yeux. J'entends les sonneries puis mon frère répondre :

– J ? Qu'est-ce qui se passe ? Tu as besoin de conseils avec Barbie ? ricane-t-il.

– Ta gueule, ducon ! grimace Jordan. Scott, ta sœur est là.

– Comment ça, « ma sœur est là » ? demande Scott, apparemment incrédule.

Jordan se relève et s'éloigne légèrement. Je ne peux plus entendre mon frère, mais les paroles de Jordan me parviennent toujours très clairement. Je pose les yeux sur l'écran XXL accroché au mur d'en face.

– Écoute, je l'ai trouvée devant notre porte. Elle fait peur à voir, putain ! … Je n'en sais rien ! Elle voulait repartir, j'ai réussi à la retenir. Elle… On dirait qu'elle a été battue, murmure-t-il. Je ne lui ai pas demandé ! Ramène ton cul vite fait. Je veille sur elle en attendant, fais-moi confiance.

addictives

Romans déjà parus et à paraître

Rose Becker
Le Bébé, mon milliardaire et moi (aussi en poche)
Torride, sexy & dangereux
Forever You – saisons 1 et 2
Dangerous

Phoebe Campbell
Tes ordres sont mes désirs – volumes 1 à 3 (aussi en poche)
Lui résister… ou pas – volumes 1 et 2
Lui résister… ou pas – l'intégrale
You Again
Single Daddy. Try Me if You Can

Mia Carre
Bad for You
Teach Me Everything

Mélodie Chavin
Campus Rules (à paraître en avril 2020)

Olivia Dean
À lui, corps et âme – volumes 1 et 2 – poche

Stuart Evans
Roméo & Jules
Sea, Sex & You

Ann Fox
Spring Break – l'intégrale

Emma Green
Toi + Moi : L'un contre l'autre (aussi en poche)
Toi + Moi : Envers et contre tout (aussi en poche)
Toi + Moi : Seuls contre tous (aussi en poche)
Call Me Baby – volumes 1 et 2
Love Me if You Can
Call Me Bitch
Kiss Me if You Can
Bliss. Le faux journal d'une vraie romantique – volumes 1 et 2
Jeux interdits
Jeux insolents
Fallait pas me chercher ! – volumes 1 et 2
Corps impatients
Cœurs insoumis

Bliss. Le faux journal d'une vraie romantique – l'intégrale
Âmes indociles
Cent facettes de Mr Diamonds – l'intégrale
Jeux imprudents
(Im)parfait
Une toute dernière fois
Love Me if You Can – l'intégrale
It's Raining Love!
Kiss Me if You Can – l'intégrale
The Boy Next Room
Call Me Baby – l'intégrale
Call Me Bitch – l'intégrale
PS: Oublie-moi
Fallait pas me chercher – l'intégrale
Recherche coloc : emmerdeurs, râleurs, lovers… s'abstenir!
10 bonnes raisons de te détester (à paraître en avril 2020)

Kim Grey
Apprends-moi. My Stepbrother
Insolent Bastard

Megan Harold
Tout pour lui – volumes 1 et 2 – poche
Sublime-moi! – poche
Juste toi et moi – volumes 1 et 2
Breaking the Rules
Initiation with my Boss

Julie Huleux
Alpha Player

Kate Jacobson
Révèle-moi – volumes 1 et 2

Amber James
Contrôle-moi – poche

Lucy Jones
Perfect Lover. Envoûte-moi! – poche
Bad Secrets

Charlie Lazlo
Mon insupportable boss (à paraître en mars 2020)

Sienna Lloyd
Mords-moi!

Nina Marx
Soumets-moi! – volumes 1 à 3

Escort Girl. Diamonds Private Club – poche
Rock You – l'intégrale de la trilogie *Soumets-moi !*

Caroline Mongas
Mariage forcé. Un contrat indécent

June Moore
Étreinte – volumes 1 à 3

Zoé Murat
Stepbrother Love

Clara Oz
Arrogant
Te séduire, te trahir

Heather Powell
Je te veux – volumes 1 et 2

Lisa Rey
Love Challenge

Lise Robin
Infiltrée. Sex, Drugs & Danger
Love Scandal

Alex Roussel
Ch't'aime. Moi non plus !
The Casting

Ana Scott
Dark Ride
Last Ride

Mina Shepard
Mon milliardaire, mon mariage et moi

Gabriel Simon
Sex Friends. Mon boss et moi

Ève Souliac
Sexy Mistake

Liv Stone
Love Lessons

Lisa Swann
Adore-moi ! – l'intégrale

Louise Valmont
Toi & moi, c'est compliqué !
Mine Again

Chloe Wilkox
Ordonne-moi ! – volumes 1 à 3
Ordonne-moi ! – l'intégrale
Wild Love. Bad Boy & Secret Girl – saisons 1 et 2
Extreme Lover – l'intégrale
Immoral (à paraître en mars 2020)

Luv

Romans déjà parus et à paraître

Ana K. Anderson
Indompté

Sophie Auger
Be with Me

Laura Black
Dark Initiation

Juliette Brunel
Delicious

Anne Cantore
On the Road with You
Promets-moi. Louise et Marco

Sarina Cassint
Avec toi… peut-être
Insolent Boss

Mary Ann Davis
Coach Me Love

Nora Davy
Absolute Boss
Don't Resist

Gwen Delmas
Noël, toi & moi
Perfect Boss

Cléa Dorian & Ninon Vars
Dark Love

Audrey Dumont
The Pink Panthers

Laurie Eschard
Love Naked

Lil Evans
Savage Rider
Crash & Burn

Ena Fitzbel
Sexy Disaster

Alexandra Gonzalez
Shades of You

Erin Graham
Teach Me Love
The Boss

Joh Harper
Crazy Love

Iris Julliard
Prends-moi contre toi
Catch & Shoot

Lucie F. June
Fight with Darkness

Sara June
Rider in the Dark

Lena Jung
Mon coloc, mes désirs et moi

Emily Jurius
Love to Hate You

Ella Lores
Mariée par accident à un connard arrogant rencontré la veille…

Jessica Lumbroso
Emma X. Secrète et insoumise

Mila Mirelli
Dark Man in Love

Mag Maury
Fast Games
No Love, No Limits
My Hipster Christmas

Jeanne Pears
Insupportable coloc
Colocs & Sex Friends

Jeanne Périlhac
Only You… & Me

Sophie S. Pierucci
L'Inconnu de l'ascenseur et moi
My Stepbrother. L'initiation

Silvia Reed
Darkest. La dernière heure
Too Close

Avril Rose
Challenge Me
Coffee, Sex & Law

Jana Rouze
Effet de vague – saisons 1, 2 et 3

Wendy Roy
Une seule fois (ou presque)

Ana Scott
À corps brisés

Léana Soal
Fight & Hope

Cara Solak
Perfect Obsession

Liv Stone
Initie-moi. Mes jours contre tes nuits

Lena K. Summers
Perfect Bad Boy

Lily Tortay
Dance for Me

Flore Valier
Ta peau contre la mienne

Anna Wendell
Arrogant Bad Boy

Too Close
Silvia Reed

Sombre, dangereux, irrésistible...
Témoin-clé d'un crime atroce, Lily-Rose doit précipitamment tout quitter pour sauver sa vie.
Soumise au programme de protection des témoins, elle devra cohabiter avec un garde du corps le temps que l'assassin soit retrouvé et mis sous les verrous.
Sauf qu'elle le connaît déjà. Jake a été son premier quand elle avait 15 ans : son premier amour, son premier amant… et son premier cœur brisé.
Aujourd'hui, il est puissant, sensuel et déterminé à la protéger comme à la séduire de nouveau.
Un homme menace sa vie, l'autre menace son cœur… Lequel est le plus dangereux ?

Auteure : Laurie Eschard

Edisource – Éditions Addictives
100, rue Petit, 75019 Paris
Imprimé par FINIDR – Lipova cp. 1965 – 73701 Cesky Tesin, République tchèque
Dépôt légal : février 2020 – Achevé d'imprimer : janvier 2020
Réimprimé en juillet 2020
ISBN : 978-2-37126-321-5
Réf. contrat : ZNAK_001